Gente Feliz com Lágrimas

CW01080304

João de Melo
Gente Feliz com Lágrimas

Romance

Leya, SA
Rua Cidade de Córdova, n.º 2
2610-038 Alfragide • Portugal

Este livro não pode ser reproduzido,
total ou parcialmente, sem a autorização
prévia do editor.
Todos os direitos reservados.

© 1988, João de Melo e Publicações D. Quixote
© 2010, João de Melo e Leya, SA

Capa: Rui Belo/Silva!designers

Revisão: Clara Joana Vitorino
19.ª edição Publicações D. Quixote
2.ª edição BIS: Fevereiro de 2012
Paginação: Guidesign
Depósito legal n.º 313 654/10
Impressão e acabamento: BLACKPRINT, a cpi company, Barcelona

ISBN: 978-989-660-061-7

http://bisleya.blogs.sapo.pt

Livro primeiro

O TEMPO DE TODOS NÓS

Capítulo primeiro

UM QUALQUER DE NÓS

1

Com excepção dos nomes e das cores, que se haviam delido no tempo, seriam apenas os barcos – os mesmos desse dia feliz em que papá decidira levá-la a vê-los de perto pela primeira vez. Porque lá estavam ainda, emborcados por cima do convés, os mesmos escaleres cobertos pelas lonas. Estavam as torres, as vigias redondas como olhos de peixe e as mesmas bóias ressequidas, presas dos ganchos. Quando largaram da doca – e o focinho cortante das proas rasgou o pano azul das águas atlânticas, rumo a Lisboa – havia também a mesma chuva ácida do princípio da noite. Além disso, dera-se a chegada das mesmíssimas vacas ao cais de embarque, sendo elas destinadas aos matadouros continentais. E o pranto da muita gente que ali ficou a agitar lencinhos de adeus fora-se logo convertendo num uivo, o qual acabou por confundir-se com o rumor do vento a alto mar.

Depois um e outro viram a Ilha ir fenecendo na distância das luzes enevoadas e extinguir-se aos poucos, submersa pelos véus de cinza que se desprendiam das nuvens. À medida que os rolos de espuma se distendiam à ré, num risco que espalmava e tornava liso aquele globo saltitante, a cordilheira vulcânica ia-se lentamente afundando ao longe. Do lado de cá do vento, e da electricidade que metaliza e faz correr a noite marítima, a última visão da

Ilha é mesmo essa cabeça de égua aflita, agitando-se na crista da serra a que chamam Pico da Vara. Sabe-se que naufraga e que o faz num suspiro altivo e superior: as orelhas, de súbito imóveis, mergulham a pique no fio dessa irresistível lâmina oceânica...

E agora que os anos confundem a ordem e o rigor das emoções dessa viagem para Lisboa, o difícil é reconstituir os nomes, o perfil, a sombra dessas formas escuras, que eram os barcos de então. Mesmo dos que deram lugar aos majestosos paquetes de cruzeiro, não sobra senão um pormenor obscuro. Nuno e Amélia aludem às bandeiras bordadas com símbolos náuticos e aos enormes mastros, de cujas hastes se esticava um cordame de aço amarrado na gávea. Maria Amélia recorda sobretudo as chaminés azuis e amarelas, ao contrário do irmão. Recorda o som das caldeiras e o sal dos corrimãos pegajosos que bordejavam os muros do convés, e pouco mais. Dos tombadilhos oscilantes, não retém mais do que uma lembrança difusa, ainda e sempre ensombrada pelos malefícios do enjoo. Mas azuis, amarelas ou dum ocre pouco nítido e já muito mordido pela ferrugem, de pouco lhe importam as cores. Limita-se a descrevê-los sem paixão. Não quer aliás recuperar o tempo inútil, nem amargurar a memória que possa ter desses ou de todos os outros barcos. Nutre por eles um misto de ternura e pavor. Contudo, não esquece o aspecto desses castelos vivos mas em ruínas – com varandins de corda, patamares suspensos e enormes âncoras esquecidas junto aos pequenos motores de bordo. Toda a memória lhe vem das janelas em guilhotina da 1.ª Classe, para onde tantas vezes olhou em vão, na esperança de que viessem socorrê-la. As irmãzinhas haviam-na abandonado num camarote sem ar e sem vigias: uma luz mortuária por cima da cabeça, sacos de plástico para o enjoo arrumados numa bolsinha fatídica, o beliche estreito e a mistura dos cheiros que só existem nos barcos – salitre, tintas quentes e o amoníaco entorpecente das latrinas muito próximas. Dos porões, chegavam-lhe aos ouvidos atordoados o choro das vacas e das cabras, os urros dos vómitos e o lamento contínuo de muitas outras mulheres. Depois entrara nela o zumbido que o mar transmite às paredes trémulas dos barcos. E como um sismo sem princípio nem fim, as tempestades atlânticas levantavam no ar e depois deixavam cair aquele baú entre vagalhões cruzados. O mar fazia-o com a mesma facilidade com que outrora um qualquer de nós era tomado em peso pelo vento e voava: não sendo pássaro, transformava-se num serzinho alado, cego pela poeira, e aterrava no lodo das quebradas que sempre haviam cortado os caminhos da infância. No momento seguinte, mares convulsos voltavam a erguer e a largar aquela segunda arca bíblica. Abriam-se medonhas crateras e o mar fendia-se para receber a quilha: uma indescritível chapada na água ensurdecia a noite de pedra – e nunca Deus estivera tão distante como nos dias dessa solidão infinita.

A visão da cidade do Funchal, numa noite de tréguas a meio da baía, com o presépio das suas casas ao cimo das falésias, deixou-a semimorta numa cadeira de encosto, de alguém que fora a terra e a deixara vaga no convés. De manhã, largaram dali com levante. Viu-se de novo enrolada no beliche, com a cabeça entre os joelhos, e quis Deus que, ao quinto dia dessa primeira e última morte no mar, viesse finalmente alguém dizer-lhe que a luminosa, magnífica cidade de Lisboa esperava os náufragos e as suas almas mortas. Só então conseguiu ressuscitar.

Nuno Miguel recorda perfeitamente as letras incrustadas nos cascos negríssimos e também pintadas no dorso das grandes chaminés. Recorda-se de se ter interrogado acerca dessas legendas, parecendo-lhe que já então os nomes dos barcos eram maiores do que eles mesmos e do que a sua próxima experiência do mar – por muito que lhe viessem a custar as cinco futuras viagens entre Lisboa e Ponta Delgada. Em todas as docas jaziam sempre medas de tábuas, montanhas de toros, contentores soldados a chumbo e compridos promontórios de sacas de trigo e açúcar. E via-se sempre um homenzinho sentado no ar, na guarita de cada guindaste, tendo pela frente um painel com alavancas, fechos e botões luminosos. Daí o outro segredo dos barcos: durante horas e horas, estando ele ainda do outro lado da cidade, pudera ouvir a mecânica das roldanas, o deslize cortante das correntes que içavam plataformas e abriam porões, as cremalheiras onde a roda dentada ia produzindo um ruído de ossos triturados.

Sentado com o papá no muro da Avenida Marginal, à espera da hora do embarque, a tarde inacreditavelmente longa desse primeiro Novembro de mar fora sobretudo o pulsar dos ferros na distância, a deslocação das engrenagens perras, a bordo, e a voz dele: nunca tivera jeito para a ternura, por isso mantinha o mesmo tom imperativo para lhe pedir que comesse alguma coisa e parasse de soluçar:

— Psst, ó pequeno! Não se chora, homem. E assoa-me esse nariz para o chão!

Ele próprio gostaria de saber como se chorava, para então poder abraçar aquele pequeno filho, subitamente aterrorizado ante a proximidade do seu barco. Não saberia fazê-lo sem parecer ridículo ou diferente do que sempre fora perante os filhos. Nuno registara no nervo mais sensível da alma a decisão do pai, nessa mesma manhã. Quando dele fora despedir-se à arribana, papá ficara um momento a olhá-lo de cima para baixo. A cabeça inclinara--se-lhe um pouco, até ficar oblíqua, e Nuno viu como os lábios se crispavam e os olhos se tornavam quase doces. Ia decerto abraçá-lo fortemente contra o peito, sem uma palavra, ou então limitar-se-ia a repetir a fórmula de dar a bênção — quando de súbito papá endireitou a cabeça, pegou-lhe pela mão e trouxe-o até à cozinha. Aí, enfrentou os olhos chorosos de mamã, recebeu o clamor das lágrimas de toda a família e ordenou:

— Preparem-me as botas de levar à missa, a jaqueta e umas calças lavadas. Vou-me a levar o pequeno ao embarque, não vá ele perder-se lá pela Cidade.

Além disso, acrescentou Amélia, ficava-se com a impressão de que os barcos não eram apenas máquinas, mas seres vivos, vorazes, que saciavam uma fome em tudo semelhante à das pragas de antigamente. A garra das gruas de aço fechava-se sobre troncos, caixotes, gradeados com ananases e bananas e tudo isso içava para bordo. Lá em baixo, homens minúsculos refugiavam-se sob os falsos alpendres corridos dos porões. Desengatavam o gancho do guindaste, acomodavam a carga ao fundo daquele estômago de cetáceo. As caras untadas pelo óleo metalúrgico dos barcos, as suas vozes roucas e sobretudo os olhos intensamente azuis que sobressaíam dos rostos mascarrados pertenciam a gente flagelada. Adivinhava-se-lhes a pobreza ossuda e tristonha, sepultada naqueles túmulos de vivos...

Nessa altura, já a multidão, de pé no cais, começara a acenar na direcção do barco os seus lencinhos húmidos de choro. Alguém gritava um último recado a um senhor que se debruçava do convés, com a mão atrás da orelha, na tentativa vã de o captar lá em cima. Quem assim berrava fazia-o em desespero, fechando as mãos à volta da boca. Mas como o vento continuasse a arrastar aquela mensagem para muito longe do seu destino, o outro optou por exprimir-se por mímica: que desculpasse, viera atrasado, queria apenas abraçá-lo e desejar-lhe boa viagem...

Mas antes disso, interrompeu Nuno, há a história do embarque dos animais. Ao serem içados, os touros urravam, em pânico, abrindo muito as unhas e pondo-se a nadar no ar, por cima das nossas cabeças. Nunca a vida lhe mostrara uma tão perfeita imagem do terror, sobre o abismo: os bois esticavam as patas, ameaçavam alar-se e sacudiam o corpo. E os olhos, já de si tão globulosos, luziam dum volume metálico, ainda mais frios do que dantes. As cabras e as ovelhas enovelavam-se, como rolos ou bolas, por dentro das redes de arame, e os corpos deixavam de ser quilhas: embrulhavam-se nos balidos do medo, bambos, a tropeçar nas próprias patas e já atordoados pelo cheiro dos porões. Quanto aos cavalos, voltavam sobre nós o mesmo olhar maligno e sanguinário, se bem que estarrecido de morte. Tentavam empinar-se e desferiam coices que produziam lume nas chapas. De forma que, postado no convés, foi-se ele próprio chegando pouco a pouco à sensação daquela morte marítima,

11

quando deu por si no arrependimento e a desejar o regresso à outra paz dos bois. A voz zangada do pai e o céu baixo de todos os rosarenses estavam então do outro lado das emoções. Sobretudo, recorda, tornara-se súbita e insuportável a saudade dos olhos azuis de mamã e dos irmãos mais novos. O cérebro enchera-se-lhe desse eco de ternura e repetia os prantos, as frases e a visão da despedida dessa manhã. Nunca mereceu a presença dela ou dos seus irmãos num cais de embarque: apenas o papá o acompanhava aos barcos e somente a sua voz se repetira de ano para ano:

– Psst, ó pequeno! Não se chora, homem!

Ao cabo das horas, quando já toda a gente se apressava e corria ao longo do cais, e o barco, movendo-se, apitava, Amélia foi cercada pelos prantos, pelo adeus dos lenços e pelo clamor dos nomes que cruzavam o ar. Jamais lhe apeteceu chorar, determinada a deixar para trás um passado sem história e a esquecer-se dele sem a menor sombra de sofrimento. Com Nuno, aconteceu o impossível: chorava e sorria na direcção do pai, feliz e infeliz, sentindo-se só e porém apertado por aquele convés de gente que se apoiava nos seus ombros e o empurrava de encontro à amurada. Tomara então a profunda consciência dos seus dez anos de idade, ao ver-se, miúdo e assustado e desprotegido, no meio de tantos estranhos. Ia à procura da sua estrela, mas não lhe tinham ensinado o céu onde devia encontrá-la.

– Como será Lisboa? – pensou então. – Quem me esperará em Lisboa, e que destino me darão eles nessa cidade desconhecida e de repente não desejada?

Lá em baixo, no cais, vendo o *Lima* afastar-se, papá abrira muito as pernas e cruzara os braços sobre o peito. Rígido como uma estátua, disse, e com o chapéu afundado para a nuca, por causa do vento. O corpo do pai ficou para sempre assim, um pouco torcido e aparentemente indiferente ao destino do filho. Difícil até dizer se os olhos se moviam à procura dele, porquanto o perdera de vista entre a multidão. Nuno ficou espiando de longe esse rosto lívido e deu curso a sentimentos contraditórios:

ao libertar-se daquele homem, percorria-o uma discreta sensação de alívio. Mas sofria a sua inevitável atracção, à medida que a distância aumentava entre ambos. Hoje, do lado de cá da sua morte, perduram a ausência desse corpo com as pernas excessivamente abertas sobre um cais de partida, o perdão sem remédio das culpas recíprocas e a absolvição da morte pela morte de tudo. Depois, no alto mar, quando lhe veio o enjoo e se pôs a chorar, desejou apenas poder estender os braços e pedir-lhe que o salvasse, levando-o dali para a terra da infância grandiosa e eterna de todos os homens.

Enquanto Nuno viajava ao cuidado duma senhora muito branca e de sorriso doce, mas profundamente constipada, cujo nome se perdeu da sua memória, Amélia pressentiu logo o abandono a que fora votada. Nuno seria entregue à primeira sotaina de Lisboa. Ela resignar-se-ia a olhar para as janelas de guilhotina da 1.ª Classe, na esperança de que as irmãzinhas se dignassem acenar-lhe um lenço de náufragos na direcção dos porões.

– Pior do que a injustiça, só a imoralidade, senhor. E então vinda de quem se preocupava tanto com a caridadezinha...

A experiência havia de provar-lhe que estava já vivendo a história infinita dos seus logros. Limitou-se pois a acreditar que as irmãzinhas não a abandonariam naquele camarote sórdido, onde o ar era irrespirável e sobre o qual pairavam o pranto de outras mulheres solitárias, o vómito contínuo dos pobres e o bramir das reses doentes. Talvez existissem afinal razões desconhecidas, capazes de explicar o princípio e o fim de todas as coisas criadas por Deus. Imaginou contudo as freiras instaladas e inacessíveis nos luxuosos salões, devorando chá com biscoitos, bordando *napperons* para altares de capelas remotas e falando sempre da bem-aventurança dos pobres e do aborrecido que era ter viajado tanto para afinal levarem para Deus uma única e duvidosa vocação religiosa...

De sorte, senhor, que daqui nos partimos ambos em demanda do destino: levados, em diferentes anos e meses,

13

no mesmo navio-cargueiro, nos seus cheiros côncavos, resinosos e inseguros. Levados, repare bem, pelo chamamento da longínqua e difícil voz de Deus – e com tal sofrimento de mares e seus enjoos que ainda hoje nos minguam as palavras com que houvéssemos de os descrever. Todo esse tempo passámos sofrendo das mais atrozes solidões atlânticas, cuidando mesmo de já não sabermos distinguir a noite do dia, ou entre a luz da Lua e as simples lâmpadas de néon que nos faziam verdes os rostos lá no fundo daquele galeão. A meio da viagem, principiaram de chegar-se a nós os marujos. E vendo-nos em tão funda lástima, trataram de nos encorajar com um pouco de comida, a qual, só mesmo de a vermos ou cheirarmos, dava-nos o estômago um tal aperto que era em tudo um grande dó de se ver. A pouca água que nos consentisse a vontade de tragar, logo a devolvíamos às tinas e aos sacos para o enjoo, e sempre com grande nojo do gosto azedo que a própria saliva arrancava de dentro de nós.

Aos nossos ouvidos chegavam então as poucas vozes dos vivos que diziam serem as inchas, lá por cima dos mastros, tão grandes e perigosas que galgavam o navio dum lado ao outro, como se fora o caso de termos sido embarcados numa simples chata ou em obra de menor engenho ainda. Outras vozes ousavam anunciar-nos as piores maldições, dando como certo que só Bárbara, a santa das tempestades, teria a virtude de cuidar desse extremo das nossas vidas. Opiniões mais conformes com a santa religião, é certo, porquanto outras, livres dos males do enjoo, pareciam entregar-se à festa e a um contínuo riso de escárnio sobre as violências e os medos do mar.

Em que estado chegaram, um e outro, a Lisboa – não me é muito possível dizê-lo a rigor. Ao fim de cinco dias de mar, quase sem alimento, com o abominável cheiro dos barcos metido no estômago e nos pulmões, quem sabe mesmo se dentro das veias, o sangue coalhara-se-lhes no corpo. Precisaram ambos de ser amparados pelas escadas de bordo acima. E quando no vidro duma porta, já no convés, descobriram um arremedo de espelho e nele se miraram de corpo inteiro, viram a palidez, a assustada fealdade dos náufragos, as veias azuis das mãos, tão grossas como cordas a boiar nas escamas da pele – e quiseram pôr-se a chorar.

– Os meus olhos, disse Nuno, estavam cercados de rodelas escuras; o volume dos ossos tornara-se-me ainda mais proeminente. A morte do mar principiara em mim uma obra de fada transparente e porosa: no tremor dos dedos, no tom arroxeado das mucosas da boca, nas primeiras flores da infância que murchavam no meu olhar.

– Cadáveres debruçados do convés, sobre o mar de Lisboa, disse Amélia recorrendo de novo ao fulgor retórico das imagens sobre o passado.

Tinha os olhos ulcerados pela ausência de luz. Mas pôde, ainda assim, distinguir ao longe uma massa dourada que levedava por cima do horizonte. Uma espécie de fermento, como o que mamã antigamente usava nos grandes alguidares de barro, sempre que ia cozer o folar da Páscoa. Assim via ela aquela massa crescer, encher-se aos poucos de luz, tornar-se branca e luminosa como só o magnífico sol português desse dia.

Depois cresceram também as torres de Lisboa. Formas houve que ganharam o desenho das grandes casas imperiais à beira do Tejo. As ruas e as estradas puseram-se de repente nítidas, mais numerosas, irrigadas pelo movimento da manhã. Podiam ambos jurar que, à visão das primeiras praças da Baixa, principiaram a ouvir os sons dum outro mar, todavia um mar de cidade, sem água, sem o enjoo e com outra forma diferente de flutuar. Lisboa era de súbito o grande anfiteatro das casas rosadas, com o Castelo de S. Jorge na crista dum galo chamado Alfama, as casinhas quadradas dos ricos que já então viviam no Bairro do Restelo e a enorme sombra de pedra em que se constituíra o Mosteiro dos Jerónimos... Do lado de lá do estuário, perdida na neblina, uma Almada faminta espiava por entre morros, chaminés de fábricas e depósitos de gasóleo – afinal tão árabe como as pobres aldeias dos povos que viviam de rosto voltado para o Sul. Viram também as inumeráveis, altivas e silenciosas torres das igrejas de Lisboa.

– Apenas torres, disse Amélia, pois serviam só para suportar o peso dos sinos e a memória da minha passagem por esse tempo acima. Impressionava sobretudo o silêncio da cidade, não sei se por os cemitérios serem tão brancos, se por causa dos plátanos que principiavam a oxidar.

Vira as casas com fuligem à beira das docas, e relógios tristonhos, parados nas suas fachadas, talvez não servissem para assinalar as horas do tempo. Não existia a grande ponte vermelha entre Alcântara e Almada: por isso nada havia a unir esses dois países portugueses separados por um rio. E também não era certo que os suicídios dos domingos da ponte pudessem estar acontecendo então por afogamento, de cima dos pequenos barcos que continuamente vogavam entre Cacilhas e o Cais das Colunas.

Aportaram a Lisboa, vindos dos Açores, para seguirem a estrada que dizem levar à difícil graça de Deus. Fugidos e flagelados como os emigrantes continentais que chegavam à Gare de Austerlitz e inundavam Paris com os seus cestos de vime, os sacos de pano contendo as misérias preciosas dum país, e depois choravam e limpavam os olhos às gorras negras ou aos lenços dessa indefinível, terrível palavra «saudade». Chegavam a Lisboa e eram também emigrantes: Amélia era duma palidez suplicante, tinha dezasseis anos e sonhava já poder vir um dia a cursar a enfermagem. Enquanto não cursasse a enfermagem, levaria o destino das irmãzinhas: ia viver esse sonho fechado por dentro dum ovo, crescer nele e depois quebrar-lhe a casca e as membranas que a separavam da transparência do mundo.

– Foi sem dúvida a maior alegria da minha vida, chegar a Lisboa, disse ela. Apesar de chover torrencialmente, o Sol iluminava a chuva e a chuva enchera-se duma coloração azul e irreal, como tudo o que estava a acontecer-me. Encantou-me saber-me ainda mais portuguesa do outro lado daquele mar, longe da humidade, do céu baixo dos Açores, do tempo que havia parado e envenenado a minha vida, e longe da maldição da minha infância na Ilha. Gostei logo, e de paixão, desse firmamento europeu, da sua luminosidade alta e vertical. Gostei tanto de Lisboa, daquele polvo azul sobre as colinas, das ruas planas que vão num grande círculo, desde o fim das docas até à baía de Cascais... Comecei aí a organizar dentro de mim todos os motivos que me levaram a gostar de estar viva, a ser mulher de novo, a recomeçar os meus dias a partir desse segundo nascimento para o mundo...

– Além disso, precisou Nuno, Lisboa pareceu-me logo a Cidade dos domingos, mesmo daqueles em que, pela vida fora, vim a conhecer nela as angústias dos poetas. Quando aqui cheguei, havia em Alcântara um homem de óculos escuros e dedos cabeludos que me sorriu de modo civilizado e me disse vir em nome de Deus...

Perfeitamente natural numa cidade com tantas igrejas, com anjos de pedra, eternos e imobilizados, esculpidos nos seus nichos aéreos, ao cimo dos edifícios dos Ministérios, na Praça do Comércio: viam-se os arcos por caiar, a estátua ao centro com o cavalo do príncipe esticando a pata dianteira na direcção de Marrocos. Vira tudo isso em Roma, onde aliás nunca estive, e em Madrid e em Paris, e nas cidadezinhas gregas à beira do Mediterrâneo, o mundo que eu começava a inventar para a minha futura existência. Só quando o homem de óculos escuros se chegou a mim e me disse ter o nome de Deus despertei para a realidade, lembrando-me de que o meu destino não era Lisboa, e sim o seminário. Viera a mando do papá, com ordem expressa para me tornar padre depressa, regressar aos Açores e ir depois dizer aos náufragos que também eu fora baptizado com o nome de Deus...

– Logo ao atracar em Alcântara, vi toda a gente vestida e calçada como só nos domingos dos Açores.

Gente calçada (ao contrário dos homens de pés descalços da Ilha), de gravata, com o andar gingão da outra espécie de vertebrados que eu não chegara a conhecer na minha terra. Não sei se interiorizei em excesso essa primeira viagem ao centro do mundo, ou se me projectei todo nela: estava finalmente longe duma infância descalça, fria e aflita, com o pescoço apertado pela primeira gravata, e não tinha razões para recordar o tempo bucólico que morria dentro de mim. Adorei tudo: os anúncios luminosos, os comboios esbeltos da Linha do Estoril, o cheiro discreto a alfazema do táxi em que o Senhor Deus me enfiou e mesmo o ruído daquele mar muito sólido, de pedra, povoado de buzinas, do marulhar dos «eléctricos» nas calhas dos carris. Além do mais, nem sequer chovia, ao contrário do que aconteceu à chegada da minha irmã: um sol fosforescente, o céu morno de Novembro, lavado e sem nuvens. Era eufórica a sensação de estar despertando dos pesadelos do enjoo marítimo, de estar chegando à imensa foz do rio de todos os rios de Portugal, que era também o destino da minha geração. Ao subir o Tejo, experimentei mesmo o prazer de estar de volta aos lugares e nomes dos livros da escola – e à memória e à elementar noção das páginas decoradas por mim nos compêndios de História. A razão de ser dos rios, dos castelos e das torres só se completava na visão das pedras, da mesma forma que só as raízes explicam as árvores e os caminhos-de-ferro nos explicam os comboios. Desaguava afinal dum mundo teórico, sem existência nos Açores, aprendido nos mapas e nos livros de Geografia. Vinha com os ouvidos cheios de datas, nomes de reis estranhos, afluentes de rios, vias-férreas e sistemas montanhosos (mesetas, planaltos, grandes serras) dum país sem realidade. Entrava nele com a ciência rosada dessa infância irreal, ia ver-lhe o dente, como se faz ao cavalo, e aprender-lhe o corpo, o espírito, o tempo e o vento…

No táxi, compreendi a familiaridade com que os lisboetas tratavam o homem dos óculos escuros. Confundiam-no com o destino. Ao receber ordens para atravessar a Baixa, subir a Avenida da Liberdade, o Marquês, a Fontes Pereira de Melo, a República e o Campo Grande, e só depois cortar na diagonal, em direcção à Casa-Mãe de Benfica, o motorista sorriu-me ao espelho retrovisor, apanhado nessa vã cumplicidade, e disse:

– Perfeitamente, padrezinho. Vamos lá então mostrar Lisboa ao menino.

Subimos a Rua Augusta, passámos a Praça da Figueira e o Senhor Deus pediu ao motorista que parasse um minuto no Rossio.

– Vem ver – disse-me ele – como são magníficos os nossos pombos.

As mulheres que vendiam flores no centro da praça eram ruças, sem beleza, de grandes seios disformes e pernas cheias de varizes – mas sorriram-me de modo impetuoso, talvez porque isso agradava ao Senhor Deus. Uma delas colheu mesmo o melhor dos seus cravos e pôs-mo na lapela do casaco preto que identificava em mim um seminarista. Crianças, velhos e outras mulheres espalhavam milho e miolos de pão, e os pombos desciam do alto da estátua, em voo picado. Pousavam nos braços, nos ombros e na cabeça do padre: ficou um deus coroado por esses frutos azuis, redondos e orgulhosos.

«São os anjos dele» – pensei então, quando o vi voltar na minha direcção um sorriso pérfido e contrariado. «Vai torcer-lhes o pescoço, depená-los, chupar-lhes os ossos (como a mamã fazia nos Açores) – mas continuará sorrindo e dirá que são apenas os anjos de Lisboa.»

Ia ser um desses dóceis e infelizes pombos, mal entrasse os muros do seminário. Teria de pousar-lhe nos ombros e na cabeça, todos os dias e a todas as horas, e beijar-lhe as mãos, e obedecer-lhe em tudo, e ver que essas mãos me apalpariam os ossos e haviam de espremer-me a alma entre os dedos, até esvaziarem o meu corpo de tudo o que fizera de mim um menino açoriano. Seria um pombo, dentro e fora de todos os bandos, de cada vez que me acontecesse atravessar as manhãs, as tardes e as noites e depois extinguir-me à distância, levado pelo vento. Era-me impossível fugir para longe de Deus, como o fizera da minha infância. Atravessei bairros silenciosos e sem nome, de novo dentro do táxi, sentado ao lado do homem de óculos escuros. Não sabia o que me esperava ao longe, nem para onde ia, nem que destino me daria esse rei translúcido que está sempre à chegada dos barcos a Lisboa. Deus pode certamente expulsar-nos da infância. Não porém daquele vento largo, tão leve! que cada um de nós traz dentro de si, depois de ter vivido numa Ilha.

Quanto a mim, disse Amélia, entrei a cambalear pela multidão que se apinhava no cais, logo atrás das irmãzinhas, e senti fecharam-se-me nas costas, uma após outra, as velhas portas da casa, do Rozário e de todas as ilhas. Nunca mais a minha vida ia ser fechada nessa redoma invisível, de onde apenas se viam o mar, as nuvens paradas e a distância infinita. O horizonte de cada um dos meus actos convertia-se numa linha concreta, sobre a qual bastava estender os braços. Agarrar o tempo e apoderar-me dele passava a ser a principal finalidade dos meus dias. Fui recebida pelo sorriso conventual duma freira sardenta que usava uns óculos fumados, de aros finíssimos. Depois de pedir a bênção e beijar a madre e a irmãzinha, abriu-me os braços e estreitou-me a si. Perguntou-me como me chamava, achou graça ao nome, murmurou-o até se habituar a ele e depois exibiu uma saudação que me ia ser repetida durante anos – ao levantar, à hora das refeições, no início e no fim das tarefas do convento e mesmo ao deitar:

– Louvado seja Nosso Senhor Jesus Cristo, irmã Amélia!

Atónita, fiz que sim com a cabeça, sem atinar com semelhante liturgia, quando a madrezinha decidiu vir em meu socorro: fê-lo com um ar trocista, num sorriso sombrio a que se misturava a primeira censura, e disse para eu dizer:

– Para sempre seja louvado, irmã Teresa de Jesus!

A sardenta Teresa de Jesus abriu então o porta-bagagens, arrumou as malas, pôs-se ao volante dum calhambeque que parecia tossir e engasgar-se nas subidas, e assim fui levada de rua em rua para fora da cidade. Durante o percurso, a sardenta falou sempre, respondeu a todas as perguntas, fez a crónica completa do quotidiano da Congregação, movida por uma energia quase explosiva. Estava longe de pensar que faria dela a única, a maior de todas as minhas amigas e que iria recorrer vezes sem conta à bondosa energia daquele sorriso cúmplice...

Nuno conheceu a viagem nocturna e sem paisagens. Amélia abriu muito os olhos sobre o cloro da manhã e pôs-se de pé num círculo de luz. Recolhida num claustro de convento, sentiu que a atordoavam o pulsar do silêncio, os passos que pousavam nos corredores e um pêndulo de vidro cuja função era absurda: a experiência veio a ensinar-lhe que os relógios, dentro dos conventos, serviam para parar o tempo, não para nele obrarem o futuro...

Nuno Miguel sentiu-se levado ao contrário: o seu espírito saiu das horas diurnas de Lisboa para a noite pesada da província. Atravessou o país na diagonal, em companhia de dois homens sorridentes que durante três horas se esforçaram em vão por entender o seu discurso açoriano. No decorrer dessa noite infinita, ou de todas as que se lhe seguiram, fizeram-lhe dezenas de perguntas inúteis, e ele esforçou-se sempre por a elas responder dum modo claro, martelando bem as sílabas e escolhendo, por simples intuição, o seu melhor vocabulário. Ao mesmo tempo, preocupou-se em evitar o emprego dos sons ossudos, decidindo-se por imitar a pronúncia redonda e as frases proferidas pelos seus interlocutores.

Quando chegaram à aldeia e ele avistou ao longe um casarão iluminado na noite sem estrelas desse tempo, percorreu-o um indefinido terror. A casa era afinal um túmulo em ponto grande. A noite que a rodeava dificilmente deixava de parecer-se com a seda de que são feitos os véus dos defuntos. Apeou-se da furgoneta e teve de ser amparado pelos ombros, porque cambaleava nas trevas. Sono, fadiga e desânimo vinham juntar-se à sua timidez e expô-lo ao ridículo e ao riso dos outros. Daí a pouco, vieram recebê-lo dois padres acinzentados no sorriso que trajavam túnicas cor de pérola. As cabecinhas de pássaro, rapadas à navalha na altura da nuca, tornaram-se irrequietas, lá ao cimo do escapulário e do capuz descaído sobre os ombros. O mundo estava todo do avesso, porque Nuno sempre vira os padres vestidos de negro. Pensava que só essa cor explicava a importância e a mortalha mundana de todos os padres, o seu tristonho olhar de corvos e até a pequena santidade dos seus ritos.

Também eles se inclinaram para ele e apuraram o ouvido, pedindo-lhe que repetisse e falasse mais alto, a fim de o perceberem. Compreendeu que começavam a acusá-lo de ter chegado com dois meses de atraso. A acusá-lo da sua linguagem, do malote de ripas que o pai fizera e cuja pega de alumínio se partira, e a acusá-lo da primeira e única solidão que os meninos herdaram de mamã. Já com a bagagem arrumada debaixo da cama que lhe havia sido reservada ao canto do dormitório, disseram--lhe para descer. O reitor esperava-o cá em baixo, ao fundo de dois lanços de escadas. Viu-o de pé, entre os bustos dos santos perfilados nas suas peanhas, e receou estar sendo levado à presença dum colosso. Disseram-lhe que devia beijar-lhe a mão, flectir simbolicamente os joe-lhos, baixar a cabeça e dizer-lhe boa noite. Além da lisura dos tecidos e das polpas de carne que a almofadavam por dentro, impressionou-o logo o tamanho excessivo daquela mão. Ao olhar lá muito para cima, na esperança de lhe ver o rosto, avistou apenas as narinas dum homem ainda jovem, mas da altura do tecto. Os braços findavam nuns ombros grossos e tão salientes como asas de anjo. Mais tarde, quando se tornou vítima daquela força, Nuno havia de pensar que existia uma harmonia perfeita entre a esta-tura do homem e o poder quase divino da voz, dos passos pesados e da justiça canónica do reitor. Os mesmos bra-ços que fortemente o estreitavam contra si e quase o tomaram em peso seriam afinal os que, vezes sem conta, ao longo de anos, o educariam ao bofetão. Despedidas de surpresa e no meio do silêncio, as bofetadas abriam clarei-ras de corpos derrubados que se espalhavam pelo chão das salas de estudo como corolas de animais abatidos. Força, violência e exaustão, além do castigo de ir rezar durante as horas do recreio, educaram-no para o respeito e para o ódio. Contudo, sempre que dera por si a voar e a cair das cadeiras sob o impulso daquelas mãos, limitara-se a invocar o santo nome de Deus, sabendo que o fazia repetidamente em vão.

No refeitório, uma onda de entusiasmo recebeu-o de mesa em mesa, ao ser apresentado a todos como «o açoriano».

Assim que o reitor bateu as palmas, e o prefeito, secundando-o com ar servil, exigiu silêncio, sua reverência deu as boas-vindas ao candidato, deplorou os seus dois meses de atraso nos estudos e pediu a todos a caridade de o ajudarem na Matemática e no Latim. Estava finalmente entre os muitos que Deus chamara e os poucos por Ele escolhidos – com um prato de carne assada e esparguete na frente, os ossos moídos pela fadiga e um sino de pranto na alma. Sem olhar os rostos que o rodeavam e começavam a inclinar-se para si, viu os rostos. Recebeu nos seus o peso de todos aqueles olhos. Aos primeiros interrogatórios respondeu que se chamava Nuno Botelho, ia fazer onze anos e tinha seis irmãos nos Açores. Educadamente, pediram-lhe que fizesse o favor de repetir. E como ficassem a olhar uns para os outros e a franzir os lábios e a encolher os ombros, sempre educadamente, teve a lucidez triste de pensar que talvez fossem cidadãos dum país em tudo diferente do seu. O mesmo no nome e na religião, sem dúvida. Porém, quanto ao nome, ao verbo e à origem dos seus santos, um país sem mar nem barcos e já muito distante da sua infância.

Após o recreio nocturno, seguiu a multidão dos seminaristas até à capela. Embrulhado no tropel dos passos que martelavam os sobrados e depois fizeram ranger as bancadas do templo, não pudera ainda aperceber-se de que ali as horas haviam sido subtraídas aos relógios. O tempo era a sineta de bronze, as filas intermináveis, o culto do silêncio, a proibição religiosa da alegria. Serviu-se dum manual de orações para seguir as rezas que a maioria aprendera já a reproduzir de cor. Compreendeu apenas que o Sono dos Justos, ao qual o salmo aludia, estava já clamando no deserto, dentro de si. A fadiga do corpo turvava-lhe o espírito, esvaziando-o de todas as emoções. Depois, já com as luzes do dormitório apagadas, desejou poder dissolver-se nas trevas e extinguir-se na noite enigmática do futuro. O som de esporas dos colchões, o sussurro dos vizinhos de cama e o chiar de murganho dos sapatos do prefeito perturbavam definitivamente o silêncio interior e esse desejo de sono e dissolução. Sabia que ia precisar de dormir muitas horas seguidas para conseguir superar o tumulto do mar e dos barcos, o qual perdurava dentro de si como uma surdez que lhe envolvia não um mas todos os sentidos. Não lhe fora dito ainda que, no outro dia e em quantos deviam seguir-se-lhe, viria sempre um prefeito às seis da manhã acordá-lo. Ele bateria as palmas ao longo daquele corredor de camas, os seminaristas por-se-iam religiosamente de pé, benzendo-se estremunhadamente, e a sua voz fria e madrugadora diria dum modo imperativo, difícil de reproduzir:

– *Benedicamus domino!*
– *Deo gratias!*

Quando estava quase a dissolver-se nesse sono sem princípio nem fim, do qual vieram a turvar-se todos os anos, recomeçaram a girar-lhe dentro da cabeça as turbinas dos barcos, o zumbido do motor da furgoneta atravessando a noite provinciana e também as vozes daqueles que, perto de si, continuavam a chamá-lo baixinho. Atormentava-os uma curiosidade minuciosa, feita de segredo e clausura, por mais esse naufrágio. Só que aquele náufrago, assim inquirido e misterioso, viera mesmo do mar e só ele trazia consigo a notícia dum passado açoriano.

Aterrorizou-o um pouco a ideia de ficar ali, abandonado à presença de tantos estranhos. De dormir entre gente vinda de todas as terras do seu país, falando a mesma língua, mas gente que não entendera ainda uma única das suas frases e jamais entenderia uma ideia, uma palavra que fosse de cada uma das suas frases...

Para não ter de continuar a responder-lhes e a não ser compreendido, decidiu agarrar na almofada e comprimi-la à volta dos ouvidos. A sua vida ia assim mergulhar num subterrâneo sem fundo nem altura. Nunca mais ele voltaria a ser igual a si mesmo. Então, abriu muito os olhos. Queria conhecer e ao mesmo tempo despedir-se, decifrar e compreender as formas que se modelavam no escuro do dormitório. Amá-las com ódio e odiá-las com amor, talvez. Vendo-as, não estranhou o arrepio e por isso voltou a cerrar os olhos com força. Surpreendeu-o então o facto de o rosto da mãe se ter iluminado, como numa aparição. Havia uma auréola de santa, ou tão-só uma estrela que parecia palpitar no coração da noite. Levado por tal ilusão, tentou sorrir-lhe. Contudo o sorriso dela era também feito de sombra. Não pôde resistir às sombras. Um sorriso assim doía mais do que a dor de estar vivo. Valia talvez um pranto ou um riso convulso. Ao sentir a boca torcer-se e fazer apelo a esse pranto, Nuno procurou suster toda a emoção dentro de si. Prometeu que não ia nunca chorar sobre as lágrimas e sobre a terra da infância. E que ia ser feliz.

2

Custara imenso a Maria Amélia ficar ouvindo e espiando a última noite dos Açores. Sobretudo no modo como se concentrava e por fim reduzia ao espaço e ao silêncio da casa: uma bola que tinha o mesmo, o rigoroso volume da angústia e que, em vez de se esvaziar com a aproximação do dia, se enfunava dentro de si como um véu de culpa e ansiedade. Não conseguira dormir uma hora seguida. De vez em quando, um torpor físico retirava peso e presença ao seu corpo. Apenas um estado de apatia e ausência que não seria lícito confundir com o sono. O pêndulo do relógio da sala, mais do que um som na monotonia das trevas, era um novo suplício de Tântalo, pois esse ruído redondo e oscilante acabara por confundir-se com o baque do coração.

Ao bater das cinco, não pôde mais resistir à opressão do dia e então pôs-se a chorar em silêncio. Hoje, sentada embora no outro mas ainda confuso convés da existência, jura que nunca um tão fundo sentimento de solidão enegreceu tanto as flores, os cardos que então despontavam no seu espírito de mulher. Ao lado de Domingas, dava voltas no colchão. Ofegante, respirava a insónia, a paixão dessa vigília – e nunca como nessa derradeira noite açoriana, disse-me ela, trevas e ansiedade se fundiram tão bem numa única substância opressiva e temporal. Nessa completa e absoluta escuridão, cresciam ao seu encontro a respiração dos outros, a sua paz adormecida, o abandono presente e insuportável, e cresciam os assobios de um vento que vassourava as canas, as folhas das figueiras e os buracos do muro que ficava em frente da casa. Atravessando o vento, os uivos dos cães pareciam cercá-la naquele ninho de medo e fatalidade. O próprio bramido do mar que estava desde sempre à sua espera deixara de ser um estorvo contínuo, ao qual se aprende a ser indiferente: reassumira o rugido e a ameaça do leão.

Era tudo isso aliás a noite açoriana desse tempo: o vento, as figueiras, os pêndulos dos relógios de sala, a gosma das galinhas nos poleiros do quintal, os cães nocturnos, sentados e esculpidos no frio, o estalido das traves de madeira que cruzavam, sustinham e agouravam o destino das casas, a forte respiração dos que dormiam cansados – e sobretudo o mar na distância dum grito. De cada vez que o corpo se rendia ao cansaço das horas e ameaçava dissolver-se no sono, soltava-se de dentro dela uma espécie de descarga eléctrica, a qual transmitia um esticão nervoso aos músculos das pernas, obrigando-a a regressar de novo à vigília Se não fosse o frio, disse, ter-me-ia posto a suar sangue, conforme acontecera ao Cristo, na grande noite da paixão. Daí a pouco, sendo-lhe impossível manter-se por mais tempo à tona daquele mundo horizontal, saiu para a noite e foi pôr-se a chorar junto aos canteiros de sécias e malmequeres que rodeavam a tulha e se abrigavam rente ao muro do quintal. Uma súbita nostalgia por essas flores, plantadas por si, quase a forçou a renunciar ao destino e a desistir da partida para o Continente. Ainda antes das seis, lavada num pranto e exausta como nunca o pudera ter suposto, regressou à cozinha, molhou as mãos, a cara e o pescoço e começou a vestir-se e a aprontar-se para a viagem. A náusea tomara-lhe todo o estômago e obrigou-a então a golfar para o balde da comida dos porcos um vómito de saliva com resíduos ácidos.

Durante os anteriores dezasseis dias de ausência na cidade, onde fora consagrada à experiência mística das irmãzinhas, debatera-se longamente com o dilema daquela despedida. Em parte feliz ante a proximidade da sua libertação, chegara a recear não ser capaz de verter uma lágrima na hora da partida. Mas se tal acontecesse, seria uma vergonha e até uma ingratidão, além de isso escapar por completo à maneira como então se começava a dizer adeus para sempre naquela terra. De todas as vezes que saíra gente do Rozário, esse abandono deixara atrás de si um sulco de lamentações e gritos. Os pobres eram sempre ruidosos, mesmo na expressão dessa gente feliz com lágrimas, como se afinal partissem para a morte e não para uma viagem ao desconhecido. Porém, estando agora chegada a sua hora, os soluços brotavam-lhe num fluxo irreprimível.

Chorava não exactamente por si, mas por todos os irmãos, sabendo-os condenados a um tempo de espera sem esperança. Só de imaginar que os rostos viriam perfilar-se na sua despedida, o coração reagiu com um novo choque de aflição e contraiu-se todo até ficar com a espessura da pedra. Nunca tivera a rigorosa consciência da contracção desse músculo, nem a noção do seu funcionamento mecânico – mas sentira-o então como um segundo corpo, a comandar a recusa de outros desconhecidos músculos e a amolecer-lhe os ossos. Por outro lado, tinha perante si a visão da terra insondável do seu destino: Lisboa seria certamente muito grande e cheia de gente, porém um deserto feito à medida da sua perdição entre estranhos. Além disso, teria de naufragar ainda todo aquele mar infinito, montada na sua caravela metafísica e também na outra, o navio das tempestades, do abismo oceânico e da solidão de quantos eram levados a vivê-lo por dentro.

Ao bater das seis, já lavada e vestida, sentara-se de novo a chorar no banco da cozinha e assistiu à chegada do papá. Pedira-lhe a bênção, como sempre o fizera. Papá devolvera-lha numa voz de sono à qual aflorava ainda um resto de contrariedade e revolta. Ergueu-se mesmo para o abraçar e para lhe pedir perdão. Mas como fazê-lo? Nunca tivera qualquer necessidade de abraçá-lo. A única competência do papá, sempre que lidara mais de perto com o seu olhar, consistira no modo quase sábio como ele enxotava, ralhava e batia nos filhos. Nunca lhe conhecera nenhuma competência para a ternura ou sequer para um distraído sentimento de perdão. Por isso mesmo, não estranhou ver que ele mergulhava à pressa as mãos na bacia de plástico, como a dar-lhe a entender que não era homem para ceder às emoções da última hora. Trouxe-as cheias de água, levou-as ao rosto e pôs-se a esfregar os olhos, as orelhas e o pescoço. Nada interessado, pensou, e de todo avesso à ideia de fazer as pazes comigo, com a minha desobediência, com a teimosia duma filha que estava cometendo o crime de sair de casa para se ir refugiar, como uma flagelada, num convento duvidoso. Em seguida, limpou-se rapidamente à toalha, abriu a porta da cozinha e foi-se embora para o quintal, sempre a tossir. Pouco depois, as suas mãos de mestre de carpina mexiam nas ferramentas, separavam barrotes que tiniam como tubos sonoros no silêncio da arribana e da manhã – e as mãos trabalhavam dum modo diferente, sem a determinação dos dias em que, levantando-se cedo, desenhava num toro de vinhático esboços de cangas, eixos ou sapatas de travões. Era tal a paixão da enxó, das serras, puas e plainas, que só mamã conseguia interromper-lhe o jejum. A meio da manhã, levava-lhe uma grande tigela com sopas de leite e ficava de pé à espera que ele se dispusesse a interromper o trabalho. Nesse dia, papá não parecia perdido entre a paixão das coisas e a invenção dessas esculturas de madeira. Maria Amélia deu por si a tentar fixar, sobre o vazio da cozinha, o pormenor desse rosto ofendido e talvez envergonhado. Durante meses, travara com ele um diálogo de surdos, sempre à distância da sua obstinação, agachada aos seus berros, acerca da ida para o convento. Serviu-se de mamã para que intercedesse a seu favor. Serviu-se de Luís e Domingas, e finalmente apenas Nuno conseguira extorquir-lhe uma espécie de decreto familiar, mediante o qual papá fazia saber que ela tanto podia ir para o convento como para as profundas do inferno...

Estava pois a caminho do inferno, nessa manhã dum mercúrio ainda tenebroso, quando mamã desceu à cozinha, deu-lhe a bênção e desatou a gritar abraçada a ela. Na memória de Nuno, que acorreu ao pranto das duas mulheres, existe ainda um registo luminoso dessa tão inesperada ternura de mamã. Começara a fazer o elogio fúnebre de Amélia, como quando os velantes relembram, aos gritos, as principais virtudes do seu querido morto. Assim ela ficara obstinadamente presa à repetição dos adjectivos que melhor se coadunavam ao carácter e ao comportamento daquela filha dos seus dias de cozinha e costura. Aludia lugubremente à obediência e ao seu sentido de responsabilidade, dizendo e repetindo que aquela casa ficaria para sempre escura como a noite. Deixaria de ouvir a sua voz obediente e humilde, o calor mesmo da sua respiração incerta e ansiosa, e nunca mais a vida daquela casa seria obra da sua presença.

Na memória de Luís coexiste apenas um misto de perplexidade e surdez, porque ao espanto daquela dor que ainda não lhe pertencia seguiu-se logo o vazio da sua partida, com beijos húmidos à entrada para a camioneta e depois o regresso à casa onde tantas vezes pudera ouvi-la rimar dois versos necessários à vida. Pouco posso dizer acerca da memória dos outros. Domingas manteve-se afastada dos muitos beijos e da paixão sem fim daqueles abraços já insuportáveis. Tinha uma raiva oculta dentro de si: ao fim e ao cabo, aquela irmã fugia, desagregava-se do rochedo da família, mas deixava-a a ela afundada no sofrimento dos tachos e das peneiras de milho, condenada ao forno e ao fogão de lenha. Linda e Flor, ainda tão novinhas, pararam a meio da casa, de rosto franzido, receando também não compreender a excepção daquela ternura de lágrimas e frases entrecortadas pelo choro. Jorge, deitado no berço, descobrira finalmente que o seu corpo possuía dois pés e levava-os à boca para os chuchar, e por isso protestou de guincho contra o facto de Amélia ter vindo pegar-lhe ao colo e o estar humedecendo com lágrimas. Depois, chegou a avó Olinda, pôs-se muito trémula, como se de repente a tivesse amaldiçoado a doença de Parkinson. Abriu a mão à frente da neta, antes de a abraçar, passou-lhe uma nota dobrada para os dedos e disse:

– É para o que mais necessitares, minha santa. Não vás tu passar por necessidades escusadas...

Retirou os óculos banhados nas convulsas lágrimas, limpou-os ao avental e começou a consolar as crianças chorosas. Pois não era verdade que aquela neta ia para uma vida melhor e seguir a sua vocação religiosa? Pois então aí estava o mistério! E, lembrando-se subitamente do filho ausente, ganhou o ar genioso duma muito remota viuvez, o ar resoluto que a levara a enfrentar sozinha a sua casa sem homem, a lavoura, o mando dos homens e dos rapazes nos serviços das terras. Levou as mãos aos quadris, descorcovou-se um pouco e permitiu que o queixo voltasse a estremecer do mesmo tremor de há pouco:

– Afinal onde está ele? Onde pára esse danado, que nem ao menos se vem despedir da filha numa hora destas?

Crucificado no azedume da revolta, a mexer nos barrotes, a ensaiar ferramentas velhas e polidas da ferrugem, sem inspiração nem propósito. Chegara-lhe também um tremor estranho às mãos, e a tosse brônquica das manhãs soltava-se-lhe do peito, vinda talvez do estômago ou do fundo da alma, não o sabia, porquanto continuava lutando, num desespero, contra a fraqueza das primeiras lágrimas. Quando ali chegou Nuno e o chamou para que viesse despedir-se da irmã, encontrou-o exactamente como um ano depois, ao acontecer-lhe a ele ir pedir-lhe a bênção e dizer-lhe adeus, à partida para o seminário. Papá sentara-se a um canto da oficina para olhar o vazio e escutar a escuridão, e começara a picar à navalha o tabaco para o cigarro que nunca ninguém lhe vira fumar em jejum. Na mente de Nuno, o pai ficou para sempre sentado na sua vida, com os olhos embaciados por esse nevoeiro mudo e obstinado. Assistiu e protagonizou o abraço frouxo, o inconvicto pedido de perdão, e recebeu a mesma bênção e o mesmo cheiro pelo qual reconheceria sempre o pai em qualquer parte do mundo, no decurso dos indefinidos anos da ausência. E, quando soube da sua morte através dum telegrama expedido de Vancouver e tentou em vão reconstruir dentro de si a noção e a imagem do pai, pôde apenas recordar-se desse odor inconfundível: o pai estava ainda sentado na manhã de Amélia, como estaria depois na sua própria manhã de despedida, e era-lhe impossível reconhecê-lo morto. Passaram todos os tempos sobre o pranto agudo de Amélia, que se agarrou a ele, o abraçou sem embaraço e lhe suplicou:

– Papá querido que me perdoe pelo amor de Deus e me deseje boa viagem...

Passou metade da vida de Nuno sobre o momento em que ali chegou, já muito salivado pelos beijos da mamã e dos irmãos, abriu-lhe os braços e apenas soube dizer-lhe num fiozinho de voz:

– Tenho de ir já, que é para não perder a camioneta, meu pai. Venho dizer-lhe adeus.

Passaram também uma e outra das horas de Luís: quando se fez voluntário e o mandaram para o pior da guerra na Guiné e também quando, depois de casar, voou desta para outra Ilha e pensou estar sonhando apenas com uma promessa de nuvens. Abriu muito os olhos e tentou compreender que diferença havia entre o céu dos Açores e o outro céu, com as mesmas nuvens, o mesmo mistério por decifrar acerca de tudo. Apesar de serem os mesmos os relógios que separavam então o tempo passado do futuro tempo de Toronto e Vancouver, compreendeu que não estava apenas do outro lado do mundo. Sentia-se distante de si próprio e longe daquilo que menos amara: a terra escura, o ódio da vida, o uivo maldito da sua memória do pai.

3

Durante o resto do ano, a não ser a chuva e os tremores de terra e as noites compridas em que a saraiva e o ciclone nos obrigavam a rezar antes de ir para a cama, nunca nada acontecia no Rozário. À excepção dos boatos que fermentavam no ar e depois conheciam, de boca para boca, novas e acrescentadas versões, não tínhamos qualquer outra forma de contacto com o mundo. De modo que só no princípio do Verão, ainda muito antes da chegada dos seminaristas, nos habituámos a receber a visita dos que compareciam, ano após ano, às tumultuosas festas da Função, ao sol húmido do nosso mar e ao alvoroço das primeiras colheitas. Eram sempre as mesmas pessoas, e chegavam até nós já um pouco mais velhas, com os corpos mirrados por mais um ano de estrada. Se não houvesse outra maneira de contar o tempo, bastava seguir o ciclo dos que vinham de fora para nos bater à porta e nos anunciavam esse outro modo de cumprir a vida pelas suas viagens. O tempo de então seguia a passagem dos romeiros, na Quaresma, quando os santos estavam de luto, seguia o arrolamento das reses pelos Santos, a chegada dos estudantes felizes, o edital que nos convocava para as sortes, e pouco mais.

Primeiro, chegavam os vendedores de peixe que apregoavam a cavala, o chicharro e a sardinha ao cento, para a salgadeira, no tempo em que as luas estavam já redondas e permitiam o milagre da multiplicação dos peixes. Depois, vinham os homens das trempes e peneiras, os compradores de bácoros, as mulheres que negociavam nos bordados e os caixeiros-viajantes que tudo vendiam a prestações ou a troco das rasouras de milho e das quartas de feijão. Muito cedo ainda, os pregoeiros de todos esses indecifráveis ofícios começavam por reunir-se no alto do Caminho Novo e combinavam entre si a ordem miúda das suas rondas. Se fosse em tempo de guerra, nada os distinguiria dum exército sitiante, com os seus bordões e cajados, os cesteirões de vime e as alfaias dependuradas dos fueiros. Mas quando por eles passavam os boieiros e todos se saudavam entre si, via-se logo que essa coexistência era antiga e pacífica como uma religião sem deus. Os latoeiros e os vendilhões de peixe tomavam sempre a dianteira do cortejo e, descendo a Rua Direita, enchiam com pregões metálicos os caminhos cruzados, as casas que começavam a abrir-se sobre a manhã e as cabeças dos doentes. Mercadores e ferramenteiros iniciavam a descida pelos lados da Mangana. Por vezes, apenas cães e galos respondiam de longe a esses brados longos, atravessados por sílabas com música. Não obstante terem viajado toda a noite ou dormido de sobressalto nas suas carroças com toldos de lona, não apresentavam o olhar pisado da insónia nem acusavam sinais de fadiga.

Quanto às senhoras dos bordados, trazia-as, pelas seis e meia da manhã, a camioneta do Nordeste. Desembarcavam mulheres geralmente ruças e um tanto obesas, com monstruosos pernões de proboscídeo, e falavam sempre à porta do caminho para dentro das casas. Bordadeiras de rosto macilento discutiam com elas o desdenhoso preço dos trabalhos de linhas e dedal, e via-se-lhes o olhar falsamente luminoso dos tísicos e dos míopes. Tudo as distinguia daquelas esplenderosas e prósperas intermediárias: a juventude, as costas arqueadas, as olheiras roxas e sobretudo a tristeza das bocas estreitas.

Faziam-se assim aglomerações de estranha gente em frente da igreja, e esse ruído de feira, apesar de perturbar a missa, apressava os taberneiros do Lugar e chamava à rua ranchos de crianças ainda estremunhadas de sono. Durava toda uma inteira manhã esse orfeão de pregões, buzinas e realejos com vozes misturadas, a ponto de a sua partida deixar para trás não apenas o cheiro das guelras e o amontoado das cabeças das albacoras degoladas que os gatos renhidamente disputavam aos cães, mas também um mar de lixo sobre o qual se alavam nuvens de moscardos. Sobretudo, ficava-nos aquele silêncio verde, que é talvez a nota mais triste de quando à festa sucedem a desolação e os destroços dos fins de festa...

Nos finais de Junho, chegavam os poucos estudantes do liceu – lestos como galgos, bem vestidos mas em geral pálidos e às vezes silenciosos em excesso. Toda a gente dizia sempre que tinham crescido, estavam mais perfeitos e que eram uns caras-queridas de inteligência e progresso nos estudos. Quase ao mesmo tempo, desciam dos seus táxis eufóricos os emigrantes vindos de férias. Choviam abraços e beijos sem fim, e presentes nunca vistos saíam dos malotes reforçados por cintas de aço que tinham de ser trituradas a alicate. Além de venderem saúde, esses «amaricanos» traziam palavras novas ou mal conhecidas, tratavam as esposas por *sweetheart* e repreendiam os filhos em inglês:

– *You must be quiet for a moment, Billy, I told you! What a crazy boy, my God!*

Saudáveis, garridos no vestir e truculentos no riso, esses grandes bebedores de cerveja preta pagavam-na em dólares e arremessavam o dinheiro sobre os balcões de modo tão rotundo quanto filosófico. Os rosarenses iam-se aproximando aos poucos desses frequentadores de lojas, na esperança duma rodada pelos presentes. Em paga, ouviam a repetida, tristonha e vã história do mundo e os inacreditáveis sucessos desses homens que, muito longe dali, haviam vencido o gelo, uma língua estrangeira e as injustiças iníquas dos ricos.

Ainda antes da chegada desses padrezinhos monótonos e bisonhos que vieram estragar o juízo de Nuno, desaguara ali o circo sem alegria dos que, transportados em camiões, armaram tendas e barracos de madeira e prepararam terra chã para a mais fantástica máquina até então inventada pelo Homem, a debulhadora do trigo. As piorras da ceifa aguardavam essa trituradora, que outrora vinha de freguesia em freguesia, puxada por um grande tractor, e aí ficava durante três semanas a debulhar espigas, a vomitar a palha e a pragana e a enfardar. A sua partida e o vazio conhecido e insuportável do seu gemido mecânico coincidiam com o início das férias dos seminaristas.

Naquele distante domingo de Julho, quando ia dar-se início à missa das onze, Nuno pôs-se de pé, como toda a gente o fizera, e ficou para sempre deslumbrado com a visão daqueles rapazinhos que o Rozário havia destinado ao futuro da Igreja e à suprema graça de Deus. Sabia, obviamente, da sua existência, porquanto Amélia vinha insistindo em a profetizar também para ele. Mas não se recordava de os ter admirado tanto no ano anterior. A mim, sendo-me embora indiferentes, pareciam-me duas toupeiras que tacteavam o chão, sempre de olhos caídos e sorriso lívido, dizendo bom dia a toda a gente e corando de pudor se alguma mulher lhes dirigisse a palavra. Normalmente, via-os passar juntos, como gémeos inseparáveis, para cima e para baixo, na ida e no regresso da missa de todos os dias, e estranhava que fossem tão tímidos, pouco felizes e silenciosos. Ainda hoje não sei se, para se ser santo, é de facto preciso ostentar semelhante austeridade – mas ficou-me desde então a ideia dessa santidade branca, sem barbas nem buço, delicada em extremo e aparentemente assexuada. Sou porém o mais suspeito possível na matéria, porquanto não me coube a mim viver os pormenores da existência de Deus, mas sim a meu irmão Nuno.

No domingo em que assisti ao seu deslumbramento, os dois padrezinhos saíram da sacristia, logo atrás do sorriso comovido do padre Ângelo e seguidos por um enorme candelabro que as mãozinhas frágeis do sacristão erguiam à altura das guaritas onde estavam os santos. A sua timidez risonha, discretamente ruborizada pelas luzes e pelo ruído da multidão a levantar-se, confrontou-se de chofre com o olhar do povo, com o calor súbito da batina e da sobrepeliz e sobretudo com aquele anel de sonho que começava a pairar sobre o destino de ambos. Eram já muito populares no Rozário, sobretudo por serem diferentes de todos nós, e eram-no tanto junto dos que ansiavam pelo dia da sua primeira bênção sacerdotal, como dos outros – os que os enxotavam de rua para rua, com risos e pilhérias:

– Aí vão eles, os padrecas capados! Sua bênção, senhores padres! – e punham-se a imitar a pronúncia de Lisboa, os sons redondos, dificilmente doces e vaporosos da sua pronúncia de Lisboa.

Nuno apercebeu-se de que um sentimento de gratidão se apoderava então da sua alma mística. A aparição daqueles padrezinhos em miniatura afigurou-se-lhe tão sobrenatural que uma espécie de revelação divina conquistou, num alvoroço, o seu espírito, até então voltado para outras práticas do mundo. Amélia tinha vindo a desinquietar-lhe a cabeça: queria por força pô-lo a estudar. E para isso havia apenas uma possibilidade: o ingresso no seminário. De sorte que uma aurora de esperança começou logo a enchê-lo duma nova e inusitada iluminação.

Ao contrário do que deles sempre pensei, não eram simples aprendizes daquele ofício de trevas com alguma luz, que à hora da missa passavam perante nós e levavam nos seus passos o som dos sininhos angélicos. E não cheiravam apenas ao incenso dos turíbulos, nem se limitavam a seguir aquele cogumelo trajado de patriarca, como se fossem crias dele. Significavam também a estrada de Damasco de Nuno, que para eles abriu muito os olhos e pareceu fulminado pela luz que aqueles seres enviavam para dentro de si. O menino ficou, como num êxtase, a seguir os passinhos de pássaros, a ouvir as suas vozes de sereias de Deus, e não tardou a ser arrebatado pelo som do latim sinfónico, a que a pronúncia de Lisboa conferia a solenidade dos cantos gregorianos. O mais estranho é que, com excepção dos hábitos e das suas maneiras quase efeminadas, eles pouco ou nada tinham em comum. Um era magro e de porte humilde, e apareceu submerso pelas volutas do incenso que ardia no turíbulo. O outro, gordo e altivo, com pretensões de chegar a bispo, abraçava o missal e segurava apenas com a ponta dos dedos da outra mão, quase num desleixo, as abas da casula de padre Ângelo. Parecia aliás que empurrava aquele homem envelhecido e doente, em cujas mãos tremia o cálice dos nossos domingos de missa. O seu olhar sobrevoou a multidão boquiaberta e não pareceu nada intimidado com o sussurro de espanto que subia do fundo do templo. De certa maneira, era como se estivesse apenas entrando no teatro da glória, movido pelas esferas da superioridade. Em parte, tinha razão: nós, os da mesma idade, éramos tristes, despenteados e sem a palidez dos estudos, e por isso mesmo sem a ciência espiritual do silêncio que transpirava do seu olhar...

À simples aproximação daqueles dois tristes, toda a gente se punha a estudá-los de longe, receando afinal que nem um nem outro tivesse olho de padre. Não lhes perdoavam uma gargalhada em público nem um gesto de impaciência, mas também nunca se fiaram muito na sua devoção. Na melhor opinião de todos, aqueles rapazes tinham ingressado no seminário só para fugirem ao sacho e ao arado, da mesma forma que outros começavam a demandar o destino das lágrimas nos países felizes, só para escaparem à tropa. Aliás, o ofício de padre exigia um olho esperto, de perdiz, capaz de malinar tanto na direcção de Deus como do mundo, e eles não passavam de dois estorninhos patetas, sem o génio da malícia eclesiástica.

Nuno deixara-se pois enfeitiçar por aqueles dois anjos vestidos de padres, e procurou seguir com enlevo o menor e mais inútil dos seus gestos. De tal modo o maravilharam a postura angélica, a luminosidade dos rostos e a higiene quase fosforescente da pele, que os julgou belos, importantes e eleitos. Pensava já que o mundo girava em torno deles, como numa arena. Se Deus os chamara e escolhera para Si, era porque os predestinara a servir de exemplo à condição humana. De resto, houve mesmo um toque de magia branca na sua sensibilidade. Mal o sacristão pousou o candelabro sobre o altar da capela-mor e fez soar os cascavéis que anunciavam o princípio da missa e exigiam silêncio, perfilou-se todo, de pé, e tão trémulo que parecia à beira do desmaio. No momento seguinte, quando a voz dos padrezinhos respondia em coro, tão sábia e tão doce, ao latim do *introito*, os olhos rasaram-se-lhe de lágrimas.

Durante o resto da missa, manteve-se assim poroso, como numa levitação de espírito, com o rosto a escaldar e exalando suspiros. Ao sermão, do alto do púlpito, padre Ângelo entrou num raciocínio tortuoso acerca da vocação para o sacerdócio. Fez o público elogio daqueles padrezinhos envergonhados e falsamente humildes: aplaudiu-lhes a pureza, o sacrifício da renúncia aos prazeres do mundo, e acabou por apontá-los como exemplo do caminho que outros rapazes do Rozário deviam seguir. No momento da comunhão, Nuno estava já perdido do mundo terreno e encontrado noutro, distante e inefável. Apesar de não se ter confessado, apresentou-se a comungar, e vi que o fazia em estado de inocência. Olhei para ele, vi o seu queixo pousar no bronze polido da patena: passou a ser o meu irmão azul, o irmãozinho frágil, sensível e talvez inexplicável, para sempre suspenso do azul misterioso daquele olhar. Começou a viver a realidade impossível de Deus, e continua, ainda hoje, ao que suponho, vivendo não os dias, nem a existência do tempo em que se move, mas apenas e só a arte dum sonho diferente do nosso. Agora diz-se agnóstico, é viperino nas alusões aos cardumes eclesiásticos, e o próprio Deus, no seu actual conceito, não passa dum velhote trémulo, descarnado até ao osso e inapelavelmente impotente. A sua vida converteu-se num obsessivo ajuste de contas de que se não conhece a finalidade nem o motivo.

De resto, papá jamais permitiria que um segundo filho escapasse aos seus planos, só para ir correr mundo por conta dos padres. A forma como combateu a evasão de Amélia desencorajava só por si qualquer nova tentativa de fuga. Mas se essa obstinação podia dissuadir um qualquer de nós, no que respeita a Nuno não passaria nunca dum jogo entre dois parceiros teimosos. A estratégia consistiu em ganhar adeptos para a sua causa e em deixar para o fim o assalto final à fortaleza sombria e aparentemente inexpugnável da recusa do pai. Primeiro, tocou o coração de Luís, por pressentir que sempre tivera nele um aliado contra a crucificação dos filhos naquela família. De resto, a filosofia de Luís apoiou-se numa ideia bastante elementar: se alguém naquela casa merecesse deixar de sofrer e a qualquer preço o conseguisse, já isso justificava todos os projectos, até mesmo o propósito bizarro de vestir saias e entrar num seminário. Não lhe sobravam outras razões, e também não era homem para invejar a sorte dos outros. Quanto a Amélia, acolheu de braços abertos a notícia, vendo nela o resultado da semente que vinha lançando no espírito pouco prático do irmão. Tratou mesmo de fornecer-lhe alguns argumentos irrefutáveis. Primeiro, estudar para padre podia não ser exactamente vir a ser padre, mas receber estudos, alargar as vistas sobre o mundo e ir depois bater à porta de outro destino. Segundo, que outras alternativas se ofereciam ao futuro de Nuno, além de ser burro de trabalho, andar descalço e de bolsos rotos e de não passar nunca dum analfabeto da vida e dos livros? Depois, não era certo que viesse a acontecer à família a sorte ou a maldição duma carta de chamada para o Canadá. E quanto ao facto de os padres estarem proibidos de casar, como objectava Luís, pois que arregalasse bem o olho:

– O mais importante, Nuno, é que te adiantes nos estudos. Quando te chegar o formigueiro às virilhas, é muito simples: despes a batina, montas-te nelas como Deus manda e seja pela salvação da tua alma.

Tratou de encorajá-lo com novas garantias. Mal chegasse ao convento, poria um batalhão de apóstolos em acção, com o fim de o disputarem à propriedade do pai. Se preciso fosse, removeria montanhas de pedra, com fé em Deus e algum arreganho palaciano. E como o país andava tão carecido de vocações, seria fácil intrigar, tocar para a frente o centauro e acender o rastilho dessa metafísica...

Domingo após domingo, a imagem dos padrezinhos continuou a elevar-se dentro dele. O que mais o fascinava neles? O falar de Lisboa, o modo como o povo do Rozário pousava neles os olhos comovidos à hora da missa, o porte tenaz de padre Ângelo, que parecia proteger, como as baleias moribundas, aquelas crias, a propósito das quais os seus sermões emprestavam à vida as emoçoes da oratória sagrada. Em Agosto, quando passou a procissão da padroeira, voltou a emocionar-se. Tinham vindo, como sempre, as bandas de música dos Fenais da Ajuda e da Algarvia, quatro padres das freguesias vizinhas, alguns cantadores de décimas, quadras e romances-de-cego. O aparatoso cortejo das oferendas, aberto pela grande cruz de prata e um pendão azul onde fora incrustada a pomba cinzenta da inspiração, marchava de modo lânguido, enchendo de música e comovendo até às lágrimas as principais ruas do Rozário. Vinham andores, filas de anjos coroados, pagadores de promessas, homens e rapazes que envergavam opas amarelas, roxas e vermelhas. Os metais das bandas reluziam à reverberação desse domingo de Agosto. Nuvens muito altas, empurradas pelo vento na direcção do mar, dificilmente justificavam o pálio sob que se abrigavam tantos e tantos padres que Nuno via passar com o ar transfigurado que têm os bispos. Passavam também bandejas com arroz-doce e canela, pratos de figos, ameixas, araçás e suspiros, além de frangos peados ao colo dos rapazes e de bezerros arrastados à corda pelos que iam oferecê-los à padroeira. A mistura das cores, o som marcial das bandas de música, o ar miserável dos peregrinos e das pessoas que ajoelhavam nas valetas à passagem do Santíssimo, tudo isso infundiu no espírito de Nuno uma auréola de comoção e fascínio. Atrás dos padres, do seu temperamental sorriso e das vestes majestosamente douradas, seguiam enfim os dois pajens eclesiásticos. Ao compasso da música, pareciam deslizar no centro das multidões adormecidas, um com a insofismável dignidade do enorme crucifixo encostado ao peito, o outro fazendo oscilar em torno de si as nuvens do turíbulo. E tão certos os passos, tão extremosa a ordem desses corpos submetidos ao enlevo do espírito, que não mais deixou de haver nos olhos de Nuno a doçura, a fixação, a miragem do Grande Sonho de Deus. Anos mais tarde, já homem feito, tendo dado uma volta completa a essa ilusão religiosa, dir--nos-ia com um misto de pilhéria e amargura:

– Uns vão para o seminário com o dinheiro das benfeitoras, com o sonho doente das avós ou o zelo das velhas tias sem herdeiros. Eu fui lá parar com a vocação da minha irmã mais velha...

Disse-o depois aos microfones da Rádio dos Açores, pondo-o na boca dum amigo, e fê-lo com arrebatamento, pensando abanar o pasmo dum arquipélago que encalhara na mística religiosa do século XVI.

No fim do cortejo, quando a procissão recolheu à igreja e todos se dissolveram nas luxúrias do vinho, Nuno ficou a ver os padrezinhos e todos os outros sentados à mesa de padre Ângelo. Viu-os de fora, cá de baixo, sentado na escadaria do adro: o calor aconselhara a abrir as portadas e a puxar as cadeiras para a varanda. Ficou ali, como mais alguns de nós, a espiar os intermináveis pratos do banquete, as repetidas saúdes dos brindes nos copos de cristal, e abismaram-no as opulentas sobremesas, as bebidas e os elixires daquela superior riqueza eclesiástica. Mostrou-se-nos como que atordoado perante a felicidade dos sorrisos, os rostos entumescidos pelo álcool, os charutos que iam à frente dos gestos, por entre grandiosas volutas. Eram de novo glutões, imorais e falaciosos em extremo; eram afinal os padres corruptos do escritor Eça de Queirós... Espirais lascivas anelavam-se por cima das cabeças. As gargalhadas subiam dos grossos ventres de suas reverências e despenhavam-se lá de cima sobre as nossas cabeças. Meninas de bandós, as sobrinhas de padre Ângelo, com seus vestidinhos de renda e rosto serviçal, passavam com bandejas de chávenas para o café e cálices para o brande e o licor. No dia seguinte, segunda-feira de ossos e arremates, dia em que os bazares sorteavam garrafas de espumante, os serviços de loiça e o bolo escultural que representava a igreja do Rozário, dia da despedida e da tristeza porquanto as bandas se iam embora, por entre aplausos e vivas, e os bezerros eram apregoados, Nuno apresentou-se na sacristia e pediu para falar a padre Ângelo. Levado à sua presença, ergueu para os dele uns olhos tão suplicantes que padre Ângelo não resistiu a fazer-lhe uma festa no cabelo e a beliscar-lhe a bochecha. Ainda nesse dia, procurou o professor e pediu-lhe para que intercedesse junto do papá. Encheu-o de coragem o facto de o professor ter exultado, cheio de júbilo, por o honrar muito a hipótese de aquele futuro sacerdote vir um dia a confessar o seu primeiro mestre. Aos poucos, por essas e outras não menos tortuosas vielas, a freguesia inteira soube-o, formou opinião e proclamou que Deus era de facto o sábio do universo: caprichara a fundo na Sua escolha, chamando para Si o filho do mais severo, avaro e ruim homem do Rozário.

Quando esse mundo de intrigas chegou ao ouvido do papá, Nuno tinha mobilizado a seu favor as opiniões mais influentes. Sobretudo, conseguira que a consciência do pai começasse a debater-se com um penoso dilema. Se não permitisse a ida do filho para o seminário, não faltaria quem se fizesse eco desse crime contra o Divino e lhe prescrevesse o eterno castigo para depois da morte. Mas também não era homem para se render a essas suposições. Começou por refugiar-se nas evasivas. Depois, ao ser asse-diado pelos primeiros empenhos, rodeou-o uma raiva surda contra Nuno. Passou a esporeá-lo com o seu trato desprezível. Não tardou a praguejar contra a cegueira de Deus e do filho, porquanto destinara Nuno às vacas e Luís ao trabalho das terras. Os membros da família roda-vam, por sucessão de idades, naquele carrossel de tarefas e encargos, entre as ovelhas e a vigilância das pragas e entre o trato das vacas e o arranjo das terras. Até mesmo Jorge, não obstante apenas no seu primeiro ano de vida, era já a promessa e o fruto dessa árvore laboriosa e sofrida. Linda e Flor, ainda nos primeiros anos de escola, tinham já esquecido a alegria. Domingas e Luís, muito fora dela, cumpriam já a outra pena de terem nascido, agravada agora pela partida de Amélia. A nova ameaça de Nuno acabava de todo com a ilusão de vencer o cerco e evadir--se daquele presídio de família...

Não sei pormenorizar como se produziram tantas e ocultas forças para demover papá da sua obstinação.

Semanas após o embarque de Amélia, veio a notícia de que uma benfeitora americana se prontificava a custear os estudos de Nuno. Na semana seguinte, o nosso primo cónego escreveu a oferecer-se para pagar do seu bolso a passagem marítima. Na outra a seguir, chegou, vinda não se sabe de onde, uma grande saca de roupa com o enxoval. Podia ter sido Deus a enviá-la, porquanto os lençóis riscados, as camisas de *nylon,* as fronhas e as ceroulas excessivamente largas cheiravam a alfazema e a naftalina, que são, como se sabe, especiarias criadas a partir do próprio bafo de Deus.

Aí, papá não resistiu a largar uma punhada na mesa. Derrubou o candeeiro a petróleo, varreu pratos, tigelas e garfos para o chão e pôs-se a insultar em abstracto os desconhecidos que lhe tinham levado já uma filha para o convento e se preparavam agora para lhe pilhar a força de trabalho de Nuno...

Já nessa altura todo o Rozário tomara partido a favor do pequeno. Os rapazes mais travessos riam-se do «padreca» e as mulheres idosas, chegando a meio das manhãs desse último Verão da infância de Nuno, perdiam-se em advertências à mamã para que não ousasse impedir o menino de seguir o seu destino – e havia sempre um lencinho, uma gravata preta ou um par de peúgas para acrescentar ao enxoval do futuro seminarista. A senhora Mariana Silva, madrinha de baptismo ou do crisma de metade das crianças da freguesia, saiu de casa, escondeu as mãos por detrás do avental e veio sorrir com o exagero do seu dente de ouro. A meio desse sorriso malicioso, e perante o olhar assombrado de mamã, estendeu para ela uma nota de cem escudos e disse:

– Aqui está para o teu pequeno. Com a condição de eu ser convidada para a primeira missa.

Onde quer que o vissem, os avisados homens de Deus puxavam papá à conversa, arrazoavam, não compreendiam por que motivo ele continuava a opor-se à vocação do menino. Quem sabe se Deus não tinha já destinado Nuno a ser assim tão fraco, ossudo e miúdo como um pombo, porém uma prenda para o estudo e decerto também para o serviço da religião?

Poucos dias antes de regressarem aos estudos, alertados por Nuno, vieram a nossa casa os dois seminaristas. Recordo-me perfeitamente da sua postura: os olhos frios perante a cara fechada do papá, que parecera ter ensurdecido ou se ausentara em espírito para muito longe de nós. Metade do rosto não compreendia nada daquilo que os padrezinhos lhe diziam. Não só porque, um pouco rijo de ouvido, se distraía facilmente e perdia o fio das conversas, mas sobretudo porque o intenso e apostólico fluido daquela pronúncia de Lisboa, cheio de palavras desconhecidas e advérbios de modo, escapava ao seu entendimento. A outra metade do rosto franzia-se à doçura daquela música continental, seduzida pelas maneiras macias, educadas e quase femininas dos seminaristas. Fitava os sorrisos de mortos felizes, os gestos leves como as folhas de papel que voam sob um sopro, a convicção imensa da virtude daqueles anjos que iam aludindo, em defesa de Nuno, à renúncia dos prazeres mundanos, à respeitosa, subtil e perfumada causa de Deus e ao sacrifício sem nome de comer o pão dos famintos.

– E mais! – advertiram ainda os seminaristas. – Será sempre de espinhos, e não de rosas, a cama em que venha a deitar-se o corpo de Nuno.

– Pois não! – grunhiu com desprezo o meu pai, deixando-os atónitos e desconcertados.

O certo é que Deus, nesse tempo, não estava morto, ou pelo menos não tão distraído como hoje. Enviara-nos os padrezinhos à hora da ceia. Inspirou-os, semeou cascavéis nas suas palavras roxas e tocou o coração do pai com a espada do fogo. E se os não enviou, então veio Ele em pessoa: moveu a montanha, ergueu o espírito do pai à altura do vento ascético que outrora só nos anunciava o terror das noites malditas. Um vento que tantas vezes nos trouxe o desejo da música, do socorro e da alegria, e outras tantas veio destruir essa e todas as nossas ilusões...

Capítulo segundo

NUNO MIGUEL

O país ensinou-nos a ser necrófilos por tradição: a venerar os seus mortos capitais. Educou-nos nessa religião elegante de curvar a espinha, todos muito benzidos e perfilados, perante os que tiveram apenas um mérito: mudaram de mundo. E passados que sejam para onde a morte é escura e infinita, assumem a virtude suprema: deixam de perturbar a sombra dos vivos.

Acontece aliás que a morte nos foi ensinada como a aurora duma nova e nefasta existência. A proclamação do génio – ainda que insultado na véspera de estar morto – serve mais para redimir os veneráveis medíocres, e menos para devolver a quem morre a justiça e a sinceridade desses juízos póstumos. Sempre me fatigou, por isso, a falta de moral ou essa má consciência dos vivos. E daí também que a memória do meu pai não possa merecer-me senão um testemunho translúcido, sem dúvida desabrido, mas não reverente. Porque quando se é filho de cão, a arte de viver cinge-se a isso: uivar ao vento e aprender a farejar nele o próprio destino.

Claro que lhe perdoei tudo, tanto quanto o terão feito os meus irmãos! Perdoei o silêncio da sua ausência no meu futuro, a voz com que de longe censurou sempre cada uma das minhas derrotas, mesmo os poucos méritos que me assistem e lhe foram indiferentes, e tudo o que impediu o meu espírito de crescer.

Mas há a outra, a violência invisível dos meus males dele: a distância fria, a renúncia da sua indiferença e a passividade com que, pelos anos fora, foi aceitando a minha exclusão da família. É talvez uma forma de perdão mais religiosa do que positiva. Cheia ainda desse terror sagrado, das liturgias desse culto em que todos fomos educados quanto à veneração dos mortos.

O caso é que eu, ao contrário dos meus irmãos, deixei-me levar por uma frase obsessiva, a única que me ocorre acerca do mundo em que ele nos pôs a viver. Sinto-a num turbilhão, a minar-me os primeiros cabelos brancos e a estreitar os minúsculos espaços que ainda separam as primeiras rugas do rosto, sobretudo as que começam a rodear-me os olhos. Se lhe dissesse que tive um pai verdadeiro, o espírito reagiria logo aos mecanismos da inteligência e da razão. Mas defini-lo tão-só como «um grande cão de pai» e consentir que você vá depois transcrevê-lo, *ipsis verbis*, no livro que aqui veio escrever, é talvez como incorrer numa contranatura. Ou seja, posso estar apenas devolvendo à memória dele a mesma crueldade moral e uma falta de escrúpulos idêntica à que ele exerceu sobre nós. Incomodam-me tanto os negócios do coração como a censura medieval dos meus irmãos parados no tempo: cresceram, foram-se daqui embora, mas mantêm-se ainda naquela atitude religiosa dos domingos de missa – místicos, assustados com a vida e definitivamente órfãos de pai e mãe.

Sou uma espécie de eunuco da família, percebe? A mim, caparam-me sem mãos, talvez distraidamente, sem se terem apercebido de como isso me estava destruindo. Limitaram-se a pensar que a minha vida estava sendo inventada no tempo dourado de Lisboa. Tecida, segregada como um estranho e incompreensível exercício de estilo! Nunca lhes ocorreu pensar que, sendo eu um cachorro, filho desse cão, os meus latidos atravessavam as noites do mar e nunca me devolveram o sono justo nem o desejo de ser filho desse e de nenhum outro homem...

– A grande ironia?, pergunta você. Quer mesmo saber qual é a grande, a maior de todas as ironias da minha vida?

A casa. Tudo se concertou para que fosse eu, e não outro, a herdá-la. Porque os outros estão de passagem sobre este tempo. Vivem longe, e para sempre, nas terras frias dum sonho americano. Herdarão os alqueires de terra, os pastos inúteis, as matas e os antigos pomares, que irão vender aos renhidos corvos que um dia se foram daqui e hoje compram todas as terras dos outros. Mas herdam a posse breve, sofrida e vitoriosa das coisas do meu pai, e a noção preciosa, e os nomes, e o miserável tesouro de cada penedo – ao passo que eu, dono dum tecto que não me pertenceu, viverei o sonho duma casa com árvores em frente do mar, uma qualquer casa no fim dum caminho, que dê tanto para o repouso como para um encontro com o meu outro destino. Regressarei a Lisboa para me colocar do outro lado de mim, dono e senhor da casa metafísica e duma infância fechada à chave, por dentro da escuridão e do vazio insuportável desta casa. Se me dispuser a vendê-la, a trocá-la por outra e a renunciar a esta espécie de templo voador, terei pelo menos a ilusão dos sinos açorianos, a tosse dos seus velhos, o som dos cavalos que outrora faziam estremecer os alicerces. Onde quer que me encontre, ouvirei o tilintar dos ferros e o baque das madeiras, a voz dos que passavam na rua e lhe diziam Bom Dia, e a desse pai que ainda hoje me chama e me dá pressa...

Na verdade, sempre foi tão monarca que depressa nos fez perder o pudor respeitoso com que os outros filhos veneram os pais. A nossa existência foi-se extinguindo na sua presença, como se minada por essa fatalidade. Nascemos, todos nós, do mecanismo das suas tripas, um após outro, com dois crónicos anos de diferença. Baptizados por um padrezinho mecânico, cheio de génio, que sempre abençoou com um grande sorriso a função procriadora do crescimento e da multiplicação. Fora os que morreram de modo súbito, ou de lentas e sinuosas agonias, nos primeiros dias ou meses, coube-lhe a ele pôr-nos nove nomes avulsos. E no acto de nos registar naquelas cadernetas de nascimento que ganhavam bolor no fundo das cómodas,

trocou-nos sempre a ordem, a função e o número dos apelidos. A uns, pôs nomes compridos, quase faustosos, car-
reando para o rol um sem-número de apelidos: Medeiros,
Monizes, Tavares, Botelhos – herdados não se sabe bem
de onde nem porquê. A outros, destinou legendas sóbrias
e sumárias, das que premonizam logo a maldição da nascença. A mim, por exemplo, quis chamar-me Nuno
Miguel Maria de Medeiros Moniz Tavares Botelho, o
mesmo fazendo com Carlos Miguel, o meu gémeo.
Alarmou-se então minha mãe, a tempo de evitar a lista-
gem monárquica dessas legendas:

– Pela tua saúde, Emanoel! Isso é muito nome para a
minha cabeça. Bota-te ao caminho, vai lá acima e diz ao
senhor professor Quental que corte metade para fora…

Furioso, todo o caminho praguejou contra a teimosia da
mulher, por não compreender o sentido ético desses nomes
nem os histerismos daquela ordem familiar. Chegando a
casa do futuro compadre, que lhe ensinou o Mundo pelos
mapas e o indispôs contra o governo de Salazar, voltou a
baralhar tudo. Maria Amélia ficou com Botelho no fim da
lista, Domingas encimou com Botelho Moniz, Luís Miguel
saiu Moniz, eu novamente Botelho, apelido que odeio, ao
passo que o meu gémeo se quedou pela problemática
legenda de Carlos Miguel de Medeiros Maria. Quanto aos
restantes, Linda, Flor, Vítor Primeiro e Vítor Segundo (que
subiram ao Céu ainda anjos, tal como o meu duplo) além
de Jorge Miguel, Mário e Zélia – eu próprio, nas cartas que
durante anos lhes fui escrevendo de Lisboa, baralhei sempre a gramática adjectiva de tantos e tão desencontrados
apelidos. O sermos assim estranhos e tão diversos uns dos
outros teve, como vê, essa origem episódica. Mas apresenta-
-se-me, ainda hoje, como uma premonição acerca dos destinos que nos coube viver.

Além disso, largou-nos muito cedo na vida. Nascidos
sempre com dois anos de intervalo, foi nessa idade que
terminaram para cada um de nós os abraços e os beijos de
quando ele regressava do trabalho, cansado, triste como
sempre o conheci, mas não ainda insuportável. Não mais

se nos abriram aqueles braços delgados e musculosos que até então nos davam colo e nos inspiravam a ilusão de termos nascido do seu amor. À chegada dum novo bebé, o pai e a mãe passavam a ser os irmãos mais velhos, pois os pais de verdade terminavam aí a sua missão. Amélia, a primogénita, viu-se transformada numa espécie de tia- -deusa da família, para o bem e para o mal: proibida de brincar, sem infância, amada e odiada por todos. Nos olhos dela, perdura ainda uma solidão compassiva e exte- nuada, dessas que a vida não consegue explicar. O hábito de ser triste culpabiliza nela a própria ideia de felicidade. Tal como nós, não sabe ser feliz sem lágrimas, nem rir sem o remorso da alegria, e isso vê-se-lhe nos olhos.

Não havia mãe. A minha foi sempre uma mulher longín- qua e de pouca opinião. Ralhava de longe, de onde fazia as camas ou levava um balde com caldo de farelo e cascas de batata à gamela dos porcos, mas não creio que o fizesse por si. O amor dessa mulher pautou-se por uma estrita, plana ou mesmo côncava obediência ao seu homem. De resto, a família foi como uma ninhada confusa, crescendo ao ritmo do cio dele. Nas noites de Inverno, logo após a ceia, apres- sava tudo e todos – insofrido, aéreo, de mãos trémulas, como quando o cheiro a fêmea alvoroça os cães a quilóme- tros de distância. Dava guita às minhas desmazeladas irmãs, que tardavam a sorver a sopa de mogango ou mastigavam de olhos fechados, cheias de fastio, o chicharro salgado ou os torresmos de caçoila. Para mim então, comer era mor- rer! Odiava de morte aqueles pêlos que se viam à transpa- rência do toucinho cozido, o feijão assado no forno, o caldo de couves e o fervedouro. E odiei tanto a sopa de funcho como, anos mais tarde, a Matemática e a Química, o sorriso servil dos irmãozinhos do convento, as missas, os polícias secretos, as senhoras do Movimento Nacional Feminino e as sombras dum país que por milagre se transformou num país diurno e quotidiano e no qual deixou de existir o sim- ples incómodo de sermos gente. O pai perdia logo a pa- ciência comigo. Tirava-me o prato da frente, aboiava-o à bruta para o fundo da amassaria e rezava-me a sentença:

– Não queres comer? Pois mais fica! Nunca hás-de prestar para nada. E se tiveres fome de noite, vais ao bacio e comes merda, entendes?

Mandava logo tudo para a cama. De castigo. Os pezinhos lavados na selha, em água temperada na que saía a escaldar da chaleira: pés descalços, muito mordidos pelas topadas às pedras dos caminhos que davam para as terras e para os pastos. Sangravam, vestiam-se de crostas, de unhas ulceradas e trapos de rodilha com paranhos, para estancar as hemorragias e nos protegermos das infecções. Pés duros, tão castigados nas solas que não exagero se lhe disser que se mostravam em tudo diferentes do resto do corpo. Pareciam chapas, pela consistência e pela chateza das formas. Todos seríamos então mais ou menos belos. Mas com semelhantes pés transformávamo-nos em coisas desajeitadas: um andar ungulado de bois, calças a meio da perna, suspensórios cruzados nas costas e camisas cerzidas e remendadas, por terem já servido aos mais velhos.

Os meus pés de então achatava-os um conjunto de ossos espalmados, pequenos quanto ao crescimento, porém rugosos e crestados como o cimento. Depois tornaram-se curvos e altos. Presos ao meu corpo, ficavam para além da natureza do corpo. Recusei-me sempre a associá-los ao loiro-palha do cabelo e ao azul celestíssimo dos olhos. E não só por uma questão de sentido estético, mas porque me comprometiam com o chão sórdido dos currais e com a humidade dos pastos.

Nesse tempo, antes de nos terem mudado para o sótão, eu dormia com Luís no chamado meio da casa, em frente do quarto dos meus pais. As raparigas ocupavam o vão contíguo à cozinha, dormindo num navio de ferro forjado, herdado do avô Botelho. Os mais pequenos dormiam a lastro, no chão, acamados num ninho de cachorrinhos. Eu e Luís, e mais tarde também Jorge enroscado aos nossos pés, instalávamo-nos nesse navio excessivo, e podíamos espiar aquele assoalhado que ficava em frente, proibido à nossa presença. O altar da casa era onde eles se amavam, entre redomas e quadros de santos, a imagem do Senhor

Santo Cristo dos Milagres, um rosário e um crucifixo suspenso da parede, por cima da cama. Ao longe, as minhas irmãs zangavam-se umas com as outras, todas muito apertadas, dando-se beliscões, mudando os bebés de posição, e recordo-me perfeitamente de quando elas escondiam à pressa as tetazinhas envergonhadas do princípio da puberdade. Mais tarde, quando vim de férias, no segundo ano de seminário, abriram-se espaços para cima, nas traseiras da casa, e apareceram os sótãos. Então, sim, os meus pais desfrutavam do tranquilo isolamento dos amantes. Fizeram aí os últimos filhos e deixou de ouvir-se o pesadelo duma cama que rangia em excesso. Mas antes, como lhe disse, dormíamos a três passos daquela porta sempre aberta que nos vigiava, e a pressa do meu pai não dava tempo a que adormecêssemos. Primeiro, o folheio do colchão recebia o corpo dela. O corpo que se afundava e caía no fundo dum poço de fadiga, sem que dele esguichasse aquele sopro ósseo que em regra se liberta dos corpos exaustos. Ouvia-se o bichanar das orações da mãe, quando já ele se despia, urinava para o bacio azul de esmalte e arrumava as galochas a um canto, junto à janela. Despia o casaco, as calças e a camisa, ficava perfeitamente ridículo dentro das ceroulas de flanela e mergulhava de seguida naquele ninho de folhas renovadas ano após ano. Só muito mais tarde, e já um pouco velho, lhe chegou o hábito de rezar antes de dormir. As suas poucas convicções religiosas davam em crises místicas, nos dias de sismos ou durante a Quaresma. Mas tão cedo nos obrigava a rezar o terço de roda da mesa, a seguir à ceia, como regressava a um ódio surdo, de quando em quando murmurado contra os padres. Acima de tudo, impressionava-o saber que Cristo estava morto e à espera de alguém que O ressuscitasse duma vez por todas. Nunca, que eu saiba, embarcou numa procissão ou mesmo nas novenas e quermesses piedosas. Os peditórios, os bazares e as rondas dos cantadores de quadras de improviso redundavam, segundo ele, em benefício dos padres e do estômago distante do bispo. Mas fui-me cedo daqui embora, como sabe, e por isso me escapa um enorme hiato no comportamento da família. Porém, se fios de contacto houvesse entre o meu e o pensamento dele, creio que só quanto ao clero, ao beatério hipócrita e ao odioso Ditador estaríamos de acordo.

O sopro sobre a chaminé do candeeiro, uma, duas, três vezes, até conseguir apagá-lo. Lá fora, na noite dos Açores, passavam então as vozes, as cantorias, os assobios de quantos regressavam tarde dos serões de cartas nas lojas. Os ratos começavam aos guinchos, aflitos, fazendo tamborilar nas ripas dos forros uns rápidos e cegos passinhos de veludo. Chegada a nortada, vinha com ela a chuva. Tudo ensurdecia então ao som da água que fustigava as telhas e dissuadia do cio os murganhos. No meio dessa surdez quase perfeita, ele aproximava-se dela aos segredinhos, no início da nova, sempre renovada e capitosa festa daquele corpo.

O meu irmão e eu fingíamo-nos adormecidos, cientes contudo da cumplicidade e do segredo daqueles dois corpos que iam tocar-se, fundir-se e arder consumidos pela incompreensível paixão dos adultos. Ele dava-lhe palmadinhas nas nádegas, as quais aumentavam de frequência e intensidade à medida que essas formas brancas clamavam também pela mesma excitação.

De vez em quando, a minha mãe parecia aflita e ter crises de lucidez, e procurava chamá-lo à realidade. Dizia-lhe que estivesse quieto e a deixasse dormir, pois nós, os rapazes, decerto ainda não tínhamos adormecido. Ele não acreditava: não queria ver nem acreditar nessa suposição. Se alguma vez se dispôs a espreitar-nos, foi tão-só para a sossegar quanto a uma evidência: era sabido que as crianças tombavam no sono no próprio momento em que se deitavam, conforme acontecia com os anjos. Sobretudo, percebe?, nunca suspeitou da revolta, da muda cumplicidade dos filhos e da vigília do nosso pânico em relação àquela posse da mãe...

O meu irmão, para me não dar a entender que os ouvia, voltava-se para a parede e fingia resfolegar. Eu, miúdo e aterrorizado, ficava de olhos abertos no escuro,

reconhecendo apenas, ou adivinhando, as formas abaula-
das e tortuosas das grandes traves que atravessavam a
casa. Fazia por ausentar-me, por ouvir só os guinchos dos
ratos e o sopro contínuo da chuva, pensando embora que
também os murganhos estavam sendo tocados pelo
mesmo cio. Espavoridos, corriam no interior dos forros.
Largavam guinchos que ecoavam no tambor da noite,
guinchos tão mortais como os dos marrões nas festivas,
eufóricas, terríveis matanças do mês de Janeiro. A casa
começava a balouçar no que restava desse silêncio. Abria
nele as asas, erguia-se na noite, sobrevoava a custo os ruídos vindos de fora. A princípio, tratava-se de empurrões
grosseiros, mesmo descompassados. Depois, ganhavam
um ritmo crescente, quase frenético, e os suspiros dele
tornavam-se ofegantes. Os abraços faziam-na gemer, asfi-
xiada pelo peso do corpo dele, e as palavras que ouvíamos
soavam tão misteriosas como os muitos, os sempre repetidos pecados que muitas e muitas vezes balbuciei junto à
rede dos confessionários. Daí a pouco, a cama enlouquecia. Aceleradas pela pressão dos músculos e pelos esticões
dos corpos, as suas junções estavalam. A casa ia de novo
levantar voo, perder-se no espaço nocturno, pairar, atónita como uma grande ave espantada do sono, sobre
aquele mar muito próximo, quase branco – como você
um dia o descreveu. O pai tinha então um risinho per-
verso. Mordia frases absurdas. O pai não conseguia conter os roncos. O pai sussurrava: Querida-querida-querida!,
e a cama era então uma bailarina que coxeava sobre o
sobrado de criptoméria, equilibrada apenas pelos calços
que ele afiara dum qualquer desperdício da carpintaria.
Não sei como nunca se desmantelou – pois tantas outras
noites vieram, passaram tantos anos sobre a velhice enver-
nizada dessa madeira remendada, polida pelo viochene, e
jamais ela deixou perfeitamente de ser uma cama: baixa,
com um colchão muito alto, cheio de folhas de milho.
Minto: quando chegou o progresso à casa, após o primeiro regresso do meu pai do Canadá, os colchões de
mola substituíram o folheio, da mesma forma que os

fogões de fábrica, o frigorífico, os lavatórios e a sanita tomaram o lugar das primitivas coisas e converteram-se em coisas majestosamente novas.

Acontecia então que o meu pobre cão de pai latia de prazer. Prisioneira daquele corpo, a mãe sufocava ainda, amarrada pela inconcebível e obstinada força dos braços dele. Era quando ele se esvaía todo na sua golfada morna, pastosa e tão orgulhosamente masculina. Se não repetissem – e raramente o faziam – a mãe erguia-se, ia ao bacio, esfregava-se energicamente a um pano para nós desconhecido ou mesmo inexistente. Quando voltava para a cama, ele dormia tão profundamente como a paz das folhas de figueira nas noites de Verão. Dormia com o mesmo sono dos ratos, sem memória alguma e sem qualquer remorso de nos ter feito o mal do barulho, o mal de ser o único, o dono e senhor daquele corpo profanado no seu pudor. Então a chuva deixava de ser excessiva, e era apenas a chuva. Os animais que ao longe baliam, no escuro das arribanas, o crocitar das cagarras na noite oceânica, as patas das bestas raspando as lajes dos estábulos, o vento, tudo isso voltava a ser tão natural como o sono e a morte, na insuportável sucessão dos dias e na eternidade daquele mar.

A mim, que me enchera de raiva, só me apetecia chorar. O meu irmão, julgando-me adormecido, punha-se à procura da coisa que começava a empinar-se-lhe por dentro das longas ceroulas de linho cru, sempre voltado para a parede, e iniciava as guinadas, os suspiros breves e os urros da masturbação. O meu corpo balouçava assim ao compasso dos soluços e da energia daquela mão, numa corrida que se convertia em vertigem e depois desaguava nos esticões do espasmo. Sacudia muito as pernas, chupava a saliva, e o corpo tremia-lhe dum frio quase febril, esse mal que ainda me era de todo desconhecido. Ficava tão exausto quanto ele ou o meu pai. Cansado da aflição, do ódio e do ciúme, e dos próprios soluços. Adormecia toldado, confuso como um órfão, e o mundo perdia em mim uma parte daquela inocência que confunde na criança a idade com a recusa do crescimento interior.

Toda a minha vida girou afinal em torno e em função dessa paixão primitiva e anterior. O eixo do Mundo atravessou a cama, os segredos, as conversas ciciadas e os orgasmos dos meus pais. Passei a vê-los nos cães que se enganchavam pelas ruas, na porca que descia aos quintais vizinhos e ia receber a cobrição do grande e poderoso macho, e nos galináceos sôfregos que se agachavam sobre a estrumeira fumegante. Se um dia me casasse, a minha mulher teria de ser tão branca quanto ela, de cabelos muito negros e olhos intensamente azuis. Porque quando tive o outro destino de Marta, dei por mim a amá-la à maneira dele, a gostar de dar-lhe palmadinhas nas nádegas e a fazê-la gemer sob a força dos mesmos abraços. Contudo, muitos anos mais tarde, quando naufraguei nas águas revoltas da minha relação com Marta e perdi o pé à vida, apresentei-me ao mais louco psiquiatra de Lisboa. Um dedo categórico espetou-se-me à frente do nariz e deixou-me petrificado:

– O senhor está é inventando a infelicidade e ficcionando o seu triunfo: parece uma noivinha angustiada na noite de núpcias. A gente pega no escafandro, meu caro Pier Paolo Pasolini, e vai é mergulhar no lodo da infanciazinha. Percebido? Venha daí comigo.

Recusei-me, todo eu, a fazê-lo, percebe? Sei lá, por uma espécie de estúpido pudor ou mesmo por horror a essa evidência. Ninguém conhecia a infância; não estava na hora de abrir o cofre e decifrar os códigos, os papéis ardidos e as cinzas do passado. Melhor do que ninguém, eu sabia o segredo e a origem de todos os males. Não queria aliás acreditar nessas modernas, requintadas e talvez sinistras formas de confissão. Para mim, os psiquiatras não iriam além da lábia e do pormenor obscuro dos confessores – os mesmos que no seminário me haviam censurado sem perdão e prescrito penitências, ameaças, conselhos inúteis...

Fui pai de mim mesmo, sabe? E pai de filhos só meus. Sei que viver não é diferente de criar. E penso, em última análise, que ninguém resiste à sabedoria e ao Bem dos escritores: são os anjos e os demónios da pequena vida. Por isso aqui estou. Para lhe dar conta, como diria o poeta O'Neill, da minha santa e ternurenta vidinha… Topa?

MARIA AMÉLIA

Devia ter à volta de três, quatro anos de idade – e recordo-me de vivermos numa casa pequena, com chão de terra batida e escura como o breu. As paredes não tinham cal nem outro qualquer revestimento, e traziam a pedra à mostra. As portas e as janelas nunca tinham visto uma lágrima de tinta. Viam-se as telhas por cima dos barrotes armados sobre uma trave torta, a qual atravessava a casa duma ponta à outra. De dia, o vento era dum azul-ferrete. Mas nas noites de lua parda, era um vento de cinza que rugia: largava assobios de lástima, o coro das almas do outro mundo, parecendo que chorava pelos antigos donos, os mortos da casa. *Do you know what I mean?* Saindo a porta da cozinha para as traseiras, do lado de lá da estrumeira, havia a arribana das reses, tão baixa que alguns animais viviam como que agachados dentro dela. Outros, mais acrescentados de tamanho, ficavam ao ar livre, presos pelo pescoço à sebe de canas do quintal. No outro dia, de manhãzinha, passava-se a mão pelos seus dorsos e o pêlo estava todo cristalizado pelo orvalho da noite.

Como sabe, senhor, os animais enjoam os próprios excrementos, não os dos outros. Mas sucede que aquelas tristes e esgalgadas vacas do meu pai, ao contrário das muitas que vieram chegando pelos anos fora à família, devoravam tudo, esganadas por uma fome de tísicas e eternamente chupadas por batalhões de moscas. Comiam não apenas as canas sujas de bosta, mas também as peças de roupa ali postas a enxugar pela mãe, as cordas de tabuga e mesmo as folhas dos meus primeiros cadernos. Para impedir uma tal devastação, papá desceu às ladeiras próximas, de foice na mão, trouxe uma roçada de pica-

-ratos e coroou com os seus espinhos toda a sebe do quintal. Isso tinha de resto uma segunda utilidade: impedia a infiltração dos murganhos que até então atacavam o milho do cafuão.

Para poderem chegar à arribana ou vir para a rua, as pobres das vacas tinham de atravessar a casa. Mas se traziam a barriga demasiado cheia de erva das barreiras ou dos pastos arrendados, ou se se apresentavam prenhes de muitos meses, era um penar para que entrassem ou coubessem nas portas. Tinha de ser de empurrão. As mais ariscas aliás espantavam-se sempre à vista dos poucos móveis, subitamente bêbedas pela claustrofobia daquele corredor muito estreito e cujas paredes eram, como lhe disse, muros, simples pedras soldadas por areia e cimento. Tinham até medo dos retratos ali expostos e das jarras com malmequeres e jacintos, medo das cortinas e dos espelhos e das *doors*, e por isso passavam de corrida por ali, como comboios enlouquecidos ou descomandados que se inclinassem à beira dum precipício. Esticadas, torcidas e de focinhos alçados, deixavam a casa juncada de moscas. Minha mãe ia à frente e puxava-as com toda a força pelas correntes que as prendiam pelos cornos. Papá, atrás, dava-lhes tais ripadas por aqueles quartos abaixo que era mesmo de meter dó. As pobres, abrindo muito as patas traseiras e erguendo o rabo em gancho, desatavam a verter lágrimas brilhantes e gordas como pérolas. Mais tarde, quando perderam o medo às coisas, ameaçaram comer tudo, retratos, malmequeres, cortinas, capachos e imagens de santos, e então mamã vinha de *inside, I mean*, lá de dentro, sacudia as moscas com o pano do pó, com o avental ou com o que estivesse mais à mão e começava a lastimar-se:

– Jesus, Senhor da minha alma! Quem me caçara a mim uma casa sem este trânsito! As moscas são uma espiga para a saúde da gente. Grandes lapareiras! Envenenam tudo por onde passam, estes demónios.

Havia um quarto por cima, ao qual dávamos o nome de «soalho», por não ser de terra batida mas de tábuas.

O senhor conhece aquelas águas-furtadas por onde tão mal respiram os prédios de Lisboa e as pessoas que lá vivem, presas em gaiolas como pássaros depenados, esquecidas do mundo? Pois eu entrava de cócoras naquele barraco escuro e desprotegido, pior do que esses sótãos de Lisboa, estendia-me numa caminha de lastro e espreitava um céu carregado de chumbo. Uma janela de alçapão, porque deixara há muito de funcionar, separava-me dessas noites frias e ermas. A ferrugem soldara-lhe em definitivo as dobradiças, e eu via toneladas de nuvens rasando essa janela barrenta, oxidada nos eixos já carcomidos. Lembro--me de às vezes ficar ali a contar as nuvens e a imaginar--lhes formas de coisas conhecidas. Umas pareciam-se com vacas deitadas nos pastos, por causa das patas flectidas e das cabeçorras oblíquas. Outras, muito maiores, eram casas navegantes ou navios encalhados, talvez mesmo mapas que iam fundir-se noutros mapas e formavam países fantasmas – numa espécie de dança, voo planado ou arraial sem ruídos. Se fosse hoje, com o meu conhecimento do mundo, diria das nuvens desse tempo que seriam castelos, grandes *mountains* arrastando-se de norte para sul, ou rostos históricos que se mirassem não sei em que águas, mas decerto nos espelhos de ar que a gente espreita de dentro dos aviões. *Now, after all this time*, a minha vida parece continuar assim, rasteira e aflita sob o peso e o escuro dessas multidões de nuvens, eternamente levada pelo vento.

Sem verdadeiramente me aperceber disso, começava a viver sozinha. Os pais e os meus irmãos dormiam lá em baixo, estes pelo facto de serem de pouca idade, com Luís ainda *baby* e Domingas sempre muito perturbada pelos pesadelos. A coitada de mim fora mandada a dormir longe deles, como uma enjeitada, perto das nuvens, dos ratos daquele sótão, da chuva e do vento de que se faziam então os medonhos ciclones da Ilha. Medrosa como era, tapava a cabeça com os cobertores e dizia a mim mesma, como se rezasse a um *God* ainda desconhecido e mais tarde desco-berto na encruzilhada da minha vida de lágrimas:

– Vá, Amelita, dorme depressa. Fecha os olhos com força, pensa que morreste: não te ponhas a sonhar com coisas tolas, das que só existem no outro mundo...

Dormia dum sono só, valha a verdade. E o facto de o fazer de cabeça tapada tinha a vantagem de não ouvir senão muito ao longe os guinchos dos ratos, as trovoadas e os gritos de morte das cagarras. Além disso, o meu bafo era precioso: ajudava a aquecer a cama. Ainda hoje, de resto, só sei dormir assim, cheia de medo, dum medo sem explicação – e nem a presença do meu marido me convenceu a destapar a cabeça.

Primeiro, nasceu Domingas, depois Luís Miguel. Acabara de fazer seis anos, quando vieram os gémeos. Criei-me pois no intervalo desses nascimentos intermináveis, a comer fatias de pão de milho com bolas de cuspo, mastigadas a seco, muitas vezes sem um chicharro, um torresminho de porco ou qualquer outro conduto. Se houvesse umas pevides assadas de mogango, um pouco de banha de porco ou uma maçaroca de milho cozido, abríamos a boca, todos à uma como tentilhões esfomeados, e a mãe zangava-se, punha-nos na ordem e ofendia-nos aos berros, chamando-nos gulosos, barrigões, uns esgalgados de marca maior. Mas, habitualmente, só havia pão seco. O pão com lágrimas, senhor, de que já então se estava fazendo o meu futuro, como lhe hei-de contar.

Lembro-me ainda de ter começado a ir, de manhã e à vez da tarde, a casa de vavô Botelho. A minha tia América, a única ainda solteira de toda a família, via-me chegar com a fatia de pão de milho, ia ao açucareiro ou ao boião e barrava-ma ora de açúcar ora de banha amarela, sempre da mais ruim. Quando aqui inventaram a manteiga de vaca e ela chegou à casa de vavô, eu pelava-me toda por ela. Juro até que nunca na minha vida houve um sabor tão delicioso. Então, se era com pãozinho de trigo... O mel da minha infância não foi outro senão esse: o pão de milho, primeiro, com o açúcar e o sorriso cúmplice da tia América; depois, o pão de trigo com a manteiga de vaca. I repeat: nunca por nunca um qualquer sabor de comida

voltou a ser tão gostoso. Ainda hoje me consola embrulhar uma boa chávena de leite com uma fatia de pão de
trigo barrada com manteiga de vaca. Não por ser doce,
entenda. Mas porque era açucarado, infinitamente bondoso, o sorriso com que a minha tia solteira me recebia
então. Nem mesmo a primeira boda de casamento a que
assisti, nem talvez a minha própria noite de núpcias, e
pior ainda os biscoitos e as *pancakes* do Canadá, me souberam a esse mel amendoado e misterioso da infância.

Em nossa casa, sabe?, todas as bebidas eram ácidas.
O café preto, amargoso e cheio de borras. O leite das vacas,
quando elas pastavam o tremoço ou as favas, sabia a esses
estranhos remédios verdes, como os horríveis xaropes que
mamã nos obrigava a engolir em jejum, para o fastio e
para as bichas. O meu avô, vendo-me aparecer, sempre
muito pontual, ria com dificuldade por detrás da gosma
de galinha da asma que sempre lhe conheci. Via-o sentado
na soleta da porta, inclinado sobre os joelhos, «a apanhar
o arzinho que vem das terras», como gostava de dizer: se
tia América estivesse lá para dentro, ou no quintal a fazer
qualquer serviço, piscava-me um olho malicioso, dizia-me
para esperar e travava a custo o sorriso.

– Escuta lá, rapariga! – gemia ele com esforço, mal
ouvia a taramela da porta da cozinha. – Traz daí o açucri-
nho e bota no pão da pequena, coitadinha.

Esta última frase enchia-lhe a voz de guinchos e obrigava-o a tossir e a escarrar por entre os joelhos. Quando
os acessos de asma eram mais fundos, assustava-me ver os
olhos vidrarem-se-lhe, como se o estivessem a estrangular.
Minha tia vinha então com o avental, sacudia o ar à sua
frente, irritava-o, era enxotada por uma mão defunta
cujos ossos estavam já azuis sob a pele luminosa.

Aos quatro anos e meio, fui encarregada pela mãe de
tomar conta de Domingas e Luís, quando ela ia para as
terras ajudar papá ou lavar roupa ao tanque público.

Deixava-me sempre o aviso, repetido vezes sem conta,
de que não devia abrir a porta a ninguém. Um dia, abri-a
à minha prima Manuela: começara a encher-me da sau-

dade de brincar, tentada pelas bonecas de retalhos, pelos tachinhos de alumínio e pelos berços de verga daquela prima. Havia, nesse mundo em miniatura, uma outra graça, sem comparação possível com os tachos, as tigelas, a caixa da costura e os próprios filhos da mamã! Sentei Luís e Domingas no capacho, ao meio da casa, e pus-me a brincar com ela às mães fingidas, às mulheres fingidamente casadas. Brincávamos, veja a inocência!, às mulheres que tinham os maridos ausentes, às mães das bonecas de trapos, às tias ou irmãs mais velhas dos meus pequenos. Esqueci-me de tudo. Se o tempo desse dia passou depressa de mais, ou se foi a mãe que decidiu regressar mais cedo – não sei, nem o posso seguramente garantir. O certo é que a mamã, vendo tudo num esparrame pela casa fora, e vendo Luís todo borrado e com a boca suja de comer terra, e Domingas urinada e cheia de ranho, tudo num autêntico leilão, pegou logo na cana-da-índia de fazer as camas e levou o resto da tarde a sovar-me. De vez em quando, dava-lhe um súbito acesso de fúria: vinha lá de dentro e voltava a bater-me. Lembro-me dela a rilhar o dente, a dar-me beliscões nos braços e a ficar com as mãos cheias dos meus cabelos. Fazia-me aquilo impressão: estava muito tranquila lá para dentro, parecia mesmo apaziguada, mas vinha de repente, esbofeteava-me, cega de ódio, e punha-me de novo a chorar.

A paixão desse dia foi encher-me de desgosto e conhecer uma grande vontade de ir ter com a morte, onde quer que ela estivesse. Se mais não chorei foi porque se aproximava já a hora do pai. Vinha ao cair da noite, do trabalho das terras, com as vacas que nos entravam porta dentro, e perdia logo a paciência:

– Tal excomungada! Berrona do inferno: se te ponho as mãos em cima, deixo-te negra de pancadaria.

Como vê, nem ao menos se podia chorar. Não que me doessem por aí além os ensaios que mamã me dava. Doía-me era o espírito, a proibição de ser eu e o facto de não ter direito à minha idade: dar um pouco de colo a uma pobre boneca de retalhos, ter a graça ou a ilusão de ser livre, inocente e amada por esse tempo e pela aurora que se ia desenhando em círculo e à volta do mundo.

Com os anos, chegaram-me outros estranhos hábitos e desabituei-me de brincar. Perdi o jeito para as bonecas, o de estar naturalmente em grupo e o de rir com espontaneidade e ocasião. Dizem-me as pessoas que melhor me conhecem que as minhas gargalhadas se assemelham a sobressaltos nervosos que se exprimem pelo riso. Meu marido ri-se de me ouvir rir. Os canadianos abrem muito os olhos, pois nunca acham graça a nada, encolhem os ombros e dizem:

– *She laughs for nothing, this girl! Come on, Mary, please control yourself. What's the matter with you, Mary?*

Da mesma forma que não sei dominar a paixão com que lhe falo da infância, também não sei controlar o riso. Mesmo se, rindo-me de mim mesma, sei antecipadamente que o pior da vida é nunca ter havido um episódio capaz de despertar nos outros uma graça, *anyway*, ou um pouco de riso.

Em Lisboa, nos anos que vivi em companhia de Nuno, ele servia-se dum humor muito cáustico para dizer que o meu riso começava a ser pouco inteligente. Na altura, irritava-me ouvi-lo ofender-me assim, como me irritaram sempre as suas ideias políticas, as missas de domingo a que não comparecia e as mulherezinhas que só sabiam falar dos seus olhos azuis. O tempo ensinou-me que esses olhos apontaram sempre numa direcção oposta àquela que toda a família pensava seguir. Mas precisei que passassem muitos anos para o compreender. Precisei mesmo de rever, como num filme, aquela metade da vida dele que eu associava à minha, desde o dia em que nasceram os gémeos.

Se algum dia houvesse um presépio de Natal naquela casa, os cordeiros, os pastores e o próprio Deus-Menino não teriam decerto a inocência, os laços de nastro e as touquinhas de lã que defendiam do frio os meus irmãozinhos.

Nuno era miúdo, de cabelo loiro-palha quase branco e tão débil como um gatinho recém-nascido. Quando se lhe definiu bem o azul dos olhos, ficou com cara de menina.

Carlos, o seu duplo, parecia robusto, bem irrigado de sangue e cheio de genica. Nada tinha de feminino, pois até o cabelo era acastanhado e as feições mais vincadas. Deviam ser prematuros: gemiam ambos daquela agonia que se incomoda com as insignificâncias do mundo. A dobra do lençol representava um peso para os pescoços deles. Uma mão que os acariciasse assustava-os, tornando implorativos os seus protestos. Até o ar era excessivo para esses pulmões. Por isso respiravam por guelras, com um fiozinho ruidoso que os obrigava a arfar de fadiga. E como aprendiam e estranhavam o próprio choro, exprimiam-se por sons desconexos, respondendo-se mutuamente e à vez. O fascínio dos gémeos é bem esse: parecem-se em tudo. Funcionam como um perfeito mecanismo de repetição. Se Carlos grunhia, logo Nuno o imitava. Mas se era este a piar no seu choro de pintainho, Carlos respondia-lhe de buzina, cheio de vento e grosso como um soprano. Pareciam de facto macho e fêmea.

Escolhi logo Nuno, por me ter parecido pequeno, solitário e inacreditavelmente frágil. Tão em miniatura, assemelhava-se a uma figura dos bordados de mamã, com uns dedinhos de filigrana e uma boca avermelhada como um botão de rosa. Domingas resignou-se a ficar com Carlos para si, se bem que cativada e orgulhosa da sua robustez masculina.

Nunca cheguei a perceber por que motivo ou estranho capricho, sendo Carlos o mais forte, não passou além das quatro semanas de vida. Teve, desde o início, o seu lugar reservado no mundo. Ocupou um espaço vital que Nuno tardou muito a descobrir e a adoptar como seu. Carlos estava predestinado, supúnhamos, a ser o guia, o sol mundano de Nuno. Toda a lógica dizia que, caso a morte viesse a poupá-los, a doença havia de o ir devorando aos poucos, de dentro para fora, tal como as larvas roem a maçã. Por isso não sei, ainda hoje, como explicar as reviravoltas na lógica desse destino.

Lembro-me apenas que mamã começou a pedir a Deus que se lembrasse de levar para junto de Si um dos gémeos.

Acrescia a isto o facto de não haver dinheiro para tantos remédios. Na opinião dela, a tosse convulsa estava-os arruinando. Médico, só havia um na Algarvia, a mais duma légua por estrada. Mas o Dr. Arlindo Maia fora sempre muito peremptório: não se deslocava a lado algum para visitar a morte nos meses de chuva. Esperava-a no consultório da casa que abria grandes janelas com persianas sobre a imensidão dos seus muitos alqueires de terra. Diziam-no o maior lavrador da região e o clínico mais feroz de toda a Ilha. A nossa casa, veio uma única vez, no Verão anterior, e diagnosticou a Domingas uma febre tifóide. Impressionou-me imenso ouvi-lo sempre a assobiar baixinho enquanto lhe palpava a barriga, de sobrolho carregado. Só interrompeu o assobio para dizer:

– São duzentos e cinquenta escudos, consulta e deslocação. É bem possível que ela vá morrer.

De um instante para o outro, compreendi tudo. Estava-se em Fevereiro, chovia a cântaros, e o Dr. Arlindo não poria à estrada o automóvel preto que luzia como um espelho quando ele ali vinha por causa das doenças estivais. Deus não tardaria a raptar da vida o menos sadio e o mais indefeso dos gémeos. E esse, pelas razões que lhe expus, era o meu adorado menino dos olhos azuis. Tomei então a minha decisão: se Nuno morresse, eu queria ir para o Céu com ele. Não suportava aliás que Domingas viesse a ganhar a nossa aposta quanto a essa morte que estava escrita no destino. Ainda que mamã não tivesse tomado partido entre a vida de um ou do outro gémeo, eu pressentira há muito que a sua preferência ia toda para Carlos: era o mais robusto e o mais macho de ambos. Dava-lhe também maiores garantias de sobrevivência para o trabalho das terras.

Foi uma tosse medonha. Deixava-os roxos, muito tesos e sempre à beira da asfixia. Os xaropes de mel, os unguentos e os chazinhos de poejo revelavam-se ineficazes, pelo que a sombra da doença passou a roçar mais de perto a morte inevitável dos gémeos. Quando os acessos se tornaram mais frequentes, fomos dar com eles exaustos, a dormir durante horas sem fim, por entre gemidos e queixumes que nos cortavam a respiração. Começaram a visitar-nos mulheres vestidas de luto, as quais aconselhavam a mamã outras e mais outras mezinhas. Homens descalços, os mais chegados à casa, chamavam papá de parte e quase lhe suplicavam que mandasse vir o doutor, porquanto os meninos se estavam já finando e no pior da agonia.

Eu e minha irmã limitávamo-nos, até então, a dobrar o valor das apostas. Mas depressa compreendemos que era chegada a hora de nos pormos de joelhos a rezar à volta do berço onde agonizavam, minuto a minuto, os gémeos. Mamã continuava a pedir a Deus que se decidisse depressa a abençoar tal sofrimento. Quase não mamavam. Tinham--se posto trémulos, sedosos como pombos, e a fraqueza dos choros assemelhava-se ao assobio brônquico dos asmáticos. Já em desespero, ofereci a Deus a minha vida, em troca pela de Nuno. Não tinha muito a perder: o meu mundo estava já condenado às lágrimas, à sofrida infância do meu tempo. De meu, tinha somente Nuno: não me sobrariam razões para continuar a viver...

Num fim de tarde, enquanto lá fora a chuva zunia e se aguava numa levada contínua pelas regueiras abaixo, fomos dar com eles ardendo em febre e em agonia. Atravessaram um tempo de limbo, com os olhos parados, às vezes sem respirar. Decidimos ambas, eu e Domingas, ficar de vela durante a noite seguinte. O pai andava como doido, em ceroulas, abanando o ar, abrindo e fechando janelas, para que eles pudessem respirar. Sentada na cama e com eles ao colo, mamã soprava-lhes para a cara e ia rezando uma ladainha à Senhora do Sossego. Numa espécie de cisma, repetia que Deus não precisava de levar para junto de Si os dois duma só vez. Mas ao menos um, permitisse a misericórdia divina que fosse salvo de semelhante calvário. Na altura, tinha já os olhos exaustos, esmorecidos em extremo. Recordo-me apenas de ouvir, num sobressalto de sono, a voz de mamã dizer:

– Graças à Virgem, que um dos meus anjinhos já está no Céu!

Domingas desatou logo aos gritos, numa birra de mau génio, largando coices em tudo e ferrando-me dentadas. Por entre as lágrimas, mamã gritou-nos uma ameaça triste, para que parássemos de brigar. Passando por nós, papá separou-nos, pôs-nos de pé sem nos repreender e foi deitar-nos nas nossas camas. Com a chegada da manhã, vi logo que o rosto dele mudara de cor e de expressão. Apresentava-se-nos esverdeado, sem energia. Daí a pouco, vimo-lo partir na direcção do quintal, sempre sem falar, muito pálido, fulminado por dentro, sem atinar com a tranca e com o ferrolho da porta da cozinha.

Muitas vezes dei comigo a pensar que o amava terrivelmente, mais até do que ele merecia, e muitas mais ainda quis manifestar-lhe todo o ódio do mundo. Todavia, senhor, sempre que o vi passar na direcção da oficina de carpintaria, a seguir à morte de cada um dos meus três irmãos; sempre que o vi escolher as tábuas, os barrotes, as preguilhas e as pegas de corda dos caixõezinhos dos filhos, e depois preparar as ferramentas, aplainar a madeira, retirar da boca, um por um, os pregos de ripa – conheci a dor incalculável daquela fatalidade de ser pai de filhos mortos e de ser ele a construir-lhes as pequenas urnas brancas onde iam depois a enterrar. Construir uma caixa para o corpo frio dum filho, forrá-la com um lençol de linho e depois colocar dentro dela, com postura de anjo, o pequenino corpo sem vida… Nunca houvera uma missão mais terrível. Porém papá não era homem para virar a cara à vida: nisso residia, sem dúvida, a sua grande coragem honesta, algo fria até, que nunca me cansarei de elogiar. Mas que dor tamanha, senhor: medir a palmo o corpo do seu menino, afastar-se sozinho para o fundo da arribana, separar tábuas, barrotes, pregos e parafusos e pôr-se a imaginar as formas, o espaço interior daquele cofre de morte! E depois o coveiro, e depois a terra a cair e a produzir aquele som de coisa oca, de tambor, e as frias rosas, e a chuva e o latim apressado do padre… Ainda hoje isso me dá vontade de chorar.

Por três vezes, como disse, assisti à construção daquelas caixas: na morte de Carlos, na de Vítor Primeiro e Vítor

Segundo. Quando mamã lhe dava a notícia desses faleci-
mentos, saía na direcção da oficina, trabalhava durante uma
manhã e trazia a caixinha debaixo do braço. Vinha derreado, sisudo e silencioso. O único sinal visível da sua ruína
era recusar o almoço, o jantar e a ceia desse dia. Nunca lhe
vi uma lágrima no decurso desses anos: limitava-se a mur-
char a um canto, durante o velório, sem ouvir os prantos
nem os suspiros. Quando o padre chegava para o enterro,
erguia-se dum modo quase brusco, pegava no mais pequeno
de nós ao colo e afastava-se dali. Não sei como não enlou-
queceu. Nem como podia mamã manter-se lúcida e até sorrir tristemente, sempre que as amigas e as vizinhas chegavam,
enchiam a casa e admiravam a sempre excepcional beleza
dos nossos bebezinhos mortos. Pareceu-me sempre escan-
daloso que, em lugar de lhes darem os pêsames, os felicitas-
sem a ambos pela morte daqueles inocentes: os meninos
apenas iam à frente dos pais, diziam. Eram felizes: morriam
purificados, sem pecado e livres de mais padecimentos, e
decerto velariam no Céu por quem tanto os amara neste
mundo. Papá e mamã quase sorriam, agradecendo os parabéns pela morte dos seus anjos. Era pois uma morte doce,
iluminada pela bênção dum deus hipócrita, em cuja existência a desgraça se confundia com a mentira da felicidade.

LUÍS MIGUEL

Nascíamos em segredo. De partos apenas um pouco
queixosos, como murmúrios de gente soterrada. Sem
sequer termos dado conta de que a barriga da mãe estivesse inchada na véspera e de repente se apresentasse
vazia e entrapada por um lençol dobrado sobre o comprido. Sem gritos nem sobressaltos, e só enquanto dormíamos. Era como se fosse proibido nascer. Ouvíamos às
vezes meu pai sair para a noite com um passo aflito. Mas
isso significava apenas que mamã estaria doente e que ele
ia pedir ajuda a vavó Olinda. E como essa avó chegava a

manquejar pela rua abaixo, sempre muito rabugenta e a altas horas da noite, tomámos o hábito de pensar que ela vinha acudir a mais uma doença. Veio quando meu pai se queixou muito da barriga e depois teve de ser operado de urgência a uma apendicite. Veio na noite em que ele chamou por nós e nos quis todos em roda da cama: ia morrer, disse-nos numa voz com lágrimas. Estava amarelo, coberto de suor e com a boca muito seca – e depois teve de ser transportado num táxi ao hospital da Ribeira Grande, onde o operaram a uma úlcera do estômago.

Chegava com o seu andar de cadeira manca, sempre numa aflição, empurrando a noite à sua frente e deixando a rua surda. Então percebíamos que talvez um qualquer de nós estivesse para nascer nessa madrugada. No dia seguinte, os rapazes da rua malinavam e diziam inconveniências acerca da *coisa* gorda e repolhuda da minha mãe; que inchava muito, abria-se como uma ameixa e, do fundo dela, esguichava uma cria de olhos avermelhados e aspecto lambido. Era inevitável pegar-me com eles ao sopapo, em defesa da nossa mãe e daquelas miniaturas de gente cujos rostos se pareciam com os nossos: os mesmos dedinhos roxos, uma penugem de pêssego nas cabeças e nas costas e uma boca fortemente desenhada. Quanto à mamã, estava mesmo doente, porquanto a doença, em nossa casa, era sempre tratada a canja, caldinhos de galinha e ovos fritos com bocados de chouriço…

Não nos ficou desse tempo um único retrato. Os filhos dos outros eram habitualmente retratados no dia de baptismo, quando pela primeira vez se sentavam sozinhos ou no momento em que aprendiam a gatinhar. Retratados quando de repente se lembravam de pôr-se de pé e, dando às asas como os filhos dos pombos, tenteavam alguns passos, caíam e punham-se de novo em pé para andar. Existem fotos do primeiro e do último dia de escola, da visita do bispo que aqui veio crismar-nos, do dia das sortes para a tropa, duma ou outra matança do porco, das festas e procissões em que eles iam de anjos ou de quando os coroavam nas novenas do Espírito Santo.

A grande diferença, entre a nossa e a vida dos outros, principiava assim no simples facto de eles estarem no tempo dos retratos e nós esquecidos nas escuridões da memória. Na possibilidade de eles desfolharem álbuns de família e verem como tinham sido felizes, de que forma haviam crescido e aprendido o gosto da vida. Quanto a nós, só existe o passado, sem distinção de anos, festas e dias de aniversário.

Das poucas vezes que aqui vieram os retratistas, com antiquíssimas máquinas que assentavam num tripé, juntávamo-nos para admirar o modo como o homem se compenetrava a preparar o seu engenho. Havia uma manga de flanela preta, e o homem enfiava a cabeça por ela dentro para farejar as pessoas de longe. Vinha na véspera das festas, instalava-se numa furgoneta comida pela ferrugem e depois ia de porta em porta perguntando pelas crianças que iam de anjos, pelos homens dos guiões e dos andores: se não queriam guardar para sempre a melhor, mais bonita e santa das recordações da vida. Por vezes, famílias inteiras vinham instalar-se no meio do caminho, em frente da casa. Traziam bancos compridos e cadeiras, acomodavam-se em redor da soleira da porta, e o retratista mirava, mirava, mirava. Até certo ponto, tratava-se duma arte que exigia grande engenharia de gestos, toque e posições. Não havia vez nenhuma que ele não saísse de dentro da sua manga de flanela para vir endireitar uma cabeça, estreitar um pouco mais as pessoas para que ficassem no campo da lente, compor melhor a posição dos braços, o arco do pescoço, a altura das cabeças. Durante aqueles instantes de nervosismo em frente da máquina, tornava-se num mestre-de-cerimónias e no único dono daquela gente. Os avôs, nascidos já noutro século, apoiavam as mãos trémulas e muito brancas nas bengalas de buxo, torciam as pontas do bidode, erguiam, como no seu tempo, as abas do chapéu de feltro. Os netos mais desatentos eram constantemente avisados para que olhassem em frente e estivessem sossegados. Vinha de novo o homem, aos pulinhos, andando em bicos dos pés: cuspia para as mãos, alisava um cabelo mais revolto pelo vento, acachapava um marrufo ou uma onda mais torcida ou mal penteada, e captava a atenção dos bebés a toques de sininho, ou com bonecos de corda, ou mesmo com um rebuçado entre as unhas sujas.

– Olha o passarinho, olha o passarinho! – repetia ele, de novo à espreita lá do fundo da sua manga. – Se querem ver sair um passarinho, meninos, têm de estar muito quietinhos e olhar bem para a minha mão.

Dali a uns bons três quartos de hora, o homem saía da furgoneta, sacudia no ar os ácidos das tinas de magnésio, soprava para aqueles rostos escuros, e depois a sua boca de rã rasgava-se num sorriso infinito. Ia-se a ver, era uma família de rostos mascarrados, com o ar espantado, algo estarrecido, dos carvoeiros de antigamente. O retrato estava pronto a recolher às tabuinhas do carpinteiro ou ao pedaço de vidro de moldura que alguém em tempos vira esquecido entre coisas esquecidas. Depois era pendurado na parede da cozinha, por cima da mesa das ceias, ou num dos quartos de dormir, ou ainda a meio da casa, bem à vista de quem entrasse. Envelhecia como uma memória de sombra, perdido aos poucos da realidade, e alguns dos que nele figuravam transformavam-se em antepassados.

A minha e a infância dos meus irmãos ficou apagada do tempo e do luxo dos retratos. Nunca fomos de anjo nas procissões, e nunca os meus pais se comoveram com a voz suplicante desses retratistas de fora da terra que garantiam a perfeição humana e a arte de emprestar à vida um pouco de sabor e saudade.

Tivemos pois de esperar pela vinda dos anos e de começar a separar-nos uns dos outros, para só então nos chegar esse direito a entrar num retrato de família. Como pretextos, tivemos a necessidade dos bilhetes de identidade, o cartão da tropa e o requerimento dos primeiros passaportes. Tirante isso, não sobrou desse tempo, como lhe disse, um único retrato capaz de dizer se éramos belos ou feios, se tendíamos para o magro ou para o gordo, se nos parecíamos uns com os outros ou com alguém mais chegado ao nosso sangue. E isso não no dizem os espelhos: as suas imagens vão-se com um sopro.

– Minto: houve uma ocasião em que a mais moderna de todas as máquinas de então nos deitou uma espécie de bênção, lá do alto dos cerca de dois metros de altura do meu tio Martinho, o homem mais alto que até hoje conheci.

Viera de visita ao Rozário, para se casar por igreja. O matrimónio civil, realizado por procuração, não o ligara ainda à tia Etelvina para a vida e para a morte, sem a bênção sacerdotal. Antes de regressar de vez ao Canadá e aí aguardar a chegada da esposa, começou a encher-se de tristeza e a antever as lágrimas que havia de chorar por ela, pelos sobrinhos e por todos os que lhe deixavam saudades. De maneira que, uma semana antes do avião para Montreal, reuniu os dezassete sobrinhos no Canto da Fonte. Esteve a ordená-los em duas filas, pondo-os por tamanhos e incitando-os a que levantassem a cabeça e olhassem na direcção do Sol. Demorou infinitamente a ver se cabíamos naquele rectângulo. Depois de muitos ajustes da lente do diafragma, pôs-se de cócoras, disse para olharmos e vermos sair o passarinho, e lá disparou o botão. A seguir, fez sinal para que esperássemos, entrou em casa, trouxe um grande cartucho de rebuçados e pôs-se a distribuí-los por nós. Partiu na semana seguinte, sem se despedir de ninguém, mas deixando a promessa de que em breve nos enviaria uma cópia desse retrato. Ficámos meses à espera, certos de que esse momento da infância ia ser eterno como um espelho do qual nunca mais se apagariam os nossos rostos. Veio no Natal seguinte, em envelope de saco. Papá e mamã demoraram imenso a localizar-nos no meio de tantos sobrinhos. Aumentaram o volume à torcida do candeeiro, ele exigiu que lhe trouxessem os óculos e passou muito tempo até o ouvirmos dizer:

– Olha, cá está Amélia! E este aqui é Luís, pois então!

Nuno, sempre o mesmo palhoco, ficara com os dedos enfiados na boca, como um perfeito mamado, e Domingas estava distraída, com a cara à banda e a olhar para anteontem. Só depois de muito nos comentarem e de se rirem de nós permitiram que o retrato nos viesse às mãos. Então pusemo-nos em monte, às costas uns dos outros, a tentar descobrir o importantíssimo pormenor da nossa existência.

Quanto a mim, parecia uma torre entre duas primas gordas e barrigudas, e houve logo uma grande diferença, nessa forma de estar em frente do sol, entre mim e todos os outros. Nuno tinha de facto os dedos na boca. Linda apresentava a cara muito franzida. E Flor era, já então, um torresminho entrapado ao colo de Domingas. Amélia começava a ganhar as formas aguçadas e doentes com que ainda hoje se apresenta na vida, e já os óculos lhe emprestavam um ar sofrido e pesado. Eu e Nuno destoávamos pela gaforinha espetada a meio da testa: ele ainda pela pança que se empinava sobre os suspensórios dos calções e eu pelos ossos chatos e um pouco tortos do princípio do crescimento. E foi então que me vi transformado no palhaço da família. Descobrira-se por essa altura que eu via mais dum olho do que do outro. O doutor da Algarvia receitara-me uma borrachinha rosada para tapar uma das vistas, a qual aderia à lente dos óculos por intermédio duma ventosa. Não sabia por quanto tempo teria de usá-la. Mas ainda hoje, quando me lembro da infância, continuo a apresentar-me à vida com cara de pirata, um olho apontado ao futuro e o outro vendado: ninguém tivera a lembrança de me retirar aquela invenção, de forma a que tivesse podido ficar nesse retrato com a mesma dignidade e com o ar natural de cada um dos meus irmãos...

– O senhor pode ver os meus dentes?

Tenho-os assim, tortos e de tamanho irregular, porque começaram um dia a encavalitar-se, montados ao comprido ou de atravessado uns nos outros. Papá servia-se dum barbante, do alicate dos pregos, das próprias unhas, fortes como tenazes!, e mamã segurava-nos a cabeça contra o peito. Puxava, alargava, puxava, alargava, tudo a sangue-frio: ficavam-lhe os dedos ensanguentados e eu berrava com dores, como se me estivessem arrancando as unhas ou arrepelando as suíças.

Durante anos, no comprido tempo de toda a minha vida, aqui e no Canadá, vi-me perseguido pela visão destes dentes, pelas pernas que entortaram nos joelhos, pela desmedida altura dos meus ombros, pela força que me tornou diferente mas não superior aos rapazes da minha criação. Chamaram-me *Cambado, Drácula* e *Gafanhoto*. Agora, veio-me esta grande pança da muita cerveja preta canadiana, alarguei para os lados e tenho um andar de coxo desde o dia em que uma serra mecânica me ferrou uma dentada no joelho: caí para a banda, perdi os sentidos, e uma ambulância lá me levou à anestesia, aos ferros da mesa de operações e ao cerzido dos pontos do médico mais trouxa do mundo. Os canadianos olham, os meus irmãos olham e disfarçam ou mudam de conversa. Mas sei que fui sempre, hei-de ser, é inevitável que me caiba a mim e a mais ninguém o rótulo de palhaço pobre da família. Isso aconteceu no Rozário, também durante a tropa e na guerra da Guiné e sobretudo no Canadá – a sofrer os «bossas», sem entender a língua deles, sem nenhuma instrução com que pudesse defender-me dos insultos deles e das agonias da minha vida. Corri o meu bocado de mundo à cata dumas «dolas», levei *fire* de mais de mil patrões, principalmente nos invernos de Toronto e Vancouver, quando o «sinó» dificultava os trabalhos da construção. Andei pelas «compasseixas» e pelas «insuranças», sempre como um miserável, com esta cara de vergalho que Deus Nosso Senhor me deu! Tudo começou no dia em que as raparigas do Rozário, vendo-me passar no alto do meu metro e noventa, desviaram a vista, apressaram sempre o passo à minha frente, ou então esconderam o riso nos aventais. Somente uma ou duas pobretas, ainda por cima feias, e uma delas zarolha e com um cravo roxo no queixo, se dispuseram a aceitar-me namoro. As outras, as princesas convencidas da Rua Direita, quiseram-me apenas à boca da viagem, ao saberem que também eu ia embarcar, conhecer países e experimentar o perfume das «dolas».

– Mama aqui! – disse eu a uma delas, tirando a belica para fora das calças e pondo-a à mostra. – Mama e engole, ou vai dar o resto a teu pai!

Vimos, todos nós, do tempo em que fomos burros e andámos com mogangos às costas; dos meses sem domingos, das festas onde nunca houve dinheiro sequer para um cartuchinho de pinotes ou uma garrafinha de pirolito; do tempo em que meu pai peleijava muito, não nos achava graça e só sabia dar-nos malho. Vestidos com as roupas largas, usadas pelos tios, filhos de pais que, nas festas do Espírito Santo e da Função, passavam por nós, desviavam a cara fingindo não nos conhecer, só para não terem de abrir mão duma serrilha ou seis tostões para tremoços e rebuçados. Na opinião do pai, éramos muitos, dávamos prejuízo à casa – e eu com uma grande vontade de lhe dizer naquela cara:

– Fodesses menos, quando eras mais novo!

Sempre lhe ouvir dizer que um filho era um investimento, um negócio de pomba acerca do futuro da família – mas começava por dar o prejuízo inicial de não render dinheiro nem trabalho para a casa. Daí que Amélia e Nuno, ao decidirem fugir para o Continente – tão cheios de vocação para os conventos, *of course!* – representaram sobretudo um imenso prejuízo. Durante anos, nas cartas que lhe escreveram de Lisboa a pedir socorro, vieram esses inúteis apelos e resvalaram sempre na indiferença do seu rosto moquenco ou nos olhos ariscos com que fitava minha mãe e parecia ditar-lhe a resposta a essas cartas:

– Não vou agora deserdar uns para endireitar a vida a outros, que ainda por cima não trabalharam para a casa nem deram rendimento nenhum!

Não sei se alguma vez percebeu que atrás dum tempo havia de vir outro tempo, nem se chegou a ter orgulho por um só que fosse dos seus nove filhos. A mais velha, Amélia, *what a clever girl* para os estudos e lá na sua profissão de enfermeira. Eu, forte como um cavalo, embora com menos sorte do que eles e já com dois *accidents* nos trabalhos da construção. Domingas e Zélia, lá pela América, ambas muito bem das suas vidas. Nuno, ninguém tenha pena dele: casou com uma prenda de rapariga, é doutor de ensinar na *high school* – só não sei por que razão não medrou nem é rico e respeitado como os *teachers* de antigamente. E anda sempre cheio de dores de cabeça! Jorge, um carpinteiro de luxo e um atinado de marca maior, até traz homens por sua conta em Toronto e é dono duma companhia canadiana. E Mário, o mais moquenco de todos, não gasta uma «dola», não se confessa a ninguém, e lá se vai aviando nas fêmeas esfomeadas de Vancouver!

Eu sou a carta marcada, o ás de copas do baralho e da batota da família. Trabalhei como um boi e padeci como um cavalo. Quando me casei com aquela mulher que um dia me sorriu da janela da sua casa das Capelas, vim aqui a correr, pedi a meu pai um pequeno dote para a boda e para o princípio da minha vida: levantou os olhos para um céu que não existia, negou duas vezes com a cabeça.

– Já devias saber que não dou dotes de casamento. Espera até que eu morra, e então herdas a tua parte.

Anos mais tarde, já no Canadá, precisei de dez mil «dolas» e voltei a correr ao encontro dele. Pedi-lhe e supliquei-lhe: «é apenas um empréstimo, meu pai!» Cedeu, pelo prazo dum ano, mas a juros. Depois, arrependeu-se, mandou-me chamar, decidira transferir o dinheiro para Portugal, onde os juros eram mais altos. Corri então Ceca e Meca, cheio de agonia, revoltado contra a avareza daquele velho. Desmanchei negócios, virei tudo do avesso e fiz hipotecas. Nesse mesmo dia, à boquinha da noite, fui bater-lhe à porta.

– Aqui tem papá o seu dinheirinho – disse. – E seja pela sua saúde!

Pôs dois olhos tristíssimos em mim, baixou a cabeça para o peito, e cinco anos depois, à beira da morte, pediu-me pela saúde dos meus filhos que lhe perdoasse esse episódio infeliz.

Sabe o que fiz? Aproveitei para lhe perdoar o inferno da minha infância, o muito malho que me dera sem razão, as pragas, as peleijas, o facto de não ter querido estar presente no meu casamento, o nunca ter gostado sequer um bocadinho de mim, nem ter sabido encorajar-me quando estive doente, quando parti para a maldita guerra da Guiné – e tudo o que faltou nele para ser um pai e eu ter orgulho em ser filho dele, o progenitor de dois dos seus netos e um homem muito sério, dado ao trabalho e à harmonia da minha casa. A nossa vida aconteceu assim, e não de outra maneira, porque meu pai mandou que fosse. Ainda agora, mesmo depois de morto, continua a mandar em nós, e nós a dar-lhe obediência: a sua voz está em toda a parte. Chama--nos a todos pelo nome, dá-nos ordens e avisos, aconselha--nos, peleja connosco: só não pode bater-nos porque se transformou numa alma penada, e já ninguém acredita que as almas usem chicotes para açoitar e castigar os vivos. Antes de morrer, pediu-nos que a casa ficasse para Nuno. Que as terras, as hortas, as ladeiras, os pastos, as matas e os pomares fossem sorteados pelos restantes – e nós assim o fizemos. No mês das *Christmas*, quando ele tinha os netos sentados no colo e nós éramos mais de trinta de roda da sua mesa, ninguém tinha morrido e havia ainda a ilusão de que talvez o tempo tivesse começado a andar para trás. Via-o de novo sentado, mas muito diferente do que fora, rindo-se, brincando com os netos, contando-lhes histórias desconhe-cidas, casos felizes que nunca tinham acontecido na nossa infância. Olhava para os meus irmãos, piscava-lhes um olho malino. Sabia que eles pensavam exactamente como eu: a velhice era o preço da sua mudança. Se alguma vez pudesse ter sido assim doce, terno e sereno, ninguém terido sido obrigado a ter medo dele. Eu não teria casado contra sua vontade. Amélia não teria sido freira. Nuno deixaria de ter razão para fugir de casa, a fim de ir estudar para bispo. E também não teria pregado a todos aquela bela partida que depois inventou. Aí pelos dezoito anos, quando o man-daram embora do seminário, escreveu-nos a mais longa de todas as suas cartas a explicar-nos os motivos por que per-dera a vocação: deixara de suportar os padres e decidira, tal como nós, gostar de mulheres. Foi talvez o único que sem-pre teve a sorte de poder desobedecer-lhe, de se recusar a vir para junto de nós e de mandar dizer-lhe por carta que não aceitava ser burro dele, boi ou mesmo seu filho. Por isso, bem pode rir-se da nossa história como duma boa ane-dota. Contada então por ele, senhor, até nós próprios lhe achamos graça...

Capítulo terceiro

NUNO MIGUEL

A particular memória dessa meia-fada remonta aos dias da chegada à Ilha, ano após ano, sempre que vinha de férias dos estudos no seminário. Uma mulher de giz, com uns profundos olhos azuis e um corpo de gazela pouco ágil, abraçava-me fortemente contra os grandes seios, à saída das camionetas da Cidade – e era quando eu vislumbrava uma nova e ainda desconhecida ruga no seu rosto ou mais uma mecha que principiava a encanecer-lhe o cabelo. Assisti assim à sua progressiva transformação numa espécie de baia ruça, cada vez mais gorda, desdentando-se sem remédio e assumindo uma melancolia resignada. A não ser isso, recordo-a como uma permanência baixa, sem relevo, mesmo algo subterrânea na minha vida. Tão depressa cantarolava os únicos versos que sabia de cor como fendia o silêncio com um grito de cólera que a obrigava a rilhar o dente. Se risse, fazia-o de gargalhada, com um estremeção de ombros e despedindo guinadas com o ventre. Para ela, a vida era um presente contínuo, do qual nada havia a esperar.

Nos dias da chegada, a família deslocava-se em peso à estação para me receber. Lá do alto da camioneta, eu via uma estranha tribo que me procurava com os olhos ansiosos, esperando que me pusesse de pé, que lhes sorrisse e acenasse, e algo expectante quanto à mera hipótese de eu vir diferente, mais alto e mais gordo, após esse ano de ausência. Era-me imediatamente óbvio que quem mudara

tinham sido eles, não eu: no peito das manas mais crescidas despontavam já as tais tetazinhas rupestres e envergonhadas; estavam ainda mais palustres e tisnados os rostos
do meu pai e de Luís. Os mais novos, não me reconhecendo, escondiam a cara e recusavam vir aos meus braços.
Os bebés nascidos enquanto eu estivera longe faziam beicinho, franziam o sobrolho e buzinavam um choro de
protesto contra esse intruso que lhes beliscava a bochecha
ou premia com um dedo o nariz. Disfarçávamos um indisfarçável embaraço, apresentados uns aos outros como
estranhos e não como irmãos. A agravar a diferença do
meu aspecto civilizado, eu falava o português continental,
trazia uma pronúncia doce e requintada, de irmão estrangeiro, e não estava queimado do sol insular nem ardido
daquele sal que lhes dava a eles um ar de camponeses
crestados. Papá era quem fechava o silencioso cortejo desses toscos, submerso pelo chapéu de feltro: tão pequeno
de corpo, as abas daquele sombreiro pareciam trazê-lo
dependurado no ar, suspenso dum cigarro de folha de
milho por vezes tão grosso como uma boga. Chegava-se a
mim sempre em último lugar, e o seu abraço frouxo
devolvia-me não um pai mas o cheiro húmido do suor, um
hálito a tabaco e a frase mínima que eu me habituara a
ouvir de ano para ano:

– T'abençoo, filho!

O meu irmão mais velho, para disfarçar o embaraço,
passava logo a coisas práticas. Pegava-me no malote das
roupas e dos livros inúteis e perguntava-me pelo futebol,
já que o deslumbrava ouvir-me falar dos estádios e dos
pequenos sucessos lusitanos. As manas, sempre envergonhadas, limitavam-se a ouvir a sabedoria, a pronúncia
oval dos sons de Lisboa e a minha felicidade de ser homem
e de ter as mãos tão lisas como as páginas dos livros.

A meio do serão, papá saía da penumbra do banco da
cozinha. Via-se que lhe era difícil vencer a reserva e chegar ao diálogo comigo. Em última instância, queria saber
da minha boca quando se lembraria de morrer o barrigão,
o velhíssimo, o eterno ditador Salazar: se sabia algum

novo pormenor acerca dessa existência falível, do seu trono de bispo, da improvável arte de estar vivo mas não ser visto a uma única janela da casa fechada e irrespirável, à qual tinha sido posto o nome de «pátria»...

De repente, mamã ritualizava-se. Parecia pôr-se em bicos de pés, crescer um palmo acima do chão, sorrir com uma malícia que se iluminava apenas aos cantos da boca. Abria as portas do armário, os meus irmãos sorriam dessa cumplicidade adivinhada, e havia sempre um alguidar de barro tapado com um pano de cozinha.

– Olha lá, nosso Nuno, que te fiz massa sovada com arroz-doce, como tu gostas. Enche-me essa barriga, meu rico homem, e mata as saudades.

Fora desses momentos de excepção, a minha alma fecha-se, parece recusar-se à simples memória dessa mãe doce, muito plana mas pouco ou nada festiva. Sempre me impressionou que ela nem se lembrasse do dia dos nossos aniversários: não tínhamos qualquer ilusão acerca dos presentes, mas admitimos sempre que talvez merecêssemos um biscoito ou um sorriso dela. Nunca houve comemorações de coisa nenhuma. Prendas de Natal, muito menos ainda: as alfarrobas ou os rebuçados eram coisas incertas, vindas sem propósito e geralmente por mão estranha. Relógios de pulso?! Chegaram à família apenas quando o tempo começou a mudar de rumo e a anunciar-nos um destino canadiano. Até então, fomos tangidos pelas badaladas duma caixa onde se repercutiam a monotonia dum pêndulo e um som de vergas. Foi inútil sondar o tempo nessa presença mecânica. E sempre que o grande relógio de parede se imobilizava, dava-se-lhe corda com uma chave de orelhas e acertavam-se os ponteiros por um acaso qualquer: pelo palpite de alguém, pela suposição do meio-dia nos sinos da igreja, pela passagem do carteiro ou da camioneta do Nordeste. Mas essa incerteza do tempo nunca interferiu com o ritmo ou com o modo como a vida ia sendo produzida. Em casa, tínhamos horas apenas nossas. Nos dias claros, quando trabalhávamos nos descampados, longe de gente que possuísse relógios de bolso, espetávamos pauzi-

nhos no chão, em círculo, no meio dos quais um palmo de
cana projectava uma sombra torta – e assim as nossas eram
horas de sol e horas de mais ou menos...

Mas se não houve relógios de pulso, nem festas de aniversário, nem prendas de Natal, depressa se acabou também a ilusão dos brinquedos. Apareceram os carros feitos
de casca de melancia ou rodelas de batata, as bonecas de
retalho cosidas à mão pelas raparigas, os piões e as piorras
de sabugueiro, as bolas oblongas, enchumaçadas de rodilhas e tiras de lona. Imaginámos substitutos para os berlindes, os selins das bicicletas e as albardas dos cavalos.
Montávamos galhos de figueira, timões de arado e os
cabos das outras alfaias. Calçámos as crostas de lama,
sapatos esses arrancados aos lodaçais e ao charco da estrumeira. No mar dos tanques e das gamelas dos porcos e das
galinhas, inventámos navios feitos de folhas de cana
dobradas pelas nervuras. Quanto aos aviões e aos pássaros, socorríamo-nos do papel pardo das sacas de salitre e
adubo e das fitas de madeira que se encaracolavam à saída
das plainas. Depois, e com a ilusão de que deles nasceriam
castelos e mansões, semeámos pedrinhas na horta, a conselho das fadas e das feiticeiras benignas, tal como o ouví-
ramos nas histórias de vavó Olinda. Para que mais tarde
fossem peixes de aquário, fizemos viveiros de piolhos,
gorgulhos e bichos de figueira. Barbas de milho, embru-
lhadas em folhas secas, lisas e dum alumínio prodigioso,
sendo cigarros e charutos, possibilitavam que brincásse-
mos aos majestosos e pensativos fumadores. Não conhe-
cíamos ainda os oleiros e os escultores. Porém, como
éramos também imaginativos, moldámos os cães e os
cavalos em miolo de pão mastigado, erguemos templos de
lama e fizemos nascer do barro as figuras cegas do presépio. Luís quis ensinar-me a entrançar os fios da tabuga
para fazer cordas e taniças, mas isso eu não aprendi.
E como sempre fora proibido ir ver o mar de perto,
servimo-nos das tábuas de criptoméria para imaginar paisagens atlânticas e túneis campestres atravessados por coisas estrangeiras, como comboios nunca vistos, animais tão

exóticos quanto inexistentes e até navios naufragados que haviam encalhado nos penedos.

– Que realidade era então a nossa?, perguntará você.

Respondo-lhe com o pormenor da nossa diferença. Como os outros, éramos seres descalços e vestíamos calças de modelo americano, com «alvaroses» e um bolso no peito. Mas quando vieram os botins de plástico, os sapatos de domingo ou as camurcinas, vimos logo que estávamos sendo ultrapassados por todos eles. Porque tinham até o privilégio de ir ao barbeiro e nós não: papá possuía um tesourão enferrujado, um pente de aço e um «mechim» que chiava nas molas ressequidas. Num domingo ao acaso, antes da missa, aquela máquina aterradora arrepelava-nos couro e cabelo, obrigando-nos a verter um suplício de lágrimas. Chorávamos em silêncio, com medo dele, desauridos com semelhante tortura, porque papá nunca acreditou que aquilo nos doesse. Se nos mexêssemos, chovia-nos uma tapona na nuca ou no pescoço e ele ameaçava dar-nos uma tesourada numa orelha, deixando-nos mochos para o resto da vida.

Ia-se ao espelho, éramos carneiros podados à enxó, com arrepios de tal modo pronunciados que nos faziam, juntamente com o marrufo, os rostos torcidos. Da parte de trás, as cavernas eram mordidelas avulsas, na nuca. Catados à unha, na semana do piolho, como símios, pela mãe e pelas irmãs mais velhas! No fim do Verão, ou sempre que o fastio era sinal de bichas e lombrigas, a mãe mandava que calçássemos os tamancos de ir para a cama. Aguentava-nos em jejum até à hora do almoço e enfiava-nos pela goela um fel venenoso. Segundo ela, esse jejum era tão indispensável como andar calçado no dia do remédio. Connosco descalços, as bichas não só não morriam desse veneno como até se tornavam imortais. Lá para o meio da tarde, com o estômago embrulhado num galope convulso e as tripas em sobressalto, corríamos a um buraco aberto na horta, agachávamo-nos, e de dentro de nós saíam rolos de animais contorcidos que espumavam da embriaguez daquele elixir de agonia. Quando regadas com petróleo e incendiadas, as bichas estoiravam como a estica dos ratos ou o fósforo passado na lixa. Eram, repare, os nossos pobres, odiosos frutos carnais, tanto quanto os piolhos, as lêndeas ou os burriés...

Nunca houve coisa mais triste do que ver crianças brincando com as suas lombrigas. Removendo as fezes à procura dos oxiúres, na expectativa da ténia mitológica, da grande serpente verde ou mesmo dos dragões de fogo que um dia talvez viessem a habitar o santuário das tripas...

Passou por nós toda a história do *nylon* nas camisas dos outros. Passaram, sem jamais nos visitar, a sumaúma, as camurcinas e as imitações de pele. O nosso foi um tempo de linho cru, de cotim e chitas e falsos tafetás; um tempo de gabões grosseiros, herdados de mortos idosos; das sacas de lona postas de capelo, embiocadas como quilhas ou como as palas com que se guiam os olhos globulosos dos burros. Mas não era de miséria, nem duma aflitiva e extrema pobreza, a vida da nossa casa. Mamã costumava ensinar-nos o mundo de acordo com uma bitola muito prática:

– Existem os ricos, os remediados, os pobres e os pobrinhos de pedir. Nós, à conta de Nosso Senhor, somos pessoas remediadas: temos casa, terras e criação. E sempre vai sobrando algum dinheiro para a velhice e para a doença...

A miséria, sendo muito outra, era só coisa do espírito. Crescia no coração dos meus pais, como a hera dos muros ou o trevo dos pastos, e chamava-se avareza. O pão endurecia durante quinze dias e ganhava bolor – porque o forno gastava lenha! O leite que devia calcificar-nos os dentes e os ossos era para vender à fábrica: depois ficávamos a implorar uma fatia de pão de trigo com manteiga de vaca, uma lâmina de queijo com pão da loja à merenda, e nada: segundo a mãe, isso era comida de ricos. Não devíamos deixar-nos tentar pela pouca-sorte dos ricos. Sabe porquê? Quem gozasse na Terra padecia a dobrar no Céu, e estava provado que só aos pobres era lícito sonhar com o Reino de Deus. Os ovos? Comiam-nos aqueles que os arrematavam aos domingos no adro da igreja, depois de enfaticamente oferecidos ao padre e aos professores pela alma de Nosso Senhor. Os marrões, separados entre medonhos grunhidos da porca, viajavam nas carroças dos almocreves, ao passo que vendilhões cinzentos e de hálito vínico vinham medir o trigo e ensacá-lo e lá o levavam nas suas furgonetas velhíssimas. As gueixas prenhes, cobiçadas pelos criadores de gado, depressa engrossavam outras manadas. Depois vinha a hora do dinheiro. E o dinheiro era dobrado, passado a ferro e preso com um alfinete de mola. No fundo dos gavetões da roupa, ganhava o cheiro da naftalina de mamã até que alguém anunciasse a venda dum pasto ou de meio alqueire de terra.

Em nossa casa, senhor Franz Kafka, tudo foi sempre mais ou menos absurdo: cultivávamos a beterraba, papá ia de viagem uma vez por ano até à Cidade numa camioneta carregada com seis toneladas; à volta, o café era amargoso e assemelhava-se a uma beberagem tirada do lodo. Tínhamos animais inúmeros e de muitas espécies: porém a carne sabia a chicharros salgados para consumir no Inverno, a torresmos untados na banha da salmoira e a toucinho cozido em caldo de osso. Sabia também à batata-doce do conduto com o pão de milho e ao terrível feijão assado no forno. Mas a mim, que odiava o toucinho, o inhame, o funcho, o milho cozido e o fervedouro, sempre me repugnou ver o dinheiro parado, flutuando apenas ao sabor dos preços das terras e dos novilhos. A esta distância do tempo, guardar ovelhas, limpar bosta ou desbastar beterraba nos meses do frio nunca foi pior nem melhor do que sachar milho, cortar árvores com a serra puxada a braços ou sofrer os espancamentos do pai e do meu professor. Passei pelo tempo com alívio, sem pena de crescer.

Recordo sempre a primeira vez em que fui levado a conhecer o mar de perto: tinha nove anos. Morávamos, como sabe, a dois quilómetros dele, sentíamos-lhe o cheiro, ouvíamos a sonatina, o crocitar das aves marinhas, o vento que empurrava contra os pedregulhos da costa os assustadores vagalhões dos náufragos. E contudo papá, porque relacionava o mar com o lazer e a preguiça, opôs-se sempre a que lá fôssemos, como os outros iam, roer os últimos ossos das festas, tomar banho, apanhar lapas e caranguejos ou simplesmente conhecê-lo. Quando isso me aconteceu, entrei numa espécie de êxtase, por constatar uma fantástica realidade: até então, via-o cá de cima, do alto das terras e dos muros, redondo e oblíquo, e tão formidavelmente alto que ia colar-se com a linha curva do firmamento. Nesse dia em que pude admirá-lo de perto, era afinal surpreendentemente plano, tão horizontal e chão que tornava controversa a teoria dos sábios, segundo os quais a Terra, os mares e os rios faziam parte dum planeta em forma de ovo...

Para lhe dar uma ideia de como éramos sedentários e de quanto invejávamos a felicidade dos poucos nómadas e as suas viagens: à vila do Nordeste não fui senão duas vezes, nos dias do exame final da minha distinta 4.ª classe. A Cidade, conheci-a lavado em pranto, à saída para Lisboa: estava-se em Novembro. Entrei na cloaca dum cargueiro que sorvia guindastes carregados com gueixas, cabras e toros de madeira. Acomodaram-me num beliche, no meio de gente estranha e já apavorada pelas experiências do enjoo, pelo medo dos mares de Novembro e por aquele contínuo bafo a unguentos salgados e a comida vomitada. Ainda hoje não sei, não consigo acertar com o vocabulário que melhor se ajuste a descrever o mercúrio das trevas a alto-mar, nessa tenebrosa viagem entre Ponta Delgada e a luminosa cidade de Lisboa. Tudo se confunde de resto com as águas turvas e o tempo sombrio da infância. Felizes dos que hoje cruzam o espaço para aqui chegarem, viajando de avião. Que sejam felizes mesmo sem saberem porquê. Felizes as crianças, os jovens e os cidadãos adultos deste país de hoje: conhecem o mar quando nascem, vêem-no de cima dos aviões e não precisam de viver vigiados e policiados. A minha geração acabou com a guerra de África, perdoou os esbirros e devolveu ao povo português o céu diáfano do seu país escuro. Pode morrer de consciência tranquila: deu o seu salto mortal no trapézio, caiu de pé, não venha ninguém dizer-lhe que o circo vai nu ou que são falsos o Sol, o mar, os dias de agora e os que a estes hão-de seguir-se.

MARIA AMÉLIA

A construção da casa é um dos episódios mais luminosos da infância. Não me recordo dos caboucos, nem de como cresceram e a que ritmo e por mão de quem foram erguidas as paredes. Começou a existir no dia em que homens de aspecto cansado e rosto muito suado içaram as ripas do forro e meu pai, lá em cima, em tronco nu, as ia pregando nos barrotes. Existiu depois, no dia em que chegaram as telhas numa carroça puxada por dois machos e foram assentes no decurso duma tarde e até ser noite fechada. Não sei como foi guarnecida, tanto por dentro como por fora. Há aliás uma parte de sonho e outra duma aguda lucidez no conjunto dessas visões da casa. Por exemplo: as paredes. Recordo-me de terem sido como as da outra casa onde morávamos: sem reboco e com a pedra à vista. Não sei precisar em que altura chegaram o cimento, a cal e o estuque. *It's not easy at all, I mean*: não é nada fácil pôr tantas coisas no tempo e nos devidos lugares, conforme o senhor pretende. Papá e mamã morreram antes do tempo, sem idade para a morte. Apanharam-nos desprevenidos, tal como o senhor, e por isso continuamos um pouco perplexos, cheios de paixão, a misturar factos com sentimentos. Precisávamos de mais alguns anos de distância, entre a vida e a morte de ambos. Atraiçoam-nos ainda os sentimentos, o pudor mesmo dessa paixão sentimental. E enquanto não nos libertarmos por completo desta chuva de lágrimas que foi a infância, duvido que possamos sentir-nos na condição de pessoas merecidamente felizes. É uma felicidade cinzenta, entre o negro e o branco da memória e da vida presente, como se chegasse a nós envenenada e imerecida. Mas vamos aos factos.

Veio o dia da mudança. Um carro de bois carregou duma só vez a pouca mobília, levando-a pela Rua Direita abaixo, e descarregou tudo à porta. As loiças e as roupas vieram em braçadas e cestos de vime, e lembro-me que isso aconteceu já à boquinha da noite, porquanto várias pessoas, após o trabalho das terras, vieram dar uma ajuda e depois beberam vinho com canela e comeram muito bolo da sertã.

– Pegas em Nuno ao colo – disse-me mamã, toda ata-refada e eufórica como nunca me lembro de a ter visto antes – levas Luís e Domingas pela mão e vais andando para baixo. Eu e teu pai apanhamos-te no caminho.

Feliz, percebe?, porque, além de nova, era a nossa casa. Com um quarto para mim e minha irmã, outro para os pais e um último para os rapazes. E com a enorme van-tagem de as vacas não terem de voltar a entrar pela casa dentro, ao contrário do que acontecia na outra. Do lado de baixo, antes de ser construída a arribana, havia um portal a fechar a canada, a qual dava servidão para o cur-ral e para a horta. Era nossa: nova, maravilhosa e diferente de todas. Sendo pobre, não era mais aquele barraco escuro, muito baixo e entalado entre outras casas muito grandes e sempre cheias de gente ruidosa.

A mãe parecia não caber em si de contente. Estafada, com olheiras mas ligada à electricidade, cantava o dia todo, a vassourar os cantos, a encher cestos de terra que sobrara das últimas obras e a despejá-los ao fundo da horta, no sítio onde papá veio a plantar as canas e a fazer uma sebe amarrada com vimes. As loiças e as roupas começaram por ocupar lugares provisórios, porque não havia armários nem guarda-fatos. E apresentando-se as paredes nuas, sem estuque, todas as coisas passaram a viver connosco, entre esses muros de pedra coroados por um tecto de ripas e com a telha à mostra, tudo acumulado pelos cantos e num perfeito leilão. A experiência diz-me porém que as mulheres são sempre a alma das casas. Ilu-minam sobretudo as mais pobres, porventura até as mais escuras. O sentido da improvisação, nesse período em que mamã se mostrou enérgica, cheia de imaginação e sentido prático, depressa a levou a dar a tudo um lugar e uma função imediata. Papá nem por isso. Ou porque raramente exprimia emoções, ou porque andasse atordoado com as dívidas da construção, vagueou por ali perdido, sem poiso certo, como os pássaros nas gaiolas, até se habituar às coisas. Via-se-lhe um discreto orgulho no olhar, pois não andava zangado nem tão rabugento como dantes. Bem entendido: era o chão da «sua» casa: o mar do barco, o ninho dos filhos e da mulher, a razão dos próprios sonhos futuros. Entrou numa maré de trabalho, possesso duma energia quase satânica que o levou a carpinteirar armários, mesas e bancos e a terminar coisas começadas na véspera, fossem elas caixilhos de janelas, prateleiras, portas ou mesmo restos de sobrados. Ao fim do dia, cansado do trabalho nas ladeiras que trazia de renda no Moio, chegava a casa com um molho de lenha ou palha às costas, as verduras para as galinhas e os porcos, com a testa a luzir e os cabelos húmidos de suor – e parecia um homem vergado ao peso das obstinações. Na manhã seguinte, muito cedo, saía de sacho ao ombro e voltava a desaparecer ao fundo das suas ladeiras de renda. Cavava, roçava silvas e fetos e conteiras, plantava renques de couves e beterraba-menina, nascidas nos canteiros. Ao meio-dia e um quarto, mamã mandava-me levar-lhe o almoço na tal cestinha em que viajavam os meninos acabados de nascer. Quando regressava com as reses, se havia lua, eu via-o lívido de cansaço, muito derreado das costas, mais impaciente do que triste, e enchia-me de pena dele. Íamo-nos todos deitar. Mas ele perdia a conta às horas. Adormecíamos ao som da plaina, da enxó ou do martelo. Quando acordávamos, havia sempre mais uma cadeira, uma nova fila de prateleiras ou uma porta para o louceiro.

De manhãzinha, marchava eu para a escola dos meus sonhos. De tarde, ficava com Nuno ao colo e tomando conta dos outros. Mamã saía a lavar a roupa da semana no tanque público. Luís pulava pela casa fora, doido como um bezerro, ou arrastava-se pelo chão, à descoberta dos mistérios e cismas dum espaço que lhe era desconhecido. Domingas, que tinha feitio travesso e era biqueira para comer, apanhava bofetadas e punha-se a berrar, com a boca muito aberta e finando-se no choro. Queria por força pegar em Nuno ao colo: não esquecera a injustiça de Deus, que lhe levara o outro gémeo e a deixara de braços vazios. Mas lá se voltou para a existência de Nuno. Vencida pela ternura daqueles olhos azulíssimos e do cabelo cor de palha, pediu-me tréguas e veio segredar-me ao ouvido:

– Mélia, eu bem sei que ele é só teu. Mas é que gostava tanto de lhe pegar um bocadinho e vê-lo a sorrir só para mim...

Sorria lá nada! Nuno era o que se chama uma perfeita lástima. Babou-se até aos quatro anos, andou apenas aos três, e pelo menos até aos dois o seu corpo manteve-se mole e sem ossos. Não dava de resto grandes sinais de inteligência. Mantinha o olhar parado nas coisas, fixo no infinito, sem nos seguir e sem responder a estímulos diferentes daqueles a que fora habituado. Via-se que não era atrasado mental porque os olhos eram expressivos e risonhos. Embora passivamente, captavam a compreensão das pessoas. Batia os pés de contente quando mamã se punha a palrar com ele; erguia os braços a pedir colo. E tentava empinar-se em vão, com a espinha num arco, sem conseguir levantar a cabeça. Mamã inquietou-se bastante por causa do fastio dele. Para o fazer engolir o óleo de fígado de bacalhau, apertava-lhe o nariz e soprava-lhe para a cara. Ficava muito roxo e quase se engasgava. Receando que tivesse lombrigas, deu-lhe a tomar o remédio das bichas – mas Nuno desovou uma lama amarela, com coisas gelatinosas à mistura. Com o tempo, começou a apanhar rabadas, porquanto continuava a sujar fraldas e a encharcar-se todo em chichi. Muito urinava semelhante Nuno! Quanto a falar, pronunciava monossílabos e explicava-se por gestos, numa lamúria tola. Para pedir uma coisa, puxava-me pela saia, apontava o dedinho curvo e dizia: «ũa, ũa...» Mais tarde, teria ele talvez uns quatro para cinco anos, não sei o que lhe aconteceu. Despertou de repente, como se se tivesse produzido um clarão de inteligência na sua cabeça. De um dia para o outro, deu mostras não só de conhecer mas de ter descoberto a função das coisas. Entrou-lhe no espírito uma espécie de febre tenaz acerca da interpretação do mundo. Os monossílabos converteram-se em palavras claras, melodiosas e lisas. As palavras deram lugar a frases perfeitamente articuladas. Subiu na gramática do mundo, dando um pulo de gafanhoto e crescendo aos saltos. Era milagre. Mamã não acreditava.

Tio Martinho, vai daí, e começou a raptá-lo de casa. Levava-o às cavalitas, lá no cimo dos seus quase dois metros de altura. Não podia, com efeito, haver para Nuno um mais propositado miradouro sobre o mundo. Levado às lojas, às matanças dos porcos e até às sessões de namoro do tio, provou vinho com canela, aprendeu a piscar o olho às meninas e não tardou a estar ausente durante dias inteiros. De vez em quando, e sem nunca avisar ninguém, passou a dormir em casa de vavô Botelho, à guarda daquele tio que tanto o adorava e com quem passou a ir às reses, às terras e aos pomares. Se em nossa casa alguém se lembrasse de perguntar onde estaria ele àquelas horas, pois ninguém o via desde a véspera, erguia-se logo um coro, perante a cumplicidade de mamã e o ar contrariado de papá:

– Com tio Martinho, em casa de vavô ou nas lojas!

Tanto andou em companhia daquele tio que passou a imitar tudo quanto nele vinha observando: o andar quase bambo, o riso arrastado e até o vocabulário maldoso. Não suspeitávamos ainda que, lá do alto daquelas costas ligeiramente arqueadas pelo complexo da altura, o mundo entrava no coração de Nuno dessa forma absorvente e sistemática.

Morríamos de riso, só de ouvirmos as discussões dele com papá. A determinada altura, resolveu por livre iniciativa frequentar a casa de toda a gente, independentemente de serem inimigos, vizinhos poucos recomendáveis ou gente que nos era pouco mais do que desconhecida. Na altura das matanças, no mês de Janeiro, Nuno apresentava-se à porta dos inimigos do pai, sentava-se-lhes à mesa e enchia o estômago, com todo o desplante. Uma vez, papá saiu-lhe ao caminho, muito irritado, de novo deserto por lhe dar uma sova.

– Ouve cá, ó rapazinho! – ralhou ele, com a cara muito próxima da de Nuno. – Não te disse já que não te quero em convivências com aquelas famílias? Bota sentido, olha para mim: pois tu não sabes que estamos mal com essa gente? Dize lá, Nuno, anda!

Ergueu lentamente a cabeça, encarou-o com uma compenetração quase teatral, pareceu mesmo abstraído da agressividade que o ameaçava na voz do pai.

– Ai, papá, que cabeça a minha! Pois lá me esqueci eu disso outra vez, sem saber como! – respondeu abrindo os braços, com toda a naturalidade. – Mas também não tenho culpa de o papá se ter posto mal da vida com tanta gente. É porta sim e porta não: não fala a ninguém, só tem inimigos! Papá não se baptizou, não é cristão?

Aí, meu pai pôs-se todo verde, descoroçoado. Sem tomar fôlego, arengou com ele rua acima e tangeu-o de empurrão pela porta dentro. Aquilo, porém, não passava de sermão e missa cantada para Nuno. Ouviu, ouviu e ouviu, mas no fim de tudo ouvir começou a esvaziar bolsos e mais bolsos. Saíram bocados de massa sovada, amêndoas e rebuçados, um torresmo de carne enforcado num osso, biscoitos e até cigarros. As guloseimas, distribuiu-as por nós, e fê-lo equitativamente, no centro dum círculo de braços que se estendiam à sua magnanimidade. Quanto aos cigarros, pô-los diante dos olhos do papá e ganhou uma certa veemência no discurso e na censura:

– Papá que se deixe de agonias! Eu bem sei que gosta de fumar destes cigarrinhos da loja, em vez das bogas de tabaco enrolado em folheio. Pegue lá, papá!

Esboçou apenas um esgar nervoso num sorriso inexpressivo ou inexistente. Vencido pelas patranhas do menino, não teve outro remédio senão acender o isqueiro de pederneira e afastou-se dali à pressa, chupando o mais sofregamente possível aquele cigarro inimigo. Uma boa parte da inocência de Nuno foi consumida pelo mundo proibido dos outros, da mesma forma que, anos depois, quando vinha à Ilha, nunca fez suas as intrigas da família.

– As aquisições da sua inteligência? – pergunta-me o senhor.

Um dia, tio Martinho olhou bem para ele e estranhou que a baba e o ranho contrariassem em absoluto os progressos mentais do sobrinho. Pôs-se logo a fazer pouco dos bibes e dos babetes, fazendo-lhe ver que nunca um homem agradaria às mulheres caso se apresentasse assim, tão enxovalhado, a meter nojo ao diabo e a falar com o cuspo nos beiços:

– Ih, Nuno! Mas que grande porcaria essa! Não se pode olhar para ti. Se queres continuar a acompanhar comigo, tens de assoar o ranho para o chão e sacudir o cuspo dessa cara para fora. Entendido?

Ensinou-o a desapertar a braguilha e a despir as calças quando fossem horas de fazer as necessidades; a assoar-se de esguicho para o chão e a engolir a saliva. Automaticamente, Nuno soube desatar os suspensórios e desabotoar a portinhola, e assoava-se continuamente, e cuspia para o ar, em arco, ou engolia golfadas daquele cuspo que até então lhe inundava o peito duma baba permanente. Levou tão a sério as advertências do tio que se enamorou da Altina, uma miúda sardenta da nossa rua, cuja companhia passou a disputar com doentia obstinação. A relação com a pequena não tardou a consumar-se em paixão. Procuravam-se, andavam juntos por toda a parte, perdiam-se por hortas e quintais estranhos. Altina tornou-se na hóstia consagrada de Nuno. Passou a sentá-la à mesa, a guardar-lhe pedacinhos de bolo da sertã, batata-doce assada, maçarocas de milho cozido ou outro qualquer mimo alimentar. Quando não comparecia às refeições, já ninguém se inquietava com isso. Certo e sagrado, decidira comer em casa dela. Tornou-se mesmo requintado. Assim que lhe foi dado provar as compotas de amora, o mel e a manteiga de vaca com pão de trigo, fixou-se nos doces e nos lacticínios, guloso como os ursos, e declarou peremptoriamente na cara de mamã que a comida dela não tinha o gosto nem a variedade da que provara na casa da noiva.

– Bom remédio tens tu – respondeu ela fingindo-se despeitada. – É mudares-te para lá de vez. Já estás em idade de saber o que te convém.

Fez-se uma criança pensativa, sonhadora em excesso, para quem contavam mais as suposições do que a realidade. Erguendo à sua volta um muro de ficção, ausentou--se dos nossos costumes e passou a viver num espaço inventado só para si. Toda a gente parecia adorá-lo e temê-lo, certa de que se estava processando uma transformação radical no seu espírito e no seu corpo. De uma semana para a outra, o cabelo pôs-se-lhe todo negro. Os olhos deixaram de ser exclusivamente azuis, passando a raiá-los umas riscas amareladas que lhe davam um tom verdoso, entre azul e mel. Engordou um pouco, mas não o bastante para atingir o volume e o tamanho dos rapazes da sua idade. Toda a gente dizia, para o arreliar, que não seria maior do que um anão, comparando-o logo com o tio Sebastião. Por nada deste mundo queria ser associado a esse tio pequenote, abúlico e preguiçoso, de quem todos nós zombávamos e que era um ser blasfemo, quase tão andrajoso no vestir como um pedinte. Descalço e com os pés rasos como testos, além de muito remendado por vavó, olhava-nos com os olhos da infelicidade e era seguramente a pessoa mais solitária da freguesia.

Tinham nascido Linda e Flor. A mãe estava no fim do tempo do que veio a chamar-se Jorge. Chegara a hora de Nuno provar o amargor do desmame. Em nossa casa, sempre fora assim: os mais velhos iam sendo destituídos dos berços, do colo dos pais e do direito à inocência. Aos sete anos, trabalhávamos oito horas por dia; aos nove, não menos do que dez. E depois de sairmos da escola, deixava de haver diferença entre o dia e a noite, e entre a chuva e o sol: corria--se durante catorze horas por dia, uns a lavrar terra, outros a cuidar das reses, outros a fazer o serviço da casa, *and so on...* Eu fui posta na cozinha, a lavar roupa e a apanhar beliscões de minha mãe: não punha sal suficiente ou deitava-o em demasia na comida, deixara um botão por pregar ou varrera mal os atalhos, o caminho ou o meio da casa. A mãe, nesse tempo, foi tão fera a bater e tão demorada a ralhar comigo que ainda hoje a memória da sua voz é um permanente tom de zangas, tão difíceis de passar como aquelas manhãs. Nem uma única vez ela me perdoou o sal. Além disso, as camas estavam sempre mal feitas, os sobrados mal esfregados, a roupa não vira sequer o ferro de engomar e os porcos grunhiam por não terem sido amanhados a horas. Entre uma tarefa e outra, ralhos, sermões e pancadaria!

Sem darmos por tal, a cadeia que nos unia e tornava irmãos foi-se fazendo frágil. Com a minha partida e a partida de Nuno, quebraram-se os primeiros elos dessa união. Começávamos a dispersar-nos, a dissolver-nos em mundos separados. A nossa existência passou a ser feita de cartas, erros de ortografia e parágrafos mal compreendidos que era preciso explicar melhor na carta seguinte.

Por conta do seu ar sonhador, Nuno não se livrou duma certa fama de tolo. Papá decidiu pô-lo à prova em coisas práticas e começou a experimentá-lo no trabalho. Explicava-lhe com exemplos o que devia fazer e depois mandava que repetisse tudo quanto acabara de ouvir. Como sempre o fez até ao pormenor, dizendo-o pelas mesmas palavras e no mesmo tom de voz, o difícil foi compreender por que motivo saía de ao pé dele e ia fazer precisamente o contrário. Na opinião de papá, não passava dum sonso e não tinha préstimo para nada. Num dia, estendeu-lhe duas palmadas. No outro, um carolo na cova-do-ladrão. Quando lhe coube, por fim, receber as ripadas dos pés de tremoço, da cana-da-índia e da aguilhada dos bois, passou a constar, tal como nós, do rol dos filhos proscritos. Nada pude fazer por ele, senão ver e ouvir, sem compreender que começavam aí os seus mistérios. Anos mais tarde, em Lisboa, morando nós numa parte de casa alugada, tentei em vão recuperar a poesia desse menino. Nuno enchera-se de desespero. Amava todas as mulheres, com excepção das da família. Frequentou a literatura e a política. Apanhou pancada da polícia de choque. Mas ia e voltava e nunca quis contar-me um único dos seus segredos. Não cheguei a perceber por que motivo no decurso desses três anos, morando nós juntos, de frente para o rio da mesma cidade perigosa, comendo do mesmo lodo e bebendo das águas turvas desse tempo de Lisboa, vivemos afinal em margens opostas. Calados e estranhos. Sem ódio nem superiores desavenças. Mas de costas voltadas um para o outro – compreende o senhor?

LUÍS MIGUEL

No dia em que terminou para mim o purgatório dos livros e da escola, entrei a direito e de cabeça moucha, tal como um asno, no inferno das terras e na vida ardida do meu pai. O trabalho que, na opinião do professor Quental, dignificava o homem, dava vida aos mortos e saúde aos doentes estava em peso à minha espera, na estação das camionetas do Nordeste. Mal avistei minha mãe e meus irmãos, os vizinhos de cima e os de baixo, e uma porção de gente que nunca fez mais do que esperar camionetas, enrolei-me todo num ovo de tristeza. Deu-me para pensar:

«Escancha-te no burro da paciência, estudante! Agora pegas a sofrer como um marrão: engordaste, cresceste, estás pronto para a matança!»

Minha mãe estava então prenhe do segundo Vítor, que, tal como o primeiro, veio a morrer de fraqueza, surdo-mudo e sem acção no corpo, e trazia Flor ao colo. Saiu do meio daquele rancho de filhos, um tanto alvoriada, já sem dois dentes à frente e toda ruça da gadelha, e perguntou-me:

– E daí, meu homem, correu-te bem o exame?

– Pois alevá, nha mãe! – respondi, emproado e fazendo-me de mistérios. Os olhos dos pequenos esmoreceram um pouco, como que desauridos, pelando-se por saber o outro lado da verdade e talvez esperançados em que das minhas mãos saísse um rebuçado ou um pacotinho de bolachas.

– Não tive outro remédio senão sair distinto – disse eu com desprezo, sabendo que era como se lhe anunciasse que estava chovendo, ventando ou nos estivesse chegando um mormaço de endoidecer. Não teria direito a um beijo de parabéns, a uma festa distraída no alto da cabeça ou sequer à maldosa piscadela daquele olho azul de garça.

– Homem, bem bom! Sempre foste um rapaz atinado, não ias agora desenganar-nos. Não é verdade, nosso Luís?

Fiquei deserto por atazaná-la contra os convencidos brios da família mais inteligente do Rozário:

«Éme! Nha mãe lá sabe como me fez, mesmo estando de costas. Eu sempre havera de ter a quem sair...»

Peguei em Linda e em Flor ao colo, uma em cada braço, dei a saca dos livros a Domingas e lá viemos rua abaixo. Largam logo dali minhas irmãs a fazer reclamo da minha nota de exame, e começa aquela gente a vir a portas e janelas dar os parabéns a minha mãe e a dizer que eu era um cara-querida e um perfeito. A arenga do costume, como tinha já acontecido com Amélia e Domingas e havia de repetir-se, de dois em dois anos, com os outros:

– Houvesse um bocado de justiça neste mundo, senhora Luísa, e esse pequeno não havia de deixar já a escola. Com uma cabeça dessas até é um pecado ele não ir estudar para doutor...

– Ah, pois quem me caçara a mim poder dar outro destino a estes filhos! Que isto aqui não passa dum lameiro. É arrebentar o corpo e pear a alma para a morte.

Já de portas para dentro, o olho malino e a voz docinha de meu pai, trataram de espetar-me o primeiro garfo:

– Agora, Luís, guerra-lhe com unhas e dentes no trabalho, meu homem. Andar para diante, nada de olhar para anteontem!

Caí no primeiro banco, de olhos no chão, disposto a ouvir sem discussão as ordens, os seus sermões de quaresma, o assobio venenoso dos seus discursos de imperador, pensando, só para me alegrar um pouco por dentro, que apesar de tudo não ia ser tão ruim andar às reses, ser cagado por elas, inquietar-me, consumir-me, ser pisado e azedado por elas; da mesma forma que ensinar gueixos travessos e ariscos a puxar o carro com regra e devoção podia não ser o pior castigo do mundo. Com um pouco de sorte, podia não ser uma excomunhão trabalhar catorze horas por dia e ter apenas onze anos; lavrar terra, roçar silvas, ceifar, carregar beterraba e toros de madeira às costas e ter só esses anos; ser boi como os bois, bombo de banda de música, cão como os cães e ter apenas e só, *you know*, onze anos! Além disso, gostava de examinar como os bois, os cães, os porcos e as galinhas eram dotados de inteligência. Por essa altura, fora-me dado de presente um cachorrinho malhado. Tive a esperança de poder baptizá-lo e ser o único dono da sua vontade – assim meu pai estivesse disposto a deixar-me pensar pela minha cabeça. O medo que havia em mim era outro: não só conhecia a prenda de pai que me saíra na rifa como podia apostar que os dias, na opinião dele, não era certo que se sucedessem uns aos outros. O tempo era sempre amanhã, nunca o dia de hoje. O que havia para fazer amanhã de manhã: as horas, os dias, os meses e os anos de amanhã, com meses sem domingos, os dias sempre claros, sem chuva nem noite. Podia passar um século, mas o que importava àquele homem sem passado nem presente era tão-só o século de amanhã. Não tínhamos mágoas nem ofensas, nem memórias passadas, mas só a ânsia dele sobre tudo o que estava por fazer. Ninguém conseguiria mesmo impedi-lo de desbravar o mar e ir ao fundo dele, se por acaso suspeitasse que aí houvesse pedreiras, terras de renda, reses ou obras de carpina à espera do nosso e do trabalho dele. Era mais do que um forçado: um escravo de si mesmo. Rebentou a trabalhar. E por isso só se sentia bem a ver-nos bulir e a sofrer. À noite, chegávamos à mesa da ceia a cair de sono e com os músculos doridos, sem apetite nem disposição para nada. Era quando ele queria saber em que ponto tínhamos deixado o trabalho desse dia. Se ficara pronto, outro mais custoso tinha de ser começado. Se não, éramos umas lesmas, não prestávamos para nada, um penar até que encarreirássemos com um servicinho qualquer. Claro está que era preciso levantar cedo na manhã seguinte, nada de ficar como uns mamados a olhar para o sol de anteontem. O castigo consistia em prolongar as horas do trabalho de sábado à tarde pela noite dentro, horas essas que sobravam sempre para a manhã de domingo. O outro castigo era a chuva. Quando era forçoso deixar a meio a esgalha do milho, porque chovia, nem por isso a nossa vida devia parar. Meu pai punha-me na arribana a fazer cordas de taniça ou a rachar lenha para o lume. Nuno limpava chiqueiros e aparecia depois embrulhado em esterco. Amélia, crucificada às panelas e à trempe, apanhava puxões de gadelha por causa do sal. Domingas, toda muito mimada, bordava para fora, por conta duma mulher que tinha pernas de elefante e lhe pagava trezentos escudos por uma toalha de linho que depois venderia na Cidade por mil e quinhentos. As outras crianças da nossa idade, sempre que chovia, divertiam-se a uivar à chuva, dando vivas ao descanso e morras ao trabalho. Nós, chovesse ou estiasse, estávamos vivos, tínhamos de comer e beber, éramos muitos e dávamos prejuízo à casa! Papá disse-o vezes sem conta, insistiu sempre na ideia dum resgate, de tal forma que nos convenceu: nascer, naquela casa, era uma espécie de dívida que vencia juros e seria preciso saldar o mais depressa possível. Anos mais tarde, já em Vancouver, à beira de fechar os olhos para sempre, aquele pobre homem continuou a conspirar contra o dia de amanhã. Apesar de todo destruído por dentro, e padecendo desgraçadamente do seu cancro, e bêbado e turvo pelas drogas do sono, teve ainda alento para levantar a cabeça do travesseiro, pôr os olhos em nós e selar assim o testamento:

— Bem sei que já só pensam em heranças. Morro de sofrimento, e seja em castigo dos meus pecados. Mas levo uma grande paz na consciência. Deixei duas terras a cada filho, uma boa casa e um montinho de «dolas» nos bancos canadianos. Não têm de se queixar de mim...

No ano em que acabei a escola, tínhamos duas vacas de leite, três ou quatro bezerros desmamados, algumas ovelhas e um par de gueixos ainda não experimentados na lavoura. De modo que todos os anos, no fim do Inverno, meu pai comprava cortes de erva a quem os pusesse à venda, às vezes bem longe, na Salga, na Achada ou lá para cima dos Outeiros, onde começava a serra. Se não houvesse dinheiro para isso, mandava-nos vigiá-las pelos caminhos fora, para que comessem a erva das barreiras. Ou então comiam musgo, conteiras tenras e fetos pelas matas, durante manhãs ou dias inteiros, em tempo de aguaceiros. Aí, obravam de esguicho contra as criptomérias e as faias, enchiam e esvaziavam o bucho e demoravam um século a encher as panças. Ao regressarem à arribana, traziam-nas a rebentar, tão redondas que era mistério não explodirem. Mas lá estava sempre o querido do meu pai à espera. Mirava-as, franzia o olho e dizia sempre que não tínhamos feito toda a diligência para que os animais se alimentassem, pois via covas por cobrir e ossos por arredondar. Queria-as gordas, arregoadas como fermento e bem descabeladas, para que pudesse vendê-las por bom dinheiro, depois de arroladas pelos Santos. Quando nos mandava voltar de novo para cima com elas, o destino era um par de cornos: havia as que pegavam a cabriolar numa folia, pelas terras gradadas de fresco; outras alvoriavam-se aos pulos, levadas pelo diabo do inferno – e havia ainda as que, assustadas por um melro negro ou um simples tentilhão, debandavam aos pulos pelos caminhos abaixo, largando coices e cornadas em inimigos invisíveis. Valiam-nos então as almas, os cães ou a obra do destino, como por exemplo o facto de elas regressarem sozinhas e por iniciativa própria. Respondiam ao chamamento das crias, tinham medo da chuva que vinha de baixo ou abriam-se-lhes dois braços à frente que sustinham essas corridas e as tangiam de volta.

Segue-se que no último dia de escola, varreu-se-me da cabeça tudo quanto o professor Quental me tinha ensinado naqueles anos de Aritmética, História e Geografia. Os números quebrados passariam a ser os trapos e os paranhos com que eu havia de embrulhar os pés esfolados e as unhas ensanguentadas pelas topadas nas pedras do caminho. Os cognomes dos reis de Portugal seriam as alcunhas que viessem a pôr-me quantos gostassem ou não de mim: para os reter mais tempo na memória, quis dá-los aos bezerros, à medida que iam nascendo. Mas meu pai, não sendo muito de reis, nunca aprovou nenhum desses baptismos: isso de chamar Conquistador, Gordo, Sábio ou Venturoso a bezerros mansos e sem tino só podia ser obra de escasso tarelo – e vai de pôr tudo às avessas, com nomes mal lembrados e sem História nenhuma. Não permitiu sequer que eu tratasse o meu cachorro por Justiceiro, em homenagem ao rei que vingou a morte da Dona Inês de Castro.

E os afluentes dos rios do Continente, todos nascidos em Espanha e por isso rios estrangeiros, seriam as ribeiras que eu passaria a atravessar com água pelas virilhas. E quanto às vias-férreas, talvez me viesse a lembrar delas quando tivesse os pés descalços no rego da lavoura, atrás do arado, sem força para levantar aquela rabiça aleivada de terra: para a voltar, punha-a ao ombro, retesava-me todo para tanger os bois pela ilharga. Quando caía para a banda, mais morto do que vivo, tinha o peito rachado de alto a baixo, os dois pulsos abertos e trazia os bofes de fora.

Nunca tinha visto um comboio. Mas imaginava-os passando por mim ao som das vacadas de mil cabeças dos lavradores mais ricos do Rozário. Imaginei-os depois, quando este povo se pôs de cócoras e num carreirinho de formigas, no tempo em que desmoitou o Mato, e fez da serra uma enorme pastagem redonda que deixou de pertencer-lhe. Um comboio que mergulhou no túnel e cujo destino passou a consistir numa porta de saída para a América. Foi-me sempre fácil imaginar comboios em tudo, nas multidões sem fala, nos ranchos de romeiros que peregrinavam em volta da Ilha, nas procissões das festas, no povo que saía das missas e na voz do vento açoriano onde afinal eles não existiam – de tal modo que, ao vê-los passar no meu futuro atravessando a chã sem fim das terras canadianas, não me surpreenderam e não lhes liguei importância de maior.

Fui-me esquecendo das letras e das voltas e voltinhas com que aprendera a desenhar números no papel. Tudo me separava da escola e dos livros: passei a pertencer ao bafo, às moscas e à bosta dos animais, e isso era o meu destino. Na verdade, para lavrar terra e scmear novidades, de pouco adiantava saber de cor os nomes dos reis, os caminhos-de-ferro e as serras de Portugal. E estando nós separados do mundo por este mar arisco e intransponível, o saber dos livros acabava por ser um luxo. Quando as mulheres vieram pedir-me por esmola que lhe encarreirasse cartas para o Brasil ou para a América, olhava aqueles rostos tristes, as bocas que principiavam a desdentar-se na ausência dos seus homens e senti-me perdido. Envergonhava-me entrar nos segredos, nos pedidos de dinheiro e nas saudades delas. Um dia jurei que nunca mais escreveria cartas. Mas veio a tia Sónia, a tareca, pediu-me por misericórdia que lhe alinhavasse um pedido de socorro ao homem que embarcara há anos e nunca mais dera sinal de vida. Vi-a espremida dentro de si, já velha e sem idade de ser velha: tinha talvez o dever de acudir a essa aflição da titia, mas pedi-lhe que tivesse paciência, fosse bater a outra porta. Eu, de qualquer maneira, mal me lembrava já de como assinar o nome...

Pôs-se toda ofendida, a fazer um grande leilão, e macistou tanto ou tão pouco que veio minha mãe, muito assanhada. De supetão, puxou-me uma suíça e largou-me duas bofetadas no centro da cara:

– É para aprenderes a dobrar a língua com as pessoas da família – disse-me ela ao ouvido.

Voltou-se para titia, sorriu-lhe: tinha feito a sua obrigação de mãe, não a acusasse ela de não dar educação aos filhos, sobretudo quando eram malcriados.

– Venha de lá essa carta – disse. – Não tenho mais do que a 3.ª classe atrasada, mas não troco a minha cabeça pela destes burros de agora. Bota isso para cá, cunhada Sónia, e vai ditando devagarinho.

Na prática, pouco ou nada nos distinguia dos analfabetos: a única chama que queríamos ver acesa dentro de nós era a preciosa arte de assinar um nome. Receber carta de chamada, ir correr papéis para o embarque e poder dizer que tinha um nome e que o sabia assinar. Na hora desse aperto final, qualquer tolo aliás o aprenderia de véspera. Bastava encarreirar as letras por cima duma linha mais ou menos direita, pôr a cabeça à banda e a língua de fora, as mãos bem arrochadas sobre uma pena de molhar ou uma caneta de tinta permanente – e pronto. O importante era convencer os cônsules, os solicitadores, toda essa barreira de gente que teimava em cortar-nos o caminho e em pôr--se entre nós e a América. Por um qualquer capricho de letras, umas análises aldrabadas ou uma chapa comprada e que escondesse a doença dos pulmões, tinha-se a sorte de ver ao longe uma terra há muito prometida.

Eu próprio contei, um por um, hora por hora, todos esses dias da minha eternidade nos Açores. Quando acreditei no milagre, pus-me a treinar a letra, praticando-a nas cartas para os tios e para um padrinho quase desconhecido, na esperança de que algum deles pudesse ter ainda a memória do que aqui sofríamos do primeiro ao último dia. Cartas e cartas, e outra vez cartas, entende?, a maioria das quais recebia como resposta uma «dola» dobrada e suja de terra, meia folha rabiscada à pressa onde se lia o sermão da paciência e da conformação: o governo do Canadá estava dificultando tudo, modificara as leis da emigração e vinha cancelando vistos e contratos. Além disso, diziam os tios, aquele era um país bem custoso de sofrer, país de lágrimas, saudades e vontades arrependidas, com um frio de «sinó» até perder de vista e gelar a própria alma. «Quem me dera a mim», diziam, «poder voltar atrás no tempo, regressar a esse borralhinho. Comer pão de milho amarelo com inhame ou toucinho, sem dúvida, mas não ter de chorar estas lágrimas nem estar tão longe desse mar e duma terra onde toda a gente se conhece...» Arrependidos como cães por terem atravessado tanto mar, do qual continuavam enjoados e em agonia – e nós a pensar que eles se riam de nós à distância, gordos, luzidios, finando-se tão-só num riso de lágrimas trocistas...

Pior do que cartas, eram sentenças de morte sobre a esperança e sobre o perfume da nossa libertação. Encostando-as ao nariz, reconhecia nelas um cheiro a traques e a mentira. Tratava-se já de gente diferente da nossa, gente que me enchia de ódio contra o egoísmo, a inveja, as mesquinhas intrigas de que se alimentavam aqueles que um dia tinham sido pobres. Nós, ao contrário dos ricos, que se uniam e gostavam uns dos outros, aprendíamos depressa a esconder o jogo: quando estávamos bem, ríamo-nos como perdidos de quantos continuavam a arrastar-se na lama...

Minha mãe pegava logo a dizer mal daqueles desnaturados e desvairava: que nem ao menos lhes falava ao coração a dor da nossa miséria, os fingidos, os troca-tintas e os esquecidos de malha-maúça! Tinham perdido da lembrança os pecados da nossa pobreza nesta Ilha cheia de gente, onde se tornava mesmo difícil respirar. Mar e céu, só mar e céu, dizia ela. E desculpas e ingratidões: estavam-se consolando na terra da América a engavelar «dolas». Mais dia, menos dia, um deles viria de férias. Traria então uma grande barriga da cerveja canadiana, e dentes de ouro no sorriso, e cordões de prata no relógio de bolso, e a pele trigueira, queimada pelos excessos de fartura, e o rabo grosso de se sentar nos coxins daquelas compridas e luxuosas casas canadianas e americanas que até consolava a ver nos retratos. Amaldiçoava os irmãos, as cunhadas que tinham fugido mal-engravidadas para o Brasil da sua vergonha, e virava-se aos berros a minhas irmãs:

– Livrem-se vocês de não casarem com um rapaz embarcado e de boas famílias! Quando não, prego com todas a esfregar sobrados e a limpar o curral até aprenderem a arranjar casamentos decentes!

Meu pai olhava-a de modo atravessado, inchado de raiva contra semelhante conversa, deserto por lhe pôr a mão em cima e descuidar-se com um tabefe. Erguia-se aos assopros do sítio onde estava e saía sozinho para as noites negras desse tempo a resmonear entre dentes:

– Vê se me calas essa boca, mulher. Tem um bocado de tarelo na cabeça e porte na língua, anda.

Capítulo quarto

NUNO MIGUEL

Não sei dizer como nem quando os sonos da infância se
converteram na insónia da minha vida. Habituei-me em
definitivo às cinco velozes horas de dormir. Se tento ficar
mais tempo na cama, começa a doer-me a espinha. Sinto
esticões nos músculos das pernas. O espírito entra num
desassossego, tangido pela peregrina suposição de que o
mundo possa estar à minha espera. Devorado por todas as
formas de angústia, não sei contudo definir «angústia»,
nem percorrer com os dedos o dicionário ou o piano de
palavras tão planas como «inquietação» e «ansiedade».
Distanciei-me dos outros pela diferença dessa gramática
maldita. Discutir o óbvio e dizer mal dos ausentes é porventura o ócio terrível dos burgueses. O que sobremaneira me
custa é o convénio social de ser educado para com os ignorantes e exercer a tolerância junto dos sectários. Faltou-me
sempre uma elementar paciência para ouvir os reaccioná-
rios. Quanto aos endinheirados que desdenhavam da fealdade e da porcaria dos pobres, e os asnos de cara quadrada
e óculos pesados, e os poetas pretensiosos e efeminados,
isso nem falar! Ia-me dissolvendo aos poucos nas drogas
inocentes e nos hipnóticos de acção progressiva e dormia
excessivamente depressa. Acordava com fadiga, olheirento
e de mau humor. Ao espelho, de cigarro na boca, barbeava-
-me de forma atabalhoada, a golpear as espinhas e os sinais
do pescoço, e aparecia depois com um aspecto de mártir
obsceno perante os meus filhos e os alunos que riam à
socapa e trocavam papelinhos nas aulas. Olhando-me nos

olhos, admitia que a vida me convertera num cão de olho azul, vexado pela mediocridade e padecendo de males indefinidos. Começara mesmo a somatizar uma dispepsia permanente e aquela prisão de ventre que é típica dos sedentários e dos loucos. Mal com a vida, entende? Em desavença com a ordem miúda e estupidamente buliçosa dos outros. Julgo tudo saber acerca desse naufrágio silencioso que sustém e separa certas pessoas duma iminente loucura à qual falte apenas uma pontinha de génio. Você escrevera já alguns livros menores. Fora medíocre e quotidiano, dessa Literatura despeitada que não dispensa um ciúme cínico sobre o sucesso dos outros escritores. Decidiu então pôr-se de pé, tornar-se num vertebrado e assumir de vez o que havia de original em si para a criação literária. Chamou por Marta e expôs-lhe o seu plano:

– Tenho um livro aberto dentro de mim. Se não puder escrevê-lo agora, corro o risco de naufragar. Asseguras sozinha as despesas da casa, ou decidimos pôr-nos de acordo quanto ao divórcio?

Recorda grandiosamente a tranquilidade dela. No corpo, apenas os enormes olhos amendoados, de peixe, pareceram estremecer. Sentou-se-lhe à frente, tirou um dos seus cigarros, aspirou o fumo, soltou-o pelas narinas e fingiu sorrir-lhe. Esteve assim apenas um momento, entre atónita e divertida. A seguir, levantou a mão, como se fosse dar-lhe uma bofetada, fechou todos os dedos à excepção daquele que imita um pénis erecto.

– Monte-se neste, queridinho – disse ela com um assomo de desdém no tal sorriso. – Aqui, o único livro aberto sou eu. Se não puder escrever-me, resigne-se. Ou vá capar vaga-lumes no Parque Eduardo VII!

Falhou esse e todos os livros que decidiu escrever à margem das aulas, do tempo que devia pertencer à alegria e à infância dos seus filhos. Escreveu-os contudo depois, quando Marta decidiu soltar o pássaro e assumir o governo da casa, pensando salvar o casamento. A partir de então, o seu voo ganhou altura, fê-lo atravessar a transparência e sonhar com a glória.

– Você subiu, subiu, subiu – disse-me o psiquiatra.
– Triunfou nos estudos, na profissão e no casamento. Não
pode estar agora a inibir o merecimento desse triunfo.

Nunca me senti com pele de vencedor. Aquele homem
gordo, perpetuamente ensopado em suor e coberto de
caspa, tinha o pequeno defeito de nunca ter viajado até
aos Açores. Supôs que andar descalço e apanhar tareia
nos Açores era o mesmo que andar descalço e apanhar
tareia em qualquer outra parte do mundo. Tão cedo ainda
na infância, e já os tamancos do meu pai matraqueavam as
lajes da arribana, seguido de perto pelo meu irmão mais
velho. Mungiam as vacas, alimentavam os bezerros e os
bois, e eu entrava pela manjedoura dentro, desprendia
reses laçadas pelos cornos e tangia-as de verdasca para o
caminho. Eram grandes, tenebrosas como comboios. Passavam por mim cheias de cautela, pousando, mas não
pisando, naquele chão de lajes. Acreditava que flutuassem
lá no alto, muito acima da minha cabeça, levitando sobre
a minha pequenez. Quando me coube a mim vigiá-las e
mungi-las nos pastos, vi as poupas e outros pássaros azuis
que debicavam os bichos da bosta, e vi que pousavam nos
dorsos ossudos, ou arriscavam morrer sob a tonelagem
dos cascos. Só então compreendi que as vacas me poupavam à morte por instinto: porque também eu era pássaro
e vivia de catar, remover e limpar a bosta delas.

Não principiara ainda a amanhecer: o frio era branco e
os galos buzinavam um sopro de trombetas nocturnas contra as sebes. Todas as crianças, excepto eu e Luís, dormiam.
Vinha ele, organizava a manada na rua deserta, chamava de
assobio o cão e partia para os Outeiros, para a Mãe-de-
-Água ou para a Roça da Vila, sítios longínquos onde ficavam os pastos, as matas escuras como sepulcros e as
vertiginosas ribeiras de então. Cumpria-me iniciar a limpeza dos estábulos. Pode não ser nada de sobrenatural e ter
já acontecido a milhares ou milhões de crianças. Mas como
me aconteceu a mim e eu tinha apenas sete anos de idade,
andava mal dormido, descalço e aflito com as minhas horas – é elementar que lhe fale da bosta das vacas.

Toneladas dessa lama verde misturavam-se com a urina, com as moscas e com o hálito amoniacal dos bovinos. Se eram fezes moldadas, apresentavam-se-me como roscas, como torcilhões de tripas fumegando na palha. Então, não era tormentoso senti-la escapulir-se por entre os dentes da forquilha. Mas se se tratasse de diarreia! Puta que parisse as vacas, por causa desses jactos de lama fétida: nasciam de esguicho e escorriam-lhes pelas traseiras abaixo, pingando das vaginas proeminentes e roxas como tumores. O pobre de mim raspava tudo aquilo para um grande monte, misturava-lhe pragana, palha moída, folhas ou talos de conteira, fetos murchos ou casca de tremoço, para enriquecer o estrume. A mais baixa profissão do mundo, digo-lhe eu, pensando agora nos guardadores de retretes de Lisboa, nos cabo-verdianos de lantejoulas ao peito que atravessam os lixos nocturnos de Lisboa. Puta que parisse aquele torresmo que eu calcava com a sola do pé e onde a forquilha custava a entrar sob o protesto da minha falta de força. Brilhante, vencedor, bem-comportado em excesso – porém cheirando a reses e a bosta no decurso desses quatro anos de escola. Em Lisboa, muito tempo depois, ao longo de cinco anos de metropolitano, oito horas de trabalho diário, o autocarro para a Cidade Universitária e as longas sessões nocturnas nas salas de aula da Faculdade de Letras: diplomado, muito versado na teoria e na semiótica dos textos, lambido pelos meus perdidos mestres em Filologia – e todavia marcado pela sensação de que, não obstante o sucesso desses estudos, continuava ainda a feder da bosta dessas vacas. E cheirando a rês, tendo nas mãos os calos metafísicos da forquilha da infância, como podia eu considerar-me um vencedor? Pela vida fora, à medida que me era devolvido o eco dos livros, a bosta sobrevoou os perfumes, as flores e tudo o que é suposto engrandecer o orgulho dum homem.

Era milagre, como decerto imagina, limpar todo o lodo dessa arribana e ainda poder chegar a tempo das aulas das oito e vinte da manhã. Porque não era só limpar a enxurrada das vacas e da puta que as parisse; tinha de fazer-lhes de novo a cama, espalhar palha, pragana ou conteiras para que à noite se deitassem sobre chão limpo. Enchia-lhes a manjedoura com gavelas de folha de milho que se comprimiam no sótão, por cima das quilhas dos dorsos, lá onde os ratos eram cinzentos, miseráveis, tão numerosos como as pragas agrícolas. Quando se me deparavam nos ninhos, matava-os à forquilhada e erguia-os no ar, trespassados, com as tripas à mostra. As galinhas, cá em baixo, recebiam-nos com alvoroço e disputavam as vísceras e as cartilagens. Depois de tudo pronto, fechava à taramela o santuário das vacas, deixava-o na penumbra, corria a casa, lavava à pressa os pés na selha, engolia sem mastigar as sopas de pão de milho com o leite ainda morno dos mojos, agarrava na saca de lona dos livros e corria, corria. Ficou-me daí esta ausência de paz interior, pela qual continuo a viver de corrida, a dormir depressa, a comer apenas o essencial mas com goela de pato. Algumas vezes, apanhava o meu professor a subir a rampa da Eira--Velha. Com terror, via os óculos de chumbo, os grandes braços de lenhador, passava à frente daquelas excessivas nádegas que flutuavam no esforço de subir o caminho muito empinado da rua do Ramal. Da parte da frente, havia uma testa muito vermelha, coriácea, orlada por uma espécie de carapinha de mulato que se emoldurava em bico.

– Bom dia, senhor professor – propunha-lhe eu do fundo desse terror.

Se vinha de maré, permitia-se retribuir-me o cumprimento com um assomo maldoso no sorriso. Se não, grunhia apenas um monossílabo e punha-me à distância com um olhar indisposto. Ia muito a tempo de anunciar aos outros de que lado soprava nesse dia o vento. Quando ele chegava, saudávamo-lo em coro numa voz friorenta e esperávamos que abrisse a porta e nos levasse atrás de si. Sem esforço, rodava a chave na fechadura que nenhum de nós conseguia fazer deslizar. Primeiro, entrava a pasta negra com a régua de vidro de avião à vista: lá estava o olhinho de perdiz que parecia chupar a pele e nos enchia as mãos de bolhas de sangue pisado; depois, entrava todo o corpanzil. Logo a seguir, o homem das manhãs desse sol oblíquo e nunca vingado punha-se enormemente de pé junto do quadro,

inclinava-se ao retrato do general Craveiro Lopes, benzia-
-se, orava de frente para o nariz cinzento do ditador,
sentava-se, brincava distraidamente com o globo terrestre e
lançava-nos a primeira advertência:

– Quero-os sentados e em silêncio. Não batam com as
tampas das carteiras, não arrastem os bancos, não me
estraguem já a paciência!

A felicidade era vê-lo vestir a bata devagar, como numa
liturgia, limpar os óculos bafejados ao lenço, assoar-se com
um estrondo de trompas obstruídas. Fazer isso, entenda,
mas comigo presente. Sem ter chegado atrasado. Porque
nos outros dias, esbracejando eu naquele naufrágio de bosta,
chorava, via o desespero do meu suor misturar-se com o
torresmo fumegante daquelas fezes douradas e dizia de mim
para mim que a vida nada tinha de bom nem de mau. Era o
que Deus mandava. As sopas de leite engolia-as de olhos
fechados e sem lhes provar o gosto. Os pés enxaguava-os à
toa, sem recorrer ao sabão azul e na esperança de que os
relógios estivessem adiantados. De vez em quando, se me
ouviam chorar, as minhas irmãs acudiam a essa aflição,
cheias de pena. Vinham lá de dentro – de fazer camas e cantar, de despejar os penicos e as bacias de água com sabão e
cantar, de joeirar o folheio dos colchões, sacudir toalhas
e lençóis e cantar – e choravam por me verem chorar.

– Vai-te lá embora, rico homem – diziam – que é para
não chegares outra vez tarde e o professor não te dar malho.

Tomavam elas conta da forquilha e das fezes douradas,
das gavelas de folha e da matança dos murganhos, da pragana ou da palha molda – e, certo e sabido, o meu tempo
fugira. Perdido de todo o tempo, já não lavava pés nem
mãos e desistia das sopas de leite. Pela ciência imperdoável do relógio de parede e pela inevitabilidade dos sinos
que haviam tangido no princípio, no meio e no fim da
missa, o dia enchera-se dessa maldição das horas.
Esperava-me já a violência daquele homem religioso, em
cujas mãos nunca fora possível surpreender o mais
pequeno sinal de estrume, um pouco de terra sequer
daquele jardinzinho de rosas e jacintos que espreitava o

mundo por detrás dos muros duma casa cor de algas. Nessas mãos não havia uma única unha lascada, o inútil indício de qualquer contacto com a pedra, a areia ou os fertilizantes das plantas. O poder delas repousava sobre um ceptro, o da cana-da-índia – e eu nunca teria qualquer oportunidade de saber por que motivo esse poder lhe viera exactamente da Índia e não de qualquer outro país mais próximo do nosso, real e não fictício.

– Vai comendo um bocadinho de pão de milho pelo caminho, cara-querida – aconselhava-me mamã com voz de veludo, enquanto torcia o aventual entre os dedos e parecia não atinar com o jeito de me demonstrar a sua compaixão. – Ouves? Dizes ao teu senhor professor que tiveste de fazer um mandado a teu pai. Ele que te perdoe por hoje, pelo amor de Deus e pela saudinha dos que lá tem em casa. E ouves?, que se lhe dá uma oferta, quando chegar o tempo das ameixas e dos pêssegos...

Corria como um galgo até ao fundo do Boqueirão. Do Boqueirão subia até às casas de colmo das Paloas. Das casas de colmo das Paloas avistava enfim o Ramal – e aí se me abriam muito os olhos, na esperança de o avistar na rampa da Eira-Velha.

– Ó senhora! Por acaso viu passar o meu senhor professor? – indagava eu à primeira dona que assomasse a uma janela.

– Ai, anjo bento! Pois passou há-de haver uns bons quinze a vinte minutos. Por que estás tu chorando, anjinho de Deus?

Daí a pouco, batia-lhe à porta das traseiras da escola, a qual dava para um recreio muito plano, com renques de malmequeres e dálias em redor dos muros de bagacina, e canteiros de cravos e rosas-frias junto aos portões que nos separavam do mundo. Perante o pelotão de fuzilamento dos olhares que me recebiam e se mostravam já condoídos da minha sorte, pedia licença para entrar, numa voz espremida, saída do ser ventríloquo que então começava a inibir--se na minha timidez. Contrariado, rubro de cólera, o professor Samuel interrompia a correcção das cópias e das operações aritméticas. Com o dedo em gancho, fazia de lá o gesto de chamar a contas um devedor relapso, e tudo nele se tornava estranho: aparecia sorridente, com a sobrancelha levantada. Luzia-lhe no olho um brilho metálico e sensual e os beiços tornavam-se ostensivos e escarninhos:

– Lá vem mestre Nuno: sempre pontual, sempre a horas da escola! Sua pessoa não quer por acaso dizer à gente por onde tem andado, não?

Desculpava-me com a bosta, com os mandados do papá, com as dores de barriga das lombrigas e outras doenças inventadas – e misturava tudo isso com uma aparatosa confissão de culpa. O meu pranto pedia-lhe, suplicava-lhe uma misericórdia impossível:

– O menino não tem mesmo emenda! Pois não estou eu farto de lhe dizer que o quero a tempo e horas aqui no trabalho?

Nada alteraria já as razões que matavam aos poucos a minha vontade de crescer, pôr-me à altura dele e enfrentá-lo naquela arena de suplícios:

– Lá vamos ter de voltar a acertar as nossas contas, mestre Nuno. Já sabe: pouse a saca na carteira, como um perfeito, vá ao centro da sala e espere. Com as calcinhas para baixo, sim?

Nunca se apagará dos meus olhos, por muito que viva, a visão daquele corredor de cimento que tinha por única função separar as classes. Da parte da frente, à proa desse navio sem convés, junto da secretária, do globo terrestre e dos mapas de Portugal e dos Açores, sentavam-se os mais velhos, que estudavam já História, Geografia, os números decimais e as fracções. À ré, os mais pequenos soletravam vocábulos incompreensíveis ou estavam decorando as primeiras tábuas da multiplicação. Não se apagará da minha memória o facto de tantas vezes ter visto os mais velhos voltarem-se para trás, rirem-se, escarnecerem do meu terror. Ver que os da minha classe abriam tanto os olhos e se escondiam do mesmo espanto e da dor moral que afligia os meus. Sobretudo, custava-me que se rissem das minhas nádegas trémulas, azuladas pelo frio.

Proponho que seja você a imaginar-se no meu lugar: a cana-da-índia começa a zunir. Os nós agrestes, propositadamente mal podados, carimbam o seu rabo de vergões roxos que ao princípio da tarde se tornarão azuis e de noite parecerão comer-lhe os ossos do fundo das costas. Você está de cócoras e não sabe porquê. A máquina do seu corpo são apenas essas nádegas martirizadas. Lá muito ao alto, um homem imenso anda de volta, morde o beiço, franze as sobrancelhas e açoita-o com todo o ódio do mundo. Você é porém um pobre menino, e pobre de muitas e insuportáveis formas de pobreza – e ele tem o poder de mandar matá-lo. Dito de outro modo, se prefere: você foi sentenciado à pena capital e vai ser enforcado. Uma corda, ainda que metafísica, está sendo ajustada ao seu pescoço. Qual seria, nesse caso, o seu último desejo?

– Teria desejado, tal como eu então, a chegada do cavaleiro branco, o mirífico, majestoso cavaleiro branco que surge quase sempre à última da hora e exibe bem alto, perante os algozes, o perdão divino do rei. Fizeram-no, segundo julgo saber, a Dostoievski, não sei se também a Federico García Lorca. Nunca estive lá. Se estivesse, não saberia senão dizer-lhe:

– Hijo mio, que te vás a enfermar de melancolia!

Tão-pouco sei se o fizeram a Franz Kafka ou mesmo a Pier Paolo Pasolini, que, como sabe, fazia de cão e de tigre e escrevia com as tripas. Seguramante que o fizeram ao infelicíssimo poeta J. H. Santos Barros, de quem conheço versos terríveis e pelo menos uma morte na estrada: *Os viajantes pensam: qualquer caminho / pode de súbito pertencer aos rumores das asas. Será sempre o mesmo vento atravessando o rosto do mar? / O vento viaja para as nuvens e nem as palavras / dos mortos quando vivos o vento pode conservar.*

Esperaria a chegada do justiceiro vestido de negro, como nos filmes americanos, o qual faria pontaria à corda do meu enforcamento. Foi essa, e não outra, a minha expectativa. Punha-me aos pulos, gritava muito alto – mas meu pai não vinha, o meu irmão não tinha idade para usar um revólver e por isso as minhas nádegas começavam por ser atravessadas pelos vermes corrosivos da cana-da-índia. Ninguém se dignaria forçar os muros daquele ninho de cucos e salvar-me de morrer.

– O povo do Rozário?, pergunta-me você.

Que eu saiba, toda a gente esteve sempre à beira de amotinar-se, cega e sedenta do sangue do tirano. Primeiro, porque lhe chegavam aos ouvidos notícias acerca do espancamento dos filhos. Segundo, porque as crianças tinham pouca idade e corriam o risco de ficar defeituosas para o resto da vida. Terceiro, tratando-se dum homem natural de outra Ilha, não estava certo que um estrangeiro viesse para ali maltratar os filhos dos outros sem que alguém lhe pudesse pôr a mão em cima. Finalmente, quando souberam da sua misoginia, esboçaram desabafos, desaforos de troça e outros inofensivos alevantes morais – tão-só sugeridos pela religião. Havia quem ameaçasse denunciá-lo à inspecção escolar. Outros, que o tangeriam de aguilhada, como se faz aos bois, pondo com ele fora da freguesia. Mas o sobrenatural da coisa é que os anos passaram, muitos de nós apanhámos bordoadas e nunca ninguém lhe partiu os dentes com um bom sopapo nos beiços.

Uma espécie de redoma de cristal parecia proteger esse homem, sem o expor sequer ao irrisório aviso de alguém. Estava-se no tempo das cestas de ovos e dos cabazes de fruta para a mesa dos professores. No tempo das galinhas e dos perus de Natal, das vénias e dos sorrisos distantes e dos lugares de honra na igreja, à hora da missa dominical.

Os professores de então contavam com a cumplicidade das catequistas, do divino padre, dos polícias da Algarvia e dos donos das lojas. Quando chegavam às portas daquelas damas branquíssimas que haviam casado com homens ricos e se lhes apresentavam sorridentes, elas convidavam-nos a entrar. Tinham, nos Açores, a grande sorte de serem funcionários públicos, padrinhos de baptismo dos futuros ricos, seus compadres e cúmplices. As mulheres, sendo em geral risonhas e maliciosas, irradiavam uma beleza trocista, a qual fazia também parte dos seus tesouros…

Conheci de perto a mulher do professor Samuel e julguei-me mesmo apaixonado pelo seu nariz de Cleópatra. Lembro-me de todos os sinais do seu pescoço e do cabelo apanhado na nuca, e lembro-me de ouvir os homens suspirar à sua passagem, inquietos pelo cheiro enervante do seu perfume de maçã. Dessas baixas paixões, movia-se a visão do impossível pescoço dourado, do nariz carnudo e das muito formosas pernas. Tratava-se duma mulher excessivamente branca, duma transparência sugestiva como o vidro, porquanto raramente o sol a merecia. E contudo eram desse mesmo cristalino sol a pele, a fosforescência do olhar, a altivez daqueles olhos de serpente que alguém via sorrir dum modo pérfido e sempre superior.

– Ei, fema querida! – bradavam rapazes escondidos e alarves que se masturbavam por detrás das sebes do quintal, quando ela passava.

Anos mais tarde, estando eu longe, pude adivinhar o desespero dessa mulher traída e envergonhada, ao ser aqui descoberta a homossexualidade maldita do seu homem.

Não me há-de pois esquecer o dia daquele sol de cobre com pássaros pousados nos parapeitos das janelas e o mar imensamente parado, nos sítios onde antigamente passavam os barcos em direcção à América. Chegara cedo às aulas e fora ocupar a carteira da frente, destinada aos melhores alunos da classe. Foi o caso de o meu professor se ter posto a farejar o ar, à direita e à esquerda, e de se ter voltado para nós a fim de confirmar a suspeita:

– E não é que me cheira aqui a rês, a bosta de vaca?

Estremeci dos pés à cabeça. As manchas castanhas, já em crosta, eram visivelmente de bosta. O cheiro amoniacal, sendo comum, dizia que todos coexistíamos com as vacas. Mas aquele homem brunido, duma higiene escrupulosamente feminina, não nos perdoava essa evidência. Quando descobriu em mim o culpado, mandou que me levantasse, descesse o corredor e fosse ocupar a última carteira, ao fundo da sala e do lado da janela. Não estava disposto, disse, a conviver com bacorinhos. Os risos? Grossos, sacudidos como o gluglu dos perus. Nunca mais me seriam tão compridos e humilhantes os corredores de qualquer outra casa, nem mesmo os claustros ou as naves das capelas do seminário e do convento. Vendido, trocado, preterido por um miserável cheiro a bosta de vaca – da mesma forma que muitos, não sei quantos anos depois, tendo concorrido a assistente da Faculdade, uma égua baia relinchou, virou contra as minhas costas uma patorra desdenhosa e devolveu-me à procedência dos meus mestres em Filologia.

Aconteceu por acaso que, nesse dia dos pássaros, do sol de cobre e do mar parado ao longe, passasse pela Eira- -Velha um carro de bois chiando no eixo ardido de vinhá- tico. Também por acaso, o José Silvana, repetente da 3.ª classe, fora mandado para a janela com umas orelhas de cartolina a imitar as do burro. Ainda e sempre por acaso, o condutor desse carro tinha por nome Artur e era o irmão mais velho do repetente. O acaso levou-o a olhar, a ver com espanto, depois com ódio, o pequeno lavado em lágrimas de humilhação. Passava gente que ria. Gente chamava outra para que viesse rir. De dentro, ouvíamos rapazes tanger o burro e aludir a albardas, coices e arreios. Após quatro punhadas na porta, entrou um homem coberto de suor, com palha no cabelo e uma aguilhada no punho. Suavam-lhe os olhos pálidos, as enormes mãos, grossas como malhos de fincar estacas e armar cafurnas, e sobretudo o pescoço. Vimo-lo dirigir-se à janela, resgatar o irmão, empurrar um rapazinho embrutecido pela vergo- nha e pelo riso dos outros, e vimo-lo rasgar a cartolina das nefastas orelhas e dizer-lhe que se fosse embora para casa. Num pulo de tigre, levou a mão à garganta do professor.

Sacudindo-o, começou a empurrá-lo na direcção do quadro negro: ficou esculpido e perfilado, com o branco da bata contrastando mortalmente com o negro da ardósia.

– Posso até ir parar à cadeia, professor da raiz que te pôs no mundo. Mas primeiro te hei-de tirar as tripas todas pelo cu. Se me descuido e não olho a quem lá tenho em casa, desgraço a minha vida. Mas não te ficas a rir da misé- ria. Que eu se tiver de bater em alguém, há-de ser em homens, não em paneleiros e cachorros capados!

Desabou logo ali o mundo. Desabou de modo contínuo, pois essa heresia girou no ar e não tardou a ser notícia na freguesia inteira. Quanto tempo durou, não sei – nem mesmo se começou aí a completa desonra daquela mulher de pescoço dourado, cujo perfume de maçã marcou o início da nossa perturbação. Estava muito longe daqui, não me foi dado assistir ao tumulto da sua posterior transferência para outra ilha.

O meu definitivo argumento contra esse professor está porém do outro lado da brutalidade, das perversões e do facto de nunca me ter perdoado um inofensivo cheiro a rês. Vai ouvir. Quando eu era mandado para os lados da Achada, a colher figos, espantar os melros ou mudar de pasto as ovelhas, subia e descia os muros do adro. Chegavam então as viúvas e os velhos. Via passar o Calheta sacristão, cujo corpo leve e ossudo se dobrava para diante, como se trouxesse a manhã às costas. Depois vinha o contrário dele: o corpo pesado e lento de padre Ângelo que caminhava aos solavancos. Um minuto depois, aparecia o meu professor: alto, excessivo de nádegas, com o missal no sovaco e o terço enrolado nos dedos. Nunca pude perceber que espécie de pecados justificavam o facto de se ter separado tão cedo daquela bela mulher, só para ir à missa das sete da manhã. Não sei se nesse tempo isso não seria uma forma elegante e decerto muito prática de parecer diferente dos outros pecadores. Os danados do Céu limitavam-se a visitar Deus aos domingos e dias santos, e faziam-no de modo tosco, sem inteligência, com ar de corvos aprisionados naquela catedral de arcadas rombas que ameaçavam ruir e onde os sermões se limitavam a censurar atitudes. Para o professor, não: a missa diária era um alimento moral, inseparável da vida.

Porém, o homem que vergastava pernas e nádegas e batia na ponta dos dedos com a régua de vidro de avião; o mesmo que me mandava a mim, seu aluno distinto, bater com toda a força nos maus alunos e depois se orgulhou tanto de ter sido o meu primeiro mestre – esse homem ia quotidiana e obsessivamente à missa! Comungava, ficava a desfiar o terço, vinha-se embora e abria e fechava as aulas com uma oração à Senhora do Rosário. Saía da missa, repare, para nos colocar à janela e para que alguém nos tratasse por burros. E rangia o dente, e exercia sem escrúpulos a sua crueldade sádica sobre nós. Mas no dia da minha expulsão do seminário, disseram-me daqui, proclamou essa traição à Igreja, à família e a quantos haviam confiado na minha vocação para o sacerdócio. De modo que, ao receber em Lisboa a única das suas cartas inquisitoriais, à qual não dei resposta, não me foi possível deixar de associar padres, missas e bulas à perversão desse homem religioso e hipócrita. E quando a ideia de Deus empalideceu dentro de mim, ocorreu-me que também o professor Samuel se confundia com a morte d'Ele. Meu pai fora uma primeira, quem sabe se terrível, e segunda estação desse Deus disperso e irrecuperável. O reitor do seminário, outro fragmento de Deus. O ditador Salazar, o símbolo desse oculto, a estrela-cadente e a estrutura óssea desse Deus ignorado e ignorante. E os nossos inconfundíveis amigos americanos, infinitamente mais poderosos do que Deus, dispensaram um passaporte, um carro celeste, o exílio dourado duma cidade que acolheu mais um ditador deposto: o inefável professor Samuel.

MARIA AMÉLIA

À felicidade dessa nova casa, seguira-se logo uma outra ainda maior: a minha ida para a escola. Papá fizera-me uma malinha de madeira de ripa, muito leve, envernizou-a, adaptou-lhe um pequeno trinco de mola. Pus nela um lápis, duas folhas de papel almaço, um pauzinho de giz branco e uma ardósia. A escola vinha subtrair-me à casa, às terras, aos maus tratos e à violência de lidar com os animais. As pessoas iam deixar de confundir-me com as galinhas, os porcos e os cães. Jurei que aprenderia depressa as estranhas coisas que até então me separavam dos adultos: as letras e os números. As cifras que resultam da combinação das letras com os números. Queria sentir a própria pulsação do mundo, sobretudo do que existia para além do mar. Os navios afastavam-se de quilha apontada ao Sol nascente. Perdiam-se-me da vista, minúsculos como garças, e eu ficava a vê-los extinguir-se ao longe e a pensar que um dia também eu me extinguiria num desses barcos. Estavam já em mim como um destino irresistível. Neles havia de partir.

O quadro negro, nessa primeira manhã de aulas, pareceu-me logo possuído duma transparência misteriosa. Não sei se nele se projectava já o mundo dos meus sonhos, como numa carta de mar, ou se os riscos do giz eram então os meridianos da minha passagem para outro lugar da Terra. O fascínio do globo terrestre, posto a rodar em torno dum eixo oblíquo sobre a secretária e ao contacto com o homem que estava ali para me ensinar o mundo, desvendou-me grandes mistérios. Estava perante um sábio. Papá e vavó Olinda referiam-se aos sábios como a génios dotados duma loucura muito própria. As mãos dos sábios eram movidas por forças magnéticas. Foi isso que pensei, ao ver o professor Quental rodar o globo terrestre e anunciar-nos os territórios da África e da Ásia que pertenciam a Portugal. O mapa do país, o meu *country* de então, suspenso ao canto da sala, a nossa bandeira nacional, *I mean*, de quando eu ainda era portuguesa, o retrato do Presidente da República à direita e o do senhor Salazar à esquerda – tudo isso se harmonizava com os sobrados lavados, cheirando a sabão azul, e com os renques de carteiras onde outras meninas da minha idade tremiam e choravam. Não compreendia por que razão estavam tão amedrontadas: enquanto pediam que as deixassem ir para casa, eu vivia a felicidade de estar longe dela, fora da vista e do mando dos meus pais.

Via-se aliás que os professores eram donos de vozes suaves e superiores: não falavam a gritar e não se faziam ouvir ao som dos martelos, dos urros das vacas, das tampas das panelas. Não tinham as mãos daquela gente aborrecida, sempre zangada com a vida. As mãos dos *teachers* eram feitas de papel, providas de unhas não lascadas nem sujas no sabugo, mas sim transparentes como vidro. Os próprios óculos eram inteligentes, nada tristes, ao contrário daquelas cangalhas que nos outros se apresentavam sempre grossas, desconfortáveis e feias como os arreios das bestas.

Começava a ser feliz e a ter vontade de sorrir à vida. Quis mesmo que esses anos passassem depressa, me fizessem grande de corpo e espírito e me descobrissem o tempo e o caminho que haviam de levar-me para muito longe da Ilha.

– O senhor já alguma vez foi obrigado a usar óculos? Sabe como nos pesam, como nos magoam o nariz e nos envelhecem? Então não pode imaginar o quanto me doeu e como me ficou de memória a hora dos primeiros óculos…

No dia em que o professor Quental descobriu a minha falta de vista, estranhava apenas que os números e as letras por ele escritos no quadro fossem coisas tão imprecisas, minúsculas e vagas como miragens. Para fazer as cópias em casa, não me fazia grande diferença. Bastava procurar a luz, pôr o caderno por baixo e aproximar o mais possível os olhos do papel. Mas na manhã em que ele mandou um recado escrito a papá, dizendo-lhe da minha necessidade de usar óculos, sofri um primeiro revés. Antes mesmo de ponderar a situação, meu pai ficou furioso por causa daquela nova despesa e pôs-se a berrar comigo. A berrar, repare bem, como se eu me tivesse feito a mim mesma e fosse culpada de ter nascido defeituosa. A praguejar contra a porcaria dos filhos que tinha, perante essa exigência de ir ao fundo da cómoda mexer num dinheiro precioso, dobrado, passado a ferro e escondido como um relicário. Usar óculos, em sua opinião, era um luxo. Eu que arrega-lasse bem a vista, fosse sentar-me nas carteiras da frente ou simplesmente me aguentasse assim, como Deus entendera trazer-me ao mundo. Andou semanas nisto, a adiar a deci-são e a fugir ao assunto. Até que um dia lá concluiu que o problema era afinal bem simples de resolver. Tirava-me da escola, e pronto, não se pensava mais no caso. Até nem era obrigatório… E assim como assim o meu futuro seria var-rer casas, esburgar batata, mondar linho e beterraba – e para isso nunca ninguém precisara de letras. Contas, fazia--as ele de cabeça e mais rápido do que uma roqueira de lágrimas, que para tanto lhe bastava uma mal-amanhada 2.ª classe, tirada no tempo dos reis.

Well, desatei num berreiro, cheia de desgosto, e fui pôr vavô Botelho ao corrente da minha desgraça. Não atou nem desatou. Pôs-se muito vermelho, cheio de asma, e só conseguiu dizer que não tinha nada a ver com as lamúrias da nossa casa. Percebi logo que vavô e papá já não se falavam. Viviam como surdos, sem opinião, e desviavam a cara ao passarem um pelo outro:

– Meu sogro, sua bença!

– T'abençô! – e mais nada.

Quanto a vavó Olinda, mãe de meu pai, enredou, mudou de conversa, destarelou outro tanto e mandou-me de volta ao caminho. Mamã ainda teve a ideia de pagar 2$50 a alguém que nos fizesse um pregão à saída da missa apelando à caridade de nos dispensarem umas cangalhas em segunda mão ou fora de uso. Ai, o orgulho de meu pai reagiu, e a ideia morreu logo à nascença. Lá quando S. José, o Carpinteiro, quis, pegou em mim e levou-me à Cidade. Fui presente a um oftalmologista apressado e soberbo, depois a um homem que estava suspenso do balcão duma loja, que estendeu a papá um mostruário de ossadas e com quem ele arengou preços, modelos e condições de pagamento. Quando me mirei a um espelho, tudo foi brutal: não esperava que me devolvesse a visão desses cabrestos. Os meus olhos, assustados e muito aumentados de volume, pareciam duas borboletas doidas varridas. As lentes, de tão grossas, eram discos riscados numa espiral. Compreendi que me tinha tornado inacreditavelmente feia, diferente de todas as meninas da minha idade. Tive mesmo a percepção de que a vida me separava delas, pelas fatalidades da miopia e dessas lentes de várias dioptrias. Vezes sem conta, mudei de penteado, na ilusão do disfarce dessa fealdade. Parti óculos de dois em dois anos para poder ajustar a harmonia do rosto a um novo modelo de cangalhas. Sempre que os partia, papá dava-me uma sova. Acabou por experimentar os mais diversos tipos de cola caseira para os soldar, desde a goma-arábica aos sucos de tabuga e incenso com sêmeas de trigo. Na primeira ocasião, voltava a descolá-los e a apanhar outra sova, até o convencer da inevitabilidade de nova consulta. Se era preciso mudar de lentes, tinha sempre de esperar pelos Santos, pela arrolação dos bezerros, ou por Setembro do ano seguinte ou pelo mês do Natal. Resultado: entre uma consulta e a seguinte, aumentavam-me as dioptrias, o rosto voltava a carregar-se do peso daqueles discos e a cegueira punha-se à espreita.

Quando Domingas e Luís entraram para a escola, vieram novos bilhetes a acusá-los da mesma maldição. O nosso pai ia endoidecendo, pois levantou a voz e produziu medonhas tempestades. Passávamos a significar uma tripla exigência de viagens, consultas e mudanças de lentes. Logo que o julgou inevitável, obrigou-nos a levantar de madrugada e pôs-se connosco a pé, estrada fora, à frente da camioneta. Quanto mais andávamos, mais longe do Rozário ela nos recolheria nessa estrada que dava para a Cidade, e menos ele teria de pagar. Ao cabo de três ou quatro léguas, com os pés esfolados pelos sapatos de domingo, fazíamos sinal ao condutor para que parasse e lá entrávamos no carro. Papá instruíra-nos a que declarássemos ao homem dos bilhetes menos dois ou três anos de idade. O cobrador olhava para ele, olhava para nós e teimava que aquilo era impossível: não podia um homem tão pequeno ser pai de filhos tão graúdos com essa idade. Envergonhava-me imenso ouvi-lo discutir por causa dos 12$50, o preço da meia passagem. Mas ele tanto se obstinava que lá conseguia levar a sua avante.

Na Cidade, demorávamo-nos apenas o tempo indispensável, ou seja: entrar todos à uma no consultório do oftalmologista, ouvir o pai discutir e teimar com ele: não era justo, nem sério, nem razoável que o doutor cobrasse não uma, como papá pretendia, mas três consultas. Voltava a envergonhar-me, a pensar que uma tal avareza fazia de nós uns miseráveis e uns pedintes. Aproveitava a vinda à Cidade para dar umas voltas, a suprir-se de ferramentas ou de qualquer outra precisão encomendada por alguém. Largava-nos no meio dum jardim sempre desconhecido, e víamo-lo perder-se naquela babilónia de ruas calcetadas, com lojas dum lado e doutro sobre os passeios muito estreitos e um vespeiral de automóveis para cima e para baixo, além de carroças de beterraba, carros de vendilhões de peixe, motas, bicicletas, táxis e cordões de gente. Se calhasse largar-nos no Largo da Matriz, ficávamos de olhos arregalados e boca aberta, a ver o polícia sinaleiro comandando o trânsito, os sinos, as pombas pousadas nas escadinhas do adro, os vendedores ambulantes, os teimosos retratistas que macistavam lugubremente com toda a gente e os homens dos táxis que abriam as portas dos carros, sentavam-se com as pernas de fora e ouviam num alarido o Rádio Clube de Angra ou o Asas do Atlântico. Tomávamos então o pulso à Cidade: os cheiros eram diferentes e muito mais próximos. Quase não havia gente descalça. E o mundo era muito menos triste daquele lado do mar. As montras atraíam-nos de longe, com os seus manequins iluminados no dia cinzento. Eram vestidos e sapatos proibidos, sueras de cores muito bem combinadas, meias-de-vidro cor de carne e uma infinita riqueza de cortes para fatos e saias. Domingas namorava as lojas de bonecas. Luís, enamorado dos gelados e dos doces, seguia em transe o homem do carrinho de mão, e os tristes olhos, de desterrado, viam homens com meninos pela mão a quem ofereciam cartuchos de amendoins ou tremoços curtidos. Daí a horas, o nosso pai regressava carregado de embrulhos. Eram serrotes envoltos em papel pardo e atados por barbantes, caixinhas de pregos e parafusos e outras caixinhas com ferros para a pua e para a enxó. Em coro, suplicávamos--lhe um gelado de seis tostões, um pão de trigo da loja ou um pacote de amendoins: desentendido, distribuía por nós a carga e dizia encolerizado:

– A mãe de vocês mandou comida de sobra para vos calar a boca. Amanhem-se com o que há e deixem-me da mão para fora.

Se queria ir ver o mar, levava-nos a sentar-nos nos muros baixos da Avenida Marginal e aí comíamos o nosso farnel: pão com chouriço assado, um ovo cozido e um pêro dos que se apanham do chão. Enquanto mastigávamos aquela comida seca e carregada de pimenta, papá enxotava os engraxadores, os cães de cidade e os contra-bandistas de relógios e pulseiras. E víamos o mar.

– Senhor, o mar da minha vida! Consolava a ver os bar-cos atracados do outro lado da baía. Eram brancos, azuis, amarelos e negros, e os guindastes rangiam por cima deles, por cima dos convés sem gente, por cima dos porões invisí-veis, dos escaleres emborcados, cobertos pelas lonas, e das escadas que dão para bordo. Os que estavam de partida car-regavam vacas, ovelhas e toros de madeira. Outros descarre-gavam grades de mercadorias, algumas máquinas, caixas escritas com o nome dos destinatários.

Soube aí que o meu futuro pertencia já aos barcos. Ou então morreria prisioneira na Ilha, louca pelos barcos. Não fazia a menor ideia de como me aconteceria esse destino, mas o sangue enchera-se-me dum grito reprimido e do sal desse mar que balouçava por baixo de nós, arremetendo contra o paredão côncavo da Avenida Marginal. Peixinhos vermelhos vinham abocanhar os bocados de pão que íamos atirando, e víamos em tudo isso os admiráveis, misteriosos e secretos tesouros do mar. Papá repetia então a história da Cidade. Mis-turando lendas com obras de engenharia, descrevia o largo das estátuas e dos arcos, as portas simbólicas que se erguiam onde já tinha sido mar, depois calhau rolado, chão de polvos, moreias e caranguejos e agora era a grande avenida em forma de meia-lua. Lembrava-se perfeitamente desse tempo das pedras, do pesqueiro e do farol em terra. E ia contar de novo a história da construção da doca, quando voltava a arder em mim o sangue desse mar e eu lhe pedia cheia de esperança:

– Papá que nos leve a ver os navios de perto, por favor.

Tentava imaginar como seriam os cascos amarrados por calabres e correntes grossíssimas, e as casinhas que dentro deles flutuavam no nevoeiro, encantadas como presépios marítimos, e os canudos daquelas chaminés eternamente fumegantes. Sei hoje que os barcos também exerciam sobre ele uma irresistível atracção. Mas eram-lhe proibidos. Não devia sequer sonhá-los.

– Leve-nos, papá, para vermos como são ao perto – insis-tia, já sem coragem, vendo que o tempo se desvanecia e que eram já horas de regressar. O pai arrematava a conversa, do mesmo modo que mudava de assunto quando outrora lhe pedíamos que nos deixasse ir ver o mar do Rozário. Quando finalmente condescendeu, descemos à doca. O fascínio dos barcos tornou-nos importantes. Nunca mais fomos os mesmos. Nas ruas do Rozário, homens velhos, que nunca tinham deixado a sua terra a mais duma légua de vista, queriam que lhes descrevêssemos os barcos. Fizemos sucesso na escola ao narrar o aspecto grandioso dos paquetes que passavam por nós lá muito ao largo, no alto mar. E por isso, quando me coube ir vivê-los por dentro, sabia já tudo acerca desses deuses flutuantes que me estavam há muito fundeados no sangue.

De novo a pé, eram léguas de estrada através de povoações superpovoadas, com multidões de crianças à solta nas ruas que entardeciam e gente agachada ao mormaço. Sobretudo, havia velhos sentados nos muros, que ficavam a seguir-nos com os seus pequenos olhos orientais, vendo-nos como estrangeiros: éramos de outras terras e cada freguesia simbolizava um país minúsculo em torno duma igreja, dum largo e duma fonte pública. Mulheres janeleiras empurravam-nos com o olhar e quebravam o silêncio só para chamarem crianças. E homens desempregados e excedentários de tudo, de pé à porta das lojas, respondiam entre dentes ao cumprimento do meu pai:

– Haja saúde. O senhor de onde é e mais esses pequenos?

A mesma camioneta da manhã apanhava-nos de regresso, já a meio da viagem, e papá voltava a arengar com o homem dos bilhetes. Chegávamos, e os meus irmãos pequenos vinham receber-nos à estação, esperando os rebuçados e os biscoitos: pareciam cachorrinhos lambendo a mão do homem que era pai e dono, excepcionalmente felizes com essas guloseimas. Corria ao espelho, via-me cada vez mais feia, diferente de todas as outras, e punha-me novamente a chorar.

Em Lisboa, durante as solidões que por lá vivi, consegui comprar as primeiras lentes de contacto. Obtivera finalmente o diploma de enfermeira: acumulei turnos, velas e domingos pagos a dobrar. Um dia, cheguei a casa rica como nunca. Pus-me a estender em cima da cama notas inúmeras, tão bem cheirosas mas sofridamente suadas pelo meu trabalho. Foi a minha tarde de glória: gosto infinitamente do dinheiro, com um ódio acumulado. Paguei dívidas, comprei um fato para Nuno, uma peça de roupa para cada um dos outros irmãos, que há muito esperavam uma encomenda enviada por mim, e tratei de cuidar do meu aspecto. No mês seguinte, meti-me com a compra das lentes de contacto. Tudo em vão. Os meus eram olhos de boga: salientes, indisciplinados e convulsos como tumores. Sobreveio uma irreprimível alergia, tratada a colírios azuis com cortisona. Mas as lentes da minha redenção tiveram mesmo de ir para o lixo. Tive de esperar outros tantos anos, até ao tempo do Canadá: tratei os sintomas alérgicos, adaptei-me às lentes de gelatina e vivi pelo menos a ilusão de me ter tornado menos feia.

Na minha cabeça, giram todas as rodas do tempo perdido. E continuo a remar contra uma corrente visível e invisível. Como quando pude viver os navios e daqui fui levada por duas monjas para o convento. Como quando, contra a minha opinião, saí do convento e arrastei comigo a linfadenite, a falta de sol e o desconsolo de não ter uma saia nem uma blusa para me desfardar de freira. Pedi por caridade que me recebessem num internato de raparigas duvidosas que estudavam para tudo e nunca eram nada. Estudei com dinheiro emprestado. Comi o pão com lágrimas. Cursei e concluí a enfermagem, e paguei honestamente todas as dívidas desse tempo de Lisboa. Como quando, ainda, comprei o enxoval, apaixonei-me pelo primeiro – que é talvez o único – homem da minha vida. Tendo-o recebido como a um príncipe, em Lisboa, perdi-o de vista num fim de tarde, ali ao Campo de Santana: disse-me «até amanhã» com um beijo na boca e nunca mais voltou a aparecer nem a telefonar. Casei-me, fui duas vezes mãe, encontrei uma porta de saída de Lisboa para Luanda e outra de Luanda para Lisboa: de novo descalça, naufragada com dois malões de roupa e o drama de ter perdido tudo. Os filhos da indepen-

dência de Angola haviam-me invadido a casa, mandaram-
-me embora para o *Puto* e chamavam-me colonialista. Nos
céus de Luanda, cruzavam-se então os foguetes, o estrondo
das bombas, o borboto das mais loucas metralhadoras do
mundo. Todos os brancos malditos eram empurrados para
o aeroporto e para os barcos. Na grande gare sujíssima
jaziam os últimos mortos. Vira-os aos milhões na berma das
ruas, juncando os passeios, apodrecendo no lixo entre bi-
liões de moscas – ao mesmo tempo que persistiam sobre os
céus de Luanda os tumultos, as vozes, os estrondos das
armas. Angola ia ser independente e todos os brancos
tinham sido criminosos e colonialistas. De modo que atravessei esse inferno e tentei fechar os olhos: fora demasiado
feliz naquela terra para que tudo isso fosse então simplesmente verdade. Sempre que gostei de estar viva, acontecera-
-me que um país estava para ser independente. Pus as mãos
à frente dos olhos e espreitei por entre os dedos os muitos
mortos, o pavor dos brancos que corriam a abrigar-se das
balas: fiquei com essa enorme dor atravessada nos cílios.
Antes de entrar para o avião, veio ainda um filho da independência. Apontou-nos uma arma, quis ver as malas, as
carteiras e os bolsos. Não me ficou com o pouco dinheiro.
Rasgou-me todas as fotos, os meus retratos sobre a baía, a
memória duma Angola onde não tive tempo sequer de
reclamar, como tantos outros, a minha inocência. Em Lisboa desembarquei, de novo espoliada, mais ridícula ainda
do que antes, mas já com outra fisgada no espírito: o
Canadá. Os miraculosos portões duma cidade chamada
Toronto, a caminho de outro avião para Vancouver.
    Mas antes das coisas fáceis e desta minha felicidade pre-
sente, senhor, esfreguei muitas escadas de casas canadianas.
Rapei camadas de *snow*, sofri, com meus filhos e meu
marido, o frio de morrer e as luas brancas de Vancouver.
E até atingir a cidadania e a equivalência oficial do curso de
enfermeira e poder abrigar-me na casa dos meus sonhos,
tudo me aconteceu. Com lágrimas e suspiros e raivas mistu-
rei os pesares, as dúvidas e as portas fechadas de cada ilusão. Houve um tempo, e depois outro. Na soma das razões

ofendidas e dos melhores dias que me aconteceram, vai a coragem de ter sido uma mulher nascida para ser feliz. Admiro-me bastante, não duvide. E gosto razoavelmente de mim. Mas estou em crer que, se alguém um dia quisesse pôr no papel, com todo o pormenor, a história da minha vida, isso dava de certeza um grande romance...

LUÍS MIGUEL

Foram anos a ver gente vendendo tudo dum dia para o outro e partindo à pressa e sem olhar para trás. Gente que desembarcava de táxis fretados noutras freguesias ou das camionetas da Cidade e parecia rir-se de nós, mesmo estando séria e já cheia de saudades. Outros esperavam o «visto» de semana para semana, desertos também por se escapulirem daqui para fora: quando chegava um envelope registado, urravam como bodes e lá iam marcar as passagens. E nós condenados a isto: de pés fincados na lama deste chiqueiro, a ver que muitos deles nunca tinham prestado para nada, sempre de costa direita e com um fastio de morte ao trabalho. Havia tanta, tanta gente à espera de ir-se embora que a terra parecia uma colmeia. Os homens do sacho não arranjavam trabalho a dias. Iam de porta em porta, como pedintes, e voltavam derreados dos rins e ofendidos na dignidade. A resposta era «não». Mas se «sim», era sob a condição da chuva ou do sol que faria no dia seguinte, vinte patacas a seco ou trocadas por quartas de milho e um quartilho de leite. Os rapazes, mal saídos da escola, eram mandados a preguiçar pelas ruas, sem trabalho nem dono, até que alguém reparasse neles, visse que eram grados de corpo e juízo e então os contratasse como boieiros ou vigias da praga dos trigos. Os Invernos não passavam de tempos compridos e parados, com poderios de gente enchendo as lojas, olhando a chuva, bebericando os meizinhos de vinho de cheiro e os calzinhos de cachaça. Horas e dias de desperdício, porque até os mestres da pedra e da madeira não dispunham de obras, e por isso faziam render o trabalho nos dias em que nem mesmo os relógios tinham utilidade. Os sinos da igreja mentiam: nunca era meio-dia, nem horas de trindades, e os domingos não passavam de vésperas de segunda-feira, seguindo-se a dias que calhavam chamar-se sábados...

No meio deste tempo sem tempo, lá estava o barrigão do padre a imaginar e a pôr em marcha novos, repetidos e destarelados peditórios para a «sua» igreja. Ressuscitou a ideia do conserto do tecto, da bancada e dos três altares. Para convencer os mais fechados de mãos, ergueu-se e empinou-se num leilão de sermões. Era sempre inevitável que Deus estivesse zangado com os homens porque tinham pecado: profetizava ventos ciclónicos, aguaceiros, dilúvios, pragas, tremores de terra, o castigo duma cólera que só seria amansada se houvesse generosidade para com a igreja. A paciência de Deus tinha limites. A misericórdia dos santos da saúde, da concórdia e da agricultura não andava assim à toa pelo mundo: forçoso era merecê-la, e não bastavam rezas e arrependimentos fingidos, como os desses que batem com a mão no peito, *mea culpa, mea culpa*, e não passam de fariseus.

Sermões de fogo, atravessados por berros e pausas compridas, punham as mulheres a arfar, lavadas em choro. Outras, muito maldispostas, fingiam-se agoniadas, com lenços na boca, e corriam a chupar o arzinho que corria lá fora no adro. Vi-as muitas vezes: trémulas como as ovelhas em presença dos cães. Sentado no meio dos homens, o regedor voltava-se para trás, com o dedo sobre o beiço superior, e mandava calar a canalha miúda. Se um bebé chorasse mais do que era permitido, engrossava a voz e, aproveitando uma pausa no sermão, não usava de mais cerimónias:

– Essa criança lá para fora. Rua com ela e haja respeito!

Do púlpito descia um trovão que se insurgia contra os maus costumes, o luxo dos vestidinhos de chita, a vaidade das moças em idade de casar, as quais, segundo o padre, só praticavam poucas-vergonhas nos namoros de janela, ainda por cima nas barbas de quem passava e encolhia a cara, se preciso fosse com o ámen das mãezinhas a quem não acudia a voz da consciência... Quando aqui chegou a moda de as moças vestirem calças, muito aquele corisco arrematou do púlpito para baixo! Mas no fim do sermão, vinha o sacristão de bandeja estendida e mão trémula, o olho arregalado a quem tivesse o desplante de dar serrilhas, dinheiro preto, ou seis tostões que fosse: não era esmola, e sim um insulto à igreja. Em tempo de terramoto, ninguém o segurava, porque as desgraças vinham mesmo a calhar. Então organizava quarentenas espirituais, procissões nocturnas, e vinham padres de fora confessar uma multidão de pecadores que se organizavam por turnos e faziam bicha até ao adro. Nunca houvera tantos pecados: as mulheres punham-se pálidas e desmaiavam; os pagadores de promessas, crescendo em número e em aflição, vestiam roupas rotas, entregavam-se ao jejum, compravam velas do tamanho de fueiros, e era vê-los praticar a via-sacra, rezar terços sem fim e implorar o perdão da própria morte. Não satisfeitos com as penitências, ofereciam galinhas, perus e bezerrinhos de leite que depois eram arrematados no meio dos pregões que anunciavam também doces, atafonas de feijão, pratos de ovos, bandejas de araçás, mónicas e ameixas. Desparamentando-se à pressa na sacristia, o padre exibia um sorriso guloso e aparecia vestido com aquela coisa branca que os padres põem por cima da batina, a sobrepeliz. Dava-lhe o sol em cheio na pelada da testa, e ele, com a mão aberta acima dos olhos, incitava um, puxava lustro aos brios de outro.

– Vaiam mais vinte patacas im riba – dizia alguém do meio da multidão – É para a Nossa Sinhara!

Quando acabava o dinheiro português, entrava a redouça das benditas «dolas» canadianas contra as americanas, uns e outros atiçados como cães raivosos.

– É para a Senhora do Rosário, cristãos – babava-se o padre enxugando os beiços ao lenço. – É para a nossa padroeira!

Do bolso dum dos «americanos» saía uma carteira cheia de retratos e cartões de crédito. Erguia-a bem alto, por cima de todas as cabeças, para que vissem sair o molhinho de «dolas», dobradinhas, novas de trinque e cujo dono se zangara com a disputa. Nervoso, com muitos gestos e a boca a espumar, aproveitava o espanto e o silêncio:

– *Take it easy! That's my money, understood? My money!* A mim só ganha quem for muito homem e puder puxar cá para fora muito «monim».

Em compensação, os vencidos dessas brigas de «dolas» pagavam rodadas de cerveja, proclamando rente aos ouvidos mais duvidosos que – dinheiro?! – dinheiro era coisa que não lhes faltava: *lots of money! All my life working hard, that's for sure!, but no more problems of money.* Por isso mesmo, logo no domingo seguinte, tinham direito a um pregão especial de sua reverência, porquanto, segundo ele, fulano ou beltrano tinha entretanto contribuído – e gererosamente!, acentuava – com alguns contos de réis para o templo de Deus, ou em intenção dos mortos ou dum santo estrangeiro qualquer.

Ia-se a ver, nada de obras na igreja, ao contrário do que prometera. Esquecia-se de ajudar os pobres e os enfermos, e não havia esperança sequer para os mestres da pedra e da madeira. Muitas vezes meu pai ficou ofendido, com cara de trouxa, sem perceber por que motivo, estando ele sem trabalho, vinham carpinteiros de fora da terra, pedreiros também, até mesmo serventes. Passava o Inverno, corriam devagar os dias de chuva até que a Primavera os enxugasse e os mestres de fora deixavam para trás uma igreja remendada, com o cimento à mostra e muita obra por acabar. Tais remendos eram providenciais: davam-lhe novos argumentos para mais peditórios e novos sermões. E contudo ele mercara um carro ou trocara o antigo por um novo, vestia batinas de seda no tempo do calor, e de algodão nas estações frias, e a sua enorme casa branca, comprada pelo povo, recebera melhoramentos discretos. Nada de grandes obras, para não dar nas vistas. As varandas conheciam o ferro forjado, em substituição da madeira arregoada, e entravam caixotes de azulejos e loiças de casa de banho, saíam cestos de terra, ossos de coisas fora de moda, portas desfeitas à martelada e móveis desconjuntados. O povo sempre disse, ainda que entre dentes, que ele era o maior gatuno da freguesia. De cada vez que outro sobrinho era posto nos estudos em Lisboa, isso era fruto do roubo. E no dia em que nessa casa se instalaram de vez as suas feias irmãs de olhos vesgos e corpos deformados, como abóboras defeituosas, seguidas pelos velhos e pelas trouxas da roupa, o povo voltou a pensar, sem nunca lho dizer, que aquele representante de Cristo fora enviado como cordeiro mas uivava e tinha focinho de lobo. Imentes isso, o sacristão, magro e miserável como um caniço, encobria-lhe o jogo: faminto, amarelo mas importante e soberbo, tratava a mulher e a filha a caldinhos de funcho, a mistelas de matar um morto – e nunca foi homem para soltar um pio a respeito do dinheiro desviado e da profanação da caixinha das esmolas.

E segue-se que nem por isso as mulheres deixavam de parir. Crianças raquíticas espremiam-se num choro de gatos pelados. Tossiam, sufocavam de morte natural. Vinham logo outras, porque as casas enchiam-se, as escolas eram viveiros de bibes que passavam de filho para filho e as cartilhas desfeitas eram forradas e guarnecidas com goma-arábica. O milagre de viver vinha do inhame selvagem das grotas e dos figos roubados. Nós, os rapazes, assaltávamos hortas e pomares. Os homens, esses agiam de noite, levados por um vento que abafava os passos: com estica envenenaram cães. E casa onde não houvesse cão, melhor: embarcavam galinhas, taleigos de trigo, sacas de batata, *everything*. Às tantas, foi inevitável pensar: metade da freguesia roubava a outra. Se não viesse até nós o milagre dos países, em breve nos comeríamos vivos, como minha mãe dizia. Até o ar, ainda segundo ela, se tornara difícil de respirar por tantas bocas que sufocavam do mesmo mal, do veneno de viver sem gosto, do cheiro deste mar e dos navios brancos que nunca acostavam à Ilha. A outros, salvavam-nos as esparrelas dos pássaros, as ratoeiras dos ratos, assados em segredo e com vergonha, além do inhame e do bendito funcho. Não obstante isso, vivia-se com toda a decência, por meio de mandados aos filhos: ofereciam de porta em porta os braços do pai para os dias de malho e picareta nas pedreiras, as tardes de roçar testadas de silvas, as manhãs de chuva para a limpeza das matas. Felizmente para todos, havia sempre fetos e conteiras nas servidões e rolos de pica-ratos nos portais das terras. No tempo do tremoço, das favas e do feijão por malhar, os manguais desciam dos sótãos e debulhavam tudo quanto tivesse vagem. Outros, porque não sabiam ou não podiam trabalhar, vendiam carvão e gravetos de lenha para fornos e fogões. E os últimos, depois de terem ido muito longe e a pé chamar o doutor e buscar remédios para os mortos, abriam covas e cobriam de terra os caixões.

No princípio da Primavera já não havia o perigo de as reses morrerem curtidas pelo granizo da serra do Mato do Povo. O tempo tinha mudado de cor. Entrava o sol pelo mar dentro tornando-o claro, sem aquele negrume que o pusera de luto durante todo o Inverno. Deixava de ser a roupa rasgada do costume, um mar de rodilhas com espuma de sabão, e parecia pacífico, se bem que cinzento como uma lâmina de barba. Quando viesse o Verão, sim, tínhamos nele um espelho azul e meio transparente. Com meu pai, subia até ao ponto mais alto da Ilha, no sítio onde se pode avistar duas vezes o mar, dum lado e do outro da terra. Se o dia estivesse limpo, via-se ao longe o cestinho de leivas da ilha de Santa Maria. Não saberei explicar o que se sente, como o coração bate no peito e como os pulsos nos ardem, só por avistarmos ao longe outra terra perdida no meio do mar. Não passava duma crista de galinha iluminada pelo pôr do Sol. Mas era o suficiente para compreendermos que não estávamos sozinhos no Universo. Aquela ilha distante representava uma presença muda que nos espreitava, sempre silenciosa e iluminada. Um deus distraído. De certa forma um ideal: daí partiam então os aviões que cruzavam o Atlântico, levando milhares de açorianos para a América.

Fazíamos como toda a gente do Rozário: desprendendo as reses, enxotávamo-las para longe, na direcção das ribeiras e das matas. Ao voltar-lhes costas, ficavam porém desauridas, adivinhando que iam ser abandonadas durante meses naquelas solidões frias. Com o focinho levantado, cheiravam o ar à nossa procura e vinham apanhar-nos na descida da serra.

– Qual era a ideia? – pergunta o senhor.

A ideia era que pastassem à solta, entregues a si mesmas durante esse Verão. Queríamos que engordassem. Que se abrissem, na semana do cio, aos touros inteiros. Queríamos que os bezerros medrassem, a fim de serem arrolados para carne. Não havia melhor pastagem em toda a Ilha do que o Mato do Povo. As moscas não chegavam lá a cima, nem as doenças, nem as tardes de calor, e as reses gostavam da erva eternamente húmida da serra. E para nós era um descanso. De resto, não houve notícia de alguma vez os ladrões de gado as terem pilhado. Estava-se numa ilha, não seria possível esconder uma vaca noutra manada, que ela própria se encarregaria de voltar à casa do dono.

Quando o Verão chegava ao fim, subíamos de novo à serra. Levávamos vários dias a procurá-las de sol a sol, chamando-as pelos nomes, assobiando-lhes sem parar, certos de que dum momento para o outro elas davam sinal de vida e respondiam aos nossos berros. Léguas e léguas em volta, pelos matos da Algarvia, da Salga, da Achada, até mesmo da Lomba da Maia, e muitas vezes desistíamos, sem lhes descobrir o rasto ou sentir o cheiro. Na manhã seguinte, ou numa das muitas em que fosse preciso voltar a subir a serra até as localizar, queria Deus que finalmente se ouvisse um urro no nevoeiro, depois outro e outro, e finalmente aparecessem uns cornos, umas orelhas espetadas na névoa. Aos poucos, uma tribo vinha comer-nos à mão uma mancheia de erva. Vinham gordas, luzidias como lesmas e pareciam infinitamente felizes por nos terem reencontrado. Meu pai quase chorava. Para ele, o Mato do Povo era mesmo uma bênção divina. Significava a única riqueza capaz de envenenar, e mesmo perder, a alma de quem tinha vacas e com elas enfrentava o futuro na Ilha.

Capítulo quinto

NUNO MIGUEL

– Não prestas, nunca hás-de prestar para nada – dizia-
-me o meu irmão Luís, não sei se irado se desdenhoso.
Disse-o vezes sem conta, sob o pretexto de ser muito forte
e eu não ter forças para segurar um bezerro, uma cabra ou
uma ovelha pela amarra. Disse-o por eu ter medo da noite,
da chuva e das cabeçorras de sombra que as árvores projectavam para fora das matas sob o luar das grandes noites
brancas; por fugir, apavorado, da maldita égua que papá,
anos mais tarde, estando eu já no seminário, decidiu comprar a um boieiro que ia partir para a América. Trouxe-a
de surpresa, quando já ninguém acreditava no milagre
dessa generosidade, e lançou-a na vida da família como se
a aspergisse com uma bênção. Relinchava, mordia, largava
coices que feriam lume no ar. Sendo de um castanho-
-avermelhado, possuía duas cordilheiras de tetas alfeiras e
estéreis como a pedra.

Papá começou por descarregar sobre ela uma sova de
fueirada – porque a maldita besta afitava a orelha e arre-
ganhava a dentuça a quem dela se aproximasse. E sendo
excessivamente magra, com pernões nodosos e olhar
maligno, devorava tudo, sempre esfomeada mesmo a
horas impróprias de comer.

– Pois se este demónio do inferno – desesperou-se,
certa vez, coçando a gadelha húmida de suor, o génio do
meu pai – parece um depósito sem fundo, a grande
corisca!

E desfechou-lhe um pontapé na barriga, enquanto tentava apertar-lhe a cilha. Depois sovou-a de modo aparatoso e com tal crueldade que até nós, seus principais inimigos, considerámos excessivos os dentes da forquilha a sangrar--lhe as ilhargas. As fueiradas ecoavam à distância, despedidas sobre o tambor daquele ventre insaciado de erva, e as pragas, as repetidas maldições do papá sobre aquele animal eram cenas tristemente ruidosas que se ouviam na freguesia inteira. Em nossa opinião, o espectáculo de semelhante desordem acabava por conferir à égua uma importância desmesurada. Eu, para conseguir montá-la, seduzia-a com guloseimas, carícias no pescoço e palavras tão mansas que até a mim me apaziguavam. Carregá-la com as bilhas do leite, as sacas das abóboras ou os molhos de lenha para o lume, isso é que era o pior. A sua diabólica inteligência comprazia-se em afligir a minha fragilidade, mas submetia-a à superior vontade do papá e do meu irmão.

– É que não vales mesmo a água que bebes, padrezinho capado! – insistia, danado da vida, Luís Miguel, nas horas em que a fúria parecia cegá-lo e o punha mesmo a chorar. Ia-se aos bezerros, levantava-os em peso pelo rabo. Se não caíssem logo, torcia-os no ar, assentava-lhes uma patada no pescoço e levava-os ao chão. Agarrava nas ovelhas pela lã das espáduas, as cabras filava-as pelas grenhas do lombo e, sem esforço aparente, atirava-as para longe. Era essa a sua maneira de me mostrar como devia lidar-se com tão teimosas criaturas. Os seus murros, naquelas ossadas fundas, soavam como marretadas avulsas, reduzindo as cabras a tordos embrutecidos.

À força de me ser repetida, aquela frase entrou no meu espírito e gerou nele o efeito complexo da desistência. Amoleceu-me o sistema nervoso. Fiquei para sempre do lado de cá da violência, mesmo da necessária, sendo-me, ainda agora, difícil separar as principais noções dos meus impulsos. Nunca sei se clama do fundo de mim uma pálida coragenzinha moral, um nervo sensível às modernas agressões ou tão-só um silvo de covardia. Depois, no próprio conceito das minhas irmãs e no modo como a vizinhança lastimava a pequenez do meu corpo de gémeo – e minha mãe a falta de apetite, os ossos fracos e a ausência de músculos – eu era já um ser carecido de toda a protecção. Daí que meu pai jamais se tivesse cansado de repetir: – Tal lástima de homem! Nunca hás-de prestar para nada.

Pior porém do que todos esses sinos, que ainda hoje tangem de longe e dentro do meu espírito, hão-de ser sempre a voz trocista, o refrão do escárnio, o desprezo e o riso de Luís Miguel:

– Não vales a água que bebes, Não vales a água que bebes, Não vales a água que bebes...

De modo que, não prestando eu para nada nem valendo sequer a água que bebia, foi sendo preciso inventar para o meu corpo uma utilidade de somenos e um destino prático para a natureza sonsa daquela segunda e definitiva inocência. Não tinha pulso para mungir uma vaca. Não conseguia acompanhar um velho a sachar camalhões de milho ou a mondar a beterraba. Nas matas, penava como um danado, até cair para a banda, cheio de tonturas, com o peito num fole ofegante, quando o meu pai se punha a berrar e exigia mais força a puxar a serra de cortar os grandes troncos das criptomérias.

Você não imagina, nunca há-de imaginar como é custoso, como dói de morrer e nos quebra os rins, e como o peito abre fendas e os músculos dos braços esticam, e como a gente se desespera: o pai do lado de cima, eu em baixo, a tentar equilibrar-me para não escorregar na terra húmida e empinada das matas. Resvalavam-me porém os pés nos bolbos das conteiras, na resina das tabugas e do inhame, e o pai berrava constantemente:

– Força nesses braços, cagarola! Acorda, Nuno! Ó banana: mexe-me esse corpo, não queiras que eu faça força sozinho!

Não era apenas o suor do esforço. Alagavam-me as sórdidas aflições da fraqueza, o terror daqueles berros muito próximos dos meus ouvidos e o equilíbrio precário num chão de açorda, ao fundo do qual coaxavam ribeiras tão pouco românticas. As suas quedas estreitas, na fenda dos penedos, os caudais de corda que formavam poços negríssimos, exerciam sobre mim a atracção do primeiro abismo. Estava perfeitamente ao alcance da sua mão muito grossa, e sabia que a morte principiava nela: se me estendesse um bofetão, eu resvalava por ali abaixo aos gritos. Tentaria então agarrar os pequenos caules das ervas, as raízes aéreas das faias, e evitar que o corpo deslizasse até ao fundo daquele precipício. No limite das forças, mesmo exausto e à beira de morrer, era preciso continuar a fazer uma grande força de braços, suster-me de pé e não ter o atrevimento de chorar. De vez em quando, caía para o lado, com a respiração grossa. As cãibras fendiam-me os músculos dos braços e do peito, e soltava-se de dentro de mim um débil choro de cachorrinho. De cabeça perdida, meu pai desarrematava logo, com o corpo um pouco oblíquo, derreado dos rins, a maldizer a hora em que eu tinha vindo ao mundo para o apoquentar. Antes Nosso Senhor me tivesse levado, como ao outro, ou lhe tivesse feito a esmola de me deixar entrevado, sem inteligência nem vontade própria. Custava-me a crer que ele não tivesse ainda compreendido que eu tinha apenas oito, nove, dez anos de idade – e que a minha única culpa era ter nascido dele, gémeo e com os pulmões feridos pela cicatriz da febre e da tosse convulsa. Sempre que uma árvore tombava, fazia-se naquela catedral de sombra um fragor de muros que se desmoronavam. Eu esguichava suor e lágrimas, entre galhos e vegetações devastadas, e aí o inferno do pai entrava a rogar contra mim pragaria tesa, a dar-me chapadas de desprezo na nuca, a sovar-me com o cabo comprido do machado de podar os ramos. Irritava-o a indiferença do meu silêncio, a consciência acusadora dos meus olhos sérios que já então se desviavam dele e apontavam ao infinito. O pai não suportava sequer a suposição do pequeno ódio desse olhar diferente e distraído, que se enchia de memória e começava a tropeçar no futuro. Em sua opinião, eu não só não merecia a açorda, os torresmos, o peixe salgado da minha alimentação, como não era digno de o odiar assim. Quando se tem um deus por inimigo, é perigoso erguer o olhar, ranger o dente, pensar na improvável hipótese de profanar um só que seja dos seus templos e altares...

A seguir à morte ruidosa das árvores, se as matas fossem acessíveis, vinham os bois arrastar os troncos para terra chã ou para o caminho dos carros. Se não, serrávamos os troncos em toros de doze palmos, púnhamo-los às costas, o meu pai à frente e eu atrás – e tantas e tantas vezes fui de joelhos ao chão, pisado, atropelado pelo peso inconcebível daqueles corpos verdes! Pisado não pelas árvores, compreenda, mas pela seiva que nelas morrera, esse sangue silencioso, suado e sem cor.

– Pronto, é hoje o dia da minha morte – pensava, vendo como os joelhos me tremiam, como o corpo se deixava esmagar, vencido por aqueles toros.

Tinha pena de ir morrer assim, espalmado, feito numa pasta de ossos com restos de carne: teria preferido passar-me deste para um outro mundo qualquer, com Deus à vista ou longe d'Ele, num acesso de tosse, devorado pelas bichas, pelos meus ovos de animal terráqueo. Parte das vezes, valia-me um anjo da guarda chamado Luís Miguel. Chegava sempre de longe, após muita espera, e em me vendo gemer, muito trémulo, debaixo dos troncos, corria a tirar-mos de cima dos ombros.

– Olhe bem meu pai – dizia, cheio de medo, baixando a cabeça, como se pretendesse falar-lhe apenas à consciência – que isto é peso de mais para um pequeno tão fraco como o Nuno. Bote sentido aos ossos dele, não vá meu pai desgraçá-lo para o resto da vida.

Papá olhava-me com uma derradeira expressão de ódio, ele próprio a arfar do esforço, como se estivesse com asma, e pegava logo a disparatar:

– O que ele é, Deus me perdoe, é um empecilho, um trouxa sem préstimo nenhum!

Decidiu então experimentar-me em tarefas mais leves, incolores e convencionalmente femininas. Pôs-me a guardar pomares, dando-me por companhia um cão malhado que ladrava em excesso e que até nas moscas e nos pássaros via gatunos de pêssegos. Ainda de madrugada, saíamos para a Chã da Cancela. Instalávamo-nos na cafurna de colmo, todos os anos reconstruída – e as horas convertiam-se em fantasmas tansos, de olhar alcoólico e mãos de milhafre. O pomar era suficientemente assustador para atrofiar o espírito duma criança e estragar o faro do cão. Situava-se numa funda, desdobrado por três ladeiras de pessegueiros, macieiras e pereiros, ao fundo das quais a ribeira da Achada, vinda da serra, do Mato do Povo e dos Outeiros, esguichava o sopro contínuo das suas águas barrentas. Em frente, na outra margem, viam-se reses pastando ao som dos chocalhos. Ao princípio da tarde, passava por entre aquelas árvores seculares o assobio invisível dos boieiros. Tudo irreal e oculto, como o próprio sol o era na sua esfera parda e oblíqua. Envolvendo as mães dos pêssegos e dos outros frutos, as matas de criptoméria eram presenças fulvas, cor de estanho, postas ali de propósito pelos antepassados só para captarem o tempo parado dos mortos. O ninho esdrúxulo do Grande Medo abria-se para receber o frio do meu corpo. Passavam então, como num desfile, por cima das copas das árvores, os mortos da família, à frente dos quais deslizava sempre a pele de natas do meu avô paterno, o grasnar da sua asma melancólica, o chicote das suas mãos espavoridas e em permanente estado de asfixia. A defunta tia Flórida, irmã de mamã, viajava sempiternamente sentada no ar. E os seus olhos muito azuis emergiam do rosto como os globos dos sapos ou como as maçãs de desespero em que se convertem os olhos dos náufragos. Morrera de pneumonia dupla, estrangulada pelo sopro dos brônquios, e após uma agonia de peixe. Por isso mesmo, aqueles olhos permaneciam tumefactos e tão vítreos como bolas de berlinde. O meu gémeo, coitado, era um pássaro de ventre para cima, e nadava do ar, de costas, ao rés das criptas mais bicudas das grandes criptomérias. Por vezes, colhia maçãs, mordia um pêssego maduro e já agredido por outro pássaro e fazia pouco de mim deitando a língua de fora.

Tolhido por um frio azul de metal, eu queria enxotá-
-los a todos para longe dali. Perdia porém a coragem de
ouvir a minha própria voz. Os mortos danificavam a fruta,
enchiam de enxofre o cheiro do ar e perdiam-se da minha
ilusão óptica. Supunha todavia que os mortos da família
eram anfíbios, pois ouvia-os mergulhar, como as rãs, no
lodo dos juncos. Depois, os movimentos frenéticos dos
seus membros serviam não para os afastar, mas para
que se extinguissem no fundo dos charcos. Terminado o
desfile dos mortos da família, vinham todos os outros:
velhos e novos, feios e belos, uns com ninhos às costas,
outros dependurados das suas âncoras de náufragos,
outros ainda ardendo de lentas e sulfurosas combustões
de pecado, além dos que golfavam sangue, dos que galho-
favam na minha direcção e faziam figas de longe, entre
divertidos e exaustos. Recordava-os então das descrições
infernais, proferidas pelas catequistas dos domingos à
tarde, e vislumbrava o horror das forquilhas, o crepitar
das chamas, a convulsão daqueles torresmos humanos de
cheiro adocicado. Meu pai comprara não um pomar, pensava, nem um reduto de árvores, nem aquela cloaca de
terra húmida onde as sementes eram sempre prolíferas e
se tornavam infinitamente numerosas; comprara o caminho, o assombroso lugar desse trânsito que os mortos
guardavam em contínua e sofrida vigília. O cão malhado
não tinha talento nem faro para as almas, pois não lhes
latia, e os rosnidos não iam nunca além de arrotos de sono
e esquecimento.

Um dia, ocorreu a papá uma utilidade suplementar para
a minha presença naquele limbo. Mandou pear patos e galinhas, espalhou os bichos pelo chão do carro de bois e fez
desembarcar naquelas ladeiras uma nuvem de penas, no
centro da qual borbulhavam grasnidos insólitos, jamais
ouvidos nessas terras de trevo e luzerna que se inclinavam
sempre para as grotas e para os bebedouros das ribeiras.
Arrematara na véspera um galo capão cujas esporas fariam
decerto recuar os milhafres, os ouriços e as ratazanas vermelhas do pântano. Frangos cobridores, com uma crista aver-

melhada pela puberdade, emprestavam um ar quase marcial àquela horda de fêmeas. A intenção do pai era que a fruta podre, a erva-de-galinha e os rizomas do inhame contribuíssem para a engorda daquelas aves estúpidas e para a sua multiplicação. Chamou-me de parte e advertiu-me contra o perigo dos animais sanguinários – e enumerou: os queimados, as ratas de dorso comprido, os morcegos, os furões, as comadrinhas ruivas que faziam ninho na terra, as toupeiras e os ouriços-cacheiros. Confiava menos no meu tino e muito mais nas esporas do capão, no bico dos frangos púberes e na provada eficiência dos cães de guarda.

No dia seguinte, ao princípio da tarde, apareceram, sem aviso, as manas. E as manas vinham floridas, festivas e rosadas, e mais doces do que nunca – pois transportavam sementes nos aventais e pequenos molhos de caulezinhos que começavam a abrolhar e a multiplicar as raízes. Quando se puseram a cantar, vi que as suas mãos semeavam os canteiros de poldra e encarreiravam renques de palmas, dálias e açucenas. Eram mãos quase prodigiosas: plantavam raízes de cedro, lírios, malmequeres, rosas-frias – e ocorreu-me de repente que havia já o buxo e o louro, os frutos mordidos pelos pássaros e pelos mortos, mas que elas tinham vindo para me sepultar a mim, vivo e aterrorizado, naquele novo cemitério de flores murchas e fanáticas. Deram à terra os abrolhos vindos das jardineiras e das estufas. Com ovos de basalto das ribeiras, encanteiraram os lastros proibidos à presença das galinhas; fizeram cercas de cana, povoaram de seres andrajosos a orla oblíqua do pomar, e estiveram nestas lidas durante toda uma tarde de rosas, sebes, cânticos de noivar e paixões imaginárias. Por fim, vieram ao meu encontro e cobriram-me de beijos: sempre sorridentes, pediam-me que passasse a vigiar não só a fruta e as aves do papá, mas também as queridas flores e florezinhas. Que o fizesse contra o inimigo visível e invisível, e da mesma forma que Deus e os anjos assistem à respiração do cedro, respiram o seu bálsamo e ficam sendo o espírito, o mel e a medula do cedro. Na opinião delas, devia pôr-me a conversar com as espinheiras das rosas, porque também elas eram Deus, anjos secretos na solidão dos jardins e dos pomares.

Quando se despediram, deixaram-me perfeitamente sepulto, à espera do princípio da noite. A boca da cafurna era o meu mausoléu de vivo. O cão, um animal de loiça, dos que estão sempre para levantar voo de cima dos túmulos e não passam afinal de seres moldados para a eternidade. As árvores eram de novo sórdidas e mortuárias, como estúpidas seriam sempre as galinhas, as patas-marrecas e as peruas. Esquecido entre coisas inúteis e despojos de família, supus que a minha vida se separava das formas, do próprio volume físico. Para o corpo, tinha a comida fria e a água ferruginosa da ribeira da Achada; para o espírito, o cisma dos mortos errantes e luminosos, o apelo longínquo das estrelas côncavas e o ar circunspecto de quem ia começar a interrogar-se acerca do inexplicável esquecimento do mundo.

Ao contrário de tudo o que imaginara, a minha vingança não chegou sequer a desconcertar a família. De facto, e conforme todos diziam, eu não prestava mesmo para nada. No primeiro dia dessa vingança, fiz por me esquecer de chamar o cão e decidi não abrigar-me naquele jazigo de colmo. Escolhi o sol nascido, a ausência dos mortos, o silêncio claro do dia, aonde não podiam chegar o som de gosma das galinhas nem os sussurros dum vento aziago que continuamente atravessava as árvores. No dia seguinte, vi o milhafre picar o voo sobre o galo capão e ouvi, de muito longe, o grasnido, a agonia breve dum ser que estava sendo esquartejado e se eriçava ainda contra o poder daquelas garras. Daí a pouco, o galo era apenas uma trouxa de carne dependurada das unhas da águia preta: vi, no fulgor dos seus olhos, a maldade da serpente, a força do touro mitológico e alado, o clamor surdo dos demónios cornudos das histórias da avó Olinda. Depois, como os ladrões de fruta tivessem recuperado a ousadia, vi-os rastejar por entre o inhame e as conteiras, dependurar-se dos galhos curvos, muito carregados, das macieiras e encher as sacas de lona. As galinhas, que dantes eram enxotadas para o fundo da mata, invadiram o pomar, esgaravataram os canteiros de sementes das manas e continuaram a ser raptadas pelos novos, pelos vindouros milhafres. Até certo ponto, eram combates tristes, porque os queimados torciam as grandes asas pretas, desciam o trem de aterragem das patorras circulares e levavam consigo a aflição inútil, o terror daquelas poedeiras de corpo bicudo e olhar extinto. Os ratos-do-lodo galgavam então os regos, o barro frio dos confins da mata. Vinham devorar postas de carne, os ovos dos ninheiros e os pintos recém-nascidos. Aconteceu-lhes mesmo o mundo deslumbrado de alguns ossos aéreos e porosos, chupados ao som da sempre inominável intriga dos murganhos...

Num domingo de manhã, quando papá ali chegou para me render no meu posto e me mandar à missa do meio-dia, apercebi-me finalmente da desordem que se fora instalando ao meu redor. Observei-o de longe: passou revista aos pessegueiros esgarçados, que de súbito me pareceram amarelecidos e como que vergados ao peso duma segunda desgraça. Ouvi que chamava as galinhas, os patos e os perus. De dedo apontado ao chão, contava os dorsos dourados dos pintos: era perfeitamente o patriarca Noé, como no tempo em que, farejando o dilúvio, fez a selecção das espécies nobres e arrumou macho com fêmea na sua Arca. Papá pusera-se trémulo, e os seus passos velozes levaram-no à presença dos canteiros profanados. Visto de cima, do sítio onde me encontrava, o rosto pareceu-me duma palidez de fezes e foi-se enchendo aos poucos – não digo de raiva, compreende? – enchendo de transpiração. Num delírio, esgadanhava a cabeça, praguejava de modo dissoluto, pois ofendia Deus, arengava com o Diabo e parecia fuzilar-me, lá de baixo, com o mesmo olhar frio e inexorável dos milhafres. A minha cabeça afundou-se então entre dois ombros nodosos, já cadaverosos e possivelmente póstumos. Ele ia matar-me, não é verdade? Ia matar-me, porque as suas pernas curtas abriram-se e os olhos estavam fixos num galho curvo e enodado de incenso.

– Você duvida que ele ia matar-me? Isso era tão óbvio como a súbita evidência da minha culpa.

Observei o modo como o corpo se dependurou do galho e nele balouçou, uma, duas, três vezes, e depois se ouviu o ruído do tronco a esgarçar-se. Sem espanto, considerei a grossura daqueles nós: não podia ter a mínima ilusão quanto à hipótese da sobrevivência. Ia morrer, e não me ocorreram motivos, nem lembranças, nem desejos de fuga. Estava resignado à lógica daquela morte prometida. A avó Olinda sempre dissera que a morte tinha esse lado doce e sem mistério. Quando acontecia aos seres sofridos e aos meninos culposos, além de doce, era uma glória branca e comestível: a gente voava para a Redenção de Deus e deixava para trás um luminoso rasto de remorso, como os cometas na sua passagem ou o relâmpago nas noites de chuva... Morrer, naquele instante, era simplesmente fechar os olhos com força, estender o corpo no solo e perguntar, no escuro das pálpebras, o caminho da viagem para o Deus de então – viagem essa que fora já inventada pelos mártires, pelos missionários assassinados em África, sobretudo pelos anjos gémeos e por meninas castas que desmaiavam de anemia a meio da missa.

– Sabe o que fiz? Quer mesmo saber como me preparei para merecer a minha morte?

Chamei a mim as forças da paz. Respirei o aroma das maçãs verdes, deitado de ventre para cima, como o meu irmão-pássaro fazia, e preparei-me tranquilamente para receber a justiça do pai. Queria essa mesma postura azul dos anjos, as asas postas em repouso e atravessadas no corpo, e o inconfundível tom rosado dos seus lábios parados a meio dum sorriso. Chamei de mansinho por essa morte roxa como o mármore e fria como o éter dos altares, e desejei-a lúcida e translúcida como os dias de Inverno. E assim aconteceu.

Não sei, não me recordo das palavras que lhe disse. Era um pai armado até aos dentes, de resto todo-poderoso na sua razão, e não me assistia sequer o direito de discutir com ele acerca do pequeno pormenor da minha inocência. Eu aliás não sabia o que dizer-lhe, porquanto a culpa e o hábito de sempre ter incorrido nela haviam suprimido em mim o sétimo fôlego da lucidez. Se fosse hoje, neste preciso momento, servia-me possivelmente duma frase sábia, um verso do poeta Soares de Passos, por exemplo, ou dum parágrafo corrido, lido algures num dos livros que V. publicou e nos quais a morte deixou de ser tempo, de ter peso e de fazer sentido. Talvez lhe dissesse:

– Não vale a pena matar-me, papá, porque eu já aqui não estou. E não se pode matar um morto – o senhor não acha, papá?

Sei apenas que nesse dia tiveram início os poucos e todos os futuros milagres da minha vida. Aconteceu-me não ser do reino do pai, não viver do mesmo lado da sua vida nem conhecer nenhum dos seus prodígios. Os braços do pai murcharam no ar. O pai apagou-se para sempre do fundo escuro das minhas pálpebras. O pai aceitou o primeiro e o eterno remorso da minha existência – como quando, anos mais tarde, abraçou o meu corpo e chorou amargamente sobre o passado presente e o presente passado do nosso desconhecimento recíproco. O pai cambaleou como um sonâmbulo. O pai abeirou-se do meu corpo, tomou-o em peso no colo e pô-lo miraculosamente de pé à sua frente. Depois, as mãos do pai passaram, compridas, ossudas e misericordiosas, por entre os meus cabelos revoltos. Decerto magnânimas e até um pouco orgulhosas de mim, porquanto me disseram:

– Vai-te lá embora à missinha, pequeno, e reza por mim a Noss' Senhô!

Muitas vezes, no decurso dos anos, esperei em vão que ele se repetisse assim. Esperei-o na distância, na soma caótica de todos os meus actos de filho sem pai, nos meses difíceis de Lisboa, nas humilhações dum mundo que se fechava à minha frente, no dia mesmo da expulsão do seminário – por subversão política e falta de fé em Deus, segundo me disseram – também naquele princípio de tarde em que me casei com Marta e quase me tornei fútil e tributável, e sempre e em todos os momentos em que houve em mim um pouco de vontade, e nos outros em que o desânimo, a falta de dinheiro e a pouca ou nenhuma memória do amor me tornaram num homem inseguro. E até nas desvairadas ocasiões em que me pertenceu a mim bater nos meus filhos e depois desertar e sair de casa e encher-me de remorso e ir afogá-lo no primeiro copo...

De tudo, o mais difícil foi querer pensar que era um pai diferente dele, e um professor diferente de todos os antigos professores, e um marido atencioso e cortês como ele não soube ser, porque nesse contrário de tudo, e na sua obsessão, esteve sempre a minha intenção de ser homem. E o difícil que foi para mim, creia, o dia em que ele chegou a Lisboa, no caminho do segundo e definitivo regresso ao Canadá: entrou na minha casa, sentou-se à mesa, comeu do meu pão. À sobremesa, olhou-me muito de frente. Eu sustive um pouco a força desse olhar e tentei decifrá-lo. Mas ele desviou os olhos para o chão. Nunca o tinha feito perante mim, percebe?, porque me coubera sempre a mim desviar-me dele, evitar-lhe o exame da boca, a fixidez das largas pupilas cor de azeitona. Nunca tínhamos estado assim, um em frente do outro, mas a representar os papéis ao contrário e sem termos podido falar dum passado que se cumprira separadamente entre nós. Tudo difícil: até mesmo perdê-lo nessa derradeira aposta com a morte – quando compreendi que ele afinal era outro, diferente de si mesmo, mas sem de verdade ter existido na minha admiração. E quando o ouvi confessar-me a sua alegria e aprovar toda a minha vida, vi raiar-lhe nos grandes olhos o orgulho de ser meu pai, sogro de Marta e avô dos meus meninos. Examinei-lhe o sorriso, escutei toda a sua ausência, respondi-lhe com os sinos mudos e frios do desencanto: estava afinal tão velho e tão distante de mim como um daguerreótipo de família. Como um antepassado meu.

MARIA AMÉLIA

Ao decidir ir-se embora para Deus, vavó Marta deixara o viúvo entregue à asma alérgica, a uma casa aflita e pesada como a sombra e aos seis órfãos da sua leucemia. Mamã ia apenas nos dezasseis anos de idade e ainda não namorava o papá. Uma vez por outra, falava-nos dela. Então, o olhar projectava-se-lhe no infinito, como se a estivesse apenas adivinhando ou a visse sentada na memória enevoada. Vavó era roliça, branca de leite e, segundo ela, possuía os mesmos tristíssimos olhos azuis, o cabelo azeviche e farto e aquela maldição de sangue que acabou por transmitir-me a mim a anemia e a linfadenite, e à mamã a morte pelo *cancer* do sistema linfático. Quanto a vavô Botelho, morreu de asfixia e a arfar de raiva entre os seus delírios, sem ter suposto que estava falando com a morte muda e ilusória das aparições.

Nos últimos dias, sempre que íamos visitá-lo na agonia, apresentava já aquele enorme corpo de peixe que mais tarde vimos cobrir-se de escamas dentro do ataúde. Perfeitamente imóvel, diga-se, e com os olhos muito abertos, vidrados e duros como a pedra. Por entre um contínuo assobio de guelras, esses olhos doidos continuavam a procurar a esposa, a chamá-la com um gemido e a transmitir-lhe ordens entarameladas. Tratava-a carinhosamente por Tita, as duas sílabas terminais do diminutivo de Martita, e fazia-o com tão discreta ternura que jamais algum de nós pensou sequer na hipótese de utilizar esse nome. Mesmo mamã e os tios nunca se tinham habituado a chamar a mãe por Tita. E como se tratava duma avó imemorial, de quem não restava um único retrato, deixava até de ter qualquer nome para nós. Era simplesmente a mãe de mamã.

Já tão chegado à morte, vavô decidira abolir todas as noções do tempo e do lugar onde a sua vida ia acabar de cumprir-se. Após ter longamente conversado com a sua morta, punha-se a chamar, um por um, todos os filhos e distribuía por eles as inúmeras tarefas da sua movimentada casa de outrora. Tio Martinho, o mais novo, embarcara clandestinamente para o Canadá – mas vavô mandava-o ainda à loja comprar uma onça de tabaco, à serralha para os coelhos ou debulhar milho para uma quarta e aboiá-lo às galinhas. O tio Antero, que tinha um cão no peito e tossia continuamente com um sopro de buzina, não obstante casado havia mais de vinte anos, continuava sendo admoestado a propósito do seu namoro com a bela mas pobríssima e silenciosa tia Angélica. As outras tias andavam de roda dele a soluçar e procuravam acalmar aqueles delírios e chamá-lo à razão. Isso era porém escusado e arrancava-lhe acessos de fúria contra a pobre da tia América, que finalmente só aos trinta e cinco anos conseguira desposar o inventor Herculano.

– Arreda-te daqui para fora, rapariga, ou vai-te mas é bardamerda! – dizia vavô, obrigando as outras a rir com aqueles disparates e a chorar pelos cantos, perto e longe dele, com pena de verem que o tempo parara, como um relógio avariado, no interior da sua cabeça. – Tens cara de vaca alfeira, grande excomungada! Se houver um homem que te olhe para o dente, é cego dum olho ou então rabeia dos três...

Na antevéspera de se finar, confundira o médico da Algarvia com o vendilhão de talhões e alguidares, e por isso se pusera a discutir preços e formatos de vasilhas. Terminara por dizer, aos guinchos, que não estava com paciência para negociar em louças com ladrões e vaga-bundos de estrada. O doutor Arlindo, apesar do conhe-cido mau génio, aplicava-se porém à escuta do estetoscópio e assobiava, imperturbável, a última modinha de Lisboa. Batendo-lhe com os dedos no peito e nas costas, palpando--lhe a barriga e espiando-lhe o branco do olho, assobiava interminavelmente uma espirituosa modinha de Lisboa. Depois, rabiscou uma receita ilegível, arrumou os estojos na maleta das visitas domiciliárias, estendeu a mão ao dinheiro da consulta e discorreu:

– Vão-se vocês preparando para o pior, que ele está por pouco. Entre hoje e amanhã, diz-vos boa noite e apaga a luz. Caldinhos de galinha e água de bálsamo a ferver numa chaleira, bem rente ao nariz dele. E não voltem a incomodar-me: tenho poderios de gente à espera de con-sulta.

Pela certidão de óbito, vinda meses mais tarde e junta ao processo das partilhas, soubemos que vavô falecera dum duplo enfisema pulmonar. No dia a seguir à consulta, quando o padre veio ministrar-lhe a extrema-unção, voltou a incorrer na desordem dessas visões. Como confundisse a sotaina e a sobrepeliz com a coloração das vacas que antigamente passavam pela casa a caminho da arribana, pôs-se a enxotar, com a mão descarnada, o animal que lhe entrara no quarto e ameaçava devorar a colcha, os lençóis e o folheio do colchão. Muito corado, padre Ângelo suspendeu o latim e levou a mão atrás da orelha:

– Pois quê? Que diz ele, senhoras? Está enxotando as vacas? Mas quais vacas?

De modo que, no dia da sua morte, todos ríamos ainda à volta do féretro, à simples lembrança das suas confusões, e tentámos pensar, como todos os outros, que aquela era para nós uma morte feliz. Papá e mamã, muito sérios e vestidos de luto, obrigaram-nos a beijá-lo na face, antes da chegada dos homens que viriam acomodá-lo na urna. Os meus lábios ficaram hirtos daquele contacto fugaz com a pele do morto, e é desse frio tumular a minha última memória do seu rosto. As luzinhas das velas nos castiçais de vidro, ondulando como tochas no vento, vertiam sobre aquele corpo escamoso línguas de sombra que projectavam as coroas de rosas e os ramos de cedro sobre a pele terrosa dos eczemas. A partir dessa altura, para mim a morte teve sempre muito a ver com a última pilhéria, com a mente confusa dos defuntos e com o elogio fúnebre das suas virtudes – embora por entre risinhos nervosos e suspiros de gente adormecida ao lado do corpo.

Foi todavia o som dos primeiros torrões, que papá me obrigou a atirar para cima do caixão coberto de flores, a parte que mais me custou naquela morte. O rosto de vavô deve ter-se franzido contra esse barulho de terra e talvez continuasse a insurgir-se contra os vivos. Sobretudo, nunca me há-de esquecer que o enterrámos não noutro, mas nesse imperdoável dia da chuva muito fria. A terra enlameava-nos os sapatos de domingo, o cheiro das açucenas murchara, o das sécias e dos malmequeres amarelos deixara de sentir-se, e o padre enganava-se e corrigia um latim apedrejado pela chuva. Ainda que abrigado pela umbrela da igreja, a água cavalgava as suas espáduas, fustigava-lhe o rosto quase quadrado e ia ensopando as folhas transparentes do missal. O vento, que continuamente mudava de direcção, punha em desordem as suas cãs habitualmente fixas ao crânio e iluminadas pela brilhantina; fazia balões por dentro da batina e obrigava-a a bater, com um som drapejado, contra as suas canelas engrossadas pelo reumatismo. Não mais me esquecerá que nos viemos todos embora, tranquilos e aliviados da sua prolongada doença, entrámos na sua casa grande, honesta e muito pobre, com paredes que não tinham conhecido ainda o barro, a cal e a tinta, só pedras soldadas pelos veiozinhos do cimento mesclado com a areia preta do Calhau. A casa ainda muito cheia da sua presença e da sua vida, compreende o senhor?, cheia daqueles anos de touro sentado à porta do caminho e da sua viuvez antiga. O barulho das portas continuava a ser o mesmo de quando ele passava a tossir e ia sentar-se na soleta da porta e aspirar sofregamente o pouco ar que atravessava a areia dos seus brônquios. Havia de novo o arrastar das cadeiras no chão de terra batida, o pulsar dos cinquenta relógios do tio Herculano, a voz do galo da hora da sesta, a forte mastigação da porca nos chiqueiros de tábua – e tudo isso trazia à minha memória o tempo em que ele me recebia, escutava a minha desgraça e dizia à tia América para me barrar uma fatia de pão de trigo com manteiga de vaca ou açúcar. Além disso, o vento e a chuva dessa tarde, na sebe de canas-da-índia, a sua grande horta em forma de quilha e espremida entre dois muros, a fonte pública ao fundo, que suportava já o peso e a arquitectura e a intenção religiosa do Padrão das Almas – tudo isso era ainda muito dele. Tínhamo-nos sentado em volta da sua grande mesa de criptoméria, a qual corria ao longo da amassaria, sob os armários, e de repente ocorreu-me a visão da essa, onde ele estivera vinte e quatro horas em câmara-ardente: moscas do tamanho de morcegos eram continuamente perseguidas por um abanador de cana, a noite diminuía no tamanho das velas e o tempo de morrer parecia insuportavelmente vazio nos olhos muito vermelhos das minhas tias...

Íamos pois começar a comê-lo, a esse avô das terras, dos móveis e das poucas louças decorativas. Terrinas e tigelas, algumas vezes partidas e depois soldadas pelo cimento branco e pelos grampos dos consertadores do princípio do Verão, jaziam na memória das baixelas. Íamos comer o avô das redomas e dos espelhos, da caixinha de música onde rodava um boneca de porcelana espanhola; o avô sinfónico que girava em torno desse eixo da pobreza, do isqueiro de pederneira e dos poucos santos encaixilhados, cujos doces e sofridos rostos sempre nos haviam espreitado por entre constelações de moscas. Estava enterrado e com os ossos cheios de chuva, mas permanecia vivo entre objectos mudos que aumentavam de volume e iam ser apalpados, mirados e discutidos. Teriam um preço e passariam a ser pertença de quantos, mesmo zangados com ele, voltavam a sentar-se à sua mesa. Calados, ainda proscritos pelo embaraço daquela casa, os herdeiros assemelhavam-se a corvos de olhar luminoso. A cobiça tornara esses olhos quase luciferinos: conheciam tudo aquilo, malinavam os primeiros preços dos objectos e começavam a desconfiar uns dos outros. Com extrema lentidão, puxaram dos rolos de tabaco, voltaram a ser corvos de olhar pensativo e exausto e tiveram a inútil ideia de fumar o primeiro cigarro dessa tarde atlântica. As mulheres haviam dependurado os xailes dos pregos da cozinha, arregaçaram o luto das mangas e pensaram que talvez fosse chegada a hora de sondar as promessas daquela casa. Mamã prontificou-se a assar um pouco de chouriço na brasa, pois havia vinte e quatro horas que ninguém comia, nem mesmo as crianças mais crescidas, e a fome já não consentia nenhum outro luxo. O capricho do luto devolvia então o protesto, o tremor discreto das mãos famintas e a irrequietude dos dezassete netos do defunto.

Tia Olímpia foi ao armário dos pratos e tirou os pratos. Tia Flórida, muito olheirenta e sem saber que ia morrer daí a um ano, foi à gaveta dos garfos e das facas e tirou os garfos e as facas. Tia Angélica encaminhou-se para onde estava a saca com o pão de milho amarelo e trouxe consigo dois desses favos de côdeas que se arregoavam já em fendas e fracturas azuladas pelo bolor. Tia América, que sempre vivera em companhia de vavô, dizia de longe onde estavam o vinho e as tigelas, as travessas e os boiões, o púcaro da água e o canjirão para o vinho. De seguida, perguntou a todos, mas sem olhar para ninguém, se autorizavam que se distribuísse pelos pequenos a última fatia de pão de trigo com manteiga de vaca e uma chávena de café com leite e açúcar. Houve um aceno geral de cabeças, e então ela disse onde estavam o café, o leite, o açúcar e o pão de trigo. E foi muito grande a nossa alegria: a morte de vavô era uma festa, e por isso uma morte feliz, quando de súbito a voz dela resvalou para um som sustenido:

– Era o último pão-triguinho daquele santo pai da minh'alma!

Já num choro convulso, com as grossas omoplatas a oscilar em torno da pequenina cabeça de arvéola, na qual até mesmo os olhos, apesar de azuis e maliciosos, pareciam igualmente mortos, acrescentou:

– Sempre tão cheio de fastio, aquele pobrinho, e com tanto penar do peito... Ai meu querido pai, meu querido pai da minh'alma!

Calou-se logo, ante o rosto aguçado dos outros, ao ver que todos aqueles olhos pousavam nela e iam censurar-lhe o choro fúnebre, desnecessário. Ao fim e ao cabo, tinham já passado todas as horas, a de o chorar e servir, a hora mesmo das velas e das flores, e também a outra, de quando o tinham restituído à terra do princípio do esquecimento, entre raízes de buxo e a sombra eterna dos muros, do cipreste e do grande cedro de folha perene. Estava-se agora no outro, no segundo tempo da morte e na hora magnânima das partilhas: não era próprio nem conveniente turvar com emoções a lucidez desse novo discernimento...

Depois de comermos e de os homens terem voltado a fumar e a cuspir repetidamente para o chão de terra batida, a tia América, já de rosto enxuto mas sem apetite, olhou as moscas que se alavam por cima daqueles despojos de pão e vinho, viu que zuniam, que ricocheteavam antes de pousarem na mesa ensanguentada pelas nódoas de vinho, viu que os machos montavam as fêmeas e o faziam desabridamente, à frente das crianças, enxotou-as com o pano da louça, chamou as irmãs e a cunhada e foi com elas dar a volta à casa. Primeiro, recolheram o ouro escondido nas gavetas das cómodas e foram juntá-lo às medalhas de prata que ela mesmo guardara numa tigela de barro vidrada pelo verniz sábio dos oleiros. Depois, apresentou a todos as correntes com crucifixos enferrujados, o relógio de bolso de vavô – que passou de mão em mão, a fim de que lhe tomassem o peso – os anéis, as fantasias dos broches, os colares e os brincos da imemorial avó Marta. O verdete entrara nas arestas e esfarelara-as, o ouro perdera o peso e a espessura, além do brilho que era suposto pertencer-lhe, a prata transformara-se numa espécie de bafo sobre alumínio ou latão, e contudo toda a gente se comoveu a olhar a velhice, a existência oculta dessa primeira morte, e por isso lhe salivou um sorriso de pérolas aos cantos da boca. Quando papá, sempre muito prático, lhe perguntou pelo dinheiro do sogro, a minha tia dirigiu-se de pronto à gaveta do louceiro, remexeu tinas, terrinas, tabuleiros e bandejas, rasgou o papel que forrava a madeira e trouxe-o embrulhado num papel grosseiro, preso por uma fita de cetim. Papá contou, entre notas e moedas portuguesas e estrangeiras, seis contos de réis, e um sorriso involuntário que no seu rosto habitualmente sisudo se apresentava como uma crispação nervosa franziu-lhe um pouco a boca e fez distender a ruga que lhe atravessava a testa. Impossível saber o que pensaria, no momento em que foram abertos e espalhados pela mesa os miseráveis tesouros do sogro. Decerto um pequenino sentimento de vingança assomava, em triunfo, do fundo da alma até aos lábios finíssimos. Havia anos que ele e o morto tinham deixado de falar-se, remetendo-se a um ódio recíproco e nunca explicado. Contudo a suprema justiça do tempo decidira abrir-lhe, a ele e não ao sogro, a porta proibida daquela casa. Nunca mais aquele velho toleimoso e casmurro torceria a cara para o não ver passar, nem ele teria de corresponder ao pedido da sua bênção de sogro. Anos para cima e para baixo, a passar-lhe à porta, a vê-lo sentado, a baixar os olhos e a escarrar para o chão, por entre os joelhos. E, sempre no fim da tarde e no limite da fadiga, a sua voz vencia a asma, tornava-se ainda mais ofegante:

– Sua bênção, mê sogro!

– Pois t'abençô!

No decurso de toda aquela chuva que prolongava e escurecia a tarde, alternando os grandes sorreiros com o sol orvalhado de quando as feiticeiras casam, brincávamos com os nossos primos e ouvíamos como ao longe as vozes se tornavam progressivamente mais agrestes e zangadas. Brincávamos, e as vozes procediam ao inventário de tudo o que pertencera ao morto. Estavam já a herdar-lhe o tempo, a alma e os ossos, faltava apenas partilhar a casa, as terras, as matas e os pomares. Sentei-me no meio das minhas primas mais velhas, que presenciavam sem falar o zelo e a medida e o estado de todos os bens, quando ouvimos tia América comover-se de novo até às lágrimas ácidas e suplicar a todos, e pedir pela alma do pai que a deixassem ficar com a casa: nela fora menina e noiva, feliz e infeliz, solteira e casada, e sempre tivera por detrás de toda a vida aquelas paredes pobres e frias…

Ai, senhor, como são miseráveis e mesquinhas as mãos dos pobres! No momento do sorteio dos objectos, pelo sistema da rifa, mamã sugeriu que fôssemos nós, as crianças, a retirar os bilhetinhos enrolados, sob o pretexto de que só nelas existia a perfeita inocência. Nisso, estiveram todos de acordo, e assim foram saindo daquele garrafo de compotas os números atribuídos às camas de ferro forjado, às cómodas e guarda-fatos, aos capachos e às roupas de vestir, às louças e a outros utensílios da cozinha. Calados, apavorados e infelizes, assistimos ao desmantelamento da ordem e da alma daquela casa. Um dos meus primos abraçou o bacio de esmalte de vavô e trouxe-o pela rua abaixo com um sorriso triunfante, como se se tratasse dum troféu. As louças viajaram para o Burguete, em três alguidares de barro, ao passo que a trempe e as panelas de ferro, tendo saído em sorte à tia América, juntamente com o boião da caçoila e as galinhas, voltaram a justificar a existência volúvel e a antiga harmonia da casa. A marrã foi tangida com uma verdasquinha de vime para os chiqueiros do tio Antero, o qual morava na mais soturna de todas as casas soturnas da Rua da Canada. Ele mesmo a veio conduzindo, presa pela pata traseira, e expeliu a sua tosse de cachorro ao longo daquela travessia de gente respeitosa, que se perfilava às portas a ver passar a segunda morte do morto. Tio Guilherme carregou aos ombros uma cómoda já lascada nos vértices e depois voltou pelas gavetas, pelas redomas e pelo talhão da água. O relógio da sala, o guarda-fatos e a mesa da cozinha passaram a pertencer a tio Martinho, ausente no Canadá, pelo que o procurador determinou mantê-los ao uso da casa e aos cuidados de tia América. Quanto a nós, desmanchámos as duas camas de ferro e trouxemo-las, peça por peça, a fim de serem montadas nos espaços dos lastros. Eram desmesuradas e passaram a sobrar dos nossos anteriores ninhos de dormir. Ao vê-las nos novos lugares, mamã deu graças a Deus por não ter de voltar a deitar os filhos no chão.

Pressentindo, como se acordasse, que a casa estava sendo saqueada pela família, tia América perdeu de súbito a memória dos objectos e ficou a vaguear por ali como uma grande ave atordoada: tinham-lhe profanado o ninho. A vida voltava a naufragar no interior daquelas paredes, vazia e suspensa. Quando todos partiram carregados com os preciosos trastes de vavô, ficou especada e meio sonâmbula, perdida naqueles espaços subitamente alargados entre os muros, sem ver que as aranhas se debatiam com a luz e com a ausência dos abrigos. Não viu logo, mas só depois, as covas dos ratos, os ninhos que assomavam das gretas escavadas por dentro dos alicerces. A seu lado, tio Herculano, o inventor, perscrutava o vazio, fazia mentalmente o inventário daquele naufrágio e recomeçava a empreender na febre e na ideia dos inventos. Além de coisas elementares à vida, tinham sobrado as ferramentas, e uma meda de ripas de acácia fora afinal esquecida na manjedoura dos estábulos. Como não havia vacas, podia facilmente, e com algum génio, modificar o destino dos objectos e dar-lhes outra qualquer utilidade. Dizia-o apenas entre dentes e quase ao ouvido da mulher, mas ela não o ouvia, nem mesmo quando ele soube prometer-lhe que em breve restituiria àquela casa a dignidade e a função que não só tornam úteis mas também explicam o nome e a essência de todas as casas. Para as terras, jamais tivera vocação, conforme ela bem sabia. Até então, pudera sempre obter a compreensão do sogro e mesmo a sua cumplicidade, comendo das suas sopas, administrando-lhe as rendas das terras e dos pastos, sem necessidade de renunciar aos inventos e ao negócio das patentes. Os últimos anos, vivera-os coexistindo com a lenta agonia do defunto, e habituara-se tanto à presença sibilante da asma como à visita dos seus clientes. Traziam-lhe relógios e fechaduras para consertar e ficavam a vê-lo desmanchar e a explicar as máquinas, o mecanismo incompreensível dos rodízios, o cabelo de aço da corda, as rodas dentadas que comandavam e sincronizavam os ponteiros. Tornara-se de tal modo perito no segredo das máquinas que, recebendo-as em estado aparentemente irrecuperável, aceitava o desafio da sua reconstrução e sacrificava o sono à imaginação de novas peças para substituir as que era suposto terem levado descaminho.

Dúzias de relógios haviam sido reguladas para darem horas com cinco segundos de intervalo, medidos a cronómetro. Tia América, queixando-se com dores de cabeça, chegara a fugir para o quintal, para não ter de enlouquecer. A casa tremia e vibrava sob a terrível sucessão dos pêndulos nos gongos de verga. Até mesmo vavô Botelho, não obstante admirar a engenharia do genro, chegara a disparatar contra aquela doença de pesar o tempo e de o reduzir a um tal rigor.

Com o tempo, muitas máquinas foram chegando. Outras foram-lhe encomendadas a partir de descrições sumárias. Outras ainda nasceram por geração espontânea: o sistema da ordenha por sucção de tubos soldados às bolsas de borracha para comprimir à mão, o carro de semear a beterraba, o engenho de chocar ovos através duma estufa de vidro defumado, dependurada da chaminé... Quando o tempo sobrava, entretinha-se a construir brinquedos para as crianças, ou então desenhava os seus rostos em tamanho natural, fazendo sobressair as rosetas e emprestando a todas elas umas tão espessas pestanas que era mister pensar num nova geração humana. Como morria gente e outra embarcava para longe, as pessoas enchiam-se de sentimento e vinham pedir-lhe que reproduzisse de memória um rosto desaparecido e do qual não ficara nenhum registo fotográfico. Além disso, os ricos haviam já imposto a moda de fazer figurar nos corredores das casas as molduras de rosas e os retratos dos homens célebres, além dos motivos campestres, das paisagens com barcos e dos frutos que passavam a decorar as salas de jantar.

Ao contrário de todos os outros, que o consideravam meio tolo, sempre acreditei na superior inteligência, na sensibilidade e na inventiva do tio Herculano. Mesmo depois de ele ter vindo a nossa casa brigar com o papá, continuei a admirá-lo. Sabe o senhor porquê? Ele era a única pessoa da família que gostava dos seus sonhos e se alimentava dos segredos dessa loucura. Mesmo sendo louco e de todo analfabeto, possuía, como nenhum de nós, a arte de seguir o rio dos sonhos. Os outros, os que odiavam a sua capacidade para sonhar, foram sempre os primeiros a proibir-nos a alegria. A própria tia América, apesar de se rir com alguma malícia dos devaneios do marido, não hesitou em deixar-se desenhar pelo seu lápis de carvão. Vista ao natural, era uma espécie de cetáceo risonho, lento e de olhos azuis. Mas, entre as tabuinhas da moldura, o rosto ficou como que perpétuo sobre o busto, e o seu meio sorriso fazia lembrar a harmonia incerta da Mona Lisa. Por isso lhe digo que nunca conheci ninguém que melhor representasse os sonhos verdadeiros e os sonhos inventados. E, como aquele era um tempo do tamanho da loucura, o que as pessoas não queriam admitir dificilmente ia além desta evidência: é que o tio Herculano estava um pouco por dentro de nós. Tínhamos todos uma pequena parte do seu mundo – embora não gostássemos e nos envergonhássemos de o reconhecer.

LUÍS MIGUEL

Lembro-me como se fosse hoje. O sacristão Calheta subiu à torre da igreja, com o pêlo todo eriçado e o pingo a cair-lhe do nariz, e foi tal o berreiro dos sinos, e tanta, tanta a espantação desta pobre gente, que até crianças, mulheres e cães decidiram entrar no alevante geral. Andava tudo desaurido, a correr com os bofes de fora, a malinar em novas desgraças, a supor que o Pico da Vara tinha voltado a girar, lá no alto das nuvens redondas que nunca mudam de sítio.

Da vez em que tal alvoriagem aconteceu, eu era muito pequeno, e nem ao menos me lembro do então sucedido. Foi meu pai quem disse: o Pico da Vara pegara a largar talhadas de fogo e estouros de meter medo, e era de noite. Contou-nos o caso dum avião perdido no céu dos Açores, cheio de gente conhecida no mundo inteiro, o qual se embrulhou com o nevoeiro e foi embater com aquela montanha de nariz torcido e aspecto mal-encarado. Explodiu e converteu-se num massa ardida que ainda hoje faz lembrar um grande torresmo de ferro rodeado de fumo. Nessa noite, o Rozário levantou-se em peso para fugir às primeiras lágrimas e às pedras do vulcão – quando logo um voz entendida em vulcões apregoou ao povo que não: não só não se estava em tempo de terramoto como afinal os vulcões não eram coisas assim tão de somenos.

A princípio, chegou a supor-se que tal desassossego fosse caso de fogo nos campos de trigo, como quando os incêndios rodeiam casas, tulhas, cafuões de milho e piorras de palha e o mundo mergulha numa tristeza ardida e quaresmal. Depois, à medida que as coisas foram clareando no entendimento do povo, que passou palavra de casa para casa e de rua em rua, as pessoas começaram a discutir, com ar de entendidas nesses fenómenos, e a tomar partido umas pelas outras, contra e a favor, mas todas por razões diferentes.

Por mim, lembrei-me das histórias daquela prenda, vavó Olinda, que gostou de nós somente enquanto éramos pequeninos e depois nunca mais nos ofereceu biscoitos nem dinheiro pelas festas. Criatura mais intiniquenta como há-de haver poucas por esse mundo fora, levou a vida a rilhar o dente e a cuspir intrigas. Lembrei-me dela, que contava casos de tirar o sono aos anjos de Deus, e um dia anunciou que o fim do mundo ia dar-se na sexta-feira seguinte e à boquinha da noite: estava sol e chovia, um calor de morte como há muitos anos se não via, e de repente desatou por aí um aguaceiro, houve levadas e caíram barreiras em quase todas as ruas: as pessoas pareciam deslembradas, sem tarelo na cabeça, e tão cheias de agonias como se uma epidemia estivesse para chegar. Ninguém sabia nada a respeito do segredo de Fátima, *anyway*: a irmã Lúcia dera em freira de clausura, tal como veio a suceder com Maria Amélia, e decidira não revelar a ninguém como ia ser a desgraça do mundo. Sendo assim, não se podia imaginar que espécie de morte viria crucificar o destino das raças e *civilizations, I mean*, civilizações, nem quando nem por que meios estaria Deus cogitando o castigo dos seres que Ele mesmo criara a partir do barro, da lama ou até do *nothing*. O senhor Salazar, segundo se dizia, era dos poucos homens deste mundo a quem fora entregue uma carta fechada contendo a revelação do segredo de Fátima. Mas como Salazar, Deus e o papa eram uma e a mesma pessoa da nossa santíssima trindade, continuamos ainda hoje à espera de conhecer o destino… O padre de então bem apregoou por aí, aos gritos, do alto do púlpito dos domingos e dias santos de guarda, um rol de penas maduras, dizendo-nos na cara que todos éramos uns merdas de marca maior: pecávamos por obras, por pensamentos e pela omissão dumas coisas e doutras, isto é, por não agirmos nem pensarmos de acordo com o Bem. Na opinião daquele cachorro toleirão, a Rússia andava formando exércitos para destruir igrejas e capar os padres – como se por acaso não tivessem sido capados à nascença! A esse respeito, não era conhecida a opinião do professor Quental, que passava por ser o homem mais respeitado da freguesia – e tão-pouco isso, naquela altura, podia importar aos surdos que voltavam costas à sabedoria dos livros e só sabiam dependurar-se dos carros da religião.

Também quanto a catequeses, estava eu mais ou menos bem conversado. Ouvira falar dos mistérios da Santíssima Trindade e da Reencarnação. Contaram-me, vezes sem conta, como por um relógio de repetição, a história do bezerro e da burra, dos Reis Magos e da Estrela do Oriente, pelas *Christmas* de antigamente. Mas nunca percebi como podiam três coisas, Pai, Filho e Espírito Santo, reunirem-se e serem uma só pessoa, e como a Virgem Maria, casada com um carpinteiro de virilha murcha mas emprenhada pelo Anjo do adultério, pôde ter parido um Filho por baixo, numa manjedoura, e ainda assim continuar virgem; tão-pouco acreditei na ressurreição de Lázaro e de Jesus e a subida ao Céu de Nossa Senhora. Coisas confusas de mais para a minha cabeça distraída, como muitos outros negócios da religião: os pobres continuam a acreditar só no papa e nos bispos. Os ricos, esses, têm razões de sobra para crer nas superiores fantasias de Deus Nosso Senhor!

Aconteceu que o bispo de Angra veio aqui para nos crismar, num dia de muita água e flores e florinhas, com opas enfiadas à toa, colchas e panos nas janelas e varandas, as ruas juncadas de malmequeres, capitos e farelos de madeira, como nos dias de procissão. Todo o povo o foi esperar ao Canto da Fonte, onde ele desceu dum automóvel preto e muito comprido. Ao pôr o pé no chão, recebeu logo palmas e vivas. Depois, e como nos tinham ensaiado de véspera, pusemo-nos de joelhos nas valetas e de mãos postas, e foi quando eu vi sair de dentro do automóvel um homem ainda mais barrigudo do que eu agora, com um canudo roxo enfiado na cabeça e um bordão de ferro na mão, curvado na ponta como um guarda-sol. Sorriu-nos a nós, as crianças, fez uma vénia na direcção dos homens e das mulheres, e o sacristão Calheta, instruído nesse sentido, abriu a boca e berrou bem de rijo:

– Viva o senhor bispo de Angra, viva!

O povo repetiu logo, todo à uma, com grande sentimento na voz:

– Viva o senhor bispo! Viva o senhor bispo de Angra!

E então todos fomos abençoados pelo sorriso e pelo anel vermelho, à esquerda e à direita, e perdoados automaticamente de todos os pecados. Quando ele passou, à abrigada dum pálio de seis homens que penavam por o segurar contra o vento, as mulheres puseram-se a chorar de emoção. Vinham às portas ou apareciam às janelas, velhas, doentes e já desenganadas dos doutores, e também automaticamente se consideravam curadas dos seus males escondidos. Quem tivesse uma égua manca, uma vaca alfeira ou um cachorro infectado pelas matadoras, aproveitava a ocasião para os pôr ao alcance da bênção do bispo, e logo-logo os animais pareciam entrar em estado de graça, ficando melhorzinhos dos seus males.

– Se é para isto que serve o chefe dos padres – disse meu pai entre dentes e para dentro de casa – então é pena que Deus só se lembre da gente em dia de bispo.

Fomos crismados em fila e de pé, com a mão do padrinho em cima do ombro, como sinal de protecção, e recebemos no alto da testa, pelos dedos do bispo, uma pitada de unguento amarelo. Assim passámos a ser cristãos de maioridade. O meu era um padrinho de procuração, na pessoa de tio Guiherme, porque eu tinha convidado o meu tio Martinho, que viajara num porão de navio até ao Canadá. Numa das suas cartas, soubemos que embarcara clandestinamente e que chegara ao Québec quase morto, após três semanas e meia de enjoo. Passou a mandar duas «dolas» pelas *Christmas* e a prometer-me a mim o melhor de todos os presentes do crisma, que era uma carta-de-

-chamada. Nunca pagou tal promessa: era história para muito unto, e não adianta eu agora esburgá-la, nem o senhor havia de ter paciência para me sofrer.

Tirante um único curso de rezas, em que senhoras catequistas vestidas de preto e com lencinhos de cambraia amachucados entre os dedos me assustaram com a temência de Deus e o pecado de tocar com os dentes na hóstia consagrada – sempre era o corpo benzido de Nosso Senhor! – nunca fui cá de igrejas nem de muita confissão. Nisso, não se inquietou meu pai a virar-me o juízo. Ele próprio torcia a cara quando o padre passava. Confessava-se de ano a ano, mais ou menos pelos Santos ou quando bem calhasse, e sempre coisa de pouca conversa. Seriam, se calhar, dois ou três remorsos, um ou dois pensamentos malinos a respeito das fêmeas dos outros, um esquecimento do jejum pela Quaresma ou a falta de pagamento da bula da carne de porco – e chega, que até talvez seja já de mais. E a verdade diga-se: ou não era grande e não lhe dava muito que fazer a penitência receitada pelo padre, ou então ele não estava para a cumprir de joelhos, ali em frente de muitos dos seus inimigos.

Mas a prenda da avó Olinda, conforme ia dizendo ao senhor, sempre muito afeita a predizer desgraças, e tão amiga de nos embrulhar com o medo de Deus, empreendeu tanto ou tão pouco na ideia do mar, que a levou consigo para a cova. Nos últimos anos de vida – dizem, porque eu já cá não estava – andou sempre confusa, esquecendo-se das ideias a meio das frases, misturando o passado com o futuro num constante desgoverno de cabeça. Dizia então que as águas do princípio do mundo e da Arca de Noé não tardariam a repetir a profecia e a devolver tudo à eternidade.

– E quer o senhor saber como?

Muito simples. Vulcões de pólvora incendiariam o fundo do mar. Chuvas nunca vistas, atravessando os continentes viriam lançar sobre nós pancadas de água de tal modo brutais que nenhum ser vivo resistiria à passagem do Segundo Dilúvio.

– Eh, senhora! – cortava logo meu pai lá do canto, assim que a ouvia entrar nesses delírios, pensando, como eu pensava, que as doenças de cabeça começavam a encher a alma da velha. – A senhora deixe-se estar mas é calada. Minha mãe está-se pondo palhoca do juízo, é o que é!

As intervenções do filho ofendiam-na. Davam-lhe génio. Pegava logo em si, de beiça, e ia-se embora pela rua acima a arrastar os tamancos e a gemer do reumatismo. Ia tão zangada que nem aceitava que uma das minhas irmãs lhe fosse alumiar a soleta da porta do caminho. E, se isto a alguma coisa vem para a nossa conversa, foi porque, naquela tarde dos sinos e do alevante do povo, as suas histórias estiveram quase acontecendo. Ela disse, de ouvido à escuta e com uns olhos perdidos de doida:

– Salve-nos o Santíssimo Sacramento, que aí vem o castigo do Senhor!

Para encurtar razões, pedi licença a meu pai para que me deixasse ir ver do sucedido. Nem sequer me surpreendeu vê-lo correr à minha frente, ardido da mesma curiosidade. Chegámos ao Lugar, havia um alqueire de gente. Aparece o touro do padre, manda parar os sinos, berra a toda a gente que se cale e dá a palavra ao regedor da freguesia:

– Ó meus senhores! – berrou ele com as mãos fechadas à frente da boca. E repetiu: – Ó meus senhores! Pois manda Salazar, que nos governa de Lisboa, anunciar ao povo que os terrenos baldios do Mato deixarão de ser terra de ninguém e se desmoitarão para que sejam convertidos em pastagem para as reses. Esse Mato do Povo será servido por caminhos de cascalho, abrigos públicos, casas de cantoneiros e postos de recolha do leite. Virão as máquinas, haverá contratas para todos e Deus dará longa vida a quem nos governa. Viva o senhor Salazar!

Vi perfeitamente que as bocas se abriram, sem opinião, apenas como molas de esporim, o que deu tempo e coragem ao regedor para continuar o pregão. Além das máquinas de terraplanar, fez menção aos camiões, às buchas de dinamite, aos engenheiros florestais e aos capatazes das obras, homens de fora da terra. Por via do muito que havia a fazer, precisavam-se braços de sacho e cesteirão, bestas de carga, bois de tiro com seus carros e sobretudo fé em Deus e naquela santa inteligência do senhor presidente do Conselho de Ministros. Abriam-se inscrições: os homens a vinte e duas patacas e meia, pagamento garantido à semana, os rapazes maiores de dezasseis anos a dezassete patacas o dia... Ao cimo do adro, o padre subia e descia na ponta dos pés, compunha o sorriso gordo dos grandes sucessos e acenava que sim com a cabeça, de cada vez que o regedor juntava Deus com Salazar no discurso.

O Lugar esgarçava de gente. Os que estavam a favor do roubo do nosso Mato do Povo pegaram logo a pular, satisfeitos da vida, num remoinho de festa. Andaram de roda, como crianças de escola, e não tardaram a largar vivas e morras – porque o senhor Salazar fizera o milagre de salvar as suas vidas da esmola: iam deixar de viver aos bocadinhos, como os pedintes, sempre na agonia de que não chovesse e houvesse trabalho a dias. Nisto, os do contra começaram a inquietar-se, a monte. Juntavam-se uns aos outros, faziam número, ganhavam força. Daí a pouco, já esbracejavam: que aquilo era um roubo do Governo, o Mato do Povo nunca tivera nem havia de ter outro dono que não fosse o povo do Rozário: como era agora isso de o Salazar ter ditado a sentença de o expropriar?

Uma razão puxa sempre outra, até que todas se destemperam e confundem. Então quando mete voz de mulher pelo meio, é uma mundaneira na praça. Levantaram-se ruídos, discussões e insultos. Um empurra outro, o outro arrasta consigo o seguinte. De repente, saltam em cena os galos de briga e vai mais gente ao chão. Dou-me conta de que há uma multidão em tumulto. Abriam-se clareiras, subiam gemidos e baques de socos e pontapés, e meu pai puxou-me para fora duma espécie de remoinho que ameaçava engolir-me também. De cima duma soleira, vi a violência alastrar e varrer os corpos, vi os esguichos de sangue e ouvi os gritos das mulheres. Anos mais tarde, na guerra da Guiné, assisti, sem desviar a cara, à tortura dos presos, não senti pena nenhuma de ver que suavam sangue e gemiam de frio antes de morrer. Não era preciso ter pena: estava-se em guerra e tudo era permitido. Aliás, tínhamos sido preparados para rir dos que nos morriam às mãos e para chorar a morte dos nossos. E o modo como aos homens do Rozário saltavam os dentes e o sangue saía de esguicho dos seus narizes, e as cabeças chocavam com o chão e produziam um som de mogangos partidos, tudo isso me impressionou a tal ponto que já não foi estranho ser eu depois a praticá-lo na guerra da Guiné. A única diferença, como lhe disse, foi que, na guerra, era preciso semear e ter a imaginação da violência e do terror, para que nos tornássemos temidos e heróicos. Na Guiné, a nossa coroa de glória consistia em sabermos que o inimigo nos pusera a cabeça a prémio, conforme eu tive a minha: tantas vezes chamado a executar prisioneiros, a ver-me livre deles no fundo dum precipício, a amarrá-los a um tronco e a pegar-lhes fogo. O meu comandante de companhia vinha sempre dar-me uma pancadinha no ombro, piscava-me um olho vermelho e dizia É só matar, ó Moniz, É só matar! No entanto, vinha-me sempre à lembrança esse fim de tarde do Rozário, em que uma mulher guerreira se pôs a gritar lá muito de trás, do sítio onde ninguém pudesse ver a traição do seu triunfo: Viva o nosso Governo! Viva Salazar!, e esse tiro de coragem feriu todo aquele coro de missa. Responderam-lhe muitas outras bocas escondidas na multidão: Viva o presidente do Conselho, Viva, Viva! por entre palmas, risos e um som de passos que corriam…

Há sempre uma história de padres na política, como sabe, e melhor fora que a não tivesse havido nesse dia em que aqueles asnos começaram a roer no corno do senhor Salazar. Em África, eram sempre padrezinhos novos a benzer os mortos, e faziam-no tanto aos nossos como aos dos outros, e com tanta religião que muitas vezes pensei: Lá vai o padrezinho dar vivas ao senhor Salazar. A gente morria e matava, depois vinham os padres e rezavam para que o corno do Salazar vivesse e se tornasse eterno na hora das nossas decisões. Aqui, chamaram-lhe sempre Padre Novo, mesmo quando já parecia cair de podre e se arrastava como um sonâmbulo pelo meio de nós. O seu nome era Ângelo, que segundo me explicou meu irmão Nuno, quer dizer anjo e vem do latim. De anjo, tinha o riso torcido e os dentes encavalitados, e a pança larga e as espáduas muito saídas, como asas, e a cabeça chata como uma abóbora, e o grosso cachaço, sempre suado, dos bois de canga. Tirante isso, nada. Todo sorridente, vi-o lançar a bênção sobre aquele moinho de gente, abençoar os que guerreavam, os corpos caídos, as cabeças rachadas, e ouvi-o convidar os fiéis de domingo a entrarem na igreja. Uma vez mais era preciso rezar para que Deus prolongasse a vida do Sábio, do Santo, do Bondoso Professor Salazar, se possível em acção de graças à Senhora do Rosário, padroeira da freguesia e mãe dos pobres.

– O senhor esteve lá? Pôs-se por acaso de joelhos para rezar e agradecer à peste e bater com a mão no peito para que o sábio, santo e bondoso professor continuasse a ser um corno? Assim eu lá estive, e assim estiveram os outros.

Entraram as mesmas, as defuntas mulheres da religião arrastando crianças contrariadas que preferiam continuar a assistir às brigas e às discussões. Entraram os poucos velhos que se vinham alimentando da difícil graça de Deus e de mais nada. Todos os outros guinaram, de esticão, pelas portas dentro das lojas do Lugar, escondendo a cara para que padre Ângelo os não reconhecesse – e eram rodadas de cerveja, e calzinhos de cachaça-da-terra, e meizinhos de vinho de cheiro do Pico, porque essa foi sempre, não tenha o senhor a menor dúvida, a única missinha dos tolos de Portugal. À medida que se apartavam, os homens em guerreia entravam nas lojas, todos a cambalear das tonturas, e depois saíam completamente bêbados, a cantar, agarrados uns aos outros para não caírem. Em Portugal, todos os dramas terminam numa grande festa e no perdão dos copos de vinho. Até certo ponto, é um país feliz com vinho: gosta daquilo que mais lhe amarga e canta o que lhe dói fundo na alma.

Meu pai engolira em seco a frustração da revolta e fez-me sinal com a cabeça para que me viesse com ele embora. Levou todo o caminho a meter ferro nos que, estando à janela, perguntavam pormenores sobre o sucedido. Dizia-lhes que o Mato do Povo devia ser defendido à foice, para bem das reses e da dignidade da freguesia. De resto, surgiam boatos, segundo os quais as terras em redor estavam em estado de sítio, dando-se como certo que todo o concelho do Nordeste se tinha levantado em peso contra os tiranos de Lisboa. Mas essa versão nunca pôde ser comprovada.

Até por isso, não sei ainda por que motivo meu pai se passou tão depressa para o outro lado e mudou de opinião. Tínhamos reses, é certo. Mas eram escassas e pouco comilonas: podia perfeitamente alimentá-las com a erva das barreiras e das matas. Tínhamos também algumas terras. À noite, depois da ceia, tratou de ir aconselhar-se com o compadre, o professor Quental, que chefiava secretamente a oposição ao Ditador. Não será difícil imaginar o que lhe terá dito: a desmoita do Mato do Povo representaria em breve um bem e traria algum progresso ao Rozário.

Quando de lá regressou, zuniam-lhe esses e outros argumentos dentro da cabeça. O trabalho de carpina andava escasso. Para o trabalho das terras tinha em casa gente de sobra: ele, minha mãe e as raparigas. Para as vacas, estava-se já aprontando Nuno, rápido que nem uma roqueira, mal saísse da escola. Houvesse saúde, que aquela ideia, mesmo vinda dum asno chamado Salazar, não era lá muito mal-amanhada. E meu dito, meu feito: no dia seguinte, logo de manhã, depois duma última troca de impressões com mamã, chamou-me à sua presença e disse-me:

– Vais dar o nome ao regedor, e apronta-te com sacho e comida para ires trabalhar a dias no Mato do Povo. Ouves, Luís? Não precisas de dizer que não tens ainda os 16 anos feitos. És grado de corpo e já vais sabendo trabalhar. Aceitam-te mesmo a olho, não há-de haver moleste nenhum...

Capítulo sexto

NUNO MIGUEL

O que mais me perturba, agora, é não saber por quantas varas se mede um alqueire de terra, que dinheiro possa valer um bom renque de árvores ou uma horta madura de frutos; o valor que terá a água das ribeiras ao fundo dos antigos pomares, assim como a qualidade precisa, sábia e rigorosa dos pastos de trevo, luzerna e azevém. Embaraça-me imenso estar a ouvir como os meus irmãos discutem entre si, perante o meu silêncio, as preciosas misérias que sobraram da morte dos pais: as tornas em dinheiro, as divisões imaginárias dos terrenos mais largos, compridos ou melhor localizados, todo o pergaminho afinal das escrituras profanas e as outras – o sobrenatural processo de estar dividindo os despojos, a memória, o espírito dos antepassados. Perdi-me por completo destas noções, do amor útil e da liturgia da terra. Assisto, em pânico, à dissolução da família através do património dos seus ossos, sabendo que a partilha dos bens é o último acto deste teatro vazio onde o meu corpo arrefece. Os actores movem-se à minha frente, num quadrado de luz tão branca como a dos projectores dos circos que chegam sempre na véspera das festas e se instalam no centro das feiras. Da penumbra em que me encontro, vejo cada um dos seus gestos ocupar esse espaço luminoso e deserto, onde afinal nunca tive lugar, nem mesmo quando em criança via passar músicos, comedores de fogo, homens de fatos cintilantes e rapazes musculosos que faziam malabarismos de rua. Em Vancouver, antes de morrer, papá reuniu os outros filhos à volta da cama, apoiou-se a custo num cotovelo – tal qual um náufrago que vem pela última vez à tona e sabe que vai afundar-se – e pediu-lhes que se comprometessem a dispensar-me a sua amada, honesta e saudosa casa dos Açores. Não estive lá: fui sempre um filho ausente que desconhecia a contagem decrescente da sua agonia; o homem das pequenas cartas apressadas que chegavam de Lisboa sem notícias, uma figura a cujo rosto acudiam a palidez e o descuido dos retratos distraídos, no mês do Natal em Lisboa. Não sei mesmo se lhe foi difícil obter dos filhos essa promessa, nem por que motivo papá se firmou no cotovelo, ergueu um pouco o rosto verde e justificou como pôde uma tal ideia. Suponho que teve a ilusão ou a lucidez de pensar que eu seria o único a preservar a poesia, o culto e a docilidade da infância perdida nesta casa. Além disso, era o único filho a residir em território português. Sabia da minha paixão pelas casas simples, maternas e primordiais da Ilha – e talvez por isso eu esteja agora perplexo, sem merecimento e a olhar para o infinito:

– Herdar o quê, papá, se não foi este o tecto de que se cobriu a minha vida, nem esta a casa, nem estes os segredos que douraram e depois demoliram as paredes da minha infância?

Herdo-a apenas por causa dos mortos: para poder um dia escutar a respiração, a sombra e a voz nocturna dos seus mortos. Papá deu-me a bênção e a penitência do seu espírito, porque há-de querer-me aqui um dia, descerá as escadas que rangem ao lado da cozinha, empurrará a porta do meio e virá sentar-se a ver-me dormir na grande cama que outrora oscilava ao peso do seu corpo. Sentado no escuro, será de novo o pai da noite e dos seus meninos. Pode ser que então me conte a comprida história da sua vida longínqua e desconhecida, para que seja essa a fábula duma ilha chamada Ítaca e nela se cumpram as minhas paixões. Todo este tempo, vivi-o tangido pelo rebate falso dos sinos açorianos, preso à fadiga sem regresso destes lugares de bruma. De cada vez que me voltei na direcção da casa da minha infância, vi-a suspensa no desenho impreciso dos muros: havia uma árvore na metafísica dos meus dias, e sobre essa árvore o deus dos melros e dos pombos construirá um ninho. Mas esse ninho passou a ser o nenúfar dos mortos.

Agora, a casa cresce por cima da minha vida, é de novo muito grande, e sinto que nunca pude merecê-la. A gente só deve herdar aquilo que ajudou a existir, o que faça parte da sua inocência. Se pensar numa qualquer estética primitiva, ocorre-me de súbito que vou herdar não uma casa de família, mas um favo, inútil e sem aplicação ao meu destino. Não tenho a menor intenção de regressar aqui: receio o ciúme dos mortos. Vir passar férias à Ilha, com a mãe dos meus filhos, teria sido insuportavelmente belo outrora, quando a casa era ainda o centro do mundo: talvez se ouvissem nela os pequenos risos dos velhos, felizes pelos netos que tinham, os gritos das crianças que descobriam a existência dos pombos na tulha, as galinhas catando bichos no estrume, a porca que grunhia entre os muros do chiqueiro. Agora, como lhe disse, a casa mistura vivos e mortos no mesmo túmulo, é talvez excessivo pensar que o tempo vá devolver-me a realidade física destas paredes sofridas e sem vida.

Depois, há também o desconforto de ser apontado a dedo do outro lado da rua, o mar baço como o chumbo duma lâmina de barba, a missa dos domingos. Não se tem o sentido do próprio sentir. Nos olhos desta população que me é quase desconhecida, cheia de gente velha que traja de luto e me chama pelo nome de família, existe uma acusação silenciosa acerca da posse da casa. Abordam-me na rua, como corvos, e sinto neles o ímpeto de quem vai debicar-me o corpo e beber-me a cor dos olhos. Perguntam-me, cheios de cobiça, se a quero vender, que é só pedir por boca, pagarão o preço das pedras, das madeiras e dos telhados. Não sabem, nunca hão-de saber que o dinheiro não compra nem vende o espírito e os mitos das casas. Desconhecem o que seja regressar à raiz profunda da árvore que deu seiva e corpo às madeiras. Se lhes disser que a quero para mim, mas para nada, rir-mc-ão na cara, pensando que são caprichos, ideias tolas de novos-ricos...

Rico, eu?

Você sabe quanto é triste viver em Lisboa e não estar vivo – sem as paisagens, sem uma única árvore em frente dos olhos, tão longe do mar e do céu dos Açores? É-se medíocre assim, toda a vida entre prédios altíssimos que nos proíbem de ver e amar a distância. Em Lisboa, o infinito, ao contrário daqui, não é plano nem horizontal: a única possibilidade é torná-lo perpendicular, na vertical daquele céu luminoso e quase sempre azul. Muitas vezes, imaginei que devia vender o apartamento de Lisboa, vender agora a casa dos meus pais e ir realizar lá longe a loucura infinita, onde houvesse campo, duas árvores e um qualquer mar em frente. Gostava de aprender de novo os segredos da terra: plantar canas em redor dum muro, escorar pequenos troncos com estacas e ver como cresciam as árvores da minha vida. Se possível, uma figueira. Sabe porquê? Quando era pequeno, existiram sempre essas árvores de folhas ásperas para me abrigarem da chuva. Os figos vertiam leite e rebentavam-me os lábios, quando a gula dos figos proibidos era superior às bostelas da tinha no couro cabeludo. Isso era viver o sentido do tempo. Podia também suspirar por uma criptoméria: árvore porosa e altiva, das que sempre fizeram os dias de festa e o esplendor das bandas de música na Ilha. Vinham procissões de andores, com anjos coroados, multidões de opas vermelhas, o grande pálio dourado sob que se abrigavam padres translúcidos e solenes: era sempre domingo quando isso acontecia, todos estavam vivos e não era preciso sofrer a solidão dos meus futuros domingos de Lisboa...

A casa tem os espaços e os passos perdidos de toda a minha vida. A de Lisboa, ao contrário desta, é um corredor com paisagenzinhas dependuradas das janelas, passos suaves nas alcatifas das salas, o santuário tristonho dum quarto de casal. A minha angústia foi-se povoando aos poucos dos ruídos das portas batidas pelo vento. Disse-o o poeta Ruy Belo, que morreu disso, isto é, só de fazer versos: *no meu país não acontece nada; à terra vai-se pela estrada em frente...* Para mim, no entanto, nunca houve sequer uma estrada que desse para a Ilha, porque Lisboa cortou-me toda a possibilidade dessa retirada. Fechei-me todo por dentro da cidade magnífica e mortuária, de tal sorte que nunca soube os nomes daqueles que nasceram depois de mim. Não conheci os rostos nem o tempo dos rostos. E, como o pior do homem é a ausência dessas e de todas as outras memórias sobre os lugares, não sei quem sou aqui, o que faço agora nos Açores – ou por que razão vou herdar a sombra duma casa. Dizem-me, os que aqui viveram, que eu serei talvez o primeiro e único morto da família que ainda não morreu...

MARIA AMÉLIA

De todos os que aqui foram paridos e domesticados, Luís é quem traz a mais comprida memória do desgosto. A gente olha e pensa que os olhos são tristíssimos, ardidos já pela descrença, e até demasiado inocentes para um corpo barrigudo e tão musculoso como o dele. Olha-se, e Luís está sempre imóvel, tão fora de tempo e lugar como um Buda em terra estrangeira. Fixa-o, mas o olhar desvia--se, incapaz de suster a nossa observação. Além disso, o ar sisudo das feições parece corroê-lo como um ácido: queimou-lhe já o cabelo farto, fez da sua boca um arco e deixou-lhe na testa um raminho de rugas. Embora ainda a meio da vida, envelheceu muito mais depressa do que todos nós, tendo agora aquele aspecto translúcido, de boi castrado. O humor dele, quando está sempre a fazer-nos rir e a troçar de toda a gente, é duma violência sem propó- sito. De tal forma que, se o senhor o observar com aten- ção, verá que se colocou no centro do circo familiar, fazendo-se passar por *clown* de si mesmo – como se gos- tasse de parecer mais ridículo do que todos os outros.

Quanto a Nuno, assume uma timidez diferente, mais sensível e muito menos espectacular. Em pequeno, exprimia-se muito por lágrimas. Mesmo na idade em que ainda não se pode ter ideias claras acerca da morte, teve profundos e inesperados desejos de morrer. Lembro-me perfeitamente do dia em que atingiu o limite da resistência a essas emoções ocultas. Papá dera-lhe uma grande sova com o cabo da foice de roçar conteiras, por o ter apanhado a roubar uvas verdes no quintal de vavó Olinda. Mamã pusera-se a berrar com ele, a amaldiçoar a pouca sorte de ter de portas para dentro um gatuno de fruta, e foi quando papá perdeu a cabeça, sovou-o e decidiu fechá-lo no sótão às escuras. Íamos levar-lhe a comida, a mando dele, no testo de barro que servia para alimentar o cão. Subia-se uma escada sem fundo, com degraus de criptoméria mal podados à enxó, entre medas de sacos, arados suspensos dos forros e grades de dentes espetados nas gretas da parede. À nossa aproximação, os ratos escapuliam-se pelas frestas, aos guinchos, como ovos a fritar, e tinha-se a sensação de os estar esmagando com os pés. Quando se chegava ao cimo do sótão, o meu irmãozinho estava sentado no escuro, de mãos postas, e os olhos azuis luziam lá ao canto, acesos como as faíscas dos gatos. Recebia a comida em silêncio, ou então limitava-se a perguntar-nos se era dia ou noite e quanto tempo faltava ainda até ser perdoado dos seus pecados. Era proibido falar-lhe. Papá dizia até que Nuno nem merecia, dali em diante, usar o nome da família. Quando teve ordem de soltura, fui eu buscá-lo a correr, de candeeiro na mão, erguida nas asas dum pressentimento de desgraça acerca daquele menino dócil e infeliz. Nuno veio atrás de mim, semicerrou os olhos à luz da cozinha e pediu a bênção a papá e mamã. Trazia os cabelos cheios de palha e a cara coberta de ferrugem, e cheirava ao mofo do feno húmido, aos paranhos das aranhas e às coisas que apodreciam no fundo do sótão. Impressionava imenso ver como as lágrimas lhe pingavam dos olhos vermelhos, sem dizer palavra nem soltar um único soluço; ver como os meus pais o recebiam com um milímetro de sorriso, trocistas, estranhos, garantindo a Nuno que toda a freguesia sabia já o nome do novo ladrão de fruta: o povo estava autorizado a largar-lhe os cães às pernas, a sová-lo com um fueiro ou a denunciá-lo aos polícias da Algarvia. Levou tudo isso a sério, muito trémulo, fazendo beicinho, e passou a interiorizar a culpa e o remorso de estar vivo e sem dignidade. Num acesso de desespero, chamou-me de parte e perguntou-me ao ouvido como seria mais fácil morrer, se dependurado duma trave com uma corda no pescoço, se indo deitar-se ao mar a afogar ou mastigando um bocado de pão com veneno dos ratos. Desatei logo aos gritos, clamando pela misericórdia do papá, a fim de que viesse salvar o meu irmãozinho de morrer. Acudiu de pronto e a correr. Mas endireitou apenas o busto, pôs nele um olhar malino e desdenhoso e, sem sorrir, apontou para o mar:

– Queres mesmo matar-te? Então bota-te pela rocha abaixo aos trambolhões. Vais ver se não rebentas lá em baixo, nas pedras, como um mogango. Experimenta, anda...

Muito anos depois, no dia em que o expulsaram do seminário, tinha ainda esse ar de flagelado: veio correndo de longe na minha direcção, pegou-me quase ao colo e declarou, luxuosamente, que fora acusado de «subversivo» e de «ter perdido a vocação para o sacerdócio». Mostrou-me a carta do reitor, dirigida a papá, depois tirou-ma das mãos, rasgou-a e espalhou dezenas de papelinhos sobre as plantazinhas ainda medíocres do jardim do Campo Grande. Então, olhei para a sua euforia, vi-a profundamente na sua magreza de cão, nervoso e desarrematado como o pai, faminto de mundo e mulheres, e pensei logo no quão difícil lhe ia ser vencer a adolescência. Estava-se no tempo em que até as esquinas eram suspeitas, em Lisboa. No tempo da guerra de África. Nos dias frios e terríveis da aflição de todos os rapazes da sua idade. Ninguém lhe daria um emprego, só porque Nuno tinha dezoito anos e seria em breve chamado a cumprir o serviço militar. Com um pouco de sorte ou algum importantíssimo empenho de alguém ligado ao regime, podia não ser mobilizado para a guerra. Mas como esse era o destino daquela geração, nem ele próprio acreditava em semelhante possibilidade. Só mesmo um milagre o salvaria de ter de subir as escadas dum navio, dizer «adeus, até ao meu regresso», como os outros diziam, e depois passar dois anos a enviar-nos aerogramas com mentiras sobre a desgraça das noites africanas. Afinal o milagre cumpriu-se mesmo: Nuno passou por tudo como um perfeito sonâmbulo. Viu correr o tempo nos quartéis de Lisboa, assistiu à despedida de todos os contingentes, disse adeus a todos os amigos. A sua hora passou, levada por esse tempo de vertigem, e nunca nada lhe aconteceu. No dia em que o mandaram desfardar-se e ir-se embora, apanhou o eléctrico para o centro de Lisboa, apeou-se na Avenida da Liberdade e desceu-a toda a pé, até à Praça do Comércio. Não podia acreditar que os barcos parados no Tejo fossem barcos reais. Não estava, disse-me então, no seu tempo nem no seu país...

Mas no dia em que chegou a Lisboa, vindo do seminário, havia um deus moribundo nos seus olhos, na tumultuosa timidez e na vontade de o ir estrangular no próximo domingo, à hora da missa. Via-se que olhava em redor com espanto, como quem descobre um mundo plano e luminoso para aquém dos muros e das cercas conventuais. Se lhe não deitasse a mão, entraria decerto na dissolução, na desordem da cidade: ia perder-se no prazer dos perigos que espreitam os pássaros fugidos das gaiolas; quereria voar muito alto, mesmo sem asas, atravessar a razão das coisas e ser finalmente diferente de tudo o que lhe tinham ensinado. Procurei pois orientá-lo e protegê-lo do mundo. A primeira coisa foi arranjar-lhe um emprego, para não ter de embarcar para os Açores e submeter-se à vingança do papá. Tal como ele, eu fora expulsa do convento, varrida sem remédio dos túmulos daqueles estranhos vivos de Deus. Sabia que a tentação do excesso podia perdê-lo. Sobretudo, receava a influência das más companhias, as prostitutas que pervertem os melhores adolescentes e os inimigos do senhor Salazar: esses eram lobos atentos a tudo, não hesitariam em aproveitar-se da revolta de Nuno e em levá-lo a conspirar contra o governo. Porque o meu irmão, saiba o senhor, era então um menino muito doce, cheirava ainda às profundas águas da infância e às ribeiras dos Açores. Era um cordeiro branco, mas eu começava a ouvi-lo balir pela loba que havia de o destruir. Tinha de novo a oportunidade de ser mãe dele, e não hesitei em estender-lhe os braços. Queria abraçá-lo muito, fazer com que pousasse aquela cabeça faminta no meu peito para dormir. Tomaria conta dele, como nenhuma outra mulher, e havia de lavar-lhe a roupa, secar-lhe o cabelo *and so on*. Vinha porém sedento da vida, desejoso de ocupar o seu lugar no mundo e muito carente de mulher. Reagia com revolta às minhas censuras, que confundia com os sermões dos padres, e fazia pouco dos meus receios. Foi mesmo ao ponto de considerar-me uma histérica e de dizer-me na cara que eu era tão ajuizada e tão prudente como uma fêmea no cio. Repetidamente, tentei administrar-lhe o ordenado do primeiro emprego que lhe arranjei e apresentá-lo às moças sérias que comigo cursavam a enfermagem. Nuno, no entanto, achou-as sempre feias, beatas como freiras, e santarronas, e demasiado tímidas, e carregadas de defeitos... Um belo dia, cheguei à conclusão de que estava perdendo o meu tempo com ele: o menino doce deixara de ir à missa, seduzia rapariguinhas sardentas e excessivamente bem-dispostas para o meu gosto, e começava a dar-se com gente da política, alguma da qual com fama de comunista. Pouco depois, chegou-lhe a mania da Literatura. Os seus incompreensíveis poemas filosóficos saíam às quintas-feiras nos jornais da Oposição. Quando se relacionou com os escritores e passou a frequentar reuniões clandestinas, estava já do outro lado da minha vida, lançado no destino dos livros, das campanhas eleitorais, dos folhetos perigosos que protestavam contra as prisões políticas. Perdi-o um pouco de vista, porque Nuno transformou-se aos poucos num animal da noite desconhecida. De modo que me habituei à ideia de que, um dia, ao chegar a casa, alguém me dissesse que também ele fora preso e estava sendo torturado: isso acontecia a todos os amigos dele, e penso que Nuno quase o desejava. A sua temeridade ia-se desesperando com a passagem do tempo: era muito importante para ele ser preso e tornar-se vítima da sua penitência política. Por mim, perdera de novo o meu menino. Receava pela sua segurança, como pelo meu zelo de o fazer feliz. Tive de esperar anos e anos e anos pelos meus próprios filhos, pelo amor que tinha para dar-lhes, pelo olhar maravilhosamente belo com que eles hoje olham para mim, sorriem e são crianças magnificamente felizes e agradecidas ao mundo.

– *Oh, mommy, it's wonderful having a mother like you!* – diz-me a minha filha mais velha, sempre que me vê chegar terrivelmente *tired* do trabalho. Ouço sempre os seus pequenos *troubles*, abrigo-a sob as minhas asas de mãe-galinha e faço com que sorria de novo ao mundo e à vida que lhe dei. Amo tão desesperadamente os meus filhos, senhor, que não me é difícil compensar neles os traumas e todas as agonias do meu tempo de criança. Faço questão em que a minha seja a casa do amor, do riso e da compreensão, nunca por nunca o lugar do medo, do respeito excessivo e da tristeza que dói e abre feridas no olhar e na alma das crianças.

– A nossa casa de então?, pergunta-me o senhor…

Well, assemelhava-se muito a – *what can I tell you?* – a uma gaiola de pássaros deprimidos, com um olhar suplicante e ar de órfãos de mãe. Nascidos apenas do pai, não do óvulo nem do corpo rasteiro e pesado da sua fêmea.

Onze vezes grávida, a mamã perdia dois dentes por cada filho e acabou por transformar-se numa mulher baixinha, quase redonda e muito estragada: os cabelos ruços, as unhas lascadas, uma fadiga de barro na pele do rosto, emprestaram-lhe sempre um aspecto precocemente velho, mal iluminado pelos belos olhos azuis.

Pássaros, sim, mas embrutecidos, desses que, olhando o mundo através das gaiolas de canas, se assustam com o vento, com a chuva ou mesmo com o sol que fizesse lá fora. A nossa casa era o que se pode chamar uma prisão sem grades: nela, todos vivíamos de cócoras e com medo de tudo. Do mormaço, da noite e do dia, do ruído das cagarras, dos uivos dos cães à porta do cemitério, do mar que ficava a dois quilómetros da janela da cozinha – todo um indefinido terror sem motivo nem explicação. Aos poucos, sem darmos por isso, o medo transformou-se no nosso principal defeito, talvez até no único hábito. Gerou--se-nos nos pulmões e nas tripas, passou a ser um medo de ter medo e acabou por dar-nos um jeito muito especial de sermos tristes. Na opinião do papá, nunca passaríamos desses seres rasteiros e defeituosos, os pássaros, porque era preciso estar sempre a corrigir-nos e a ensinar-nos tudo de novo. *So*, debaixo das ordens e da voz zangada daquele domador de pássaros, fomos assumindo a condi-ção dos animais menores, pousados na obrigação de o ser-vir e de obedecer à sua voz, e sem nenhuma outra paixão, e sem um motivo capaz de explicar a nossa vida fora dele – excepto talvez o de estarmos vivos. Como os melros trazi-dos para as casas nas esparrelas dos caçadores, tinham-nos enfiado nesta jaula de família e aqui nos tinham proibido de cantar. De cada vez que a mamã podava, com a tesoura da costura, as asas das galinhas, a fim de que não pudes-sem voar para fora do quintal, era também a nós que ela tosquiava. E quando o papá ia às casotas dos pombos, que ele próprio fizera e depois dependurara da tulha do milho, contava as fêmeas e os machos, arrancava-lhes as penas do rabo para que não se fossem embora, mas era somente a nós que depenava dessa inocente ilusão...

Não éramos, nunca fomos crianças ruidosas, nem tão eufóricas quanto as da nossa rua. No fim de contas, papá e mamã tinham-nos proibido de voar, de fazer barulho, de correr, de saltar alegremente por cima das camas e das cadeiras. Assobiar, rir alto, medir forças uns com os outros ou manifestar uma opinião acerca de nada ou coisa nenhuma, tudo isso estava expressamente proibido. Não se podia sequer ir para a casa dos vizinhos, nem deixar vir à nossa as crianças da Rua Direita. Até que nos autorizassem a aceitar um convite para a matança do porco, era preciso pedir e pedir muito – e à parte as ardósias rachadas nos caixilhos de tábua, as cartilhas velhas e fora de uso, os carrinhos de casca de melancia e os carrilhos do milho, não houve nunca outros brinquedos. Luís apanhava puxões de orelha quando papá o surpreendia entretido com as ferramentas de carpina. Eu e Domingas levávamos com as costas das mãos pelos beiços abaixo, se tirávamos as tigelas ou os dedais ou as linhas coloridas dos bordados de mamã. Nuno não tinha ordem para vestir-se de espantalho no Entrudo, porque não devia assustar os bebés – de modo que nos fomos todos tornando toscos, assustados e tímidos como ovelhas à aproximação do cão de guarda...

O que foi, o que não foi, o que nunca aconteceu na minha e na infância de todos nós? De um lado, a casa onde eles nos mantinham fechados, nos dias em que chovia e não era possível ir trabalhar para as terras. Do outro, a rua e o mundo que nos não pertenciam mas eram, apesar de tudo, os lugares felizes dos filhos dos outros. Mesmo nas noites de Verão, quando mal pegara a escurecer, mamã chamava-nos da porta da rua, em altos berros, porque estava sempre na hora de lavar os pés, cear e ir cedo para a cama. Os filhos dos outros grasnavam ainda nos nossos ouvidos até ser noite fechada e os candeeiros se apagarem em nossa casa. Brincavam ao ferro-quente, jogavam a uma espécie de *bowling* ou à malha, e à cabra-cega e ao eixo – e nós deitados, de olhos abertos no escuro, sondando com o ouvido a infância feliz dos meninos da nossa rua. No outro dia, muito cedo, quando papá dizia «levantem-se», era a mola dessa palavra que nos erguia o corpo e o subtraía ao choco do ninho – e nem mais um bocejo, nem um delgado minuto de preguiça no calor indescritível da palha do milho dos colchões. De tal maneira, senhor, isso me ficou no sangue, que ainda hoje o coração se me oprime, lá no Canadá, país dos meus sonhos perfeitos, por ser agora minha a voz que acorda os meus filhos a tempo da *high school* a mandá-los para aquela *snow* de morrer da cidade de Vancouver. Aflijo-me, só de imaginar que a vida possa ter-me devolvido a crueldade de interromper o melhor do sono dos meus filhos...

No decurso do Inverno, antes de mamã me ter posto como cozinheira da família e eu ter começado a penar da solidão dos tachos e dos difíceis temperos da comida, eu e Luís partíamos com as reses para os Outeiros. Saíamos de madrugada, descalços e em jejum, agasalhados pelas sacas de lona, que púnhamos de capuça pela cabeça. O frio era medonho lá em cima, na proximidade da serra, e os nossos pés ficavam azuis como a geada que tinge as ervas duma cor de aço. Depois, quando passei para a cozinha e mamã começou a bater-me por causa do sal ou da comida insonsa, Nuno foi tomar o meu lugar junto de Luís. Tinha, tal como eu, muito medo das vacas, porque puxavam as correntes e levavam-no de arrasto. Os bezerros e os guei-xos, por serem mais malinos, viravam-se à cabeçada, de rabo alçado no ar, e só o cão os dissuadia de nos matarem à cornada. Depois de ordenhar as vacas a chorar, o meu irmão mais velho ficava cheio de tonturas, de tanto esforço, e com os pulsos abertos. Só então o sol começava a crescer por cima do mar, lá muito em baixo, já nas horas da escola. As latas do leite, amarrávamo-las umas às outras com uma braça de corda. Suspensas dos ombros, eram tão pesadas que nos enchiam de vergões e nos derreavam pela espinha. Os boieiros que por nós passavam enchiam-se de pena e diziam entre dentes que papá era um cão e um carrasco. Ouvíamo-los sem réplica, pensando embora que eles eram um deus daquela revolta que fugazmente iluminava a escu-ridão. Quando nos tiravam as latas de cima e as punham nos próprios ombros, ou as acomodavam nas albardas das suas bestas, Deus sorria lá muito do alto e era de novo magnífico, e tão bom quanto O que nos fora em tempos prometido nos cursos da catequese.

Na realidade, não sei se papá tratou Luís melhor do que a um cão. Chamou sobre si toda a pena da gente do Rozário. A nossa também, ainda que em segredo, porque era proibido em casa sermos irmãos uns dos outros. Quando regressávamos com o leite às costas, Luís carregava sempre uma ou duas latas mais do que eu. O peso entortava-lhe as pernas. Rangiam-lhe mesmo todos os ossos. Mas nunca sofrimento algum lhe tirou do coração a bondade, o carinho e a protecção que gostava de dispensar à fraqueza das raparigas e dos pequenos. Nas vezes em que o seu corpo se enrolou no chão da cozinha, debaixo das sovas do papá, os vizinhos de baixo esboçavam em vão uma tentativa de socorro. Desaurida, sem nada poder fazer, mamã refugiava-se junto do forno e deixava-se estar de mãos postas, a olhar para o alto da chaminé, à procura do pouco céu que corria por cima daquela nesga turva de fumo. Eu e Domingas escondíamo-nos, abraçadas uma à outra, no quartinho da costura. Víamos um homem de dentes ferrados no lábio inferior, de pernas muito abertas e de vime na mão. Enquanto Luís se contorcia no chão, como um polvo vencido, contávamos vinte, trinta verdascadas e ouvíamo-lo gritar:

— Ai meu pai querido, Ai meu pai querido, Ai meu pai querido...

Os mais pequenos iam e vinham, atordoados, loucos, entre a porta do caminho e a cozinha, a fim de não verem, e apesar de tudo verem, o que estava acontecendo: papá estava matando Luís, mamã rezava junto ao forno — até que uma de nós, geralmente Domingas, não suportava mais ver aquilo. Ia direita ao papá, esforçava-se por prender-lhe o braço do vime e implorava:

— Ai papá querido, não lhe bata mais: está matando nosso Luís.

Matava-o por motivos insignificantes, conforme muitas vezes fez comigo, com Domingas ou com Nuno e Jorge. Uma vez, por ele lhe ter roubado, com a cumplicidade de Nuno, três rolos de tabaco e os ter vendido a alguém, a fim de arranjar dinheiro para a festa da freguesia. Outra vez, porque veio um homem a nossa casa e queixou-se duma inofensiva má-criação e duma gueixa nossa que lhe derrubara um muro, e outra ainda porque despejou a beterraba em frente ao adro da igreja. Veio padre Ângelo, viu a pirâmide de socas galgando a escadaria do Senhor, rilhou o dente e entrou numa ladainha com Luís a propósito do respeito ao Divino. Queria tudo tirado dali para fora, nem que tivesse de lhe pegar por uma orelha. E tanto disse e desdisse, que Luís mandou-o a um sítio impróprio para padres e ameaçou dar-lhe com uma soca de beterraba no nariz. Papá não quis nunca conversas nem desordens com padres. Mas nessa noite voltou a agarrar no vime, chamou-o ao centro da cozinha e domou-o novamente à chibatada. Nunca foi preciso um pretexto para ele provar à freguesia que educava os filhos e os ensinava a ter respeito. E, como todos nós afinal cometemos sempre o mesmo crime e o repetimos, lá esteve sempre papá de vime na mão. Crescemos e multiplicámo-nos. Papá é que, coitado, antes de morrer de verdade, estava já morto, ou pelo menos moribundo, na vida e no coração de quase todos nós...

Eu andava cada vez mais triste e mais sozinha, entre panelas de água a ferver e achas de lenha: soprava o lume que teimava em não pegar na acácia ou no incenso verde, via as lágrimas de seiva ferverem sobre as chamas, recebia o fumo nos olhos. Fora definitivamente condenada a ser a mais velha dos seis irmãos até então nascidos, a mais sem graça e também a mais falha de apetite. Será que se pode morrer de desgosto? Os meus irmãos depressa se equivocaram quanto ao privilégio de não ir trabalhar para as terras. Ter sido destinada a cozinheira da família significava, na opinião deles, uma fuga ao inferno de lavrar e cavar, de semear o milho ou carregar estrume num cesto de vime. Domingas aludia a mim com desdém e ciúme, tratando-me por «a menina», e não se cansava de apontar defeitos ao meu trabalho doméstico. Luís, meio a sério meio a brincar, queria que eu arranjasse um noivo, seduzido ou não pela ideia de ter um cunhado e de vir a ser padrinho de baptismo do primeiro sobrinho. E Nuno, atrevido como era, aproveitava todas as ocasiões para me levantar as saias ou beliscar-me os seios. Se tentasse explicar-lhes o vazio da minha vida, a razão das minhas lágrimas e as mágoas que começavam a atravessar-me o coração, estou certa de que não compreenderiam essas queixas. Quanto aos beliscões que mamã me dava e ao modo como me puxava os cabelos e me tangia na sua frente o dia inteiro, como sua escrava, tudo isso representava uma superior vantagem sobre os que pertenciam ao mundo do pai e o serviam. Era porém a sua «negra» e acorria, de manhã à noite, à censura dos seus gritos histéricos – da mesma forma que, alguns anos depois, sendo eu postulante num convento, morria de trabalhar na sopa dos pobres e de limpar as celas, enquanto as madres e as irmãzinhas bordavam toalhas para os altares, merendavam biscoitinhos com chá e compotas e punham em dúvida a minha vocação para a obediência e para o serviço de Deus...

De um instante para o outro, vendo a minha palidez a um espelho, sentindo todos os ossos flácidos e o ventre murcho, deduzi que estava contraindo uma terrível doença. A falta de forças e a ausência de apetite fundiam--se com a amargura, a tristeza e a definitiva solidão do meu espírito. Não tinha dores, porque elas só vieram mais tarde, nas compridas noites do convento. Mas começava a ter a noção de que o corpo estava do outro lado de mim. Não sei se alguma vez aconteceu ao senhor sentir o corpo, isto é, verificar que os músculos e os reflexos deixaram de obedecer às ordens do sistema nervoso. Aconteceu-me a mim, e por isso lhe direi que a morte esteve sentada à minha espera. Abriu-me os braços e eu recusei-me toda a esse abraço doce, e também ao seu perdão, no dia em que um médico muito religioso foi autorizado a subir ao meu limbo, auscultou-me, fez-me análises e diagnosticou--me uma tuberculose linfática. Em seguida, veio a decisão do Capítulo: as irmãzinhas do chá e dos biscoitos pronunciaram-se em segredo pela minha expulsão do convento. Chorei tanto! A madre superiora entrou, veio sentar-se--me à cabeceira e tomou a mão febril com que eu fechava os olhos e os ouvidos para não ver nem ouvir o que se passava à minha volta. Segundo ela, a Ordem fora ludi-briada quanto aos pormenores da minha saúde. Papá e mamã, sabendo-me condenada à linfadenite, tinham que-rido livrar-se de mim. Não era justo, nem sério, nem pró-prio, nem civilizado sequer, que fosse a Congregação a ter de encarregar-se da minha cura. Decidido estava que eu regressasse à casa dos meus pais e aí me restabelecesse – e assim foi.

– Mal recuperes a saúde, e se ainda mantiveres pura e intacta a tua vocação religiosa – condescendeu, com um sorriso lívido, a madre superiora – claro está que de pronto te abriremos de novo as portas da nossa Casa, minha irmã.

Demorava um século até que a água fervesse no pane-lão de ferro acomodado na trempe. Muito longe daqui, o dia raiava dum modo muito lento, vindo dos confins do mar. Já a voz dos galos o anunciava de quintal em quintal, quando ele progredia nas suas roscas e tornava visíveis os crocodilos terrestres que saíam da costa e afocinhavam nas ondas. Depois, viam-se os patamares das ladeiras, os caminhos desertos, os canaviais e os muros. Tudo era visi-velmente progressivo no nascimento dos dias. Mas só quando o mar deixava de ser aquela mancha de lodo, e se apresentava na sua tonalidade de malva invernosa, entrava em mim a claridade diurna. Até aí, eu mantinha-me em estado de torpor, embrulhada no sono e no frio do escuro. Além disso, era o próprio despertar da casa. Nuno, ainda tão pequenino, entrava pela arribana dentro, cheio de ramelas e a tremer, e principiava a raspar para um grande monte o cocó das vacas. Mamã saía para o quintal: ia debulhar milho para as galinhas, contá-las, recolher os ovos da noite, pôr caldo de farelo na pia dos porcos. Domingas, num bocejo contínuo, cheio de fastio ao traba-lho, precisava duma hora para esfregulhar um colchão de folha de milho e estender dois cobertores – sempre melada e respondona. Luís partia tristemente com as vacas ossu-das e matinais, cujos ventres se haviam esvaziado, numa noite, sobre o calvário de Nuno. Papá, na oficina, inventava voltinhas, farejava o sótão, dizia «bom dia» a quem dizia «bom dia» e pelava-se por um bocado de conversa com alguém que parasse a vê-lo amolar o ferro da enxó ou os dentes do serrote. Àquela hora da manhã, connosco ainda tontos de sono, já ele filosofava com os estranhos acerca do tempo que ia fazer, dando-lhes conselhos sobre a oportunidade das sementeiras ou das colheitas. De certa forma, era um sábio para os outros, ao passo que os seus juízos proféticos acerca de nós se apresentavam sempre duvidosos, falíveis e envenenados pelo mau génio…

Eu punha a mesa para o *breakfast* da família, migava o pão nas tigelas das sopas de leite, lavava e vestia os mais pequenos, vasava bacios cheios de chichi na estrumeira do quintal – e começava, já então, a ganhar esta cor de água barrenta, a perder as forças e a pensar que não estava viva no mundo, nem fora dele. Na prática, tinha-me transformado na mãe adoptiva destes pássaros: cozinhava para eles, dava-lhes de comer, abrigava-os no meu colo e ouvia a confidência dos grandes e pequenos desgostos de todos. Quando se sentavam à mesa para comerem as minhas sopas de couves salgadas e mastigarem outras comidas insonsas, eu parava a vê-los e sentia dentro de mim um arrepio de ternura. Se o pai exigia que todos comessem em silêncio, era-me inevitável pensar que as refeições, nesta casa, eram uma espécie de missa profana dessa segunda religião dos pássaros. Havia os cucos, que já tinham sido melros escuros e descendiam directamente do papá, do seu ar tristonho e do seu silêncio régio. Havia, do outro lado da mesa, as arvéolas de touquinha amarela no cabelo, as quais aprendiam a vida sorrindo na minha direcção. Nascêramos todos diferentes, predestinados a mundos radicalmente distintos.

Os melros eram os que mais depressa se afastavam da beleza e da alegria, condenados como estavam a ganhar em breve a fisionomia dos cucos. A nossa forma de crescer, num contínuo ziguezague, com uns a puxarem parecenças ora do pai ora da mãe, acontecia em sobressalto. Ao princípio, todos muito loiros e rosados de carnes, com ossos redondos e nariz espalmado. Depois, ruivos, matizados pelo musgo e finalmente de cabelo negro e até bastante liso. Os que saíram à banda da mãe – Nuno, Linda, Jorge e mais tarde Mário e Zélia, nascidos na minha ausência – distinguiam-se rapidamente de nós, pelo olho azulíssimo dos povos nórdicos e a pele diáfana e dum branco de leite semelhante às amêndoas da Páscoa. Nasciam sob o signo dum sol excessivamente claro, com corpos transparentes e metálicos onde logo se adivinhavam os pigmentos e os eczemas roxos que mamã tratava com emplastos de nata de leite de vaca. Tinham também veiazinhas esverdeadas, fundas como algas. Os outros – eu, Domingas, Luís e Flor – nasceram trigueiros, rasgados pelos grandes, luminosos olhos do papá, e dotados do seu nariz delgado, muito cartilagíneo. Eram seres um tanto leguminosos, vegetais. Além disso, a boca: nuns, era carnuda de lábios, um pouco enviesada e lasciva, e descaída nos cantos. Noutros, magra como uma ferida, de tal modo que, quando se fechava, os rostos ganhavam um ar hermético, como o dos ciganos tristes.

Todos estes factos contribuíram para fender ao meio o nosso conceito de beleza. Eu, por exemplo, se me punha a imaginar a possibilidade da nossa perfeição familiar, lastimava o facto de Deus não ter trabalhado melhor a textura dos corpos, com elementos daquela mistura paterna que, em minha opinião, melhor nos favorecessem. Se tivesse podido moldar um qualquer de nós à imagem e semelhança dos pais, teria copiado a cabeça levemente frisada e o formato da boca de papá – só isso. No lugar dos seus olhos pestanudos, sedosos em excesso, colocaria o azul de anjo e o brilho dos de mamã. Aproveitaria também o loiro intenso dos primeiros anos, em nós precário como o Outono e decerto herdado das perdidas gerações flamengas. Ficara claro, isso sim, que ninguém gostava de herdar a cara fechada e os olhos sisudos que fizeram de papá um homem tão pouco dado à alegria.

Não sei pois dizer se já nesse tempo funcionava em nós o trabalho do subconsciente. Todos reagíamos à simples hipótese da parecença com papá, é um facto. Não só não gostávamos de ser acusados dessa semelhança, como muito menos daríamos um passo nesse sentido, caso dependesse de nós. A paixão do azul e a vontade de nos passarmos de vez para o outro lado da família cativaram a promessa do nosso crescimento. Por essa altura, tínhamos os olhos postos no ar folgazão do tio Martinho e no sorriso maldoso de todos os filhos de vavô Botelho e de vavó Marta. Contudo, sabíamos que o nosso sangue fora contaminado pelo mau génio da avó Olinda, pela sua rude antipatia, até pelo andar descambado.

De todos, quem menos se conformou com essa aparência cigana foi Flor, que alimentou sempre a esperança de ver os seus olhos mudarem de cor. Esperava que esse milagre acontecesse a um sábado de manhã, ao espelho, como nos truques mágicos dos circos. Invejava mortalmente os de Linda, que nesse tempo fazia lembrar as bonecas americanas que desembarcavam aqui, vindas nas *boxes* de roupas e brinquedos. O seu rosto de porcelana, com olhos dum azul incandescente e cabelos cor de palha, era um modelo de perfeição, e podia ter saído duma daquelas enormes caixas de madeira, fortemente atadas por cordas de aço providas de braçadeiras com mola e trinco de fechar. Vinham tanto de Toronto e Vancouver, como de Boston e New Bedford, remetidas de esmola por parentes emigrados, e comportavam uma tal profusão de roupas e outras utilidades felizes que davam para abastar por mais dum ano uma árvore inteira de famílias. Vestidos lindíssimos e nunca vistos por aqui contrastavam fortemente com a pobreza extenuada da nossa popelina. Calças, samarras grossas que inchavam quando se lhes insuflava ar, camisas com muitos desenhos e alguns dizeres em inglês – tudo sem defeito e com escasso uso. A América e o Canadá chegavam até nós nesses luxos, cheirando a alfazema e a naftalina, à festa da nossa febre de cortar o *nylon* que amarrava as sacas pela boca e a um intenso perfume a flores desconhecidas e invisíveis. Junto com as roupas, acomodadas em caixinhas de cartão com visores de celofane, bonecas dum loiro vivíssimo e olhar cintilante imitavam a beleza da minha irmã Linda Maria. Flor invejava-as, tal como nós, porque eram a perfeita, a ilusão artificial das princezinhas que nos contos de fadas conheciam sempre príncipes esbeltos, casavam felizes e pariam imensos filhos...

Porém, o mundo desses presentes instaurava na freguesia todo um desconcerto de buzinas, desordens e desavenças. Disputas ruidosas entre a quem servia e não servia esta ou aquela peça de vestuário, ou a quem tinham elas sido destinadas, mobilizavam o partido e a opinião de ruas inteiras. Quando sobretudo essas roupas não traziam, espetado com um alfinete, o papelinho com o nome do destinatário, era o pandemónio. Guerreavam-se como cães pelas valetas, remexendo o lixo das vidas passadas e presentes e pelejando de roda daqueles tesouros que o mar trouxera assim à toa, tal como as garrafas com mensagens anónimas ou os náufragos chegavam empurrados pelo mecanismo das marés. A guerra das cunhadas, das noras que abriam muito as narinas e insultavam sogras desventuradas, magríssimas, vestidas de preto e com o rosto cerzido pelas rugas. Depois, entravam também os homens na disputa daqueles despojos, e apareciam cacetes, e jogavam-se pedras e fueiros, e alguns corpos rebolavam pelo chão aos trambolhões. Eu via, naquela cobiça, a mesquinhez medonha dos pobres. A pobreza tornara-se odiosa e feia, dessa fealdade que parece acompanhar os pobres desde a nascença até à morte e os torna ruidosos e insuportáveis.

Nunca ninguém teve a caridade de nos destinar uma dessas *boxes* de roupas e brinquedos – por isso sempre odiámos a sorte dos que tinham parentes embarcados. Ao contrário dos nossos tios, os outros guardavam, lá longe, memória da miséria, do desejo e do olhar das crianças açorianas. A própria «Caritas» se esqueceu sempre de nós, tanto nos anos dos ciclones e das pragas de gafanhotos como nas epidemias da febre tifóide. Nesse tempo, vieram senhoras de fora da terra, todas de óculos escuros e unhas envernizadas: por sugestão do padre Ângelo, dividiram a população do Rozário em pobrinhos, pobres, remediados e ricos. Pelos primeiros, distribuíram um queijo pegajoso e sem gosto, como sabão; por outros, latas de farinha e leite em pó, além de roupas, remédios e brinquedos de plástico. A nós, porque tínhamos vacas e terras, e éramos donos de outras misérias, mandou padre Ângelo que nos dessem a água da chuva e um olhar trocista, pouco religioso. Ao mesmo tempo, os felizes contemplados com esses tesouros americanos davam-nos o desprezo e o escárnio, aqui mesmo em frente da porta. Mamã praguejava como lume, alegando que alguns dos esmolados, tendo melhor vida do que a nossa, vinham aqui e deitavam-nos a língua de fora, vangloriando-se dos seus presentes. Em vez dos biscoitos deles, do queijo e do leite doce, mamávamos bordas de pão de milho seco e estávamos fora das graças do padre Ângelo, o Padre Novo. Ia-se a ver, senhor, éramos também gente descalça, como todos os outros, e nós, as raparigas, não tínhamos sequer dois vestidinhos de chita ou popelina, um para cada semana. Quanto aos únicos sapatos que passavam de uns para os outros, mamã mandava-nos logo descalçá-los, assim que regressávamos da missa, e enfiar os tamancos de acácia que papá talhara para o nosso pé. Queríamos pular e correr, mas aquelas chancas não consentiam nenhum movimento de alegria. Além disso, mamã vinha logo ter comigo, dizia que já não tinha idade para andar em folias: fosse para a cozinha derreter a banha do porco para o caldo da ceia, cozer o toucinho e o chouriço, remendar roupa ou ajudá-la a bordar uma toalha de linho. Parte das nossas vidas, da vida de todas as mulheres açorianas, passou por essas linhas: vinham senhoras gordas pelas portas, discutiam preços, arrengavam sobre os desenhos e a qualidade dos pontos, e levavam-nos os dias e os anos da ignorância para os venderem às lojas.

Havia, nesse tempo, grandes festas: as do Divino Espírito Santo e as suas «domingas», as do Santo padroeiro de cada rua, a do presépio, a do dia de Páscoa e a Função, esta última dedicada à Senhora do Rosário, padroeira da freguesia. Adorávamos as festas, porque era quando os vestidos já não nos serviam e os nossos pais se lembravam de nos presentear com um corte de tecido ou com uns sapatos novos. Mas para que os anteriores fossem substituídos, minha mãe só acreditava quando nos via bolhas de sangue pisado nos dedos dos pés. Depois, os novos sapatos eram sempre excessivamente grandes: tínhamos de encher-lhes as biqueiras com pedaços de cartão ou jornal. Quanto aos vestidos, nunca eram a nosso gosto e jamais seguiam a moda. Por vezes, mamã comprava-os a prestações, sem que papá soubesse, aos vendilhões das furgonetas da quinzena, e decidia-se sempre pelos padrões mais feios, frios e baratos. Por essas e outras razões, não havia maneira de os rapazes se aproximarem de mim ou de Domingas e de nos pedirem namoro. Além de mal vestidas, éramos de todas as mais tristes e carregávamos no rosto óculos de lentes tão grossas como fundos de garrafa. De resto, era já voz corrente que nunca ninguém havia de querer vir a chamar sogro a um homem tão severo e que tão mal tratava os filhos. Na *mind* dele, o namoro era uma questão de dote que era preciso negociar entre as partes interessadas no negócio do casamento – da mesma forma que, muitos anos mais tarde, estando eu em Luanda, soube do alembamento das negras dos musseques: vinha o noivo e negociava a mulher por cabras, vacas, farinha de peixe e garrafões de cachaça. Ele não «realizava», *I mean*, não lhe ocorria que o amor fosse afinal o único assunto sério da nossa vida. Éramos apenas a sua tribo, regidos também por um soba: não adiantava nada a ilusão de fugir-lhe, de ir para longe da sua tutela.

De forma que, no dia em que aqui chegaram as irmãzinhas e eu lhe pedi que me deixasse ir com elas para o convento de Lisboa, pôs-se muito pálido, quase ofendido; quis bater-me muito, ameaçou cortar-me o cabelo rente, para que eu não pudesse mais sair à rua, e declarou que me deserdava e deixaria de considerar-me sua filha – caso voltasse a falar-lhe num disparate desses. Havia de ter que

ver: deixar-me ir para freira e levar o resto da vida a ouvir
falar de clausuras e conventos!

LUÍS MIGUEL

Dos Outeiros para cima, lá bem na alma da serra, o
mundo mergulhava de repente numa bruma de chuva,
com um azul de fumo erguendo-se nos rolos formados
pelo vento. O sol desaparecia durante o resto do dia. Mal
podíamos despedir-nos dele com o olhar, vendo-o pela
última vez ao longe, no sítio onde acabava o mar e o céu
se erguia naqueles discos de nuvens paradas como a eternidade. Havia, há sempre no céu dos Açores, nuvens castanhas e nuvens cor de pedra, e entre umas e outras
enrolam-se argolas de fumo e grandes massas de ar carregado de chuva. Foi assim aliás que aprendi tudo a respeito
do nevoeiro, do granizo e das sombras que há no tempo.
Sofri os ventos frios, brutais, e a sua humidade corrosiva
como o ácido da ferrugem. Ainda hoje não saberei dizê-lo
de outra maneira, porque ninguém me explicou a máquina
do mundo. Mas a mim sempre me pareceu que a ventania
atravessava a Ilha de norte para sul, levando as nuvens e o
próprio mar dum lado para o outro da costa. O vento
tinha um gosto a sal, feria-nos as asas do nariz e rasgava-
-nos os beiços, e o frio era tão cortante que nos enchia os
ossos de humidade. Tudo muito diferente, nesse antigo
sofrimento da serra, do inferno do *snow* e do ar muito
seco que me fizeram chorar de dor nos primeiros tempos
de Toronto. A minha chegada às invernias canadianas,
antes de me ter mudado para Vancouver, onde o tempo é
brando e a cidade se abriga do gelo eterno das montanhas
Rochosas, aconteceu no pior momento da minha vida de
emigrante. Em Toronto, chorava pelos meus ossos que
rachavam ao frio e dizia que morria com o sangue gelado.
Chorava como um cachorro perdido do dono, num país
estrangeiro, a ser enxotado de *job* para *job* e a enregar

sempre em trabalhos cada vez mais custosos. Quando mal me habituava à *Company* e ao ritmo daquela gente que falava inglês à minha volta e bebia tigeladas de café para conseguir ressuscitar da morte de Toronto, vinha sempre um homem a quem chamávamos «bossa», muito sério e com uma voz compadecida, e dizia-me as palavras que os emigrantes mais depressa aprendiam e nunca mais podiam esquecer:

– *I'm sorry, Lewis. Lay off, lay off, Lewis!*

Ficava tudo a zunir-me dentro do ouvido: *I'm sorry, Lewis, I'm sorry, Lewis, I'm sorry, Lewis...*, e as minhas lágrimas gelavam ao contacto com o frio ou simplesmente ao som daquela voz que me dava *fire* do trabalho para fora. A minha barba de oito dias ficava malhada pela neve, por lágrimas geladas e pelo suor da minha nova aflição. Entrava em casa, recebia o olhar surpreendido da minha mulher e do meu filho mais velho, e era uma espécie de Pai Natal fora do tempo do *Christmas*, com uma grande cara de vergalho...

Falo ao senhor do outro, do primeiro frio a sério da minha vida. Às vezes, penso que toda a minha história se resume à memória e à maldição do frio que me feriu por dentro, bem no fundo dos pulmões. Tenho-o preso no coração, enrolado como um peso ou um cão morto no estômago, e sinto-o passar de novo à frente dos olhos: é um filme confuso, o pesadelo infinito do meu passado açoriano.

No alto da serra, antes de entrar no nevoeiro e despedir-me do mar, sentava-me um instante a descansar. A terra descia à minha frente, toda escorrida, do cimo do Mato do Povo até às grandes quebradas da costa, e via-se, abaixo de nós, a paisagem daqueles «farmezins» de trigo, milho e tremoço, todos tão verdes e cheios de vida que até consolava os olhos dum homem. Lá mesmo ao fundo, a dois dedos do mar, o Rozário não era maior do que um presépio, com as suas casas baixinhas, as ruas de brincar às ruas como nos *puzzles* canadianos, a igreja de formas redondas e pesadas por cima dos renques de casas, como

se recortada em cartolina, o desenho dos muros, as pequenas árvores à beira da estrada e os outros pormenores da
paisagem. Sei que estou a ver a Ilha com os olhos desse
tempo, porque hoje ela está tão mudada que julguei não a
reconhecer à chegada. Ainda assim, sempre me foi à lembrança, nos dias da saudade de Toronto e Vancouver, este
aspecto de cavalo estirado por cima da água, que foi como
a vi pela última vez. Quando se está longe e se sofre tanto,
a gente absolve mesmo as paisagens malditas. As minhas
saudades perdoam um tempo, mas acusam logo o tempo
seguinte, e há nesses tempos todos uma espécie de perdão
que se estende a nós mesmos e passa também sobre os
outros. Muitas vezes, lá longe, tive a tentação de perdoar
meu pai, ainda antes da sua morte. Perdoá-lo por mim e
sobretudo por ele: afinal não valeu a pena fechar dentro
de nós esse ódio, contra um velho que tanto trabalhou
pela nossa felicidade e acabou destruído pelo sofrimento
do cancro e pelo remorso. Apetecia-me até fazer aqui o
elogio fúnebre da sua honestidade e do seu exemplo de
homem: ensinou-nos a coragem, sabe?, um modo de viver
de cabeça bem levantada, e penso que, apesar de tudo, a
presença da sua ruindade era preferível a este vazio, ao
castigo insuportável da morte. De cada vez que vinha o
«bossa» despedir-me, e tudo voltava ao princípio, e eu
regressava a casa sem a promessa dum cheque para a
semana seguinte, apetecia-me abandonar tudo e voltar
para trás. Vir aqui abraçar o meu velho, *you see?*, tomar
conta das vacas e das terras e aceitar mesmo de volta os
Invernos da serra. Dali para cima seria sempre noite, fora
e dentro de mim, apesar de isso contrariar o meu raciocínio de então. Pensava que, ao subir a gente tão alto, ficava
mais perto do céu e do sol e que ali seriam mais longas as
horas do dia. Toda aquela escuridão, no entanto, me
embrulhava nas roletas do nevoeiro, e toda a gente se perdia entre bolas de névoa, remoinhos de vento e constantes
saraivadas de chuva. Por toda a parte, o ar era difícil de
respirar, aguado por uma baba de salitre que num instante ensopava a roupa e depois ficava a chiar-nos nos

ossos. Por vezes, à distância de cinquenta metros, deixava de ver-se quem ainda há pouco passara à nossa frente, ou viam-se as suas formas de fantasmas, como nos filmes de mistério e *suspense*, nos cinemas do Canadá. Falava-se, gritava-se por eles, respondiam-nos – mas as suas vozes continuavam invisíveis, perdidas entre nuvens que levavam as pessoas para fora da paisagem.

Estava-se, como lhe disse, no tempo do Mato do Povo. Passavam comboios de gente, e todas as semanas engrossavam e cresciam, tornando-se por fim tão compridos que ligavam as casas, por um carreirinho de formigas, àqueles poderios de nuvens que se engavelavam umas por cima das outras. Tratava-se de destruir, de varrer a serra, de a tirar lá de cima da Ilha, como se fosse possível aplanar o mundo. Salazar tirara-nos os montes. Queria gente para arrancar a Ilha a si mesma: pedra por pedra, raiz atrás de raiz, como se tivessem sido condenados a essa penitência. Cheguei a pensar – ou penso-o agora, não sei – que eram multidões de mortos caminhando para o inferno da serra, a entrarem diariamente no caldo dos seus fumos. Com uma particularidade: esses mortos moviam-se para roubar a terra aos vivos.

Tinham chegado as pesadíssimas máquinas do governo, as quais arrasavam aos poucos a serra, tapando covas e vales, desmanchando dunas e pequenos maciços. Faziam-no com a mesma facilidade com que Deus faz chover ou sotar. Tractores e camiões escoavam, para cima e para baixo, o grosso dos condenados à serra. Não chegavam, no entanto, para carregar os mais novos, que em vão os disputavam, sempre num infernal atropelo: os maiores pisavam os mais pequenos, davam a mão aos velhos e aos que andavam doentes. Os mais veleiros e ginasticados, como tinham asas, voavam do chão para cima das carroçarias – e assim poupavam forças para o sacho, para o malho das pedreiras e as padiolas de terra. Vai daí, todos muito escarnentos, consolavam-se a fazer pouco dos que iam encontrando a pé, benzidos de suor por esses caminhos fora. Outros seguravam-se aos ganchos das carroçarias, a trote, e aguen-

tavam de dentes ferrados no beiço os esticões, as mudanças de velocidade nos troços de estrada plana. Em se
chegando aos arrebentões mais empinados, o choufeiro,
que era um homem de fora da terra e tinha a cara juncada
de bexigas, voltava o focinho para trás, sempre de poucas
conversas e sem dar confiança àquela tropa: mandava que
descesse metade para o chão. Se ainda assim o tractor resvalava, então que pulassem também os restantes e, ombros
nele, dentes num arreganho, quase o levavam em peso
para fora dos lamaçais.

Era como modificar o mundo, repito: à bomba, pela
dinamite, ou em escavações de formigas, e tudo isso me
parecia grande de mais para as minhas forças e para a
minha imaginação. Tirante o moleiro, que abandonou o
moinho da Achada e montou a mula mais arisca que por
aqui passou, pouquíssimos eram os donos das bestas. Os
cavalos vieram muito depois: montados à vez, quilómetro
a quilómetro, levavam e traziam da serra famílias inteiras,
cinco, seis, às vezes sete rapazes-machos à espera da tropa
ou de poderem emigrar.

De modo que era impossível, é ainda impossível, dizer
quantas léguas e quantas topadas e quantos litros de suor
deu o meu corpo àquela maldita serra, desde o tempo em
que ela foi nossa, deste povo, até aos dias em que o
governo a devolveu à gente, a troco duma renda e duma
nova forma de penar nela. Durante seis meses, o coitado
de mim para lá marchou, acima e abaixo, num sobe-e-
-desce de render as partes e nos pôr a serventilha à mostra: a cesta da comida enfiada no braço, as calças
arregaçadas até meia perna, a sola dos pés enchendo-se de
regos e feridas mal curadas. Para me abrigar e sentar a
comer à hora do almoço, levava duas sacas de lona, enfiadas de capelo pela cabeça abaixo, e secava-as ao corpo
quando passavam os sorreiros. Tudo isto, este sofrimento
maduro, era trocado por dezassete patacas, recebidas por
junto ao sábado à tarde, em notas húmidas e mais alguns
trocos miúdos que meu pai somava a lápis numa tábua –
não fossem as contas estar mal-amanhadas ou descuidar-

-me eu com alguma serrilha por minha conta! Coitado de mim, que tremia de medo com aquela dinheirama na algibeira, sabendo que não me pertencia, nunca havia de pertencer-me, e que uma simples pataca a menos não mereceria o perdão das suas mãos nem a generosidade dos sermões... Valia-me que o trabalho não era de matar: entre os poucos que sempre foram homens aplicados e conscienciosos, o que mais havia era gente sem préstimo nem destino, avessa a sujar as unhas. Ia-se devagar, estava-se por conta do governo de Salazar, sempre tão generoso com os capatazes e os doutores: dizia-se que ele dizia que os pobres, em Portugal, não tinham ambições, bastava-lhes o toucinho com couves para serem felizes e saudáveis... Em dias de muita água, descansávamos à abrigada das árvores que iam ser degoladas, até que sotasse. Mas como nunca parava de chover, os capatazes erguiam o nariz para o céu, punham-se a estudar as nuvens e o vento, conferenciavam entre si e de lá vinha a decisão de largar: vínhamo-nos embora com meio dia ganho. Meu pai não me perdoava isso: devia apanhar gravetos para o lume do forno e do fogão, pô-los às costas e marchar por ali abaixo depressa e sem demora. Para meu grande espanto, passava-se dos Outeiros para baixo, chegava-se à Mãe-de-Água e estavam sempre tardes asseadíssimas, enxutas pelo sol. Era um outro mundo, em tudo diferente daquele que tínhamos deixado para trás, lá no alto da serra onde chovia, ventava e rebentavam trovões e tambores. Muitas vezes, na guerra da Guiné, vieram-me à memória essas trovoadas redondas como pedras rolantes – ou porque eu estivesse debaixo de fogo nos pântanos dos arrozais e ia morrer, ou porque o som dos morteiros trazia de novo até mim o terror e o eco do Mato do Povo, ou porque os trovões africanos aumentavam de volume e estoiravam duas vezes na minha alma. Sempre tive um grande medo da guerra. Pratiquei nela as maiores barbaridades; tive, como lhe disse, a cabeça a prémio, o couro arrepelado pelas descargas eléctricas dos bombardeamentos – mas era um medo de ter medo, até. Aprendi tudo: a matar pelo medo de morrer, a fazer de conta que era tudo mentira, a supor que se estava apenas no carnaval do inferno e que todos tinham de ser demónios e anjos ao mesmo tempo. Havia dias em que a morte dos outros era bonita de ver. Noutros, uma paixão insuportável como um canto de assassínio. Vim de lá curado de todos os males, ou pelo menos sem a sua memória, mas trouxe males maiores comigo: uma ferida aberta nos dois olhos e um arrepio de frio ao comprido da espinha...

Fascinavam-me, nesse tempo, as grandes máquinas amarelas do governo, que tudo desbravavam à nossa frente: morros e árvores, pedreiras e bardos, com aqueles dentes de aço, o focinho em gancho e uma concha que erguia no ar enormes cargas de cascalho. Mais para trás, outras grandes máquinas aplanavam a terra, calcavam-na sob os cilindros, deixando-a lisa, sem altura. A Ilha perdia aos poucos o aspecto bicudo de antigamente, à medida que ia sendo arredondada lá no alto, quase no tecto do mundo. Ao lado desses animais de ferro e aço, movidos pelo motores a gasóleo, éramos como piolhos comandados pelos berros dos capatazes de fora da terra. Carregávamos pedras, aleivávamos crateras e íamos machadando árvores. As pedreiras, minadas pelas buchas de dinamite, explodiam num eco que atravessava a Ilha de um lado ao outro. Brigadas escolhidas pelos homens das florestas plantavam capitos, cedros e faias, roçavam mato, abriam trilhos na direcção dos futuros bebedouros das reses. Via--se a Ilha mudar de dia para dia, e isso era extraordinário e único: perdíamos a noção do que havia dantes naquelas escuras montanhas e começávamos a imaginar as vacas pousadas na paisagem, de rabo virado à chuva e cornos empinados contra o vento. Depois, outras mudanças se deram na Ilha. Vi isso há dias, quando aqui cheguei vindo de Vancouver. Reparo agora, e não vejo as terras de milho e beterraba. Não vejo os cerrados de tremoço nem as searas de trigo. Quase não há aqui gente do meu tempo, com excepção daqueles que sempre foram velhos e já então estavam para morrer. Os da minha idade e os mais novos, levaram-nos o vento, os aviões e os barcos. Fico eu próprio sem saber o que faço aqui, que é feito da minha juventude e de mim mesmo: sou canadiano à força, no registo dos papéis, mas continuo a pensar que deixei aqui os ossos e a minha religião. Nunca hei-de compreender nada do que aconteceu comigo, senhor.

Quando, ao fim de seis meses, meu pai me mandou regressar de vez às terras do litoral, fiquei com saudades daqueles bandos de índios encorrilhados de frio que se sentavam nas suas sacas de lona, ao meio-dia, e mastigavam com alegria a comida coalhada nos molhos de pimentão. Pela última vez, enchi os olhos daquele circo em que não fui palhaço nem trapezista, mas apenas uma voz desconhecida da sua alegria. Disse adeus ao nevoeiro, adeus ao outro lado da Ilha e ao mar do Sul, adeus às povoações que se avistavam dali e nunca tinham passado duma promessa para as minhas viagens açorianas. Desci espremido dentro de mim, sozinho no meio de tantos homens sozinhos, e preparei-me para regressar ao destino do único homem que, além de pai, era o meu dono e o meu eterno senhor. Ia começar a aprender os novos meses, as semanas e os dias do tempo das terras e das vacas. Ia aprender o estrume, as sementes, os riscos do arado, os dentes da grade. Aprender como aprendiam os gueixos a puxar os carros, ou como mordiam os cães. Nunca homem nenhum do mundo sofreu mais do que eu. Porque, quando se é ainda criança e já não há justiça à nossa volta, um veneno mortal parece envolver o mundo, do presente para o futuro. Digo-o porque sei e sei por que o digo: bebi-o e passei a viver sempre e para sempre dos seus males. Valeu-me que, anos depois, quando voltei a subir à serra e amarrei as vacas, deixando-as a pastar naquelas novas paisagens, pude olhar para muito longe e perceber que deixara há muito de ser um homem deste ou de qualquer outro lugar, ou um simples bicho da terra. Tinha enfim chegado o tempo, a hora de ir à procura do meu outro pedaço de mundo.

Capítulo sétimo

NUNO MIGUEL

Acredite: aquilo foi mesmo obra do Cão. Só pode ter sido obra desse sombrio e manhoso animal. Havia o osso de pedra do caminho das Feteiras, com regos fundos, favos de lama e ovos de basalto nos quais as rodas resvalavam ferindo lume na chuva de Setembro. Mas acontece que eu vinha à frente dos gueixos, de aguilhada ao ombro, com a perfeita tranquilidade dos carreiros experientes. Tinha o meu barco. E manobrava-o ao leme, através desse mar pedregoso e lamacento, quando se deu o baque e o eixo de vinhático deixou de gemer. Olhando os bois, vi-os naufragar à minha frente, afocinhados na lama, de olhos vítreos e com os pescoços torcidos. Quis logo clamar por socorro: a alucinação dos bovinos, feita duma tão inesperada loucura, comportava já a morte demoníaca, indubitavelmente profetizada pelo Cão. Além disso, eu ainda acreditava em Deus. Havia-Lhe confiado a inocência, a dor de alma da minha idade, os pobres sonhos de então. Quando havia festas, as pessoas sacrificavam-Lhe bezerros, galinhas e cordeiros, e por isso Deus não tinha necessidade de saciar noutro sangue a Sua sede temperamental. Conhecia também a Sua imensa misericórdia acerca dos animais.

Meu pai, que vinha atrás fumando, levou as mãos à cabeça: negro, magríssimo e agachado sob o chapéu de palha. Pareceu transformar-se num ser estranhamente longínquo, entre o ruir das socas da beterraba, a sebe de vimes torcida e as rodas que flutuavam no ar, fora dos queicões do carro. Passou pelo globo do seu olhar um relâmpago translúcido, de enforcado. Um dos gueixos ficara garrotado pelo couro da canga e começou aos safanões, a espernear de agonia nesta forca inesperada. Parecia estar a engolir o próprio bucho, pois nadava no ar e exprimia-se já num estertor de náufrago. O desespero do animal comunicou com o do meu pai e entrou tão fundo na minha memória como a visão de todas as tragédias até então acontecidas na família. Por um momento, os olhos do papá devolveram-me os cornos partidos das reses, as searas desfeitas pelos vendavais, as barreiras destruídas pelas quebradas e as árvores partidas por acção dos ciclones e das torrentes. O ofegar do gueixo igualava mesmo o zumbido metafísico que antigamente anunciava os tremores de terra. Mas quando aquelas bochechas voltaram a encher-se de ar, e os espigões da canga se quebraram, isso foi talvez uma espécie de vaza das trágicas, das negras marés duma família naufragada na memória das suas desgraças.

Daí a um instante, vi o bezerrão libertar-se daquela cruz e largar por ali fora aos coices, na grande festa da alegria. Acabara de acontecer-lhe um segundo nascimento: voltava a ser novamente um macho, e inteiro, e corria-lhe no sangue a energia, o sacramento das fêmeas da única paixão dos bois.

Os olhos habitualmente lívidos e encovados do meu pai vieram pousar em mim. Hesitava entre suster os berros e acabar de vez com a minha existência. Via-se perfeitamente que ele queria matar-me, porque o ódio fê-lo enrolar a língua. A princípio, pensei que ia arrancar um fueiro do carro e abater-me à paulada, como gostava de fazer com os animais. Depois, como não logrou desencravá-lo da sebe de vimes, deitou mão ao cacete de tanger os bois. Experimentou a sua elasticidade no corpo invisível do ar e avançou ao meu encontro.

Recordo-me muito bem: era uma aguilhada castanha, podada dum tronco de acácia ainda verde e esticada a poder do fogo e da água de vapor. Quando agitada por cima dos lombos compridos e ossudos dos animais, vergava de assobio e ficava a balouçar como uma corda de música. Não sei que número de vezes ela me atingiu nas pernas, nas costas e no pescoço. Quando se é vergastado assim, sem medida e sem razão, custa só suportar o primeiro e o segundo assobios das varas ou dos chicotes. Ao terceiro golpe, o corpo acostuma-se e o espírito deixa de resistir a essa agressão. Uiva-se, geme-se, mas o corpo passa a ser comandado por uma outra electricidade. A própria dor é como um relincho de cavalo, ou um gemido cavo, de búzio. O pior, porém, foi que, além de vergar e de enrolar-se-me no corpo, a aguilhada possuía um dente de cobra. A sua triangular cabeça de víbora afiava sobre nós a língua bífida dum aguilhão. Esse prego, passado à lima, tornava tumul-tuosas as manadas e obrigava os bois a vencer as mais empi-nadas ladeiras que se deparassem aos carros carregados. Assustava mesmo os cães e os cavalos. E então espetado com a fúria toda dum pai, não sei se lhe diga: o aguilhão morde, queima, fere de lume, pedra e sal, não apenas a carne mas sobretudo a alma iludida de qualquer filho. Digo-lho eu, que o recebi em cheio a meio das nádegas, logo acima do ânus, e subiu por mim acima a surdez duma espora a esquartejar-me. Além disso, o pai apertara muito os dentes e fizera-o com a força dos seus músculos e com a perfeita intenção de me matar. Logo a seguir, duas ripadas, despedidas sobre a minha cabeça, estenderam-me ao com-prido da valeta. É certo que não morri logo, mas apenas daí a algumas horas. Para não desmaiar na chuva e na água das levadas, decidi-me por um uivo de cão em agonia e enrolei o corpo sobre pedras bicudas, sobre espinhos de silvas e cogumelos das tripas das vacas. O sal da ferrugem fez erguer de dentro de mim o pranto heróico dos mártires, a sinfonia das carpideiras na hora máxima dos mortos. Ergueu-me depois todo no ar, como a cauda amputada dos répteis, e devolveu-me a consciência do momento em que se morre. Vivo, percebe?, e sem a fatalidade dessa arte pós-tuma dos cantos fúnebres, mas assistindo de lado ao último momento da minha contingência humana. Espectador e espectáculo do meu próprio circo fantástico, com as inequívocas lantejoulas no olhar, as luminárias, as esquírolas fosforescentes, os foguetes-de-lágrimas desse terrível fogo--de-artifício que era a derradeira festa de estar vivo em presença do meu pai...

Porém, e como decerto imagina, existem os anjos da guarda, seres muito oportunos e de fácil invocação. Basta chamar por eles, baixinho e até só para dentro, e logo eles chegam voando do fundo do silêncio para nos livrarem dos males superiores. Muitas e muitas vezes pedi socorro e perdão a esses pássaros invisíveis, à procura dum sinal ou duma qualquer notícia acerca do meu futuro. No espelho da minha loucura existiram sempre as manhãs, o céu, a água deste deserto de mar. Hoje, tenho o passado e a ignorância de todos esses castelos de sonho e fantasia. Atravessei neles a memória dos pântanos – e contudo os anjos quase sempre erraram no voo. Quando conseguiam pousar em mim, não o faziam na alegria. Outras vezes, foram teimosos e absorventes como um cisma: no seminário, fiquei farto deles. Pus-lhes lacinhos com cascavéis ao pescoço e quis devolvê-los ao infinito: eram tão desnecessários que a sua protecção quase nos levava a vontade de viver. Fora desse tempo de clausura e asfixia, não me posso queixar do abandono desses pássaros que estão sempre em vigília e ao serviço de Deus.

Foi o caso desse fim de tarde.

Nunca mais pude esquecê-los: vieram valer-me no lodo, entre a água das levadas e a chuva do mês de Setembro. Uma desgraça com chuva são sempre duas desgraças. E três serão se à desgraça e à chuva juntarmos a proximidade da noite, o desvario dos gueixos e um carro de rodas para o ar. Todavia, o meu compadecido anjo das aparições luminosas fez-se homem no corpo dos boieiros vindos de cima. Descalços, desmontados das suas bestas e trazendo diante de si os bois já apaziguados, ouvi que lhes falavam dum modo tão manso como só a paz das fêmeas. Ao verem o carro voltado e a carga espalhada pelo chão, tomaram-se dum súbito e alarmado cuidado os seus rostos, por pensarem que a tragédia dos carros é quando esmagam e sepultam quem os vinha conduzindo. Vieram logo em meu socorro. Eram altos e de ombros possantes, e, pela determinação desses olhos divinos, vi que censuravam a violência do pai e que o desarmavam da sua vara de acácia. Ainda hoje recordo as suas vozes irrepetíveis, brancas de magia, e o modo como me pegaram ao colo e assim me salvaram de morrer às mãos do homem que era, naquele tempo, o meu pobre cão de pai.

A chuva começou a encher a noite e esta entrou devagarinho, pesada como chumbo, nos cilindros ocos dos meus ossos. Caminhava na noite, mas sem nenhuma consciência de estar caminhando. Sofria a chuva, mas não sabia que estava chovendo apenas dentro de mim. Coxeava, torcido pela dor daquele ferro que me fora espetado acima do ânus, desse ferro que ainda hoje trago comigo e espetado acima do ânus, ferro esse que andará sempre comigo e espetado um pouco acima do meu ânus, e não me fora dado supor que pudesse vir a morrer da simples mordedura daquele aguilhão. A chegada da noite e da chuva, a febre do tétano e a angústia de estar vivo eram somente a certeza dos pregos repetidos. No corpo, o ferro é uma presença numerosa e sobrenatural: as veias sugam-no, absorvem-no e depois sopram-no, com a violência dum tiro, até ao centro do coração. Mamã tinha-me advertido contra o perigo de brincar com as agulhas da sua caixinha de costura:

– Bota bem sentido, meu santo. As veias engolem-nas e mamam-nas, e depois tu morres com elas cravadas no coração.

Quem por mim passava, vendo-me embora a cambalear, não suspeitou que eu estivesse morto. Toda a gente se habituara a ver meninos coxear ao crepúsculo, andando à chuva, perdendo-se nas ruas incertas desses dias de água e chorando sem motivo. Habituara-se a vê-los passar assim, torcidos e desgostosos, porque nunca houvera um tempo justo, nem jamais os meninos tinham sido ouvidos quanto à necessidade dum tempo melhor.

– Ó pequeno! Ó pequeno! – chamou-me, de cima da sua janela, vavó Olinda, numa aflição. – O que foi que eles te fizeram, pequeno? O que foi que te aconteceu, meu netinho?

Quando bati à porta de nossa casa, e minha irmã mais velha veio abrir, os passos mancos de vavó arrastavam um tilintar de esporas ósseas atrás de mim. Sempre fora coxa e sempre caminhara demasiado depressa. Morreu dormindo, aos noventa e nove anos de idade, a meio dum sopro enérgico, convicto e leve como uma folha de papel: foram dar com ela sorrindo e de olhos fechados, e apenas um pouco mais surda do que o costume. Sua mãe, a bisavó Aninhas, entrou também assim pela morte dentro: uma bola de cera sentada numa cadeira de encosto, pequena, repolhuda e intensamente leitosa. Nos dias da visita familiar à bisavó, eu via-a invariavelmente sentada, com uma manta pelos joelhos, ainda que fosse Verão, e os seus olhinhos de furoa, já desmemoriados, estranhavam sempre a minha presença:

– Ó Olinda! Pois este pequeno de quem é? Quer-me parecer que o não estou reconhecendo...

– Credo, senhora! – irava-se carinhosamente vavó Olinda. – Não está vendo que é o pequeno mais moço de Emanoel, senhora? Ainda na semana passada ele aqui esteve e eu expliquei a mamã, louvado seja Deus!

Amélia pegou-me ao colo e correu para a cozinha a fim de dar o alarme a minha mãe. A avó Olinda foi logo dando ordens e disse para me despirem aquelas roupas encharcadas. Como eu tiritasse de frio e dor, mandou dar-me um banho quente e vestir-me roupas de flanela. A seguir, pôs ela mesma água ao lume numa chaleira, para o chazinho de poejo. Mamã chamou-a para que viesse decifrar a estranha cratera de sangue onde a saliva de sabão borbulhava. Os olhos usualmente silenciosos de minha mãe encheram-se logo de lágrimas e ficaram ainda mais azuis do que dantes, ao passo que os de vavó abriram-se como as flores maléficas dum sorriso letal e depois ficaram rasos de ódio contra o filho. Quanto aos dos meus irmãos, eram apenas berlindes silenciosos, repassados de choro e medo. Na derradeira lucidez dos meus sentidos, pude ainda ouvir os prantos misturando-se com vozes e sinos distantes, e compreender que devia resignar-me. Tinha de preparar-me para morrer, pois eles iam começar a viver essa noite do meu delírio de morto. Viveriam as velas, as flores e o sorriso frio do meu corpo deitado de costas e de mãos postas. Teria em breve as contas negras dum rosário entre os dedos, um lencinho de cambraia no bolso da jaqueta azul da primeira comunhão e um rosto azulado pela felicidade de morrer.

No primeiro momento, a seguir ao desmaio, voltei a reconhecer os olhos angustiados pelo pavor da minha agonia: além de terem aumentado de volume, eram como ovos, e entornavam-se sobre mim com expressão gelatinosa e suplicante. No segundo, perdiam de novo essa aflição e readquiriam a beleza maldosa, as travessuras e o esgar de riso com que tinham nascido. Mergulhei, assim, num tumulto de sonhos reais, separado do mundo pelas paredes de vidro do delírio e da agonia.

Não sei ao certo quantas luas se cruzaram com essa ausência de sol no meu espírito. Não voltara a ouvir as vozes nem a vislumbrar aqueles rostos enevoados. Um misto de escuridão e desordem atropelava as funções vitais do meu corpo. Monstros vagarosos, semelhantes a cavalos incendiados e suspensos no ar, entravam em mim sem que o seu fogo me queimasse. E rodas dentadas, passando-me pelo corpo, não logravam trucidar-me. E nuvens bicudas, apesar de espetadas sobre mim como cornos de bois, continuavam apenas a flutuar-me na carne e no espírito. A chuva era ainda escura, imponderável e ácida como a grande noite vazia e intemporal. Podia, além disso, falar-lhe dos coros longínquos, dos guizos, dos sons obsessivos que alternavam músicas fragmentárias com ruídos dispersos e sem origem. Falar-lhe de melodias impossíveis de reproduzir e captar: se as pudesse ter retido numa pauta, não sei que instrumentos ou vozes teriam de ser inventados. Seguramente que acharia sobre o meu génio a beleza triste dos coros e orfeões, as sinfonias do ódio e do perdão, o sopro da água, da pedra e dos metais. Prelúdios longos e magníficos compunham o *requiem* da minha evasão: de modo que, caso pudesse reproduzir de memória a água dessa lagoa de música, decerto você a utilizaria como o seu nirvana para sentir e compreender e escrever a morte...

De resto, só depois fui informado quanto ao pormenor desse tempo de limbo e esquecimento. Mamã lembrar-se--ia sempre desses dez dias de jejum, contados pelos dedos, entre vómitos de saliva verde, jactos de diarreia fétida e grandes larvas de febre. Não me recordo dos caldinhos de galinha das parturientes, nem dos biscoitos de vavó, nem das guloseimas enjeitadas que os meus irmãos disputavam depois à colher. Biqueiro como era, o meu deus pagão rejeitou tudo: o arroz-doce com a massa sovada, o pudim de natas, o leite morno com mel, a manteiga de vaca nas fatias de pão de trigo. Tão-pouco me recordo do mel dado às colheres, dos ovos batidos com açúcar e dos remédios doces e dourados que repousaram longamente no meu lugar à mesa, nos meses posteriores à minha ressurreição. Do bálsamo, dos unguentos e do alecrim, talvez julgue lembrar-me – e também dos sons da harpa, do clavicór-dio, do piano frouxo, da víbrica, dos audifónios e do pani-líneo. E penso recordar-me da pachorra fria e das mãos de mamã, quando mas pousava na testa e dizia:

– Valha-me o Cristo-Rei, que esta criança continua escaldando com febre e sem dar acordo de si...

Recordo os sons torcidos. O mundo oblíquo. As ora-ções roucas e feitas de palavras imperceptíveis. Mas de pensar que a família estava de mãos postas e de joelhos à volta da cama – não, disso não me recordo. Nem da pre-sença de padre Ângelo, nem do latim da extrema-unção. Mantinha-me suspenso, sem vida, com a minha aranha de morte tecendo a sua rede de sonho sobre objectos reais. Não creio sequer que pudesse ter segregado uma única ideia. Tão cedo voava montado no delírio dos meus cava-los de fogo, como me sentia solto e perdido na baba daquelas estranhíssimas espessuras. À procura dos pássa-ros proibidos, do éter e do álcool, da bruma e das nuvens mais altas, atravessei os céus de chumbo, onde a memória é impossível, e cheguei a pensar que a minha era uma morte única e feliz.

Ia morrer, e a ideia de permanecer no espaço, destituído de peso e forma, ganhava progressivamente o encanto e a beleza das coisas rosadas. Aos poucos, porém, os pesadelos tornaram-se concretos. Comecei a ter consciência de quando era dia e noite. Soube de onde vinham as vozes, mas não o que diziam. Tratava-se dum alvorecer tão lento como a areia que desliza nas ampulhetas ou a água nas clepsidras. Os próprios monstros do delírio tinham já mudado de cor: azuis, roxos, purpurinos, mas sempre melancólicos. Giravam caleidoscópios, rodas do arco-íris, serpentes risonhas e não letais. Reconheci o cheiro do mar, depois o dos remédios e finalmente o do meu suor, que impregnara toda a casa fechada. Disse que aquela senhora se chamava mamã, que a outra tinha o nome de Amélia, e disse o nome dos que me sorriam e dos outros, os que se limitavam a olhar-me sem sorrir.

Contudo, na noite em que pude abrir os olhos e visualizar os objectos no escuro, havia, por cima da minha cama, uma trave de acácia que atravessava toda a casa. O mundo ficara suspenso dela, como o pêndulo dum relógio parado no escuro. Considerei longamente as suas arestas e a forma abaulada daquele corpo hexagonal, e ocorreu-me que, além de servir para suster a casa ao cimo do mundo, era também naquela trave que se dependuravam os porcos nas matanças de Janeiro. O sangue dos suínos ficava horas a escorrer para um grande alguidar de barro e fervia dentro dele como vinho em fermentação. Devo ter adormecido logo de seguida, porque aconteceu que as imagens se cruzaram e em breve se fundiram uma na outra: o corpo do pai tomava aos poucos o lugar do porco suspenso e parecia balouçar tão suavemente como se uma simples brisa bastasse para lhe devolver esse movimento subtil. Como estava amarrado pelos pulsos, foi-me inevitável confundi-lo com o Crucificado, porquanto a cabeça do pai exibia a mesma coroa de espinhos, o ar de mártir e a fadiga da noite da Paixão. O sangue, não obstante escuro e em vias de coalhar, escorria pelas discretas estrias da pele, pois havia nas suas mãos os mesmos cravos que o Nazareno Rei dos Judeus ainda hoje exibe naquela tristonha e enfadada crucificação...

Todo o meu corpo se fez fluido e se juntou num único órgão – o estômago – para produzir o mais angustiado e lancinante grito de pavor e protesto. Disparado pela mola desse grito, sentei-me na cama, sem que isso tivesse dependido da acção dos músculos, e logo os meus braços se estenderam na direcção do infinito, na esperança de ainda o poder salvar daquele suplício.

Recebi-o de facto, e essa foi decerto a segunda repetição dos meus milagres de antigamente, do tempo em que ele estava vivo e eu ainda era um homem religioso. O pai estava ali, havia decerto muito tempo, e tinha uma tigela de caldo de farinha entre os dedos. Tornara-se notório o seu desespero, pelo modo como repetia em vão o mesmo pedido dos últimos dez dias da minha ausência deste mundo:

– Papá quer-te ver comer alguma coisa, meu filho. Quando não, vais morrer de fraqueza, sem acção nos ossos. Vá lá, Nuno. Anda, meu homem. Há-de um pai deixar o filho morrer à fome, com tanto que há para se comer nesta casa?

Não compreendera ainda como o tinha eu salvo da crucificação. Mas quando os seus braços musculados se abriram para o meu corpo delgado, senti que o peito se lhe tornara discretamente ofegante, ao reconciliar-se com o meu. E, estando eu morto, ressuscitei. E, pedindo-me ele de novo que comesse, agarrei na tigela com as mãos muito trémulas e pus-me a sorver, em apressados e sôfregos tragos, aquele delicioso caldinho de farinha, com cujo sabor se cruzou para sempre a memória doce da minha infância. E os olhos dele, rasando-se de lágrimas, eram afinal olhos felizes com lágrimas – assim você me perdoe o facto de a minha história comportar também episódios felizes...

MARIA AMÉLIA

As irmãzinhas eram mulheres muito grandes, com rosto de maçã e olhos amarelados – e vieram até nós vestidas com aqueles longos mantos azuis sobre sotainas cor de pérola. Sepultados ao peso de tantos tecidos, os corpos pareciam deslizar sobre rodas invisíveis, muito inteiros, rígidos como as estátuas quando são mudadas de lugar. Pousavam, não pisavam as covas nem as pedras do caminho, pois moviam-se dum modo quase levitante e sem dúvida gracioso. Tinham, no entanto, pouco ou nada a ver com os anjos. Na verdade, assemelhavam-se muito mais a pinguins, com o seu andar de pêndulos assustados, e patenteavam uma tal rigidez no porte que as pessoas se calavam e quase estarreciam no silêncio da sua passagem.

A mais nova, quando sorria – e fazia-o amiúde –, mostrava um dente de ouro mal disfarçado. Tinha uma voz cor de flanela e um nariz tão curvo como um gancho. A outra dava-nos a beijar uma mãozinha arroxeada e fria, em parte magnífica por causa dos três anéis dos seus noivados com o Cristo. Chamavam-lhe «madre», e diziam-no com a devoção das visitas pascais, quando padre Ângelo vinha de casa em casa e se tornava melífluo para com os enfermos e os idosos, trazendo entre mãos o crucifixo ensanguentado da Paixão.

Vinham de porta em porta pedindo dinheiro para as Missões, distribuíam as pagelas do Mártir que tivera a pouca sorte de ser comido pelos infiéis de África, diziam «bom dia» a toda a gente e que a paz estivesse nestas casas, sempre muito educadas e quase num pranto, e depois perguntavam se por acaso não haveria alguém ali, rapaz ou rapariga, com vocação para a Obra de Deus...

Encontrava-me sozinha em casa, a esfregar os alumínios e os metais da cozinha e a chorar, quando essas estátuas me bateram à porta e me sorriram dum modo automático, sem dúvida mecânico, e todavia simpático. Ao dar de caras com aqueles rostos saudáveis, afogueados pela touca do hábito da Congregação, o coração deu-me

logo um salto no peito. Pela primeira vez na vida, acendia-
-se, para divinamente iluminar o meu espírito, uma luz
estranha e branca, vinda do túnel da minha desgraça. De
certa maneira, esperava há muito aquela oportunidade,
sempre cheia de fé, confiada em que um dia chegaria
alguém à minha vida e me falaria sem malícia duma viagem por mar e dum barco que me levasse daqui para o
Continente. Adivinhara-o no fundo da alma, por simples
presunção, como numa fábula. Esperava a vinda de Deus,
esse meu príncipe encantado, com a mesma convicção das
mulheres que clamam no deserto pela chegada do profeta.
      Pedi-lhes logo que viessem para *inside* e corri à cozi-
nha a buscar duas cadeiras para as sentar. No regresso,
surpreendi a irmãzinha do dente de ouro agachada junto
às jardineiras, de roda dos retratos da família, a mexer-
-lhes com dedos aveludados e gestos de parafina. A outra,
rígida e de pé, vassourava toda a casa com um olhar que
talvez datasse ainda do tempo da Inquisição, à procura
dum crucifixo que não existia, duma qualquer redoma de
santo, da caixinha de música do Senhor Santo Cristo dos
Milagres, ou simplesmente para ajuizar sobre os pormenores da nossa divina pobreza. Reparei então na sua pele
rosada e nos grandes olhos amendoados. Não era bela,
não. Mas aquele rosto de porcelana inspirava-me já uma
doçura sobrenatural. Eu estava em presença duma mulher
de luxo, *you know?*, pois sempre fora sensível ao trato
afável e à glória dos ricos. No momento seguinte, a madre
passou às perguntas: como me chamava, que idade tinha
e desde quando começara eu a sentir em mim o Apelo, o
Chamamento do Senhor. Respondi a tudo isso duma
forma atropelada, torcendo o avental entre os dedos suados, possuída embora por uma espécie de gula religiosa e
por um tumultuoso sentimento de acção de graças. Estava
de facto no meu dia de sorte, com um Deus finalmente
chegado ao centro da minha vida e decerto disposto a
pegar-me ao colo e a levar-me para junto de Si. Até esse
dia, desenhara-se dentro de mim a *fantasy* dum sonho que
me arrastava aos poucos até à ilusão do único destino por

mim desejado. Sonhava vir a ser enfermeira, e fazia-o com aquela persistência de quem vai bordando obstinadamente o enxoval do futuro. Pespontava, em silêncio, os desenhos desse sonho irrealizável, mas sempre à espreita do menor indício desse milagre, feito só de fé e muito segredo. Se algum dia ele viesse a acontecer-me, era como se me tivesse saído o prémio maior que os bazares exibiam outrora perante os apostadores de rifas.

Ao fim de meia hora de conversa com as irmãzinhas, eu estava já cheia de vocação para a Causa de Deus e recomeçava a congeminar o meu plano. Iria para o convento, sem dúvida, para uma prisão de trabalhos forçados ou mesmo para o inferno, *indeed*, desde que esse caminho me levasse depressa a cursar a enfermagem. Ouvira aliás dizer que às freiras era dado aprenderem os mais variados ofícios, a fim de melhor servirem a humanidade. Ofereciam-se, por exemplo, para o serviço dos pobres, por quem distribuíam a caridadezinha das sopas e os agasalhitos do Inverno. Outras votavam-se à educação e ao amparo dos órfãos, ou então aprendiam a chorar com sinceridade pelos mortos e a espiritualizar o desânimo ou a revolta dos infelizes. As restantes convertiam prostitutas arrependidas, regeneravam o espírito dos presos e dos marginais, e eram muito úteis em diversas outras exigências da Caridade Cristã. Mas para mim, como lhe disse, a temeridade das monjas só fazia sentido quanto às que cursavam a enfermagem. Imaginava-as sempre na viagem para a morte dos outros, correndo o risco de viver entre os leprosos, beijando as gangrenas dos mutilados de guerra ou aparando com um sorriso frustrado as hemoptises dos tísicos. Havia aliás uma dupla vantagem nesse risco de viver o contágio e a desgraça dos outros: tanto podia vir um dia a transformar-me numa mártir, e assim merecer a canonização, como seguramente me apetrechava com um ofício digno para o mundo, caso viesse a optar pelo abandono do convento. Ninguém consegue ler no futuro, *you see*, mas está-se sempre a tempo de apurar o ouvido sobre a sua grande noite distante…

Não me seduzia por aí além a perspectiva das Missões, porque em África, dizia-se então, os climas devoravam os vivos e os mortos. E além disso, já nessa altura os canibais me não mereciam uma simpatia de maior... Escolheria pois a enfermagem, não a clausura nem o casamento místico com o Crucificado. Das poucas vezes em que tinham vindo ao Rozário as enfermeiras da Saúde Pública, eu invejara-lhes os corpos luminosos, o sorriso pintado, a elegância das mãos de fadas que nos injectavam as vacinas. Gostei logo do cheiro do álcool e da tintura de iodo, do frio do éter e da competência das pinças. O meu destino passou a ligar-se, ainda que distantemente, às seringas e à gaze acamada nas latinhas amarelas, seduzido pela liturgia de todos esses instrumentos mágicos.

A irmãzinha do sorriso dourado apercebera-se entretanto de que o meu rosto se enchera de sombra. Ao ver-me tão desvalida, com as mãos desajeitadas e inúteis pousadas no colo, os olhos lacrimosos e enormes por detrás das lentes grossíssimas, quis saber se eu já falara no assunto aos meus pais e se eles se dispunham a dar o seu acordo à minha partida. Tinha eu então uns dezasseis anos anémicos, um rosto infeliz em excesso, uma boca solitária, e pus-me a lastimar o vazio, a ausência de religião na nossa casa. Disse-lhes que papá e mamã viviam em pecado mortal, de consciência turva e sem a graça nem o perdão da espada do Anjo. Ambas acenaram que sim com a cabeça, sempre muito educadas e de rostos franzidos, pensando exactamente como eu pensava. Para elas, começava a ser claro o sinal do chamamento divino, porquanto Deus tinha por hábito ou capricho escolher os Seus no seio dos inimigos e dos indiferentes. A Sua mão de éter colhia sempre a melhor das açucenas quando precisamente elas floriam no abandono dos jardins, da mesma forma que soubera escolher entre cardos e espíritos adversos os Apóstolos evangelistas. A título de exemplo, contaram-me a história de Pedro, o da pedra eclesiástica, e narraram-me o episódio de Paulo na sua viagem para Damasco. A seguir, e sem mudar sequer o tom de voz, deliciaram-me com a parábola do semeador: algum do seu trigo cairá entre as silvas e fora de imediato comido pelas aves: outras sementes, levara-as o vento para o meio das penedias e para as terras ácidas, e logo nelas definhara também a força que dá natureza à vida. Mas aquela que pudera encontrar a boa terra química, essa depressa abrolhara e crescera na direcção do sol que a multiplicaria em milhões de novos frutos. Eu era a terra boa. Papá e mamã teriam de conformar-se, a bem ou a mal, com a vontade do Semeador. O único problema, ainda segundo elas, é que eu tinha de ser posta à prova e passar no exame das principais e rigorosas virtudes: a obediência, a humildade e a mansidão. Precisavam também de testar-me nos segredos espirituais da pobreza e noutras menos subtis competências do comportamento humano...

– É indispensável – adiantou a madre, com a mãozinha no ar, de dedos apontados ao alto, como faziam os pregadores – ter-te connosco durante algum tempo à experiência. Precisas de ser observada quanto ao temperamento, percebes? Prestarás ofícios, suportarás alguns dos nossos sacrifícios. Só então ajuizaremos da tua vocação...

Assim, propuseram-me que falasse com papá e lhe pedisse autorização para ir passar duas semanas em Ponta Delgada. Uma vez aí, longe das perturbações do mundo, entraria em retiro espiritual. Quanto às despesas com as viagens e o meu sustento, não me preocupasse: tudo correria por conta da Congregação e dos seus fundos para o recrutamento das novas vocações.

Quando se foram embora e recomeçaram, de porta em porta, com o incerto andar de pinguins, a bater os seus toques bem-educados e a dizer «bom dia» a toda a gente, fiquei sepultada num grande tambor quadrado, feliz e infeliz, defunta e renascida – tal como a ave ressuscitada das cinzas. Aquele passo crucial da minha vida ia obrigar-me a enfrentar os olhos terríveis do meu pai. Desatei logo a chorar sozinha, a chorar de medo e aflição, por saber que ia ser apanhada na teia de toda a família – e nunca mais, desde então, deixei de chorar. O caderno da minha vida passada, senhor, encheu-se de páginas e páginas de abandono, escritas pela inquietação e emendadas em muitos dos seus erros. Desfolho-o com grande desencanto, e essas memórias inúteis não são mais do que notas de rodapé ao fundo da história da minha família.

Papá começou logo aos assopros, de lado para lado, e nunca mais deixou de ser um homem enjaulado: percorria o espaço livre da cozinha, para trás e para diante, muito nervoso. Tremiam-lhe o queixo e os olhos, dizia que eu devia estar mesmo completamente doida. Se pensava que ele ia deixar-me fugir, assim de mão beijada, estava redondamente enganada. Onde se tinha visto tamanho atrevimento? Então eu decidia-me assim, sem mais nem porquê, a querer sair de casa e a dar comigo em freira, ainda por cima de clausura, sem graça nenhuma e sem proveito? Mamã não se coibiu de ajudar àquela missa fúnebre. Disse e repetiu, tanto naquela noite como pela vida fora, que precisava de mim para o serviço da cozinha. Agora que eu estava criada e pronta para o trabalho: que ideia mais tola, até custava a crer no que estava ouvindo. Os meus irmãos riram-se, divertidos com a ideia de me verem vestida de freira. Depois, quando papá se pôs bravo e aludiu aos meus dezasseis anos e depois derivou para outras arrevesadas razões até se zangar, ficaram de súbito muito sérios. Daí a um instante, já tudo lhe tinha acontecido na porca da vida: anos de ciclone, colheitas perdidas, reses mortas ou extraviadas, e vem agora esta sonsa, se calhar pegada da cabeça, e põe-se-me a contar histórias de freiras e conventos! Quando acabou de enumerar todos os inconvenientes da minha partida, a casa estremecia toda, como um barco num mar tempestuoso, eu chorava sentada à mesa, pedia perdão por existir e por ser assim e experimentava um desejo contraditório acerca da vida e da morte. Isso aconteceu porque papá, sempre instigado pelos apartes de mamã, acabou por proibir-me de lhe voltar a falar no assunto. Se o fizesse, sorreirava-me com um cinto ou com um bom cacete, e havia de ficar-me de emenda para o resto da vida. Acto contínuo, saiu para a noite, sempre aos assopros, e deixou de me falar. Passei a ser, na boca e no riso dos meus irmãos, a «madre Amélia», da mesma forma que Nuno, alguns meses mais tarde, passou a ser tratado pelo «padrezinho capado». Com os anos, ficou-nos esse conceito dourado e trocista. A família habituou-se a dizer, a pensar e a distinguir sempre entre «nós» e os «outros»: além de instruídos e cursados, nunca nos perdoaram por completo esse passado eclesiástico. Luís Miguel foi mesmo ao ponto de proclamar a injustiça de todos irmos herdar por igual e de se estar fazendo tábua rasa do facto de não termos trabalhado tanto como ele e os outros para a casa. *My mother used to say* que eu e Nuno devíamos ser mais conscienciosos a esse respeito: ao fim e ao cabo, já os nossos cursos eram uma boa herança, não tínhamos precisão nenhuma destes bocados de terra. Esqueceram-se apenas dum inútil e pequeno pormenor: eu comi pão com lágrimas, levei uma vida sem dormir, tratei a minha tuberculose linfática a poder da caridadezinha dos estranhos. Suplicava aos senhores doutores que me dessem, por esmola, as amostras dos antibióticos, passei horas e horas da minha vida nas filas de espera, de pé e sem poder, às portas da Assistência Social: ouviam-me distraidamente, com pressa, e que regressasse para a semana. Socorria-me dos senhores padres que me ouviam em confissão e depois me recomendavam por carta a uma qualquer instituição de caridade pública. Um belo dia, papá decidiu oferecer a Luís uma bezerra já desmamada, porque estava um homem, podia começar a cuidar do seu futuro: se se viesse a casar, tinha ali o princípio dum dote. Eu estava de passagem, após a expulsão do convento, e mamã punha as mãos à cabeça porque o doutor da Algarvia receitava-me remédios caríssimos. Encarregava-se ela própria de fazer a selecção na farmácia da Achada, decidindo-se sempre pelos mais baratos e inócuos e proibindo-me de aviar os que eram específicos ao combate da minha desgraça. Ainda por cima, dizia, eu continuava com a mania de regressar a Lisboa. Mesmo doente e com cara de morta, persistia no cisma de me curar e ir depois estudar e concluir o meu curso de enfermagem. Então, lembrei-me de propor a Luís um negócio honesto; ele vendia a sua gueixa e emprestava-me o dinheiro. Daí a dois anos, após a conclusão do curso, pagar-lhe-ia a dobrar.

– Não caias nessa asneira, Luís – acorreu de pronto a mamã com um ímpeto de ódio que ainda agora não sei explicar. – De hoje para amanhã, Amélia, que é uma doente, morre-te lá por Lisboa e ficas sem gueixa e sem dinheiro. Abre bem o olho, meu filho.

Luís ficou como que atordoado. Olhou para mim, viu-me com os olhos cheios de lágrimas, olhou para mamã e pôs-se de pé. Nunca o vi tão indignado:

– Minha mãe está é tola da cabeça. A puta da bezerra cai-me duma barreira abaixo, e lá fico eu sem ela na mesma. Mas ao menos não há-de esta minha irmã morrer à míngua de remédios. Fique-se minha mãe com o seu dinheiro, que eu por mim estou-me cagando pelas pernas abaixo por causa da porra da bezerra!

Saiu porta fora e não veio dormir a casa nessa noite. Mais tarde, estando eu quase a morrer em Lisboa, enfrentou com idêntico arreganho as obstinações do papá, os olhos bem nos olhos dele e de pé, para que ele visse que estava em frente dum homem, e disse-lhe:

– Para que quer meu pai o dinheiro fechado na gaveta, se a sua filha mais velha está morrendo sem auxílio, como se fosse uma pedinte? Estivesse eu mais perto dela, meu pai, e dava-lhe o melhor que tenho: um bom bocado do meu sangue naquelas veias, e ia-se ver se ela precisava de lhe pedir mais esmolas de dinheiro!

Com Nuno, aconteceu sobretudo o silêncio. As cartas foram rareando, assim como as visitas, porque Nuno trabalhava e estudava, dava explicações de Latim e escrevia poemas. Corria para as aulas nocturnas e para as sessões clandestinas da política, zangava-se lentamente com o mundo e com a vida e começava a pensar que o pai, a mãe e Deus já não existiam... Todos os males do país se resumiam à existência do senhor Salazar, da sua polícia política e da Censura de lápis azul que proibia a publicação dos seus poemas. Existia a guerra no Ultramar, e Nuno pensava em fugir para a França. Mas, enquanto fugia e não fugia, corria à frente da polícia de choque, distribuía papelinhos amarelos à porta das igrejas, e andava ele mesmo amarelo, cheio de olheiras e com aqueles olhos azuis aterrorizados, acossados e ainda assim rasos de malícia...

Entre mim e papá, desde o dia em que ele deixou de me falar, abriu-se de facto uma espécie de túmulo. Durante vinte e cinco anos, limitámo-nos a trocar frases de encontro e despedida, não mais do que isso, e por vezes com décadas de intervalo. A última vez que estivemos frente a frente foi em Vancouver, na véspera da sua morte. Afinal, eu tinha-me tornado enfermeira sem o seu consentimento, e sobretudo a contas com a cegueira da sua oposição. Vencera o inglês e a equiparação do meu diploma português ao das escolas canadianas. Tinha a meu favor o saldo definitivo dum país muito grande – ao passo que papá, no leito de morte, via-me chegar, procurava sorrir e sentia na minha chegada a presença do seu anjo. Trazia-lhe a morfina, e eu representava o sono, o repouso do delírio e das dores. Sorria-me com a gratidão dum rosto cor de cinza, mas era um sorriso onde já uivavam o vento, o lobo e o cão do remorso. Já não conseguia falar, e não via nada a mais de três metros de distância. Todavia, como me reconhecia pelo cheiro e pela eficácia das minhas drogas, procurava-me continuamente no vazio daqueles olhos translúcidos, atento ao mínimo som ou a um simples sinal da minha presença.

No dia vinte de Agosto, após a injecção de morfina, sentei-me junto da sua morte e senti que uma mão ossuda e esverdeada segurava nos meus dedos. Conheci-lhe a morte pelo hálito fétido dos mortos, pela névoa dos olhos destroçados e pelo remorso. Não que pudesse dizer-me uma única palavra de gratidão, mas porque se sentia morrer exactamente do triunfo das minhas mãos de fada. A maior ironia das nossas vidas passava afinal por esse eixo de vencidos e vencedores. Suponho que queria apenas sorrir-me e dizer-me que eu fizera muito bem em ter persistido até lhe vencer toda a vontade. Juro-lhe que não me ocorreu nenhuma fantasia de perdão, de mim para ele ou dele para mim. Mas essa foi talvez a nossa mais longa conversa no decurso desses meus quarenta e dois anos de vida até então vividos. Sem palavras nem outra qualquer forma de expressão, e contudo profunda como só o meu amor por ele podia ter sido, caso tudo se tivesse passado de maneira diferente entre nós. Uma conversa que ainda se prolonga dentro de mim e que perdurará certamente durante muitos anos. Pode mesmo acontecer que tudo isto tenha alguma coisa a ver com o facto de eu e o senhor estarmos, agora e aqui, um em frente do outro: incrédulos, perturbados e a olhar inutilmente para o vazio…

LUÍS MIGUEL

Quem não teve a sorte de viver a sua infância e não possa recordá-la com gratidão dificilmente aceitará que o corpo e a alma tenham uma idade bem definida. Penso-o por mim, sempre que ao espelho olho o branco amarelado do meu cabelo, o costume de franzir as sobrancelhas e enrugar a testa e a maneira como estou falando comigo e a minha é a voz dum homem zangado com a vida. A minha *wife* não sabe, nunca há-de saber por que motivo falo com ela mas não olho para ela. Os nossos filhos, sempre que peleijo com eles, encolhem-se, tremem de medo, pensando que a voz é do tamanho do corpo. Nunca bati em nenhum dos meus pequenos. Prometi olhar sempre para o meu passado e pensar duas vezes antes de castigar um filho meu. Educá-los pelo respeito e não pelo medo, bem ao contrário do meu pai, esteve sempre na primeira linha das minhas intenções. No entanto, o mais velho continua a comparar a minha força, a grossura dos meus braços e o volume dos meus músculos com os *strong men* da televisão canadiana. Também nunca me habituei muito a dizer, mesmo de brincadeira, as frases que os canadianos dispensam às suas *wifes*, quando acontece de elas telefonarem para os bares e eu os ouvir saudá-las do lado de cá dos balcões onde continuamente deslizam as canecas de cerveja:

– *Hello, sweetheart! Is there anything wrong with you, sweetheart?*

Em dois anos seguidos, e no mesmo mês de Novembro, desviei as vacas da estrada do Caminho Novo, pu-las em fila rente às poucas casas que ali havia e assisti à passagem das camionetas azuis que levaram Nuno e Amélia para a Cidade e para os barcos. Nem uma única vez olhei para dentro delas, com medo de encarar com os meus irmãos e ver os seus rostos inchados e vermelhos de choro. Preferi baixar a cabeça e pôr os olhos no chão, para que também eles não levassem consigo a memória desse novo vazio que alastrava pela minha vida.

Sem saber porquê, zanguei-me com as alimárias e descarreguei sobre aqueles lombos uma dúzia de verdascadas que as puseram de corrida pela estrada acima. A minha revolta era contra mim mesmo, que ia continuar aqui como um asno quadrado, enquanto eles tinham sabido ser malinos e muito mais espertos do que eu. Mantinha-me por aqui, incapaz duma vocação qualquer, sem doenças incuráveis nem defeitos físicos que me pusessem sentado a um canto, a apanhar moscas e aranhas e a olhar para anteontem. Pelas minhas contas de então, faltariam uns bons seis anos para que começassem a acontecer coisas diferentes na minha vida. A tropa era tão certa como a morte. Mas enquanto vinha e não vinha, os meses haviam de continuar sem domingos, os anos de chuva iam andar de roleta dentro de mim e eu para aqui estaria de olhos arregalados, como um mamão, sem música nem esperança. Coube-me então ser o maior asno do mundo e fazer de bombo e pandeiro de meu pai...

Sempre que ele berrava e me batia, e me castigava com o seu pecado preferido de fazer-me trabalhar nas tardes de domingo, e sempre que ameaçava dar-me com o martelo na testa, imaginei, uma por uma, todas as possibilidades de pôr comigo da sua vida para fora. Mesmo quando fui dar o nome e de pronto me ofereci como voluntário e depois eles me mandaram de castigo para o pior da guerra na Guiné, tive sempre a ilusão de não estar nunca longe dele. No próprio dia em que me apresentei com guia de marcha no quartel dos Arrifes e começou toda a gente a berrar comigo e a dar-me ordens e a mandar-me fazer tudo em passo de corrida – a voz dele estava ainda no centro e em cima da minha vida. Deixara-o completamente mamado e a coçar a cabeça, por ter tratado de tudo em segredo e só para lhe fugir. Quis bater-me pela última vez, atrapalhar-me a vida, deserdar-me e rogar-me as piores pragas – mas teve medo do modo como levantei a cabeça e lhe arregalei o olho esquerdo. Estava tudo falado entre nós. Papá queria apostar em como nunca mais me punha a vista em cima? Ficou um bocado cismado, só com os olhos zangados e as mãos a tremer. Se levantasse um dedo para mim, e estando eu de cabeça perdida, não sei se não lhe largava um bom emborcão contra uma parede. Via tudo azul à minha volta, compreende?, mais cego do que os tomates dum porco, e só pedia a Deus Nosso Senhor que ele me virasse o fundo das costas e fosse simplesmente rezar missa para outras igrejas.

E segue-se que os pulhas dos sargentos, assim como os oficiais de dia, todos vindos de Lisboa, que com o seu falar mal percebido me punham de faxina, a varrer a parada e a limpar as suas retretes – usavam as mesmas palavras, os insultos, o escárnio e o tom de voz desses últimos seis anos de meu pai. A máquina zero que me rapou o cabelo à escovinha e os castigos dos fins-de-semana de vigia ou de sentinela à porta de armas – eram tal e qual a labuta, os berros e as obrigações da casa de meu pai. O cachorro do alferes, em quem tive a pouca sorte de largar uma punhada a meio dos olhos, tinha uma cara quase parecida com a dele. O baboso do comandante de batalhão, esse era pouco mais ou menos da sua idade, com aquele corpo de fueiro, o mesmo nariz delgado e os ombros estreitos. Mandara levantar-me um auto de corpo de delito e quase me rezou a sentença de ir responder a Lisboa, em tribunal militar.

– Eh, senhor! Pela sua saúde! Bote o meu comandante um bocado de água benta nisso, não me venha agora desgraçar a vida!

Ficou bravo como as inchas, que até me puxou por uma orelha e falou tão rente que me cuspiu gafanhotos aqui para a boca. O caso é que eu tinha tido umas pendenças bem mal-amanhadas com um vizinho meu, um tal Chora. Caguei-o com pancadaria, por via duma cegueira de mamas com minha irmã Linda. Se me não tiram de riba dele, fazia-lhe os olhos em dois melões. Vai daí, o Chora, e aconselha-se, e recomenda-se, bota-se ao caminho e apresenta queixa. O comandante pega numa arenga, todo teso, a falar-me em agravantes e antecedentes: que eu já tinha levado com dez dias de prisão agravada por causa daquele encosto no alferes, porque torna e porque deixa, e o meu destino era mesmo o Forte de Beja. Às suas ordens, meu comandante! Valeu-me que meu irmão Nuno meteu empenho de padres no meu processo. E estava a coisa morta por aí, pensava eu, não fora o caso de o comandante ser uma besta torcida. Voltou a juntar tudo em acusação, disse que sim senhor aos pedidos dos padres, eu não ia preso para Lisboa. Mas, se era assim tão pronto para inquietar superiores e civis, melhor seria ainda a esgadanhar pretos em África...

Antes disso, no entanto, ouça o senhor o que ficou por detrás desse tempo de guerra: tempo parado, apodrecido e sujo de sangue. A princípio, vinha sempre gente de fora acudir. Batia à porta, chamava por meu pai e procurava evitar que ele me matasse. Quando era nas terras, valiam-me os homens que ao longe paravam de lavrar e se punham todos arrepiados com o modo como aquele homem castigava o pobre do filho mais velho. A aguilhada dos bois deixava-me o pescoço todo azul e roxo, como se mordido pelos bichos desconhecidos da Guiné, e eu enrolava-me na terra lavrada, debaixo dos pontapés das suas botas. O que sobremodo revoltava os homens não eram a brutalidade nem os motivos, mas o tempo sem fim daquelas sovas. Normalmente, quando alguém espancava um filho na minha presença, passavam-se apenas zangas rápidas, nascidas de travessuras ou maldades. A mão desses pais era trémula a bater, e mesmo hesitante. Até por isso, os filhos quase nunca eram obrigados a chorar. Limitavam-se a baixar a cabeça, em sinal de respeito, e não eram para ali chamados berros, nem aqueles sermões e terramotos que o meu pai deixava arrastar pela tarde dentro. Nele, os nervos esvaziavam devagar, entre pragas, insultos e taponas, e ouvia-se sempre de muito longe o eco das nossas vozes cheias de choro. Além disso, enquanto os outros pais se reconciliavam depressa com os filhos, entre nós nunca foi possível assistir ao perdão, ao beijo da paz ou ao prémio da inocência...

Muitos desses pobres homens correram em meu socorro, quando meu pai agarrava na corrente de aço de prender as vacas e se punha de pernas muito abertas, comigo por baixo de si, a tentar matar-me. O senhor não pode fazer uma ideia de quanto dói receber a meio dos rins as rodelas daquela cobra de aço. Não sabe, não pode saber como ela corta a roupa, morde fundo na carne e chupa o melhor do nosso sangue. Sei-o eu e por experiência própria, desde o primeiro ao último desses seis anos em que ele mandou que eu me calasse com o choro e me obrigava a engolir as lágrimas, a desgraça e a revolta. A meu lado, os bois presos ao arado arfavam como foles, com as línguas de fora e uma goma de cuspo a escorrer-lhes das bocas até ao chão. Desassossegados com a mosca, doidos de fome e canseira, tudo os espantava. O arado ia de rastos, e eu, dependurado das cordas, era levado pela terra fora, atrás deles. Meu pai aboiava o sacho para a banda, vinha meio derreado dos rins pela ladeira acima, a correr, e eu via logo o seu rosto verde mudar de cor, pôr-se cinzento e azul e desvairado pelo nervoso. Primeiro, sovava os bois com a aguilhada que me tirava das mãos. Ao espetar-lhes o aguilhão nos flancos, o prego rangia nesse couro da barriga, e as grandes bolas de tripas pareciam esvaziar-se do ar que as convertia em tambores ocos, quando o pai descarregava nelas os pontapés das botifarras encodoadas pela lama. Depois, como eu era sempre o único culpado e nunca fazia as coisas como ele mandava, e não podia sequer com a rabiça do arado, e era um cagarolas sem préstimo nenhum para nada, e fazia os regos tortos, e não tinha pulso para os tanger nem jeito para falar-lhes ao ouvido, e porque nunca mais aprendia a dar a volta com o arado no fim das terras – voltava-se para mim a pingar suor, mordia os dentes com os dentes, rangiam-lhe os ossos da cara, e despachava-me logo duas chapadas na boca. Eu estendia-me imediatamente ao comprido, sabendo que devia tomar conta de mim: encolher o corpo, pôr os braços a roda do pescoço e da cabeça, defender-me como pudesse dos golpes da aguilhada ou das correntes. Morto de cansaço, com os músculos todos doridos e quebrado pelos rins, mas sempre a fazer, na opinião dele, as coisas às avessas, e sem tino nem emenda. No entanto, começava a assumir aos poucos toda a responsabilidade da lavoura. A chegar cada vez mais tarde a casa, molhado, descalço e frio como só o Inverno, e a lavar os pés na água quente da selha, a mudar de roupa à pressa e a chegar-me para junto do lume: triste como a grande noite desses seis anos, com febre e desprezado como um cão.

Evidentemente, começava a comer como um desalmado. Atormentava-me uma fome que nem o feijão assado no forno com pão de milho conseguia saciar. Os outros riam-se das minhas pratadas: repetia três vezes o caldo, migava nele metade dum pão de forno e mamã punha-se a rir, entre divertida e assustada:

– Benza-te boca, que até consola ver-te comer, nosso Luís!

Antes que me chegasse o sono, tinha de apresentar-lhe a justificação de todos os meus actos desse dia: o feito e o que ficara por fazer. Via que os meus irmãos empalideciam com pena de mim, temendo sempre que ele voltasse a bater-me. Ardiam-me as orelhas como lume porque meu pai tinha, teria sempre, razão. Por mais que eu fizesse, era infinitamente pouco. Ouvir, baixar a cabeça e boca calada. Então, ele jurava tirar-me toda a preguiça do corpo para fora e fazer de mim um homem. Um homem, veja bem o senhor! Quando ele parecia um possesso de demónio, histérico como uma fêmea, nervoso e ruim como eu nunca o vira antes, eu desejava ardentemente ser um homem, sim senhor, para poder olhá-lo um pouco de cima e ter também a capacidade de o assustar. Dei por mim a jurar que ia crescer muito e depressa, tornar-me num homem muito forte e obrigá-lo a dobrar a língua e a nunca mais pensar em levantar um braço para mim.

Seis anos sem domingos nem festas, sem ver se fazia sol ou chuva, ou se era noite ou dia. Pelas cinco da manhã, subia aos sítios mais altos da Ilha, quilómetros e quilómetros a pé descalço, para cima e depois para baixo, com três latas de leite às costas. Depois, pegar no sacho ao ombro, ir para as terras, da parte da manhã até ao princípio da tarde sachar milho de corrida pelos camalhões fora, sachar beterraba, sachar o feijão, sachar o mundo que crescia e se levantava para o sol do Verão. Ao meio-dia e um quarto, traziam-me o comer, bebia café amargoso, condutava batatas escoadas com o maldito peixe salgado. Pelas quatro da tarde, largava de novo para os pastos: amanhar as reses, tirar o leite às vacas, trazer às costas as mesmas três latas. Já o sol se punha ao longe e o mar deixava de ser só cinza para se converter num ocre de sangue a derramar-se por cima da água. A água do meu sangue.

Não media já esse meu tempo de burro mocho e sonâmbulo pelos relógios nem pela forma como se sucediam os dias da semana. Como todos os da minha idade, contava-o pelos novos pêlos que me espigavam o bigode, pelo princípio da barba, pela primeira cor arruivada e depois negra de azul e pela descoberta das fêmeas que eu desejava no arrebatamento das três masturbações diárias. Já então me excitavam as antigas colegas de escola, por ver que tinham crescido e nos provocavam com o seu modo de andar, o frisado das permanentes pelo ferro, a falsa timidez dos seus peitos do tamanho de limões. Possuía-as em sonhos, entre muito suor, e procurava-as com uma grande paixão não correspondida. Aos domingos, nos fins de tarde das suas janelas e sobretudo nas festas, era quando eu tentava falar-

-lhes. Devo ter-me declarado a pelo menos metade dessas raparigas rosadas e distantes, guiado pela cegueira da paixão, sempre no propósito dum namoro que depressa levasse ao casamento e à fuga da casa de meu pai. Vi então que todas elas se me riam na cara. Se as perseguia na rua, apressavam o passo e faziam sempre por entrar na primeira casa conhecida. Se as abordava nas suas janelas de costura enfeitadas com vasos de plantas, batiam-me com as portadas na cara, chamavam-me tinhoso e malfeito e deitavam a língua de fora. Com escárnio, falavam das minhas pernas tortas de cavalo e não me perdoavam o eu ser filho daquele homem a quem metade da freguesia deixara de falar. Quando passávamos, éramos sempre os filhos do Cão, os filhos do Carrasco, os filhos do Emanoel Demónio, e toda a gente nos associava às suas questões sobre partilhas e extremas, às inúmeras idas a tribunal por ofensas e desordens, queixas contra os larápios de fruta, cafuões e lenha das nossas matas, multas arrancadas à contravontade do regedor – mesmo quando tudo isso não passava de imaginações, raivas ou intrigas. Filhos dele, *you know?*, mas também culpados das suas culpas e acusados dos seus defeitos. Sem nenhuma possibilidade, no juízo desta gente, de sermos afinal as suas primeiras vítimas.

Quando tiveram lugar as partilhas dos bens deixados pelo meu avô Botelho, papá enfrentou temperamentalmente os procuradores e os cunhados, fez com que se arrastassem, durante meses e anos, renhidas disputas sobre o valor das terras e da casa. Essa contínua desconfiança ofendia os outros herdeiros, pondo-os bravos e sem cor. Mas papá insistia sempre na falta de seriedade e na suspeita de que todos queriam enganá-lo. Avarento e implicativo, adiava decisões, estragava coisas já combinadas e abandonava as reuniões. Numa noite, veio a nossa casa o tio Herculano, o inventor: pegaram ambos a insultar-se, a trocar ameaças, e acabaram a desafiar-se para irem lá para fora ajustar contas. Minha mãe desatou logo aos gritos para que acudisse gente, muito aflita por ele e pelas crianças. Mas havia já muito tempo que as pessoas tinham desistido do barulho, dos gritos e dos prantos que reinavam na nossa casa. Vai daí, meu pai pôs-se de pé, todo assanhado, com o lombo arqueado dos cachorros, em frente daquele lobo-d'alsácia, que era o inventor Herculano. Agarraram-se um ao outro, marrando como touros, bateram de costas contra as portas do meio da casa, enrolados pelo corredor fora, e foi quando percebi que o tio Herculano quase o levava em peso pelo ar e preso pelo pescoço. Meu pai debatia-se contra a tenaz daqueles dedos arrochados à volta do seu pobre pescoço. Tentou atingi-lo com uma joelhada nas partes e não conseguiu, depois levou-lhe também as mãos ao pescoço e cravou-lhe as unhas no gasganete. Ai, o inventor soltou um berro medonho e procurou sacudir aquela espécie de vespa. Tão grande era, mas não atinava com a maneira de se ver livre daquele empecilho. Foram, ambos filados um no outro, como cães, até ao quarto de dormir, tombaram por cima da cama, rolaram sobre o sobrado: caíram os retratos, as mesinhas-de-cabeceira, as floreiras com pés de novelãs, e até o bacio, ao receber um coice, fez um som de latas a voltar-se. Então, mamã puxou-nos a todos para a rua e mandou que nos puséssemos a gritar:

– Acudam, que estão guerreando, Acudam, que estão guerreando, Acudam, que estão guerreando...

Vieram os vizinhos de cima e os vizinhos de baixo. Vieram os homens que regressavam das lojas e se iam deitar. A casa ficou toda cheia de opiniões, com uns a darem razão a meu pai, porque sempre estava no que era seu, debaixo das suas telhas. Outros discutiam sobre quem tinha vencido ou perdido aquela briga e confrontavam os estragos: o inventor apresentava a cara toda arranhada, sangrava do nariz e tinha a camisa feita em tiras e sem botões.

Um sopapo certeiro pusera-lhe um olho roxo e cheio de lágrimas. Sentado na cama e amparado por dois homens, meu pai puxava o ar para dentro de si, muito pálido, babando-se e dizendo a ofegar que havia de matar aquele cachorro: na primeira ocasião que o apanhasse a jeito, dava-lhe com um maço na cabeça e acabavam-se as malditas e malucas invenções naquela terra. O outro torcia-se num risinho de vencedor, até ser arrastado para a rua por aqueles que o aconselhavam a voltar para casa. No outro dia, toda a gente nos abordava, nas ruas ou nas terras, desejando ouvir a história para depois ir passá-la de boca em boca, cada vez mais distorcida pelas novas versões da fantasia e da imaginação. Riam-se à socapa, sentindo-se vingados pelas mãos do inventor: no fim de contas, diziam, era mesmo disso que meu pai estava precisando, de alguém que lhe fosse a casa partir a cara e depois o erguesse no ar como um chocalho...

Comecei a dividir-me por dentro. Uma parte de mim dizia-me que sim, aquela contenda entre herdeiros tinha vindo mesmo a calhar, pois podia muito bem ser que os socos do inventor lhe tivessem temperado a veneta. A outra parte revolvia-me todo por dentro, tomando o partido dele: estavam-se rindo de todos nós e de mim em particular, por ser o filho mais velho. Mas, jurei então, lá viria o dia em que eu seria o homem mais forte da casa, ou mesmo desta terra, e não permitiria que ninguém mais viesse fazer pouco do velho. Prometia guerras e ajustes de contas aos ladrões da nossa fruta, aos larápios que, de noite, nos entravam pelo quintal, estendiam um bocado de pão duro ao cão de guarda e aproveitavam para ensacar o milho da tulha. Meu pai, que era de sono leve, ouvia o restolhar, agarrava na foice das silvas, corria atrás duma sombra de estopa que voava pelas ladeiras abaixo, mas regressava sempre de mãos vazias. De certa maneira, nessas noites dos pilha-galinhas, enchia-me de pena do velho, embora não quisesse dizê-lo.

Na primeira vez em que o enfrentei de homem para homem, já ele tinha perdido a coragem de me bater. O respeito continuava a proibir-me de tocar-lhe, e suponho mesmo que em nenhuma circunstância o faria. O pior é que os meus pulsos ficaram grossos de repente e eu crescera até ao metro e oitenta e oito de altura, e isso era uma tentação. Ganhara já todas as apostas do braço-de-ferro e os desafios para levantar pesos e cargas. Vencera os gueixos nos pastos, segurando-os pelos cornos e mandando-os para o meio do chão. Ainda assim, não estava certo de que tivesse entrado no meu espírito a vontade de lhe fazer frente.

Aconteceu então que lhe anunciei o meu primeiro namoro. A rapariga era o que se pode dizer uma pobre alma, nem feia nem bonita, filha de famílias sérias mas com o pequeno defeito da pobreza, dum rancho de irmãos e duma casa escura, de terra batida e tecto de palha.

– Era mesmo o que havera de se ver, meu rico homem! – arengou logo meu pai. – Casares-te com uma pobreta, que há-de vir mastigar o que arranjei com tanto suor para deixar aos meus filhos?! Ou deixas essa triste da mão para fora, ou num rufo te deserdo de tudo, que é para aprenderes a gostar duma mulher que se veja...

Pegou comigo a trabalhar até altas horas da noite, para não ter a menor possibilidade de me encontrar com ela. Tanto trabalho me deu e tanta arenga fez, que me enchi de raiva e tentei provar-lhe que ou ele deixava a minha vida em paz ou então ia buscar a rapariga e punha-me com ela daqui para longe. Para lhe provar que a minha vida era só minha, deixei de o ouvir distribuir-me trabalho: passei eu a dizer-lhe, à noite, depois da ceia, o que havia ou devia fazer-se no dia seguinte. Chamei mesmo a mim a responsabilidade de alguns negócios: a venda dos bezerros, a compra dos cortes de erva *and so on...* Aí, ele abria muito aqueles tristes olhos envelhecidos, baixava a cara, sem opinião, e ia-se embora para a noite. Moral da história: deixei de andar a mando dele, mas a minha namorada desmanchou o compromisso. Soubera da oposição dos meus pais e tomou a decisão de acabar com o noivado. Fiquei pior do que viúvo. Órfão. Viúvo, órfão e desgraçado. Daí em diante, sempre que as pobretas me viravam a cara e me diziam para ir primeiro pedir licença a meu pai, punha-me cego, com um formigueiro no sangue e muito cieiro no coração...

Não devem ter conta os casos em que o pobre de mim se viu metido, por causa desses cismas de amor. Cá bem no fundo, não passava dum miserável cão sozinho, porque meu pai envenenara tudo à minha frente. Em dias de céu encoberto, levantava-me logo com um mau gosto de boca e com vontade de implicar com tudo e todos. Começava a ir para o trabalho como quem parte para uma guerra. No dia em que colhíamos a beterraba no Moio, estavam connosco dois homens, contratados a seco. Serviço pesado, não tem dúvida, mas nada que pudesse assustar quem tivesse dois braços e uns bons rins para o trabalho. Eu e meu pai íamos à frente arrancando e desbastando as socas. Atrás de nós, mamã e minhas irmãs juntavam a rama para os cestos. Os homens carregavam as socas para o caminho, para que o camião da fábrica as carregasse, no dia seguinte, e as levasse para a Cidade. Aqueles dois malandros estavam-me cá atravessados. Via-os muito vagarosos e conversadores, desertos por que passassem as horas. Não prestavam para nada: vergados ao peso de meio cestinho de beterraba, sempre a reclamarem para que fosse alguém ajudá-los a levantar a carga para as costas. Passou-me de repente uma coisa pelas vistas: aboiei o podão, fui-me a eles e disse-lhes na cara que lhes ia ensinar a ser sérios e a ter mais consciência com quem lhes estava pagando o serviço. Enchi o cesto até cima, acagulei um bocadinho, com as socas bem travadas. Era assim que eu os queria ver, e de pé ligeiro, que não tardava a chover e a noite também não estava longe! Encolheram--se como ratos de esgoto, dizendo que homem nenhum da freguesia teria força para mandar para cima de si aquela carga de cavalo. Devia estar meio cego pela raiva: uma mão por cima, outra pelo fundo do cesto, e, com um esticão, veio tudo atrás. Cento e tal quilos em cima das minhas costas, e eles de mãos postas e cheios de admiração, como se aquilo fosse um milagre. Meu pai pegou a peleijar comigo, de longe: que ainda rebentava com os rins e ficava despachado para o resto da vida. Ficava lá nada! Estivessem era bem cientes, ele e todos, que eu era já o homem mais forte do Rozário. Daí até levantar troncos que nem quatro homens conseguiam pôr em cima dos carros de bois, foi obra de simples habituação. E na primeira desordem em que me vi metido por causa dele, provei para sempre que não tinha, nunca mais ia ter medo de ninguém: aqui, em

Toronto e mesmo depois, em Vancouver, para onde nos mudámos no nosso terceiro ano de Canadá.

Sucedeu que, um dia, meu pai se chegou todo queixoso, dando-me parte da humilhação a que fora sujeito nessa manhã. Tinha ido ao Moio, muito cedo, mudar as ovelhas de pasto e apanhar figos brancos. Quando lá chegou, um dos irmãos Dimas, esses perfeitos!, apareceu-lhe montado na figueira, todo consolado da vida. Ao ser repreendido e enxotado dali para fora, largou-se a rir, a fazer pouco dele. Apanhava figos para as algibeiras, partia galhos de propósito, peidava-se e foi a pontos de fazer pontaria à cabeça de meu pai com figos verdes, ainda cheios do leite: dizem que nos põem a doença da tinha na cabeça, se a coçarmos. O velho veio de lá com os olhos pisados, mortos de raiva, e ofendido na dignidade. Aquilo aqueceu-me logo todas as caldeiras do sangue, até porque aquela malvada gente, que eram os Dimas, andava aterrorizando a freguesia com guerreias, roubos e malvadezas. Unidos como os cinco dedos da mão, onde comia um, comiam sempre os outros quatro. Se um estivesse aflito, acudiam os restantes, armados em quadrilha. E tinham um riso feroz, quando se vingavam de tudo e todos, sem medirem as situações nem a fraqueza das vítimas.

À noite, depois das vacas e da ceia, e sem dizer nada a meu pai, apresentei-me na loja do Furtado. Era milagre que não aparecessem por ali os Dimas. Passavam lá as tardes a beber cachaça e a provocar quem ia adiante com a vida. Quem não se quisesse aborrecer e meter em *troubles* e zaragatas o melhor era mesmo mudar de caminho e não levantar os olhos do chão. Segue-se que entrei, bebi o meu copinho de vinho e comecei a sentir o sangue a ferver. Ia haver procissão e missa cantada. Os Dimas tinham-se dividido pelos dois compartimentos da loja. O mais novo e o mais velho jogavam com outros dois homens uma partida de bisca ou de sueca. Os outros três participavam das conversas sem fim sobre reses, terras e cartas-de-chamada para o Canadá, porque nesta terra não se falava então de outra coisa. Pedi outro copo de vinho e fui-me sentar à mesa dos jogadores do baralho. Perguntei então ao mais moço dos Dimas se por acaso não teria trazido consigo uns figuinhos maduros que eu pudesse embrulhar com o meu vinho: tinha-me chegado ao ouvido que, ultimamente, o rapaz entretinha-se muito a roubar as figueiras dos outros, a partir-lhes os galhos e a treinar a pontaria em pobres velhos já falhos de força e sem corpo para um bom emborcão. Aí, ambos se olharam, muito malinos, percebendo logo onde eu queria chegar. O primeiro que fez intenção de se levantar para ir chamar os outros recebeu uma punhada na testa e quase voou, de costas contra a parede. O segundo pegou num banco, levantou-o a um metro do chão, mas descuidou o estômago e foi enrolar--se, com um soco, entre os escarros e as pontas de cigarros, muito amarelo e com vontade de vomitar. Foi o suficiente para que se levantasse à minha volta um inferno de vozes, com toda a gente a afastar-se e a fugir para a rua. Outros, mais amantes do *show*, punham-se apenas de parte ou começavam a atiçar-nos, como se fazia com os cães: «Ksss! Ksss!» O pobre do Furtado pedia-me um bocado de calma, que não lhe viesse para ali estragar o negócio e dar cabo da loja. Quando apareceram os três Dimas, vindos do outro lado, um deles trazia já uma tranca nas mãos e tentou encurralar-me contra a parede.

– Não te descuides muito, ó pequeno, que eu também te vou amansar – disse eu.

Em vez de me encolher, como talvez ele esperasse, dei um pulo para a frente que o desorientou. Foi o bastante para que a tranca errasse o alvo da minha cabeça e fosse descarregada em cima do balcão. Nunca na minha vida foi tão gostoso encher, como dessa vez, o meu punho naquele focinho de porco, depois agarrar-lhe pela gola da samarra, pô-lo novamente de pé, levá-lo de arrasto para o caminho e estendê-lo ao comprido, com uma joelhada na barriga. Aos outros dois, peguei-lhes a ambos pela gadelha, fiz com que chocassem de cabeça, como dois mogangos. E tantos socos choveram por aqueles focinhos abaixo, senhor, que me consolei para quase toda a vida. Foram precisos seis homens para conseguirem tirar-me de cima daquela tropa, isso lhe afianço eu. A grande porcaria que era a minha vida desse tempo encheu-se de violência e de justiça, sem que nem sequer ao menos soubesse de quê nem o que estava ainda por vingar: se a minha infância, se as mãos e os berros e a natureza de meu pai. Por uma espécie de toleima muito minha, o meu peito estalava de ódio contra o mundo. Tinha-me feito numa massa de músculos à força de muito trabalhar, de comer como um boi e correr como um cavalo. Faltava dar a essa força uma direcção e uma utilidade. Rejeitado pelas raparigas do meu tempo, sem um único amigo, vi-me obrigado a dar um grande salto em frente e a pôr-me à beira do abismo. Um precipício sem fundo, foi onde os meus pés acabaram por pousar. Não vinha nenhuma carta-de-chamada do Canadá, contra o que há muito esperava. Sair da Ilha, só a nado, e não se sabe com que rumo nem em que direcção. Uns tinham a sorte de ir fazer a tropa a Lisboa e vinham de lá a falar numa voz que cantava, dizendo maravilhas das terras por onde tinham passado. Nuno e Amélia tinham encontrado outro destino e vinham cada vez menos saber de nós. Jorge, porque eu estava na idade de ir para o exército, estava sendo ensinado a começar o meu calvário de novo: as mesmas lágrimas, a terrível ruindade de meu pai e o martírio de ser novo e tão sem esperança. Ainda para mais, era de raça miúda, cheio de fastio, como outrora Nuno, e sem forças para espremer a teta duma vaca. Num momento, vi tudo de novo: Jorge tivera a pouca sorte de ter nascido muito atrás de mim, num tempo que já não era meu, ainda por cima tão fraco e tão branco que parecia feito de vidro – e isso eram coisas que meu pai não perdoava aos filhos. À medida que ia para velho, azedava-se-lhe tudo: o estômago, as tripas e a língua. Por tudo e nada, era uma arenga. Evitava peleijar comigo, pelas razões que já contei ao senhor, mas vingava-se depois nos mais novos. As pobres das minhas irmãs, quando ele se aproximava, já não sabiam onde meter-se, assustadas como ovelhas à vista dum cão. Mandava-as fazer trabalhos cada vez mais pesados, envergonhava-as com os seus berros e insultos e punha-as a chorar de desgosto: algumas delas estavam na idade do primeiro namoro, na idade em que as mulheres deixam as terras e vão para casa bordar o enxoval e cantar. Sonhavam com o dia dessa retirada e com a alegria das outras raparigas da sua idade: de manhãzinha, tal como elas faziam, abririam as persianas dos quartos de dormir, poriam água nas plantas e, limpando o pó da casa ou fazendo as camas, cantariam as músicas da manhã. Esse dia estava cada vez mais longe da sua felicidade: eu ia para a tropa, Nuno e Amélia continuavam ausentes em Lisboa e sem notícia, e Jorge não havia maneira de crescer, pôr-se um homem e tomar conta do trabalho das terras e do ama- nho das vacas...

Senti um apertão no fundo do estômago, só de pensar que aquele pobre menino ia herdar em breve o inferno e o mar de excomunhão que eu deixava para trás. Meu pai começara a treiná-lo em tudo. Levava-o consigo para as reses, ensinava-o a puxar pelos pulsos para tirar o leite às vacas, a pôr a cilha, a albarda e as latas em cima da besta. Quando ele não atinava, não tinha força ou se punha a chorar, meu pai empurrava-o, cheio de nervos, ou dava- -lhe mesmo um puxão nas suíças. «Grande monte de bosta, Deus Nosso Senhor me perdoe», dizia ele entre dentes, com os olhos muito abertos e luzidios como lume. Eu mal me tinha que não me pusesse no meio de ambos e dissesse a meu pai que se temperasse, com vontade de lhe berrar duas ou três bem de rijo ao ouvido. De longe, os olhos de Jorge pediam-me socorro. Viam-me por entre lágrimas e suplicavam-me que lhe valesse nessa aflição – mas eu afastava-me para não ver nem ouvir. Ainda era cedo, o tempo continuava a amadurecer dentro de mim.

Um dia, lá no alto da serra, nas pastagens do Salazar, fui dar com Jorge e com meu pai atrás duma gueixa espantada que parecia ter-se evaporado no meio do nevoeiro. O pequeno cercava-a dum lado, meu pai do outro, e vinha o cão cercá-la também. Papá aos gritos, Jorge a chorar com muito medo daquela doida que lhe apontava os cornos e o desviava do caminho. Vinha ainda bastante distante deles, mas vi que tudo se estava repetindo, como muito tempo atrás, quando eu tinha o tamanho, a idade e o sofrimento de Jorge. Meu pai encegueirou de novo e pôs-se a culpá-lo de todos os males do mundo. Quando o vi agarrar na corrente de aço e ir sobre ele, pus-me a correr e disse a mim mesmo que ia cometer um sacrilégio. Papá ia ter de haver-se comigo. À primeira ripada, pelas pernas, derrubou-o sobre o comprido, e eu ouvi, na distância do sítio de onde vinha, os seus gritos de morrer. Por aqueles pastos acima, saltando muros e bardos, tinha-o finalmente a duzentos metros de mim. Não sei que estranho desvario de cabeça se apoderara daquele homem, porque de repente tive a sensação de ir enfrentar um assassino. Envelhecera muito, perdera certamente as forças do macho, mas transformara-se num homem histérico e insuportável. Mamã já dizia o mesmo, ao aludir ao seu temperamento ardido e intiniquento. Dessa vez, passava das marcas. Fora ao ponto de pegar em Jorge, erguê-lo no ar e depois deixá-lo cair. O corpo, ao encontrar o chão de ervas molhadas, produzia o som das coisas caídas nos charcos. Foi-me fácil concluir que vingava no pequeno a sua falta de autoridade sobre mim, a fuga de Nuno, a impotência para o sexo e a exigência das raparigas para que as deixasse casar.

Tirei-lhe Jorge das mãos, segurei-lhe os braços e voltei a ter a clara sensação de estar na frente dum homem enlouquecido. E juro-lhe: foi a única vez na minha vida em que estive talvez à beira de lhe bater. Não fosse a sua prudência, e teria certamente estendido o punho para ele. Se o fizesse, poria nesse braço toda a minha força, a ressurreição daqueles antigos anos, desde o tempo em que, ainda antes de entrar para a escola, comecei a andar debaixo dele, do seu mando, das suas punhadas a meio das costas. Com as ganas dessa energia, não sei mesmo se não lhe partiria a espinha. Hoje, senhor, dá-me vontade de chorar, só de pensar em como a porca da vida me levou a essa situação extrema. Não sei mesmo se a minha vida pode ter algum perdão, depois disso. Agarrei em Jorge, limpei-lhe as lágrimas e apontei cá para o fundo da Ilha:

– Vai-te lá embora para casa, meu irmão. Que se meu pai te volta a pôr um dedo em cima é comigo que se entende!

Já não havia lugar para nós dois nesta terra. Um dia viria – porque esse é o pior mal dos dias – em que eu não seria capaz de conter a força e a revolta do meu sangue. Por isso, quando foi das sortes para a tropa, aproveitei para dar o nome como voluntário. Portugal estava em guerra com a África. Os americanos estavam em guerra com o Vietname. Eu estava em guerra comigo e com ele. Ao comunicar-lhe a minha decisão, abriu muito os olhos, murchou por dentro e não disse nada. Encolhendo finalmente os ombros, com resignação, pôs-se a tossir de nervoso e saiu para a noite daquele tempo. Numa das vezes em que me deixaram vir de licença a casa, entrei de novo em desgraça: um estupor aqui da nossa rua tinha procurado fazer pouco de minha irmã Linda, como já lhe contei. Apanhando-a sozinha em casa, fingiu que vinha pedir-lhe um machado emprestado e tentou mexer-lhe nas mamas. Corri a bater-lhe à porta, puxei-o para o caminho e lá o deixei estendido numa valeta com três dentes partidos.

No regresso ao quartel, soube que tinha uma queixa à minha espera. Pelo auto de averiguações que me fizeram, vi logo que o comandante se estava cagando de alto para a honra e para as lágrimas da minha irmã Linda. Deu despacho, numa letra retorcida como a dos médicos, mandando-me para a guerra da Guiné de castigo. Depois passou um grande barco carregado com tropa vinda de Lisboa: como muitos outros açorianos, entrei nele, enjoei no mar e fui descer no pior da guerra, mesmo no centro do vulcão. Ia em rendição individual, a substituir um morto em combate, mas não tinha a menor intenção de morrer. Disse sempre que havia de voltar vivo e havia de abrir ao meio, com as unhas, o homem que insultara a minha irmã e me atirara a mim para a desgraça.

Perseguido como um bicho e incorporado num bando de corrécios, aprendi a ser lobo entre os lobos e a uivar tanto ou mais do que eles. Na guerra, não fiz mais do que o que me tinham ensinado: pratiquei o ódio. Autorizado a exercê-lo, tomei o freio nos dentes e dei outro grande salto em frente. Com a metralhadora, à faca ou à granada: «É só matar, ó Moniz! É só matar» – dizia, batendo-me no ombro, o capitão. Continuava apenas a seguir o chamamento desse ódio antigo e novo, as armas, os prisioneiros do mato, as casas suspeitas a meio da selva e a ilusão dos assassinos ou dos heróis que não têm escrúpulos nem razões para matar.

Repare agora nestas minhas mãos, senhor. Toda a guerra passou por aqui. Não pode decerto imaginar o nojo e o terror, o perigo e a ansiedade, o tempo sem fim e as horas paradas desses dias de sangue. Não serei nunca capaz de reconstituir a terrível alegria dos nossos crimes, nem o sabor desse outro vinho, nem as bebedeiras, nem os incêndios das palhotas, nem o delírio das bombas, nem o risco das metralhadoras – muito menos o esquisito e insuportável silêncio dos mortos. Eram grandes homens negros estendidos no chão com as cabeças abertas. E velhos que saíam a arder, como tochas, das suas casas de palha. E crianças esborrachadas sob as botas, e mulheres abertas à faca, a sangue-frio – tudo porque estávamos do lado dos «bons» contra os «maus» e éramos belos, poderosos e invencíveis...

Não tenho ainda uma memória branca desse tempo. Se tivesse imaginado que o senhor viria para me ouvir, teria feito talvez outro esforço e não me seria tão difícil agora viver tudo isso de novo. Mas como a minha vida é mesmo para esquecer, limito-me a estender as mãos perante si e a pedir que veja se a maldição da guerra passou ou não passou toda por aqui. E que posso eu fazer com elas, nesta parte do mundo e no tempo que aqui me resta viver?

A isso nem eu, nem o senhor, nem ninguém, estou certo, dará resposta. Não tenho, de resto, qualquer ilusão. Fiz-lhe essa pergunta só por fazer – acredita?

Livro segundo

A 3.ª PESSOA DO SINGULAR

I

Vendo-o tão de perto, o rosto do provincial pareceu-
-lhe logo um tanto mortuário, duma fealdade até certo
ponto hirta. Bem mais nocivo, em todo o caso, do que o
dos retratos que haviam sido expostos por toda a parte
desde o tempo da sua nomeação. A mesma cabecinha de
pombo figurava aliás nos sítios do silêncio e da vigília,
assim como nas paredes onde os olhos pousassem e vissem também a sombra do Crucificado ou a auréola triste
do Fundador. Estava nos salões de estudo, no refeitório e
nos dois compridos túmulos dos sótãos, aos quais só os
renques de camas, os postigos, as mesinhas-de-cabeceira e
os armários trancados a aloquete emprestavam a função
dos dormitórios. Posto logo abaixo desses dois mártires, o
rosto dele apresentava-se numa doçura oblíqua, ainda que
inferior. O nácar do nariz e das orelhas, sendo ainda
muito deste mundo, retirava-lhe toda a possibilidade de
ser triste, porquanto não respirava nem a modéstia nem o
tempo eterno dos santos. Mas também não pertencia à
realidade física dos vivos nem à sua contingência terrena.
Sabia-se apenas que Deus o ungira e que a sua vida fora já
escrita pelos mestres da Filosofia.

Chamado à sua presença, Nuno Miguel notara que a
fisionomia, não obstante sublimada pelos retratos, perdera já quase tudo: a juventude, o pormenor luminoso dos
olhos, o espanto, o sangue humano, o lume da própria
realidade. Os dentes eram pequenos e temperamentais.

As gengivas, grossas como bolbos. E o modo sem dúvida mecânico como o sorriso se lhe afivelava na boca e a entreabria num esgar lívido, de morto, não lograva sequer iluminar o favo em que se convertera o rosto, muito marcado pelas bexigas. Nas covas desse pergaminho de rugas em descamação imobilizara-se de resto, como num coalho, um anis de sangue cor de púrpura. Mas até essa estagnação fora habitualmente eliminada dos daguerreótipos.

Um braço pequeno e muito leve, destituído dos seus ossos naturais, esforçava-se em vão por abraçá-lo pelos ombros. Nuno recebeu com amargura o contacto duma mãozinha húmida de frio. Sentiu-a tactear-lhe o pescoço e compreendeu que a sua hora tinha chegado. Mas que hora? Normalmente, quando um padre superior encostava assim o corpo a um seminarista, e se o fazia com tão inesperada intimidade, isso só podia ser sinónimo de expulsão. Caso não fosse de expulsão, pior: vinha pregar--lhe sermões insultuosos, dos que crucificam o corpo e deixam a alma lesmada pela passagem da morte.

Chegara pois lisa, confusa e de todo inesperada, a sua hora. Não mais seria importante pensar que diferença existiria entre o rosto real e a levíssima, falsa e inútil coloração dos seus retratos. Dali para a frente, esse homem até então sobrenatural, cuja existência se confundia com as pagelas dos santos, a figura do bispo diocesano e o mármore rosado do papa, seria apenas uma fada que viera de muito longe, dos altares desconhecidos, para modificar o seu destino.

Fora sempre proibido ir à sua presença. O magnífico reitor encarregava-se de o conduzir para o outro lado da rede que separava o casarão do seminário daquelas três alas baixas e compridas, formadas em garfo, que eram o convento. De modo que só os noviços e os filósofos, e também os poucos que cursavam já a Teologia, mereciam as raras aparições do provincial. O padre-mestre dissuadia mesmo os frades menores de irem directamente confessar-lhe os pecados. Porque os irmãozinhos eram seres curvos e impetuosos, e levavam o tempo a inventar a miséria e a lástima, o grande tormento dos pecadores. Nuno Miguel deixara-se impressionar, uma vez, ao ouvir da boca de Frei Pio a mais alucinada confissão de fé em Deus. Num fim de tarde, vira-o chegar de sachola ao ombro, derreado do trabalho na quinta e muito sujo de terra. Frei Pio parou a ouvir as ironias dos seminaristas mais velhos, pôs o sacho no chão, tentou endireitar o busto e abriu muito os olhos marejados de lágrimas. A mão ergueu-se na direcção daqueles hereges atónitos, tremeu à altura das suas cabeças, susteve os riscos e a troça – e foi quando Nuno reteve para sempre na memória a mais terrível de todas as frases da sua vida:

– Irmãos, ponham bem os olhos em mim e ouçam o que tenho para dizer-vos. Se alguma vez se provar que Deus não existe, eu serei com certeza o homem mais desgraçado do mundo!

O padre provincial fora previamente alertado para o facto de lhe ir ser presente, nesse princípio de tarde, um «puro sangue» das ilhas – e não um modelo dessa virtude macia que as suas mãos de oleiro pudessem moldar à pressa e no próprio dia em que fora decidido expulsá-lo. Dissera--lhe o sapientíssimo reitor, junto de quem estivera a pormenorizar todo o anterior comportamento do rapaz. Era por isso notória a sua preocupação em tomar-se de longos rodeios, antes de entrar no assunto. A experiência ensinara--lhe que as expulsões dos seminaristas mais velhos requeriam uma sabedoria quase consular. O segredo consistia em adaptar a voz a um tom suficientemente macio, ainda que persuasivo, capaz de desdramatizar esses momentos crepusculares. Agia como a ave que dança, num giro de encanto e sedução, em volta do seu peixe. Quando estivesse adormecida, picava o voo e levava consigo essa presa tonta.

Começou por falar-lhe dos Açores e da sua última visita pastoral. Lá fora, pois então, lançar a rede apostólica, pescar no cardume das vocações religiosas. E não, não fora elementarmente bem-sucedido, não senhor. Dizia-o com a mágoa embrulhada no veludo da voz, perdido da paciente coragem dessa peregrinação, como se lhe segredasse uma intimidade. Tão perto da sua boca, foi

inevitável então respirar-lhe o hálito intenso, receber toda
a perfídia desse olhar e ficar de novo voltado para a desolação daquele favo terroso e ressequido. Fora precisamente a menção a essa viagem aos Açores que pusera
Nuno de sobreaviso.

II

No momento em que o braço voltou a envolver-lhe o
pescoço, e a voz se tornou ainda mais macia e mudou de
tom – «para falar de coisas sérias», disse sua reverência –
foi-lhe irrecusável pensar que tinha não esse braço sem
ossos, mas uma cobra atravessada nos ombros. Uma serpente ainda sonolenta, pensou, que em breve se lhe enrola-
ria ao pescoço e começaria a obra de o estrangular. Quase
de imediato, a pressão do braço puxou-o um pouco mais
obrigando-o a encostar-se ao padre. Não pôde fugir ao
contacto, ao calor daqueles flancos redondos. Sentiu
mesmo os ossos em penetração, ajustando-se, sob essa pressão, ao corpo gordo do padre. Com um arrepio, lembrou-
-se repentinamente do outro, daquele padrezinho rosado
que atraía ao quarto rapazes atónitos e de rosto avermelhado pelas primeiras borbulhas: oferecia-lhes cigarros, sorria muito ao desapertar-lhes as braguilhas e, sorrindo
sempre, levava-os aos delírios da masturbação. Nunca per-
cebera a estranha cumplicidade dos cigarros com a luz trémula dos candeeiros a petróleo, nem jamais soubera que
relação pudesse existir entre os mistérios da missa e o deus
profano daquele padrezinho rosado e sorridente.
Depois, foi tudo muito rápido. A voz do provincial
abrira-se, ainda magnânima, para começar a censurá-lo
com brandura. Ao princípio, discorria sobre comporta-
mentos abstractos, onde não era possível vislumbrar nem
os malefícios nem o castigo do erro. Uma espécie de fascínio verbal o apaziguava, sob a protecção do braço e no contacto com o corpo daquele homem. Nunca estivera tão

perto dele, e sempre o imaginara oculto, belo e até inefável como um deus na penumbra e no trono da Casa-Mãe de Lisboa. Sabia-o contudo poderoso, eleito e distante, mas não assim crepuscular na sua fealdade, e menos ainda tão tenebroso como a fatalidade, a desgraça e a hora que ali viera anunciar-lhe. Sempre que pudera vê-lo mais de perto, o provincial fora já convertido numa figura litúrgica: vestia os paramentos sacros, exercia as solenidades da Páscoa ou vinha encerrar o retiro anual das duas comunidades. Nessas ocasiões, apenas lhe ocorrera que talvez tudo estivesse errado: o corpo de pássaro desaparecia dentro das vestes excessivamente largas; a cor purpurina do rosto tornava-se mais luminosa e a voz de corvo era medíocre. Vinha da sacristia como se chegasse do outro lado da esfera terrestre. Sem a dignidade altiva dos patriarcas, balouçava por dentro das indumentárias da missa. Em sua opinião, não merecia que os frades conventuais o tratassem por «pai», como não merecia as vénias e as prostrações das duas alas de hábitos, quando caminhava para o altar e ficava sendo o barco, o remo, a água e o anjo que anunciava a ressurreição do Cristo. Nuno Miguel via-o passar lá longe, de mãos postas e andar deslizante, com a sua proa de falso bispo – e era quando o canto gregoriano dos frades voltava a conferir-lhe o ar sobrenatural dos retratos. Cheirava ao incenso do turíbulo, ao clamor surdo das chamas dos candelabros pascais. E as mãos, segurando o cibório, pareciam majestáticas. Em seguida, a voz pouco iluminada para a oratória ficava a ecoar, como um choro de protesto, nas abóbadas da pequena igreja conventual. Sermões dificilmente divinos, diga-se, e em geral terríveis, numa pregação que assustava, ofendia e levava ao pranto os seminaristas mais novos. A única gratidão dessas visitas resumia-se à melhoria do almoço e ao prémio duma hora suplementar de recreio no fim do retiro espiritual.

Depois, como vinha raramente ali, aproveitava todo o tempo dessas peregrinações para exigir mais disciplina e alterar todos os regulamentos e horários. Aparecendo de surpresa nos seminários e conventos da província, examinava com minúcia as contas do economato, exercia a Teologia e demorava-se a ouvir os padres superiores em confissão. Dizia-se aliás que fazer viagens pastorais, atravessar o frio e correr os riscos do desconforto na província eram não só coisas excluídas da sua missão quanto lhe não mereciam nenhuma simpatia. Do que ele gostava era de ir a Roma conversar com o papa, atravessar o céu peninsular nos aviões que o levassem a Madrid e a Salamanca ou merecer as longas audiências mensais de Sua Eminência, o Cardeal-Patriarca de Lisboa. Tirante isso, vinha excepcionalmente, chamado pelo reitor ou pelo padre-mestre: repreender pessoalmente um devaneio sacerdotal, mandar despir um hábito, excomungar ou apontar os caminhos do «mundo» a quantos, na sua ausência, tivessem interpretado em proveito próprio não os ensinamentos, mas o erro, os excessos da Filosofia...

Nuno Miguel não soube logo o que o estava chocando mais – se a revelação tão súbita da sua desgraça e a convicção posta nas palavras do provincial, se o facto de aquelas denúncias o terem deixado atónito e irremediavelmente perdido. A voz voltara a mudar de tom, apagando atrás de si o tempo errante e a atitude ainda pouco altiva do início daquela conversa. De um instante para o outro, o espaço encheu-se duma surdez que escurecia os sentidos. Então, deixou que se erguesse dentro de si a última das suas ilusões. Podia acontecer que sua reverência nem sequer tivesse vindo ali para o expulsar. Sucedia que o provincial se ocupava desses casos extremos, mas também dos de consciência: esclarecia os espíritos turvos, admoestava as ovelhas que se haviam tresmalhado, prescrevia a penitência aos finalistas e aos noviços. Os que pediam o adiamento dos votos de castidade e pobreza vinham igualmente à sua presença. Os diáconos em crise de fé solicitavam transferência para outras comunidades. Os novos padres, pretendendo viver outras experiências, suplicavam-lhe que os deixasse irem descobrir como viviam os mineiros e os operários; alguns partiam mesmo para as guerras de África como capelães; outros iam especializar-se no Direito Canónico.

Podia pois estar-lhe reservada uma simples mudança de caminho – porque Nuno Miguel não estava preparado para ser expulso. Não decidira em definitivo se queria o destino do «mundo» ou aceitar que a sua vida se cumprisse no interior dos muros do convento. No mínimo, projectava ver-se entrar na clausura, mudar de nome e ser investido com o hábito da Ordem. Seduzia-o também o mistério dos livros grossos, escritos em latim e contendo os grandes tratados da Filosofia. Ser lançado no «mundo» era tão assustador como naufragar no alto mar: além de imenso e convulso como um oceano, o «mundo» era uma espécie de país estrangeiro onde qualquer seminarista passava a ser apontado a dedo. Uma vez aí, seria sempre um tanso e um tímido. Nunca um homem alinhado nas experiências e na sabedoria mundana dos outros.

«Um estado de espírito assim», pensou, «dói muito. Dói mais do que as dúvidas de fé e os desesperos sem motivo. Chama-se a isto angústia, a estes baixos-relevos do tempo, às curvas terrestres em que começa a desenhar-se a grande cordilheira do meu novo destino.»

A sua vida fora sentenciada a mudar de rumo. Por isso Nuno Miguel olhou para além das elevações do pinhal e tentou escutar, pela primeira vez em toda a sua vida, o bramido distante do «mundo» que devia existir algures, do lado de lá das florestas, dos vales e dos muros. Durante anos, refugiara-se ali e estivera defendido pelo cerco natural de todas as paisagens estranhas, proibido de as sonhar e conhecer. Mesmo quando fora levado ao encontro do mar, atravessara-as sempre de noite, para que tudo continuasse a assustar o seu espírito religioso: as grandes árvores perfiladas nas trevas, o tumulto das cidades ao amanhecer, a partida dos barcos, sempre muito cedo, na direcção dos Açores. A Ordem fora sempre tão escrupulosa na ocultação desse «mundo», quanto o fora na revelação e no conhecimento da vida de Deus. Nenhum seminarista sabia como seriam a face, a expressão dos olhos, a energia dos dedos com que o Deus da contemplação e da graça fazia mover o «mundo» dos outros.

«Terei sido denunciado», pensou, «apanhado em flagrante delito de ideias?», assim que ouviu a notícia da sua expulsão.

Os momentos de fraqueza, recordou, tivera-os de joelhos, à boca do confessionário e ao ouvido do director espiritual. Nunca revelara a ninguém os segredos profundos, com medo de ser denunciado pelos seminaristas que espiavam o comportamento dos elementos suspeitos. Dissera ao seu director espiritual que o pior de Deus é quando entra em agonia dentro do homem. Em agonia, Deus é uma larva corrosiva: rói o estômago dos seus hóspedes, chupa, um a um, todos os ossos, é um animal roedor. Mas isso fora dito em estado de desespero, quando pediu conselho acerca do pouco sentido que explica e não explica uma existência parada entre os muros dum seminário.

– Dúvidas, filho, crises de fé, horas de angústia – respondera-lhe a vozinha do confessor através da rede – quem as não tem? Os padres, o bispo, talvez até o papa. Só os espíritos tíbios não acusam nunca a lucidez da dúvida. Vai descansado.

Apanhado, pois, em flagrante delito de ideias. Dezassete anos e meio de credo nos segredos do confessionário dissolveram-se-lhe de súbito na certeza desse momento em que seria levado à presença dos seminaristas, pela mão do reitor. Habitualmente isso ocorria de forma quase teatral. O rapaz do sino tocava a reunir no salão de convívio, e os seminaristas corriam a sentar-se nos estrados, nos parapeitos das janelas de forma abobadada; ocupavam mesmo os degraus da escada de acesso às salas de aula ou apoiavam o corpo aos corrimãos. Aquele era o teatro preferido de muitos deles. Normalmente, o reitor trazia a mão ferozmente atarraxada ao braço do condenado. A outra mão escondia na manga do hábito uma palmatória de cedro com furinhos. Assumia em pleno a função do carrasco que acompanha os últimos passos dos sentenciados: o medo tremia nos olhos e nos ombros do rapazinho solitário que tivera a pouca sorte de escrever palavras indecorosas nas paredes ou no fundo dos pratos; era um medo apenas físico, dissolvido no tempo e na memória duma igreja inquisitorial: a coragem e a alegria de ter pecado estavam por detrás dos olhos, no eixo profundo duma nova paixão que havia de converter-se em ódio contra a caridadezinha dos novos inquisidores. Um cão uivava de dor na boca dos expulsos – um cão torcido, excomungado e blasfemo perante a mudez dos seminaristas.

Com Nuno nada disso aconteceu. O provincial pedira-lhe até que se mantivesse imperturbavelmente calmo: ele próprio se dignaria informar os alunos da sua expulsão. Quando Nuno esboçou o desejo de ir despedir-se dos amigos, o padre abanou a triste cabecinha de pombo e respondeu-lhe que nunca fora lícito, numa comunidade religiosa, eleger «amigos», porque isso significava exercer a discriminação entre irmãos. Além disso, a presença dos expulsos sugeria-lhe a parábola do tumor que pode estoirar e invadir o repouso e a inocência dos outros. Se quisesse manter uma ou outra dessas relações, que o fizesse por carta mas sem grande assiduidade – sabendo Nuno Miguel que as cartas chegavam e partiam após serem abertas e censuradas pelos prefeitos da semana. Convivera, nesses seis anos e meio de seminário, com frases riscadas, sem confidências, cheias de palavras com sublinhados vermelhos. O pensamento fora-se desnudando na ordem inversa da outra nudez proibida entre aqueles muros: o corpo maldito, o desejo maldito da carne, o crime e o castigo desse instinto pecaminoso. Quem quisesse vir a ser padre devia, primeiro que tudo, esquecer-se do próprio corpo. O corpo era o vício; o espírito, a virtude – de forma que a santidade adquiria-se nesse combate renhido e esforçado, não raro obscuro mas sempre voltado na direcção do infinito…

Por um momento, o sorriso feroz do provincial Luís parece saborear a fundo o efeito da surpresa que o colhe a meio do recreio, onde ambos tinham estado a passear. A perplexidade de Nuno enfrenta agora um rosto compungido. Quer pensar que esse rosto se encheu de pena e desolação. A odiada e odiosa clarividência daqueles olhos de águia passara a incidir sobre a última fase da sua aventura religiosa. Aludira já às fugas sistemáticas à confissão e à missa diária, à quebra de rendimento nos estudos e ao seu mau relacionamento com os superiores.

– Sobretudo – acentuou – sempre achámos péssimo esse teu hábito de te isolares dos outros. De teres fomentado à tua volta a formação de grupinhos duvidosos. Para além de pensarmos, obviamente, que é de todo contrário ao sacerdócio o facto de escreveres poesia. Ainda se tivesses talento, se tivesses sabido exaltar a Fé nos teus poemas...

III

Não podia sequer intrigá-lo o facto de aquele homem, sendo embora ausente e desconhecido, possuir a visão e o conhecimento de tudo o que se passava no interior dos seus reinos murados e silenciosos. Mas a sensação de ter sido o objecto dessa minúcia, espiado até ao mais insignificante pormenor, revelava-se subitamente incómoda porque se assemelhava a um acto de nudez pública. Estava na idade sensível em que o espírito se move entre a acusação e o sentimento da injustiça: nunca mais, ao longo de toda a vida futura, possuiria uma tal capacidade para tão profundamente separar dentro de si as noções equívocas do Bem e do Mal. Por isso, desejou chamar a si o único julgamento desse tempo. Acreditava na isenção e na dignidade dos seus cúmplices, e só nela. Quis ser levado à presença de todos aqueles que lá dentro rezavam o terço, para que fossem eles a testemunhar a despedida e a humilhação de mais um seminarista expulso. Metade dos rostos talvez se pusesse lívida. A outra havia de corar e baixar os olhos.

Ele próprio, no decurso daqueles anos, passara muitas vezes por essa alternativa muda, corando ou empalidecendo à medida que o reitor, o director espiritual do mês ou o estudante-prefeito de Teologia abriam a porta do salão de convívio, arregaçavam as mangas do hábito e batiam as palmas a pedir um silêncio que há muito existia, um silêncio que sempre existira e havia de existir. Havia os que saíam «a bem» e os que se iam embora «a mal». No meio de uns e outros, alguns mais haviam decidido «mudar de vocação» e regressar de vez ao «mundo». Podia então ouvir-se o zumbido das moscas no silêncio da enorme sala de convívio, ouvi-lo nos olhos vazios daqueles novos malditos do «mundo»; ouvia-se a chuva gotejando dos alpendres, vinda dos telhados muito altos do casarão; a noite dos pinhais que passava no vento e o uivo longínquo de algum cão perdido nesse vento nocturno. O único sinal do mundo concreto que ali chegava, davam-no por vezes os carros carregados de lenha ou caruma e o eco da serra mecânica devastando os olhos, o coração e as mãos do rei D. Dinis (*ai flores, ai flores de verde pino…*). Tudo o mais era a simples e interdita paisagem que os seminaristas julgavam reconhecer na noite dos comboios de férias ou nos passeios higiénicos da semana dos exames. Para a maioria deles, abandonar o seminário significava comboios felizes, esquecer os compromissos com o confessionário semanal e a invenção obrigatória dos pecados, e saber que nunca mais a missa diária das seis e meia da manhã significaria a violência e a violação do sono justo. Eram viagens heróicas, as da travessia dessas paisagens rosadas de província e da dissolução no fascínio das cidades que sempre lhes tinham sido prometidas. Por isso lhe veio à memória a hipocrisia desses rostos falsamente envergonhados. Educavam-nos para viver o silêncio dos claustros e o recolhimento das futuras celas conventuais, não para tomar partido por esses heróis rebeldes que ali eram levados como símbolos ou exemplos do Mal. Posto o que desistiu de insistir com o provincial para que o levasse ao julgamento dos outros.

Nuno Miguel suspeitara sempre que essa fórmula eufemística da «mudança de vocação» dificilmente iludia o desfecho duma última briga entre galos. Comportava a linguagem lacónica e evasiva do protocolo religioso, não o embaraço nem a ferocidade das novas expulsões. Muitas e muitas vezes, sentado no salão de convívio, no refeitório, em plena aula de Latim (*qui, quae, quod!* – repetia

249

iradamente o velhíssimo padre Vicente), ou mesmo a meio da missa diária, chegava até ele essa voz de gaze para anunciar a todos um novo equinócio de Deus com o «mundo». De gaze, algodão ou feltro, a voz aproveitava para pedir a todos que rezassem para que aquele irmão não fosse perder-se da Fé nem da prática do Bem. Todos tinham a culpa no olhar. Mas para os réus de maiores delitos havia o castigo corporal, antes de serem mandados a fazer as malas: a homossexualidade, o furto ou a profanação nunca dispensaram as sovas do reitor. Nessas alturas, Nuno assistia de lado ao horror e à castração daqueles potros aterrorizados. As omoplatas do padre começavam a oscilar. A marrafa pendia-lhe para a testa. E os dentes de cima mordiam uma língua enrolada nos bordos. Contava trinta, contava quarenta ou cinquenta reguadas em cada mão, arfava de cansaço e erguia muito a voz para dizer:

– Que isto, meu rapaz, te sirva de lição para a vida. E Deus tenha misericórdia de ti, desgraçado!

Precisamente, Deus estava todo dentro dele, mas em posição de estátua. Era um deus-touro, volumoso e justiceiro, dotado de algum músculo mas de pouca ou nenhuma misericórdia. Para não ter de ficar ali a assistir ao espectáculo da própria loucura, escondia a cabeça entre as mãos, tapava os ouvidos: um suor de repulsa e vergonha, vindo dos ossos, esguichava-lhe por entre os dedos. Então, corria para fora da sala, vinha tropeçar nas covas, cair no escuro, e era-lhe inevitável vomitar nos lavabos mais próximos.

Felizmente, pensou, a minha hora chegou de forma discreta, consular e sem esses estrondos. Tinham-lhe preparado uma outra violência, um outro fluir do suor nas retortas escuras da sua infância. Um comboio mergulharia no túnel que passa do dia para a noite, deixando para trás as paisagens conhecidas, as cores sólidas do vento, um passado que ia ser eterno dentro de si. O provincial Luís dissera-lho há pouco, muito baixinho e só para ele, ainda e sempre com aquele braço confidencial por cima dos ombros. Se tivesse encontrado nisso alguma dignidade, ter-se-ia posto de joelhos, a fim de pedir o perdão da sua inocência. Claro que era culpado de estar inocente, como um e outro ou todos os seminaristas. Culpado de ter crescido, de ter sentido abrirem-se dentro de si as asas da angústia, essa estúpida ave da lucidez. Culpado de permitir que a ave tivesse atravessado o tempo do crescimento e da ascensão. Porém não estava ainda preparado para chorar. A revolta travara dentro de si o ímpeto inicial das lágrimas. Se chorasse, limitar--se-ia a expandir o tumulto dessa revolta. Não conseguiria suster os gritos e os insultos, e isso havia de o perder.

Nessa altura, alimentava ainda a esperança de contornar a adversidade. Com um pouco de prudência, talvez viesse a obter a comutação da sentença. Sabia que os padres se mostravam sensíveis às súplicas. Queria confessar ao provincial Luís todos os pecados dessa inocência, e ia fazê-lo de mãos postas, com o olhar implorativo dos arrependidos. Ainda para mais, estava-se num tempo sagrado; Cristo ia ressuscitar no dia seguinte e isso era sempre decisivo sobre o humor e o espírito dos padres.

Se não decorresse aquele terceiro dia do retiro anual das duas comunidades, o pátio do recreio estaria ruidoso e cheio de rapazes, àquela hora. Há um silêncio fora, e outro dentro de si. Bandos de pombos velhos cruzam a altura da tarde, aquela bola de céu que ele sabe que vai ser antigo, a torre do campanário, as duas alas do seminário menor, o garfo do convento. Depois, esses pombos extinguem-se ao longe. A sua memória fixa a trajectória dos pombos porque o olhar os acompanhou na travessia desse espaço de céu que fora e que em breve deixaria de ser seu. Olhava e despedia-se de tudo porque ia partir para a eternidade de outros lugares. Os sítios por onde fora passando convertiam--se sempre em sítios distantes e eternos dentro de si. Se voltava a eles, isso já não era um regresso, mas uma mudança produzida em si e dentro de si. O destino seria sempre outra coisa e noutros lugares. Apesar de tudo, fora bom ter vivido ali aqueles anos. Os sonhos haviam nascido dentro daqueles muros. Não podia nem devia traí-los.

Um adeus vertical, pensou, aos edifícios altos e compridos que acompanhavam a curva da estrada, por detrás da qual se ocultara o mundo das viagens e dos dias. Outro adeus ao convento e aos torreões amarelos, oxidados pelo vento dos pinhais. Na única vez que lá entrara para assistir à tomada de hábito dos noviços, os pesados corredores do convento estavam já mortos. O ranger das portas era tão austero como o canto gregoriano dos frades, como a filosofia de Sócrates e a *Suma Teologica* de São Tomás de Aquino. Aquela paz assustava e seduzia. Como um suspiro contínuo, a luz dos vitrais coloria o silêncio e o recolhimento. Quis ver onde estavam vivos os mortos daquele convento. Avistou-os ao longe, passando os guarda-ventos, a caminho do cativeiro. Tão leves e tão subtis que teve a ilusão de os ver atravessar as paredes cor de salmão. Iludiram-no porém as sombras desses seres que mudavam de nome, vestiam a mortalha branca e professavam votos de pobreza, castidade e obediência. Como normalmente adoptavam nomes de santos, ficavam a chamar-se Frei Tiago, Frei João Baptista ou Frei Paulo – e Nuno Miguel não chegou a compreender a estranha, secreta e tortuosa Estrada de Damasco, nem como ela os fechava no fundo das clausuras e os proibia, em definitivo, de vir cá fora espiar o tempo no seu pedacinho de mundo. O mais sobrenatural, recordava, não era contudo o silêncio, mas sim as vozes, os cânticos, o mistério dos livros muito grossos e cheios de sabedoria que passavam fugidiamente, entalados nos sovacos. Do outro lado da rede, Deus calçava sandálias, vestia longos buréis sob mantos com escapulário e capuz. Era decerto um Deus bárbaro e estrangeiro, ao qual se rezava apenas em Latim…

IV

– Porque, de tudo, o pior – dissera o provincial, ainda embaraçado mas preparando já a frase capital de todos os seus rodeios – foi que nunca soubeste, ou não quiseste, educar e domar a tua angústia. Pelo contrário. Deste-lhe asas, puseste-a a voar. E voou tão alto e tão para fora de ti, meu filho, que te tornou num contestatário da religião. Mesmo num subversivo político. Não tenho a menor dúvida: a tua vocação está definitivamente perdida para o sacerdócio.

«Passou do plural para o singular», anotou Nuno Miguel dentro de si, fazendo-o com a mesma aplicação da sua memória desse dia. Um Março frio e sem chuva embranquecia com as suas geadas o mármore rosado das manhãs e depois azulava muito as tardes. Súbitas ainda, as noites continuavam sendo longas e a mergulhar os dormitórios numa escuridão invernosa, mesmo tumular. Os candeeiros a petróleo, com as suas chamas mortuárias tremeluzindo na indecisão das correntes de ar, suspendiam o tempo nessa estação disciplinada e contínua. Ali dentro fora sempre Inverno: os meses de sol extinguiam-se muito depressa nos postigos. O bafio e o bolor faziam parte daquela penumbra permanente, onde era proibido ler antes de dormir e onde nunca fora permitido pedir um pente emprestado, responder a uma pergunta ou sequer bocejar com um pouco de ruído. Pior do que as proibições, só os pecados, tanto o da insónia como o da preguiça, escusando-se mesmo a menção dos crimes da masturbação e da nudez, pois esses só o confessionário os redimia, ou então a penitência física. O prefeito da semana costumava castigar os nus com a abstinência do almoço, o pão e a água dum dia ou o ensinamento do chicotezinho da flagelação…

No decurso dos três dias do retiro anual, haviam sido propostos às duas comunidades os temas e as horas desse tempo de meditação. Um horto de silêncio e proibição voltara a mergulhar todo aquele complexo religioso no temor de Deus e na contemplação dos letreiros que já haviam sido afixados no ano anterior. Até o som das campainhas e do sino tinha sido substituído pela suavidade das palmas e pelo ranger duma roda dentada que fazia girar os espigões dum eixo em torno dos rebordos duma matraca. Comia-se em silêncio, passeava-se de terço na mão, e uma grande tensão silenciosa arrastava atrás de si o pranto dos cânticos gregorianos. Teria sido doce morrer num desses dias de retiro, porque a morte fora convertida num tempo sinfónico. De resto, os próprios pecados, apesar de inúmeros e ainda mais monstruosos do que na semana anterior, arrastavam-nos de bom grado ao confessionário. Cumprir a penitência, além de comovedor, colocava-os num estado de nova graça. Apaziguava-lhes o sangue.

O provincial obrigara-o a parar de novo, para que se voltasse para ele. É certo que não tinha mais nada a dizer-lhe. Mas queria espiar-lhe os olhos, dissuadi-lo de ripostar à ordem de expulsão. Era como se o estivesse tangendo para o seu terreno preferido, disposto a combatê-lo ou mesmo a desarmá-lo. Retinha ainda uma grande soma de argumentos, caso o rapaz ousasse contradizer a lógica superior daquela decisão. As mais ferozes razões, guardara-as ele para a emergência dessas leviandades. Amiúde a usava, essa táctica de amansar as feras feridas no orgulho. O rapaz sabia-o, e por isso desviou os olhos das pústulas daquele rosto e fixou-os nos longes que se desvaneciam. Do sítio onde estava, podia perfeitamente ler as cartolinas já desbotadas pela humidade desse Março definitivo. As frases nelas inscritas apareciam picotadas pelas rugas do muro, logo abaixo da sineta que comandava o horário das refeições, das aulas e das horas de recreio ou oração. Nuno não precisava de esforçar os olhos para conseguir lê-las àquela distância. Admitiu mesmo que talvez soubesse de cor tudo quanto se passara e tudo o que decorria no interior daquele espaço, onde os anos e as horas sempre tinham sido iguais. Agora, porém, interpretava dentro de si o sentido profundo de cada coisa. Por exemplo, as frases: AQUI COMERÁS O PÃO DO SENHOR. LEMBRA-TE DAQUELES QUE O NÃO TÊM. Ali mesmo ao lado, na parede do salão de estudo, uma outra legenda recomendava: O SILÊNCIO É DEUS. ESTUDA, MEDITA NO SILÊNCIO, E SERÁS O SÁBIO E O SANTO DO SENHOR. Lá dentro, àquela hora, o texto bíblico, nas leituras do turno da tarde, ameaçava continuamente o mundo com o dilúvio e a destruição das águas. Ao longo dos corredores que sempre fora preciso atravessar no tempo da chuva para chegar à capela e aos dormitórios, e nos próprios pilares que sustinham a noite e o dia daquela casa sem alicerces, espetados em estacas ou colados às paredes, multiplicavam-se os mesmos letreiros do ano anterior: É PROIBIDO FALAR, É PROIBIDO FALAR, É PROIBIDO FALAR... No segundo dia do retiro, à hora da missa matinal, quando os seminaristas entravam num cortejo de duas filas para aí tomarem os seus lugares, foram surpreendidos por uma frase implacável, escrita a giz azul na parede da capela:

> PORRA, QUE AQUI É TUDO PROIBIDO!

Isso custara a todos duas horas suplementares de oração, com a adiantada promessa de que a seu tempo seriam descobertos os profanadores do templo.

E agora, como num sobressalto, Nuno deseja poder vir a ser acusado apenas desse sacrilégio menor. Se assim fosse, poderia ainda espernear na forca, acreditar no perdão do rei. Mas de nada valia incorrer nessa ilusão: fora sentenciado, sentiria em breve o esticão fatal. Se a não escrevera, fora pelo menos um cúmplice moral dessa frase nocturna, conforme o fora de outras inúteis e anónimas travessuras. E pensava fortemente, agora e sempre, que tudo, toda a sua vida fora já proibida, desde o acto de nascer até ao momento em que passava a ser um proscrito daquele mundozinho parado entre os muros. O outro mundo chegava ali coado e distorcido, sem a notícia das cartas censuradas nem o eco do seu pequeníssimo pormenor diurno. Havia também os espiões do comportamento, e a nota do final de cada período. Tudo proibido: o dinheiro maldito e as encomendas vindas de casa. E a alegria, e as visitas das irmãs que porventura apresentassem já algum volume de seios. E os livros não codificados pelo encarregado da biblioteca, e os aparelhos de rádio, e os cigarros, e os jornais desportivos, e os gritos que nem sempre era possível sufocar, e dizer que só faltava um mês

para as férias da Páscoa, e escrever poesia, e tirar retratos
para enviar aos pais, e dizer A minha terra, A minha casa,
e também o não gostar da açorda de pão com peixe cozido
ao almoço de segunda-feira, e dizer Tenho fome, e dizer
Porra, e depois outro e outro e outro de qualquer um dos
pequenos crimes: a masturbação, a posse de magazines
com dulcíssimas e entreabertas bocas de mulher, o roubo
da fruta da quinta, o esquecimento da gravata preta para
ir à missa, e não saber declinar *rosa-rosae, templum-templi,
corpus-corporis*, e ter buço e barba primeiro do que outros
da mesma idade – e sobretudo pensar um pouco em voz
alta e dizer que se estava apenas pensando em voz alta…

Lá bem no íntimo, não pode, não deve recusar a evidência. Deus está morto. É apenas um feto, mas apodrece
no ninho das suas tripas. Sabê-lo, ainda que o não sur-
preenda, deixa-o num novo alvoroço. Era precisamente
essa morte evidente e invisível que a nova inquisição estava
já punindo no seu corpo. Mas dito assim, pela voz pouco
iluminada do provincial, é como uma agressão física. Um
murro daquela mãozinha roxa não produziria decerto um
efeito tão devastador nas paredes do seu estômago. Qualquer coisa queria gritar, subir-lhe à voz e tornar-se concreta na sua revolta. Tal como nos sonhos, tratava-se dum
pesadelo: querer fugir dali e não sentir o chão por baixo
dos pés; querer falar e concluir que a língua estava como
que espetada contra o céu-da-boca, tal qual as borboletas
quando atravessadas por um fio e submersas no formol das
tinas. Ou como os peixes debatendo-se sem convicção
contra o terrível arpão dos anzóis. Estava-se porém no
tempo da retórica, no tempo do braço-de-ferro com a obstinação e o poder poderoso dos velhos padres, e ele sabia
que a mãozinha do provincial Luís tinha o poder de
expulsá-lo não apenas do mundo real mas também da realidade invisível do seminário. No mínimo, agora que tudo
era tão definitivo, tentaria que a sua expulsão fosse anunciada aos outros com um sorriso e não de dentes cerrados.
Pior do que esse crepúsculo, sabia, só a maldição da
Ordem. Com um pouco de sorte e outro tanto de humil-

dade, talvez pudesse vir a beneficiar da segunda protecção do seu braço metálico, lá no mundo em que ia ser largado. Nenhuma diferença havia entre lidar com um padre da Ordem e apaziguar um cavalo espavorido. Tudo era uma questão de doçura no tacto – ou de chicote.

– Surpreende-me, magoa-me, senhor padre Luís – disse, quando pôde recompor-se da aflição, do suor que começava a inundar-lhe as costas, o pescoço, os próprios cantos da boca – a sua decisão repentina, tão sem aviso. Pensei que vossa reverência se dignasse ouvir-me, conhecer as minhas razões. Suponho até que é de direito...

Viu perfeitamente que os olhinhos de águia se abriam de espanto, entre surpreendidos e indignados. De novo aflito, sentiu que os joelhos recomeçavam a tremer-lhe, tanto quanto a voz, os frisos da testa e os dedos. Ia custar-lhe imenso ser submisso e humilde, e de novo reverente e miúdo, perante um homem tão pequeno e encurvado como só os avôs o são. Esse homem começara subitamente a crescer, a ganhar uma altura até aí desconhecida. Depois, lá no alto desse corpo floresceu um sorriso desdenhoso. O rosto pôs-se de novo hirto e mortuário, e Nuno compreendeu que se tinha excedido. Não demoraria um minuto a soltar o ódio dentro de si. Durante anos, limitara-se a domesticar o cão do ódio. Sabia que, se lhe retirasse o açaimo, esse cão ganharia dentro de si a força e a fúria do lobo.

– Não devo saber porquê – atalhou o provincial, pondo-se então em bicos de pés. Os calcanhares subiam e desciam, içando e arriando o corpo, como se movidos por uma roldana imaginária. Nessa altura, Nuno não evitou um pensamento maldoso: ia ver o padre levantar voo, transformar-se em pombo, subir ao céu. Deus recebê-lo-ia distraidamente. Havia de pô-lo num dos inúmeros bolsos ou deixá-lo escorregar pelas pregas do manto azul e magnífico da Sua riqueza. Fá-lo-ia com desprezo, porque o supremo problema de Deus e do mundo era o excesso de padres assim: minúsculos, cegos e temperamentais. – Não deve constituir novidade para ti que te trazíamos há muito debaixo de olho e em observação. Questão de dias, meses, ou até de anos… Depois, não esqueças: onde não vislumbrem os homens tem Deus sempre postos dois olhos imensos e sobrenaturais!

– Não vou negar-lhe, senhor padre Luís, que esteja um pouco perturbado e a necessitar de ajuda espiritual. Desarrumado por dentro, com o meu bocado de crise em cima… Agora quanto à perda de vocação! A Ordem costuma ser tolerante: tem deixado outros dizerem sempre a última palavra, nesses casos de consciência. Então e eu, padre Luís?

Juraria que os olhos perderam aí o fulgor da águia e começaram a empalidecer. Não podia tê-lo ofendido, apesar de tudo. Apenas esbracejava, no início do seu primeiro naufrágio terrestre. Estava como que enredando-se na teia duma nova e ainda desconhecida nudez. Sua reverência suspendera os pulinhos, os passos de toupeira, o instinto de pássaro que pousara na autoridade do corpo minúsculo.

– Querias então mais uma oportunidade, não é assim? – bradou ele, num grito que já não disfarçava o acesso de cólera. – Mais uma oportunidadezinha, e lá voltavas tu a pregar-nos a partida. A fazer de nós uns trouxas, que afinal te demos estes anos de estudo, uma boa cama e melhor mesa, e talvez um bom bocado de maneiras! Diz-me cá tu, ó menino! Quantas vezes te perdoámos nós a falta de humildade, a poesia herética e as crises de fé? Anda, diz! Diz lá!

Cheio de sangue, o rosto inchara de repente. A humilhação subia em espiral, lá no centro do rosto, sufocada por um clamor de lágrimas. Esperou que lhe passasse essa vontade de chorar. À mercê daquele homem, o destino não ia além dum tempo lívido, da agonia assustada dos moribundos em pânico. Se voltasse a esporeá-lo com uma simples frase de censura, seria sumariamente executado. Sabia-se suspenso do dedo que ia talvez premir o gatilho: padre Luís não tardaria a chamar os criados da cozinha ou os irmãozinhos. Se assobiasse, esses cachorrinhos viriam correndo na direcção do dono, que mandaria pôr o corpo, o espírito e as míseras roupas de Nuno do lado de fora dos muros. Por isso mesmo, ainda hoje, à distância de tantos anos, não sabe explicar nada do que então se passou. Uma espécie de tumulto nervoso, talvez, e um vento maldito, e deu por si a berrar. O ódio desse dia levou-o à pressa até a uma soturna estação de comboio. O comboio fez com que todos os seus ossos estremecessem na expectativa das paisagens enevoadas, no fim das quais deviam começar a desenhar-se os túneis, as igrejas e os sinos da cidade de Lisboa. Lisboa aconteceu à meia-noite menos um quarto desse dia. Os «eléctricos» marulhavam nas calhas de ferro. O zumbido do trânsito fluía num esguicho contínuo. As multidões da estação de Santa Apolónia bramiam sob os grandes arcos que sustinham o edifício. Do outro lado da rua, os barcos balouçavam ao sopro muito plano do vento que atravessava o rio. Uma noite translúcida, picada pelas cores fátuas dos anúncios luminosos, tornava irreal essa cidade marítima e fluvial. Como da primeira vez em que ali chegara, trazido pelos barcos enevoados dos Açores, ia perder-se de novo nessa cidade onde ninguém estava à sua espera. Os padres tinham voltado a esquecer-se dele, e Nuno não soube nunca aonde e a quem devia dirigir-se. Deixou-se adormecer no átrio da estação, torcido, sentado no primeiro banco vazio, e continuou a ouvir os gritos e a revolta que o tinham feito perder-se:

– Mas quais oportunidades, senhor padre provincial? Todas as vezes que me chamaram à presença do reitor foi para me encherem a cara de bofetões ou me humilharem: porque eu nem sequer pagava os meus estudos, era um pobreta e um mal-agradecido! E vem agora vossa reverência, chapa-me com tudo de novo na cara?! Apetece-me devolver tudo à Ordem: as aulas de latim, a religião e moral, as hóstias, os missais e os domingos, a graça de Deus da minha desgraça presente… Ao meu reitor, devolveria os bofetões, as denúncias, as censuras e os insultos inteligentes. Acredite vossa reverência: eu só queria que me dessem de volta a minha anterior inocência. Queria o meu tempo, aquele que morreu nos logros e no segredo, nos anos e na máquina, no rigor e na penitência desta Ordem…

As mãos, os joelhos e o queixo. Tudo trémulo, antes e depois: frente a ele e, mais tarde, no átrio da estação de

Santa Apolónia. Nunca estivera tão à beira de dizer tudo o que pensava: a chantagem exercida a pretexto do seu terror de ser devolvido ao pai, ano após ano; a discriminação, a diferença entre a sua contínua e extenuada pobreza, de filho de pobres, e os cabazes de fruta, os almudes de vinho e os perus oferecidos aos senhores padres pelos pais de luxo de outros alunos. Fica tudo por dizer, pensa ainda hoje: os dias do escárnio acerca da sua estranha pronúncia açoriana, o furioso desdém sobre a poesia dos Jogos Florais, o nada e coisa nenhuma dum quotidiano que fora lentamente substituindo, dentro de si, a paz inocente pela Dúvida, o sono pelas insónias da Angústia, o acto de rezar a santos concretos pela voz que se perdeu de si e se tornou metafísica...

Os filhos da Acção Apostólica e da Conferência dos Leigos eram devolvidos a um mundo decerto inevitável: porém embrulhados e aconchegados no celofane dos sorrisos e na fraude discreta dos diplomas de estudos. Meninos dourados, alegremente expulsos do seminário, levavam cartas de recomendação para homens que despediam escravos cinzentos e sofridas mulheres de nenhuma beleza, só para garantirem emprego a esses expulsos divinos. Sempre escrupulosamente católicos, com a cotazinha devota em dia, mas eternos devedores de mistérios, milagres e bênçãos a suas reverências... Num momento de confidência com os mais velhos, o reitor erguera mesmo a ponta do véu acerca da resistência ao Ditador. Dissera-o com vaidade, jurando que nunca abandonara nem abandonaria um ex-seminarista à sua sorte. Precisavam de casa e emprego? De madrugada, ele corria até Lisboa, entrava na cidade translúcida, e Deus estava sempre onde era preciso. O Ditador aos gritos, a mandar gente, que não tinha idade nem vocação para morrer em África, às suas guerras silenciosas, obstinadas e desde sempre inglórias? A carrinha voltava à estrada, ia na direcção da fronteira e carregava os teólogos em idade militar: o reitor obtivera de véspera a cumplicidade ou a benevolência dos funcionários católicos e dos polícias de fronteira – dos mesmos que depois alvejavam vultos curvados e atiçavam cães a um simples rumor de passos. Um passaporte, uma viagenzinha tranquila num dos muitos comboios peninsulares – e o único compromisso dos ex-teólogos com a Ordem, após a travessia dessas fronteiras sobrenaturais, era devolver o hábito e o breviário a um convento de Salamanca, Roma ou Paris. Despadravam-se à pressa, deixavam de ser os rapazinhos tímidos que iam supostamente continuar estudos, e depois eram recolhidos pelas organizações de protecção aos exilados políticos. Cá muito de longe, vigiados pela sombra intransponível dos montes pirenaicos, os futuros teólogos vislumbravam esses evadidos à entrada dos túneis da clandestinidade civil. Eles eram o destino. Viam-no, acenavam-lhe, mas o destino diluía-se nesse cinzento de bruma que se fundia com as sombras em fuga, as quais se tornavam para sempre invisíveis.

Na noite de Lisboa, o destino de Nuno tornou-se logo redondo como uma lua de papel. Ele estava no centro dela e tudo se tornara então equidistante. Se fosse devolvido à casa do pai, as noites pretas dos Açores comportariam de novo os cães, as chuvas eternas e o grasnido das cagarras atlânticas. Se ficasse para habitar as aflições do tempo de Lisboa, não tardaria a ser mobilizado para a guerra de África. Com essa lua de papel às costas, no país do medo, no tempo do velhíssimo Ditador. A vida era um crepúsculo de cães beligerantes. Pensava em tudo isso, mas em estado de agonia. Os padres haviam-se recusado de novo a vir esperá-lo. Não só não se prontificavam a arranjar-lhe um trabalho como jamais se arriscariam a ir pô-lo do outro lado da fronteira. Essa maldição estivera sempre consigo. Viera das trevas malignas e enigmáticas da infância na Ilha. Fizera com que tivesse perdido a graça dos confessores.

Fora-se também o perdão das mulheres que lhe haviam pago os estudos – as benfeitoras –, fora-se o sorriso voluptuoso do primo cónego, a protecção do reitor que abria fronteiras sobre exílios setentrionais. A noite de Lisboa ia transformar-se na contagem decrescente até à mobilização para a guerra colonial. Seria também o tempo do regresso à sua inominável pobreza açoriana – a do presente e a outra, a que ficara apenas adiada na memória.

Por duas vezes, nos verões em que o pai se recusara a pagar-lhe a viagem de regresso ao seminário, o primo cónego salvara-o de ficar retido nos Açores. Ao estender-lhe o dinheiro que lá fora suplicar-lhe em companhia da mãe, ele prevenira-o, mesmo a sorrir, de que contraía essa dívida não junto dele, mas sim num compromisso directo com a Igreja de Deus. De modo que não podia ter a menor ilusão: o primo cónego nunca lhe perdoaria a traição eclesiástica. Na primeira e única carta que dele veio a receber, leu as maldições, os insultos velados, a caligrafia torcida duma mão exasperada. Leu tudo isso também na correspondência posteriormente trocada com o reitor, que continuou a excomungá-lo e a repreendê-lo de longe, durante muito tempo. Leu-o na derradeira carta das benfeitoras, que se disseram traídas e envergonhadas. E leu-o sobretudo no silêncio dos antigos amigos e companheiros de ano, os quais evitaram escrever-lhe, com receio de virem a ser acusados também dessa traição. Por conseguinte, o seu resto de sorte, nesse e no futuro tempo de Lisboa, foi sempre o simples facto de estar vivo. Longe da família, é certo, sem um diploma de estudos e sem um único amigo – mas comprometido com a mais antiga e lúcida de todas as disciplinas dos vivos: o início duma grande paixão pela vida.

V

Por uma última vez, a mãozinha roxa tenta e consegue puxá-lo bem de encontro a si. Tem agora um peso quase ósseo, de serpente metafísica. Nuno aceita o seu encanto, sem suspeitar que a cabeça triangular desse réptil não tardará a multiplicar a peçonha dentro de si. Haveria ovos e ostras nas suas tripas, nas paredes do estômago, decerto até nos ossos, no fígado e nos pulmões. Porque o veneno único e numeroso da víbora começava, já então, a entrar-

-lhe no sangue. Tratava-se duma cobra sinfónica, cuja música parecia encantá-lo e entorpecer-lhe os movimentos. A voz do provincial discorria agora junto aos seus ouvidos, numa oratória melíflua e apaziguadora. Percebeu mesmo que se tornara um tanto suplicante, sem nenhuma arrogância, esforçando-se por propor-lhe umas segundas núpcias com a Ordem e as tréguas da compreensão recíproca. Propunha-lhe também uma nova coragem, agora que ia conhecer e viver o «mundo». Nuno acabou por distrair-se daquele discurso. Tinha um choro convulso à beira dos olhos. Para o vencer, desviou-os na direcção da quinta. Em baixo, ao fundo do recreio, onde vezes sem conta pontapeara a bola dos revoltados e rasteirara padres e alguns dos seus inimigos, corriam renques de laranjeiras, regos de terra que se haviam já encrespado de ervas, as macieiras, o plantio das couves e das alfaces e os canteiros de buxo com rosas que abasteciam a capela e o refeitório dos padres superiores. Os mesmos irmãozinhos idosos, de dorsos curvados e muito ossudos, continuavam emprestando à quinta uma ordem silenciosa e apaixonada. Dirigiam-na, amavam-na como fazendo parte da Obra de Deus. Quando os avistou, ainda e sempre derreados dos rins mas de rosto iluminado pela devoção daquela penitência, sentiu o primeiro remorso. Recordou de novo a tragédia de Frei Pio e a sua frase:

– Se alguma vez se provar que Deus não existe, eu serei com certeza o homem mais desgraçado do mundo!

No decurso de todos aqueles anos, sobretudo na idade do crescimento, roubara aos irmãozinhos, e não à Ordem, as laranjas e as maçãs com que matara as fomes nocturnas e os apetites clandestinos dessa fruta que o reitor destinara à mesa oblonga e conventual, mas nunca aos seminaristas. Muitos tinham sido descobertos, e logo a seguir expulsos, por causa desses roubos nocturnos. Nuno seguira-os através dos buracos da rede, disfarçados no escuro dessas noites de fruta. Vira-os encher as dobras dos blusões, os bolsos das calças: mergulhavam de cabeça naquelas dunas de maçãs, embrulhavam-se na furiosa alegria das grandes pérolas proibidas. Ouvira o som dos dentes, os seus risos e guinchos de murganhos. Fora-lhe fácil calar a voz da consciência. Afinal, estava-se no tempo da fome e do ciúme: apenas os mais velhos podiam repetir o esparguete, o arroz ou a açorda. Os outros eram servidos à concha, de pratos estendidos nas mãos muito trémulas. Os olhos imploratiivos deparavam sempre com a energia herética do prefeito da semana, o qual ordenava que a última travessa, rapada ao fundo dos caldeirões, fosse repartida pelos finalistas da mesa do fundo. De modo que, na semana da expulsão desses roubadores de fruta, pretextara convictamente a sua inocência, perante os interrogatórios, perante a pressão dos inquéritos elaborados pelo padre Francisco. Coibira-se mesmo de confessar esse pecado ao ouvido do homem que se colava à rede do arrependimento. Em sua opinião, apenas os irmãozinhos mereciam o segredo e a culpa: aqueles eram os frutos sofridos das mãos e do suor desses penitentes – não tinha de sujeitá-los ao perdão nem à censura dos confessores. Assistira, assim, à expulsão desses místicos da noite, fechado na convicção duma segunda inocência. Em pânico, vira-os fazer as malas e chorar; serem presentes a toda a comunidade, de olhos baixos e orelhas muito vermelhas, e depois chorar. O reitor prescrevera-lhes trinta e cinco reguadas em cada mão, e Nuno presenciou o modo como os corpos se torciam e os rostos ficavam tolhidos. Com alívio, avistou-os na primeira curva da estrada, envergonhados, direitos como estacas no interior da furgoneta do seminário. Pressentiu que ouvia, ou então sonhou ouvir, o assobio dos comboios que os levaram para as suas terras... Ficou sozinho na noite do dormitório, atravessado não pelo remorso dos padres, nem pela paixão dos expulsos, mas atravessado pelo olhar dos frades menores.

E, agora que o provincial consegue pensar que apaziguou o cavalo e o espírito do rapaz, Nuno limita-se a acusar o efeito dessa subtileza. A competência do princípio da velhice, que o levara a ser eleito em escrutínio eclesiástico, empregava a sua astúcia em amansar-lhe a revolta.

Não teve nenhuma dificuldade em conseguir levá-lo a fazer um recuo no tempo. Falava-lhe já num exame de consciência acerca desses anos de seminário. Queria, disse, chegar com ele à evidência e à luz minuciosa dos motivos que justificavam a decisão de o expulsar. Sabia, obviamente, das crises de fé, dos tempos científicos da angústia e da morte aparente dos dogmas, no seu espírito.

– O grande pormenor da existência de Deus – filoso-fou o provincial – é toda a história da Sua morte dentro de nós. Vê se és capaz de a reconstituir. Talvez tu próprio chegues à conclusão de que vai ser muito melhor para ti fechar esta porta, abrir outra e ir realizar noutro lado as tuas capacidades.

Para Nuno, contudo, as vicissitudes existenciais de Deus vinham associadas às convulsões da grande bicha que se movera para começar a agonizar. Deus tinha nascido muito longe dali. Não na cama dos pais, mas em si e dentro de si: no ovo da primeira lombriga. Sentira-O crescer, tornar-se ténia, depois serpente ou escorpião, depois dragão ou dinossauro – e fora nessa última fase da metamorfose que Ele lançara sobre si o fogo de todos os fogos. Antes disso, ouvira que os padres O haviam baptizado com nomes diferentes. O velhíssimo professor de latim apodara-O, um tanto lugubremente, de *Creator Divinus.* E, para melhor O caracterizar, acrescentara: *quia omnes res a Se fiunt et magnae sunt.* O professor de religião e moral crismara-O porém com designações complexas: Dúvida, Afirmação da Personalidade, Crise de Fé e de Valores, Atitude de Crescimento Interior. Mas o padre da filosofia, apesar de alcoólico, decidira aceitar o desafio dessa existência problemática. Chamara-lhe Angústia, palavra essa que se lhe misturava com o hálito vínico e parecia ferver-lhe na cumplicidade duma voz plural. Dissera-o com o mesmo desassombro com que, anos atrás, perante o ouvido atónito dos superiores, dissera que a «anexação de Goa pela União Indiana» não era nada a anexação de Goa; os guerrilheiros angolanos do 4 de Fevereiro de 1961 não eram nada os «bandidos», nem os «terroristas» nem os «bandoleiros» das crónicas do senhor Ferreira da Costa. Dissera outras verdades. Nas semanas em que era designado prefeito, permitia que os alunos seguissem pela rádio, à hora do almoço, as crónicas apoplécticas dos servidores de Salazar acerca do assalto ao navio *Santa Maria*, e também os protestos, os coros, os orfeões suplicantes das Forças Vivas da Nação a propósito do desmantelamento do ninho de víboras que era a Sociedade Portuguesa de Escritores. O padre da filosofia empurrou para a frente a Angústia, sabendo que era necessário e orgânico alimentar a sua bicha, senti-la viva nas tripas e no estômago e não perturbar o seu crescimento. Um dia, despadrou-se. Notícias vindas de longe deram-no vivo por terras e cidades estrangeiras, na demanda das paixões dum tempo europeu que não chegara ainda ao seu país.

– Que pensas tu que é o sacerdócio, rapaz? – indagou de súbito o provincial. – Exige-se muito sacrifício, toda a obediência e toda a humildade! Ou julgas por acaso que aqueles nossos irmãos – e apontava para baixo, na direcção dos telhados do convento – gozam ali da tua liberdade e da tua ausência de preocupação? Eles rezam, eles estudam, eles aprendem o que tu nem supões acerca dos mistérios da Vida. E que liberdade têm? Uma apenas: escolher entre o silêncio e a perdição. Voltam costas ao mundo, tão-só porque o mundo está cheio de tentações e enganos. Agora tu, não: escolheste o mundo, deves abandonar o serviço de Deus. Fingir vocação só para que te deixemos ganhar estudos, para que depois acabes por fechar-nos a porta na cara? Hás-de compreender que a tolerância também tem limites...

– Pobre de mim, senhor padre provincial! Vossa reverência a insinuar que eu estive aqui só para adquirir estudos...

– A insinuar coisa nenhuma! Erraste, errámos todos nós acerca do teu futuro dentro da Igreja, e pronto. Não há lugar a insinuações.

– Então escute-me, reverendo padre – e sentiu que a voz lhe tremia, no desamparo desse tempo. Estava no limiar da derrota definitiva. Sabia que tinha começado a ceder. Que ia em breve tornar-se suplicante. – Peço-lhe que, por favor, olhe bem para mim e me escute. Escute-me apenas durante um instante.

O provincial Luís pareceu surpreendido. Pôs nele dois olhos desconfiados. Impetuosos.

– Vossa reverência chegou aqui. Mandou-me chamar. Disse-me que eu devia fazer as malas e preparar-me para apanhar o primeiro comboio para Lisboa. Isso é praticar a caridade, o diálogo, a tolerância? A meu ver, não. É decidir de cima. Porque não me perguntou se eu estava ou não decidido a abandonar o seminário?

– Porque, pelos vistos, nunca quiseste decidir-te. Por isso julgámos que nos devia competir a nós essa decisão.

– O que está bem longe de estar certo. Sobretudo por uma coisa que eu muito gostaria de poder dizer a vossa reverência, caso se dispusesse a ouvir-me…

– Pois bem. Tens-me todo à escuta.

Aí, Nuno sentiu a garganta secar. Estavam novamente parados, e o provincial fizera incidir sobre os dele os olhinhos dourados. O corpo do rapaz tiritava, e isso era visível apenas na voz trémula, gutural. Uma voz triste e cheia de revolta. O corpo pendera um pouco para a frente, no início duma vénia. O rosto inchara de novo, prestes a voltar àquela congestão sanguínea de há pouco. De quando estivera quase a chorar.

– É que eu – disse ele, o mais humildemente possível – queria ainda pedir perdão a vossa reverência…

– Não percebo. Pedir perdão? O que significa pedir perdão?

– Perdão a meu respeito. Sou o único culpado de ter levado os meus superiores a pensar que tinha perdido a vocação. Tive um tempo de fraqueza. Mas esse tempo passou. Encontrei-me comigo, estou agora tranquilo.

– Significa isso, se bem entendo, que perdeste a vocação e agora voltaste a encontrá-la…

– Precisamente. E peço humildemente que me acredite.

– Quando decidiste recuperar tu essa miraculosa lucidez, pode saber-se?

– No passado mês de Fevereiro...

– Isso é zombar comigo! Não temos mais nada a dizer um ao outro. Vai mas é fazer as malas!

– Decidi, padre Luís, seguir o caminho do Senhor e nunca mais separar-me dele. Quero apenas que me acredite. Há momentos em que tudo se decide dentro de nós. Vossa reverência não pode negar-me esta última oportunidade. Conceda-me, por caridade, seis meses de experiência. Verá que lhe provo tudo o que acabo de dizer.

Quando voltou a fitá-lo, o provincial tinha a boca aberta pela estupefacção e esforçava-se por respirar através das narinas muito fechadas. Passou uma sombra demorada pelo seu rosto confuso. Passaram outras pequenas sombras. O rosto franziu-se mais, deixando novamente à mostra os pequeníssimos dentes temperamentais. Perplexos, os olhos giravam na superfície lívida dum rosto subitamente tocado pelo desânimo. O de Nuno, porque estava prestes a explodir, pusera-se rubro, muito tenso.

– Ou tu és mesmo muito esperto, e estás desde o princípio a divertir-te à minha custa, ou então eu próprio não me conheço.

– O que sucede é que vossa reverência também duvida. E começa a admitir que talvez se tenha enganado a meu respeito. Se puser comigo lá fora, assim, entregue ao mundo, sabe que eu me vou perder e entrar em desgraça. Mas também vossa reverência não vai poder dormir com descanso...

– Chantagem, não! – bradou o padre, exaltando-se e erguendo o dedo indicador. – Tudo, menos a chantagem. Certinho? No fundo, nunca fizeste outra coisa senão baralhar tudo e voltar a dar as cartas. Ora dize lá, sê franco: o que pode assim amedrontar-te tanto no mundo, rapaz? De que tens tu tanto medo?

Na simplicidade da pergunta, Nuno reconheceu, ainda uma vez, a subtileza, a experiência da águia que de novo abria as asas, saindo do interior daquele corpo, e depois se alava, muito aberta, em redor das presas assustadas. De facto, pensou ele, o que me pode estar assustando tanto, nesta primeira tarde do mundo? Quando Deus está morto, resta o grande mar entre Lisboa e os Açores; resta o outro mar metafísico, perante o qual se sentaria com a mesma sensação de estar de cócoras e de rabo à mostra no meio do deserto. Olharia em volta e seria um homem vencido perante as pessoas do Rozário que sempre haviam dito que ele não tinha «olho de padre». Para elas, isso seria o supremo triunfo. Para a família, havia de significar a vergonha. Na boca daquela gente, estudar para padre era frequentar a escola desses tiranos capados e pedinchões. Mas ser expulso por eles resultava ainda muito pior, por saber-se que a luxúria, o riso sem nome e a vingança coexistiam para reforçar a excomunhão.

O provincial continuava à espera que ele lhe dissesse o que mais o assustava no mundo, mas Nuno sentia-se perdido, afundado nas próprias interrogações. Se pudesse, diria apenas que ia fazer dezoito anos e que nada sabia do mundo. A vida era um túnel entre as férias grandes dos barcos e os anos sucessivos de reclusão por dentro dos muros altíssimos do seminário. Não se recordava de nenhuma outra paisagem, nem de outras pessoas. Vira o mar de cima, do tombadilho dos navios. Conhecera os comboios que vão e vêm entre a província e Lisboa, mas não o outro mar da terra: o mar feito de tempo, pinhais, peregrinações a Fátima, corredores, corrimãos, a sineta das horas, a música e a letra dos salmos, a campainha do início e do fim das aulas – e sempre, sempre aquelas vozes eternas que murmuravam ao despertar de todas as madrugadas:

– *Benedicamus domino!*
– *Deo gratias!*

«Que sei eu, o que posso ou devo saber a respeito do mundo?», pensou, sabendo que o fazia inutilmente. «Nem ao menos sei que porção de terra me está destinada!» Teve ainda uma breve, talvez fugaz ilusão de conseguir exprimir-se melhor perante aquele homem. Demovê-lo, vencer o olhar da águia, impedir que o olhar se lhe aguçasse. Tornara-se afinal numa presa inofensiva, cujas forças se esvaíam. Era um pássaro, o provincial era a serpente do encanto – melodioso e pérfido. Por mais que corresse, o seu corpo iria sempre ao encontro do crepús-culo desse deus sedutor e hipnótico. «Penso», pensou, «que nunca estive tão só na minha vida como agora.»

– O que te assusta, sei-o de sobra. Vai custar-te ser um homenzinho com personalidade e orientação. Só isso.

– Perdoe-me vossa reverência de novo. Mas enquanto eu disser que o meu destino está no sacerdócio, isso é ver-dade pelo menos para mim. Eu só queria que admitisse essa hipótese. A de se ter vossa reverência enganado a meu respeito...

– Continuas obstinado e a tornar as coisas difíceis. Percebe-se, sente-se que o orgulho ferido te ocupou a mente. Não ouviste nunca os nossos avisos. Não te qui-seste emendar. Pois bem: tens à tua frente o portão e o caminho que entendeste escolher.

Depois, o provincial hesitou um momento e pareceu ficar pensativo. Melancólico, o braço foi ao bolso e retirou o papel da sua vitória. Abrindo a mão perante os olhos de Nuno, disse em tom piedoso:

– Até já te comprámos o bilhete para o comboio, podes ver. Fazes as malas, transportas as tuas coisas para a por-taria e o irmão Gregório vai levar-te à estação. Quando chegares a Lisboa, estarão os nossos padres à tua espera. Irás para a Casa-Mãe, onde aguardarás o primeiro barco para os Açores. Anda lá, filho. Já não tens muito tempo.

Nuno deixou imediatamente cair os braços e baixou a cabeça. O provincial interpretou isso como a vénia que lhe era devida pelo cargo para que fora eleito e lançou-lhe uma bênção sobre a cabeça. Viu-o afastar-se em passo hesitante, como se cambaleasse. Nuno adivinhou que, nesse preciso momento, dezenas de cabeças e olhos deviam estar a espiá-lo lá longe, dentro das salas de estudo. Supôs que as bocas tivessem começado a cochi-char entre si, espalhando a notícia da nova expulsão. Os olhos encheram-se-lhe de lágrimas. A boca estava convulsa, num ricto de choro que lhe era impossível controlar por mais tempo. De repente, o provincial viu que ele se voltava para trás e vinha caminhando de novo ao seu encontro. Depois, parou e tentou suster o choro. Quando o conseguiu, o rapaz levou as mãos a altura do peito, entrelaçou os dedos e persignou-se numa súplica:

– Padre provincial! Tenha pena de mim. Pelo amor de Deus, não me mande embora. Eu juro, eu prometo nunca mais...

A um gesto do padre, contudo, a voz recuou. Extinguiu-se na mesma proporção das muitas lágrimas que principiaram a brotar-lhe dos olhos, cada vez mais grossas. O padre necessitou então duma indefinida e remota coragem para conseguir abanar a cabeça em sinal de negação. Fê-lo em silêncio e esperou até que Nuno lhe voltasse as costas. Viu-o atravessar todo o espaço do recreio e entrar a porta que dava acesso ao dormitório dos seminaristas mais velhos. Julgou ainda ouvir o som dos pés nas escadas que rangiam e ao mesmo tempo ecoavam como um tambor nas casas desertas. Em seguida, retirou do bolso o breviário, abriu-o e pôs-se a ler enquanto passeava: *unus ex discipulis meis tradet me hodie: Vae illi per quem tradar ego. Melius illi erat si natus non fuisset.*

VI

Vem-se sempre de onde sopram ventos inóspitos. De onde os céus são altos, curvos e decerto imortais como as abóbadas dos templos. Entra-se pela porta dum enigma chamado Santa Apolónia. Dá-se essa aproximação duma forma tão rigorosa e exacta como uma ciência já esquecida. É quando o ferro range no ferro. Logo começa de mudar-se a paisagem das casas baixas que têm erva nos telhados e a cujas portas assomam velhas trajadas de luto. De dia, aparecem também homens de boné ou com a gorra desviada sobre a orelha. Crianças de bibe esquecem por vezes a rotina de ver passar comboios e erguem uma mãozinha roxa de frio para acenar aos rostos que vêm da província. Para elas, são mortos exaustos, apreensivos. Não sabem ainda como irão viver a cidade de Lisboa. Os meninos admitem que eles ressuscitarão a seguir às derradeiras casas da linha, no sítio onde cessa o ruído dos carris e os edifícios são agora dum ocre fatídico em frente ao Tejo. Quando é noite, os vidros das casas são sacudidos por um sopro muito longo. Um silvo passa na direcção de Lisboa – e isso é o destino. Depois, deixa de ouvir-se o próprio silêncio. Porque o silêncio é antes de os comboios passarem, nunca depois. Quando param na gare, lá muito para diante, a noite vibra sob a luz. Para quem vem da província, a solidão é súbita: está nos estranhos rostos, nos abraços desconhecidos e na debandada dos muitos passos que se dirigem para fora da estação.

Para Nuno, a solidão é ficar sentado sobre uma das malas, mover a cabeça em todas as direcções e concluir depressa que nunca ninguém estivera ali à sua espera. Passa aliás da meia-noite. Escoa-se depressa o fluido ruidoso. Não sabe se as multidões vão ávidas de Lisboa ou se é a cidade que se abre a cada um desses hóspedes que nos táxis, nos autocarros e nos veículos particulares dizem de onde vêm, que coisas lhe aconteceram na província – e depois perguntam tudo a quem os leva numa direcção qualquer: como se vive ou se é, em Lisboa, que coisas atravessam os anos duma cidade que dizem ter um rio, praças quadradas com luzes amarelas nas montras, relógios propositadamente parados nas fachadas das igrejas e sempre bandos de pombos abrigando-se nos caprichos dos templos e das estátuas.

Quando rangem os últimos eléctricos, passam apenas rostos adormecidos. Os corpos desses rostos viajam emborcados, cheios de frio e fadiga, ou são cabeças que mal se movem e só olham em frente. Então, na estação de Santa Apolónia batem-se as últimas portas. Trancam-se guarda-ventos. Ferroviários de farda castanha aproximam-se das saídas levando lancheiras suspensas do gancho dos dedos. Espiam-no com desconfiança. Por um instante, Nuno devolve-lhes um olhar descrente, sem esperança de que algum deles possa vir salvá-lo desse enigma chamado Lisboa. Correm-se também as pequenas portas dos quiosques. Apagam-se luzes. E de súbito, lá no fundo das sombras, os comboios são apenas formas que arrefecem. Alguém lhe vem dizer que não pode ficar ali. Deve pegar nas malas, contornar o fim da linha e sentar-se no átrio que dá para a rua. Nada lhe pergunta. Se o fizesse, saberia da boca de Nuno que pode acontecer tudo a um expulso. Além de não ter dinheiro, não conhece de Lisboa senão aquilo que pode ter à frente dos olhos. Sente o mar muito próximo porque o reconhece pelo vento salgado e também pelos barcos, cujas quilhas se aguçam na sombra, por cima das amarras. Não sente medo. Apenas frio e cansaço. Sabe que está num momento da vida que lhe vai ser precioso. Não quer mais do que sentir-se no limiar dos anos felizes de Lisboa. Deseja a cidade com uma convicção idêntica à dos recém-libertados duma qualquer das suas prisões.

É um país seguro: nunca nada acontece. Por isso mesmo os guardas-nocturnos e os polícias de giro passam tilintando chaves e assobiando para dentro. Não o importunarão, porquanto se habituaram a ver rapazes chegados da província e à espera dos dias, sentados nos átrios de todas as estações e seduzidos pela voz de sereia distante que é a da cidade. Para eles, não passa de mais um recruta que vem assentar praça e iludir-se com a esperança de não ser mobilizado para África.

Não pode sequer telefonar a Amélia, por causa do adiantado da hora. Se o telefone soasse nessa enorme casa adormecida, uma voz ensonada responderia que tivesse a decência de respeitar o descanso alheio: não eram horas para se chamar à portaria uma qualquer aluna, e motivo algum justificaria uma tal emergência.

Consegue ligar-lhe às 8 da manhã. Amélia estava de saída para a missa e para um turno no Hospital dos Ossos, mas prontifica-se logo a anular todos os compromissos. Pede-lhe que tome um táxi e vá ter com ela ao Campo

Grande. Nuno adianta-se ao encontro. Desconfiado, o taxista diz-lhe que não tem a manhã toda para estar ali por conta dele e ameaça reter-lhe a bagagem. Vendo-a enfim aproximar-se, Nuno suspira de alívio e exprime uma ironia maldosa que o outro finge não entender. Antes de abraçá-la, estranha a palidez, o sorriso níveo e a obesidade doentia da irmã. Não é um sorriso alegre nem triste, apenas estupefacto. Tal como ele, fora expulsa do convento. Acusada de não ter saúde para a obra do Divino, haviam-na banido daí, como uma leprosa. Mas isso fora há cerca de três anos. Metade desse tempo vivera-o em sobressalto na casa dos Açores, sem remédios, proibida de sonhar com o regresso e mal tolerada quanto ao propósito de viver agarrada aos livros e ir fazer exames ao liceu de Ponta Delgada. Agora cursava a enfermagem e vivia de fazer turnos no Hospital dos Ossos e de dar assistência a uma matrona que convalescia duma fractura no colo do fémur.

Não é preciso olhar muito para topar nela a tristeza faminta, a raivosa energia da pobreza. Sofrida mas não revoltada, aceitara a perseguição da Ordem, a avareza dos pais e a caridade da Assistência Pública, numa luta solitária contra a tuberculose linfática. De resto, é imediatamente manifesta a sua tenacidade. Trazia planos já perfeitamente arquitectados a respeito de Nuno. Iriam viver juntos. Dispunha de alguns conhecimentos e acreditava que não seria difícil arranjar-lhe um emprego em Lisboa.

– Voltar para os Açores é que nem pensar – reforça ela. – Tudo menos ver-te andar de cavalo para burro. E papá há-de acalmar, não tem outro remédio.

Sabe que em breve a amará e odiará também por isso. Talvez venha a render-se a essa maternidade instintiva, ao modo como ela sempre protegera os irmãos mais novos. Mas odiará o tom imperativo dessa voz que continua resignada perante a infelicidade. Não tolerará ouvi-la consagrar ao Divino tanto sofrimento, nem firmar-se na certeza de que só Deus a curará. No comboio, tivera tempo de sobra para planear a sua fuga para fora da esfera de Deus. Decidira desobedecer-Lhe em tudo e dar a si mesmo o excesso de viver e amar a vida do lado de cá dos muros. Começaria por esquecer-se dos domingos.

Como se vence Deus? Pelo fruto até então diabólico das mulheres, pela masturbação à hora da missa, pelos cigarros fumados em liberdade, longe das denúncias dos espiões ou dos olhos dos prefeitos. O Deus dos expulsos e dos proscritos vence-se também pela companhia dos primeiros amigos, sobretudo daqueles que se tinham rufiado nos segredos da cidade. Vence-se quando não seja preciso depender da Sua graça e sim dum emprego e dum salário mensal. Precisava de fazer um grande manguito em direcção aos Açores, de onde o pai o reclamava para o trabalho das terras. Há muitas maneiras de reduzir Deus a uma figura equívoca. Nuno jurou que havia de o conseguir depressa: sem sofrimento e sem remorso.

VII

No decurso dos primeiros meses, ainda condescende com as súplicas e as ameaças da irmã, a cujas insistências foi suportando a angústia das missas dominicais. Havia nele uma vertigem feita de forças contrárias: revolta e obediência, ódio e indiferença colidiam dentro de si. O arrepio vinha-lhe precisamente dessa coexistência contraditória. Umas vezes, ficava rondando a igreja do Largo da Anunciada. Girando pelos passeios vizinhos, iludia assim o tempo da missa e tentava tomar o pulso a uma cidade que lhe oferecia apenas os becos e não a porta de saída que tanto procurava. O tempo dessas rondas não podia ser medido senão pelo músculo das dúvidas que o assaltavam. Alguma coisa de difuso acabava aliás por o devolver ao largo e o obrigar a ficar de frente para o templo. Via então os eternos pedintes sentados à porta, os verdadeiros e os falsos, e via as velhas de luto carregado que entravam e saíam e se benziam com a água benta das pias. Perguntava a si próprio o que significava aquilo, que faziam ali os aleijados e quantos se expunham à piedade dos domingos. Outras vezes, entrava na igreja muito curvado, reconhecia de pronto os ritos, o ar de corvos dos fiéis, a vozinha chorosa e imperativa dum padre muito alto, espadaúdo como um boi e todo ele feito duma insuportável cor de rosas. Qualquer coisa de repetido e inadequado existia em tudo. O corpo do padre era talvez excessivo para a flauta que estava sendo tangida pela voz efeminada. As velhas continuavam submersas pelos mesmos cheiros a podre, pelos sudários dos seus véus de domingo – e tudo isso voltava a ser igual ao que se passara durante tantos anos naquela capela de província. As mesmas jovens usavam óculos, eram feias, todas excessivamente virgens e com mãos branquíssimas que tremiam ao peso dos missais. Mesmo os homens pareciam ali diferentes dos homens, com seus modos sebáceos e equívocos. Imaginava-os a amar as religiosíssimas mulheres, a fornicarem-nas como se praticassem o sacramento eucarístico, e haveria nessa sexualidade qualquer coisa de místico, uma espécie de sacrifício no qual ambos ofereciam ao Senhor a traição dos prazeres da carne. Pelos anos fora, no decurso de toda a sua futura experiência social de Lisboa, Nuno teria muitas vezes a sensação de se estar movendo entre seitas, participando dos seus cultos. Nos espectáculos de bailado, voltaria sempre a estar rodeado das mesmas virgens de óculos, dos mesmos casais bem-comportados, de velhas gorduchas que se abanavam com leques chineses onde predominava o negro do luto. A cultura foi-lhe sempre feia, míope e sectária. No teatro, a voz dos actores masculinos deslizava nos seus maneirismos e ademanes; nos meios jornalísticos persistiam as línguas viperinas e as bocas sedentas de *whisky*. E entre os inefáveis escritores, pior ainda: supriam pela chateza inteligente a sua inequívoca, perpétua fealdade física. Além de feia, a cultura do seu país comprazia-se numa atitude de maledicência sistemática, e o sentimento que a dominava deu sempre pelo nome de ciúme. Era a cultura despeitada e concorrencial, fingindo-se humilde para melhor esconder as vaidadezinhas do circo.

Na irmã, começou por odiar o facto de gostar de descer a rua de braço dado com ele à hora da missa. Era como ela lhe manifestava um amor apenas dominical. Nos outros dias, censurava-lhe a imensa roupa que ele lhe dava para lavar, o nunca estar a horas em casa após o trabalho na repartição, os amigos suspeitos que lhe pediam dinheiro emprestado e depois o evitavam nos cafés, e quem era a moça duvidosa com quem ela o vira a tomar chá com torradas, e por onde andara até às tantas na noite de sexta-feira em que chegara a casa eufórico e quase embriagado, e que era isso de agora ter começado a escrever poemas e contos e a publicá-los nos jornais que se opunham ao regime, e que era feito dos seus antigos planos de retomar os estudos, ser um homem, preparar-se para não ir a soldado raso na tropa – e ameaçava de novo devolvê-lo aos Açores e ao pai, caso não ganhasse juízo e continuasse a incorrer nessa loucura de fazer número com os inimigos do senhor Salazar. Amélia odiava a política, não em si mesma, mas pelo facto de estar desviando o irmão para o mundo temerário dos perseguidos. Não só receava a sua perdição dos caminhos de Deus e dos estudos, como a previsão dessas ameaças. Uma tal impotência tornava-a dia a dia mais raivosa e obrigava-a a gritar-lhe que não contasse com ela para nada, se viesse a suceder-lhe qualquer percalço com a polícia política. Nuno chegou a ameaçá-la com um bofetão, aludindo ao histerismo desse terror que tinha de abominável o não querer ser esclarecido nem inteligente. Em sua opinião, Amélia, que se pôs a chorar pelos cantos, personificava a preceito a ovelha dourada do rebanho português. Pensava que não se devia fazer política apenas e só porque era proibido e porque em Portugal as proibições não deviam discutir-se: o que era interdito significava um dever tão sagrado como um mandamento divino.

Quis explicar-lhe onde começara e de que forma estava crescendo a sua revolta. Obrigou-a a sentar-se-lhe na frente e pôs-se a discorrer: no seminário, estudara pelos mesmos livros obrigatórios, fora até um aluno acima da média. Per-

277

correra todas as disciplinas do liceu, a matemática, a física, as línguas estrangeiras, uma língua morta chamada latim, o solfejo, a religião e moral, a civilidade. E de súbito, como por escárnio, tudo isso fora varrido da sua vida para fora. O Cardeal-Patriarca de Lisboa não perdoava esses estudos a nenhum dos seus expulsos. Se queriam continuar o liceu e entrar nas universidades, obrigavam-se a começar tudo de novo, embrulhados como trouxas no papelinho inútil do diploma seminarístico. E, no entanto, esses metafísicos estudos dos expulsos habilitavam-nos para servir a pátria e ir fazer a guerra à África; um Estado superiormente bene-mérito recebia-os nas repartições, podiam ser escriturários, desenhadores, caixas, cobradores de impostos, tudo isso a mil setecentos e cinquenta escudos mensais; patrões cari-dosos, todos muito solidários com a política do Ditador, acediam a empregar os ex-padrezinhos, porquanto, além de muito religiosos, acreditavam nas virtudes da disciplina, na timidez da subserviência e nos complexos de inferiori-dade desses servidores.

Amélia não se deu por vencida. A lógica das decisões indiscutíveis deu-lhe logo a ilusão de poder solucionar todos os problemas do irmão. Lá que não estava certo, não estava. Mas que se havia de fazer? Nuno podia perfei-tamente deixar-se dessas afrontas e decidir-se por ir ao liceu e propor-se a exame: em duas épocas, se tanto, recu-peraria a equivalência oficial do diploma e depois podia seguir em frente e concluir o 7.º ano! Desistiu. Com aquela irmã ele havia sempre de falar latim, viviam em ondas diferentes, nunca conseguiram estar em sintonia. De modo que tinha sido libertado da trincheira dos cen-sores eclesiásticos, dos pecados semanais que fora preciso inventar para justificar a confissão e do olho vigilante dos prefeitos – mas vinha devolvido aos preconceitos daquela freirinha sem hábito, cuja mentalidade fora forjada na clausura e domesticada no convento! Daí em diante, todas as mulheres que lhe sorrissem só podiam ser prostitutas, ou então simples oportunistas que não hesitariam em aproveitar-se de Nuno para engravidarem, forçando-o a

um casamento apocalíptico. Tentou por isso apresentar-
-lhe o que considerava «moças sérias», as quais iam sempre à missa, usavam vestiditos pudicos e véus translúcidos.
Quando os retiravam, tinham o senão de serem narigudas,
sardentas como cenouras, bexigosas em idade púbere que
disfarçavam com pó-de-arroz o buço – mas, contrapôs
Amélia, ofereciam a garantia da pureza virginal, dos bons
princípios morais, a observância da Fé e as promessas da
felicidade matrimonial. Para Nuno, o que ela tentava
impor-lhe, nessas noviças nubentes, não ia além do casamento eclesiástico e do túnel virtuoso que colidia com a
disponibilidade das suas paixões.

Um domingo, conseguiu suportar a missa só até ao início da pregação. A seguir à leitura do Evangelho, o sacerdote juntou as mãos, fechou os olhos e assumiu a postura
seráfica dos pregadores. Largou a discorrer sobre os caminhos da Fé, da Esperança e da Caridade. Teve o condão
de abrir no coração de Nuno as feridas que principiavam
a cicatrizar no tempo de Lisboa. Decidira-se entretanto
por uma religião pouco ortodoxa e até combativa, feita de
parábolas que admitiam interpretações libertárias. Não
pôde suportar o fanatismo suplicante do pregador, que
pedia aos fiéis que orassem pela salvação dos inimigos de
Deus e dos nossos governantes. Os inimigos de Deus e
dos nossos governantes estavam excluídos do número dos
eleitos do Senhor. Tinham imensos defeitos: o materia-
lismo dos prazeres carnais, a instigação ao ódio entre os
portugueses, a traição dos desígnios patrióticos, o veneno
da heresia. Nas expectativas de Nuno cumpria-se então a
esperança de ouvir a Igreja do seu país denunciar os crimes da Ditadura, a violação dos Direitos Humanos na
pessoa dos presos políticos, o genocídio da guerra colonial e a exploração dos trabalhadores. No seminário, a
defesa dessa atitude fora há muito assumida pelos «padres
novos» que começavam a pressionar a hierarquia. Os
«padres velhos» detinham porém os priorados de toda a
Ordem: eram reitores, provinciais, mestres e relojoeiros
do tempo e dos templos. Instalara-se essa guerra surda

entre duas gerações de padres, mas o país não ia além dum barco à deriva no *mare nostrum* da aterosclerose dos bispos eternos e de quantos fruíam das suas luxúrias. A tripulação do barco era constituída pela prole dos cúmplices que veneravam de longe um Ditador invisível. Havia generais sanguíneos, um Cardeal-Patriarca de sorriso maternal e olhos descoloridos, políticos dóceis como viúvas surpreendidas em delito sexual e um construtor civil com um palito entalado nos dentes. Outros cumpliciados desciam a pirâmide náutica, povoando os tombadilhos, o convés, a festa ensurdecedora dos salões de bingo. Outros ainda provavam o vinho e bebiam-no nos infinitos aniversários do pai da pátria. Mas havia de ser sempre no fundo dos porões, asfixiado e proscrito, que devia ouvir-se o contínuo clamor dos náufragos deste país irreal ou aparente. Nuno aprendera a escutar-lhe os gemidos e as raivas, os soluços e os gritos da mordaça, e aprendera também que o silêncio pode estar por detrás do silêncio. A Igreja da esperança e da justiça traíra nele essa aprendizagem do país. Os bispos continuavam a benzer as naus, o Cardeal-Patriarca viria a morrer só disso, da fadiga de tanto abençoar os peregrinos em Fátima – e aquele padre da igreja do Largo da Anunciada nunca saberia que estava apenas tangendo o nervo e a subversão de Nuno.

Tornou-se-lhe insuportável ficar ali por mais tempo. Saiu com a convicção duma rotura definitiva com a liturgia. Disse-o ainda ao ouvido atónito da irmã, que arregalou muito os olhos e tentou em vão impedir semelhante descalabro. A manhã estava magnificamente iluminada pelo sol do princípio do Verão. Descendo a Avenida da Liberdade, Nuno descobriu a inestimável importância de estar vivo nessa cidade branca, no azul diáfano do seu firmamento. À medida que avançava na direcção do Rossio, encontrava-se com o país da realidade que só existe longe dos templos e dos seus murmúrios. Viu-o nos engraxadores que à porta dos cafés jaziam de cócoras, de olhos postos nos sapatos da multidão. Viu-o nas floristas, nos ardinas, na orgulhosa passagem das legiões de estrangeiros que traziam máquinas fotográficas a tiracolo – e viu-o sobretudo passeando de mão dada nos jovens da sua idade que tinham decerto alguns dos seus anseios.

A visão desses apaixonados deu-lhe uma volta ao espírito. Soube por eles que também participava já dessa paixão. Ia vivê-la contra o mundozinho sombrio dos domingos de missa e contra as sombras que lhe vinham ainda dum passado imposto e não escolhido. Vagueou pela Baixa durante toda a manhã, esquecido de Amélia, perdido duma realidade até aí ilusória e subitamente projectado sobre o outro tempo de Lisboa. Pela primeira vez na vida lhe assistia essa lucidez, feita duma profunda transparência. Deus deixara de fazer-lhe falta. A família transformara-se há muito numa tribo perdida e já desnecessária. A pátria estava por inventar, porquanto não podia chamar-se pátria à fábula que persistia em explicar a existência dos heróis defuntos e dos mártires estropiados. Tinha a superior vantagem de ser um recém-chegado a essas noções e também à nova fatalidade dos dias. Via-o com o corpo, sentia-o com os ossos. Não havia um único órgão do seu corpo que não estivesse pronto a reagir contra o logro desses anos inocentes, distraídos e envenenados. Ao mesmo tempo, dava-se no seu espírito uma espécie de partilha dupla. Uma parte nascia para o ódio e enchia-se de recusa contra o Deus do seminário e dos domingos de missa de Lisboa – e contra um país que não estava em guerra, não impedia o pensamento de pensar nem o sentimento de sentir! A outra parte aprendia a distinguir entre o amor do próximo e a paixão da Mulher.

Nunca fora tão claro como agora que se estivesse produzindo em si uma mudança de idade. Na infância, sofrera um impulso semelhante mas mais reduzido. Quando ia fazer nove anos, sentiu-se atingido por uma estranha clarividência que fez com que, de um instante para o outro, compreendesse a aritmética do mundo. Sentira a inteligência crescer dentro de si. Uma luz até então fátua e oblíqua acendera-se-lhe para sempre no interior da cabeça e passou a iluminar-lhe os olhos e o cérebro.

Agora, essa luz renovava-se com outra intensidade e dizia-
-lhe que era preciso dar o salto do gamo ou do puma e
mergulhar no sítio onde a paisagem se pode confundir
com a vida e ser, como ela, infinita.

VIII

Conhecia-lhe o sorriso, a cor do cabelo, o som firme dos
passos e cada pormenor do corpo e da sua existência –
mas faltava talvez avistá-la ao dobrar da primeira esquina,
segui-la e ir oferecer-lhe o seu destino. Quando tal acontecesse, decerto lhe diria que a vivera toda e que já
nenhum enigma dela lhe era desconhecido. Sabia a história da sua infância, porquanto a paixão não é outra coisa
senão isso, uma imensa, grandiosa e mundana infância.
Nascera com a terra ou do fundo dela. Vigiara-lhe o sono,
ouvira-lhe os primeiros soluços e apaziguara de longe os
seus medos nocturnos. Sempre e em toda a parte a distin-
guira das outras mulheres pelas estrelas que coroam as
deusas e pela invisível presença. Por isso lhe fora fiel.
Não era necessário sequer idealizá-la. A Mulher estava
dentro de si, sublimada e viva nessa posse que bastava
cumprir-se numa imagem dela. Com excepção desse pressentimento acerca da Mulher que viria encher de glória a
sua paixão, nada de importante lhe aconteceu nesses anos
de Lisboa. Precisava da sua grandeza, da coragem dessa
mulher real, irreal e insofismável, e tratou de procurá-la.
Uma parte dela coexistiu na ilusão dos olhos felizes de
Bárbara. Outra parte pareceu cumprir-se na outra ilusão
de Áurea, a sacerdotisa desse tempo de recusa ao amor de
Nuno e ao seu desprezo. Não esteve com Inês, a pequenina aprendiza de cabeleireiro que tinha os dedos ásperos
e um grande verde solitário nos olhos demasiado tristes.
Quando conseguiu marcar um encontro com ela, ficou
perante uma rapariguinha muda e assustada. Não dizia
nada, mas os olhos choravam, tremia-lhe nas tetazinhas

enxutas uma espécie de pânico e Nuno deduziu que nenhuma paixão podia ser vivida nessa presença envergonhada. Outra parte dessa Mulher pairou sobre a cabeça luminosa das jovens logistas, nos seios sobrenaturais duma criada que viera da província e dizia «não pode xer, estou com o xangue». Seguramente que a presença da Mulher passou iludida pela cama duma prostituta sagrada chamada Anjos: era magríssima, tratou-o por «filho» e depois forçou-o a tomar cinco doses de penicilina. Como se numa aparição, realizou-a nas estudantes orgulhosas que cortejou em vão e até se sentir ridículo. Conheceu-as nos lares, para onde convergiam rapazinhos que levavam toalhas de praia traçadas ao pescoço e homens bem vestidos que viajavam em descapotáveis de luxo e a quem elas tratavam por «padrinho».

Amélia tinha desistido de compreender a vida do irmão. Resignara-se a ouvi-lo chegar muito tarde, ir beber leite ao frigorífico e deitar-se de cigarro aceso. Pelo tabique que separava os quartos, podia seguramente perceber que ele cismava no escuro. Chegavam-lhe suspiros, o chiar das molas do colchão e, por fim, uma respiração pesada num sono pouco tranquilo. Nunca suspeitou que pudesse estar apaixonado. De resto, não saberia explicar a si mesma como podia ele acreditar nisso, numa paixão que sofria por uma Mulher invisível e inexistente. Nuno, pelo contrário, nem por um momento duvidou dessa possibilidade. A sua convicção residia no facto de saber que não estava a enlouquecer. Podia ser uma lucidez estranha, de visionário, mas o que lhe doía nessa Mulher ainda desconhecida era mesmo a ideia de ter sido fadado por ela. O tempo aproximava-o dessa existência porque nele se anunciavam novos pormenores acerca da deusa e do modo como havia de conhecê-la um dia.

Ela rejeitara a simples hipótese de vir a ser apresentada a essas fêmeas simplórias, levianas e interesseiras. O seu quotidiano separara-se quase completamente do do irmão, com quem chegou a acordo quanto aos compromissos com a renda da casa, a comida e as outras despesas mensais.

Nuno não se deixou impressionar por isso. A vertigem das mulheres era agora a única maneira de que dispunha para aprender o mundo. Se se desligasse de todo da vida de Amélia, isso significava que ficaria ainda mais disponível para a Mulher por quem se deixara apaixonar. Nada teria a agradecer à irmã, e sim a Ela, àquela que viria salvá-lo. Decidiu procurá-la nos livros, pois podia acontecer que fosse ainda fictícia e estivesse crescendo até se tornar real. Do que não podia duvidar é que a Mulher chegaria, saída duma página ou ao dobrar duma qualquer esquina de Lisboa, nascida para ser amada por um homem como ele e por nenhum outro. Quando chegasse, seria talvez pequena ainda, precisaria de crescer. Então, teria a felicidade de ensinar-lhe tudo, o nome das coisas e das ruas, o tempo político e o tempo das pedras, a sua talvez inútil sabedoria de Lisboa. No essencial, a Mulher estava no futuro.

Deixou de sofrer à medida que a paixão se foi aproximando dessa certeza. Na verdade, tudo se fortalecia no seu espírito. Começavam de resto a assistir-lhe pequenos mas sintomáticos triunfos. Depois de promovido na repartição, sentiu o conforto dum quarto maior, em casa duma viúva eterna que continuava a chorar o defunto. Passou a receber aí dois alunos de Latim que tropeçavam sempre no genitivo plural das declinações e que jamais atinaram com a conjugação dos verbos defectivos. Descobriu a Literatura. Com o tempo, e uma vez que jamais se tinha separado desse compromisso com a Mulher, deduziu que acabara por a inventar. Ela estava toda escrita nas páginas dos seus poemas, tanto quanto podia estar na tela do pintor ou na pauta do músico. Via-a a uma definitiva transparência. Podia ser uma pomba e soltar-se de dentro de si, caso não estivesse agora para sempre anunciada na sua escrita. Estava absolutamente certo de que faltava apenas que ela despertasse e se erguesse dessas páginas. Veria então iluminar-se-lhe o sorriso. A Mulher caminharia sobre o papel, com seu passo firme, e o vento levantar-lhe-ia um pouco o cabelo cor de avelã. Nuno fecharia a porta e abriria a janela, a fim de ver se eram profundos, pardos e determinados os olhos dela. E, estendendo-lhe a mão, seria apenas um homem feliz perante a sua deusa. Vinha já coroada e tinha nome. Nuno experimentou dizê--lo, gostou de ouvi-lo e limitou-se a repetir: Marta!

IX

Vinte e um anos depois, as mesmas camas oblíquas, afundando-se a meio do colchão, alteavam-se para as pontas, e Nuno recordou tudo de novo. Eram os mesmos os ferros lascados e os muros, e os postigos que pendiam do tecto e impediam a visão da estrada, e as casas quadradas com pequenos alpendres onde outrora mulheres já velhas e viúvas se sentavam ao fim da tarde, e a própria igreja paroquial: conhecera-a decrépita, a ameaçar ruína, e vinha reencontrá-la tal como dantes. A única diferença reside talvez na nitidez e no deslumbramento das coisas, nas formas nuas da paz ou na extensão das novas ruínas. No extremo norte do dormitório, o espelho dos lavabos apresenta-se ainda crivado de manchas ferrosas, tanto no vidro como nos rebordos grossos, de onde começam a despegar-se placas de ferrugem. A pia do lavatório estende-se, tal como no seu tempo, a toda a largura daquela água-furtada. Duas dúzias de torneiras, pingando avulsamente no silêncio arruinado do edifício, trazem-lhe à memória as noites de chuva, de quando acordava e tinha a cama ensopada pelas goteiras.

Havia de novo a grande penumbra e a tristeza daquele sótão vazio, e o terror e a paixão, e a febre de quando se via só no escuro e se punha à escuta do mínimo ruído. Os outros tinham sempre partido para férias e Nuno ficara para ali entregue à noite. Havia comboios para o Minho e Trás-os-Montes, comboios para o Algarve e para as Beiras, mas não os havia para os Açores. Nem barcos, nem aviões pelo Natal ou a seguir à Páscoa. Sentia-se vivo naquele túmulo, que era todo o casarão: vivo por ouvir o riso dos padres ao longe e ao serão, os estalidos das colunas de madeira onde se apoiavam os telhados e os passinhos velozes dos ratos nos forros. Aterrorizado por tudo, esperava que o prefeito viesse para o quarto que se situava a um canto do dormitório: então o medo passava e ele lograva dormir.

Por falta de vocações para o sacerdócio, o seminário menor fora extinto alguns anos atrás. Quanto ao convento, que percorrera mal ali chegara, despovoara-se também daqueles que nele tinham estudado Deus e da mesma forma O tinham perdido. Dessa longínqua comunidade, outrora côncava como o búzio dos cânticos gregorianos, restam dois padres estrangeiros que se exprimem em francês, cinco irmãozinhos de olhar gelado e dedos ossudos, um cogumelo de freiras na cozinha e uns poucos frades com tornozelos de andarilhos que agora preferem os fatos cinzentos às pesadas túnicas da clausura. De modo que, perante o vazio tão súbito do próprio tempo e da sua memória, os corredores são túneis desertos onde os pés vibram e as sombras se projectam. Até mesmo as vozes parecem erguer-se do fundo de minas abandonadas, catacumbas de museu ou ossuários profanados. O pátio interior, onde já houvera o buxo e as rosas e a fonte santa da sabedoria, amarelecera sem remédio nas novas imitações do plástico e no envelhecimento das ervas. Pessoas vagueiam por ali perdidas e perplexas, atravessando corredores sobre os quais rugem as portas e onde o vento assobia ao atravessar os guardaventos ou os vitrais rachados. Nuno vira essas pessoas à distância, curvando ao fundo, e pareceram-lhe cobras apressadas nesses labirintos absurdos.

Para sobreviver, a comunidade decidira converter o seminário menor na Obra dos Rapazes. Nuno vira-os, ainda há pouco, no recreio e na copa: eram órfãos, bastardos tristíssimos, viciados da droga que lá do fundo dos seus poços enigmáticos recuperavam aos poucos a vontade e o conhecimento do tempo e das coisas. Surpreendeu-se com o facto de todos esses rostos o terem assustado: num repente, julgou reconhecer-se no corpo, no perfil daqueles ossos sonâmbulos. Caso pudesse tê-los visto de frente, teria sido transportado no tempo e estaria agora no lugar deles: vendo desfilar as visitas e ouvindo os seus aplausos quanto à forma como os rapazes eram ali domesticados.

Sobrara-lhe, desse turvo tempo passado, um único amigo, e por ele acedera a vir ali participar num encontro de ex-seminaristas. Tinham saído cedo de Lisboa, e o amigo Fausto revelara-lhe a existência de vales já esquecidos, o inconfundível aroma do eucalipto e do cedro que se misturava de novo com o ar ácido das fábricas de celulose e com os ruídos das serrações, o próprio nome de minúsculas aldeias de velhos e crianças, outrora tão próximas e hoje sem lugar na sua memória delas. Ano após ano, fora resistindo ao convite insistente das circulares, temendo comparecer ao abraço desses peregrinos nostálgicos. Nos rostos que se aproximassem do seu, temia sobretudo a cor macilenta e as vozes ainda conventuais. À distância, pressentia os seus casamentos ociosos, a frustração conjugal que se alimentava tão-só da missa dominical, a interpretação apocalíptica do «mundo» e uma amargura discreta, ressentida contra o demónio da Democracia, a qual tornava anárquicos e mal-amados os regimes. Ao mesmo tempo, acometera-o a curiosidade de testar ali a sua regeneração mundana. Não estava certo de ter conseguido matar em si o dragão de Deus. Talvez tivesse logrado apenas desviar-se dos seus jactos de fogo...

Nenhuma surpresa lhe adveio dos rostos que foi reconhecendo sem dificuldade. Na verdade, tinha-os dentro de si, num recorte nítido, sublimado pela memória da infância e da adolescência. Não estranhou sequer que os padres não tivessem envelhecido na proporção de todos aqueles anos. Surgiram-lhe apenas um pouco mais descabelados, um tanto surdos e queixosos, mas ainda maternais no modo como abraçavam e acolhiam o regresso de cada um desses filhos pródigos. Tão-pouco o surpreendeu o facto de muitos ex-seminaristas saberem praticamente tudo acerca da sua vida. Escrita no vento, fora decerto transcrita em todas as versões e comentada nos encontros dos anos anteriores.

De cada vez que tropeçara num desses seres nas ruas de Lisboa, obrigara-se a ouvir a crónica que anunciava toda a vicissitude dos outros. Contactava então com o triunfo e a glória duma seita dispersa, mesmo errante, mas que acima de tudo podia orgulhar-se de poucos mártires e de muitos vencedores. O «mundo» continuava a ser aquela antiga arena de circo, os seus enganos e perdições, com a qual outrora todos haviam sido ameaçados de extinção.

Sozinho no dormitório, vinte e um anos após aquele Março frio em que dali fora expulso sem misericórdia: nada havia mudado. Os lavabos assemelhavam-se ainda aos bebedouros dos bois da sua infância. As mesmas cores desmaiadas, sujas e pobres. As colunas que sustinham a água-furtada mantinham as mesmas arestas, mossas e frestas. Mas nos sítios onde já não havia camas nem armários trancados a aloquete, desaguavam agora os produtos da quinta: medas de batata que principiava a grelar, manchos de cebolas e alhos e cestos de fruta. Deixou que o penetrassem os cheiros, a desordem das roupas dependuradas dos pregos, o crime das colchas mal esticadas e o odor específico e inesquecível desse lugar de sono que se impregnara para sempre dos hálitos nocturnos. Tudo deixara de ser real e insuportavelmente plano, incriminado como um pesadelo que nunca fora absolvido. Ele mesmo talvez não estivesse ali. A sua existência confundia-se com a das personagens fictícias, com os actores a quem incumbisse pôr de pé a sombra, a voz esquecida, a mão daquele que lança o espírito e a rede e colhe peixes moribundos nas águas do tempo.

E estava ele submerso pelo tumulto desses anos, quando ali chegaram os órfãos e os bastardos. Eram miúdos, encardidos no aspecto, de olhar parado. Muito baças, as cabeleiras tinham sido podadas por uma tesoura inábil – certamente a mesma que outrora era exibida por um seminarista truculento a quem todos designavam por «o barbeiro». Quando enfrentou a solidão daqueles olhos, não teve dúvidas: estava a mirar-se a um espelho antigo. Viu-se no corpo, nas roupas remendadas, na pobreza mundana de cada um daqueles órfãos. Tal como no seu tempo, o logro dos bastardos consistia em estarem num mundo organizado pelos outros, não na própria realidade. Como quando, pensou, a loba confunde os cachorros com os filhos e decide amamentá-los. Até por isso, os padres vestiam túnicas e não calças – para darem aos seminaristas a materna ilusão da loba ou das damas com pés de cabra. Imitavam, é certo, o sorriso das mães inexistentes. Mas a doçura fora sempre demasiado cáustica...

Tentou conversar com eles, captar a angústia daqueles rostos. Os órfãos eram porém esquivos, de sorriso invisível, e não lhe foi possível penetrar na sua tristeza. Encheu-se, sim, duma antiga e nova aflição. Os miúdos esperavam apenas a primeira oportunidade para se escapulirem da sua presença. Não o tinham feito ainda por educação. Decidiu por isso libertá-los. Enfiando as mãos nos bolsos, fingiu voltar-lhes as costas e pôde então sentir como deslizavam ao encontro dos seus esconderijos. Daí a pouco, tomaram baldes, vassouras, rodos e latas de serradura e puseram-se a juncar todo o chão do dormitório. Outros espalhavam água pelo cimento dos lavabos, pegavam em escovilhões e rodilhas e puxavam autoclismos. Observou o óbvio: faziam-no com a mesma falta de alegria do seu tempo. Durante quase sete anos, estivera ali de castigo. Não para estudar e vir a ser padre, mas de castigo às retretes e aos lavatórios, tanto quanto os presos nas penitenciárias ou os recrutas nos quartéis quando eram postos de faxina. A limpar, pensa agora, o que nunca podia ser limpo e a cuidar duma higiene que jamais disfarçaria a sujidade, a nódoa moral, a pecaminosa solidão dos asilos, dos reformatórios, dos seminários.

Lá para o fundo do edifício, adivinhava-se já o trepidar dos panelões na cozinha. Ao mesmo tempo, os carros que continuavam a chegar despejavam cláxons eufóricos e deles desembarcavam ex-seminaristas de óculos escuros e sorriso comovido. Muitos traziam mulher e filhos. Os belos carros, os anéis e os fatos azuis atestavam a nova suficiência da prosperidade. A Nuno incomodara um pouco a exuberância dos longos abraços, a inesperada familiaridade dos padres que continuavam a tratá-lo por «filho» e toda a festa desses reencontros. Antes de cada abraço, ficavam um momento a estudar-se pelo olhar, cuidando de reconhecer naqueles corpos a infância maldosa e a cumplicidade perdida. Depois irrompiam em tumultuosas manifestações de alegria. Era então certo que o tempo parara, encalhado nessas emoções. No momento seguinte, contavam à pressa tudo o que lhes acontecera no «mundo». Os cursos obtidos ou abandonados, as profissões, as conquistas da prosperidade e da inteligência. Todos tinham sido excelentes estudantes e se tinham na conta de pessoas de talento. Nuno notou que os professores se esforçavam por manter a jovialidade, não obstante a descrença, os olhos cansados, as luas da calvície. Homens de luxo e rigorosamente engravatados praticavam em Lisboa, no Porto e em Coimbra uma advocacia elegante, quase distinta. Os psicanalistas exibiam samarras desleixadas e trataram logo de parecer desinibidos, mesmo superiores. Ia ouvi-los discorrer sobre a metafísica dos outros, num discurso cerrado e volumoso, e ia saber que a vida era um teatro onde cada um sabia de cor o papel dos outros. Comerciantes musculados esforçavam-se por encolher os grandes ventres ovais, como se tentassem merecer e estar à altura da elegância e da fluidez dos discursos. E os doutores em ciências sociais compunham a ruga filosófica, antes de discorrerem sobre os males de viver. Quanto aos restantes, ficavam para trás do grupo e escondiam as unhas sujas de terra. Nuno viu que tinham os dentes estragados e que por isso evitavam sorrir. Com embaraço, coçavam os parcos cabelos lambidos na direcção da nuca ou ajustavam à testa os barretes de fazenda.

«É deles que eu gosto», pensou. «Gosto da sua fealdade quase rural, dessa timidez que precisa ardentemente de beber um copo para então se sentir digna e segura.»

Gostava deles, e não da suficiência nem do talento dos outros, porque o seminário fora duas vezes injusto com esses homens.

Ao meio-dia e meia, segundo o programa que fora distribuído, teria lugar uma sessão de boas-vindas no antigo ginásio, à qual se seguiria o almoço de confraternização. A parte da tarde fora reservada àquilo que os padres continuavam a designar por «reflexão espiritual». Cada um falaria da sua «experiência do mundo», no que se pretendia fosse uma «troca, sempre enriquecedora, de pontos de vista». Como dispunha ainda de meia hora para estar ali, Nuno abriu as janelas do dormitório e ficou a espiar a paisagem. Tudo aquilo persistia em si, nítido e sem nenhum tempo de permeio. À esquerda, distendiam-se os mesmos pinhais sobre os pequenos montes, com eucaliptos nos declives e renques de oliveiras muito velhas na terra pedregosa. À direita, as mesmas hortas de couves e alfaces, sobre as quais se debruçavam mulheres que decerto já eram velhas no seu tempo de aluno. E as mesmas bicicletas continuavam a trepar pela estrada empoeirada.

Nessa altura, os órfãos começavam a comunicar entre si. Faziam-no por monossílabos ou por gestos. Desde que ali estava a observá-los, não lhes ouvira uma única frase completa. A presença de Nuno intimidava-os ao ponto de não quererem sequer levantar os olhos do chão.

«Estou talvez no lugar das antigas benfeitoras do seminário», pensou.

Estava no dia das suas luxuosas visitas: o reitor leva-as a percorrer os salões de estudo, o dormitório, as cozinhas e o refeitório, dá-lhes a provar a comida, oferece-lhes o estrado de honra da recepção e da récita dos alunos. Essas prodigiosas madrinhas espirituais agradecem-lhe com um sorriso comovido. Louvam a higiene, a doçura, os modos educados de tantos anjos, e é a hora de o magnífico reitor ficar ruborizado de orgulho: tudo aquilo era obra sua. Está no lugar dessas altivas, vaidosas e em parte também magníficas benfeitoras, porque os órfãos sofrem agora da mesma vergonha ou duma revolta em tudo idêntica àquela que ele ali experimentou. Nunca esteve tão perto deles como agora. Está na idade, na pobreza das roupas, na disciplina das pequenas mãos que apertam com raiva o cabo dos rodos e puxam a água pelo chão fora. Começara a trabalhar em retretes para aprender a humildade e a humilhação. Compreendera a bondade de Cristo ao esfregar os sobrados da capela. E tudo isso acontecera sobretudo nos dias de festa em que as benfeitoras vinham de muito longe, dos sítios onde não era preciso sofrer, para aprovarem orçamentos e novos encargos e receberem de volta as bulas e as bênçãos dos seus santos. Nunca ninguém lhes dissera como a vida doía ali, dentro daqueles muros, de frente para os pinhais, ouvindo o sino das horas e suspirando pelo desconhecido. A vida doía, não dessas tarefas quotidianas, mas da alegria que era ali proibida, da solidão dos santos e de tudo o que estava ausente.

Não mais o saberia. Se vivera de facto esse último dia dos órfãos ou se persistia apenas o tempo redondo, o movimento giratório dos carrosséis, das roletas e dos relógios de pulso. Quisera talvez fugir desse e de todos os dias passados sem olhar uma única vez para trás. Se o fizesse, podia acontecer-lhe que um qualquer dos órfãos continuasse a olhá-lo do fundo dum poço e a suplicar-lhe um socorro impossível. E se não fosse um olhar de órfão, seria decerto o do náufrago que sempre houvera dentro de si. Só que nem sempre o fora no mar e nos rios, mas no tal vento maldito que o vinha perseguindo. Trazia toda a vida atrás, erguida nesse numeroso, insuportável tumulto de vozes e passos. A sua felicidade movera-se de baixo para cima, do passado para o presente, da infância para a juventude, e desta para o centro duma cidade que tanto podia chamar-se Lisboa como ter o nome de Marta.

Compreendera também que a Mulher chegara para ser exacta e pronta no eixo da sua vida. Existia num espaço onde nunca houvera outra qualquer formosura. Não obstante vinda do impossível, ela transformara-se numa presença talvez anterior à realidade. Mas para crer é preciso tocar, premir. Não podem ser estas as suas mãos, e não há nesta Mulher uma voz única e que só a ela pertença. Nasceu no futuro. Mas eis que chega também do tempo das avós, e eis que lhe brota do sorriso a malícia das virgens e a sabedoria de todas as mães.

Para chegar à sua vida, Marta atravessara a sombra das paisagens frias. Vencera a resistência desses véus de penumbra e viera resplandecer como o lume que aquece a casa e ilumina de perfil o rosto do homem.

E sabe que o amor é exactamente isso, o impulso dos náufragos sobre a tábua, o instinto das crias que se põem de pé e vacilam, uma certa arte de nascer e uma outra de entrar no mundo.

X

À partida para Luanda, Amélia despedira-se dele em lágrimas, num pranto ofendido e ao mesmo tempo determinado pela ideia de que a felicidade se deslocava consigo para África. Viu-a subir ao portaló do *Vera Cruz*, no meio dos poucos civis que emigravam, e só então se atreveu a suspeitar das razões que a haviam levado a tomar tal decisão. Misturados com a tropa, seguiam homens de todas as idades que envergavam fatos de caqui, rapazes há pouco desmobilizados a quem tinha sido prometido um bocado de terra no mato ou um emprego nas cidades do Sul e mulheres com ar de esposas de oficiais milicianos que iam juntar-se aos seus homens em comissão de serviço. Foi para junto delas que Amélia se deslocou. Os longos cabelos lisos, dispersos pelo vento da tarde, ocultavam um rosto convulso de pranto e escondiam sobretudo o resto: o enigma e o desespero daquela partida tão súbita, decidida em poucas semanas.

Ocorreu aí a Nuno perguntar por que motivo a irmã deixava Lisboa: sobretudo porque lhe mentira ela a propósito dum lugar de chefia numa clínica que incluía um apartamento sobre a baía de Luanda e duas viagens por ano a Portugal. Então Marta pegou-lhe pelo braço, encostou bem o corpo ao dele, devolveu-lhe o sorriso dos mistérios antecipadamente esclarecidos e sentiu-se segura quanto à oportunidade das suas confidências.

Daí a pouco, o ambiente do cais tornava-se turvo, duma turvação clamorosa e insuportável. O barco estava já de largada, e a multidão avançou um passo, empurrada por um grito que começou por ser um uivo e depois se foi multiplicando em gritos, crocitos de gaivotas, latidos de choro e lamentos duma dor que fazia eco com o sofrimento desse tempo. Ia repetir-se a angústia dum país que nunca soubera explicar a partida de tantos barcos para a guerra. Nuno pensou logo que não suportaria ouvir o pranto dessas mulheres: mães, noivas e irmãs estendendo os corpos, embiocadas nos lenços como num quadro de Malhoa. E depois homens que enxugavam os olhos aos lenços e mordiam as unhas, e polícias que gritavam para que a multidão não se aproximasse da beira do cais...

Vira-o inúmeras vezes, sempre que viera despedir-se de amigos mobilizados para essas guerras obstinadas: em Portugal, toda a gente tivera já um amigo, um vizinho ou um filho nesses embarques. Havia de tê-los ainda por muitos anos: a rádio e a televisão mantinham a notícia quotidiana de mais um contingente de tropas que partira para o Ultramar em missão de soberania. Agora, tudo era duplamente terrível: a irmã acenava um lencinho frouxo e cada vez menos visível na distância, e ela própria se extinguia nessa visão crepuscular, no meio de homens fardados que desistiam de dizer adeus e se limitavam a ver, a sentir dentro do corpo a estranha ondulação daquele mar.

Vendo-o tão perturbado, Marta sugeriu-lhe que procurassem um lugar para se sentarem. Mandou vir um chá quente para os dois, espiou no rosto do marido a mesma expressão de perplexidade e julgou que havia já na tristeza dele o peso dum qualquer remorso. Abriu-se então em confidências. Disse que Amélia decidira simplesmente deixar para trás a solidão de Lisboa. Porque uma mulher como ela, disse, não fora feita para um tempo pantanoso e obscuro, com barcos partindo e chegando carregados de tropa: um país onde nada acontecia excepto isso. Não fora feita também para perder o amor dos homens por quem se apaixonava. Com o último deles, acontecera até que ela tinha arranjado todo o enxoval, combinara o mês em que devia casar-se, apalavrara uma casa – e afinal o noivo, um dengoso, saíra a passear de mão dada com ela, aprovara tudo, disse-lhe «até amanhã, no sítio combinado, amor» e nunca mais apareceu nem telefonou. De modo que juntava esse desgosto ao desânimo de viver num país pequenino onde não era possível juntar dinheiro, levantar cabeça e ser feliz: somava a isso o facto de não ter amigas nem poder contar com a presença e com o afecto do irmão, e ia para África. Tentaria devolver a si mesma a ilusão dos amores prometidos, a fortuna impetuosa e a necessidade de ver o outro lado do Sol iluminando a Terra. E aí tinha ele o que se passava com a irmã.

Nuno voltou a compreender tudo. O casamento com Marta fora apenas uma forma de ela se apoderar aos poucos da sua vida, tomando-a até pelos caminhos invisíveis da família. Ele mesmo a transformara numa confidente, não fora só Amélia. Por ela, desistira de escrever mais amiúde aos pais e aos irmãos que ainda se mantinham nos Açores. Era uma família que se dissolvia lentamente, tanto nas cartas de despedida como nas que depois vinham chegando do Canadá e da América. Esquecera-se de enviar presentes de casamento, bilhetes de Boas-Festas pelo Natal, retratos e outros sinais da sua existência. Luís fora e voltara da guerra na Guiné e não devia lembrar-se de alguma vez ter recebido um miserável aerograma do irmão. Domingas e Linda haviam-lhe remetido os retratos dos seus bebés – mas Nuno não se comoveu com o aspecto dessas crias rosadas e de olhos inchados que ainda só olhavam para dentro. A mãe deixara de lastimar-se, habituada que fora a perguntar em volta «Que será feito de nosso Nuno lá por Lisboa?» – e a não obter resposta de ninguém.

Levara-a uma única vez aos Açores. Muitos dos irmãos tinham partido, guiados pelo tempo deslumbrado dos seus casamentos desconhecidos e talvez felizes. Ainda assim, fizera a viagem à Ilha para provar aos pais que tinha também triunfado pela beleza de Marta, pelo seu amor eterno e ainda nupcial e pela felicidade que ela lhe dera a viver ao longo desses anos de ausência. No regresso, houve de novo o tempo ininterrupto de Lisboa. Nuno pôs-se a vivê-lo por essa mulher essencial, destituída de qualquer idade, que o instigava a praticar a vida não por exigência mas como um tributo à paixão.

Com os anos, veio-lhe a estranha noção desse casamento plano, sem sobressaltos, entre feliz e solitário, que ia sendo dirigido e celebrado por ela e de cuja vicissitude ele participara aplicadamente, sempre e só para a merecer. Estudara porque ela insistira em vir a amar nele um homem vencedor. Acreditara no seu talento porque essa deusa exigira outra iluminação no espírito e no corpo do seu homem. E ao permitir-se correr o risco de vê-lo conspirar com políticos malditos para a erosão da ditadura, julgou que esses perigos o tornariam misterioso e muito mais sedutor.

Em vez duma mulher, desposara talvez uma máquina de feitiços, a qual o instigara até a fazer-lhe dois filhos. Mas a contradição suprema da vida estava em que nunca precisara de agir por sugestão ou por exigência dela. Tudo ia resultando certo. Não o enfadavam sequer as intimidades dela. Amava-a sem lhe obedecer, pelo prazer que lhe proporcionava o prazer, pela felicidade que a tornava também feliz. De certa forma, o casamento com Marta fora um logro calculado – em parte desejado por si e outro tanto consentido por ela. Ser-lhe-ia inevitável um dia admitir que a gramática desse matrimónio perdia gradualmente a amplitude do tempo e do modo dos verbos. E que essa conjugação não ia além duma quase ausência de pessoa – que podia, aliás, confundir-se com a terceira do singular. Quando esse dia chegasse, seria talvez diferente a voz de Marta na sua vida – ou então seria outra a versão de Marta a respeito de Nuno.

Livro terceiro

ÚLTIMO SUSPIRO DE MAMÃ

1

Sobe-se ao living dessa grande casa canadiana por umas stairs que têm a forma dum Z algo descomunal, o qual se abre em baixo à entrada para o basement, logo atrás da porta da rua. Sobre elas se estende agora o braço de Flor, a anfitriã, convidando-o a tomar a dianteira. Nuno aceita o convite com um arrepio, sabendo que dos olhos frios da Morta o separam os breves instantes dessa ascensão ao enigma da família. Não sabe se alguma vez esperou vivê-los assim. Não o saberá nunca. A sua ideia de família mergulhara há muito na zona adormecida das casas sem dono. São pessoas talvez difusas, moldadas por uma penumbra que as imobiliza entre a luz dos vivos e a noite irreal dos mortos em que ainda é difícil acreditar.

As stairs alargam-se de baixo para cima, quase numa espiral, seguindo os caprichos dum corrimão de mogno cujo verniz cintila sob o efeito das luzes. Ao cimo de cada patamar, as grades confundem-se com esculturas pesadas, onde os moldes do torno dão lugar a bojudos cântaros de pedra, ânforas toscas ou apenas formas náuticas que lhe são de todo desconhecidas. É como se o levassem a bordo dum barco. O tombadilho do living terá a inútil função dum espaço suspenso, inadequado ao interior da casa. Um discreto cheiro a salitre, vindo das tinas, dos espelhos convulsos e da cozinha, mistura-se com ar aquecido, de súbito irrespirável para quem vem de fora. E por isso é gorduroso o aspecto das rosas e estão muito embaciados os vidros.

Flor deve ter-se esmerado no arranjo das jarras. Os aerossóis de alfazema, cruzando-se com os vapores da cozinha, conferem um tom agressivo à inocência das cores. Mas a naftalina e o incenso logo denunciam a doença, os remédios, a morte próxima de mamã. É uma casa ovular, a um tempo materna e tumular, mas com um navio dentro. Suas vigias redondas e herméticas darão sobre um mar invisível, decerto fictício, mas de onde pode ser que chegue também o inconfundível e persistente odor do musgo. Nuno tem a sensação de estar ouvindo o zumbido das máquinas de bordo. As pessoas estão no calor da casa como peixes em asfixia num aquário saturado. Pensa nos barcos, e fá-lo de forma obsessiva, porque lhe assistira sempre, no limiar das estranhas casas, essa mesma perturbação dos cheiros oscilantes – e a vibração oculta, e a surdez submersa de quando também ele fora náufrago e estivera para morrer das doentias luxúrias do mar. Só muito depois, quando acordar do primeiro sono nocturno e se reconciliar com essa nova realidade, lhe ocorrerá que o sopro distante dessas turbinas vem não de dentro de si, nem da obsessiva e amargurada contemplação de todos os barcos, mas apenas do aquecimento central da grande casa canadiana. Olha lá para cima, só por um instante. Não sabe se procura a sua Morta, se pode vê-la espreitar por entre as grades das stairs, ou mesmo se deseja, se suportará a ideia de adivinhar a presença dela no suspiro dos primeiros soluços. Num relance nervoso, vislumbra ainda, por cima da clarabóia, a sombra duma nuvem nos ilegíveis céus de Vancouver. Não sabe se a árvore sobe das traseiras da casa e estende um galho por cima do vidro trancado pela dobradiça. Mas não estranha que haja um pássaro distraidamente pousado na sua copa. Assim aprendeu ele a definir a morte. Um corvo pousado na cripta dum cipreste. Exactamente como num verso do poeta Soares de Passos.

No momento em que Flor suspende os abraços e os beijos e se enche de choro, alguém acende todas as luzes.

O verniz do corrimão cintila então sob o impulso das lâmpadas e as paredes empalidecem no seu verde marinho.

Rostos graves saem da penumbra dos retratos e começam a vigiá-lo. Só eles vêem que Flor lhe indica o living. Vêem-no lívido, sem vontade, começar a subir as stairs. As pernas não têm ossos e os pés não são reais no modo como pisam o musgo marinho das alcatifas. Nuno ainda se detém um segundo. Pensa, só com o olhar, que as flores das jarras não podem ser coisas vegetais. Faz deslizar um dedo trémulo, suado, pelo verniz do corrimão. Se pudesse, enlouquecia. Sentado no degrau seguinte, pousaria a cabeça nos joelhos, diria apenas que não quer pedir perdão à Morta, pois não suportará o choque de ver mamã transformada numa figura de louça. Para de antemão o pensar, não necessita sequer de ir à presença dela. Sente-o no silêncio e no pranto dos vivos, e sente-o no ar que respira e na voz de Flor, que de súbito se dirige a uma das crianças:

– O meu filho não põe a televeija tão alto, não? É para não incomodar vavó velhinha, sim?

Sente-o sobretudo nos limites do corpo: os dedos frios e os joelhos trémulos, e a aceleração do ritmo cardíaco. Quer pensar que isso se deve a um pequeno excesso de adrenalina: não está assustado nem ansioso. Deixou até de sentir-se cansado. Precisa apenas de renunciar à condição dos mamíferos submersos: vir à tona e encher bem os pulmões. Saberá aliás recorrer ao sorriso social que a vida de Lisboa lhe ensinou a exprimir de cada vez que foi levado a viver um qualquer episódio pouco feliz.

No momento seguinte, descobre ao cimo das stairs os ossos azuis de dois joelhos unidos. Basta-lhe erguer um pouco os olhos para que fique perante a definitiva evidência da sua Morta. Quando isso acontece, mamã é apenas a morte sentada que subitamente lhe sorri de perto – mas apenas com metade da boca. Pela outra metade desliza já um franzido envergonhado, que é talvez o início dum pranto quase feliz. Não sabe se esse pranto lhe sorri, ou se é o sorriso que chora do lado direito da boca – porquanto os olhos dela mantêm a indecisão dos sentimentos equívocos. Será uma visão fugaz, essa que se furta ainda à apreciação ou à lucidez dos sentidos. Não se lembra de alguma vez ter podido associar a memória daquele corpo ao cheiro a pêssego que vem do hálito dela, dos remédios, do azul inacreditavelmente baço dos olhos e da penugem que se substitui agora ao gris do cabelo dela. Tão-pouco logra reconhecer o volume, o calor, o mistério daqueles ossos de sessenta e oito anos. Além disso, a voz de mamã dista de todo o tempo. Quando se ergue a custo, naquele meio sorriso, para o saudar, exprime apenas o cansaço da vida sobre a vida. Se parar um momento a escutá-la, a voz dela tornar-se-á plangente. Começará a deplorá-lo, como se fosse ele o defunto. Ou será subterrânea como os sinos que anunciam o tempo dos mortos que visitam os mortos. Prefere prolongar o tempo interior em que julga recordá-la num sonho, devolvendo-a aos anos em que a sua voz o chamava pelo nome, vinda do fundo da noite açoriana, e lhe pedia que acordasse. De todas as vezes que imaginara estar sendo levado à presença dela, a boca irreal de mamã limitava-se à mímica dessas palavras inaudíveis. Nos sonhos, os gestos desses lábios perdiam-se numa fluidez quase sobrenatural: a voz ausente mas ao mesmo tempo iluminada pela memória acústica das palavras. Apesar de a ter multiplicado pelos anos fora, sempre única e numerosa, incorrera apenas numa ilusão de óptica: essa mulher existira, sem dúvida, vivera o seu tempo, envelhecera, estava agora para morrer, mas deixara há muito de pertencer-lhe. De modo que, estando finalmente na sua frente, a meio das stairs que dão acesso ao living duma casa canadiana, não tem mais do que aceitar o regresso inevitável dessa desconhecida: ver-lhe os olhos mortos, sorrir-lhe com o mesmo sorriso estarrecido e amargurar-se com a amargura dela. Logo a seguir, sabe que pára. Que o faz por instinto, com medo de abrir os braços e receber no peito o peso e o frio daquele corpo hirto.

«Se o fizer», pensa «vou ter de abraçar a minha morte prematura. Irei principiar a morrer da segunda morte dela.»

Pressente-lhe o friume dos ossos faciais. É frio também o sorriso que em vão passa ou só se esboça nos lábios dela.

A testa começa a ser atravessada pelo aço que dá cor e sombra aos metais cortantes. Mamã segura as contas do terço. Deixou de passá-las entre os dedos roxos, inchados por esse tom de uva, entre o verde e o azul carregado do mosto. Tem uma grande nuvem no olhar, pensa Nuno. Deixou de rezar, mas é ainda uma mulher obstinadamente religiosa. Parece-se, definitivamente, com as avós que, além de religiosas, são sempre mulheres desmedidamente frias: usam nuvens nos olhos, e é neles que trazem os primeiros vermes. Mamã dirá depois que não são vermes, nem estão nos olhos. Dirá que a morte morde por dentro: um escorpião que saliva de esguicho e enche de veneno o cogumelo das suas tripas.

Para não vacilar, procura o corrimão e faz força com as duas mãos. Agora sim, está assustado, e de novo trémulo, tomado pela visão dessa desgraça. Não pode, não vai nunca mais poder mentir acerca dessa ilusão. Encontra-se agora perante a mãe real, não a confundirá com os sonhos dulcificados de mamã. Recusa-se a revê-la assim, figura de barro mirando-se na água enegrecida pelas nuvens. Procura os olhos azuis de outrora, os negros cabelos vivos, a brancura acetinada da pele do pescoço, muito ponteada pelos sinais. Mas no sítio onde devia haver um corpo de garça pousada no seu ninho, só é possível vislumbrar a morte sentada num trono aveludado. Amparado pelas almofadas, o corpo lembra um rochedo: oblíquo e entorpecido pela imobilidade. Há dois olhos insones, e um sofrido sofrimento, e uma miséria miserável – e há essa máscara dum roxo de lírios, e um estremeção de lábios torcendo-se devagar até ao meio pranto da boca. A outra metade do rosto fica parada num sorriso vertical, contrário a qualquer outra forma de sorrir. Torna-se assim claro que mamã é uma mulher dividida entre um pranto e um sorriso. A sua parte direita sai do frio e deseja, esforça-se por dar à face uma expressão de alegria. A outra permanece parada. E então um suor de lágrimas, talvez terno e ansioso, borbulha e finalmente escorre da imensa doçura vencida dos cílios.

Depois, ouve-a murmurar o seu nome – como se tivesse voltado a rezar. Ouve-a e obedece-lhe, aproximando-se agora dum chamamento vindo do fundo da terra dos mortos, não da boca dela. A dois passos daquele corpo, não sabe se deve abraçá-lo, nem como o fará, pois as pernas grossas, repassadas pelas cobras das antigas varizes, são dois troncos sobrepostos e não podem ser sequer estremecidos. Pousados nas felpas sintéticas das folhosas, fundas, fatais lãs canadianas, jazem dois pés descalços junto à lareira apagada. Estão porém muito enroupados, excessivos na sua grossura, por dentro dos jogos de peúgas curtas.

Há uma outra angústia. Talvez até uma revolta ferida. Dessas que o sangue segrega e faz brotar, a qual não pertence ainda aos mortos reais mas está já no insuportável torpor daqueles círios que justificam a existência de mamã e se vão apagando aos poucos, na contagem decrescente dos minutos. Nuno não sabe se ela se afundou, se aceitou já afundar-se nessa desistência, ou se espera ainda que aquele filho tenha vindo de muito longe, de onde já não é possível regressar, com a missão de vê-la e a seguir ressuscitá-la. Mamã chamara-o através dum telegrama, porque só assim ele acreditaria na sua agonia. Pedira-lhe socorro de um continente para outro, do Pacífico para o Atlântico, da zona de sombra para a extensão da luz europeia – e ele de pronto lhe obedecera. Viajara de Lisboa para Toronto, e de Toronto para Vancouver, como se voasse ao encontro de tudo o que fora posto ao contrário do tempo, no sentido inverso ao dos relógios e dos fusos horários. Agora, as pálpebras violáceas, as bolsas e as protuberâncias do rosto misturam-se com a idade dos mortos. As mãos, que se preparam para o receber, são duma lenha tristíssima. Seguem o arco do peito, o peso desses ombros de ave abatida por um tiro que errou, que deve ter errado, que é forçoso ter errado um alvo exposto ao tempo imediato de morrer.

Nada pode estar certo, mamã. Nunca nada esteve tão certo como o momento em que os olhos tombam naquela morte vagarosa e lúcida, cujos braços se esforçam em vão por o gelar do mesmo terrível, doce, odioso amplexo mortal. Afunda-se todo no corpo dela, ouve o suspiro da grande noite dessa mãe sem nome, mãe dos outros anos e da sua eterna e absurda ausência de mamã. Reconhece nela não o cheiro real, mas o dos sonhos. E o hálito cinzento da mulher parada, e a aurora submersa, e a natureza física da sua vida. Sabe que nada sabe afinal acerca dela, porquanto se separou daquele hálito e do corpo que o respira ainda, vinte e sete anos depois do tempo em que saiu de casa. Mas o melhor desta mulher é tão-só o facto de ter sido outrora filho dela. Não tem memória de nenhum outro mel de leite, é certo. Nem reconhece o fragor dos dentes trincando o açúcar dos seus biscoitos – e contudo abraça-a e respira-a, e dá-se um tumulto desconhecido nos soluços que se abraçam aos soluços dela.

Possivelmente, mamã gostaria muito mais de estar sofrendo as dores dum segundo parto. Pousa as mãos cegas no volume daquele filho que veio de muito longe para a ressuscitar. Mamã pensa que ele não se recusará a salvá-la. Pensa que chegou de novo a sua hora, pois sente-o em contacto com as virilhas destroçadas. Apalpa-o. Pela forma como tacteia, mamã vê-o através do escuro. Acredita que ele está novamente saindo de dentro de si, porquanto o deseja pela dor e pela paixão do segundo parto. Pensa: Veio de Lisboa, veio voando à pressa, só ele pode ressuscitar-me. Se o não sabe, tem pelo menos a derradeira ilusão: talvez Jesus possa ter-se cruzado com o destino daquele filho. Crucificado no seu nome, nas suas distâncias, nos mistérios da sua existência portuguesa.

Todavia, ele é apenas um filho sem pranto. Frágil, destituído de segurança, está murmurando agora ao seu ouvido:

– Não se pode, mamã. Ninguém pode fazer nada por ninguém!

E então mamã, que está cheia da sua morte sentada, que está infinitamente sentada e sem glória, e sem esperança de vir a merecer um pouco da alegria dele, tenta erguer o rosto. Vê que Nuno é apenas um menino. Que Nuno se recusou a crescer no tempo da ausência. E que há na hesitação de Nuno a pequenez, o sofrimento, a aprendizagem de quem ainda mal acabou de nascer. Porque Nuno está convulso e roxo como um feto, exactamente como no dia em que foi parido. Mamã tem uma absoluta, irrecusável necessidade de pensar que pode ainda protegê-lo. Se pudesse, ou não estivesse já morta por dentro, voltaria a sentá-lo no colo, e decerto a vida lhe devolveria o tempo em que ela quis ensinar-lhe as duas únicas sílabas que não se recorda de alguma vez lhe ter ouvido pronunciar: *ma-mã!* Porém, Nuno confundirá sempre, na parte cinzenta e erma da vida, a palavra *mamã* com a falta de acentuação da palavra *mama*. Precisamente por isso, devido a um percalço de ortografia, falham noções, experiências, sons e regras. Não lhe é possível tomar o peso, conhecer a música, experimentar o sabor de muitas outras palavras: colo, mamilo, néctar, leite, perdão, culpa. Talvez por isso, não pode e não sabe ligar o passado presente e o presente passado ao corpo e aos olhos da mãe – menos ainda à vida da sua Morta.

2

É talvez essa segunda e incompreensível dimensão o que o obriga agora a viver tudo de novo, a fim de poder escrevê--lo. Sabe que vai repetir-se, pelo menos de memória.

Definitivamente, viver é um acto muito diferente do de escrever, ainda quando isso coincida na mesma pessoa.

Disse-o vezes sem conta: *a escrita é o alimento moral da vida.*

Agora, sente-o sem emoção – apenas com a parte de si que está pensando, ó excelso, beatífico e mumificado poeta Fernando Pessoa!

E existe um verbo que funde, cristaliza e confunde, a sobreposição da vida pela sua escrita – escreviver.

É quase certo que Toronto não tem nenhuma semelhança com Leninegrado, cidades de países metalúrgicos,
com paisagens de ferro sobre as quais paira o mesmo ar
metálico, inóspito e cor de frio. Primeiro, Leninegrado é
única nas suas ilhas planas frente ao Báltico, e atravessada
pelas águas verdes do rio Neva. Segundo, Toronto está
muito mais próximo da morte de mamã. E sempre que há
uma mãe para morrer, todas as cidades o anunciam. Tristes. Como será morrer em Vancouver, que fica a três horas
de avião, muito para além de Toronto? No Canadá, Deus
possui um ouvido mecânico, trimestral. Permite que as
árvores ressuscitem ao longo destes rios imaginários do
Ontário. Não ouve quem possa estar rezando pela salvação
de mamã. Nunca acontecera a Nuno viver assim a passagem dum tempo para outro. Menos ainda explicá-lo por
ela, a mãe que não quer morrer ofendida pela distância e
sem o seu perdão. Rui Zinho, o duplo de Nuno, usa desse
pseudónimo porque o pudor dos livros assim o exige. Só a
razão dos livros o força, anos depois, a transpor essa realidade oca e a abrir sobre ela as portas do que existe no
limiar e nos prelúdios da sua música maldita. Em cada um
dos pequenos livros que publicou, o escritor Rui Zinho
limitou-se sempre a soltar os pombos e a deixar que eles
fossem extinguir-se ao longe, no espaço que cruza e ultra-
passa os oceanos brancos da infância de Nuno. Quando
julga perdê-los de vista, os pombos são ainda um ponto no
limite da distância. Até onde o olhar pode segui-los
cumprem-se os dias e os anos de Nuno. Daí para a frente,
erguem-se o tempo, a escrita e a vertigem de Rui Zinho.
    É-lhe inevitável viver a autobiografia de Nuno? Um
escritor perplexo, dando por si a reconstituir a lógica,
o murmúrio, a existência do seu duplo. Tomou de súbito
o lugar dele e está sentado à mesa. O filho mais novo de
Nuno celebrava nesse dia o sexto aniversário. De tarde,
tinham vindo os amiguinhos do colégio: a festa fora de
fitas, balões, serpentinas, grandes fatias de bolo, tigelas de
gelatina, relâmpagos de flashes. Marta comandava o
tumulto, no centro dos gritos e dos choros (o escritor Rui

Zinho, ao contrário de Nuno, não põe nisso qualquer acento de ternura). À noite, já com os filhos deitados, os amigos de ambos vieram beber um copo e palavrear. Às onze e trinta da noite, quando são apenas três e meia da tarde na cidade de Vancouver, a mãe de Nuno abre muito os olhos e pressente que o fará pela última vez. Com um espanto de lucidez, vê a morte sentada a seu lado. Quer dar um grito, chamar por Flor. Procura mover-se na cama para escapar ao pesadelo – e acaba afinal por exalar o último suspiro. Disse-o Flor em pranto, horas mais tarde, em telefonema para Lisboa – e numa voz desesperada que Marta tentou em vão consolar.

Deve ter sido um mero acaso. Se o não foi, tem o escritor Rui Zinho livre-trânsito para emprestar à vida de Nuno a vertigem de mais esse episódio fantástico. No momento em que mamã morreu, o braço de Nuno tocou inadvertidamente num copo e mandou-o ao chão, partindo-o. Não estranhou que os amigos batessem palmas – porque partir copos nas festas deixou de ser um acto de superstição. O estranho pressentimento de Nuno voou porém na direcção de Vancouver. Anos mais tarde, Rui Zinho, que é o seu duplo, sente o mesmo frio descer-lhe pela espinha. Tenta converter esse arrepio no impulso e no fio que há-de conduzir a sua escrita. Não consegue. Na verdade, existe no meio de ambos um terceiro indivíduo. Esse trocou todos os nomes, inventou fisionomias, reuniu em Nuno e em Rui Zinho a mentira da sua despersonalização e vai deixar outro nome escrito na capa deste livro…

Retoma tudo de novo. Precisa de o repetir e de o escrever para que não possa voltar atrás nem viver de novo o tempo e a dor dos últimos dias de sua mãe. Necessita absolutamente também que os leitores sejam cúmplices deste jogo entre a morte da mãe e o amor do homem de Marta.

Não conhecem Marta?

Sobram razões para que ela entre de novo na história do seu homem. Marta foi sempre a segunda infância de Nuno. Mas é pela mão de Zinho que ela entra agora na morte da mãe de Nuno.

Vamos recomeçar? Na viagem entre Montreal e Toronto, ao encontro de Jorge, que o acompanhará depois até Vancouver e lhe dirá: Estas são as montanhas Rochosas, este é o oceano Pacífico. Avista-se Seattle lá ao longe, ao Sul. E é a América, meu irmão.

3

Surgem-nos pois assim – esculpidas sobre o fundo anilado do planeta – estas paisagens translúcidas, algo desérticas e excessivamente paradas. Não têm um cheiro característico a terra, nem à sua memória de sonho, e não há um sentido concreto para as definir. As paisagens vivem-se, tanto quanto as telas, as sinfonias ou os livros. Realizam o sonho de quem as criou.

Para quem viaja a sete mil metros de altura, na rota de Toronto, a vida não é mais do que essa infinita paisagem canadiana atravessada, na sua manhã metálica, pelo sonho dum pássaro suspenso dos reactores. Tudo jaz distantemente confuso na travessia desse país, onde nem mesmo os álamos e as bétulas resistem à íris enevoada do fim do Inverno. Os bosques são cadáveres de peixes cujos galhos se erguem em miniatura para acusar a ausência de Deus naquelas solidões de Deus, apenas povoadas pelas espinheiras. De vez em quando, emergem a meio da planície cidadezinhas misteriosas, enegrecidas pelo frio – mas persiste sempre essa espécie de bruma que embrulha, embacia e quase esmaga a pequenez das coisas. Não é o deserto pela simples e miúda razão de que esta areia muito branca, arregoada sobre o negrume dos solos, não está sendo varrida pelos ventos continentais. É outra também a aridez das dunas, e outras as superfícies rochosas. Se bem que prevaleçam as áreas onde o gelo flutua coalhado a meio das águas, despontam já as proeminências, a altitude discreta das casas sem dono, os fornos das grandes fábricas à beira das estradas. Depois são os mares interiores, os desertos de água dos eternos lagos do Ontário. O Sol vai baixo. Nuvens de gaze enrolam-se e depois pairam sob formas cilíndricas, suspensas como corpos enforcados no vazio desta eternidade. Sempre que o sol as atravessa e vai iluminar a neve, acende-se nela uma cinza fosforescente que se prolonga nas línguas polares e se estica até ao espelho dos lagos.

A julgar pelo modo como as árvores ressuscitam do fundo da sua morte violeta, há margens de rios paralisados na direcção de Toronto. Quase deprime olhar por muito tempo este sétimo fôlego da relva, o destino azul destas primitivas águas, o fim ainda incerto da longa hibernação das florestas planas.

Dentro de meia hora, Toronto acontecerá sem o sobressalto das cidades desejadas. A viagem, fizera-a ele ao contrário do movimento de rotação da Terra. No sentido inverso ao dos ponteiros dos relógios, como se se tratasse de contrariar a ordem, a convenção dos fusos horários. Sabe porém que viajar para Toronto, e a seguir para Vancouver, é tão absurdo como ligar o futuro ao passado da família, tendo apenas presentes os derradeiros dias de mamã. Nunca lhe acontecera viver essa passagem de um tempo para outro, muito menos ter de explicá-la com o apelo de mamã, que não queria morrer ofendida e também sem a garantia do seu perdão. O caso é que a família passara a ocupar um lugar quase fictício na sua vida. Alguns dos seus irmãos tinham mesmo deixado de ter uma existência concreta, perdidos como estavam em dezoito anos de ausência. Por isso, a perplexidade do seu olhar parecia fixar-se na imaginação das suas fisionomias. A grande estranheza da vida estava nesse sentimento: tivera pais e irmãos, soubera dos seus nomes de outrora, mas pertenciam já a uma existência anterior. Talvez até a uma outra genealogia.

Esperava poder reconhecê-los pelos equívocos da semelhança física e pelo exercício da memória, pondo de permeio os retratos esporádicos, as cartas e todos os sinais que em Lisboa fora arquivando num tempo de rótulos e recordações. Ao fim de dezoito anos, a desordem desses retratos não ia além dum daguerreótipo dos seus antepassados mais próximos, organizados imaginariamente em tribo...

Ocorre-lhe assim a necessidade de reconstituir a família. Fá-lo rosto a rosto e imagina-a dentro duma moldura, com os pais ao centro, sentados no sorriso incómodo da velhice – e o mais difícil é compor a sua postura lutuosa, o ar de avós precoces, o modo como os rostos seriam atravessados por um pensamento neutro acerca do tempo. Os irmãos seriam possivelmente homens entroncados, com largos pulsos sob mangas dobradas até ao cotovelo, os pescoços encordoados como os dos bois mansos dos Açores. Contudo, os olhos haviam de permanecer intemporais, pasmados a meio duma infância jamais assistida pela inocência dos meninos. As irmãs, se as pudesse ver agora de pé na sua frente, seriam decerto mulheres garridas no gosto duvidoso dos vestidos, os quais contrastariam sem remédio com os penteados provincianos, os ventres gastos pelo uso dos partos e dos prazeres malsucedidos. Ao lado de uns e outros, esforçava-se por colocar sobrinhos de rosto baptizado, cujos corpos tinham apenas, no conjunto dos homens e das mulheres, a função dos troféus matrimoniais. Quanto a cunhados e cunhadas, sabia da sua existência mais pelos nomes do que pelos rostos, mas tudo indicava que falariam o açoriano dos antigos boieiros, do inesquecível clamor das lavouras, falar esse atravessado agora por um inglês intraduzível. Algumas vezes, pudera juntar-se a um e outro dos irmãos nos Açores, por ocasião dos seus poucos regressos ao tempo e à casa da infância na Ilha. Outras vezes, recebera em Lisboa a visita dos mais novos, da mesma forma que os pais haviam decidido ir despedir-se dele, de Marta e dos meninos e pensaram fazê-lo para sempre: papá fora já condenado pelo cancro da próstata, mamã queixava-se timidamente dos durões no peito e dos godilhões nas virilhas.

Estranhos, perdidos no passado, e de súbito unidos à força por um telegrama que anunciava para breve o fim de mamã, mais de quatro anos após a morte sofrida e distante de papá. Não pode acreditar em mais nada. A poucos minutos de Toronto, onde deverá descansar antes de seguir viagem para Vancouver, voando na águia metálica que atravessa a manhã e vai já descendo os seus degraus de nuvens, e patamares de vento, e estruturas de éter no ar gelado, e a gaze do frio canadiano, sabe ser inevitável a sua apresentação a uma família estranha. Seguramente que pedirá a mamã que o faça, para que seja ela a confidenciar-lhe na sua voz de moribunda:

– Eles aí estão. São os teus irmãos, podes beijá-los: Amélia, Luís, Domingas, Linda, Flor.

Ridículo, o ter de abraçá-los sem os ter conhecido antes. Luís decerto terá a força com que outrora levantava bezerros e cavalos e carregava para cima de si grandes cestos de beterraba – e por isso o tomará em peso no ar, tão leve e tão magro, e sempre sem prestar para nada, sem valer sequer a água que bebia... Amélia quererá abrir os braços, como noutros tempos o fazia para o acolher nos seus desgostos. Os outros ficaram parados no tempo dos pomares: deverão encolher-se a um canto, cheios da mesma vergonha que as crianças manifestam na presença dos desconhecidos.

– Diga-me quem são, mamã. Se são estes ou podem ser outros. Se alguma vez foram ou vai ser preciso que sejam estes e não outros os meus irmãos dos Açores. Não me lembro de os ter visto nascer, não me lembro de como choravam ou sorriam. Não me lembro das suas vozes que me chamavam, nem de como se riam de mim por eu estar estudando para padre. Nada de nada, mamã.

De resto, a própria mamã quem era, essa moribunda que ele ali vinha venerar? Como ia ele exprimir o seu desgosto por a ver tão velha e arruinada, se nunca houvera tempo e nunca fora possível saber da sua vocação de mãe de cada um e de todos esses filhos?

A sua noção de família dificilmente ia além de um puzzle sagrado que era forçoso aprender a montar a partir das peças primordiais. Se ainda assim soubesse preencher tantos espaços vazios, e pudesse decifrar a nostalgia de tantos enigmas, seria apenas um jogador solitário, sentado como estava do lado da janela do seu avião do futuro e vendo passar os lagos, os bosques, as estradas bífidas, o deserto das poucas casas perdidas na infinita paisagem canadiana.

Sentiu de súbito saudades de Marta, dos filhos e da sua casa de Lisboa.

A inevitabilidade do encontro com a morte de mamã alargava o grande delta da sua angústia até onde a dor de estar vivo fosse um sentimento suportável. Nunca soubera nada de concreto acerca da morte das mães. As mulheres sempre haviam significado a vida, o sol diurno, o prazer da dádiva até ao limite da energia. O contrário delas é a recusa, porque todas põem nessa firmeza muito mais do que a simples rejeição do homem. Aprendera das mulheres aquilo que elas mesmas – e só elas – tinham decidido ensinar-lhe. O perdão, por exemplo. Quando chegou fundo ao conhecimento do corpo da mulher, tentou habitá-lo em toda a sua amplitude natural. Amou-a sempre não apenas por desejo mas sobretudo por fascinação.

A sua relação com Marta era a história longa da contemplação interior, pois do que mais gostava era de ficar longamente a captar a cumplicidade vital dos seus olhos pardos. Em geral, não precisavam sequer de falar. Sempre que a mensagem do olhar se realizava, havia no silêncio um clamor quase místico de paixão. Sabia ser inevitável passar-lhe as mãos pelo rosto, pelo tecido acetinado das coxas, pela fragilidade quase balouçante das nádegas. Logo depois, as mãos tornavam-se ainda mais sensíveis. Ardiam, fascinadas e ávidas, dessa espécie de deslumbramento, como se não acreditassem na existência ou na fatalidade daquele corpo nu, o qual não tinha nunca sido partilhado com nenhum outro homem.

Aos domingos de manhã não era sequer necessário pensar nas injustiças do mundo. Nunca nenhum amigo se tinha suicidado num quarto terminal de hotel, e Marta cantava na cozinha enquanto fazia as panquecas do pequeno-almoço.

Havia, no seu canto matinal, a felicidade da mulher muito amada na noite de sábado, porém amada sem a pressa nem a tensão do ritual repetido e angustiado dos dias de trabalho. Praticavam um amor perfeito e primitivo, e o mais lento possível, sem tempo, e sublimado até à posse definitiva e corporal, onde o espírito habitava o corpo, a sua plenitude.

Marta adorava ser penetrada de costas, por isso se punha de gatas, com os joelhos no colchão e abraçada à almofada. As mãos de Nuno evoluíam em círculo pelo corpo dela acima, desde as nádegas até aos ombros. Depois fechavam-se em roda do pescoço e daí deslizavam até se apoderarem dos seios pequenos, rijos e desiguais. Punha-se todo por cima dela, obrigando-a a cair e a moldar-se sob a prisão do seu inconcebível peso de homem.

Vista de trás, Marta era tão fêmea quanto outrora as cadelas nas ruas proibida dos Açores, com seu ânus cinzento, o búzio puberino fendido ao meio e de cheiro muito ácido, as pétalas magníficas daquela mesma corola que os bois da infância lambiam e cheiravam antes de nela se perderem. Então era irresistível a tentação de ser o cão e o boi daquela fêmea terrivelmente seduzida, que apesar de tudo esperava e se mantinha submissa escutando os longínquos segredos do seu homem. O ceptro dele sondava-lhe o ânus devagar, numa discreta e sensível fricção, e Marta fechava os olhos, suspirava, enchia-se dos humores suplicantes de todas as fêmeas quando prontas e abertas à penetração do seu macho. Tinha a superior vantagem de possuir uma boca de mel, sempre que a dele lhe oferecia a língua ou a mordia no canto dos lábios. A sua pequenina cabeça torcia-se para receber essa mordedura suave, e também para suplicar-lhe a junção profunda do ceptro com o búzio. Nuno pedia-lhe um pouco mais de tempo. Adorava sentir as mãos molhadas dos seus sucos íntimos, e enchia-as das mucosas, dos crespos ninhos daqueles fios. O momento da penetração era infinitamente desejado por ambos. O falo deslizava contra a brevíssima resistência das paredes do búzio, elástico e musculoso, até se perder completamente na forma cónica do seu tambor. Era a perfeita, a absoluta junção dos corpos, e quase a sua fusão. A seguir, tomando-a em peso pelas virilhas, fazia de Marta o seu carrinho. Os movimentos começavam por ser lentos, algo preguiçosos, na viagem longa do prepúcio que percorria o gancho do búzio. Depois ritmavam-se numa cadência de êmbolos, e os testículos de Nuno balouçavam, batiam contra os dedos ansiosos de Marta, e o ânus dela assemelhava-se a uma ameixa convulsa. À medida que o prazer se alargava a todo o corpo, Marta abria-se em flor, oferecendo-se toda ao contacto e à ternura do seu homem. Paravam para se beijar. Diziam palavras, frases absurdas. Ele pousava o corpo à beira da cama, sem poder resistir mais ao irresistível e profundo conhecimento da mulher. Voltava-a então sobre si para poder repetir o prazer de a penetrar de novo. Afundava-se nela até ao esquecimento e a escuridão, porque Marta transformara o seu corpo num anel de envolvimento. As pernas dela cruzavam-se ao redor dos seus rins. Os braços dele encadeavam-se-lhe no pescoço e, tomando-a toda em peso, inundava-a não só dos três poderosos jactos dessa pulsação, mas também de um grito, da mais profunda e grata de todas as emoções: um amor muito sábio e a própria vida entrando na carne e na vida da mulher.

4

Ao funcionário da alfândega, basta reparar nas mãos rosadas e no rosto quase altivo de Nuno, para saber que não tem de confundi-lo com a pobreza suplicante, o ruído e a desordem dos que o seguem para a revista das bagagens. Percebe-se isso na súbita tranquilidade e na doçura dos olhos muito azuis, mas também no modo como a mão repousa, distraída, sobre a maçaneta do carimbo dos vistos de entrada. É um rapazinho loiro, muito tosquiado e com a pele cravejada de sardas. Quase ruivo. Supõe contudo que o mesmo zelo dos guardas fronteiriços se esconde na aparência dessa frieza. Lá mais para trás, corolas de gente nervosa continuam arrastando malas pelo chão fora. Nuno ouve-a ralhar como as crianças, as crianças deslumbradas que ainda não compreenderam a gravidade do momento. Enquanto espera a sua vez, olha de relance os dedos grossos, as unhas sujas dos emigrantes açorianos. Seguram os passaportes já abertos, com as mãos trémulas, e têm o olhar ansioso. Outros acenam na direcção dos familiares que aguardam do lado de lá das cancelas. De longe, gritam os primeiros recados; dizem, repetem, «graças a Deus» e os outros concordam, acenando-lhes com as cabeças.

Para Nuno, é a repetição das experiências de Londres, Nova Iorque e Moscovo. Sobretudo Londres e Moscovo. À saída do ferryboat que liga Calais à Inglaterra, levava a barba crescida dos três dias da travessia da Península e do país de França. Os mesmos guardas de olhos e fardas azuis haviam-no confundido com os emigrantes clandestinos, não podendo acreditar que um teacher português se misturasse com gente que transporta garrafões de vinho, saquinhas de bacalhau e tupperwares com chouriço assado. Surpreendera-o o modo como os guardas fronteiriços renunciavam ao porte britânico, transformando-se em homens latinos – broncos, violentos e nacionalíssimos. Nessa altura, compreendeu tudo: a Europa descobrira o terceiro racismo. A Europa xenófoba enxotava, escarnecia dos emigrantes portugueses, com a mesma naturalidade com que um filho do Soviete Supremo o fixara desdenhosamente, durante cinco ininterruptos minutos, no aeroporto de Moscovo. Rui Zinho, o seu duplo, fora a convite da União dos Escritores e em representação dos portugueses, e deu por si diante duma casota de vidro, tendo pela frente um crocodilo humano num aeroporto frio, imenso, onde se ouviam tacões de botas e fardas em trânsito. Era um segundo racismo, porque o olhar do guarda devia estar-lhe estudando os ossos, a cor do espírito, e todo o passado e todo o presente. A intérprete bem se esforçava por explicar ao crocodilo que o escritor Rui Zinho integrava uma delegação de convidados – mas fizera-o com o sangue gelado, numa voz salpicada por soluços invisíveis. De modo que, ao fim dos cinco minutos dessa contemplativa mudez, quando o carimbo soou, fê-lo com o estrondo dos aparelhos de raios X, e Zinho concluiu que acabara de ser radiografado em todos os órgãos.

O primeiro racismo era universal: vira-o no próprio país, exportado de África, chegando ao aeroporto de Nova Iorque numa manhã gelada, nas ruas de Paris, no museu de cera de Londres, escrito nas paredes políticas de Lisboa, em frente de todas as imagens televisivas, e conhecia-lhe o rosto, a pele, o cheiro do próprio hálito. Os emigrantes açorianos de Nova Iorque, Londres e Toronto enfrentavam a terceira dimensão dessa enfermidade bíblica, e o espírito de Nuno resvalou ao encontro dum sentimento vacilante, entre o pânico e o ódio. Os seus nervos são de súbito atravessados por um absurdo e indefinido sentimento de culpa que chega a parecer inchar-lhe o coração. Tinham passado anos e anos sobre o tempo absoluto dos polícias portugueses. O seu país distendera-se dessa tensão antiga, voltando-se na direcção de outras memórias. Mas Nuno nunca soubera explicar por que motivo continuava a afligir-se, a atrapalhar-se, a sentir a voz tremer-lhe à aproximação dum simples agente de tráfego…

Decide abrir todas as malas, como vê fazer aos outros, e sabe que o faz só com os nervos. Quando estende o passaporte ao funcionário e tenta sorrir-lhe, o rosto é o dum homem ambíguo, cheio de sombras. Em Londres, fora assim confundido com os clandestinos e tivera de responder a um interrogatório interminável. Em Nova Iorque, um agente do FBI quisera mesmo ver-lhe a carteira e contara-lhe os dólares. Depois, pedira desculpa, confundira-o com um qualquer latino…

O polícia canadiano ensaia porém um olhar apaziguador. Juntamente com o azul da camisa e o azulão das dragonas, o olhar diz-lhe You're welcome, sir, e logo o tranquiliza quanto à bagagem. Quer apenas saber o motivo que o traz àquele longínquo país de estrangeiros e emigrantes perpétuos e pergunta:

– Why are you visiting this country, sir?

Nuno recorre a um inglês arrevesado, que julga escrupulosamente gramatical, para responder:

– I've come to see my family. My mother is very sick, and I must see her before she dies.

Instintivamente, o outro recua perante aquela ideia funesta e refugia-se ao fundo da sua gaiola de vidro. Antes de lhe carimbar o passaporte, e fá-lo com estrondo idêntico ao do crocodilo de Moscovo, quer saber ainda que profissão tem lá no seu país. Nuno hesita um momento, não sabe se dirá I'm a portuguese writer, mas acaba por reassumir a mediocridade e o desencanto dos professores de liceu do seu país. Então, o polícia abre um milímetro de sorriso nos dentes magníficos e solicita-lhe se tem algo a declarar à alfândega canadiana. Nuno alude ao tabaco português, às shirts desportivas para os sobrinhos, às gravatas para os irmãos e os cunhados e aos pequenos objectos de ouro para as irmãs, a mãe e as cunhadas.

– That's okay – interrompe-o o polícia. – Some souvernirs, isn't it?

Que sim, of course, only, just some souvenirs.

– Any liquor, for example, sir?

Como ele não entende a pronúncia da palavra (liquor?), o outro esforça-se por ser mais explícito: Oporto Wine? Madeira Wine? Responde-lhe: Nothing at all, sir. Logo a seguir, tem o passaporte carimbado e ouve-o desejar-lhe uma boa estadia no Canadá. Com um gesto, indica-lhe que deve desimpedir o balcão onde se amontoam, numa desordem, as suas malas abertas. Nuno arrasta-as até junto da parede que limita o átrio da alfândega. Vê ao longe a multidão ansiosa que pende das grades e cancelas. Pressente de imediato que Jorge, Teresa e as meninas devem tê-lo já identificado. Não quer vê-los ainda. Sente o olhar deles cravado nas costas, mas não quer ainda captá-lo. Debate-se com a teimosia dos fechos de correr das suas malas e finca o joelho nos sacos de couro. Sabe que basta endireitar o busto, torcer o pescoço e reparar num braço que acena por cima das cabeças. E seria transportado a um momento perfeito da sua infância. Com a atrapalhação, caem-lhe das mãos o passaporte, o bilhete do avião e a bolsinha com a carteira, a agenda, uma esferográfica e os cigarros. O ar sobreaquecido do aeroporto põe-no rapidamente a suar. Devia despir o sobretudo. Isso porém só ia atrapalhar-lhe os movimentos. Tem, assim, tempo de sobra para ouvir como se ergue em volta de si o muro das lamentações dos emigrantes açorianos. O momento seguinte é de culpa: Nuno regista dentro de si a cena da sua diferença social relativamente ao modo como a gente da sua terra e do seu país é ali recebida. A sumária apreensão dos garrafões de vinho desencadeia tímidos, ofendidos protestos. Os emigrantes são de novo seres muito velhos e cansados – e vê-se-lhes nos rostos a insónia dessa viagem que é toda a vida. «Estou em Londres e em Toronto ao mesmo tempo», pensa. Juntam-se funcionários frenéticos, vindos de gabinetes invisíveis, e formam um cordão humano em torno daquela gente perplexa que tem agora a enorme e humilhada dificuldade de segurar pela mão as crianças que choram, abrir malões fechados à chave e reforçados por cordas de nylon. Os polícias remexem naquelas misérias preciosas e fazem-no com repugnância, como anjos assépticos, surdos às lamentações. Para um monte, separam as roupas enrodilhadas. Para o outro, os embrulhos desfeitos, as coisas proibidas, as comidas açorianas que não poderão dar entrada no país. Surgem, do meio dessas bagagens, redomas, imagens de santos, relógios de parede, caixas de música. Está de novo em Londres e em Toronto, porque os mesmos polícias britânicos, ou filhos de britânicos, apertam o nariz com os dedos, desdenham do bacalhau, das invisíveis bactérias e da fossa imunda daquela nova condição humana que invade o país do plástico e do celofane, o país onde toda a gente diz sorry nos supermercados, nos passeios das ruas e mesmo nos templos. Não falam inglês. Por isso, quando a polícia decide apreender também os canivetes de cabo de osso de baleia, ouve alguém erguer um pouco a voz e protestar:

– Eh, sinhô! P'la sua saúde, deixe-me passar a navalhinha. Passa fora! Tanta arenga por ũa cousa de nada!

O espírito de Nuno divide-se entre a sua humilhação de homem açoriano e uma ternura aflita, feita de mágoa e paixão, por essa pobre gente que ali vem para ser feliz e passará a exprimir-se pela doçura, pelo ácido de outras lágrimas. Soube sempre que a pobreza é ruidosa. Mas compunge-o um pouco ouvir tão de perto o choro das crianças, os resmungos das mulheres de grandes tetas que vestem de luto, o murmúrio desse povo errante que desliza, cantado às vezes pelo silêncio dos seus poetas...

Mal o vê transpor as últimas cancelas e encaminhar-se para a sala de espera, Jorge reconhece-o. Está-lhe acenando agora por cima da multidão. A seu lado, Teresa corou: lembra-se mal de Nuno e parece envergonhar-se com a surpresa do seu ventre grávido pela terceira vez. Nuno repara então na beleza da cunhada, nos seus grandes olhos negros e doces, no rubor de maçã das faces chupadas. Tinha-a imaginado exactamente assim, tanto pela beleza como pelo pudor. Não conhece as sobrinhas. Mas quando se põe de cócoras para as abraçar e beijar, recorda nelas o cheiro familiar, o desenho forte da boca, os mesmos olhos azuis de Jorge. Abraça longamente o irmão, e fá-lo abandonando-se todo à força e à avidez duns braços musculados. Pensa: é tudo mentira, nunca tive irmãos assim, altos, entroncados como jogadores de boxe – e nunca foram tão largos os sorrisos nem tão determinados e impetuosos os olhos, os ombros e os braços. Mas abraça-o de novo, pensando que só assim isso pode ser verdade. Necessita em absoluto de acostumar-se, de fazer-se ao hábito de ser irmão de alguém e deixar de resistir a essa estranha evidência de ainda ser, ele próprio, filho dum homem defunto e duma mulher em agonia. Num terceiro abraço, reúne a cabeça da cunhada e de Jorge e os corpos das duas meninas, e é quando ouve Teresa vencer a timidez e murmurar-lhe ao ouvido:

– Se for rapaz, vai chamar-se Mark. Gostas do nome? Tínhamos pensado convidar-te para padrinho de baptismo...

5

São únicas as cidades, e gémeas entre si, na semelhança e na diferença que as aproxima ou separa umas das outras. Por exemplo, os seus nomes propositadamente redondos. Quando escritos, tornam-se residuais, algo jacentes, e fora de todo o tempo concreto. Há outra metafísica na gramática desses nomes. É preciso dizê-los devagar, ao peso de cada sílaba, e isso acontece-lhe agora: To-ron-to. Apenas um nome, esse que a princípio a mente organiza, ainda confusa e desajustada à diferença das horas e do clima.

Sentado no andar de cima da casa de Jorge, olha-a como se contemplasse um óleo movendo-se no espaço e na flutuação das tintas. Os espectros dos seus tentáculos de polvo prolongam-se do centro para a periferia. É uma cidade-fêmea, no corpo e no nome, como todas as outras que fora já levado a viver. Vista ou tão-só admirada do alto duma casa, e apenas isso.

Será plana a noite de Toronto? Sucedem-se os muros nocturnos, os perfis incertos dos prédios e o cogumelo da grande Tower côncava nas suas abas de pedra. Um ceptro supostamente obsceno no coração da downtown: erecto e triunfante entre a ferrugem iluminada da paisagem dos metais. Assume a forma duma maçã incendiada, depois de mordida pela Mulher. Uma serpente apenas permanecida, sem função, com a cabeça solitária ao alto e a cauda envergonhada enrolando-se discretamente sobre o enormíssimo patamar de cimento.

Onde está o centro do Mundo? Em Vancouver, mamã dorme sofrendo, e paira uma lua de laranja no vazio enevoado desse presépio de luzes, tão alto que o céu se assemelha a uma casa sem tecto nem abóbadas, no meio do imenso oceano parado. Porém, a noite de Toronto está toda do lado de cá dos prédios que cintilam, erguem braços de néon e devolvem o conhecimento de alguns nomes. Embriagada, é uma noite funesta, onde só o tráfego das limousines e o ruído dos comboios nas railways fazem prevalecer uma segunda realidade. Toronto está no centro do Mundo, entre o Atlântico e o Pacífico. Isto que flui na vastidão das paisagens, nas grandes vias rápidas vedadas por altíssimas sebes de aço, afigura-se-lhe derradeiro e vespertino, como uma sinfonia fúnebre.

Tudo numeroso: os néones intermitentes, as letras que escorrem dos lumes coloridos, o frio pesado. Em Portugal, não existe esta mordedura de vento, nem o êmbolo das neves estáticas que enegrecem as ervas e reduzem as árvores a uma simples metamorfose de larva. O frio português tem outro volume e outro esguicho, mais luminoso e estrelado do que este. Sobretudo não é subterrâneo, nem de sopro, e sim vertical. Ouvira dizer que Toronto era uma cidade oca, cavada para o interior dos seus alicerces, e que podia renunciar ao Inverno. Jorge levara-o a ver algumas dessas ruas submersas, modernas catacumbas de abóbadas transparentes ao cimo das quais corria um ar com nuvens de chumbo.

O progresso é fácil: está já realizado. Em Toronto, ele é um mar inteligente: bramindo na distância, está contido na alma das pessoas. Europeia, a noite dos portugueses do centro de Toronto – nas suas casas baixas, nos mercados agora desertos, no desenho barroco das lojas rústicas? Jorge dissera-lhe que são cerca de duzentos mil. Metade da noite asiática dos japoneses: pôde vê-los concentrados nos seus ofícios, sorridentes, sempre muito leves nos seus negócios claros e escuros. Pessoas educadas e de andar levitante, com os inconfundíveis olhos asiáticos dos velhos e um sorriso perpétuo, ainda que triste. E, contudo, dissera-lhe Jorge, aqui ninguém sabe nada de ninguém. Existe a ordem. A ordem vasta e suficiente deste país de estrangeiros.

De modo que mamã dorme sofrendo, lá no princípio da noite de Vancouver. De vez em quando, a meio dos pesadelos, da agonia dos últimos tempos de vida, agita um sininho na noite, clamando surdamente por socorro. Flor, em cuja casa ela decidiu morrer, acorre sempre de pronto. Leva-lhe um socorro de deusa nocturna. Volta-a na cama, muda as posições dum complexo jogo de almofadinhas e ouve sem pestanejar os seus queixumes tristes. Depois, volta para o quarto, enfia-se na cama com muito cuidado, para não acordar o marido, e desata a soluçar. Vai já para quatro meses que as noites dela suspiram desses soluços. Jorge, que já lá esteve por duas vezes, diz-lhe agora que Flor tem os olhos frios e os lábios roxos e o raciocínio lento de quem não consegue dormir. Sustenta mesmo que ela corre o risco de enlouquecer.

«Um puzzle sagrado», pensa de novo Nuno, a propósito dessa família. Onde cada peça tem um peso e um tempo diferentes de todo o seu tempo. Compunha-o com esforço, sem emoção. Não lograva adormecer, desajustado ao fuso horário de Toronto. Pelas suas contas, quando chegar a Vancouver estará com 8 horas de diferença sobre o tempo de Lisboa. Pior ainda: entre seres mais ou menos estranhos, longe de todos os anos da família. «Dentro do meu corpo», pensa, «são horas de me levantar e ir tomar o pequeno-almoço. Espero apenas que Marta me chame para a mesa. O melhor de Marta é a saudade de a ouvir chamar-me. Deitar-me ao lado dela, ajudá-la a vestir-se, comer à sua mesa, ir de surpresa à clínica e convidá-la para um café. E o pior dela é a rotina disso tudo.»

No seu espírito, corre ainda o som das Niagara Falls, o enigmático estrondo dessas águas que se despenham na fronteira dos Estados Unidos com o Canadá. Jorge mostrara-lhe tudo isso com paixão, e fizera-o com a euforia de quem se sente dono de algumas dessas coisas. Levara-o a ver o barco *Nautilus*, que esperava o Verão das águas do Ontário recolhido nas instalações do Clube. Nuno visitara também a oficina dos moldes de madeira, com máquinas que não lembrariam jamais as antiquíssimas e infelizes ferramentas da carpina do papá. E havia a terra, e a casa de três andares com jardim e barbecue, e o rumor dum sonho contínuo: ser rico, vender tudo e regressar de vez a Portugal. Jorge dissera tudo isso aliás com o espírito da posse vitoriosa. Porque naquele lado da Terra, até os deuses eram diferentes. Havia o deus Land, pai de outras divindades menores. Mas o maior de todos eles dava, daria sempre, pelo nome supremo de My. Nuno compreendera isso porque por toda a parte ouvira os emigrantes de Toronto dizer My house, My money, My family, My car – e não lhe fora difícil acreditar na existência duma deusa chamada Felicidade.

6

Depois de ter sido imponderável, no seu zumbido imóvel entre a navegação das nuvens – limbo, pêndulo ou barca de Caronte – é súbito o modo como o avião da Air Canada aponta agora o focinho curvo na direcção do solo e perde rapidamente a altitude das viagens de cruzeiro. Como se tivesse saltado ao eixo sobre as coroas de neve das montanhas Rochosas deixa para trás as teias de nuvens, os ventos cruzados e a chuva que o fustigara durante as três horas de voo. Nuno sabe então que voltara a ser transportado dum mundo para outro. Sabe-o pelo balão de luz que envolve agora o aparelho e o obriga a ele a franzir os olhos à claridade. É também outro o tempo. Trazia-o no corpo, diferente daquele que o Sol fazia cintilar, a seus pés, ao contacto com a neve. O que se lhe depara, antes mesmo de vislumbrar o pormenor luminoso da paisagem, é em tudo semelhante ao firmamento de Lisboa – aquele céu vertical, altíssimo, sob o qual a capital do seu país, a cidade branca de Alain Tanner, ganha a incandescência do mármore. Depois, quando Vancouver se desenha, nítida e lânguida na ilusão das suas cores, sabe que Lisboa volta a ganhar dentro de si uma aposta cromática sobre essa nova cidade e sobre quantas até então conhecera.

Sobre Vancouver, paira um halo de azul, próprio da inocência e da idade dos paraísos vegetais. Torna-se-lhe claro que é uma cidade sem deuses nem memórias, porque não há um único monumento nascido no tempo e na cor da pedra. Os prédios lembram obeliscos sem passado; as torres intactas são apenas sólidos geométricos onde predominam o vidro fosco, o vinil e os telhados sintéticos. Mas há em tudo isso um equilíbrio quase prodigioso: as cores completam as formas, e as formas parecem objectos inseparáveis das suas cores. Na opinião de Nuno, Lisboa perde a aposta da civilização dos jardins: as profusas árvores de grande porte, os canteiros de flores, a relva muito plana, os bambus metalizados pelas cascatas e os cursos de água em miniatura. Mas como descrever agora Vancouver, passado que está o tempo e tão longe já o espírito dessa paisagem?

– Se não souberes reconstituir-lhe a geografia – segreda Nuno ao ouvido do seu duplo – supõe sempre que a sonhaste. Viveste a alegria, o sonho e as cores de Vancouver.

O azul de Vancouver – escreve Rui Zinho – vem-lhe do ar gelado mas superior, e das neves que coroam as cabeçorras luminosas, quase fosforescentes, das montanhas Rochosas, e do oceano Pacífico, que é dum mate oleoso, em parte magnífico e vulgar, diferente do Atlântico só pela metafísica que cada um dos mares reclama de quem veio para o viver. O azul vem ainda dos pequenos barcos fundeados nas marinas, do asfalto negríssimo e molhado e finalmente dos prédios foscos cujas formas quadradas irrompem ao sol húmido do Pacífico. Vancouver podia ser um presépio de cor violeta, porquanto as suas luzes lembram velas que tremem na neblina do princípio da noite. Rui Zinho vira esse mesmo halo pairar sobre os céus de Leninegrado e Boston, decerto também sobre a cidade da orquídea, Amesterdão, e lembra-se de o ter lido nos livros que falavam de Esmirna, Istambul e Beirute. Porém Vancouver é, de todas elas, a mais magnífica: cidades assim não se vivem nem se descrevem. É proibido mesmo sonhá-las, pois que Vancouver é pelo menos tão oblíqua, concreta e esparsa como a cidade do Funchal. As montanhas Rochosas, fechando em arco o seu imenso anfiteatro, funcionam como um biombo, e por isso o ar é imóvel, as árvores são azuis, azuis as nuvens, as casas e os barcos. A única diferença, entre o Atlântico e o Pacífico, reside na estranheza desta harmonia que nenhum escritor decerto consegue captar.

Rui Zinho tem os dedos pousados nas fotos e fá-las deslizar perante si, na esperança de recuperar o enigma da paisagem que o espírito de Nuno confunde ainda com o tempo da morte e da saudade. As fotos são apenas as cartas dum outro jogo. Não foram tiradas com a intenção dos roteiros, nem sob o ângulo de visão da sua escrita. Para Nuno, representam somente a sombra e não a memória desse tempo. Está nelas com os olhos tristes, ao lado da presença efémera dos irmãos. Em fundo, o azul das montanhas Rochosas coroadas de neve dissipa-se na levitação das nuvens perdidas, essas deusas-noivas que não têm amante nem destino. Noutras fotos, Nuno tem no olhar o cansaço desse tempo. Deu as mãos às irmãs, pôs um braço por cima duma das cunhadas, ou está ombro com ombro com aqueles três irmãos que esboçam um sorriso enigmático e incrédulo. Vancouver fora subtraída às restantes fotos: jazem pormenores do interior das casas de Luís, Amélia, Flor e Linda Maria. Noutras, grandes planos sobre mesas postas com o requinte das travessas exuberantes, as louças, os monogramas dos guardanapos, os inúmeros copos e os talheres sem gosto. A essas mesas se sentou ele para ouvir a interminável confissão das manas, e todos os enredos da família, e a crónica dos matrimónios defuntos, e a notícia dum tempo que não fora, nunca ia ser o seu. Como estava de passagem, não tivera tempo para aprofundar nenhum pormenor. Todos eram perfeitos, e essa viagem servira apenas para que os membros da família se absolvessem uns aos outros. Com os sobrinhos, tudo fora diferente. Durante horas, sentado nas felpudas alcatifas, falara com eles em português e em inglês, ou em ambas as línguas ao mesmo tempo, e lograra sempre captar-lhes a ternura dos longos risos. O pior dos dias de Vancouver, pensa Nuno, foi estar sentado ao lado de mamã, durante manhãs inteiras: tudo estava dito e nada houvera a dizer. Limitara-se a ouvir os seus suspiros, a ajeitar-lhe as almofadas e a ajudá-la a mudar de posição, com medo até de olhar o rosto dela e compreender que estava perante um vegetal humano. Mamã possuía já uns olhos hirtos, frequentemente voltados para o infinito, e a velhice prematura concentrava-se toda em redor do pescoço flácido. Sentado a seus pés, foi incapaz de acertar com as frases: tudo estava dito e ainda nada conseguira dizer-lhe de si. Não atinara sequer com a maneira como um filho deve dizer: Tenho tanta pena, mamã, dói muito estar aqui e não ter a paixão de lhe sorrir de perto, uma magia simples ou uma esperança suficientemente forte para mentir à morte sentada. Quanto a mim, queixo-me das tripas. Mamã suspira, tem sempre uma oração que murcha na flor dos lábios roxos, mas eu abro a boca para bocejar e há uma contínua convulsão nas paredes do meu estômago. O indefinido problema da minha presença, aqui ao lado da sua morte, é haver 8 horas de diferença entre os dias de morrer e o meu único tempo de Lisboa. Não adianta chorar: ainda não logrei inverter os ciclos do repouso e da actividade das minhas tripas. De resto, continuo a pensar que não se pode, ninguém pode fazer nada por ninguém, mamã.

De modo que Vancouver, escreve posteriormente Rui Zinho, não vale já um simples frémito da imaginação. Gelam-se-lhe as mãos e todo ele mergulha na aflição de não conseguir captar do espírito de Nuno um sentimento essencial. A tudo isto falta agora uma grande poesia: a imagem dos sons, a cor dos cheiros, o peso das lágrimas perplexas. E falta aquela espécie de música que melhor explica os instrumentos conhecidos: as árvores com fruto, os rios do tempo e da água, os estames das flores que sorriem, as penas, as asas dos pombos e das garças dos Açores. Só assim Vancouver podia voar de novo na sua escrita,

consumir-se nela ou perdurar sob a lua duma última e
definitiva sinfonia.

Entram as primeiras malas na sala de bagagens do
aeroporto e depois ficam a deslizar em círculo, com um
zumbido de rolos, eixos e máquinas quase surdas cujo
sussurro se confunde com as vozes de feltro que anunciam constantemente a chegada e a partida dos voos.
Rodam sob olhos adormecidos, ao alcance dos passageiros vindos de Toronto. Estão tão exaustos quanto Nuno,
e não falam; limitam-se a dizer sorry quando tocam inadvertidamente no braço de alguém, ou a balbuciar excuse
me quando pedem licença e deitam mão aos sacos em
trânsito e aos seus embrulhos de objectos desportivos.
É então que o braço de Jorge vem envolvê-lo pelos ombros
e o puxa todo para si, num abraço envergonhado ao qual
Nuno corresponde sem energia.
   – Fecha os olhos e volta-te devagar – ordena-lhe ele.
– Agora abre-os e vê se reconheces quem está lá fora à
nossa espera.
   Não aponta em nenhuma direcção. Compete-lhe a ele
descobrir os vultos e identificar os rostos. Nuno olha para
além das divisórias de vidro e dá logo pela presença da sua
tribo. É uma pequena multidão que o espia, acena-lhe e
depois começa a sorrir-lhe com embaraço. Reconhece
logo as cabeças, os olhos e as bocas, e mesmo o esboço das
emoções e os trejeitos expressivos da família. Desinteressa-
-se das bagagens. Contorna os guichets das agências de
viagem, os balcões de tráfego, os cartazes que anunciam,
com um sorriso doce, os serviços do rent-a-car, as máquinas dos jornais, do tabaco e dos chocolates, e fica então
do outro lado do mundo. Quando está de frente para os
vultos ainda distantes, deixou para trás o tempo português de Lisboa, a certeza de pertencer apenas a si mesmo,

aos sonhos únicos dos seus livros, à vida de Marta e dos filhos. Isso é como montar um cavalo estranho para atravessar a noite. Precisa de ajustar os pés aos estribos e apertar os joelhos trémulos contra o corpo desse animal desconhecido. Depois, quando o movimento de aproximação se torna recíproco e inevitável, Nuno começa a viver a troca desses dois mundos. Agora, é como se atravessasse a última ponte e vencesse o nevoeiro desses tempos que se cruzam e vão fundir-se numa terceira realidade.

Não tem mais do que deduzir a identificação dos irmãos pela semelhança e pela memória dos seus retratos. Em última análise, todos se parecem um tanto consigo. Ainda assim, não existe uma correspondência perfeita e imediata. Essas fotos esporádicas não haviam registado a expressão ansiosa dos olhos, nem o movimento pendular dos corpos que agora caminham na sua direcção. Reconhece contudo os vincos dos rostos, a tristeza específica e, melhor ainda, o modo como sorriem erguendo um pouco as sobrancelhas grossas e deixando passar um frémito muito discreto pelas narinas. Tudo o que há de óbvio nessas fisionomias são os cabelos irreverentes, lisos e muito volumosos, os olhos azuis de Linda e Mário (iguais aos seus e aos de Jorge) e os tristes olhos castanhos de Amélia e Luís. Não estão portanto Domingas nem Zélia, que vivem em Boston, e não está Flor, que decerto permanece no seu posto, na casa onde mamã decidiu morrer.

Nuno confronta-se com outras evidências: cruzara-se há poucos anos com alguns daqueles irmãos. Amélia e o marido tinham vivido perto de Lisboa, após o regresso de África. Recebera-os à chegada de Angola, envoltos na imensa onda do ódio e da descrença, anos atrás. Tivera tempo de reter esse ar dos flagelados que traziam a descolonização às costas. Vira-os desembarcar em Lisboa, incrédulos, de ombros vencidos e dentes amargurados, e ouvira-os amaldiçoar o país da traição: o país dava-se ao luxo de entregar a grande África dos brancos a uma subespécie humana que nunca merecera sequer os sete palmos duma sepultura. Poucos meses depois, despedira-se deles à partida dum avião que levava o destino de Toronto. E agora, vendo-os de novo, estranha em Amélia o cabelo de rapaz, sem as grandes crinas de outrora. A ausência dos óculos, substituídos pelas lentes de contacto, torna-lhe os olhos ávidos, convulsos de euforia. O rosto subitamente aguçado da irmã, a sua palidez extenuada e o ventre muito dilatado confirmam a antiga fealdade mas acentuam-lhe a decrepitude. Pelas suas contas, deve ter dobrado a idade do ciúme e dos primeiros humores exasperados. Mas uma discreta velhice, protuberante e descuidada, começava a emprestar-lhe um arzinho de avó prematura...

Quanto a Domingas e Zélia, visitara-as recentemente em Boston, quando fora a Rhode Island participar num simpósio literário. Recebera-as aliás em Lisboa, no tempo da paixão revolucionária do seu país, quando ainda era impensável levar irmãs americanas às corridas de touros do Campo Pequeno, ao santuário de Fátima ou às voltas saloias que tropeçavam nas barreiras da vigilância popular. Civis barbudos e de olhar feroz vasculharam o carro. Cheiraram-lhes os perfumes, os lenços e os dólares dobrados no fundo das malinhas de mão e aludiram entre dentes à Cia, à Mafia e a outros perigosos agentes da Reacção. Nuno tentou em vão explicar-lhes o inexplicável. Piscou um olho cúmplice na direcção do revolucionário da estrada: reconheceu nele um professor catedrático da Faculdade de Letras de Lisboa, desses que praticavam então o ocultismo da Semiótica Literária. Ainda hoje jura que nunca na vida se sentiu tão ridículo: o catedrático abriu muito os olhos míopes perante o cartão que o identificava como sócio da Associação Portuguesa de Escritores, sob o pseudónimo de Rui Zinho. Dois braços desolados se abriram para receber o corpo, o espírito e a noção preciosa do escritor dos pequenos livros. Sua alteza real conhecia perfeitamente Rui Zinho, só que não o supunha tão jovem. Mas o camarada compreendia e não ia levar a mal: estava zelando pela segurança do Povo e pela defesa da Revolução. A sua vida ia-se cumprindo um pouco ao sabor desse facto ridículo: deixara há muito de chamar-se Nuno Miguel Moniz Botelho e conhecera já meio mundo sob esse disfarce que então lhe servira de salvo-conduto nas estradas equívocas do seu próprio país.

Dos restantes irmãos, conservava apenas a dedução lógica do crescimento: perdera-os na adolescência, sabia que vinha recuperá-los na idade dos primeiros declínios, casados, quotidianos, fúteis e tributáveis, como deixou escrito o Poeta, e confundindo a felicidade com a arte de viver num país de estrangeiros naturalizados canadianos. Luís só pode ser aquele cetáceo humano que de súbito lhe lembra o Bud Spencer do Cowboy Insolente: só que um Bud de cabelo muito compacto e duma prodigiosa cor perlífera, sem a barba nem a bovina bonomia dos olhos trigueiros do actor. Não conhecia a mulher com quem ele casara. Mas associou-lhe o beiço impetuoso, a forma aguda do queixo e o sorriso trocista a que os irmãos aludiam na intriga das cartas para Lisboa. Foi também por simples dedução que reconheceu nos sobrinhos a infância de Linda, Luís, Flor e mesmo Amélia, porquanto se acentuavam neles os pormenores da família. Desconhecidos quase todos, eram os misteriosos cunhados das fotos: perdera-os em definitivo nas ruas imemoriais, na parte baixa da infância no Rozário, nos bancos da escola, nos caminhos que davam para os pastos e para as terras de milho. Havia porém outra gente por trás da sua tribo, e decerto gente açoriana: os pais, os irmãos dos cunhados, os amigos, os vizinhos de outrora ou de hoje, e muitos outros curiosos emigrantes para quem a coisa mais importante do mundo continuava sendo o ver chegar os aviões em cujos destinos se anunciassem vozes portuguesas.

As mulheres ganham a dianteira de toda a tribo: fazem-no com a coragem decidida de sempre, com os sorrisos tímidos e também com as primeiras lágrimas risonhas. Nuno sente-se envolvido nos seus abraços e devolve-lhes os beijos, as carícias no cabelo. Por um momento, o seu rosto encosta-se ao delas, e é quando as lágrimas deslizam e talvez se misturem, nesse contacto convulso e fugaz. Mas não tem a certeza de se ter posto a chorar. Para beijar

os sobrinhos, decide pôr-se de cócoras: os rostos afundam-
-se no meio dos ombros e acabam por esconder-se por
detrás das mães, de modo que apenas consegue beliscar
uma bochecha esquiva e um narizito quase redondo que
procura fugir às mãos do homem a quem era preciso tratar por Uncle Nuno...

Antes de abraçar o irmão mais novo, é num sobressalto
que lhe estuda a idade. Recorda depressa o menino assustado e imberbe a quem ensinara as primeiras palavras em
inglês. Sente que pode perfeitamente perguntar-lhe como
se chama e estranhar a metamorfose do corpo, da fisionomia e da personalidade. Deixara-o ainda criança nos Açores; vinha encontrar nele um homem entroncado, esquivo
e pouco falador. Assim que Jorge chega com as malas,
é-lhe inevitável verificar que os ossos da sua magreza con-
trastam com as caixas torácicas, os músculos visíveis e a
altura dos três imãos. Mesmo os sobrinhos, que lhe são
apresentados sob nomes ingleses – Cindy, Steven, Mark,
Joanne, Melanie, Bob, Susan, Billy – mantêm essa despro-
porção com os seus filhos.

No fim dessa interminável liturgia familiar, e após o
reconhecimento de toda aquela gente vinda ou simplesmente nascida da sua infância, Nuno é conduzido ao parque de estacionamento do aeroporto. Aí, a família começa
a disputá-lo. O cunhado Joe, marido de Amélia, faz absoluta questão em que Nuno entre no seu grande carro vermelho: sentado ao volante, a sua pequenez transforma-o
num boneco de corda, e a cabecinha é ainda mais minús-
cula sobre os ombros de melro. Linda opõe-se tenazmente
a essa ideia, no que é exuberantemente secundada pelo
marido. Nisso não consente Luís, por entender que
merece os primeiros minutos do fim de quase vinte anos
de ausência do irmão. Nuno decide-se, sorrindo, pelo
carro de Mário: dezoito anos atrás, aquele rapazinho
silencioso e de rosto miúdo como os dos murganhos fora
por ele iniciado nos primeiros verbos ingleses. Além disso,
recordava os anos das férias do seminário, de quando ele
ainda gatinhava, de quando desviava o rostito envergo-

nhado à sua chegada à Ilha, antes de vir para o seu colo, e, mais tarde, esse Verão com Marta no Rozário, a poucos meses da vinda dele para o Canadá. O pai decidira livrá-lo da guerra, tal como fizera já com Jorge: África era demasiadamente longe dos Açores, não estava para sacrificar o suor ou o sangue desses filhos aos toleimões de Lisboa, e para patriotismos bastara já a experiência de Luís!

O cortejo dos grandes carros segue-o agora com euforia, através das ruas duma cidade azul, a cujas esquinas assomam mulheres e homens de domingo que levam crianças e cães a passear aos parques. Não vê Vancouver. Lembra-se de ter deixado cair o corpo no banco da frente, ao lado de Mário, e de torcer o pescoço e o tronco de vez em quando, para responder às muitas perguntas de Linda e Amélia, que haviam decidido acompanhá-lo nessa viagem que o levava ao encontro da fatalidade, da descrença e da travessia desse tempo de morte e absolvição.

Sente-se levado na direcção dos bairros novos, que ficam retirados do centro e da downtown, já na periferia da cidade, onde agora as casas começam a ser ajardinadas: mansões com relva em volta, alguns cedros, renques de buxo e canteiros de flores indecifráveis. Tem vagamente a sensação de atravessar uma cidade escrupulosamente asseada, com praças que não têm estátuas; uma cidade com o cheiro daquele mar metafísico a que puseram o nome de Pacífico – e há barcos minúsculos atracados às docas distantes, árvores seculares que se curvam por cima dos semáforos, iates e outros batéis que balouçam no repouso das marinas, gente sem pressa nos táxis e nos carros que nunca apitam. Como é domingo, os grandes supermercados apresentam-se fechados, os transportes públicos são inexistentes ou então deslizam em silêncio e sem gente. As igrejas da cidade não têm sinos, e não há aqui um tempo de catedrais e conventos: talvez outros carrilhões vibrem no ar e na nostalgia dos domingos. E acontece que os carros contornam agora os muros rasteiros dos cemitérios: são campos rasos, relvados e cheios de árvores felizes. Nuno olha, vive-os e pensa que são talvez lugares indistintos do mundo verde e azul dos vivos. Quando Linda aponta numa direcção incerta para que ele saiba onde está sepultado o papá, ocorre-lhe pensar que talvez a morte canadiana seja exactamente assim: um lugar sem cruzes e sem flores por cima dos túmulos, uma simples paixão dos mortos que vivem um segundo tempo e uma segunda eternidade.

8

Não percebe logo se a vê chorar, ou se ela se limita a sorrir-lhe levemente e sem grande lucidez. O rosto aparece inclinado sobre os ombros dum corpo que está sentado ao cimo das stairs duma casa canadiana. Vê-o um pouco torcido, apoiando-se sobre um dos braços do trono de veludo, ao lado da lareira apagada. Por um instante, o rosto está cego e enevoado, porquanto se contrai num ricto de comoção e sofrimento. Apenas uma mãe comovida que parece pressentir no ar a excepção da sua presença. Talvez esteja sentindo o cheiro e a aproximação da sua cria. Decerto chora e sorri ao mesmo tempo, pois assim se exprimem as mães sofridas e cansadas a seguir aos longos partos.

Nuno, por um instante suspenso, tentando decifrar a inesperada realidade daquele rosto, sofre um arrepio. Está então perante a sua Morta? Onde sempre admitira a existência duma inefável beleza, acontece agora um olhar abstracto, tão remoto como um eco. Os olhos azuis da mãe ardem por dentro dumas lágrimas felizes, consumidos, enevoados pela febre dessa alegria. Vê que o pescoço se descarnou quase até ao osso e que as pregas da pele denotam uma idade que está para além da velhice e da ruína. A morte está também na boca, que parece mole e encovada, descaindo-lhe um pouco para as comissuras dos lábios. Quando a voz se move, está apenas deplorando a última das suas desgraças. Mistura-a porém com o contrário da dor. Antes de lhe dar conta dessa miséria, a mãe tenta esquecer os seus males. Estende-lhe os braços trémulos. Nuno envolve-a pelos ombros, encosta o rosto ao dela e sente aquele corpo estremecer ao peso dos primeiros soluços. Sabe que não vai conseguir chorar. Mas sabe-o por um sentimento ressentido. Quando se desprende do abraço dela, uma sensação de alívio parece dilatar-lhe o peito. Nesse preciso momento, compreende que levara quase toda a vida a sentir o impulso mas a desviar o curso das lágrimas. Obrigara-se, vezes sem conta, a engoli-las com a saliva, misturadas com o pão e o peixe, sentado sempre na outra margem desse enigma. Com os anos, perdera mesmo a noção e a necessidade das lágrimas. Nunca lhe ocorrera sequer que fosse possível vir de tão longe, ser levado à sua presença, abraçar-se a ela, receber o pranto e a lástima de mamã e contudo permanecer órfão, sem a memória da sua ternura. O sangue tornara--se-lhe diferente do dela. O corpo não obedecia a nenhum outro impulso, excepto o de lhe devolver o vazio dessa estranheza física e sentimental. Desde que saíra de Lisboa, essa perplexidade acentuara-se de hora para hora, sabendo ele que o seu amor pela mãe tinha outro nome. Amava-a com a saudade de a não ter tido na sua vida. Havia de amá-la sempre por isso. Com desespero e sem esperança. E por isso podia jurar que gostava dela mais do que todos os outros, porquanto a venerava na distância e na invenção: bela, sem idade e fora da passagem do tempo. Ouve-a agora, e a sua voz estarrecida não se parece com nenhum dos registos da sua memória dela.

– Ai, filho da minha alma! E vieste tu de tão longe, gastar tanto dinheiro, atravessar mares e terras sem fim, para me veres neste estado…

Imediatamente, Nuno ouve nas suas costas o pranto silencioso dos irmãos e da cunhada. Quanto aos sobrinhos, limitam-se a abrir os olhos para ele, sem perceber por que motivo há prantos, e não sorrisos, a festejar a chegada daquele tio desconhecido e diferente de todos os outros. A surpresa dessa diferença estava na elegância física e social, no modo como falava o português, não o dos Açores mas o das sílabas redondas e aveludadas de Lisboa, e no modo como se aventurava por um inglês quase sobrenatural. Nuno fora-lhes anunciado como o profeta da família: pelo triunfo da sabedoria e pela redenção da ignorância e da vida escura dos pais.

Não logra vencer o cepticismo nem corresponder aos prantos da família. Quando a mãe decide suspender os beijos e aquele abraço feito de muitas carícias, Nuno é apenas um homem cansado. Tem ainda nos ouvidos o zumbido dos reactores do avião, e no espírito o desconforto das horas de voo. Pesa-lhe sobretudo o tempo fisiológico da diferença horária, a desconexão dos mundos fátuos que fora obrigado a atravessar.

– Tão magro, tão estragado tu estás! – balbucia a mãe limpando as lágrimas a um lencinho de papel. – Dizem-me que trabalhas por de mais, que dormes pouco. E deves vir muito estafado da viagem, calculo.

Nuno nega com a cabeça. Quer dizer-lhe que não está nada fatigado. Apenas vive depressa. E como sempre fora magro, tem aquele aspecto de homem desprotegido. «Sou, há muito tempo, o único imperador dos meus ossos, mamã», pensa. Mas seria disparatado enveredar por essas incompreensíveis metáforas. De momento, pretende apenas devolver à mãe o mesmo sorriso ansioso. Não quer que ela se sinta culpada de nada. Veio vê-la. Comparece à sua presença para a absolver dos males que não têm perdão.

– Diga-me, mãe, como se sente. Diga-me o que lhe fizeram: está tão triste e tão sem coragem. Tem sofrido muito?

Aí, ela deixa tombar a cabeça para o peito, num desalento, e volta a torcer a boca num segundo esgar de choro. O pranto é agora mais convulso do que antes. Por entre soluços que lhe fazem estremecer os ombros, conta-lhe das suas grandes dores, das opressões no peito, das ânsias e dos suores frios. Alude também a um fastio de morte. E quanto aos ossos, compara o seu formigueiro à mordedura das urtigas.

– Se é preciso tanto sofrimento só para morrer, meu filho! E que morte tão triste, esta minha! Se ao menos soubesse que destino me espera lá no fundo daquela cova escura… A única consolação é que vou voltar para junto de teu pai. Sonho com ele todas as noites: está sempre de olhos em mim, sem dizer nada, sentado num quarto escuro. Não fala, mas percebe-se que está ali à minha espera.

Sem o saber, a mãe de Nuno acabara de tocar num dos raciocínios mais sensíveis de Rui Zinho. Nos pequenos livros que publicara, a morte era apenas escura e infinita. A diferença estava em que ela mantinha intacta a esperança de passar um túnel, fazer a viagem da barca pelas ribeiras de Gil Vicente, certa de que Deus estaria de braços abertos para a receber. A morte cruzara-se, de modo obsessivo, nas ficções de Rui Zinho, sempre religiosa e fria como uma mãe moribunda. Agora está de cócoras perante ela e pensa, como sempre, que a morte é talvez o único problema do Homem. Mira cada uma das suas rugas, o tom esverdeado das maçãs do rosto, os olhos febris, o cabelo frágil como estopa, e sabe que não conseguirá verter uma única lágrima perante ela. Esses olhos malditos estão decerto desiludindo os impulsos trágicos dos irmãos e dos cunhados. Todos esperavam que ele viesse só para se agarrar a ela, balir-lhe de encontro aos ombros descrentes e ficar longo tempo a deplorá-la. Mas sucede que o espírito dessa morte lidava já com um pequeno equívoco: ele não viera ali fazer coisa nenhuma. Se pensavam que Nuno viesse para apaziguar esses coros uivantes ou silenciar os sinos que começavam a dobrar pela existência da mamã, era porque todos se tinham perdido das suas noções. Na verdade, ele viera por absurdo e por excesso de zelo, só para arrastar a memória dessa mãe primitiva, que fora talvez bela e luminosa no seu coração, mas nunca no olhar. E não vinha redimir-se de coisa nenhuma. Aquela Morta jazia já numa agonia em tudo anterior à da hora presente. Pode-se salvar os mortos duma qualquer morte real, é certo. Não porém da outra, da morte vinda de dentro – a qual não tem corpo, nem tempo, nem voz, nem lugar onde possa ou deva permanecer em veneração...

<h2 style="text-align:center">9</h2>

Desperto com a primeira lâmina de luz que atravessa as frinchas das gelosias e ilumina objectos que de súbito me são desconhecidos. Há uma redoma de vidro cuja transparência acusa logo a nudez do Menino Jesus. Há os olhos dos mesmos santos que sempre e em toda a parte me haviam perturbado o sono. Há o Crucificado, e a guarita do Senhor Santo Cristo dos Milagres e, finalmente, as portas abertas duma «clauseta». Do outro lado do quarto, empilhados contra a parede desta casa de madeira que range e estala nos seus ossos muito sonoros, os brinquedos dos meus sobrinhos são o mundo às avessas. Um ursinho de nariz rosado sorri-me de modo trocista, com as patas para o ar. Bólidos amolgados e de rodas inutilizadas, e um triciclo com a buzina comprimida entre os cascos de dois barcos, e aviões desasados e outras miniaturas imitam o mundo parado e sério dos homens. Percorre-me um arrepio de ternura. Tenho dois filhos. Estão, neste momento, sentados do outro lado do globo terrestre. A coisa mais importante da vida é saber que nenhuma distância significa estar longe do sorriso e da existência dos meus filhos. Vivem dentro de mim.

Vejo as minhas roupas penduradas nos cabides. O estojo da barba e os livros tinham sido acomodados por Flor sobre a mesinha de vinil, por detrás do candeeiro de cabeceira. As malas cruzam-se uma sobre a outra, aos pés da cama. Ouço vozes no andar de baixo. Acendo a luz. Vejo o passaporte, o bilhete do avião, a carteira com os documentos e os dólares, e o bloco de folhas pautadas: escreverei grandes cartas a Marta, ao fundo das quais seguirão pilhérias risonhas que ela lerá alegremente aos filhos.

O meu primeiro gesto (registo-o agora nessas folhas) é procurar o relógio. Tive o cuidado, ontem, de o acertar pela hora de Vancouver. Nele, faltam 3 minutos para as 8 da manhã. Não porém dentro de mim. No meu corpo vão ser 16 horas: posso estar dormindo a sesta, ouvindo Mozart, lendo os jornais da tarde de Lisboa. Ou posso apenas afundar-me na angústia e mergulhar profundamente no vício de ser um homem sentado no seu mundo. A diferença horária entre Vancouver e Lisboa pouco deve importar-me agora. A perplexidade reside toda nos inúmeros anos, esse relógio invisível que me separa do presente e do passado da minha família canadiana. O meu corpo recusa-se a viver uma página que seja deste romance. E esse protesto vem--me das tripas: diz-me que não é este o livro das minhas horas. Os relógios mentem. São outros. Não têm a energia, nem as paixões, nem a razão de ser do tempo de Lisboa.

Tomo consciência da noite sonâmbula e perturbada, das falsas horas nocturnas de Vancouver. O cérebro reconstitui as vezes em que supôs ter ouvido o sininho, os queixumes, a desgraça da minha Morta sendo socorrida por Flor. Lembra-se das vozes atravessadas e das frases roucas. Mamã fizera chichi para um bacio de esmalte. Dissera a Flor que tinha as pernas dormentes e os ouvidos a zumbir. Flor ergueu então uma voz fria e disse-lhe que tudo isso era normal: o médico bem a avisara quanto aos efeitos secundários das drogas. Uma parte de mim diz que devo ter ouvido isso de olhos abertos, sondando o escuro do quarto; a outra recusa uma tal evidência: a tua família é outra, rapaz. Precisas talvez de inventá-la para que se torne verdadeira, ou sonhá-la para que haja em ti uma grande memória dela. Já foi importante ser filho, amar uma casa, responder a quem te chamasse pelo nome próprio. Agora, rapaz, limitas-te a abrir os olhos, a ver as paredes duma casa desconhecida, a escutá-la no escuro. Nem sequer tens Marta para te ajudar a vencer mais uma insónia.

Uma difusa, remota, talvez inofensiva dorzinha de cabeça, Nuno? Também a deixarei registada neste diário inútil. Marta foi sempre a única fada do teu sono. Os dedos dela massajavam-te o couro cabeludo, sentias a respiração dela no ouvido: foi essa talvez a mais profunda verdade do seu amor. «Meu querido, terno e imenso amor», pensas. Lembras-te? A tua coxa, entre as pernas de Marta, sentia as palpitações dum sexo adormecido. A coisa mais importante do casamento? Não odiar o cheiro, o repouso e a presença daquele corpo. Acariciar-lhe o sexo e os seios, beijar-lhe o pescoço e os ombros e saber que o teu corpo cabia todo no abraço e nas mãos duma mulher adormecida. Nenhuma dor é moral, ou sequer inteligente, perante a Dor dessa mãe canadiana.

Irmãos, cunhados e sobrinhos, indiferentes ao silêncio dessa Dor, ficaram até às 3 da madrugada: as crianças adormecidas nos sofás, no chão das alcatifas ou no colo das manas; a televisão falando continuamente das eleições provinciais da British Columbia. Os outros insistiam comigo para que bebesse cerveja, e serviam-se apenas dos dedos para retirar as caricas. Bebiam-nas a longos tragos, de olhos fechados, como se uma sede mortal lhes estivesse queimando toda a paixão da infância. Apavorado, fora daquele tempo, ouvi da boca de todos eles a história dum tempo que ressuscitava. Luís recordou o luminoso pormenor da imensa morte do papá, a sua agonia desesperada, o perdão dos seus olhos vazios; Flor, entre as idas e vindas ao quarto da mamã, quando ela agitava o sininho ou murmurava de longe um simples desejo, aproveitou para reconstituir os últimos quatro meses dessa Dor funesta. Em sua opinião, a vida de mamã é já uma flor que murcha na água turva duma jarra. Todos os dias lhe cai uma pétala morta, e a questão está em saber-se quantas pétalas tem ainda a corola, a flor decrépita da vida de mamã. Pelas suas contas, não pode durar mais dum mês: tem da sua ruína progressiva uma ciência intuitiva, de sibila. Amélia deduz mesmo um dado prático, suscitado pelas experiências da enfermagem: é elementar ir pensando nas partilhas da casa, das terras e dos dinheiros – «tanto mais», acrescenta «que Nuno está presente e em breve regressará a Lisboa, e isso de partilhas sabe-se como é».

– Partilhas?! Mas quais partilhas, minha irmã? – exaltou-se Jorge, pondo-se de pé e depois curvando-se todo, de tal modo que o rosto de ambos ficou frente a frente. – Aqui ninguém tem de falar em partilhas por enquanto. Basta-me meia hora para tomar um avião e regressar a Toronto!

Às 2 da madrugada (10 da manhã em Lisboa), coube--me a mim dizer-lhes quem sou, que coisas me aconteceram no decurso de todos estes anos de ausência, como se chamam os meus filhos e que idade têm, o que foi e não foi, e nunca deixou de ser, o meu casamento com Marta: uma espécie de alegoria a que sempre faltou a lição moral ou a explicação do princípio e do fim da família. Dei por mim a pensar que talvez nos estivéssemos apenas recriminando. Heróis no princípio da velhice? Não! «Apenas atletas que se despediram já dos seus felizes estádios cheios», pensei. Até mesmo as manas lembravam as velhas estrelas que já só sabem lacrimejar sobre as flores defuntas das grandes casas solitárias. Recriminando-nos, amaldiçoando a infância, mas possuídos pela paixão desse sonho eterno a que se usa dar o nome de infância. Todos uns heróis. Uns porque têm hoje grandes carros, casas de dois pisos com jardim e barbecue e um país onde deixou de ser necessário conjugar o futuro dos verbos; outros porque subiram, venceram a grande prova de fundo em que tinham sido postos a correr descalços e agora podem rir--se dessa fábula tão mal contada e pior ainda vivida. Dei--lhes, eu próprio, conta de alguns dos meus méritos, embora sem grande elogio. Não por pudor, entenda-se. Mas por não saber a que espécie de triunfo esses estranhos seriam mais sensíveis: se ao facto de ter sido, tal como eles, um menino descalço na Ilha e me apresentar agora como o misterioso doutorzinho da família; ou se pode haver virtude no pormenor de a vida me ter mostrado já metade do Mundo, correndo à frente e atrás dos livros que eles não leram, não leriam nunca...

«Agora», penso, «vão começar a exibir-me. Vão comer-me, obrigar-me a viver à sua maneira.»

Haviam decidido tudo antes da minha chegada a Vancouver. Levar-me-ão de casa em casa, e esses serão os meus dias. Sentar-me-ão às suas enormes mesas quadradas, beberei o vinho amargo de Alberta ou do Québec, ou o juice de mel e maçã das suas vidinhas secretas. Começaremos por ir à ilha de Victoria esperar Domingas e Zélia, que vêm por Seattle. Saberei depois que ir a Victoria é tão admirável como um recuo ao início da criação do Mundo, quem sabe se uma viagem ao passado e à memória das ilhas gregas de Homero. Mário dirá que é apenas a ilha das viúvas canadianas que vêm aquecer os ossos e o sangue e morrer de olhar parado nos barcos festivos que cruzam mares, atravessam o frio e acostam às sobrenaturais docas do Pacífico. Para mim, no entanto, a rota de Vancouver para Victoria é feita pelos magníficos ferryboats azuis que em silêncio rodeiam ilhas fatídicas e quase desertas. Há as aparatosas casas fechadas na orla dos bosques de pinho, e outras árvores eternas por cujos ramos se roçam os cascos dos barcos, e balas redondas como conchas, e nuvens suspensas dos destroços e da passagem dum vento que nunca existiu. Ser-me-á sempre impossível deixar de pensar nas águas e nas paisagens que levam a Ítaca. Penso-o com a memória, na travessia dessa espécie de istmo, sabendo agora que nunca estive noutro lugar a não ser nos barcos que vão de Vancouver a Victoria. Pudesse eu viver as minúsculas ilhas do Pacífico, e decerto escreveria livros tão proféticos como a imortal transparência do vento que sobra ou existe fora do tempo.

As vozes invadem toda a casa, vindas do fundo, como se subissem dos seus alicerces. Dizem good morning às crianças e bom dia aos adultos. Ouço Jorge dirigir-se à minha Morta, pedir-lhe a bênção e indagar do seu estado de saúde.

– Ai filho, pois alevá! É ir padecendo à conta de Deus Nosso Senhor!

Entram Luís, a mulher e os dois filhos. O som duma bola de ping-pong ecoa no cimento do basement. Distingo a voz de Mário, que insiste com uma das crianças para que aprenda a dizer em português: Sua bença, titi! Quando logra ouvir um arremedo dessa meia frase que se embrulha na língua da criança, pergunta-lhe se já viu, se ainda dorme, se ele gosta do tio Nuno. O pequeno Steven responde-lhe:

– I think he's still sleeping upstairs, my uncle Nuno.

Abro a porta do quarto, saio para o corredor. A mesma multidão da véspera, a minha tribo perdida, olha-me agora de baixo para cima e parece estranhar de novo a minha existência. Por um momento, calam-se. Os sorrisos são tímidos. A minha Morta está outra vez sentada ao cimo das stairs, com o corpo emborcado sobre um dos braços do sofá. Recebe-me com a mesma metade do sorriso e pergunta-me se dormi bem e se estou mais repousado. Sei então que é dever dos filhos açorianos pedir a bênção aos defuntos que respiram – mas sei que a voz me será tão estranha como no dia em que um padrezinho moreno duma paróquia do Sul apontou um dedo malicioso à minha cabeça, chamou-me ao altar e mandou que lesse aos seus fiéis uma epístola do apóstolo Paulo aos Coríntios: haviam passado poucos anos sobre a minha expulsão do seminário e Marta insistira muito para que eu assistisse a uma missa de baptismo. «Foste sobretudo brilhante na pronúncia latina», disse-me ela, no fim, com maldosa ironia.

Mamã surpreende-se com a aproximação da minha boca, quando vou para beijar-lhe a face. Corresponde-me de forma relutante. As manas dão-me a cara, fecham os olhos e conservam o corpo à distância dos meus braços. Na verdade, nunca ninguém se beijava nas casas da infância. Todos estão aqui mas continuam nesse tempo da Ilha. Trouxeram-na, mantêm-na intacta dentro de si. Tal como eu, embora por motivos diferentes, mudaram de nome – mas persistem no tempo obsessivo das procissões e romarias, no pudor da mais sagrada nudez, no vício de dizer mal dos vizinhos. Encontram-se para comer tremoços e amendoins e beber cerveja preta, para estarem longe das suas mulheres. Apesar de desempregados, continuam a passear-se nos seus longos carros cinzentos. Tristes, enig-máticos, fingem a euforia dessa imensa importância de se estar vivo nos dias de Vancouver. Sonham com as vacas, as terras e os cavalos dos Açores, e fazem planos para casas vistosas à beira da estrada que liga o Nordeste a Ponta Delgada. Por enquanto, é mais importante ser Lewis no Canadá do que Luís nos Açores, ou George em vez de Jorge, ou Joe e não José, ou William, ou Frank ou John. Das mulheres, apenas Amélia adoptou o Mary na altura da naturalização canadiana. As outras mantêm as velhas legendas: dá-se a coincidência de Linda poder ser Linda em qualquer parte do Mundo. Flor não quis ser Flower. E Domingas sempre considerou que esse nome continha uma indefinível e divina proporção religiosa...

10

Apenas o meu espírito contempla agora as enormes casas brancas de Vancouver. Entro em cada uma delas ao princípio das manhãs pardas do Pacífico, turvas ainda duma espécie de cinza nocturna que parece pairar na sua colora-ção de chumbo. São manhãs de sombra, com nuvens altíssi-mas anunciando ao longe a chuva. Subo lanços de escadas que dão para alpendres com baloiços de verga suspensos dos seus ganchos. Sei logo que estas casas são ainda mais altas por dentro: erguem-se acima da memória e do tempo. Havia pequenos guizos chineses que tiniam no movimento das portas. Agora, não. Ouço carrilhões vibrando sobre a placidez desses meus breves dias de Vancouver.

Surpreende-me aí o princípio da ausência de Marta na minha vida. E isso acontece quando se me depara o por-menor das duplas portas de vidro. A civilização do frio que não entra nas casas mas fica suspenso, encaixotado entre as duas portas. «Uma delas», penso, «fechar-se-á talvez sobre a distância a que me encontro dela – da sabe-doria e da presença, da voz e do corpo de Marta. A outra abrir-se-á para a estranheza e para o mal destas casas felizes – onde nem ela, nem outra qualquer mulher, pôde alguma vez festejar a minha presença.»

Não sei por que motivo me estão sorrindo estas crianças que escondem o rosto e me espreitam por trás das portas. Tão-pouco saberei o que levou estas mulheres, e não a minha, a levantarem-se cedo das suas camas. Elas não mo dizem. Mas sei que madrugaram e se tornaram velozes. Foram ao fundo dos louceiros e recuperaram para cima de grandes mesas quadradas as suas queridas baixelas. Depois deram lustro aos móveis, puseram flores de plástico nas jarras de porcelana e foram elas próprias vestir-se, pentear-se e experimentar um sorriso em frente dos espelhos. E como voam por aqui aromas adocicados – de açúcar, amêndoa, frutas cristalizadas e licor de maçã – suponho que tenham batido as claras, misturado ovos com farinha e preparado os bolos dourados que fumegam ainda sob toalhinhas com monogramas bordados nos vértices. Adivinho também um discreto mas persistente perfume de flores invisíveis, vindo dos jardins ou das latinhas dos vaporizadores. Quando entro e me ponho a olhar as casas, os gestos dessas mulheres tornam-se perversos, duma amplitude circular, como se a luz pudesse sair-lhes dos braços e só então iluminar de branco e azul os cantos da casa. Pressinto que é esse, não outro, o orgulho delas. Um orgulho breve no sorriso mas tão perene como a folha dos loureiros. Está todo no prazer com que me ouvem louvar os espaços de luz, as cores e o espírito de cada uma das casas. Só então posso compreender o que me querem dizer com esses sorrisos: comeram o pão das lágrimas, esfregaram sótãos e escadas, varreram todo o lixo doméstico das outras casas de Toronto e Vancouver. E serviram, durante os primeiros anos, o desdém das senhoras canadianas. Hoje podem finalmente sorrir, endireitar o busto, abrir as portas das suas casas e dizer-me que para elas passou, e não mais regressará, o tempo turvo e suplicante das escravas brancas. Depois é o olhar dos homens que parece iluminar-se do mesmo orgulho. Vieram todos da minha infância. Atravessaram o frio das neves luminosas, as humilhações dos primeiros bossas canadianos, o riso bárbaro dos estrangeiros. Mas podem agora cruzar os braços no peito, olhar-me um pouco de cima e pensar que levam alguma vantagem sobre o tempo dourado de Lisboa e a sabedoria inútil do doutorzinho da família.

Ainda assim, não perco a coragem de aludir à pequena virtude dos países pobres. Sei que eles não percebem. Não aceitam o louvor da pobreza, e não podem jamais compreender a segunda dignidade desse destino. Se me perguntam por que razão gosto assim tanto do meu país, respondo-lhes que me sobra sempre um motivo. Gostarei sempre do meu país enquanto o escarnecerem. Amá-lo-ei mesmo na sua nudez, nos vícios e nas coisas luminosas. Serei português com a moral e com o espírito, e com o sangue até de quem traz em si um verso, um cheiro a mar, um fruto da sua terra.

Percebo assim que os meus irmãos levaram todos estes anos a viver sob o desafio da minha existência. Seria ridículo aludir, perante as suas casas, ao meu minúsculo apartamento de Lisboa. Basta-me ouvir o som do taco batendo as bolas do snooker, ou das raquetas nas mesas de ping-pong, ou ouvir sofisticados aparelhos estereofónicos devolvendo-me de longe músicas que aludem à saga dos emigrantes – e sobretudo os larguíssimos, longos, luxuosos carros que entram e saem das garagens sob a vigilância da célula electrónica. A minha civilização está ainda aquém de tudo isso. Vive no tempo dos frigoríficos, da televisão à hora do jantar. Dificilmente atravessa o luxo das máquinas, e vive consultando à pressa os relógios de pulso ou perguntando as horas nas paragens dos autocarros de Lisboa. Para eles, não passo do homenzinho desse país azul, cuja música não vem dos aparelhos mas sim das vozes e dos ruídos, contentíssimo por ter direito a um mês de férias por ano, a noventa dias a seguir aos partos e a um subsídio de Natal que deve ser pago até ao dia 15 de Dezembro...

Deixam de interessar-me os argumentos deles. Um suspiro de cansaço vem lembrar-me as saudades dos meus filhos e a minha modesta felicidade junto de Marta. Cansado, entristecido – mas de novo tangido por uma talvez absurda saudade do amor dela. Nas minhas anteriores viagens aconteceu sempre que esse frémito de nostalgia ocorreu também no início, ao dobrar o limiar das estranhas casas ou dos quartos de hotel que fui conhecendo. Agora, o meu casamento com Marta atravessa os primeiros dilemas do jogo conjugal. O hábito de estar casado com ela viciou em mim as cartas desse jogo. Coibiu em ambos o sentido da criação quotidiana. Quando, porém, lhe ouço a ternura da voz que me ama nas ligações telefónicas de longa distância, ou releio as cartas arrebatadas que me escreve, não resisto à paixão da mulher que tão bem aprendeu a povoar os silêncios e a clamar no deserto da sua própria solidão. O que presentemente me apaixona nela é mesmo a ciência oculta desse feitiço. A sua misteriosa paixão de sacerdotisa. Amo-a no limite, não no centro da fatalidade, pois sei que a existência de Marta decorre apenas do que é luminoso. As suas mãos explicam os objectos, não a minha cumplicidade com eles. Não pode ser descrito o modo como ela faz um arranjo de flores: a sua majestosa grandeza litúrgica. Impossível dizer como essas mãos são profundas no ritual de fazer uma cama, pôr a mesa, preparar-me o prato com a porção exacta da minha frugalidade. E a altivez com que põe de parte a roupa suja, muda os lençóis e estica as colchas! Faz tudo isso com dedos de fada, sem perceber que estou de lado a vê-la e a comover-me com a felicidade de ser o seu homem e de pertencer à invisível expressão do seu destino. Além disso, há uma força quase tumultuosa na sua nudez. O modo como passa a escova pelo cabelo, estando toda nua, ou a maneira como dorme, enrolada num ovo de sono, serão sempre infinitamente superiores a cada um dos meus actos. Nela, o trabalho cruza-se com a revelação dos gostos: tem a paixão das flores nas manhãs de sábado, o requinte das miniaturas de cristal, o culto das minúsculas argolas e das pérolas rosadas dos seus colares.

Por isso mesmo, Marta não pode estar na falta de gosto destes cestos repletos de flores de cera que agora me recebem em Vancouver. Não pode estar na imitação dos frutos de plástico, nem nas inúteis bandejas que só servem para decorar os aparadores. Na casa de Marta, as plantas são redondas e folhosas, dum verde leguminoso que se inclina para a luz das tardes de domingo. O sorriso dela não pode estar nos inúmeros retratos que me sorriem do fundo destas molduras pesadas, esquecidas entre bibelôs. Aqui, deslumbram-me apenas os espaços excessivos das casas, não as coisas que estão cumprindo a função de povoá-los: as paredes forradas pelos inacreditáveis painéis de tapeçaria, os quadros dos medíocres pintores de rosáceas, labirintos óbvios e sóis que nascem obsessivamente por entre a rama dos bambus chineses. Nas paredes das minhas irmãs, as rosas, além de frívolas, têm o aspecto convulso das suas lágrimas. Não são lúcidos sequer os espelhos que multiplicam as luzes indirectas ou os fechos dourados das portas. A nenhum deles assoma, ainda que fugidiamente, como a espiar-me, o sorriso magnífico da mulher que eu amo.

Casas leves, sem dúvida. E orgulhosas. Mas profundas de mais para a minha estranheza. Entro por jardins que trepam ao cimo de declives cobertos pela relva industrializada. Olho o céu e o oceano Pacífico através da vegetação destas árvores que terão já uma idade finissecular – mas é como se espreitasse a segunda ilusão das minhas luas. Luas que me dizem, do outro lado do Mundo, que estou irremediavelmente perdido no escuro da família – e perdido da casa e da presença da minha amada.

11

Chama-se Domingas Maria a tristeza que de repente se converteu em sombra e lhe atravessa os vincos do rosto. Vê-se através das lentes grossíssimas dos óculos castanhos. É uma tristeza parada, quase lânguida, na fadiga com que me olha, antes mesmo de se tornar confidencial. Mary Amélia, pelo contrário, tem-na nas formas aguçadas e nos ossos proeminentes do rosto. Ostenta-a no riso nervoso. Quanto a Linda Maria, forçou essa tristeza a descer até ao fundo do corpo: vejo-a na bola do ventre, nessa perpétua gravidez imaginária que faz lembrar o corpo abaulado de mamã. Posso até sondá-la naquilo que ela nunca me dirá. O rosto, que foi de todos o mais belo da infância, alargou-se nos ossos malares. É uma tristeza oblíqua que ri, parece feliz e impetuosa, e no entanto clama numa voz que não é necessário ouvir. Zélia, a mais nova das minhas irmãs, ostenta essa tristeza na diferença do azul: os olhos da infância eram coruscantes como berlindes. Agora na minha frente, vejo-os baços, marítimos e no princípio da perplexidade. Em Mary, a tristeza vai-se já enchendo de renúncia e desilusão. O cabelo curto e cheio de arrepios está tão platinado quanto o de Lewis. A espessura das sobrancelhas, também.

Não posso rever nestes rostos a beleza que um dia assistiu a todos os nossos. O que neles me olha é uma espécie de fealdade que começa a explicar os prenúncios duma velhice já anunciada nos sorrisos, na voz que desiste da alegria e apenas exprime a terrível infelicidade de já não serem felizes. O gineceu familiar degenerou nestas fêmeas solitárias, as mesmas que um dia caíram no logro de desposar amantes prometidos e afinal transferiram todo o amor para a inocência das suas crias. Não é isso o que está acontecendo comigo?

Os meus sobrinhos são pois filhos de homens e mulheres que usam de nomes falsos, deslizam num país de estranhas fábulas e desistem lentamente de acreditar no tempo que lhes foi dado viver. No buço negro de Flor – e melhor do que nas rodelas arroxeadas das olheiras – vejo que a alegria deixou de ser útil à harmonia do casamento. Com efeito, não acredito numa única das palavras com que ela tange perante mim o elogio do seu homem. Decerto que o faz por rivalidade com as irmãs. Em obediência ao sagrado sacramento do matrimónio. Pelo sentido religioso e indissolúvel da união do corpo com o corpo. Percebo isso na voz cautelosa, no modo como desvia os olhos e quer parecer envergonhada. Então é inevitável que seja eu a denunciar-lhe o jogo. Não pode ser amor, ó minha irmã, isso de ires para a cama morta de cansaço, adormeceres ao som do sininho com que a mamã te chama muitas vezes por noite, e haver sempre um homem que te procura, despe, sova, fode no escuro. Ei-lo que se monta na sua égua, faz barulho com os dentes, esporeia-te, esporra-se, exige que estejas pronta para o desejo dele. Não pode ser amor o facto de ele te insultar baixinho, só entre dentes, para que ninguém saiba do pequeno ódio que vai estando suspenso do teu segredo. Abres-lhe as pernas, não queres ver o rosto dele tão perto do teu. Quase odeias o bafo dele no teu pescoço. Só lhe pertences assim, na condição de morta. No suspiro duma paixão: a de teres sido a noiva, a mulher e a alegria do teu homem.

– Haverá diferença entre ser a mulher e ser a simples fêmea dum homem? – pergunta Zélia corando e fazendo um grande esforço para não chorar.

Zélia amou o seu homem e casou contra a vontade da família. Lewis nunca lhe perdoará o facto de ela ter fugido de casa. «Era ainda uma menina, Nuno, mas encheu de vergonha a cara do papá e da mamã», dirá ele depois.

– Apanhou-se menstruada – disse Lewis – toda vaidosa com as suas tetazinhas de ovelha, e foi logo dar de mamar ao primeiro que a apalpou.

Olha-a, também ele, com esse estigma que ainda enfurece a voz e faz torcer a boca de Lewis. No entanto, esse não é o seu ódio. O tom marítimo dos olhos dela encheu-se de cinza. Mistura-se com as lágrimas e acusa agora, levantando um pouco o rosto, a dor duma família que simula ter feito as pazes com ela. Não suporta esse desprezo, nem mesmo quando ele vem da falsa doçura e dos silêncios de mamã. Sabe perfeitamente que ela morrerá magoada por esse desgosto e que todos os outros continuarão a recordar-lho. Nuno sente-se subitamente desvinculado dessa moral. Dir-lhe-á isso na primeira oportunidade, quando estiver a sós com Zélia. Por enquanto, limita-se a deplorar-lhe o olhar torturado e as mãos vazias. Sabe perfeitamente que o mal daquele corpo reside na barriga mole, nas tripas pisadas pela inconcebível grossura dum membro masculino. Isso disseram-lho sempre as pobres mulheres portuguesas que não tiveram núpcias, nem o mel das luas, e cujos corpos se sustêm sobre virilhas destroçadas. Torna-se-lhe evidente que o casamento dessa menina de olhos de cinza se resume à travessia duma imensa, talvez insustentável, vontade de gritar. Vive o martírio desse terror desde a primeira, eterna noite de casada.

– Não há casamento que resista – diz Mary, entre trocista e enraivecida – ao lado dum homenzinho como o meu.

Trouxe-o frustrado, cego pelo ódio, duma cidade rosada de Angola. Veio contrariado de morte, sabendo que nunca gostaria do frio nem da distância que vai entre o Canadá e as risonhas nostalgias da sua África. Aqui faltou-lhe sempre uma preta. Há-de sempre faltar-lhe uma preta em quem possa bater. Falta-lhe uma branca perversa, ou várias mulheres com as quais possa gastar sempre todo o dinheiro que ganha. Sobretudo, diz Mary, faltam-lhe os antigos servos e os ídolos e os heróis de Luanda. Vir para o Canadá com ele foi aceitar o despeito, as dívidas dos pequenos luxos inúteis, a sede sem fim das suas manias de grandeza. Suporto-o como a um vizinho rabugento, digo-lhe que sim e que talvez – mas não vou continuar a privar-me de tudo, a permanecer calada e de cara alegre. Sobretudo, não estou disposta a acreditar nas promessas da sua adaptação. Um destes dias, quando ele mal o puder supor, deixo de cobrir com os meus overtimes os caprichos, as exigências, a mesquinhez dos seus gastos. Deixo de resgatar-lhe os cheques sem cobertura, abro-lhe a porta, entrego-o ao primeiro que o vier reclamar como penhora – e era uma vez um homenzinho rancoroso, todo muito português, que veio comigo de Angola e nunca quis ser feliz, como eu hoje sou, neste abençoado pais que dá pelo nome de Canadá.

– Por mim – diz Domingas franzindo de novo o rosto nas suas inúmeras rugas – bem pode continuar a beber até que lhe rebente o fígado ou mesmo o vomite. Mas se voltar a bater-me, agarro nos filhos e nas roupas, deixo-lhe um escrito em cima da cómoda, encho-lhe o frigorífico de cerveja preta e ponho-me em dia com a minha vida.

E conta. Fica horas a ouvi-la, e é quando toda a sombra passa e toma a forma do seu rosto. De vez em quando, lágrimas silenciosas escorrem dos profundos suspiros. Nuno não conhece melhor personificação para a tristeza, mas não sabe se é pelo facto de a mulher ser sua irmã, se por causa dos óculos castanhos e das rugas que lhe contornam a boca.

Repara também que as crianças de Domingas vivem já na penumbra dessa tristeza. Por vezes, deitam-se no chão, fazem grandes birras sem motivo e tentam reclamar-lhe toda a atenção. A menina mais velha denota as carências afectivas de quem levou a vida a perder um lugar no berço. Vem ao colo de Nuno e encosta-lhe o rosto ao peito. Fica posta em sossego, de olhos fechados, naquele trono efémero que o tio lhe oferece. Por um momento, pensa que seria maravilhoso ter um pai assim, feito à imagem e semelhança desse tio-deus de Lisboa em cujos braços finge mesmo adormecer. Nuno deixa-se comover e descobre em si um inesperado prenúncio da idade. Nunca até então admitira que lhe tivesse chegado o tempo que se situa rigorosamente em cima dum eixo. Esse eixo girava dentro de si e começava a significar que ele já não era tão jovem quanto ainda supunha. Lembrar-se-á sempre desse momento em que dentro de si se mudou a idade e se perdeu a ilusão da juventude. Está já no tempo e na hora em que é preciso merecer a primeira moral das fábulas. Extrair da alegoria da família a lição moral, estabelecer-lhe uma síntese. Fá-lo então pensando que ele e os irmãos continuam a debater-se com o único problema das suas vidas. Todos se ressentem ainda duma inexplicável ausência de colo materno. Essa maldição está-lhes no sangue, como um veneno e atravessa agora a quarta geração. Primeiro foram os avós dos Açores que não o souberam dar, e por isso não ensinaram aos pais a ciência elementar do colo que era devido às crianças. Os avós, pensa, que decerto o não receberam dos bisavós. Papá e mamã erraram a noção, esqueceram a virtude de abrir os braços, curvar-se, levantar do chão e permitir que longamente se sentassem nos seus joelhos os filhos que começavam a crescer. Não souberam estudar o olhar solitário, nem a difusa fadiga, nem a coita implorativa dessa paixão jamais saciada. Por isso não estranha que todos comecem a trilhar inconscientemente o mesmo caminho.

Pode-se repartir tudo, o pão ou a hóstia, o vinho ou o mel, a riqueza ou a pobreza – não porém a miséria sem fundo nem a água turva dessa solidão da infância.

Tem, como toda a gente, uma parábola para contar. Desta vez, no entanto, não necessita de inventar nada. Irmãos, cunhados e sobrinhos saberão por ele de quem Nuno fala, agora que estão todos à sua volta e parecem ansiosos. O único momento de ternura da minha infância, diz ele. Os outros abrem logo os olhos e curvam-se um pouco para diante, pois sabem que Nuno fala por si e por todos. O único momento de ternura da minha infância, repete, foi estar o pai deitado de costas sobre um capacho de tabuga seca. Tinha a cabeça pousada no colo de mamã (o colo que nos devia ter pertencido a nós mas que foi só dele). Mamã cruzara as pernas, esticou a saia até cobrir os joelhos. Por entre as abóboras das suas coxas muito brancas, via-se um volume de concha escondida dentro das calcinhas de linho. Que fazia mamã? Catava lentamente os piolhos e as lêndeas na cabeça que papá pousara no seu colo. Vinham em cada fio do cabelo, presos pela pinça dos dedos, e os piolhos estoiravam com um estalido entre as unhas dos polegares. Então as mãos do papá começaram a trepar-lhe pelas pernas acima. Afastavam as dobras de carne, progrediam sofregamente na direcção das virilhas – e vi que os seus dedos sáurios se aproximavam daquela bolsa que me era, foi sempre, tão misteriosa. Tão nervosos como as patas das aranhas quando tacteiam as fendas dos muros, antes de se aventurarem a sair para a luz. Mamã continuava (creio que ainda hoje continua a fazê-lo) a catar os piolhos e as lêndeas. Papá, deliciado e ansioso, mexia-lhe nas virilhas. Eu vi: a certa altura, mergulhou um dedo, e a seguir todos os dedos da mão, na abertura daquele corpo que para mim esteve sempre sentado sobre esse enigma. Vi a doçura hesitar entre um sorriso invisível e o prazer pacífico, semelhante à paz do sono e da malícia, no rosto dela. Vi, nos dedos do papá, a tensão e a súplica, o desejo e o repouso, o perdão e a culpa – e todo o fogo da paixão que alastra no sangue de qualquer homem quando está possuindo a sua fêmea. Isso era o amor na melhor expressão da ternura deles. Ainda hoje, se me pedem para definir o meu conceito de ternura, ocorre-me sempre a postura dum homem deitado de costas e cujas mãos estremecem na busca dum véu de algas pretas...

12

– Vezes sem conta, diz George, lá em Toronto – nas malditas manhãs geladas de Toronto – dei comigo a chorar como uma criança. Eu e os meus homens tínhamos vestido vários pares de calças, ceroulas de flanela, peúgas sobre peúgas, luvas de pele de boi e samarras forradas a lã de carneiro. Alguns de nós tínhamo-nos armado até de capacetes herméticos que caíam sobre os ombros, como os dos cosmonautas de Houston, para nos defendermos daquele vento polar que em Toronto tem o peso do urso e que geme de guincho, como as cadelas no cio. Lá no alto das estruturas dessas casas em construção, ou de cima de prédios que rompiam as nuvens, a pistola automática dos pregos cobria-se de flocos de neve e deixava de disparar. Os dedos, encorrilhados de frio, não seguravam num martelo, o broquim dos parafusos, as plainas, um miserável barrote de madeira. Só então eu soube como o frio queima. Há um fogo esquisito, feito de aço e de bunsen, dentro dessa punção fria que perfura os ossos e parece transformá-los em esquírolas. Não há dor comparável, nem pior sofrimento, e por isso perdíamos a vergonha de chorar.

Via-se Toronto lá muito ao longe, agachada na planície, e lembro-me de pensar que a cidade rilhava o dente e tiritava, tanto quanto nós, sob o céu iluminado por esses cristais de gelo. Os ossos estavam sendo crucificados e nós chorávamos de raiva, duma orgulhosa raiva emigrante. As malditas lágrimas do nosso orgulho coalhavam nos fios da barba, em redor dos cílios e nos pêlos do nariz. As sobrancelhas, brancas de neve, convertiam-nos numa nova espécie de velhos, com algas brancas que nos pendiam das suíças e das orelhas. De boca torcida sobre um sorriso de morte, éramos apenas emigrantes vindos dos brandos climas para construir casas nos arredores de Toronto. Mas casas para gente muito superior a nós, que as exigia prontas e sem defeito, erguidas à beira dos lagos. No princípio do Verão, olhávamo-las de longe, vendo chegar os barcos, as canas de pesca e homens de boné em cujas palas se podiam ler as letras curvas, muito retorcidas, da Canada Dry. Para não morrermos, descíamos à pressa, de meia em meia hora, para junto do fogo que já ameaçava extinguir-se no chão. Se o não fizéssemos, a neve começaria a sepultar-nos lá no alto, convertidos em estátuas, sem o espanto nem o sorriso que costuma passar nos lábios dos anjos de bronze. Quando o fogo recomeçava a crepitar nos desperdícios de madeira, queríamos apenas abrir muito a boca, sorvê-lo com a aguardente ou o café que escaldava nos termos de plástico. Comer o fogo, como o faz a gente dos circos, era ter a certeza de que ainda nos restava um último instinto de sobrevivência.

Porém, vinha sempre um homem. Vendo-nos em volta da fogueira a aquecer as mãos e a abrir a boca para comer o fogo, saía apressadamente do Chevrolet metalizado, esbracejava de fúria no vento – e um bafo de cavalo embriagado ameaçava-nos num incompreensível inglês com o mais requintado de todos os chicotes canadianos:

– It's allways the same, George! Everytime I come here, George, I never see you working hard. What's the matter? I'm sorry, but I don't like that, George!

Vim para Vancouver, diz Lewis, porque me disseram que aqui tudo estava ainda por fazer. Toronto chegara ao fim do crescimento. Todas as casas possíveis estavam já construídas à beira dos lagos de Ontário. O mar de Vancouver chamava até si as velhas baleias loiras que fugiam ao frio continental. Aqui chegadas, compravam chalés com vista sobre os portos. Se já os não havia para venda, rumavam então na direcção da ilha de Victoria, onde o mar é ainda mais quente e onde abundam os gardens, as estufas e os pombos de que os velhos tanto gostam. Vinham cheios de imaginação, rosados como caranguejos, e pediam licenças, concebiam as suas colmeias, abriam espaços para o jardim e transformavam as casinhas de madeira em harmónios de abrir e fechar, conforme o tempo fosse de barbecues ou de chaminés.

Servi, um por um, todos esses velhos: avaros, mesquinhos e resmungões. A mando de mulherzinhas de nariz enrugado e queixo autoritário, podei rosas e trepadeiras, pintei tectos, fiz casotas para os cães mais feios do mundo, inventei pombais, solários e alpendres, cimentei quintais que davam para estufas e casinhas de sauna. Disse sempre Yes, Mister Simpson, Yes, Yes, Yes, Mister Qualquer Coisa – e para quê? Quando todos os velhos de Vancouver deram por prontas as tocas onde deviam morrer, comecei a ouvi-los dizerem-me: I'm sorry, Lewis, I've no more work, I don't need you any more, Lewis! Perdia assim o meu job, ia-me embora, oferecia-me às companhias. Muitos dos alicerces dos novos quarteirões de Vancouver, cavei-os eu ao comando do barulho, com os ouvidos cheios dos ruídos das máquinas escavadoras. Depois, vieram os accidents, os hospitais, as insuranças, e um belo dia disseram-me que estava incapacitado para os trabalhos da construção. Desci então aos buldingues da downtown, vivi das compasseixas, dos cheques da Welfare e do trabalho a dias de minha mulher. Fazer casas para velhos que iam morrer, receber ordem de fire, embebedar-me com o desgosto de nunca ter passado dum trouxa – foram esses os meus últimos anos de Vancouver. Enquanto minha mulher tiver escadas para esfregar, e retretes de velhos que mijam fora das sanitas, e cestos de roupa para lavar, vai-se levando por aqui a vida, milímetro a milímetro. Quem sabe se não terei de voltar para Toronto, para junto de George...

James, o marido de Linda, precisa de toda a manhã para me explicar os processos de construção das chaminés.

Enumera os materiais, os riscos, os segredos, os preços. Quase lugubremente, narra-me a história dos clientes e dos fornecedores. No sorriso torcido resvala uma ironia piedosa acerca dos concorrentes vencidos pelos seus processos de artesão. Um pouco de lado, com os cotovelos apoiados na grande mesa onde agora jazem os despojos do breakfast – as compotas e as panquecas, os juices de laranja e os ovos que sobraram da minha falta de apetite, as fatias fritas e os pãezinhos de mel, as torradas e a salada de frutas – Linda aprova essa ironia com o mais malicioso de todos os sorrisos: ninguém em Vancouver constrói melhores chaminés, e a preços sem concorrência, do que o seu homem. Não o diz, ainda que o pense, porque há no arco das sobrancelhas um vinco de aplauso ainda mais expressivo do que o sorriso.

«Enriqueceram pelo processo do lume», deduzo eu. «Dizem-mo por outras palavras, mas foi pelo fogo das lareiras que eles construíram a magnífica, quase majestosa, casa onde agora me encontro.»

Olho lá para fora: as árvores estendem ramos horizontais sobre a relva. As meninas brincam sob as frondosas copas dessas árvores, e há uma coloração de azul no verde que vai do jardim até ao pequeno bosque das traseiras. Se se visse o mar, se pudesse ouvi-lo daqui, esta seria uma das casas da minha paixão. Ouço o silêncio. Um pouco ofegante, ele respira. Por um momento, penso estar sob a protecção das velhas criptomérias dos Açores. Sei que é o mesmo silêncio açoriano porque sempre o vivi assim, por entre um sopro que estremece os ramos ou vibra do fundo do solo, soltando-se da raiz das árvores ou do interior dos seus troncos. A minha vida esteve sempre separada deste silêncio que só existe dentro de casas pousadas no centro dos jardins, se possível com um arco de mar à vista e com os seus pássaros – garças, pombos-da-rocha ou cagarras nocturnas. Bom seria que houvesse também flamingos vermelhos, cisnes, pavões com leques de penas e um arco--íris, ou grandes perus negros e de pescoços alcoólicos. Que ao menos a vida me devolvesse as árvores, os pombais, os muros que um dia rodearam a casa da minha infância!

13

A sepultura do pai começa onde um número inscrito à superfície da pedra emerge a um palmo de altura, acima das ervas. A pedra fora decepada em sentido oblíquo e o número contrastava em branco sobre o negro do mármore. O dedo de Linda aponta ao centro duma espécie de campo de jogar o golfe, na perpendicular do mais sombrio dos cedros que cercam o jardim dos mortos de Vancouver. Nuno não vê o buxo nem os ciprestes. Surpreende-o também que não seja necessário passar muros ou dobrar lajes com inscrições, como nos cemitérios portugueses. Não vê os bustos dos anjos nem os nichos das imagens, dos retratos e das velas. As lápides de bronze, soldadas a fogo sobre a terra, não contêm frases nem epitáfios. Discretas, cruzinhas melancólicas despontam de entre os tufos de trevo que começam agora a florir. O musgo é roxo, dum roxo lutuoso e quaresmal.

À medida que todos caminham na direcção da campa do papá, indo da periferia para o centro, a relva torna-se mais volumosa. Está húmida. As copas dos cedros foram convertidas em pirâmides facetadas, sem vértice. Lembram-lhe obeliscos vindos de pátrias distantes, possivelmente das memórias que os lampiões de ferro forjado costumam iluminar nas grandes praças enluaradas.

«É bem outra, aqui, a civilização dos mortos» – pensa Nuno, levado pelo cortejo da família. «Ninguém lhes sacrifica flores nem legendas de saudade.»

Por isso mesmo o silêncio é ainda mais silencioso. Ainda que o vento passe de alto, sem ter de atravessar os muros brancos que em Portugal resistem ao ciúme e ao silêncio dos mortos...

Vê-se uma parte de Vancouver. É sobre ela que Lewis estende o seu punho de Bud Spencer para lhe mostrar e amaldiçoar as marinas, os portos, as estações ferroviárias e sobretudo os palácios brancos a que ele chama buldingues e nos quais identifica uma cidade que lhe será sempre desconhecida. Nenhum dos outros presta atenção à paisagem. Nuno vê os dorsos curvados à sua frente, tem a ilusão de estar ouvindo suspiros e soluços, e é então que se enche de aflição. Não pode vê-los, mas adivinha a comoção desses rostos subitamente convulsos. Têm a vantagem de haverem presenciado tudo: a doença, os queixumes, os gritos de dor, a agonia e a morte do papá. Ele, não. Limitara-se a lê-la num telegrama, e quisera supor que fora uma morte feliz. Sobretudo uma morte desejada pelo homem que tão longamente padecera dos suplícios do cancro.

«Ainda assim», pensa, «devo ao menos comover-me. Preciso que duas grossas lágrimas me desfigurem um pouco o rosto. Se não, o que vai ser de mim?»

Pouco depois, o pranto começa a sacudir os ombros das irmãs. Deixaram de falar. Entram no último reduto do templo. O jardim dos mortos é um templo feito de paixão, mas sem a arquitectura e sem os altares que normalmente identificam todos os templos. Nuno apercebe-se agora do embaraço delas. A primeira que se puser a chorar sabe que arrastará consigo o pranto de todas as outras, porque nenhuma mulher resiste a esse apelo votivo das lágrimas. O que o surpreende é que seja a cunhada Mónica a debulhar-se em choro. A família nunca perdoara a

Mónica as desavenças, as ferozes intrigas e os insultos. Papá morrera até com a amargura de ter sido expulso de casa dela sob a complacência de Lewis. Ninguém deixara aliás de aludir ao pior de todos os paradoxos da família: sendo Lewis um homem tão corpulento, dono duma força muscular quase desmedida, fora-se agachando sempre ao génio e aos caprichos da sua fêmea. Mas nem mesmo isso obstou a que Mónica tivesse comparecido ao funeral do sogro para então magnificamente o chorar. Fizera-o com uma energia cantante, orvalhada pela oratória das carpideiras, e essa fora a sua reconciliação com o defunto.

De modo que, ouvindo-a iniciar a récita daquele novo cântico, seguido de pronto pelas súplicas e pelo coro dos gemidos das irmãs, Nuno decidiu pôr de parte os escrúpulos e limitou-se a observar o espectáculo absurdo daqueles órfãos. Os olhos de Lewis, George, Mário, James e Joe apresentam apenas uma coloração nos bordos, parecendo inchados e febris. Mais à frente, Mary assoava-se freneticamente a um lencinho de seda atravessado por um fuminho de luto. Domingas soluçava sem consolo. Zélia, desesperada, fazia beicinho e Flor esforçava-se por controlar o queixo trémulo. Quanto a Nuno, ocorreu-lhe de súbito que talvez pudesse pôr-se de cócoras sobre a campa, para assim ficar mais perto da terra onde jazia para sempre o seu velho. Colocou os dedos sobre o bronze da lápide, que lhe parecia agora translúcida como um vidro defumado, e leu as datas. Ficou sabendo assim os anos do nascimento e da morte, e os dias e os meses que haviam limitado e no meio dos quais se cumprira a existência e a distância daquele que lhe pusera o nome e lhe trocara a ordem e a função dos apelidos. Através desse vidro de bronze, pode apenas imaginá-lo descarnado, dum verde quase vegetal, como numa foto antiga. As mãos repousarão talvez sobre o estômago, reduzidas não a ossos mas a sombras. E os ossos desse morto, que possivelmente se move ainda à procura da completa e definitiva imobilidade, estremecem dentro de Nuno. Mergulham, afundam-se, naufragam, indo ao contrário das vozes e na direcção do silêncio. A dor é assim uma nuvem perdida, e vem de dentro para fora. Por um instante, sente que ela se afia em si, num qualquer órgão ainda inlocalizado do corpo. Depois é como se se tivesse convertido numa lâmina cega. Uma lâmina que se desloca de mansinho entre a pele e a carne, ou entre a infância e a ferida que agora se põe a boiar e depois se lhe atravessa toda no olhar. Nos olhos sofridos, pisados, poisados à flor do mal, mas sem as suas lágrimas.

14

Soube-o por ela. Pela indescritível desistência dos músculos e pela desilusão dos olhos dela. A minha Morta dificilmente sobreviveria ao tempo dessa última, única fase da Lua. Soube-o no exacto momento em que o seu dedo azul se soltou da mão, desenhou um risco de pássaro por detrás dos varais das grades e fez-me de lá o sinal do desespero. Chamava-me, disse-o ela, porque, estando embora na minha presença, se enchera de súbito duma saudade «aflita». Não sabia explicá-lo de outra forma, disse. Suspeitava apenas que ambos estávamos vivendo do mesmo lado, do lado da solidão que dói e parece mentir.

Chamara-me com a fatalidade desse gesto soturno, um gesto que oscilava entre a fadiga extrema de estar viva e a vespertina lucidez dos moribundos. Subi as stairs a correr, ajoelhei-me a seus pés, quis possivelmente dar-lhe as mãos e assistir assim ao suspiro da mulher que sempre se constituíra no grande enigma da minha vida. Então, como se a realidade dela me estivesse sendo devolvida por um espelho viciado, vi nos seus olhos a perfeita, absurda, decerto enigmática evidência da morte.

Flor dissera-me que ela já só chorava sob o efeito dos sedativos. Sempre que se aproximava a hora da morfina, a cabeça movia-se, deixava de ser pacífica ou resignada, e os olhos punham-se a espiar por entre as grades, na expectativa da chegada de Mary. Nessas ocasiões, a boca perdia uma parte da lividez e sorria. Era como se a chama dum fósforo lhe tivesse sido ateada à frente da boca, só para iluminar o sorriso húmido. Essa centelha de felicidade tremia, hesitava e só depois permanecia fixa na fisionomia dela. Nas asas do nariz fremia aliás um nervosismo discreto, quase ansioso, e o ouvido apurava-se ao mais pequeno ruído vindo de fora. De repente, e sem que ninguém ouvisse soar o gongo da porta, mamã endireitava-se, sorria-nos lá de cima e anunciava numa voz de mal contida euforia que Mary estava aí a chegar. Acto contínuo, um carro parava rente ao muro do jardim, uma porta batia, ouvia-se um tilintar de chaves na rua e Mary punha-se a caminhar na direcção dos portões. Vinha sempre apressada, profissionalíssima, vendo-se-lhe a bainha da bata por baixo do sobretudo. Amparava o corpo da Morta até ao quarto, fechava a porta, administrava-lhe a dose de morfina e saía. Ocorreu-me pensar que o ouvido sobrenatural dos mortos começara a funcionar no espírito de mamã. Na verdade, ela entrara no limbo dessa melancolia. Ficara aí em suspensão e sabia que já lhe não era permitido regressar. Por isso se resignava. Religiosa e fria. Renunciando ao número e ao mundo daqueles que podem alimentar-se e viver das paixões profanas. Como numa liturgia, estando apenas à espera do seu anjo, tudo se ia ritualizando nela. E esse anjo anunciava-se nas mãos fadadas, mas não no corpo ou nos olhos de Mary. Seguramente que viajava no bolso duma bata, pois se confundia com o segredo e com o branco. Nenhum de nós suspeitava porém que a lucidez desse anjo consistia em separar a dor da Grande Dor.

Em casa de Flor, na minha derradeira noite de Vancouver, está de novo posta a grande mesa rectangular. Sobre ela se cumprirá a Última Ceia da família. Toma todo o living, desde o canto da chaminé até ao vão das vigias eternamente fechadas sobre o frio primaveril que ainda nos fustiga dos lados do Pacífico. A toalha de linho, bordada a um pesponto vivíssimo, de anil, sobra para fora das abas suplementares e pende até roçar as alcatifas. São até certo ponto terríveis e funestos os copos emborcados, os cartuchos dos guardanapos, as ramagens dos jogos de pratos e os cabos de madeira dos talheres. À vista de tudo isso, o meu fastio sofre um arrepio. Prefiro logo o carrinho das bebidas, por causa da sede súbita. O outro carrinho dos doces e das saladas de fruta seduz-me pelo açúcar e pelos licores.

No momento em que alguém anuncia a chegada dos primeiros homens, Flor sai da cozinha, ouve soar o gongo da porta e vem premir o botão eléctrico. Daí, devolve aos que chegam o sorriso enigmático das anfitriãs mortais. É também nela que chegam e partem os aromas da cozinha, desde o sabor adocicado das especiarias até ao bafo dos refogados. Sentado no chão perante a minha Morta, contemplo a leveza e o desembaraço das outras mulheres. Na determinação dos passos, há de novo a miraculosa vertigem das abelhas, com seus aventais floridos, suas vozes que atravessam a casa para chamar a atenção das crianças, o modo como uma delas prova o peru recheado e é de opinião que é preciso apurá-lo melhor no forno. Uma delas passa de bandeja na mão. Vem oferecer cerveja aos homens e pergunta-me se quero servir-me. Outra pede a Lewis o favor de ir abrindo as garrafas do vinho, e a Mário a paciência de ir num instante ao basement buscar uma mesinha de abrir, para que as crianças possam comer primeiro e depois brincar quando os adultos estiverem sentados.

– Oito dias em Vancouver, cunhado! – diz-me Mónica, exactamente no mesmo tom daquela manhã em que lhe vi duas lágrimas ao canto dos olhos, quando me preparava para deixar a sua e ir passar o dia a casa de Mary. Sei que o tempo foi, é, há-de ser sempre o grande logro de todos nós. Pior ainda o serão a efemeridade, a estranheza e a fluidez desses dias de Vancouver – em cuja última noite a minha Morta ergueu o dedo azul e exigiu que eu fosse para junto dela. Queria longamente advertir-me da gravidade e da contingência da sua vida. Não lhe fora possível compreender por que motivo eu passara os dias a entrar e a sair, levado pelos outros e para os outros, perdido de casa em casa, sem ter cumprido a promessa de ficar ali sentado a seus pés, a ouvir-lhe os suspiros e a contemplar a ilusão do infinito. Não se habituaria nunca à ideia da despedida. Resignara-se já a ter de morrer por cada um de nós, menos por mim. Comigo não se tratava apenas de abrir os braços na manhã seguinte, beijar-me muito e com todas as lágrimas, fazer-me uma longa carícia no cabelo. Fora sempre inútil pensar que bastaria encostar o seu rosto ao meu, dizer entre soluços: Adeus, meu filho, até à eternidade, e depois mentir a si mesma: Morri para Nuno, falta-me apenas fazê-lo com os oito filhos que me restam. Queria outro perdão, e ficar eterna em mim como a casa, a terra, o mar e as luas da minha infância – e esse perdão sem lágrimas nem mentiras só eu, e não ela, o poderia realizar.

Sabia, disse-me, que a minha anterior existência continuava atravessada, funda como uma âncora, nas sombras do ressentimento e da vergonha. Na verdade, disse, perdi para sempre a oportunidade de te enviar um beijo nos dias de aniversário. Esqueci-me de tudo a teu respeito: um presente de casamento, um jogo de fraldas ou um babygro ou um pijama de inverno para cada um dos teus filhos; tão-pouco alguma vez me ocorreu que Marta tivesse gostado duma peça de louça antiga, um relógio de parede, um par de brincos, uns bordados açorianos ou uma colcha de cetim para a vossa cama de Lisboa. Pelo Natal, mas só desde que vivo no Canadá, passei a aperceber-me da ausência real, mas não da existência imaginária da minha vida. Foi talvez tarde de mais. Porém, fui levada a apurar a letra, a exercer uma caligrafia penosa, muito redonda, nos envelopes com a tua morada de Lisboa. Aprendi a colocar dentro desses envelopes uma espécie de pagela com santos e arcanjos tristonhos, seres sonâmbulos que se escondiam entre os sininhos e em cujo reverso estava impressa uma tola frase bíblica. Por baixo dessa citação, em letras desenhadas, seguiu sempre a mesma frase imperativa: Have a very merry Christmas and a happy New Year!

Quanto aos meus filhos, disse, custara-lhe admitir que eu me recusasse a baptizá-los, tanto quanto nunca se habituara à ideia de que eu pudesse ter-me casado com Marta só pelo Civil, sem padres nem altares, apenas perante um homem cinzento que fizera de nós dois amantes equívocos. Nunca tivera netos, nem nora, nem um filho da sua carne em Lisboa. Durante muitos, talvez todos aqueles anos, alimentara a ideia de ser mãe de oito filhos e mais um. Os oito nunca a tinham envergonhado perante Deus e os homens: iam à missa da ressurreição, comungavam na noite do nascimento do Menino, confessavam-se na véspera de casar, observavam o respeito pelos padres, pelo jejum da Quaresma, pelos sinos dos Fiéis Defuntos. Esse outro filho de Lisboa fora uma espécie de património perdido. Ditos de sombra, murmúrios, sinais dum triunfo que nunca ninguém soubera explicar-lhe – apenas isso a ligara de longe à pequena e incompreendida festa da minha vida. Nos Açores, quando o papá ainda era vivo e me amaldiçoava com uma voz surda e encolerizada para que ninguém pudesse ouvi-lo, ela aprendera a baixar a voz antes de pronunciar o meu nome. Lá em casa, aliás, toda a gente deixara de perguntar por *Nuno*: preferia designar-me por *O de Lisboa*, porque era essa a lógica, a única que se ajustava à diferença e ao mal do meu destino.

Agora, Nuno, reparo em ti, posso tomar as tuas mãos, ver-te de novo pela primeira vez na vida e dizer a mim própria que é impossível ter havido um tal engano a teu respeito. Impossível que não te tenha amado em desespero e que não tenhas sido o mais desejado e querido dos meus filhos. Sobre todos os outros, tiveste o mérito de nunca teres pensado, de nunca me teres vindo falar em heranças. Não soubeste exigir um dote de casamento nem pedir dinheiro emprestado, e nunca me ocorreu que fosse preciso ralhar contigo, separar-te dos outros, obrigar-te a fazer as pazes com eles. Tudo esteve excessivamente certo, sem protestos nem ciúmes, e por isso mesmo nos fomos esquecendo lentamente de ti. Não sei quem está agora sentado no chão à minha frente, que parte de ti me ouve em silêncio, parece acreditar em mim, ver-me viva – ou pelo contrário simula ouvir em mim uma voz invisível e finge crer que está já velando uma voz defunta...

Na verdade, mãe, não sei, não posso ouvi-la. Não me recordo sequer da fadiga, nem do princípio dessa desistência que lhe está agora golpeando já o azul-acinzentado dos seus olhos de rata. Suponho até que mamã se limita a sentir a minha presença com o instinto da toupeira, pelos poros da pele e não ao contacto das mãos silenciosas e envergonhadas. Não conheço nenhuma palavra suficientemente ampla para apaziguar este remorso: uma única frase continua a repetir-se, a turvar a memória e o espírito de quem viveu a angústia dessa definitiva noite de Vancouver:

– Não se pode, mamã. Ninguém pode fazer nada por ninguém!

Disse-o ou pensei-o somente: não vi o rosto erguer-se ante a surpresa dessa frase. Mesmo que tal possa ter acontecido, não foi ao som dela que as lágrimas irromperam de dentro e vieram rasar-lhe os olhos. Uma frase apenas inevitável, talvez. Vi-a melhor nos olhos das mulheres que me espreitavam da cozinha, estranhando ou suspeitando dos motivos pelos quais a Morta decidira chamar-me à sua presença. Nas mãos de Lewis e George a vi também, e no silêncio de Zélia e Linda, e acima de tudo nesse malmequer de família que estava sendo então desfolhado das suas pétalas nocivas.

– Se isto é coisa que se faça, Nuno! – insiste, desta vez, Linda Maria, postando-se de sentinela nas minhas costas. – Há tantos anos sem nos veres, vires tu de tão longe, e só nos dás oito dias da tua vida em Vancouver!

Não posso estar ouvindo uma única palavra deste delírio da família. Limito-me a sondar o intenso mistério da minha Morta. Havia mais de duas horas que Mary viera injectar-lhe o anjinho da lucidez. Percebe-se-lhe nos olhos sonâmbulos, de peixe, a linha que separa agora o sofrimento físico da outra Dor, a qual se esconde num protesto contra as traições da vida. Segundo as suas palavras, o sofrimento do cancro assemelhava-se a uma mordedura ácida e corrosiva: os cogumelos venenosos, a espuma no fundo das tripas. Pior do que isso, o assobio da maldição na própria cor do sangue. Mamã, quando está sob o efeito da droga, não sabe definir esse sofrimento. Limita-se a acusar dentro de si o logro dum tempo muito maior, só dela. A lição dos mortos coexistia já com o seu aspecto de náufrago, no modo como de repente se afunda e depois esbraceja, bate-se contra a corrente e então respira fundo. O único, importantíssimo pormenor de estar viva é ir recuperando assim, ainda que provisoriamente, a própria condição humana. Ela queria dizer-me que se tinha simplesmente distraído da passagem da vida, sem nunca ter descoberto o segredo da máquina que produz o tempo dos vivos. Se tivesse ficado nos Açores, como o papá sempre quis, não lhe custaria tanto morrer. Porque nas ilhas não há essa ideia da separação absoluta. Existe a terra, e a breve felicidade da morte entra por ela dentro. Lá, ela tem apenas o destino dos frutos. Mais do que aqui, assemelha-se ao encanto do pássaro perante a serpente – ou então à mística do homem que abre os braços, entra pelo mar dentro e descobre as medusas, os corais e toda a flora duma segunda e incompreendida felicidade...

15

E então tudo aquilo aconteceu de repente – demasiadamente depressa talvez. A minha Morta desabotoou o punho da blusa, retirou o envelope, abriu-o e comunicou-me a sua decisão. Fazia-o perante a cumplicidade dos outros, com o paradoxo de me estar escondendo e revelando um tesouro. Quando me abriu as mãos e fez deslizar para dentro delas esses preciosos papéis cor de sépia, já não precisei de adivinhar a profundidade das suas intenções. No decurso daqueles 8 dias de Vancouver, soube-o então, os meus irmãos haviam aberto o processo das heranças. Tinham partilhado comigo os bens morais, a memória maldita e o espólio das suas astúcias. Agora, mamã abria os envelopes, quebrava o lacre dum sinete invisível e ia finalmente satisfazer a curiosidade deles acerca desse testamento oculto, sem dúvida suposto mas ainda não revelado. Desdobraria pois o mapa, antes mesmo de fornecer a chave ou o código de revelação desse tesouro, e então todos nós nos precipitaríamos nas arengas e disputas dessa corrida ao ouro. Mamã ouvira de longe, sabia-se agora, cada uma das nossas alusões às partilhas. Soubera dos primeiros projectos e do destino que cada filho daria aos seus bens. Que podia ela fazer senão resignar-se e aceitar essa morte prematura a qual atravessava a voz dos filhos como uma profecia?

Nas minhas costas ferve toda essa tensão expectante, manifesta no nervosismo dos gestos inúteis e no silêncio de quantos parecem não a estar ouvindo: escutam a voz da própria consciência arrependida. Um instante depois, o rosto de mamã deixa de estar sério, torna-se perplexo e dele transparece um sentimento quase risonho:

– Decidi ser eu a dividir os meus bens. Começarei pelo dinheiro: três mil dólares a cada filho, e seja tudo pela vossa felicidade.

Não aceita os meus protestos. Está determinada por um desespero quase irónico, sabendo ela que também eu me divido agora entre esse pudor e a indisfarçável gula do dinheiro que me recompensará dos gastos com a viagem a Vancouver. Sabe contudo que nunca antes o desejei, porquanto nunca o meu nome fora inscrito no rol e na cobiça dos herdeiros. Mas insiste. Daí a pouco, chora. Suplica-me que o aceite e o faça pela salvação da sua alma, pela saúde dos meus dois filhos e pelo amor de Marta. E não há motivo para gratidões: segundo ela, esse dinheiro não paga o incómodo dos aviões, os dias perdidos e os presentes que eu trouxera para todos – o cordãozinho de ouro para ela, as gravatas, os brincos e os lencinhos de pescoço para irmãos e cunhados e as T-shirts para os meninos. Compreendo que mamã me quer devolver a devoção. Viera até junto dela como um peregrino em busca duma graça. Dera-lhe a minha penitência. E ela decidira conceder-me a graça desses três mil dólares devotos.

– Não tenhas o mais pequeno remorso por isso, filho. No fim de contas, dou apenas aquilo que já não me pertence. Comprei a minha campa e o meu caixão. Tenho quanto baste para os serviços fúnebres, os remédios, o fato escuro e até as flores com que teus irmãos hão-de cobrir-me...

Di-lo sem mágoa, agora. Porque a fadiga vai-se sobrepondo já à energia necessária à própria expressão dos sentimentos. Não necessita de forças para chorar, mas precisaria delas para exprimir uma indignação, uma frase colérica ou uma simples ironia. Vejo-lhe um humor de lágrimas e não um pranto nos olhos quase parados, no momento em que as mãos começam a retirar o cordão do pescoço e depois se preparam para mo devolver:

– Ninguém melhor do que Marta o pode merecer. Enquanto o vires no corpo dela, Nuno, isso significará que ainda estou viva no coração dum filho.

Estremeci então, perante a ideia funesta de misturar a vida com a morte, e a morte com a vida, no corpo e no espírito da mulher que eu amo. Quis dizer à mamã que a fusão dessas realidades era de todo impossível na minha relação com Marta. Onde começava o ciclo mortal não podia estar o outro ciclo da paixão. As mulheres da minha vida nunca haviam coexistido no mesmo plano, nem em plataformas paralelas, mas sim de soluções contíguas, no prolongamento das minhas obsessões. E se alguma vez fora «infiel» a Marta, isso significara só um regresso ao início da minha paixão por ela. Trair por trair, acontecera apenas com mulherzinhas frívolas que em Lisboa me acenavam do outro lado da rua, antigas colegas do liceu, sobretudo as que tiveram a ilusão de se insinuarem no imaginário das mulheres luminosas que me haviam inspirado algumas histórias de amor.

Quis dizer-lhe tudo isso, mas não havia em mim uma imagem, uma retórica essencial; persistia a sensação de que falar era o mais inútil e o menos inteligente dos meus actos. Olhei em volta, na esperança de captar dos outros esse sentimento pouco definido, e foi quando me apercebi de que estava na presença de novos cúmplices. Os olhos vermelhos das manas sorriam-me do fundo das lágrimas.

Os dos meus irmãos devolviam-me de longe uma aprovação muda, quase feliz. A minha Morta continuava a assoar-se ao lencinho de seda atravessado por um fuminho de luto, em cujas cinzas ia alastrando o húmido desse pranto. Pela primeira vez naqueles dias, senti que ia precisar de fugir, correr à casa de banho e dar vazão ao desejo de chorar. Tendo-o compreendido, Flor aproximou-se, pegou-me na mão e convidou-me a segui-la até ao outro extremo do salão. Mamã aproveitou para despedir-se, pedindo que a levassem para o quarto. Sem dúvida que ia levar toda aquela minha última noite num pranto contínuo, em vigília, esperando que às cinco da manhã eu entrasse, me abraçasse a ela e fosse capaz de lhe dizer que não era um adeus até à eternidade, mas apenas um regresso às hipóteses da vida.

Flor conduz-me para junto dos outros, que se puseram rígidos, de súbito misteriosos, e não sabem como revelar-me a próxima surpresa. É com dificuldade que Mary toma a palavra em nome de todos. Começa por dizer que fora George que lhes dera a ideia de se cotizarem. Mas desiste da explicação e retira de repelão, como num golpe de circo, uma colcha: por baixo há uma cadeira submersa pelos embrulhos, de onde logo se destacam as caixas de brinquedos, as formas bojudas dos atados e os volumes suspeitos das peças de vestuário.

– Vestidos para a Marta, um par de patins – enumera ela – um rádio com auscultadores, calças, camisas e samarras para os pequenos.

Suspende o fôlego e faz uma pausa. Olha de relance os outros, um fio do sorriso abre-lhe uma fresta dos dentes, dá-lhes uma malícia quase oblíqua e depois sobe até mostrar as gengivas.

– Para ti, uma prenda muito especial. E não pode ser dividida com ninguém – acrescenta.

Di-lo ainda com o tal sorriso suspeito, mesmo enigmático, e com o seu quê de trocista – o mesmo que se vai agora abrindo nos lábios de todos os outros. Quando salta a tampa duma caixa portátil, sob o efeito da mola accionada por um botão, sei logo que se trata duma máquina de escrever. Um arrepio de contrariedade fende-me os ossos malares. Posso perceber essa contracção e sei que eles a interpretarão apenas como um efeito da surpresa. Não suspeitam que uma simples máquina de escrever possa representar um tal malefício para o homem que passará a inquietar-se e começará a envelhecer pela escrita do dicionário maldito dos seus livros. É mais do que um presente censurado. Traz consigo o estigma daquele veneno de que se alimenta a distância, a definitiva separação do seu destino.

– Pensámos que isto talvez pudesse ajudar-te a escrever as memórias da família – explica Linda Maria. E o estranho é que Rui Zinho fica preso, como se hipnotizado, por essa frase: anos depois, a voz de Linda parece sobrepor-se ao som das teclas. *Escreve na noite o seu Cantar de Amigo*, cheio de pânico, sofrendo pela vida e pela escrita: nunca ninguém escreverá pior livro do que este!

Pego nos embrulhos e levo-os para o quarto. Atiro-os para cima da cama. As mulheres tinham estado a passar-me a roupa a ferro e a dobrá-la. As malas receberiam daí a pouco esses novos miseráveis tesouros e ficariam pesadas. Eu pensaria que dentro delas se fecharia a desordem desse mundo que ia ser preciso inventar de novo e pôr à margem da vida, para que também ele se tornasse real.

Fugi dali e fui fechar-me na casa de banho. O primeiro espelho devolveu-me um olhar estarrecido, num rosto que começava lentamente a deformar-se. Por ele soube que me tremiam os lábios e me batiam e rangiam os dentes. E vi nele as lágrimas. E a seguir às lágrimas, a máscara dessa dor de estar vivo mas a pisar tantos destroços. Fui sentar-me no bordo da banheira, só para poder fugir à censura desse espelho, e deixei de ter vergonha do meu pranto. Assoei-me com força ao papel higiénico, pensando que assim tudo acabaria por apaziguar-se dentro de mim. Se assim fosse, passaria os olhos por água, lavaria as mãos e regressaria sorrindo, agradecido, quase feliz, para junto dos outros. No entanto, quanto mais limpava os olhos mais irreprimível se me tornava esse pranto, vindo dum tempo tumultuoso e anterior. Tentei em vão vomitar as panquecas, os ovos estrelados, os sumos e as torradas de todos os pequenos-almoços de Vancouver. Estava cheio de comida, porém faminto do único alimento moral que não sobrara do fausto dos banquetes nem das festas que haviam sido pensadas e vividas em minha honra. Seria sempre um hóspede imerecido e um intruso. Nas minhas tripas continuava a erguer-se o protesto da diferença horária, a inversão do dia pela noite. Desejava apenas a chegada dessa derradeira, comprida, decerto infinita noite de vigília, ao lado do quarto onde morria pela segunda vez a minha Morta. Morrera já uma primeira vez, e de morte ausente e fictícia, por extinção, como a luz que fenece até ao crepúsculo do invisível e do irrecuperável. Fora um objecto luminoso, é certo. Mas entrara num subterrâneo, fora-se nele perdendo, consumindo nesse mundo submerso e, por fim, exaurira-se sem remédio. Deixara de ser ela e passara simplesmente a ser a minha Morta.

No dia seguinte, às cinco da manhã, apresento-me a uma casa novamente estranha, nunca conhecida, onde todos ainda dormem. Aguardo a vinda de Flor, que se deve estar agora levantando, e a chegada daqueles que me levarão ao aeroporto – de novo nos seus belos, grandes, magníficos carros metalizados. Quando chegam, sei que estamos todos atrasados e que é preciso andar depressa, mergulhar no discreto alvorecer duma cidade tranquila e correr na direcção do aeroporto ainda meio adormecido. Por nada deste mundo quererei perder o avião que me levará até Toronto e daí para Montreal e depois para Lisboa. Abraço-me a Flor, que me retribui com pranto, e beijo-a várias vezes nas duas faces. Sigo depois o percurso das malas até aos carros, levadas por Lewis, George e James. Quando estou entre os batentes da porta que dá para o jardinzinho de Flor, ela chama-me com um gesto aflito e aponta para cima, na direcção do quarto da minha Morta. Diz-me apenas num sussurro, para que ela lá de cima não possa ouvir:

– Mas não vais dizer adeus a mamã?

Volto atrás, para junto de Flor, envolvo-lhe o rosto com as duas mãos e faço com que fixe bem os olhos nos meus. Mais do que nunca, preciso que ela compreenda.

– Não vai valer a pena acordá-la, mana – digo-lhe dum modo persuasivo e o mais calmo possível. – Ela dorme ainda. E não se deve nunca perturbar quem já só vive disso. Não concordas?

Disse-me que sim, se bem que lavada por um novo fluxo de lágrimas, por entre as quais parecia iluminar-se ainda um derradeiro e lúcido sorriso de gratidão. Voltei a seguir o rumo das malas. Quando os carros inverteram a marcha e apontaram na direcção de Vancouver, Flor veio até ao jardim e ficou aí a acenar-me. Na verdade, não sabia quanto tempo ia estar sem voltar a ver essa irmã que agora me sorria e de repente desapareceu da minha vida, quando o carro dobrou a primeira esquina. De mamã, que direi? Que ninguém pode fazer nada por ninguém. Ou que não se pode matar um morto nem ressuscitar um vivo. E que a sua morte não está mais nela, mas sim em mim, comigo e dentro de mim.

– E além disso – pensei então – há ainda aquela história do Enforcado, de Gil Vicente. Vem o Diabo e pergunta-lhe, com aquela travessura irónica que chega a ser graciosa na boca dos cornudos, se as promessas do Paraíso lhe haviam servido de consolação.

– *Com o baraço no pescoço / mui mal presta a pregação* – responde-lhe. – *E a quem há-de estar no ar / avorrece-lhe o sermão...*

«Quem sabe», disse eu, olhando para a frente, sempre e só para a frente, «se não teriam sido exactamente estas as últimas palavras de mamã?»

Olhando em frente, via passarem por mim as luzes brancas, azuis e amarelas, as quais permaneciam acesas sobre as cores duma cidade desconhecida. Apenas uma cidade onde não existia ainda a memória dos obeliscos, dos grandes sinos e dos pequenos templos – disse.

Livro quarto

A OUTRA VERSÃO DE MARTA

1. O Papel em Branco

Não pense, amor, que me deixou velha, amarga, voltada na direcção das portas que se abrem agora sobre o infinito. Se quer saber, também não envenenou a minha alegria. A sua partida deixou em mim intactos o saber e o sabor dos frutos. Consigo aprendi que viver é seguir o curso dos rios, acreditar na loucura dessa viagem, descobrir mesmo a poesia que pode haver nos impossíveis barcos. Consumida, amor, isso sim. E definitivamente cansada, e posta de súbito no limiar da idade do ciúme. Porém não de todo exausta, ao contrário de muitas dessas mulheres que um dia foram ofendidas pelo homem. Sabe? Sobra-me ainda o sétimo fôlego da gatinha parda e de olhos cinzentos que renasce sempre ao pé do lume. De novo no meu tempo, no tempo que volta a pertencer-me, estou pronta como a noiva que sente pousar-lhe na cabeça uma segunda e prometida pomba da paixão. Receberei pois a minha pomba.

Apenas no tempo, digo-lhe, em que posso sentar-me outra vez no chão, espalhar tudo em volta e tanger com os dedos o meu próprio mundo. Como quem experimenta as teclas e nelas recorda a antiquíssima função dos pianos de sala. São esses, não outros, os sonhos que me resta viver. Cheguei agora ao espaço onde antes havia apenas a sua sombra. Onde você ergueu os muros do tédio e se fez também da sua pedra, a minha presença foi sempre uma voz proibida de falar. Por isso vir aqui significa pertencer-

-me. Não compreende? Lia-se a noite na incrível, incorrigível desordem dos seus papéis. A outra, a noite feminina que era suposto pertencer-me e eu viver junto de si, nunca chegou a entrar. Se abria a porta, você franzia logo o rosto contra o simples murmúrio dos meus passos. Se eram os meninos que vinham despedir-se, beijava-os distraidamente, inclinava o rosto mas nem sequer desviava os olhos dos manuscritos. Redacções sucessivas, cheias de inquietação, eu sei, acerca de pássaros nocturnos que depois se soltavam das suas mãos. Olhava-se, e você era os ossos, o esqueleto, o volume das penas desse azul de melros, pombos e cagarras. Via-o envelhecer de livro para livro, torcido e obstinado, e doía-me surpreender as pequenas sombras que principiavam já a estreitar o rosto que eu amara tanto na juventude. Imaginava que você escolhera morrer de caneta na mão e olhos frios. Vergado ao peso dos sonhos, não da realidade. E correndo o risco de estar apenas inventando o infinito. O seu pescoço delgado perdera aliás a última noção do orgulho. Por mais que o não quisesse crer, eu testemunhava a sua maldição terrena, sabendo que os escritores acabam por extinguir-se da própria luz que pensam produzir. Com os anos, cresce-lhes uma grande, uma iníqua pança de bois sedentários. Depois vão-se-lhes lentamente os cabelos, como aconteceu consigo. E por fim nasce nos seus dorsos sempre arqueados a bossa daquele discreto animal que só serve para atravessar desertos...

Se pudesse ouvir-me agora, meu amor, deste lado tão solitário, deste lado insuportavelmente solitário de si, decerto não acreditaria no silêncio em que se converteu a minha tristeza. Não imaginaria sequer como pode uma mulher sentir-se livre e ser, ainda assim, tangida pela noção das coisas que já não podem ter outra existência, e nada são longe e fora da sua vida. Sinto-me como o sino das suas manhãs de sono e perturbação. Certa de que não haverá outro vento nem a mão de outro homem. Sentada apenas na minha noite de Lisboa, amor. Do seu tempo de cinza, da noção preciosa desse deserto, resta-me a miragem dos cactos e das palmeiras. E a igreja em frente continua a parecer-me medonha entre os ciprestes. Os álamos inclinam-se, açoitados pelo vento. E o buxo velho devolve--me a ciência e o mal dos invernos seguros e sem remédio. Nos anos em que o triunfo dos seus livros venceu para sempre a minha alegria de ser sua, o mundo começou a ser uma pequena bola de bilhar que as suas mãos faziam rolar distraidamente. Você começava a espremê-la entre os dedos ávidos, e eu perdia a inocência dessa maçã de glória. Deixei de ser a sua árvore, porque o meu corpo, além de não ter sido nunca a raiz e a explicação dessa árvore, não cabia já no nosso destino comum. Perdi-me depressa, amor, do seu rosto falsamente superior. Fundida, submersa no torvelinho da sua dissolução.

Dei cedo comigo a ter de suportar em vão os outros compromissos da sua gloriazinha literária. Telefonava-me de cidades sem nome, creio que de Barcelona e Madrid, porque estava calor ou houvera sempre um contratempo de última hora sobre a viagem de regresso. Em Roma, chovia. E essa coisa triste na vida de um escritor, a chuva, obrigava-o a confessar-me a saudade dos meninos, do conforto da nossa casa e do bife com molho de cogumelos à mesa dos amigos de sábado, posta por mim. Nunca me levou a nenhuma dessas viagens do mistério da única e grande festa dos livros. Do lado de cá da sua clandestinidade, eu atrevia-me a perguntar como seriam os *bateaux--mouches* do Sena consigo a bordo, os zimbórios sobre a cidade de Leninegrado, as orquestras de *jazz* de Boston, as marinas de Toronto e Vancouver... Em Portugal, você saía da minha vida para ser exibido como os ursinhos de circo em todas as feiras de província. Via-o partir sozinho ao encontro das mulheres esquivas e quase masculinas das Faculdades de Letras. Percebia-se em si uma vaidade quase infantil de ser lido, testado e venerado pela superior inteligência crítica do seu país. De longe, assistia, imaginava os percursos tortos, os ângulos quebrados, os vícios, as insidiosas audiências que os melífluos editores do seu lucro preparavam e vendiam de véspera, com muito zelo e nenhum escrúpulo. Concentrado, seriíssimo, mas sem espinha, você era então um homem feliz e disponível para a frivolidade dos pregoeiros do seu génio. E sempre tão venerado por causa dos seus discursos hipocritamente humildes! Os editores haviam-no convertido na bolinha de neve dos outros, dos que aprendiam consigo a parecer modestos e lisos. Converteram-no também no cálice das adolescentes que fugiam de casa, drogavam-se e por vezes ousavam beijá-lo na boca, à minha frente. A sua vitória significava o grande coice na ordem da nossa casa, convertida na sinfonia das tristonhas, falidas mulheres dos seus livros. Ao passo que eu, amor, continuava acreditando que só consigo era possível a solidão das segundas núpcias, o mel das nossas luas solitárias, a angústia laboriosa da escrita de cada novo romance...

Cavou-se, abriu-se à nossa frente, como um alçapão, este fosso entre a minha única e as outras existências que você logrou – ou não logrou – inventar nas suas histórias planas. E como perdi o sinal de si e o conhecimento da sua mudança, amor, assim faliu também o escuro das noites permanentes, e nisso se converteu a minha vida. Estudei-a sempre nas personagens a que você pôs nomes falsos e que afinal não passavam nunca de fragmentos da sua multiplicidade. Você multiplicou-se a si mesmo pelos homens cinzentos que figuram, desfilam e se repetem nos seus livros. Multiplicou-me também a mim pelo desencanto das suas mulherzinhas traídas e uivantes, dificilmente grandiosas, que nos livros envelhecem, gastam a coragem e depois se tornam estéreis como as abelhas fora do seu tempo. São nomes de pássaros, de plantas talvez exóticas de mais para o meu gosto, nomes de gente alegremente desconhecida – mas o corpo, os silêncios, os gestos triangulares desses monstros femininos derivam da única que se prolonga e esconde na repartição das suas pobres mulheres.

Hoje, sou de novo a mesma que outrora se interrogava sobre o que era feito do talento, das paixões profundas e do génio que me fora prometido em casamento. A mesma de quando os críticos começavam a aplaudir as influências estrangeiras ou o processo alquímico da sua originalidade. A mesma tranquilidade me assiste, desde esse tempo em que chegavam até si novas legiões de leitores. Orgulhava-me que o seu rosto deslizasse, sendo só meu, nos mostruários, nos catálogos, na primeira página dos suplementos literários, na breve notícia dos seus êxitos, no palor daquelas estrelas que costumam constelar os balanços de cada ano. Sabia-o irreal para os outros, que o tratavam por um pseudónimo, enquanto em casa não havia sequer o espanto de você ser esse homem, mas de o podermos chamar para a mesa e de insistirmos no seu outro nome.

Recorda-se, amor, de ter começado pela poesia?

Nunca soube que parte inicial de si se revelava ou escondia, nem que forma precisa tinham os contornos da sua loucura de inventar romances e prolongar a sorte de repetir o sucesso do livro anterior. A sua literaturazinha portátil, litúrgica e comestível, sendo tão útil e necessária aos outros, roubava-me as noites, as manhãs de domingo na cama, o Jardim Zoológico dos meninos, os serões de morrer em frente da televisão – nos quais muitas vezes experimentei em vão a esperança de poder falar-lhe de mim, dos meus cansaços. Queria poder partilhar consigo os sucessos e fracassos da minha Medicina, contar-lhe os pormenores inúteis dos meus dias. Você porém aborrecia--se logo, ao ouvir o primeiro desabafo. Em sua opinião, o mundo menor das mulheres não ia além dos problemas hormonais, das intrigas mesquinhas e das conversas longas a propósito de coisas pouco importantes. Não sabia, nunca soube que, falando consigo só para o poder ouvir, precisava apenas de o namorar. Precisava tanto desse namoro verbal como das mãos e dos lábios que depois me amavam no escuro e em silêncio. Você aproximava-se para me puxar para si, servia-se do meu corpo, sempre muito tenso, e depois gostava de censurar a minha falta de apetite para o sexo. Por causa de mesquinha cegueira dos seus *crochets* de escrita na noite, você chegava sempre tarde, despertava-me do primeiro sono e exigia do meu corpo adormecido uma simples rendição à sua pressa de ser homem...

– E eu que necessito tanto, ó amor – dizia-lhe eu, como quem se desculpasse dessa espécie de frigidez espiritual – que você fale comigo. Diga-me, como antigamente dizia, que eu sou doce e tenho dentro de mim o mel da sua grande carência de açúcar.

Perdi a compreensão inteligente e ainda não distraída, do tempo em que a Literatura não lhe tinha dado asas de génio. O nosso casamento converteu-se num assunto sério, com horas para tudo, como nos conventos, regido pelo invisível pêndulo dos relógios. Durante os períodos menstruais, tornava-se ainda mais notória a sua distância de mim. Os fluxos desobrigavam-no desse compromisso bissemanal com o meu corpo e você voltava-se todo para o outro lado da insónia e das depressões e das enxaquecas. A sua aflição consistia nesse compromisso com o papel em branco, onde eu via desenhar-se a crescente vulnerabilidade da sua ascensão. Partia para a escrita de cada novo livro como se fosse essa a única e última oportunidade de manter-se vivo, voando mais alto. Por mim, que acompanhei a angústia e o crescente rigor da sua escrita, você continuava a alimentar-se tanto de mim como da sua infância eterna. Quando esgotou toda a sofrida autobiografia dessa infância, o seu espírito ficou à beira do infinito, uivou na direcção da morte espiritual, e pude concluir que nada em si era já consistente. Ia começar a repetir-se. Ia tornar-se temperamental, cínico e desdenhoso. Tentaria diminuir o êxito dos outros escritores, porque o ciúme desse despeito satisfazia o desespero do seu espaço vazio.

Sabia, obviamente, desse desafio aos inimigos. Conhecia também os cúmplices que na sombra faziam apostas acerca da sua próxima morte literária. Para eles, tornava-se inevitável que você tivesse passado de moda: atravessara o seu pedaço de céu, atingira o crepúsculo dos escritores da conjuntura. Então, você respondeu a todos esses corvos que a sua obra-prima estava ainda por nascer. Havia de escrevê-la, nem que para isso tivesse de abrir os pulsos e levá-la consigo para a morte...

Nunca pude compreender por que motivo os escritores se inquietam, se envolvem tanto das angústias de apostar sempre tudo na escrita do próximo romance. Nunca pude admitir esse vórtice, a espiral dos medos de falhar a eternidade dos manuais, a hipótese de um nome de rua, a pouca sorte de morrer e não ser perpétuo como a pedra das estatuazinhas ao canto do jardim, em frente de uma igreja. Tão-pouco sei conceber esse delírio que leva os escritores, todos eles, a fingir modéstias, a encenar tão bem a hipocrisia da moralidade, a querer sempre parecer incompreendidos. Sobretudo, o suor das ideologias progressistas: sendo tão revolucionários na rua e nos discursos e nos abaixo-assinados, são no entanto o comodismo, o altar, o todo-poderoso trono da casa. Não têm o pudor. Não têm o sentido estético que os levaria a deplorar os monstros de pedra em que os outros por vezes convertem os seus corpos. Pior ainda, não sabem como deve ser tão pouco higiénico receber a caca dos pombos, os grumos da poluição e os insultos surdos de quem passa sem olhar os bustos. Não sei mesmo como não pode agoniá-los a repetição dos dias, esse tráfego que desce e sobe, inevitavelmente, de manhã e à tarde...

Você transformou-se num homem estranhamente longínquo, cada vez mais depressivo, mas ainda e sempre apaixonado por esse destino de pedra. Um homem que estava desviando a vida para uma obsessão, um oásis sem gente, sem água e sem as árvores daqueles poetas que gostam de admirar as aves pousadas nos ramos. Tornou-se mesmo asséptico, sentencioso, irreverente, lunático. Cansei-me até da violência das suas euforias e depressões. Quando lhe assistia o êxito, descobri que também tinha humor – nos ditos cáusticos, no venenozinho das frases que castigavam os políticos. A minha competência conjugal foi sendo empurrada para a invenção dos novos *cocktails* de drogas, para que pudesse dormir. Tomei

conta da sua vida pelo lado dos sedativos fortes e tornei-
-me eficaz no diagnóstico das suas crises.

Por que me cansei dos seus presentes de aniversário?
Cansei-me deles porque não eram dádivas amorosas nem
sentimentos agradecidos, mas compensações de drogas,
neste negócio de pomba da família. Ao princípio, no
tempo em que o conheci e o salvei e lhe entreguei a minha
paixão, o seu amor por mim excluía o egoísmo e profetizava o triunfo da minha virtude feminina. Com os anos,
tornou-se exigente. Começou a reclamar atenções e actos
de adoração. Disputou-me à ânsia, à necessidade de mãe
que os meninos imploravam, teve ciúmes deles, pôs-se da
sua idade e do seu tamanho, e passou também a clamar
pelo sol diurno, o sol que ilumina as sombras e tem o
poder único, branco e insubstituível de iluminar por dentro uma casa de família. E depois, amor, não mais pude
perdoar-lhe o facto de você se fechar no gabinete das suas
escritas, transformar-se no Centauro da casa e exigir alto,
aos berros, aos assustados e atónitos meninos do nosso
matrimónio o silêncio, o respeito, o culto pelo seu tempo
de génio em reencarnação. Fechado, horas sem fim, no
seu canto, eu esperava em vão a sua metamorfose. Imaginei sempre que lhe cresceria um corno, uma cauda de boi,
um manto de pêlos, e que os membros se transformariam
em breve em patas unguladas, com cascos tão perigosos
como os dos cavalos no momento da castração...

Sempre me pareceu ridículo que trocasse o crescimento dos meninos e a minha presença por essa mixórdia
elegante e bem conceituada que você corria a entregar aos
sôfregos editores do seu comércio. Leitores estúpidos
convergiam, em multidão, à caça das primeiras edições.
Iam para casa porque passava a valer a pena ir para casa,
comiam-no, defecavam-no, e depois voltavam a ser estúpidos – porque você estava apenas sendo consumido,
fazia parte dos seus desperdícios. No mês do Natal,
confundiam-no com os presépios, e você era Dezembro, o
frio, a serpente bífida que fazia um círculo com o corpo,
mordia a cauda e, sempre estupidamente, envenenava-se

de si mesma. E, ai!, as pobres mulheres que se iludiam a sonhar com a magia das suas mãos em cima de um corpo adorado. Pobres das mulheres que invejavam o meu casamento consigo, as noites numa cama tão grande mas tão vazia como a nossa. Ai delas, que teriam ciúmes das paixões que as suas palavras, compostas numa pauta de solfejo, converteriam no mundo sinfónico dessa espécie de música da sua imaginação. Nunca houve ninguém com tanto jeito como você para musicar as palavras e sinfonizar os parágrafos compridos de uma prosa. Porém, isso tinha o preço de você se calar para mim, esgotado da sua poesia, suspenso de um anzol de silêncio e dependurado do poço, como um peixe, para servir de isca aos peixes estúpidos que eram, e sempre foram, os seus leitores.

O modo como o seu barco nocturno se encheu de livros oferecidos por outros escritores, se encheu da desordem dos papéis, do estrondo contínuo da máquina de escrever, dos jornais com a sua foto, do correio sempre volumoso e sempre repetido, no meio do qual chegavam até si as paixões, os pedidos de socorro dos outros, a cobiça bem-educada dos poucos agentes literários estrangeiros e de tudo o que foi povoando esse mundo de gente para mim estranha, do tempo em que eu ainda era sua e você não pertencia aos outros, nem às suas paixões estúpidas! Além disso, havia a censura do sobrolho acerca da minha ignorância das coisas da Literatura. A sua antiga mulher de luxo, em tempos apresentada por si a rodas de eruditos – mulher de uma beleza tímida, tranquila e silenciosa – tinha o abominável defeito de não estar actualizada quanto aos nomes e aos títulos publicados pelos outros legítimos escritores. Tinha a pouca sorte de não ser inteligente como os críticos literários, de não saber valorizar a primeira leitura dos seus manuscritos ainda confidenciais – e por isso não aprendera também a exercer junto de si a perfídia, a chantagem e a ânsia de perdão. A antiga mulher de luxo, em quem você adorava a flor do sorriso, a luz dos olhos muito grandes, as ondas do invejável cabelo que você foi perdendo, essa mulher afundou-se aos poucos na desgraça. Posta no mesmo barco do princípio da única viagem, naufragou consigo, no primeiro fracasso editorial, depois no segundo. Ao terceiro livro do fim desse percurso para a água, desceu, degrau a degrau, a escada rolante da sua agonia de peixe, e foi afundando o rabo nos sofás, em frente da televisão que você desprezava como coisa bárbara, como entretém dos pobres, dos seres que a vida não iluminara com a consciência dos livros, dos noticiários do mundo, dos sonhos fingidos e sempre acreditados. Mesmo quando era você quem aparecia no *écran* e debitava a iluminação da noite dos pobres, desses seres inúteis que procuram na televisão o espelho e a pedra das frustrações diárias...

Você, amor, começou a mudar e a não admitir que estava envelhecendo à sombra e à margem dos seres que lhe dispensavam amor e o podiam ter salvo. Distraiu-se do sorriso dos únicos que o esperavam para jantar, para sair consigo, para colher da sabedoria as vantagens do sol e dos milagres primaveris. Chegava tarde, aborrecido, fatigado do próprio desgaste: perguntava-me pelas horas e era sempre tardíssimo. Concedia-nos a superior benevolência de trinchar à nossa mesa o lombo assado com esparguete, os bifes dos bois que não mereciam nunca morrer nem urrar pela dignidade da escrita, o peixe assado no forno, a fruta da época, o doce pensado, batido e levedado pelas minhas mãos quase envergonhadas de si. Andava, já então, muito distraído de tudo, não via que os meninos cresciam e se tornavam mudos e exclamativos a seu respeito. E não me olhava nos olhos, não me afagava, como dantes, com os dedos nervosos, suados e frios.

– Que é feito de você, amor? – perguntava eu enquanto lavava a loiça, despejava os restos do jantar no balde da cozinha, que eram também os detritos da sua e da minha vida de lixo. – Que é feito de você, que cruza o silêncio, não tem apetite e sofre de tão terríveis enxaquecas? Que é feito da presença antiga, da festa de rosas que você trazia para namorar a minha alma, da festa do corpo que você ia possuir? Perguntas absurdas e sem resposta, porque as horas, dentro desta casa, tinham deixado de ser as minhas, mas apenas as suas horas. O dia principiava para mim no momento da sua chegada e ia terminar no esgotamento, quando já a madrugada me embrulhava o corpo no frio inacreditável que lhe vinha de dentro e arrefecia os cobertores, as paredes do quarto e me lembrava que o Inverno era talvez a única e derradeira estação dos meus anos. Então, chegava à nossa cama, enfiava-se à pressa nos lençóis – e gelado que era o seu corpo fugindo do meu, amor! – e a minha solidão de mulher casada dizia-me que a vida era esse Inverno extemporâneo e ininterrupto. Por isso, abria os olhos no escuro, assistia longamente à sua insónia e começava a falar comigo e só comigo:

– Casei-me para viver nesta aborrecida casa conventual. Casei-me com um bispo translúcido: ele chega, roda num desassossego, entre lençóis, e parece sofrer até à completa exaustão os trabalhos forçados da insónia. A minha vida não é boa nem é má, mas antes isso do que ser encontrada morta ao lado de um bispo com insónias!

Lembra-se, amor, da primeira noite em que o seu hálito vínico me fez chorar? Descobri por acaso que você começava a escrever de copo na mão, na última fase do desespero. Chamava-se a isso desespero, à necessidade de se toldar para assim atingir o nirvana, o êxtase absurdo da escrita. Se tivesse descoberto mais cedo o poço do pânico, teria decerto recorrido ao haxixe, à cocaína ou aos elixires de que Baudelaire se servia para imaginar o Mal das Flores, o Assassino do Vinho, os Pobres da Morte, o Martírio da Destruição, a Dança da Serpente, *Que j'aime voir, chère indolente, De ton corps si beau, Comme une étoffe vacillante Miroiter la peau! Sur ta chevelure profonde Aux âcres parfums, Mer odorante et vagabonde Aux flots bleus et bruns, Comme un navire qui s'éveille Au vent du matin, Mon âme rêveuse appareille Pour un ciel lointain.* Desejei ter podido acudir mais cedo à desgraça progressiva do seu fígado, pois desde então se me tornou claro que a morte seria uma corola de pétalas redondas abrindo-se e multiplicando-se nas suas células hepáticas. Além disso, você começava a ter mau hálito – recorda-se? Mas o meu amor por si interrogava-se ainda acerca das causas e dos motivos que o podiam estar levando a beber sozinho e a matar-se tão silenciosamente nas noites em que o trabalho de escrever livros era apenas um obsessivo e absurdo trabalho de escrever livros. Em crise de imaginação, e isso era visível, porque o olhar inquieto pousava nas sombras e nas formas e não via nem reconhecia as sombras e as formas. Não só não ouvia os meninos como me não escutava a mim. A simples hipótese de suportar a visita das minhas amigas quase o encolerizava. Porquê? Porque sim. Andava aborrecido de morte, dizia-me, sem vontade de estar vivo, a conviver com o álcool escondido na estante dos livros, a dobrar o volume, o número e a violência das drogas para dormir. Perdera de vista o anjo do sono, ou então espantara-o para muito longe de si: como quem dá um tiro no ar e põe os pombos, os bois ou os cavalos em debandada. Se acontecesse acertar num pássaro ou num anjo perdido dos outros anjos, seria apenas um pássaro ou um anjo mergulhado na lama, ferido na asa e sem memória de alguma vez ter voado. Tudo isso por causa do Outono e do crepúsculo do seu êxito, e afinal também porque o mundo lhe devolvia uma realidade desconhecida. O seu espírito comandava, se bem que à rédea solta, um sistema nervoso automático, domesticado pelos hábitos: via-se que desejava morrer e não desejava morrer. Conhecia alguns processos de morte, mas não encontrara para ela a coragem dos heróis nem a loucura lúcida daqueles que trocam a miséria pelo suicídio da libertação. Cobarde, você? Ainda hoje não sei dizê-lo.

Eu tinha deixado de ser uma mulher de luxo pela razão simples de que você, se olhava para mim, punha-se a sofrer e sofria: queria pedir-me socorro, mas pensava logo que era ridículo ter de pedir socorro a um ser tão frágil e já ausente de si. Fazia o papel de mãe-amante para poder tomar conta da sua angústia. E sabe, amor?, comecei assim a perdoar-lhe não apenas o hálito a vinho e aguardente, o suor, o desleixo da barba por fazer, a copiosa loucura dos olhos vermelhos, os lábios murchos, mordidos – mas a desculpar sempre e para sempre o desespero das suas ejaculações prematuras. O nosso amor já não fazia ranger a cama daquela antiga energia longa e longitudinal. Eu já não sabia gritar de prazer e da outra e suprema alegria de ser mulher e ser cobra e poder também morder a minha cauda e envenenar-me de mim. O nosso era um amor apressado e dividido, deixara de encontrar-se no sítio exacto onde devem cruzar-se os caminhos do encontro e da vida. Você tinha sempre um livro entre mãos, não acertava nunca com a fórmula, contraíra com os outros obrigações irreversíveis e irrecusáveis. E sofria, sofria, sofria dessa forma indefinida e complexa, que se cala perto dos outros e não confia neles, e não pousa sequer a cabeça nos ombros de alguém. Deixou, por fim, de ter interesses práticos. E cá estava eu no lugar da fada das suas fábulas. Comprava-lhe a roupa, mas você abominava o meu gosto inútil, a minha mediocridade de ficar olhando as montras e estar sempre a par da moda e das épocas dos saldos. Escolhia os móveis e os *bibelots* da casa. Mas você tropeçava no aparador, nas mesas, nas mísulas, nos candeeiros – e nunca se apercebia de que eram móveis novos, *bibelots* substituídos pelo sentido estético da minha sensibilidade. Ao fim de meses e meses de as coisas estarem nos seus lugares, abria muito os olhos, de repente, fixava-os como que aterrorizado e vinha perguntar-me:

– Quem trouxe cá para casa o bengaleiro monstro que está no *hall*, Martinha?

Claro que era um homem avarento! Zangava-se comigo por causa das compras inúteis, opunha-se à substituição das alcatifas, desdenhava das minhas miniaturas de caixinhas, patos, retortas e bonecas de porcelana. No mês dos impostos, urrava pela casa fora, colérico e abrutalhado, porque era inconcebível que a arte e o espírito, e a arte do espírito, fossem parasitados pelo Estado dos outros!

Você vestia camisas novas, mas tão-pouco sabia se eram novas ou se estavam passadas a ferro. Vestia calças que haviam mudado de tecido e de estação, mas não sentia que lhe apertassem na barriga, nem via que precisavam que alguém lhes subisse ou baixasse a bainha. Estava à beira de transformar-se numa coisa tosca, desnecessária e falha de gosto, recusando o uso da gravata, recusando os fatos, vestindo-se, quando eu não estava, com as inacreditáveis cores das calças verdes com a camisa amarela, sem se pentear, sem fazer a barba. De modo que os meninos brincavam de o espreitar através da porta entreaberta, viam uma espécie de Antero de Quental desenhado pelo Columbano e vinham a correr para mim, em pânico:

– O papá está tão feio, tão feio, mamã, que até parece o lobo-mau do Capuchinho Vermelho!

Queria então dizer-lhes que o papá era apenas um intelectual português, imagine você. Conhecera-os mais ou menos assim, desgrenhados, mal vestidos, fingindo de feios porque só a fealdade era inteligente. Horrorizados perante a má literatura das telenovelas, com ódio ao futebol e rindo-se, como hienas, dos cantores que rimavam sempre o seu «abraço» com um amoroso e amolecido e adormecido «cansaço».

Levou a primeira metade da vida a não dar-se conta das pequenas e grandes coisas que aconteciam à sua volta, amor. E deixara mesmo de compreender que o meu corpo já não queria o seu apenas pelo hábito, mas porque isso era vital para mim. Em sua opinião, eu estava frívola porque só pensava em móveis e espelhos, não lia livros nem jornais, brigava com a mulher-a-dias aos berros – e você aludia ao histerismo, desdenhava dos meus nervos, das minhas doenças, da forma como eu engordara e ia ficando sem cintura, com os joelhos um pouco grossos e os pulsos ainda mais delgados. Ria-se do meu traseiro e das minhas unhas encravadas, fingia lastimar o sofrimento dos meus ovários – e creio mesmo que chegou a envergonhar-se de mim, pois deixou não só de ouvir-me e de querer-me, como nunca mais houve as orquídeas dos aniversários de casamento, os encontros mundanos e os lançamentos públicos dos livros.

E assim aconteceu que a minha relação consigo se foi transformando num exame recíproco, acerca da minha e da sua existência. Pela minha parte, limitava-me a estudá-lo pelos livros, não a lê-los, para descobrir de que lado estava o homem que me fora prometido e de quem andava perdida. Chamar-lhe marido, amor, era já um excesso, mesmo uma fatalidade. A Medicina incompatibilizara-se com a Literatura. Tal como nós.

Você, é quase certo que um destes dias assumirá também um sétimo fôlego: virá de longe, do sítio onde está, e fará explodir de novo o êxito das redomas douradas. Vai converter-se num deus menor, todo de pedra, e merecer o seu busto. Deixará uma obra que os meninos herdarão sem encanto, como o vaso de fel que um pai sem rosto os forçou a beber pela vida fora – enquanto eu, amor, achando-me tão sozinha, deste outro lado da rua onde alguém passará sob o seu olhar, continuarei, cabisbaixa mas não destruída, a exercer a Medicina. Ouvirei, durante o resto da vida, o assobio do seu pulmão, serei sempre a outra e todas as mulheres que poderão salvá-lo. E sei que o próximo romance falará de mim, como todos os anteriores falavam. De resto, você tem agora mais este motivo para o escrever: ficou perdido e tentará encontrar-me. Quer dizer que ainda me ama e que voltará aqui para me pedir perdão. E, como os seus estúpidos leitores o exigem, dará a esse romance o fim feliz da nossa apenas hipotética reconciliação…

O pior, amor, o pior de tudo é que toda a história, depois do final, tem sempre uma lição. A minha desvantagem é saber que, no seu terreno, você será sempre o único triunfador. Vai ser um simples exercício de estilo convencer os leitores de que eu nunca tive talento para poder estar à sua altura. Presumo até que me acusará de novo, por ter sido o mal-amado daquela que não soube tomar, beber a bendita água do seu destino. Daquela que não vai merecer uma lágrima, uma linha escrita com paixão ou um simples sorriso. Não dirão que você teve passado de cão. Tão-pouco me darão o pequeno benefício da dúvida, a seu respeito. Bem vê: sendo você tão desumano, cínico e falho de escrúpulos, apareceu sempre aos olhos do público com esse ar de grande inocência. Com uma despudorada e sorridente cara de boa pessoa, amor...

2. As Cinzas

Muitas e muitas vezes, antes de você ter chegado para consumir e arruinar a minha vida, já eu assim os vira: fundeados no lodo, com as quilhas inclinadas sobre as docas e tão decrépitos como as ruínas que agora turvam, afligem, entristecem a casa da sua ausência. Eram os barcos: parados na bruma, perdidos até das antigas memórias deste rio. Talvez seja um pouco absurdo olhá-los daqui e pensar que foram já navios de longo curso. Tiveram decerto um nome e um destino. Não o aspecto tumular do tempo que vai morrendo agora na posição oblíqua dos cascos.

Por mim, que os vejo novamente mudos e sem função – ao contrário do tempo em que você me levou a vê-los de perto para me explicar a sua realidade – assemelham-se a grandes galeões naufragados no tempo. Trazidos para junto de nós, como você dizia, só para que os poetas e os cantores tenham ainda um pouco da antiga ilusão do mar.

O tempo é água, corda, cisne louco, num manso deslizar do silêncio e dos peixes que agonizam entre os juncos. O Portugal em que nasci é agora um país de 45 anos de idade. Vive longe do mar, suspenso dos pássaros, turvo do vinho que em vão explica ou lhe inspira a fatalidade destes barcos. Difícil mesmo situá-los a rigor na ordem vagarosa e na geografia do Tejo. Almada, a árabe, do lado de lá do estuário, é demasiado longe para valer a pena – e de resto tão fora dos meus hábitos como essa gente quotidiana que traz consigo as manhãs do Sul. Entre Cacilhas e o Cais das Colunas, riscando a pátina que engordura e parece metalizar a lixívia do rio, há continuamente gente embrulhada com o nevoeiro. Conheço o tráfego intenso desses batéis muito espalmados: fazem a travessia sonâmbula da manhã, entre o sonho e a vida. Ao fim da tarde, quando regressam, estão de novo mortas. Não propriamente pessoas, compreende? Mas gente sentada nos seus batéis. Dormindo a eterna, a única noite de que não conseguirão nunca ressuscitar. Tal como eu e você, pertencem ao tempo. Porém não sabem que estão vivendo o último século dos barcos.

Não quero contudo referir-me a essas multidões, amor, nem à existência sofrida e côncava dos pequenos barcos que hão-de ir sempre para Cacilhas. Você sabe que lhe falo apenas do nosso amor coberto pela mesma rémora de pedra, semelhante à dos barcos que outrora descobri fundeados nas águas rochosas da barra do Tejo. Vistos de longe, de onde então os avistava sem fascinação nem lucidez, eram paquetes inominados e pensativos. Nunca me fora dado descobrir por que razão continuavam sempre nos mesmos sítios, ancorados na cor fictícia, nas águas mortas do Tejo. Porém, quando você me levou a vê-los de perto – e ainda a minha vida não estava envenenada de si, e as casas amarelas do cais me pareceram demasiado oxidadas pela humidade – os cascos inclinavam-se sobre o cimento das docas. Barcos desistentes. Barcos inúteis. Para mais, a ferrugem das gruas e dos guindastes desfazia-se no vento. E nos torsos nus dos estivadores prolongavam-se ainda a rudeza e a natural fealdade das gentes do mar, amor.

Pude associar tudo isso às tardes de domingo em que tivemos sempre de dar beijos aflitos antes de nos separarmos. Corriam então grandes legendas ao comprido dos cascos. Havia nisso a hipocrisia dos heróis defuntos, a sua morte patriótica. E agora, amor, morre você, morro eu, chega-nos também o destino absurdo dos barcos. Percorre-me em vão, possui-me a ilusão de que você virá talvez do Sul, de onde nos vêm a sombra e o nome dos barcos. Virá embrulhado na gente que se cobre dos nevoeiros mortais, ou num dos navios sobrenaturais que um dia o trouxeram dos Açores para consumir e arruinar a minha vida. Pertenço à irremediável condição das mulheres que põem a mão em pala por cima dos olhos e ficam tempos a espiar o mar – na esperança de avistar ao longe o perfil, a cor da camisa, o barrete marítimo do meu homem. Sou também filha e neta das mulheres de Alcácer Quibir, amor: habituei-me à distância e à ausência do meu homem. Mas tornei-me religiosa ao ponto de acreditar na sua ressurreição. Para mim, o mar de Lisboa é o que está para além da paisagem desta cidade cristalizada num espelho. Reflectindo o cenário, a altivez estúpida, a repetição dos velhos barcos.

Outrora, não era certo que o mundo estivesse suspenso deles, da angústia africana dos nossos pássaros. Como porém eles atravessavam as tardes de domingo e iam pousar nos mastros dos barcos, acreditei e acredito ainda na ilusão dessas viagens. Afinal, disse-me você, eles nunca serviram para navegar. Faziam surdas travessias, perfeitamente imóveis nesse nosso tempo português. Você tinha dezanove anos, como muitos outros, como todos os rapazes portugueses de então. Lia-se o terror dessa idade nos muros baixos de Lisboa. Os escritores da noite de Lisboa utilizavam uma letra azul, de anjos. Deixavam legendas, frases pesadas de ódio, pânico e vergonha, nas quais muitas vezes julguei reconhecer a sua caligrafia. Impossível aliás não guardar memória ou não trazer no ouvido o eco desses protestos nocturnos, ABAIXO A GUERRA COLONIAL! Ouço tudo de novo, pois recordo que você olhava os muros, respirava fundo, baixava os olhos, e juro que um cão espiritual latia dentro de si. Eu apertava-lhe os dedos suados e frios, assustada, prevendo a sua morte, pondo--me toda dentro da sua angústia. A Guiné doía-lhe no fundo do estômago? Ainda hoje lhe doem todos os nomes do nosso passado comum? A mim, sobra-me a acidez gástrica. Sobra-me a quota-parte das úlceras de África. Levei anos, a seu lado, a querer falar-lhe dos pobres rapazes que se dobravam à minha frente, todos muito verdes, para vomitar o leite coalhado e o arroz ferruginoso das dietas prescritas por mim. Nesse tempo, África principiava dentro de cada um de nós, na loucura desconhecida do Vietname e do Camboja, na miséria miserável das gentes do Biafra. Havia um tempo de espera sem esperança. Nunca nos acontecera estar tão perto da guerra, todos com os pés enterrados na lama explosiva, homens e mulheres, porque ela o ameaçava a si. Translúcido de medo, ansioso por fugir, mas atordoado como o pássaro que a serpente cativou e não tardará a engolir, você foi ficando comigo. Pássaro da serpente, amor, que no melhor dos nossos anos se foi alimentando da sombra de outros vivos. Você era um homem de um país diferente do meu. Aprendi-o da sua voz diurna, da sua clarividência, estando embora de costas voltadas para o tempo político de Lisboa.

Como sabe, papá estava em África, cafrealizado no seu comerciozinho obscuro. Você, que nunca o conheceu, odiou nele a ideia geral dos colonos que viviam nas palhotas, sob grandes chapéus de colmo, amando e escravizando a sua preta. Odiou tudo de longe: o dinheiro, a cumplicidade, os erros de ortografia do papá. Via-o ao balcão da sua loja e imaginou sempre que ele usaria um lápis atrás da orelha: teria uma grande barriga e o sorriso feroz dos colonos desdentados. Era um pouco por causa do papá que você e os rapazes da sua idade jogavam entre si a roleta desse tempo. De modo que, quando ele morreu assassinado no dia 7 de Agosto de 1974, você suspirou de alívio. Não ia ter de recolhê-lo na nossa casa. Não seria obrigado a celebrar com ele a paz nem a trégua de uma segunda guerra do ciúme. Porque você, amor, nunca perdoou o facto de ele se ter oposto ao meu casamento consigo. Disse-o claramente, lembra-se? Papá havia decretado, numa das cartas, que a sua filha preferida não casaria nunca com «um inimigo daqueles que estavam fazendo o progresso de Moçambique». Retribuiu-lhe a amabilidade, mandando-me escrever-lhe que também não estava disposto a ter por sogro um «porco do mato». A minha foi pois uma guerra do sangue. Entre o pai dos meus irmãos mestiços e o homem que me enchera o sangue de paixão. E por isso a sua glória foi saber que um qualquer filho da Revolução de Moçambique pegara numa grande faca, rastejara ao redor da tabanca e fora cravá-la no estômago do papá. Além de me proibir o luto, quis convencer-me de que ele pertencera ao número daqueles que sempre haviam estado a mais no mundo. Convenceu-me mesmo da culpa dele acerca da morte prematura da mamã, lembra-se?

Não soube, não há-de nunca saber do quanto eu amava nele os olhos negros e pestanudos, e o peso grandioso das mãos, e a memória das palavras doces de quando me tratava por *princesa* e me enviava grandes e misteriosos presentes de aniversário. Não sabe quanto eu amava nele a obstinação desse exílio africano, aceite e sofrido só por minha causa. E a martirizada ternura dos seus projectos quanto ao meu destino? E o orgulho de saber que eu estudava Medicina e havia, um dia, de beijar-lhe as mãos muito grossas e agradecer-lhe os anos, os sacrifícios, as humilhações, a única vitória de uma vida que nunca teve outra finalidade? Decidi-me por si, amor, porque você me fez acreditar na pobreza mesquinha e na grandeza bíblica do seu mundo. Corri atrás de si só para não me sentir culpada nem poder ser acusada, por si e pelos outros que pensavam como você, do embarque dos batalhões na Gare Marítima de Alcântara; para não ter de baixar os olhos de cada vez que me lia a relação dos mortos em combate; para o não ouvir dizer que um e outro dos seus amigos fora preso, estava sendo torturado e que você próprio não tardaria a ser levado – sempre e só por minha causa. Meu velho, ausente, silencioso e terno pai: quando tu ainda tomavas conta de mim, desse outro lado do Mundo em que nascia e me perturbava a consciência da tua África, tudo era simples e não havia necessidade de ouvir a evidência, o inferno de ser apenas a sombra do meu homem. Pontualmente, cheio dessa bonomia que o meu coração recordava do tempo da infância, assumias de longe todos os compromissos da minha existência. O pagamento mensal do lar universitário, como outrora a ama, o colégio interno, as férias na província. A compra dos livros grossos, muito caros, que vinham sempre do estrangeiro e eram escritos em inglês. A multiplicidade das festas, dos vestidos novos, dos presentes de Natal e aniversário. De longe, da África convulsa das roças de café, devolvias-me um orgulho discreto, embora firme, pelas minhas notas de Anatomia e Imunologia. Sempre que as cartas largavam daqui e iam bojudas de beijos, explicações e projectos de visitas de estudo, apressavas-te logo a reforçar-me a mesada. Nunca fora, até então, elementar saber da existência do país mordido entre dentes, no silêncio do Forte de Caxias, com presos para mim exóticos, sonâmbulos e de pálpebras roxas, como então me dizia o meu marido. Não era sequer perturbador saber que Portugal era o país mais atrasado da Europa, estribo do último império moderno e terra de gente que, como tu, se exprimia por erros de ortografia. Agora, se me fosse possível olhar-te, ver-te para além dos muros que me separam da tua morte, dir-te-ia tão-só que o teu amor foi a minha única ciência, e também a arte e a música de cada instrumento da vida. Dir-te-ia muito mais, como decerto imaginas. As vezes em que quis pedir-te perdão e voltar a ser só tua. Mas dizer-te, papá, que mil vezes preferi os erros, a ortografia das tuas cartas, o próprio silêncio de toda a tua vida, do que os milhões de palavras, as pautas do solfejo, a música sinfónica daquelas prosas com que o meu ex-marido doirou, mentiu e envelheceu a minha vida.

A suposição da outra coragem, amor, antes de você ter vindo ensinar-ma, ia já funda em si como um subterrâneo de cidade que porventura mergulhasse no mar e nele se dissolvesse sem nenhum outro sentido. A literatura dos outros escritores era em geral aborrecida, pretensiosa e excêntrica – até que você me explicou os sentidos ocultos, a dignidade do silêncio e o bom nome dos seus muitos mestres nessa arte difícil e por vezes superior. De resto, tudo em si clamava contra o Deus das irmãzinhas do lar universitário, as maçãs do rosto do padrezinho dos domingos de missa e comunhão, e sobretudo o leite-creme, o bolo-podre e a fruta das nossas magníficas sobremesas.

Não sei, amor, ao fim destes anos, como me apresentei na sua vida – só com o encanto de um sorriso, os olhos pardos e este rosto cor de pêssego onde afinal você parece ter descoberto a forma oval do seu mundo. Não tivera jamais nenhuma memória de si, do seu aspecto de náufrago demasiado magro para o meu gosto e do azul metódico dos seus olhos. Vi-os parados em mim, e lembro-me de ter começado a decifrar de longe a confusa timidez, a fragilidade do corpo e o lume da sua primeira paixão. Em si, penso, havia uma inesperada desordem interior, e uma incerteza indeterminada, e a confidência de uma grande solidão – quando me ocorreu que você me tinha sido apresentado a meio da festa e apenas me perguntara insistentemente o nome. Ao contrário de toda a gente, não disse do seu imenso prazer em conhecer-me. Não o disse, amor, porque tinha começado a viver-me e a desejar-me. Atónito e desarmado. Era apenas um olhar de homem flagelado, que exprimia em silêncio a sua gratidão pela minha existência, tão próximo da poesia como esta pode estar do sonho, da promessa e da salvação dos homens a quem ainda não assistira a coragem das mulheres. Sabia, que você me estava prometido desde o primeiro dia da vida, tanto quanto o medo dos cães à saída da cantina da Universidade, a notícia do nosso tempo sem notícia, os jardins proibidos das noites de Lisboa. Não era porém único esse fascínio que me atraía a si. Olhava-se, e você era um homenzinho doce e sossegado, somente acossado pela terrível cicuta de um Deus envenenado e há muito em agonia dentro de si. Eu possuía um pequeno Deus distraído, visitado aos domingos de manhã, em cuja palidez nunca nenhum dos meus professores de Cirurgia diagnosticara um volvo ou um tumor maligno – ao passo que você procurava pousar na sua morte difícil. Expulso dos claustros do seminário, como logo me disse, onde nem os passos tinham sido distintos do silêncio de Deus. Trazia consigo o sustenido interminável dos cantos gregorianos, o medo dos mais compridos dormitórios do mundo e a maldição sem remédio das leituras evangélicas.

Depois, comoveu-me logo a sua pobreza, sabe?, o único casaco de xadrez, a camisa invisivelmente puída nos dois punhos, as calças à boca de sino, por dentro das quais a sua magreza parecia tilintar, tangendo toda a parábola da infância açoriana. Sem ser belo, nada tinha de comum com a fealdade nem com o aspecto sujo e terroso dos pobres que papá enxotava, quando iam em bandos pedir esmola ou suplicar empréstimos. Pobre, triste, mas erguendo nos indomáveis olhos azuis tudo aquilo que papá jamais aceitara ver subtraído à minha posse. De modo que, apaziguada e incerta, dividida entre a tristeza implorativa da sua boca e a aversão do papá, foi-me inevitável optar pelo amor dos seus ossos famintos...

Lisboa, nesse princípio de sonho e imensidão, oferecia--me a vantagem de não ter medo de nada. As noites de festa, onde você ainda não estava, produziam em mim o contágio fecundo das luzes, do prazer de estar viva e da alegria de me sentir desejada. Os ruídos da rumba, das mornas e das coladeras tornavam por vezes excessiva a música dos sábados e dos *réveillons*, não obstante a minha vida ter cabido toda numa só palavra, feita de sedução nocturna e de pequenas transgressões. Os futuros médicos, na noite em que você chegou, começavam por desdenhar de si, sabendo-me separada de nascença da sua pobreza açoriana. Riam-se educadamente, todos muito belos, os exímios mulatos de bigode à Lumumba que me iam buscar para me obrigarem a gingar nos seus ginásios alugados e frios. Depois apertavam-me delicadamente nos braços musculados, pediam desculpa pelo cheiro característico do suor, desconhecendo que a suprema agressão dos seus corpos estava nos grandes sexos que se me espetavam na barriga. Do outro lado da sala, a sua fragilidade continuava a explicar-me os barcos, a dizer-me que vinham deles e das suas surdas viagens as bolsas de estudo daqueles mulatos, a festa da música excessiva e a raça indefinida dos enormes falos. À medida que os futuros médicos se enchiam de suor, e a música me atordoava e ensurdecia, e o frio do mês de Janeiro se cumpria de outra maneira no meu corpo, o pavor daqueles sexos perfurantes clamava, bem no fundo de mim, pela pureza da sua fragilidade. Você nem ao menos sabia dançar; não tinha, para oferecer-me, a violência turva do álcool: era lúcida, terna e frágil a coragem da sua voz no meio daquela turvação, e eu compreendi que tudo em si e consigo me anunciava a fatalidade, o risco e a ventura ténue da sua poesia.

E agora, amor, que os anos se foram e nós nos separámos, como explicar a distância e o mundo parado de novo no limiar dos dias de rumba num qualquer ginásio, agora que a minha vida se converteu na sua e acabou por encher-se da terrível mixórdia dos seus sonhos? Ouço na minha a sua voz. Mantenho o calor do seu hálito no meu, dada inteiramente a si e em si perdida – enquanto você renasce decerto de outras cinzas, recebe o clamor das glórias ridículas e desconhece de todo a minha existência. Passei-me inteiramente para o crepúsculo das suas histórias. Dou mesmo comigo a utilizar o seu estilo e a escrever-me nelas, da mesma forma que, um dia, você decidiu abandonar os alunos, confiar na segurança dos meus honorários na Medicina e pôr-se à escrita dos seus romances. Não porque fosse fácil ou sequer utópico acreditar na força e no sucesso desses livros, compreenda. Mas porque você me prometia neles o grande sonho que não vivi: a poesia, a ternura inefável da sua existência ao lado da minha. Prometia-me a única verdade do amor, não a estranha batota de uma carreira de romancista. E a outra tranquilidade, também. E o crescimento recíproco, e a árvore da plenitude, e uma segunda vida na vida dos nossos filhos. Não isto, amor. Não a definitiva destruição do conhecimento, da casa e do caminho...

3. O Processo do Fogo

Comecei a ser toda sua, amor, na alegria imensa de lhe dar a mão, sorrir-lhe de baixo para cima e caminhar, formosa e segura, a seu lado – de novo pequenina e tão inocente como no tempo em que eu ainda tinha tranças e era levada a ver o mar da minha infância. Sua, amor, também no modo como os dedos me suavam e toda eu tremia de felicidade, presa para sempre à força dos seus dedos longos e nervosos. Amei-lhe as grandes mãos, como sabe, por ter pensado então que o amor era só isso, contemplar o azul das veias e acreditar que um sangue, o vinho generoso da primeira paixão, me estava prometido desde o princípio dos tempos. Você mesmo me disse, muitas vezes, que o amor é sempre primordial. Com ele no olhar, o Homem suplica à Mulher que lhe devolva a água, a porta de qualquer casa, a memória mesmo do corpo em que foi gerado. E aconteceu que você se tornou num menino muito alto e de ossos delgados, em cuja fragilidade vi desde sempre a ânsia de me ter por mãe. E do longo curso dos nossos anos, ficou-me somente a ideia de o ter sentado no colo: acariciava-lhe longamente o cabelo, dava-lhe o seio a sugar, para que você se alimentasse de mim. E a posse do meu corpo devolvia-lhe o sono antigo. Teve sempre qualquer coisa de anjo, sabe? O aspecto poroso, a leveza quase invisível. Quando perdeu esse ar vegetal, tornou-se algo translúcido, com esse rosto corvino, e ficou sendo de um horror de pássaro. Só então compreendi que tinha incorrido no logro das suas segundas núpcias.

A paixão única acontecia porém nos domingos à tarde, quando você vinha esperar-me à porta do lar universitário. Sorria-me de longe, de longe me abria os braços delgados, e eu ficava suspensa no tempo decerto breve mas infinito do seu abraço. O meu corpo rodava em torno do seu, pois você erguia-me toda no ar, por cima da cabeça, e pensava que um único eixo atravessaria para sempre o ponto em que a minha vida começava a fundir-se na sua. Então, você afastava-se um pouco, depois de me ter pousado no chão, bem à frente dos olhos e em cima da sua sombra: punha-se a ver e a recordar melhor a beleza daquela que você adorava. Sabia-o fascinado, doido de paixão, não apenas pelo grande sorriso que me alargava e iluminava o rosto, mas também porque o cabelo anelado e cor de avelã e os olhos pardos explicavam já o melhor e o pior da sua existência. Acima de tudo, esse olhar implorativo e assustado devolvia-me uma gratidão silenciosa. Agradecia-me o facto de eu me ter posto bela, nessas manhãs de domingo, como a primeira aurora. Bela, importante e única, tanto quanto a fada que viera de longe para dar uma ordem, um sentido e um raio de luz à sua vida. Adivinhava aliás que eu passara a manhã desse, e de todos os futuros domingos da minha vida, a embelezar-me só para si, sem que uma única vez suspeitasse do quanto isso era profundo na minha vontade de o deslumbrar. Queria-o cativo, orgulhoso da minha presença. Comprometido com o sentido religioso dessa liturgia amorosa dos meus domingos. Não lhe disse nunca como era sério e importante para mim pedir conselhos a outras mulheres enamoradas a respeito das cores que deviam cobrir-me o corpo; ouvi-las discorrer sobre o arranjo do meu cabelo, os tons do *blush* para as maçãs do rosto, o desenho do *bâton* que me prolongava os lábios que você morderia até à palidez – e ser isso importantíssimo e quase mortal para mim. Uniam-se-nos as bocas muito sôfregas, amor, porque era domingo num jardim em frente: do lado de cá, os soldados assobiavam do fundo das guaritas de pedra, fingindo masturbar-se. Grunhiam como porcos por detrás dos muros, lembra-se? Horrorosos e solitários, cobertos de cio e ódio e tristeza, e com aquela espécie de ciúme que só acontece aos machos encurralados. Você zangava-se muito, amorzinho: atirava-lhes pedras, enxotava-os, imitava cornos com os dedos espetados na direcção deles. Quando os cães se enganchavam nas cadelas bêbedas que eram emprenhadas à porta do quartel, um estranho alvoroço agitava os corpos frios dos soldados. Se lhe pedia para ter calma, para se dominar, porque eram apenas soldados condenados aos domingos de guarda aos quartéis portugueses de então, você não queria saber desses homens. Estavam ali à ordem dos sargentos da pátria, zelando pelos domingos tranquilos dos bispos, mas sob o castigo de haver uma África em armas. Você porém queria apenas que eles desaparecessem da sua vida: fossem masturbar-se à mão, dizia, lá por detrás das cercas presidiárias, e o fizessem de esguicho contra os muros, como lhe sucedera a si no tempo do seminário.

Estava já confundindo a política com o ciúme. Levou anos a labutar nesse equívoco de misturar uma ideologia política com as paixõezinhas, os arrufos, os ciúmes sociais da sua ascensão na Literatura. Depois, muitos anos passados sobre esse tempo, aconteceu-lhe a pequena glória dos livros. As excelências da política começaram a dar por si, a convocá-lo para as recepções oficiais. Conheceu os ministros de que antes desdenhava. Entrou na alta-roda das delegações de escritores, dos seus congressos sempre metafísicos. Foi para mim óbvio que só o Poder o seduzia, porque você começou a perder o pêlo e a tornar-se macio. Perdi o respeito, amor. Perdi todo o respeito, amorzinho, ao ver que essas formas de traição o prostituíam na elegância dos salões. De cada vez que o via participar dos banquetes e dos lavores da glória literária, o meu mundo minguava ao lado do seu. Eu estava cada vez mais inútil. Você bebia uísque. Comia caviar, todo muito importante. E ainda tinha o desplante de me falar na sua revolução proletária!

Além das grandes mãos, amei em si a tristeza indefinida. A mulher entrega aos tímidos a sua paixão pelo mistério do homem. Comovem-na também os sonhos claros, a magreza extenuada e as nuvens que pairam sobre a pobreza dessa timidez. E, se quer saber, tudo isso coexistia com a superior melancolia dos seus olhos azuis. Neles, a doçura era honesta. A inteligência, sensível. Depois, descobri também que o seu humor não ia além de uma simples travessura. E que as cenas de ciúme e os amuos sem motivo prolongavam em si o tempo da adolescência. Namorar consigo, amor, foi ter de pedir desculpa para que você me desse um beijo na boca ou me fizesse uma carícia no pescoço. E estar casada, soube-o sempre, redundou afinal na paixão desses prelúdios à sua ternura sexual. Casados, tínhamos medo de Virgínia Woolf: anos e anos e anos, amor, fingindo zangas, insultando-nos na intimidade de um sentimento em declínio. Discutíamos no escuro do nosso quarto, baixinho para que os meninos não ouvissem, porque tínhamos a ilusão de fazer um pouco de luz sobre o inútil pormenor do nosso conhecimento recíproco. Eu dizia, queria somente dizer-lhe que havia em mim uma mulher diferente daquela que você imaginava. Queria de novo o meu homem do outro tempo, aquele de quem me perdera. Perguntava-lhe pela anterior existência desse homem, do homem que antigamente prometia viver-me e venerar-me. Porque, sendo eu a sua virgem, não compreendia por que motivo começava a evitar-me, a não prestar atenção, a distrair-se do próprio som da minha voz. Respondia-me sempre com acusações convulsas, surdas de cólera: que eu deixara de compreendê-lo, de estar dentro da sua corrida. Acusava-me até de ter rompido os meus compromissos com a sua arte. Se o corrigia para lhe dizer que escrever livros não era exercer uma arte, e sim defender uma ética contra a avidez das paixões mesquinhas, você bufava de raiva. Nunca pensei poder suportar tantos insultos inteligentes. A sua retórica literária voltava-se toda contra mim, cheia de palavras desconhecidas, com frases tão intermináveis como aqueles comboios nocturnos que passam por nós e são apenas comboios vazios ou túmulos iluminados. Compreendi que possivelmente a única coisa desse casamento era a existência de uma gramática, de um dicionário de vergonha e cobardia. De súbito, dava comigo a chorar, ofendida e amargurada pelo meu homem. Via-se que o meu pranto o afligia porque você ficava de olhos abertos no escuro e o seu espírito cedia. Daí a pouco, o corpo rodava todo na minha direcção e vinham grandes braços envolver-me, puxar-me para si. Que o perdoasse, suplicava então. Que era apenas um homem perante a fatalidade de se ter posto mal com a vida e com a mulher e os meninos, só isso. E que o amasse muito. O jogo da crueldade devolvia-nos um ao outro, dissolvendo-nos num furioso acto de fornicação. Você praticou comigo um casamento de toupeira cega, guiado pela obstinação dos meus órgãos genitais. Servia-se de mim porque o prazer do corpo iludia a decadência dos outros jogos conjugais e porque lhe assistia ainda alguma virilidade. Havia uma mesa, uma retrete comum e um corredor comprido que dava para o objecto mais triste da casa: a cama. Despropositadamente larga e muito plana. Com sexo, você calava-me a boca, julgava obter a minha segunda cumplicidade. Se queria falar-lhe das mulheres que não têm importância na vida do homem, dessa insuportável solidão do casamento, você colava a sua boca à minha, passava-me as mãos pelas coxas, espetava-me um grande sexo na barriga e não permitia que eu lhe dissesse de que forma e como era triste ver morrer assim a minha natureza. Que era feito da sua humanidade, amor?, perguntava-me eu, à medida que se ia cumprindo e acelerando sobre mim o ritmo das suas nádegas. Acontecia que a sua humanidade resistia entrincheirada na tinta, nos títulos poéticos dos livros. Atónita, sem compreender, eu começava a viver à sombra e à distância de dois homens. O dos livros estreitos e o outro: o homenzinho mal-humorado, tenso de angústia, que tinha a pouca sorte de viver comigo e com os filhos!

Amei-lhe também as ideias claras, firmes pelo rigor e pela exigência, do tempo em que me anunciava um país desconhecido, um futuro e um altar. A nossa paixão amadurecia ainda durante uma semana de ausência, desperta pela ansiedade dos seus telefonemas diários para o lar universitário. Fortalecia-se aliás nas horas de visita, quando era proibido sair, naquela sala onde havia sempre gente vinda da província, o olho vigilante da freira da portaria e enormes janelas fechadas sobre o jardim do lar universitário.

Sua, amor, no escuro das salas de cinema, quando eu oferecia uma superior e obstinada resistência às suas mãos. Mexia-me nos joelhos e nas coxas, procurava-me os seios no escuro, queria sentir os meus dedos tacteando a polpa do seu ceptro. Pressentia nele o mesmo fogo que me ardia no rosto e resistia-lhe, morrendo de vergonha, de curiosidade e de medo, apenas porque estava no limiar de uma grande vertigem e começava a entrar aos poucos na vida e na carne do meu homem. Uma parte de mim dizia que a virtude é virgem e que só ela faz poderosa e desejada qualquer mulher. A outra parte incitava-me a dar o corpo e a sentir o prazer e os mistérios desse homem.

Durante o nosso primeiro ano de namoro, dividi-me entre a perversidade e a inocência das meninas educadas para recusar ao homem a segunda metade da maçã do mundo. A seguir às sessões de cinema, o tempo das tardes de domingo começava a escoar-se. Você levava-me à procura de um banco sem gente, sob as grandes copas que nos cobriam. Ao som dos relatos de futebol, do lado de lá das sebes de buxo ou por detrás dos cedros, homens horrorosos escarravam com ruído ou acossavam-nos com os seus assobios obscenos. A minha ideia de romantismo foi estar nesses jardins a beijar sofregamente o meu homem e pressentir que rapazes de óculos escuros me amavam também masturbando-se ao som dos desafios de futebol. No lago em frente, peixes em agonia nadavam entre os juncos, debatendo-se, tal como nós, com o instante eterno e urgente da vida e do amor. E havia os cisnes, lembra-se? Animais rigorosos, serenos como esse tempo deslizante. Tudo tão belo, amor, tão belo e harmonioso, que ainda hoje me custa acreditar como foi possível ter visto turvar-se a água, o fundo e a superfície dessa laguna, os próprios peixes, a fatuidade dos cisnes que passavam riscando a minha paixão. Não suporto o logro, amor. Não quero pensar que é preciso vencê-lo e seguir em frente, ficar tão longe de mim. Aqui estou em pranto, na noite em que os nossos meninos dormem e começam a habituar-se à suposição de terem nascido apenas de mim, do amor que lhe tive. Daqui de onde estou, decifro cada um dos sinais da perturbação deles. Estão no sono, estes meninos que se vão já fazendo homens e se parecem consigo, mas dormem de órbitas vazias e com o corpo enrolado a um canto do beliche. Têm frio. Sentirão para toda a vida esse frio, porque você já não vem aconchegar-lhes a roupa à volta do pescoço, como dantes fazia, e porque talvez este

Inverno já não tenha cura nem remédio sem o peso, a sombra e os ossos das suas mãos. Durante muitos anos, habituei-me a vê-lo passar pelo quarto dos seus filhos, antes de vir ter comigo à cama, ficar um minuto a ouvir a respiração no escuro, tapá-los, dar-lhes um beijo brinca-lhão na orelha – compreendendo que isso era importan-tíssimo para si: ambos eram feitos à imagem e semelhança do pai, dormiam com outra tranquilidade mas estavam vivendo uma infância feliz e em tudo diferente da sua. Como será agora para eles sonhar com o dia, estar na casa e no mundo e não saber explicar a sua ausência?

Quanto a mim, miro-me na fadiga dos olhos, no fundo dos copos de uísque, na falsa transparência do vidro e de todos os líquidos, e sobretudo na arte de curar os males dos outros estando embora doente do mal que me vem ainda de si.

Tem um destino de mar a cumprir? Ninguém poderá impedir o meu homem de correr: está de novo descalço na sua Ilha. Levou consigo o tempo e o vento e os barcos e a ideia que tem deles. O curioso que foi, amor, ver como chegou à minha vida o animalzinho político que nunca fora possível conhecer nos rapazes da minha terra! Habituei-me a ter aos pés um cachorrinho que latia contra o regime. Fazia-lhe uma festa no lombo, falava-lhe de mansinho e via-o sossegar. A minha mão apaziguava-lhe a revolta, o medo e o ciúme sobre a coragem dos outros. Porque os outros eram sempre seus amigos e tinham sido presos. Sofriam torturas, interrogatórios nocturnos, os julgamentos dos tribunais plenários. E rilhavam o dente, iam para o exílio ou para os cárceres, eram os seus e tam-bém os meus heróis perseguidos. Quando enfim os solta-vam, eu via-o correr de pronto, em busca do estranho pormenor de cada uma dessas vicissitudes. Ouvia-as em transe e vinha para casa a correr. Chamava-me ao escritó-rio e punha-se a descrever o horror de um país silencioso e sombrio. Em transe, despeitado pelo ciúme dos seus heróis políticos, imaginava revoluções, golpes de Estado, execuções sumárias, uma grande fúria popular capaz de chupar os ossos e os olhos torcionários... O pior é que você, passada que era essa fúria canora, enchia-se logo de apetite: comia e bebia à coragem dos mitos e dos mártires, turvava à pressa a consciência do seu corpo livre e seguro – e qualquer coisa de muito nostálgico latia lá no fundo, no estômago do meu cachorrinho. Sabe o quê, amor? Nunca ninguém viera de madrugada bater-lhe à porta, arrancá-lo à cama, devassar a minha intimidade e levá-lo para Caxias. Com o passar dos anos, acontecia-lhe a infelicidade de não ser preciso exigir que o libertassem. Tinha a pouca sorte de ficar vendo o rio que passava perante os seus olhos, sentado na margem, sem ter sido uma única vez levado até ao delta da coragem que às vezes significava a morte, o exílio ou o tempo parado para além dos muros e das torres de vigia dos Fortes de Peniche ou Caxias. A sua era uma consciência tranquila e ao mesmo tempo aflita dessa aparente tranquilidade. Tinha, obviamente, os poemas e os artigos de opinião banidos pela Censura. Assinara todos os protestos contra o regime. Fizera vigílias contra a guerra colonial – mas nenhum livro seu fora retirado do mercado e nunca ninguém se lembrara de vir prendê-lo. Nem sequer é certo que alguma vez o nosso telefone tivesse estado sob escuta, porquanto você praguejava, lançava desafios de morte à Ditadura. E contudo nunca um miserável polícia à paisana dobrou a esquina, subiu ao terceiro andar do prédio ou andou por aqui espiando os rafeiros que vinham celebrar consigo as quermessezinhas da oposição ao Ditador. Não sei, nunca soube a mim mesma explicar a origem ou a finalidade desse estranho masoquismo do meu animal político. No tempo mesmo em que você esteve em idade militar, nunca chegou a sua vez de desertar. Jurava, isso sim, que ia ser refractário, caso lhe coubesse a contrariedadezinha de ir combater na Guiné. Vi-o sair para as noites do protesto, distribuir os papelinhos amarelos da Resistência, ser um sonâmbulo que levitava na surdez dos mártires da Capela do Rato. Por ordem sua, recebi em nossa casa barbudos perseguidos, em cujos olhos eu surpreendia sempre um estranho pânico de meninos. Chegavam, partiam, e você perdia todas as apostas que o dariam preso ou alvejado a tiro na travessia da fronteira de Espanha.

No dia em que lhe coube a manhã da sua ida para Mafra, fui despedir-me de si à estação do Rossio, chorei perdidamente no seu ombro e tive pena da sua cabeça rapada de recruta. Lembro-me de ouvi-lo repetir a palavra exílio, de o ver pronunciá-la de dentes cerrados – mas como a sua vida se transformou numa sucessão de fins-de--semana fora do quartel, perdi depressa a esperança de vir um dia a viver consigo uma aventura no exílio. Adorava poder ir juntar-me a si a Paris ou Estocolmo, ser a sua paixão secreta durante muitos anos e depois regressar consigo de mão dada na manhã da Revolução dos Cravos. A minha vida nunca foi aplaudida por uma qualquer multidão, dessas que no dia 26 de Abril de 1974 erguiam os dedos da vitória sobre o fascismo em Portugal e nos dedos tinham cravos, ódios, delírios de sonhos e que vinham venerar nos exilados a pátria martirizada. Limitou-se a agradecer a minha existência, as alegrias do meu corpo na intimidade – e isso no decurso de um tempo longo, longo e sempre seguro. Afinal o meu animalzinho político nem sequer foi preso, ao contrário dos meus receios e das suas expectativas. Não foi de resto mobilizado para a África nem desertou da tropa. E foi quase trágico assistir de lado ao remorso de o ver sentir-se na pele de um inútil deste povo inútil. Apenas um homem lúcido, pela simples e estúpida necessidade de ser lúcido!

Na manhã da Revolução, despediu-se à pressa, correu à Baixa a ver os soldadinhos rapados, friorentos e atónitos que recebiam os vivas da Revolução no grito histérico das multidões. No Largo do Carmo, assistiu em êxtase à rendição dos ditadores. Não sei se denunciou à tropa «elementos suspeitos», se perseguiu pelas ruas informadores da polícia política, se esteve no Forte de Caxias para abraçar os presos libertados. Disseram-me, sim, que triunfou nos primeiros comícios da liberdade. Foi a Santa Apolónia e ao aeroporto receber exilados sorridentes, rosados, cheios de saúde e com os dedos abertos num grande V de vitória. Mereceu, eu vi-o, a condescendência das câmaras de televisão, num depoimento memorável, ainda que um tanto arrevesado, acerca da Grande Noite dos Quarenta e Oito Anos. Por mim, que deixei de saber de si durante dias e noites seguidas, pensei que o meu homem fora finalmente eleito e se transformara no herói da Causa Popular. Começou a vir a casa só para tomar banho e mudar de roupa: se lhe perguntava como iam as coisas nos centros decisivos ou nos sítios mostrados pelas câmaras televisivas, você confidenciava-me apenas que o país estava mudando. O país estava mudando como? Em que sentido e em que direcção? A isso, você nunca respondeu.

Falhou, penso agora, cada uma das elementares noções dessa mudança, amor. Quando pretendeu saltar sobre a vala da mediocridade, falharam-lhe os pés, estatelou-se ao comprido, no lodo teórico e demagógico, e na lama de que sempre ferveu o seu imenso remorso de não ter sido mártir da Ditadura nem herói da Revolução. Ao fim e ao cabo, ninguém o conhecia. Pôs-se em bicos de pés, à porta dos partidos políticos, a ver se alguém o convidava a entrar, se podia ser útil e necessário à Democracia. Os compadres não o quiseram do lado de dentro das coisas. Os polvos, sim, estendiam-lhe os braços, agarravam-no pela cintura nas manifestações de rua – e era nisso que a sua bravia e imoderada consciência de revolucionário repousava!

E pensar eu que havia de ler tudo isso depois, em cada um dos seus pequenos e apressados e tumultuosos livros de ficção! Sim, porque de tudo sobra ainda a mentira dourada e vitoriosa dos seus romances, como sabe. Neles, exaltou todas as mulheres por mim, e eu por todas as mulheres portuguesas, exactamente como no tempo em que me deu a mão e foi mostrar-me e ensinar-me a segunda verdade dos barcos atracados em Alcântara. Cantou a Mulher, dizem. Restituiu-lhe a grandeza luminosa e primitiva, como deixou escrito um crítico manhoso que depois veio a nossa casa jantar e levou o tempo a estudar-me através da miopia de uns óculos sensuais. Mas comigo, aqui dentro desta e de todas as casas onde morámos, foi sempre um tosco, um homem abrutalhado que se deixava acidificar no egoísmo das cadeiras cómodas e na preguiça das longas manhãs na cama.

Nunca mexeu um dedo para arrumar um objecto, mesmo quando fora você a retirá-lo do lugar. Para fazer torradas, quando eu estava doente, além de não ter jeito para nada, nunca soube onde estavam o pão, a manteiga, o mel ou os pacotinhos do meu chá preferido. E não há memória de si nos *bibelots* que agora me rodeiam. Nunca houve. Nem sequer as suas dedadas. Mas existe este ar respirado e devolvido pelos seus pulmões. Existem os cheios, os ecos das suas palavras. A sua sombra. O tempo parado. E um exemplar de cada livro seu, por cujas dedicatórias venho agora a saber que você ia ser meu no melhor e no pior, na saúde e na doença, para a vida e para a morte...

E então a outra, a pior e única mentira dos seus livros, amor? Todos exactos e comprometidos com a paixão dos pobres, é certo – e afinal aqui, dentro da sua casa, só bebia vinhos caros, esponjava-se no uísque comprado e trazido por mim, vertido das garrafas que os doentes agradecidos vinham trazer-me aos domingos de manhã porque eu os salvara de morrer. A gente da Literatura tem um discurso sublime quando está de copo na mão e a palavra se lhe turva nos beiços engordurados. Os literatos e os aprendizes de escritor pertencem insuperavelmente à casta eclesiástica dos sermões, da moralzinha para os outros: vi-os passar, no decurso destes vinte anos, pelos meus jantares e assisti à gula, à falta de educação, ao seu desprezo por mim e pelo meu silêncio. Era a «sua» gente da Literatura, amor. Pacóvios promovidos a intelectuais. Salvadores da humanidade que vinham a nossa casa encher a barriga e dizer mal de gente que, como eu, não lera Sartre nem Marx, não estava a par do «boom» latino-americano e desconhecia os furiosos triunfos da nova ficção portuguesa!

Quanto a si, franzia o nariz perante a repetição, a frugalidade ou o improviso das minhas refeições e chegava a ameaçar-me com uma fuga para o restaurante da esquina. E eu tão parva: acreditei que talvez se fosse embora da minha vida e acabasse por me deixar sozinha. A Revolução ameaçava todas as mulheres portuguesas com o divórcio. Estava na moda destruir o casamento e deixar no abandono aquelas mulheres tristíssimas que haviam sido destruídas, submersas no pântano do amor que já não se move sequer à superfície da água. Pensava eu própria que, sem você, os dias e as noites desta casa me remeteriam a uma viuvez semelhante àquela que você ia emprestando às mulheres solitárias dos romances. Tenho, de todas elas, a sombra pálida. O colo vazio. Não porém o corpo nem a boca faminta, nem o olhar pisado ou a pobreza dessas viúvas dependentes. Conservo intacta a minha arte de ser viva, amor. Viverei novas paixões, estranhos desafios e sortilégios, sem dúvida. E regressarei sempre ao dia em que você veio, pegou-me na mão, beijou-ma, pediu que me sentasse e o olhasse bem fundo nos olhos. Precisava apenas do meu acordo, disse. Decidira abandonar o emprego e deixar de ser professor. Queria dar tudo o que havia de explosivo dentro de si, viver apenas da escrita e para a escrita dos seus livros. Além dos inúmeros projectos que trazia na cabeça, ia sendo finalmente possível viver da Literatura em Portugal. Deslizei consigo para o interior desse sonho, como sabe. Deixei que ele viesse envenenar-me. Sem suspeitar que, no mesmo dia em que lhe dei o sim e fiz questão de dizer que acreditava no seu talento, você ia dar o salto, fugir-me, viver glórias, sucessos e países diferentes do meu e deixar de pertencer-me. Ia também tornar-se numa espécie de dinossauro vaidoso e temperamental. E ia passar-se para o lado da noite, para as contínuas viagens sem mim, para aquilo a que deixou de chamar «a minha obra» e passou a designar por «a minha vida». A sua vida em troca da minha?

Agora, posta de novo neste sossego, imagino ter sido devolvida ao limiar de mim mesma. De rosto levantado, esperando a manhã. Mas será que volta a existir uma manhã de glória, azul e viva, primordial e definitiva como aquela em que nada ainda estava morto na paixão e no mundo do nosso casamento?

4. Uma Cama no Centro do Mundo

A nossa lua-de-mel, logo na primeira noite de núpcias, foi vê-lo abrir muito os olhos sobre mim e assitir ao modo como neles passava a contemplação da minha nudez. Trémulo de espanto, num êxtase, não soube como agradecer a presença e o reencontro da Mulher com a sua vida.

Estava-se no tempo das virgens preciosas e austeras. No tempo em que a virgindade representava o melhor no enxoval do noivado, a profecia dos matrimónios felizes. Por isso, nunca lhe falei da minha desilusão acerca da sua excessiva timidez de ex-seminarista. Tornara-se-me claro que ia desposar um padrezinho travesso, todo ainda muito religioso quanto ao sexo e a quem não assistira sequer a perversãozinha de estender a mão e vir apalpar-me os seios à boca do confessionário. Não soube nunca como teria sido importante para mim resistir à malícia e ao desespero da sua puberdade. Esperei sempre que viesse do eixo do seu corpo uma espécie de rolo, um sismo que ameaçasse de morte o pudor da minha virgindade. Se tivesse sabido forçar-me a ir para a cama consigo, outra seria a cumplicidade, o momento transgressivo da nossa dádiva recíproca. Eu ter-me-ia passado de forma mais inteligente para o interior do seu mundo. Assim, fui-me resignando à investida das suas mãos nas sessões de cinema, nos vãos de escada de quando nos abrigávamos da chuva, nos elevadores e nos bancos vigiados dos jardins. Resistia-lhe, amor, como às propostas maldosas do chefe dos serviços clínicos, que insistia em ir mostrar-me os segredos das câmaras escuras dos raios X, e corava em frente de si da mesma forma que o fazia perante as súplicas, os piropos corteses ou grosseiros dos médicos estagiários que me levavam a tomar chá no *Toxinas* de Santa

Maria. Faltou ao nosso amor a loucura de ter sido sua no quarto emprestado por uma amiga, um desses quartos independentes, com porta para a escada, e cuja ordem interior seria vigiada de ouvido por uma qualquer viúva de Lisboa – possivelmente até a velha usurária que lhe alugou um cubículo sem janela e lhe emprestava pequenas quantias a juros. Em vez disso, você transformara-se num ratinho pontual e servil. Ia esperar-me ao átrio do hospital e suspirava de alívio: não vinha nenhum estagiário a acompanhar-me, estava sempre mais bela do que nunca, e o meu ratinho estendia-me de longe um sorriso frouxo mas feliz. Recebia então um beijo esquivo nos lábios fatigados, descia de mão dada consigo – e depois o amor era sentar-me a seu lado no autocarro, ouvir o contínuo elogio da minha beleza e estar no centro de um transe que não tinha fim na sua adoração. Não estava apenas apaixonado. Sentia-o doente de mim, possesso de uma estranha coita de amor que o tornava platónico, quase um místico do meu corpo. Por isso, não coube em mim de surpresa na tarde em que conseguiu finalmente erguer a cabeça, olhar-me nos olhos, comovido, nervosíssimo, e propor-me casamento. Chovia torrencialmente, você ia ser desmobilizado, escapara por milagre à guerra da Guiné e enchera--se de projectos quanto ao futuro: voltaria ao antigo emprego medíocre, recomeçaria os estudos e ia precisar mortalmente de mim...

Além de o ser das virgens, era um tempo de fadiga sem glória. Os Beatles e os *hippies* erravam pelo mundo, muito longe de Portugal: aqui, as flores murchavam nos cabelos. Lá fora, produziam-se lentamente os tumultos surdos, os dias proibidos da esperança: cantavam-se hinos que diziam *Make love, not war* mas você continuava a recitar--me versos que falavam de amantes perseguidos, desertores, exilados sem nome e soldadinhos que regressavam numa caixa de pinho. Explicou-me os vietnames, os biafras, as crises israelo-árabes, os maios de 68 e tudo o que afinal o seduzia e perturbava: um tal Guevara havia-se convertido no seu novo cristo-mártir, os americanos tornavam-se-lhe horrorosos nos pântanos e nos arrozais bombardeados, os russos haviam esmagado uma rebelião pacífica na Checoslováquia. Nunca soube porque me dizia tais coisas, se afinal na nossa primeira noite de núpcias fui a sua virgem-mãe e fiquei a ouvi-lo chorar abraçado à minha nudez. Dizia-o para me tornar cúmplice, como a censurar o meu modo distraído de viver sem esse compromisso com o mundo e o inferno dos outros. Na verdade, limitei-me a ouvir a memória dos seus ressentimentos contra a vida. Você chorava abraçado a mim porque ninguém da sua família se lembrara sequer de enviar um telegrama a desejar-nos felicidades. Ainda que sem motivo, todos se tinham posto mal consigo e com a sua distância, com excepção de mim. Sua irmã Amélia partiria em breve para Angola, deslumbrada pela riqueza desse continente primitivo onde afinal nada acontecia: as nossas tropas partiam apenas em missão de soberania e para restabelecer a ordem; Portugal defendia em África a civilização ocidental e não se podia chamar guerra a esse equívoco de armas de que se morria infinitamente menos do que nas estradas portuguesas. Não viera dos Açores um miserável presente de casamento, uma toalha de linho bordada, um envelope com dinheiro, um jogo de copos ou um serviço de café para a parte alugada daquela casa escura onde íamos iniciar as bodas malditas de uma vida ignorada por duas famílias desavindas. Pela primeira vez, papá decidira castigar-me com um silêncio definitivo acerca da minha união consigo: contra a vontade dele, eu não casara com um príncipe. Ia viver com um homenzinho que apenas me prometia o sonho dos livros, a inteligência da política e sobretudo o mau gosto de o tratar de longe por colonialista, negreiro, cafre e fascista. Quanto aos seus, distraíram-se do pequeno pormenor da sua existência lisboeta, habituados a pensar que fora uma mera fatalidade ter-lhe perdido o rasto. Começavam a debandar para o Canadá, levados por seu pai para escaparem à tropa e à guerra ou chamados pelas irmãs que haviam casado com os «americanos» dos Açores. Esquecidos da sua realidade, limitaram-se, pela vida fora, a escrever-lhe cartas para mim incompreensíveis e que aludiam ao triunfo e às lágrimas. O pior dessas cartas, amor, foi que acabaram mesmo por ser omissas também a meu respeito: não perguntavam sequer por mim, se porventura era feliz consigo, se era boa ou má a minha vida ou, pelo contrário, era apenas a vida que você queria...

As fotos do casamento e do copo-d'água com os nossos doze convidados mostram-me ainda um rapazinho tenso e desnecessário, com as veias da testa salientes, prestes a estoirar, e os dedos trémulos. Numa delas ergue um copo à assistência: não soube sorrir e vê-se que a mão oscila nesse gesto de levantar o cálice, como na primeira missa. Numa outra, dança comigo, atrapalhadíssimo de pés, e o corpo enviesado sobre a noiva é de uma magreza inesperadamente ossuda. Numa terceira, há os poucos amigos desse tempo de Lisboa: dois ex-seminaristas de sorriso imberbe, um rapaz em idade militar que fora já mobilizado para Moçambique, três escritores ridículos, mal vestidos, talvez profanos e irónicos nessa cerimónia, pois passaram a tarde a dizer mal de todos os escritores do país. Não me foi difícil decifrar nos risinhos deles o ar sibilino de quem predizia já os despotismos do matrimónio. A nossa geração pode ter inventado o divórcio e ter esquecido os malefícios da Ditadura e da guerra colonial. Mas dificilmente não perdeu o direito a ser amada e compreendida pelas gerações seguintes. Perdeu pelo menos o direito moral das revoluções. Não dignificou o país, a manhã dos cravos e a liberdade do 25 de Abril: vive hoje a carpir-se das oportunidades desperdiçadas, a morder entre dentes a impotência de não ter feito o próprio destino. E isso era já previsível no desleixo, na leviandade com que todos se apresentam ainda nas nossas fotos de casamento. O portugalzinho dessa geração está agora no final dos anos 80, vai mudar de década e de século não tarda: resta-lhe entrar numa Europa metafísica, só dos outros. Deixou-se de África e Ásias, de onde lavou as mãos como Pilatos, e resignou-se já a ser tangido pela insólita inteligência dos *yuppies*. Entre o preconceito e a nostalgia dos divorciados como eu e você, amor, há um país que não existe: aquele que necessita de ser inventado por escritores ressentidos, parlamentares ociosos e presidentes da República que são uma espécie de mata-borrão de duas gerações reformadas – os divorciados e os filhos dos divorciados.

A minha vida, junto de si, foi ensinar-lhe como devia viver o Natal e devolver-lhe, um por um, todos os símbolos da família. Ensinei-o a celebrar o dia da mãe, os seus, os meus e os aniversários dos nossos filhos. De certo modo, cumpriu-me a mim dizer-lhe quando devia estar alegre ou triste, ser igual a si próprio ou condescender com os outros – na mesma casa em que se foi distraindo de tudo e correu o risco de esquecer que era meu marido e meu amante, pai de dois filhos e herói de uma causa que nunca ninguém compreendeu a preceito. Eduquei-o, fiz de si o meu primogénito, consegui que por vezes deixasse de ser o bom-selvagem da Literatura e fosse capaz de falar de coisas mesquinhas: afinal a Terra continuava a andar à roda de um eixo, os livros não eram o centro do mundo e a sua cultura filosófica não ia além de uma simples nota de rodapé à vida que eu tanto quis viver consigo. Irritava-me imenso que você não soubesse sequer disfarçar o tédio perante a visita das minhas amigas, que não eram cultas mas estavam vivas; se esquecesse de cumprimentar os vizinhos ou de lhes dispensar uma pequena conversa à entrada para o prédio. Transformou-me na sua censura permanente, sempre a querer intelectualizar-me à força, sendo somático e temperamental, apenas suspenso da contínua tragédia de um país quotidiano, jornalístico e tão conventual como as cerimónias do 10 de Junho. Pergunto-lhe onde estão os heróis. Os heróis são agora velhotes rabugentos que acompanham o Presidente às cidades de província e depois recebem a comenda da liberdade. Que culpa tenho eu desses sombrios antepassados do nosso tempo?

Comecei por fazer de si um homem e por me separar da ideia romântica de viver em companhia de um menino astuto, para quem contava apenas o tédio de viver de empregos mal remunerados, da irresistível tentação literária e de uma ingénua vocação para a política. Claro que ia mudar o mundo, como se impunha a qualquer visionário. Disse-mo em 1969 e em 1973, nas campanhas da Oposição Democrática. Disse-mo no dia em que chegou a casa e o Ditador tinha morrido; no dia em que apareceu com o vergão de um *casse-tête* no pescoço, e sobretudo no dia 25 de Abril de 1974. O mundo esteve sempre e sempre para mudar, desde o tempo em que você o combateu pela escrita dos primeiros escritos de opinião que o lápis azul da Censura ou o próprio chefe de redacção devolviam, por serem temerários, falhos de talento ou não tão sibilinos nem subtis quanto o exigiam a inteligência dos censores. Esteve para mudar nos poemas, na primeira novela que a polícia política afinal nem sequer intentou apreender – e, mais tarde, em cada um dos romances, sobretudo naquele em que todos viram, excepto eu, a caricatura de um país mitológico e intemporal...

Fazer de si um homem foi encorajá-lo a retomar os estudos: não ia permitir que você se transformasse num adversário fácil, desses que se armam em heróis e acabam por nem merecer o título de mártires, mas de vítimas estúpidas da própria cegueira. Obriguei-o a ir ao Liceu Camões e a ser excelente na sua opção pelas Letras. Fui eu própria matriculá-lo no exame de admissão à Universidade, certa de que só assim conseguiria mergulhá-lo na vertigem dos livros. Na verdade, o meu homenzinho obediente e sensível ganhou essa e todas as minhas apostas. Fazia tudo por mim, desde essa noite de núpcias em que, depois de chorar tudo e todos, já exausto, adormeceu-me no ombro, sonhou decerto com a nudez deslumbrante da sua virgem e começou a alimentar-se de mim.

Passámos o dia na cama a comer os biscoitinhos e os doces da boda e arrulhando um ao outro como os pombos – finalmente casados e agradecidos. Amou-me inúmeras vezes. No banho, brincou comigo como um pateta, esguichando-me nas costas e na cabeça o chuveiro posto no máximo. Ensaboou-me, esfregou-me as costas e fez questão de me enxugar a um turco leve, aveludado como a ternura das suas mãos. Estava então estudando em mim uma anatomia que lhe fora sempre desconhecida. Tão virgem quanto eu, pôs-se a estudar-me os seios, as nádegas e as coxas. Quis ver como era uma vagina por dentro, que direcção tomava o arco a que pela vida fora foi dando a designação de «búzio» e no qual devia fazer entrar o seu membro vermelho. No fim desse exame minucioso que começava a excitar-me, tomou-me em peso nos braços delgados e musculosos. E, pondo-me na cama, iniciou comigo a grande festa do corpo. Só um poeta me diria as coisas lindas, as palavras e imagens que se escrevem mas ninguém ousa dizer. Qualquer coisa de muito luminoso brotou de si e fez com que não me doesse a entrada do seu animal erecto no meu búzio. Apenas um arrepio me dizia que chegara ao fim o meu tempo de virgem. Uma espécie de soluço no interior das minhas virilhas, depois o pulsar do membro, a convulsão do seu orgasmo, o calor de um veneno ácido e a força da sua paixão nesse dia de glória. Seis vezes consecutivas, recebi o sismo dessa energia. À sétima ejaculação, estava insuportavelmente dorida, quase destroçada, ao mesmo tempo feliz e exausta. E nos dias que a esse se seguiram, vivi entre o sonho e a realidade. Não tinha fim essa nobre febre, a força do seu membro. Enchera-se de música a arte com que me amaram a ternura, a poesia, a inteligência e a paixão do meu homem. Valera a pena ter sido a virgem de todos esses anos, viver uma lua dolorosa e estar finalmente casada com a sabedoria. Apostara no seu mundo e sentia que não estava, não estaria nunca arrependida de ter trocado o Bem dos outros pelo Mal que me viera de si. Só não sabia, amor, que um e outro coexistiam na sua ambiguidade como um veneno duplo, vindo das asas do anjo e do corno do diabo. Disse-mo o primeiro amante, aquele que me vingou da ofensa das suas mulherzinhas tontas. Dir-mo-ão decerto os amantes a que não poderei renunciar. De perto e de longe, ontem como hoje, amor, nos fomos ferindo. No tempo do ódio e do corno...

5. A Discussão e a Luz

– O pior de si, Marta? Quer mesmo saber o que se me tornou insuportável em si? Sem dúvida o narizito arrebitado. O modo como nunca deixou de farejar em mim o homenzinho lunático, suspeito e inferior. Não sei por que motivo me quis sentado na sua vida, convertido num doméstico bovino, só para vegetar da preguiça e da erva do seu ócio. Não logrou compreender que o mundo foi sempre dramático na minha cabeça. É certo que o sentia pulsar, mover-se à sua volta. Mas não quis perceber a diferença que existe entre o sangue gelado dos lagartos e a energia que alarga as veias, queima a pele por dentro, o nervo e os ossos do homem.

– Compreender como, se afinal corríamos um ao lado do outro e não sabíamos para onde nem por que motivo estava sendo preciso correr: levados pelo cisma de uma competição que exigia de si a certeza, a prova de que era em tudo melhor do que eu: sábio, inteligente, sensível em extremo, de uma sensibilidade feminina, de adolescente. Veio correndo de trás para a frente, dos anos em que cumpriu oito horas diárias na repartição: tomava o Metro, depois o autocarro para a Cidade Universitária, e perdia-se nas aulas nocturnas, nos intermináveis seminários da Linguística e da Semiótica Literária. Recebia-o cansado, cheio de olheiras, mas ainda assim tenaz e atencioso comigo: de dia para dia, ia-se pondo à minha altura. Licenciado, erudito e útil. Ao fim de muitos fins-de-semana em que se esqueceu de mim e dos meninos, e se perdeu com os colegas de curso nos trabalhos de grupo, chegou meio embriagado. Pôs-se a desembrulhar o rolo, exibiu-me o seu canudo universitário e eu comecei a detestá-lo: ia iniciar uma segunda corrida. E ia obrigar-me a correr consigo a meu lado, sem saber onde era a meta ou onde nos levava esse despique…

– Detestou-me por isso, Marta. O meu diploma de curso feria de morte e de ciúme a magia do estetoscópio, o olhar com que por vezes policiava o meu corpo e a falta de grandeza da minha vida. Não queria ser um medíocre protegido por si. Você não suportava que eu passasse a diagnosticar-me pelo sonho, não pela espada do anjo cirúrgico que vinha tomando conta de mim como de um objecto frágil que parecia depender apenas das suas drogas.

– E por isso começou a acusar-me de ócio, de ser uma mulher sentada no rumor, na mudança e no triunfo do seu homem. Pude aperceber-me disso no momento em que, não estando ainda à margem da sua vida, você me reduziu a uma forma parada e adquirida. A Medicina nunca fora a minha filosofia, nem mesmo a minha arte de estar viva. Quando me fiz médica, como sabe, estacionei na gare das visitas de fim de curso. Passei a circular na periferia do seu mundo. Cumpria passagens apressadas pelos corredores do hospital de Santa Maria, as horas de Clínica e as avenças da minha medicinazinha do trabalho. Fazia-o por si, para merecê-lo nesses lugares certinhos como sacrários, e para que não lhe faltasse nada. No fim de cada mês, surgia-lhe com o meu saco de dinheiro. Via-o sorrir, ficar bem-disposto, e sabia que aí estava um bom motivo para que você estivesse feliz e continuasse casado comigo.

– Consigo, sim. Não com a mundanidade nem com a prepotência do seu dinheiro: as extravagâncias que me encolerizavam, a generosidade de ver em mim um ser inferior, mal vestido, mediocrizado por um salário público que fervia como um crime ao lado da sua abundância. Fingíamos viver não dessa minha derrota mensal e quotidiana, mas da sua rigorosa ascensão social e da complacência de dois filhos atónitos a quem nunca foi possível explicar o inexplicável.

– As pessoas da sua ideologia, Nuno, toda essa gente da Literatura e das Artes, sofrem horrores com o dinheiro. Na mão dos outros, é um animal maldito e injusto, o vício dos vícios e o crime de todos os crimes. Quando o possuem, fecham-no num cofre chamado remorso, perdem a dignidade da pobreza e ofendem-se mortalmente quando alguém passa a considerá-los burgueses. Aconteceu consigo. Quando subiu na vida e se transformou também numa máquina de ganhar dinheiro, fez questão de acabar de vez com os domingos pontuais em que íamos almoçar fora com os meus honorários. Deixou de gostar da voltinha saloia no meu carro e não mais suportou as idas ao jardim. Os meninos, levava-os eu a brincar, como quem solta dois cachorros que necessitam de ir fazer chichi. Terminava aí o tempo em que você me foi fiel em casa, nos corredores da Faculdade e do emprego, de quando ainda me telefonava duas vezes por dia a dar-me um elogio e a garantir-me que continuava a guiar-se pela minha estrela.

– Fiel, Marta, e apaixonado e feliz, mas não sob a batuta da sua mão poderosa e astuta. Queria deixar de ser o seu pássaro e de espiar o mundo com a cabeça de lado, por entre as gretas da sua gaiola. O seu amor não podia ser essa alpista pontual e caridosa, um veneno necessário que enchia o papo mas não o espírito de quem nascera pombo. Queria-me fechado, ainda e sempre doméstico, para que o meu fosse um amor agradecido, feito de vénias, carícias distraídas e limões amargos. Podia fechar-se um pombo, obrigá-lo a coexistir com pássaros, pequenos luxos, horas certinhas, harmonias amarelecidas pelo ciúme – só para que você pudesse orgulhar-se de ser amada, obedecida e sempre tão maternal comigo?

– Digo-o de outro modo, amor: o meu professorzinho distinto e expedito ia iniciar-se na feitiçaria docente e nos livros. A Literatura não tardaria a absorver a paixão, o encanto daquele que aprendera a navegar nas águas da divina, insondável criação literária. Suportei sem desdém os dias desse professorzinho cumpridor que então se propunha ser diferente do meu desleixo. Mas quando começou a escorregar-me por entre os dedos, a ser a enguia sábia e a considerar-me tola e frívola, tudo se tornou contraditório em si. Ensinara-me que os escritores eram seres polidos e tolerantes? Pois bem, ei-los todos na minha frente. Além de feios e mal vestidos, dizem mal dos outros, reduzem críticos que já foram inteligentes à categoria de idiotas. O comum das pessoas, na garganta deles, não passa de uma deglutição difícil: gentezinha sonsa, privada de talento e não iluminada por nenhuma graça. Essa gente da Literatura, amor, ensinou-o a censurar-me a ignorância, a preguiça de ler um livro ou grandes artigos de fundo num miserável jornal político. A essa parte que em si ruía, amor, quisera eu dizer que não era preciso conhecer a fundo o conflito Irão-Iraque ou o problema palestiniano para ser pessoa e merecer ser tratada de forma inteligente. Nunca foi claro para mim que isso da *perestroika ou* do *apartheid* fosse tão indispensável ao meu amor por si como a arte de lhe sorrir e o prazer de o receber na minha cama...

– Os burgueses esquecem tão depressa, Marta! Fazem-no por conveniência e por instinto de segurança. Por defesa também. Você transformou-se numa burguesinha amnésica em relação a tudo o que vinha do meu passado. Nunca mais se lembrou de nada: de como eu fora pobre e descalço na minha Ilha, de como crescera no tempo político de Lisboa. Tinha direito à minha memória. Um dia, ao fim de muitos anos de casados, vi claramente que você ainda não me conhecia. Foi quando desviou os olhos da televisão, chamou por mim e teve a inocência de perguntar-me quem fora De Gaulle e o que acontecera no Maio de 68.

– E então você irritou-se tremendamente comigo, como se o tivesse ofendido. De novo bronco e grosseiro, gritou que já não tinha pachorra para ver em mim uma rapariguinha tonta, dessas que respondem aos inquéritos de rua e nunca ouviram falar em nada. Do Salazar e do Caetano, da guerra colonial e do 25 de Abril, da Pide e da Censura. Faltava-me apenas mascar a pastilha elástica, sorrir de forma idiota para as câmaras e agitar um dedinho sensual para dizer «ciao». O meu homem de luxo começou a desdenhar de mim: não ia pôr-se a explicar-me o que fora, o que sofrera, o que tão profundamente envenenara a «sua» geração.

– Casara com uma lojista ou com uma costureirinha parva. Custava-me admitir que uma médica fosse capaz de ficar-se pelas revistas das donas de casa, lendo a vidinha das suas vedetas, conhecendo até ao osso os gostos, os caprichos desses ídolos que moravam em grandes casas restauradas e tinham a pouca sorte de serem ricos, fúteis e ainda mais ignorantes do que você.

– Todo o mal que eu lhe desejasse, Nuno, era que fosse casado com uma daquelas furiosas, feíssimas e soberbas intelectuais de óculos quadrados e nervos histéricos. Você merecia morrer de tédio ao lado de uma mulher estéril, apaixonada pela ópera. Uma mulher que levasse o tempo a ouvir Bach e Beethoven com o som no máximo, a espantar as visitas e os vizinhos e a guardar ciosamente a intimidade de dois corvos tristonhos e eruditos. Faltou à sua mulher de luxo o enfado de ficar torcendo por si, embrulhada nas mesmas angústias. Quando os jornalistas o zurziam, você ficava com uma imprópria cara de urso, todo muito mal-humorado, sem querer ir à rua para que não viesse alguém rir-lhe na cara. Enxotava-me para longe, para não repartir comigo a vicissitude dos livros. Quando eu dizia «os seus negócios», interrompia-me com um gesto abespinhado e corrigia de pronto: «a minha vida, se faz favor». E eu tão parva, que acedia a que você continuasse a convidar para jantar gente possivelmente inteligente mas que não mereceria nunca o meu perdão. Quando não vinham, telefonavam sempre em cima da hora: acontecera um percalço qualquer e pediam desculpa. Tinha passado a tarde na cozinha, esmerara-me no bacalhau com natas e nos doces, comprara flores e uísque, vestira-me e perfumara-me – mas essa gente da Literatura não tinha respeito por ninguém. Nas vezes em que vinham e eram pontuais, os serões enchiam-me de sono, de um sono tão mortal como o tédio das vossas conversas sedosas como punhetas de grilo – e depois os intelectuais iam-se embora embriagados, sempre prolixos, e nunca mais lhe perguntavam por mim. Não me bastava odiá-los, amor. Desejava que todos tivessem cornos, tumores nas tripas, verrugas tenebrosas nas asas do nariz. Como podia eu estar disponível e atenta, a fim de venerar o talento e celebrar consigo o triunfo dos livros? Em vez disso, deixara de pertencer, como dizia, à «sua» geração. Não herdara o tédio das tardes de domingo consigo a bordo, não precisava de comprimidos para dormir e de nada adiantava à minha felicidade atormentar-me com as traduções, as vendas, as críticas, toda a metafísica da sua carreira de romancista. Vivíamos de costas, em corredores distintos e em sonos desencontrados...

— Começou a dormir de borco, toda enrolada e com a cabeça envolta pelo travesseiro. Nesse modo fanático de dormir, via-se que desistira de ser qualquer coisa de concreto na minha vida. Voltou-se para os nossos filhos. Fez deles as suas bóias de salvação e perdeu-se em cuidados e suspiros, devorando-os com beijos que chegavam a ser despóticos como sanguessugas.

— E pensa que eu teria resistido a viver consigo, se não tivesse por mim os anseios dos meninos?

— Amava-os pelo lado comestível, só para alimentar a preguiça. Durante anos, coube-me a mim tirar-lhes as dúvidas, orientá-los nos estudos. Explicava ao Diogo a fotossíntese, os discursos directo e indirecto, as vozes passiva e activa, os tipos de rochas, as leis da Física e os sistemas económicos. Ao Francisco, preguiçoso e abúlico como você, gritava as noções do máximo divisor e do menor múltiplo comum, as equações e a raiz quadrada. E tudo porquê? Porque a mamã nunca estava para isso. Ou tinha esquecido tudo, ou então já não estava em idade de maçar-se com coisas absurdas.

— Se lhe dizia que cada um de nós devia ser como sempre fora e viver à medida da sua vocação, lá vinha de novo uma grande fúria. Dizia-me na cara que isso eram só desculpas. Dizia-o com ódio e aos berros porque já não estava na minha felicidade. Tínhamos entrado de novo em competição. O melhor de si chamava por mim, queria a minha comparência nos momentos em que a sua estrela brilhava no firmamento turvo da Literatura. Gostava de exibir a minha beleza, para que os outros o invejassem também por isso, pela posse e pela propriedade dela. A outra parte de si recusava-me esse fascínio e sugeria-me que ficasse em casa, com medo que eu fosse abrir a boca e destoasse da sua elegância literária. Ninguém aliás perdoaria a um escritor estar casado com uma dona de casa que se queixava dos pés, da espinha e da chateza dos discursos.

— Demorei muitos anos, Marta, a superar o fascínio da sua beleza, vinda do tempo em que você era mais do que um nome, uma casa e um hábito na minha vida. No dia em que olhei uma última vez para si, surpreendeu-me o facto de tudo estar extinto: o meu amor e a sua beleza física. Engordara de repente, sem que eu o tivesse notado. Jazia de ventre inchado, queixosa e sem luz no olhar ainda doce. As pregas da boca anunciavam o princípio da velhice. O pescoço enchera-se de roscas que avermelhavam a um simples frémito do sistema nervoso. Ia nascer-lhe um imenso bócio. O sorriso tornara-se intencional, ofensivo, ácido como uma ameixa. Ainda não arruinada, mas feia. De uma fealdade cínica, fria e invertebrada como a preguiça que se instalara na sua forma de conjugar o verbo existir.

— Tem razão: foi aí que você tomou de novo o freio nos dentes e nunca mais deixou de correr sozinho e de me magoar. O meu corpo ameaçado de ruína deixara de interessar-lhe. No seu, persistia ainda uma elegância disciplinada e amadurecida. O cabelo grisalho dizia bem com a secura dos ossos e tornava-o sedutor, talvez mesmo irresistível como a sua definitiva ascensão na Literatura. Sabia de resto que você aguardava o pretexto dos primeiros sinais da minha velhice para se tornar volúvel. Não lhe faltariam mulherzinhas frustradas. As mesmas que se divorciavam nos seus livros e que eu reconhecia já pelo cheiro e pelo ciúme. Via o desenho das suas bocas nas manchas de *bâton* das suas camisas. Adivinhava essas presenças nas noites em que vinha tarde, no tédio da boca, no modo como os olhos acusados fugiam dos meus e nos berros com que exigia que eu parasse de o aborrecer com tais disparates. Instalara-se em mim o logro de ter sido já a sua amante preferida e estar então reduzida ao papel da mulher que arde, suspira, espera em vão a noite e acaba por a atravessar de olhos abertos no escuro.

– Havia em mim uma certa forma de lhe querer e uma outra de me vingar permanentemente de si. Ia odiá-la, Marta, tão-só porque consigo o Amor nunca fora eterno.

– Ia magoar-me de morte. Diga antes que ia matar-me, ou matar em mim o que restava dessa arte de ser diferente de si e da sua crueldade. Ia magoar-me como uma presença estranha: não só não conseguia amar-me como não voltara a fazer amor comigo. Eu própria já não gostava de lhe dar a mão. Até isso começou a parecer-me ridículo: todos os meus dedos se tinham ofendido de uma forma invisível.

– Uma ofensa indiferente, vinda do frio da alma, mas que lhe passava toda pelo corpo.

– Não podia voltar a entregar-me a um homem que me dispensava uma atenção dividida. Aprontara-me aliás toda para o ódio. Sedenta de vingança.

– E cega como uma toupeira.

– Pior: com vontade de ser cobra e de me injectar com o meu próprio veneno.

– Errámos uma por uma, em todas as noções do pudor. Errei no orgulho, naquilo que devia ter-me obrigado a voltar atrás e a pedir-lhe que me perdoasse. Quereria prometer-lhe de novo as flores, se possível as do Bem, e libertar-me da sombra, do ódio que magoa, dos pequenos e quem sabe se inúteis remorsos.

– Errámos sobretudo o nosso tempo, Nuno.

– Quando dei por mim a correr atrás de si, você era a uma mulher irreversivelmente magoada. Às vezes lembro--me das vozes frias com que nos humilhávamos. De como tentámos não dar nada a perceber aos nossos filhos e nunca o conseguimos. Mesmo no silêncio do nosso quarto, acesos no escuro, lá estiveram sempre os olhos deles espiando-nos. Quando das nossas vozes se soltavam palavras malditas, as bocas deles torciam-se num pranto. Era dessa aflição que eu tinha medo, Marta. Pelos nossos filhos, e só por eles, eu teria feito um último esforço.

– Não pode ser verdade. Sabe perfeitamente que tudo se destruiu quando você tomou conhecimento do «outro» motivo. O único que nenhum homem português perdoa a uma mulher.

– Absolutamente. O caso é que você foi decidir-se não exactamente por «ele», mas porque eu persistia em ser o tormento do seu ciúme.

– Ainda assim, ter-lhe-ia perdoado todas as mulheres. Teria esquecido os males que me vinham de si. Pelos nossos filhos, entenda. Diria a mim mesma – repeti-lo-ia até acreditar – que nunca ouvira um único dos seus insultos. Não fora nunca vexada, ofendida, ferida no orgulho dessas vozes que eu atendia ao telefone e que logo desligavam, rindo-me na cara. Recomeçaria a seu lado, como na noite em que fui a sua virgem. Viveria depois as outras noites em que celebrei núpcias nocivas, feitas de promessas e esperas, e paixões que iam ser de novo eternas e valer para a vida e para a morte. Que amor imenso, Nuno, não teria sido o nosso, se pudéssemos ter pensado no olhar estarrecido, nos olhos solitários destes filhos. E que perdão tão grande e tão memorável, amor, caso você não tivesse sabido que viera um homem divorciado oferecer-me flores, sorrir-me com uma humildade muito diferente da sua e suplicar-me que tivesse pena dele.

Ao contrário de você, esse outro homem morria por mim. Se tivesse querido persegui-lo ou mesmo matá-lo, era só por mim que ele se deixaria morrer. Conhecia-lhe os suspiros e as súplicas. Amei nele essa morte doce, vinda ainda um pouco de si e da sua definitiva ausência na minha vida.

Agora, na mesma casa que continua a atravessar o tempo em frente de uma igreja, paira o espírito desse homem. Tem algumas virtudes carinhosas, tal como você. Diz-me que sou bela. E que teria sido perfeita se não transportasse em mim a maldição da sua memória.

Gosto tanto de ouvi-lo enumerar os meus méritos: diz-me que, além de mãe infinita, sou a mais grandiosa e a mais iluminada de todas as mulheres.

Quando ambos estamos de serviço na Clínica, ele convida-me para tomar café duas e três vezes na mesma tarde. Se almoçamos juntos no restaurantezinho que fica em frente e no qual você deixou há muito de aparecer-me, ele aproveita sempre para me falar ao ouvido.

Gosto imenso que me falem ao ouvido, sabe?

Diz-me que sou magnífica na profissão, na casa e na cozinha. E ao contrário do que talvez possa pensar, não sou para ele uma amante gorda nem um corpo que precisa de enrolar-se num ovo para adormecer: sou também a sua deusa. É o que eu mais adoro nele: ser uma deusa tangida entre a força das mãos e o murmúrio da boca que adormece perto do meu ouvido.

Isso, Nuno, estou certa de que você jamais perdoaria. Além de ter feito de si um monstro, é bem certo que deixei de estar velha, amarga, voltada na direcção das portas que já só se abrem para o infinito. Até por isso, não estranhe que lhe repita: não envenenou de todo a minha alegria. Consumida, amor, isso sim. E definitivamente cansada, e posta de súbito no limiar da idade do ciúme. Mas não exausta. Como lhe disse, sobra-me ainda o sétimo fôlego da gatinha parda e de olhos cinzentos que renasce sempre ao pé do lume. De novo no meu tempo, no tempo que volta a pertencer-me, estou pronta como a noiva que sente pousar-lhe na cabeça uma segunda, prometida pomba de paixão.

Receberei pois a minha pomba, amor.

Livro quinto

REGRESSO INVISÍVEL

1

AS VACAS PERFEITAMENTE POUSADAS NO NEVOEIRO, LÁ AO CIMO DA ILHA: DA ESTRADA, MAL SE AVISTAM AS MANCHAS MUITO REDONDAS DOS DORSOS, ABRINDO--SE COMO UM SORRISO DE FLORES.

Vêem-se os cornos mochos empinados contra o vento, incrustados na superfície dessas bolas de névoa. E os olhos muito grandes, aguados pela bruma, devolvem de longe uma bonomia triste, própria dos animais que só existem por existir, sabendo que hão-de morrer em breve. Dispersos por entre as vacas, giram cães, ovelhas e cabras – e, vistos a essa distância, não serão maiores do que as moscas que nos estios chuvosos do seu tempo mordiam as mataduras dos bois e impacientavam as bestas à porta das casas. Até mesmo os boieiros, com suas gorras de lã e galochas canudadas até aos joelhos, parecem flutuar no meio delas, embrulhados nesse nevoeiro. Têm o olhar ausente, doce e talvez mortal desses animais. Os passos desinteressados, sem pressa, servem para erguer os corpos e postá-los à altura do vento, não para os mover ou mudar de um para outro lugar. De manhã e à tarde, nos dias multiplicados pelos anos, sempre o destino do trevo ali os conduzira através desse rasto molhado, tão luzidio que parece de aço – o aço que tornou terrível a função das foices de roçar silvas e conteiras, dos sachos e dos arados que antigamente tinham uma lâmina tão resplandecente como um espelho ao sol.

Mas a excepcional diferença de tudo estava em que, num passado ainda próximo, e não obstante há muito extintos, os vulcões eram ainda a terra que tremia no subsolo das casas, no eixo invisível dos sobrados, das cómodas e das camas. E as traves que sustinham essas casas da infância estalavam de um modo quase mesquinho. Porque nas noites que então rugiam acima do mar, um sono antigo selava a chumbo os cílios dos meninos. Estremecia-o um vento maldito, cheio de guizos e uivos distantes, porquanto esse vento trazia consigo o rumor das figueiras e das canas, um cheiro atlântico a búzio e a sal e nuvens de cagarras espavoridas fugindo da costa. Não se podia fugir para os quintais, onde os bois, tomados de pânico, urravam no fundo das arribanas, ameaçando soltar-se. As galinhas, eternamente estúpidas, com a crista entumescida de sangue, alvoroçavam-se num delírio de gosma. E nas ruas, até que o pai os mandasse calar, os cães lembravam lobos-marinhos que latissem no epicentro do sismo. De modo que só à voz do pai eles obedeciam de pronto. Mas não só eles. A terra, a casa e o tal vento maldito deixavam também de balouçar – e depois a noite convertia-se num tonel silencioso e vazio, no qual se extinguiam todos os soluços. Logo depois, a mãe acudia, sempre muito grávida, louca como uma fêmea, e punha-se a rezar a um santo cujo nome era pecado invocar em vão. Tratava-se de um ser inominado e sem rosto. Porém dele se dizia ser o padrinho do sono, da paz, do sorriso baptismal de Deus, e Pai dos pais, dos padrinhos e até dos padres. E isso era a felicidade.

Apesar de lhe ser difícil, daquele lado da estrada, conciliar a visão das montanhas com a paisagem daquele tumultuoso mar de cobras e moreias distantes da costa, a grande memória da Ilha deslizava ainda, nítida e eufórica, perante os seus olhos. Admitira desde o primeiro momento que a prolongada mão do tempo mudara, na sua ausência, muitas das antigas coisas. Não a forma residual como algumas delas perduravam, fazendo parte da paisagem. À excepção das matas e dos promontórios costeiros e da pedra sobreposta nos muros das terras, toda a

Ilha fora convertida num cenário brumoso, de trevo e aze-vém, do meio do qual emergiam, à passagem do vento, os vultos das vacas e dos cavalos a pastar. Cães de dorso avermelhado e patas empinadas, perfeitamente esculpidos no frio, agachavam-se perto das dunas, e Rui Zinho pen-sou que eram exactamente os animais de outrora, com suas virilhas adelgaçadas e o focinho imóvel. Quanto às cabras e às ovelhas, lembravam-lhe seres alados, talvez mecânicos, montados em nuvens velozes. Um nevoeiro indubitável e sobrenatural, subindo em rolos do fundo das crateras mortas, descia então o planalto. Vinha nave-gando através da fissura dos vales, que eram como navios ou grandes galeões naufragados, e enchia de cloro esse e todos os princípios de tarde.

Mas nos sítios onde antigamente pairavam corolas de nuvens sobre as montanhas mais altas, eram ainda as montanhas – altíssimas, perpétuas e torcidas como cães de pedra sentados na água. E onde outrora existira o vento, e o mar fora oblíquo, e os barcos passavam de quilha incli-nada, cheios de gente feliz com lágrimas em direcção à América – existiam ainda os carros de vento, os barcos e bandos de gaivotas muito brancas planando em redor dos mastros. Carregadas de chuva, as mesmas nuvens que há vinte e cinco anos atrás rolavam de norte para sul, à pro-cura de outros mares para onde as levassem os imponde-ráveis destinos do vento. E como nunca passavam além das montanhas, haviam optado, em definitivo, por perma-necer naquele céu sem altura. Confundiam-se mesmo com os deuses que dormem e respiram e estão sempre em levitação.

Persistia também a mesma calote oblíqua de água em volta da terra. Tal como no seu tempo de rapaz, os vul-cões continuavam extintos. O nevoeiro, obsessivo. E o próprio ar, erguendo-se do fundo das crateras, voltava a ser de um lodo vegetal, tão anfíbio como as ervas dos pas-tos. E entre esse mar eternamente branco e o vento pas-sado, nos sítios onde outrora existiam terras cercadas de muros ou abrigadas pelas canas, e cerrados de milho e beterraba, e vinhas e pomares – viu que continuavam coexistindo vento e mar, mas já não o milho nem a beterraba. Haviam também desaparecido da paisagem os pomares, as vinhas, os piões de palha e o estrume batido a sacho.

A Ilha, sem a antiga realidade que dela retinha, apresentou-se-lhe por isso cheia de excepções. «Paisagem ossuda», pensou. Onde os abrolhos das hortênsias não eram nem voltariam a ser azuis. Pensou: os álamos verdes e jamais oxidados, porque nunca ali acontecera ser Outono. Só o torpor doentio da humidade, que lesmara as criptas do incenso e da criptoméria, lhe devolvia a memória desse outro mundo bisonho de outrora. Na infância, chovia sempre durante noventa e nove dias consecutivos. As paredes da casa esguichavam uma baba de líquenes que se empolava e de onde nasciam bolsas, ninhos de bolor. E o corpo de vavô parecia crepitar nos ossos porosos, arroxeados pelo reumatismo…

No passado acontecido do escritor Rui Zinho, todos esses factos voavam ainda como um éter de fantasia. Não soubera nunca explicar por que motivo a humidade dava peso à erva, às espadas de tabuga e às folhas do inhame. Nem como viajara tanto, pela vida fora, o mito dos cetáceos perdidos. Porém, no fundo de si, existira sempre e só um menino da Ilha e de mais nenhum outro lugar. No seu corpo de homem despertavam apenas a poesia impossível, a memória das coisas e cada uma das paixões desse menino que dali largara um dia, só para se perder e consumir no Mundo.

– Dissolvido, pensou, volúvel como um pássaro de sal. Ou como um navio de pássaros extinguindo-se neste céu de nuvens e chuvas eternas…

Quando o olhar dos boieiros se deteve a seguir a marcha torcida e algo tumultuosa da camioneta de passageiros, vendo-a derrapar, como sempre acontecera, nas curvas fechadas do litoral, pôde logo certificar-se de que os rostos continuavam tisnados, curtidos pelo sódio que tornava o ar ácido e salitrava os ossos e os dentes das pessoas. Apesar de os consumir o fogo de uma nova arte de viver, eram ainda

os mesmos olhos da sua infância. Não tinham sequer envelhecido; mudara-se-lhes apenas a fisionomia.

Sentado do lado da janela, tentou personificar em si o
sonho desse regresso ao Rozário. Não tinha, não teria
nunca a importância do mito do retorno à origem perfeita
do Homem. Acontecia-lhe só um regresso talvez definitivo após vinte e cinco anos de ausência. Não uma ressurreição. Partira de um cais com navios. Estava de volta a
um mundo sublimado, inexistente. Mentalmente, enumera: os mogangos e os melões, o milho e a beterraba, as
searas de trigo e as terras de fava e tremoço. As lavouras
de terra castanha, também. As mães dos frutos. As ameixas. Os araçás. Tudo o que mudara. Ele não era mais do
que um homem suspenso, como se enforcado entre duas
paisagens distintas. E no grande delta dessa diferença
sobreviviam só os hábitos e os nomes. Existiam formas
imutáveis: o corpo bicudo das aves, o pó de giz amarelo
que o Sol derramava nas estradas do mar, a noite das
árvores e do medo. A experiência da infância dizia-lhe
que as acácias e os incensos medravam depressa nos declives das ribeiras, por neles ser fértil o húmus e ter a cor das
cinzas do carvão. Antigamente, essas árvores choravam de
morte perante as serras puxadas a braços, sendo depois
arrastadas para as chãs por bois cangados que safravam
com as línguas de fora. Fios de goma-arábica, saindo das
bocas entreabertas, teciam redes espumosas, bolsas de
cansaço que explodiam ao contacto com o sol.

«Muitas e muitas vezes», pensou, «fui boi de canga,
burro de moenda e cão bensinado atrás das reses. E fui
bombo de festa, e pássaro, e fui ofensa e castigo, e árvore
decapitada, e novamente pássaro...»

Nessa altura, a camioneta aproximava-se das terras baixas e inclinadas do Rozário. Sentado no mesmo banco de
há vinte e cinco anos atrás. Na mesmíssima carruagem das
ligações diárias entre Ponta Delgada e o Nordeste, de
manhã e à vez da noite. Espremido entre a baquelite e os
quadris de um corpo materno desconhecido, em cujo colo
dormia o último dos anjos. Suportava o olhar rápido das

velhas. Minucioso, era um olhar fundo e quase lacrimoso. Tinham vindo a espiá-lo durante toda a viagem. Mas o rosto de cedro das velhas mulheres, nos poucos momentos em que Rui Zinho susteve a teimosia desse olhar, franzia-se mais e furtava-se ao encontro e ao reconhecimento.

«Como são iguais, em toda a parte do mundo, as velhas», pensou.

Conhecera-as assim em vários países, à porta das igrejas, nos bancos dos jardins, a remexer nos contentores do lixo de Lisboa; paradas, quase cegas nas ruas de Londres e Amesterdão; deitadas nas prateleiras de gente, que eram as estações do metropolitano de Paris. Em Zagorsk, à porta dos antigos santuários dos czares e dos emires, estavam lá essas mesmas velhas. Falavam estranhamente, de mão estendida, e tinham no olhar a teimosia religiosa das mulheres proibidas. Em Vancouver, em Boston e em Toronto, muitas delas haviam desistido de ser velhas. Flutuavam como ratas à sombra dos néones, das vitrinas das casas de sexo e do paradoxo das gerações perdidas. Como todas as velhas do mundo, estas trajavam de luto e não estavam de luto. Curvavam-se a um peso de corujas, e os corpos tinham braços e ombros e ossos nocturnos. Apenas os olhos, luzindo como faíscas no fundo dessa escuridão, se tinham iluminado para o espiarem durante a viagem.

Alguns homens sonolentos, balouçando ao lado das velhas, entreabriam por vezes os olhos avermelhados, parecendo censurar a indiscrição que amarrava os beiços das velhas aos cantos da boca. Tinham, todos eles, a barba agreste e muito malhada, e os chapéus puxados para cima dos olhos. Pelo modo como o fitavam, deviam estar lançando sobre o forasteiro toda a experiência das suas suspeitas. Talvez fosse um americano excessivamente magro para o comum dos americanos, um funcionário médio em viagem de serviço à província ou alguém que decerto estudara para padre, pois se esquecera de olhar o mundo sem timidez. A elegância discreta daquele homem de meia-idade, as suas mãos lisas, a pele urbana do rosto, levavam os velhos a supor que ele talvez pudesse ter sido uma pessoa daquele lugar. Porém um homem errante e cheio dessas vãs e obscuras aflições em que todos os homens se perdem quando partem para longe dos seus.

Não se recorda de nenhum daqueles rostos. Mas, a julgar pelo modo como o fitavam, deduziu que deviam ser gente do seu tempo de rapaz. A forma de permanência na memória desse tempo eram os gestos de então, as sapatorras de couro de boi, os botins de plástico, os chapéus negros de ferrugem e as agrestes barbas dos oito dias que antecediam sempre os domingos de missa e o banho de selha no meio da cozinha.

Sabia o que o tinha feito regressar ao Rozário, mas não por quanto tempo se dispusera a procurar ali o esquecimento dos seus males do mundo. A vida mudara de uma forma talvez definitiva, despovoada da presença e do amor de quantos a tinham podido explicar até ali. Porém, não vinha refazê-la. Os elefantes afastam-se por desistência: por terem perdido o rasto das fêmeas e das crias e a memória das paisagens e dos rios. Aos 46 anos, pode não ter-se ainda a idade nem a razão dos elefantes – mas não se está livre de cair no poço da desistência. Ao fim de tanto tempo, era também certo que quase toda a gente decidira partir para muito longe do Rozário. Por isso mesmo não tinha ilusões quanto aos que pudessem ter ficado para trás. Voltar só lhe acontecia a ele, e desse modo cabisbaixo e soturno, como os mochos que amam as crateras escuras dos troncos, os moinhos abandonados e as casas em ruínas. Os outros, se acaso regressavam, exibiam a riqueza deslumbrada dos dólares canadianos, os dentes de ouro que cravejavam os sorrisos civilizados do estado de Massachusetts e a saúde das pensões de reforma da Welfare da Província do Ontário. Traziam também outra dignidade diferente da sua, pois transportavam objectos inventados para não terem função na Ilha, falavam o americano cáustico do *sharape* e do *sanabagane* e bebiam *bia* em vez da cerveja preta dos Açores.

Compreendera aliás que era um homem já sem geração na Ilha. Os rapazes do seu tempo tinham sido levados pelos americanos e pelas cidades ausentes – grandes e assustadoras metrópoles que devoravam navios de gente feliz com lágrimas na voz, a memória dos seus mortos, as cartas brancas e sempre implorativas dos vivos que permaneciam na Ilha. Teriam produzido meninos híbridos que, por sua vez, começavam já a procriar – e assim o sol húmido do seu olhar, o calor do milho do seu sangue, o néctar das abelhas da Ilha eram coisas desvanecidas. Talvez fossem pássaros, com outros nomes de pássaros, as vozes que Rui Zinho julgava ouvir. Da correspondência canadiana trocada com os sobrinhos mais velhos, retinha de memória um parágrafo pelo qual pudera aferir a distância, o desencontro precoce e definitivo entre a sua e a vida de toda a família: *I know you are my uncle, but I can't remember your face. I haven't seen you for a long time, and nobody here knows anything about your life...*

Permaneciam pois imutáveis os velhos, os boieiros sem idade, as cabras e as vacas pousadas no nevoeiro. E também a luminosa chuva, o sol molhado de antigamente, e o palor das estrelas côncavas que outrora constelavam aquele céu escurecido, tão baixo que parecia oprimir a respiração. Tinha poucos anos, quando dali levantara ferro em direcção a Lisboa. E fazia escuro. Os gritos da mãe e dos irmãos mais velhos continuavam a atravessar o tempo e a tornar perpétua essa despedida. Passara a idade do crescimento. Os anos de estudo. Os primeiros empregos, a paixão dos livros. E um grande amor malsucedido. Tudo passara, consumido por essa voracidade. Eis senão quando, acontece regressar, sem triunfo e sem riqueza, com a única fadiga e sem a finalidade sequer de reconhecer os lugares, as cancelas oxidadas pela chuva, os muros caiados das propriedades dos novos ricos «canadianos», afinal o nada e coisa nenhuma de uma vida de muitos combates renhidos, sonhados mas nunca vencidos. A pequena e desde sempre decrépita ponte da ribeira da Salga – e, de súbito, como por ironia, a visão da grande ponte sobre o Tejo, em Lisboa. E, a seguir ao Tejo e à cidade de Lisboa, o naufrágio silencioso junto de Marta, a única que o tivera tanto e tão por dentro de uma vida de mulheres. Recordava com mágoa a sua voz magoada; com mágoa, o sorriso alto que vezes sem conta lhe sorrira e se magoara, e a perdida noção do seu corpo perdido. Um cachorro que sofre, pensou, e apenas um cachorro que sofre: ladra para dentro, torce o focinho contra o vento, e nunca mais haverá quem possa ouvi-lo. Marta não está presente. Passou o tempo dos cães metafísicos. E pouco adianta latir sobre as ondas deste mar tão distante dos mares de Lisboa…

A camioneta rodeava agora a última mata, antes de entrar na ponte da ribeira da Salga. Havia, do lado de cá, uma espécie de fossa com faias e conteiras, e patamares de fetos, e grandes acácias velhas cujas raízes mergulhavam no lodo, ao som da água. Por aqueles sítios, além das lendas sobre a existência dos embuçados, das feiticeiras e do homenzinho cornudo a que se dera o nome de Diabo, José-Maria conquistara o corpo e a natureza de Maria--Água, antes de decidir dar com ela a volta aos continentes. Porém, pensou, essa história não fazia parte do rol mitológico da freguesia. Era uma fantasia apenas sua, e posterior à infância: arquivara-a em meia dúzia de páginas, num dos seus livros preferidos. Daí a pouco, vencida a subida para o alto do Caminho Novo, avistaria finalmente o Rozário – decerto lânguido e ferrugento nas suas casas fustigadas pela humidade. A única coisa interessante, pensou, vai ser confrontar a realidade com a ficção. Ver, por exemplo, se as casas e as ruas coincidem com as descrições que delas fez nos livros. Se a meio dessa derradeira rampa de quase um quilómetro de comprido existe ainda a oficina do ferreiro, ali mesmo à ilharga do caminho para as terras das Feteiras – ou se essa geografia errónea subsiste apenas nas páginas de um romance. Se na memória dos lugares e dos seus antigos nomes, antes de se entrar no largo do posto do leite, existia ainda a casa onde supostamente se enforcara o curador Cadete, na noite inventada da infância. E, como a paragem da camioneta, noutros tempos, ficava mesmo em frente dessa casa de fantasia, teve de repente a esperança de poder voltar a ouvir o bramido dos sofredores da peste e outras doenças intestinais – como outrora lhe fora dado ouvi-los gritar e gemer, implorando a misericórdia ou o milagre das suas grossas mãos de capador de cavalos.

Nada era verdade, e tudo, no entanto, possivelmente acontecera na sua ausência. O escritor Rui Zinho desistira da Literatura e das crónicas aflitas nos jornais de Lisboa – pois todo esse universo de suposição e fantasia não iludia o insucesso filosófico de um divórcio litigioso e pouco inteligente, a renúncia aos mundos imaginários e ao sobressalto permanente do homem que sonhara viver da sua loucura. Perdera a companhia dos meninos, a casa, a mulher pesadamente adormecida na insónia, na leveza do sono. Depois, perdera-se a ele mesmo das mulheres desiguais que usualmente atravessam a solidão dos homens: eram em geral fêmeas de muito riso. Na intimidade, tocavam-no só para acreditar na sua existência. As mitómanas teriam suposto que o amor dos escritores era mais erudito, sem as ridículas nádegas num baloiço frenético, sem o vocabulário grosseiro e sobretudo aquele latido de cachorro no fim. O projecto de um suicídio sempre adiado deixara até de constituir-se na última esperança – porque a morte era difícil, exigia outra coragem e estava provado ser fria. Quando procurada, tornava-se até estúpida como a pedra de que são feitas as estátuas dos escritores. Por isso lhe fora faltando um motivo para tudo. Como nem sequer experimentara o cansaço, sobrava-lhe a razão elementar do repouso. Vinha, sim, mas só por desistência. O pai morrera de cancro na próstata no Canadá; a mãe morrera de cancro linfático, também no Canadá; os irmãos podiam um dia vir a morrer de cancro, porque estavam no Canadá. E eis que, pela suprema razão do cancro e da ausência de todos eles, esperava-o apenas uma casa deserta, herdada desses dois cancros, com anos de abandono e portas e janelas fechadas – sem garrafas de *whisky*, sem loiças e sem livros. Não tinha a intenção de ver-se sepultado nela, mas vinha abrigar-se nos seus muros:

tinha 46 anos de idade, publicara uma dúzia de livros. E todavia, estando no meio da vida, sentia aproximar-se um longínquo crepúsculo, o mal indefinido de estar vivo sem os outros, e sem ao menos poder aludir à existência de um amigo. Sem geração e sem família, quem podia estar à sua espera, se ele nunca estivera perto de ninguém? As velhas tias? As já disformes primas, casadas e com filhos, ou os primos que tinham estudado para polícias? Nunca acreditara no motivo das tias. Se alguma coisa ainda pudesse seduzi-lo, era tão-só o impulso desse outro clamor original: o apelo do nascimento, o carrilhão suplicante das manhãs de mar, tão diferentes do inferno de Lisboa. Fora sempre e só daquele, não de outro lugar. Trouxera no ouvido o som dos passos fortes das éguas. O choro dos animais. O ruído dos eixos de vinhático, nos crepúsculos do Verão. O cheiro do pó, da bosta quente e da pragana do trigo. O milho, as uvas. A respiração das noites pretas. O veludo das figueiras carregadas de figos mordidos pelos pássaros. O sopro dos pombos, que levantavam voo, muito cedo, e depois pousavam, tal como os pássaros, devagar e com suavidade na alegria das crianças. O fartum do esterco e da terra, na véspera das novas sementes. O tropeçar dos bêbados à porta das lojas: bebiam cachaça, armavam brigas sem motivo, e era sempre Inverno nas suas vozes desavindas. O sol dos domingos de missa. O enxofre do ar envenenado pelas baleias mortas. O passar muito baixo dos navios cheios de gente feliz com lágrimas, em direcção à América dos primeiros sonhos – antes de a América ter levado para si todos os outros. A surdez, tão atlântica, de padre Governo nos seus ossos fosforescentes, agora em repouso no cemitério do Largo. A eternidade de um homem de catorze gerações a quem ele próprio pusera um nome bíblico: chamava-se João-Lázaro, fora pedinte, curara a peste com o olhar, morrera e ressuscitara, transfigurado e eterno, para anunciar a todos nós um outro tempo: o progresso e o conhecimento, a ciência experiencializada dos povos – e finalmente fora levado pelos *marines*. A ironia leve de padre Ângelo, o Padre Novo, perante os deicídios de cada um dos seus livros. O silêncio incomparável do silêncio. A mágoa. O deserto do mar com água e o deserto da água sem mar. O peso insuportável das mãos do pai, que muitas, excessivas vezes lhe batera sem razão e depois morrera de cancro no Canadá – e certa vez, em Lisboa, o fizera chorar como nunca, no dia em que pela primeira e única vez o vira também chorar, enquanto lhe dizia, despedindo-se para sempre:

– Filho, filho! Perdoa tudo a teu pai. Perdoa tudo, meu filho, porque não me vais tornar a ver na vida!

2

«O PIOR DAS CASAS», PENSA, «SÃO
AS PRÓPRIAS CASAS.» NÃO POR SEREM
PEQUENAS, TÉRREAS E EM GERAL MUITO
POBRES. NEM PELO FACTO DE SER VISÍVEL,
NA AFLIÇÃO DESSA PEQUENEZ,

o silêncio, o modo como nelas se cumpre a função dos túmulos dos vivos. Vistas da rua, tornam-se de súbito proeminentes na memória, como se do fundo delas luzissem não os olhos que o espreitam mas os ossos das pessoas. A visão dos muros de basalto, se bem que esperada, devolve-lhe a nudez silenciosa desses corpos que ali recebem e cumprem o tempo. São homens sentados e de pescoço imóvel, e velhas de boca trémula, e às vezes crianças de pé que parecem ter sido sepultadas vivas ao lado dos avós.

– O pior delas, destas casas – pensa Rui Zinho afastando-se das janelas entreabertas – é serem vazias de quem um dia se foi embora. Tão vazias, que se pode ouvir um tambor de morte nos passos que ecoam nelas...

Embora de pé, parecem-lhe ruínas sólidas; pequenos templos imemoriais atravessados pela experiência das vozes que ainda falam, deslizam, atravessam o tempo que resiste ao tempo próprio das casas. Porém ruínas encaixotadas, venerando ainda a presença dos primitivos donos. Algumas dessas portas e janelas haviam sido talhadas e inventadas pelo pai. E esse facto tornava-se agora prodigiosamente presente no espírito e no olhar do escritor Rui Zinho. Em verdade, nada ali lhe pertencia, com excepção da casa dos pais. Mas se algum dia o Rozário tivesse sido submerso ou arrasado por um terramoto, a vida do pai teria ainda em tudo isso a sua quota-parte no naufrágio. Diferentes das coisas que repousam nos museus, essas criações do pai mantinham-se vivas e em função, sem estarem deslocadas do tempo.

Contudo, a definitiva diferença entre as casas de agora e as do seu tempo de menino não estava à vista. Essa acontecera separadamente, sem conhecimento recíproco, a ele e às casas. A primeira vez que as olhou, recebeu logo a sensação de que um antigo e difuso equilíbrio se rompera. Fora-se dali muito pequeno, no tempo em que elas lhe haviam parecido majestosas, soberbas como templos proibidos à sua presença. Agora, além de baixas e escuras, apresentam-se-lhe ocas, despovoadas de tudo o que imaginara existir dentro delas.

Não sabe descrevê-las. Vive-as. Erguidas a dois metros do solo, sobem das valetas cobertas por tufos de ervas e urtigas, com os beirais a poucos centímetros da sua cabeça. Se quisesse, podia perfeitamente dependurar-se dos telhados negros, alar-se até sobre a segunda realidade dessas casas tristes. Seria assim o herói da própria infância, e sê-lo-ia com a loucura de quem não receia já a censura e o castigo dos mortos.

Nesse preciso momento, pombas muito abertas, leves e fogosas, atravessam o sol de mormaço do princípio da tarde. Segue-as com o olhar. Vê que se extinguem ao longe, nos seus bandos de fósforo. Que pousam sobre terras abandonadas, sobre as árvores das primeiras matas, possivelmente até sobre o mar que é o imenso destino azul das pombas brancas. E, de novo lançadas na bolina do ar, regressam ao centro, vindas de sul para norte. Agora contornam as pequenas nuvens perdidas no espaço, nuvens que parecem boleadas pelos carros do vento, de que são as rodas, os aros e as cabeças dos eixos. No momento seguinte, sobrevoam as casas novas dos emigrantes que ali regressaram, casas com ideias e formas americanas: os varandins corridos sob os alpendres, os muros baixos que as contornam até aos portões de ferro que se abrem para os grandes espaços interiores. A América está nalgumas das suas flores de plástico, nas janelas redondas, nas campânulas de luz que pendem e rangem ao vento, e sobretudo nas bandeiras riscadas sobre um azul de imensas estrelas.

– São as mesmas pombas – pensa. – Têm a idade da minha ausência: vinte e cinco anos ou o tempo efémero das aves. Dos seus ossos ocos. Das suas penas caducas. Mas não o tempo destas casas americanas.

Precisava de admitir que a poesia da existência se dissipara. Era um homem com algumas memórias, mas de poucas e fatigadas emoções. O peso da vida enchera os seus 46 anos de uma ciência nova, a de deslocar para fora de si as paixões, o êxtase e os inúteis sentidos – esses relógios doces do tempo de criança.

A Rua Direita aí estava. A surpresa vem do facto de a ver deserta, com os muros de outrora ao fundo dos quintais. As pedras suportam as raízes das mesmas figueiras. As mesmas sebes de cana dividem e fecham as mesmas hortas, ao correr das casas ou lá para trás delas. Estranha que não haja crianças fazendo ruído, nem cães farejando as pássaras das cadelas, nem galos capões debicando os bichos dos bueiros. Uma mala em cada mão, o casaco pelos ombros. E ei-lo a caminho de casa, da casa da sua infância.

– É o pior momento da minha vida. Tenho a perfeita consciência de não estar sonhando. E não estou vivo nem morto. Apenas entre o tudo e o nada de uma coisa que não existe.

Devia ser hora de sesta: o mormaço baixara as cortinas, cerrara as persianas de tabuinhas de todas as casas. As moscas eram grandes como cães alados que vinham latir-lhe ao ouvido. Experimenta demorar os olhos sobre as casas, os seus portões fechados e sem cor, as mesmas soletas das portas do caminho. A diferença estava nos paralelepípedos que agora substituíam os caminhos de cascalho de antigamente. A bosta dos cavalos e das vacas secava ao sol húmido do Nordeste, com um verde de moscas pousadas no centro das bosteiras pisadas pelos cascos. Se passasse um automóvel, as rodas fariam um esguicho: viam-se de resto as suas marcas na filigrana dessa massa dourada. O resto eram as larvas, as moscas faustosas e imperturbáveis.

– Como me foi possível a mim ter escrito livros sobre tudo isto? Como pude eu sublimar moscas, casas, gente defunta, mulheres, homens e padres inexistentes, e depois chamar a isso os livros da minha vida?

Noutros tempos, quando por ali passavam em manada os bois ariscos e ainda não castrados pelo curador Cadete, um tropel de carros de combate fazia estremecer os alicerces. Havia a natural cegueira dos bezerros, os berros dos boieiros, a luzidia gordura dos cavalos – e esse caloroso cheiro a boi que enchia de festa a infância e a morte da Rua Direita. Era ainda o tempo da excepcional riqueza dos animais.

Já não estavam ali, encostados aos muros do Canto da Fonte, os homens que esperavam ser contratados para estrumar terra, podar vinhas, mondar a beterraba, o linho ou o trigo, ou para sachar camalhões de milho. Não existiam os seus cigarros de folheio, nem a barba ruça de quinze dias. Nem os pés descalços, rasos e grossos como testos de barro, nem o rosto tenso que olhava longe e cheirava a chuva no vento. Não estava o senhor Joãozinho do Canto, sentado no mocho da cozinha, no gozo da sua reforma americana e queixando-se do reumatismo. Recorda claramente o torso de morsa apoiado a um jogo de bengalas, o carão em fogo cuja pele verminosa fingia o sossego e a ilusória felicidade dos ricos doentes. Eram compridas, enfadadas e fundas as horas do senhor Joãozinho, ali ao lado dos homens que esperavam os donos das terras. Precisava em absoluto da companhia deles, para poder falar-lhes, numa voz em que se misturavam o português de Lisboa, as flautas da gente da Algarvia e alguns sons americanos: *tanquiú, sonababiche, foquiú, sharape*. E, além disso, o modo como o riso descia de dentro dele, em curtas mas vigorosas cascatas, e lhe estremecia o papo do duplo queixo, e deixava terrivelmente à mostra uns dentes dourados na placa muito rosada. Durante horas e horas, os homens permitiam que ele repetisse as inacreditáveis histórias da Terra da América, as quais aludiam à odisseia da construção dos caminhos-de-ferro através das planícies do *sinó* – mas não sabiam imaginar nem os caminhos, nem os carros de fogo a que ele dava o nome de *treines*. Abismados, ouviam a história do frio, dos trabalhos portuários, dos chicotes e da ferragem das reses nas grandes *farmes* americanas. Por o ouvirem em silêncio, as crianças recebiam sempre o prémio dos caramelos, das *gamas*, dos rebuçados em forma de losango que ele gostava de atirar para o ar, a ver quem mais depressa os apanhava.

Havia sempre, nas refegas desses galos famintos, a gula, a cobiça dos pobres sem açúcar; sem o mel e sem as abelhas de uma qualquer açucena que lhes pudesse sorrir.

– Impossível mesmo que, não obstante a ausência da morsa americana, nada aqui tenha mudado. Ou então o mal da mudança está em mim...

As mesmas soletas de pedra com os dois degraus partidos ou soldados pelo cimento; as mesmas fachadas amarelas, brancas ou rosadas, e todas elas debruadas, nas ombreiras das portas e das janelas, por barras azuis ou castanhas. Vira-as no Alentejo, no Minho, no Brasil nordestino, nos filmes do Glauber Rocha, ou descritas nos livros de Jorge Amado. A mesma pátina de tintas enferrujadas, melancólicas na sua velhice; a caliça que começava a encaracolar, de baixo para cima e de cima para baixo, e enchia agora as empenas de multidões de burriés; e as mesmas lesmas gordíssimas e cinzentas salivavam a caliça, trepavam aos beirais, e com tão assombroso vagar que lembravam a eternidade. E as portas obstinadamente fechadas, as cortinas em balouço por detrás das frestas, o silêncio sagrado e profano do interior de cada uma das casas...

Pousou as malas no chão e mudou do ombro o casaco. Estava perante a Rua Direita. Ao cimo, o Padrão das Almas, erguido sobre o fontanário público do Canto, continuava a atestar a mais comprovada falta de talento para a arquitectura. Padre Governo mandara nele incrustrar um painel de azulejos simbolizando as pavorosas imagens dos seus sermões acerca do Purgatório. Os braços misericordiosos de dois anjos abriam-se, num convite de perdão, sobre corpos torrados pelo braseiro, e os olhos dos penitenciados tinham tanto de súplices como de contemplativos. Demónios bicórnios, sarcásticos e pontiagudos, os Diabos de Gil Vicente, espetavam forquilhas nos dorsos malditos. A mesma legenda de há quarenta anos atrás, datando dessa construção, continuava a lembrar aos viandantes a necessidade de se deterem na sua caminhada: era obrigatório rezar um padre-nosso e uma ave-maria e sufragar as almas santas.

Daí a dois minutos, tinha já à vista a casa – sua e dos irmãos. A incomparavelmente única casa dos pais. Viu-a mais comprida do que imaginava: de grandes portões vermelhos, alteando-se de baixo para cima, quase mesmo apalaçada – e embaraçou-o a ideia de ser dono dessa espécie de solar rústico que parecia saído de um romance de Júlio Dinis. Nesse preciso momento, pressentiu que o tinham reconhecido. Portas e janelas abriam-se nas suas costas, à medida que passava pelas casas, e velhas de olhos lacrimosos erguiam o pescoço, espiavam e deviam vagamente deixar escapar um nome. Logo a seguir, surgiram crianças seminuas, e depois mulheres muito gordas cuja juventude se confundia com a tristeza dos desencantos conjugais, pois as suas bocas, além de frias, descaíam sobre os cantos. De um instante para o outro, havia como que multidões de olhos e rostos à espreita, e Rui Zinho julgou vê-los comunicando entre si. Imaginou mesmo que essas bocas ocultas estivessem cogitando, para dentro e para fora das casas, acerca de um homem conhecido e desconhecido, do seu aspecto entre discreto e distinto mas cuja palidez parecia contrastar com o azul, a idade e a força dos olhos.

Nunca acontecera aliás que às quatro e meia da tarde passasse um senhor de gravata, casaco pelo ombro e uma mala em cada mão. Não acontecera nunca que alguém assim se dirigisse a essa casa há muito deserta e sem dono – a qual era mesmo suposto pertencer não aos vivos mas ao espírito conturbado dos seus mortos. E como nunca nada de semelhante acontecera, espantou-as o facto de o homem ter subitamente parado em frente da porta cor de vinho e dos seus vidros foscos. Viram-no então pousar as malas no chão, endireitar a espinha dorida, procurar uma chave no bolso do casaco, subir a soleira e começar a sondar o segredo e os mistérios da casa. Como porém o fazia com o corpo todo hirto e de rosto franzido, julgaram prudente confundi-lo não com os mortos mas com os que ali tinham vivido o tempo e o silêncio dos vivos.

3

DE INÍCIO, O RUÍDO DO TRINCO SOA COMO UM DESLIZAR DE CORRENTES NO SISTEMA DOS MINÚSCULOS RODÍZIOS, MOVENDO-SE OU OSCILANDO APENAS NA CREMALHEIRA ENFERRUJADA.

E como essa mordedura parece triturar um corpo estranho, ouve-se um som de ossos ferrosos desfazendo-se em esquírolas. Supôs mesmo que o pó dessas limalhas tivesse esguichado de dentro daquele cofre de ferrugem. Ovos do tempo dos insectos rastejantes, ninhos de baba das aranhas, a humidade e os grânulos do aço envelhecido tornavam difícil, mesmo forçado, o movimento da chave.

Não lhe passava pela cabeça vir aos Açores arrombar a porta da casa que um dia lhe pertencera, depois deixara de ser sua e finalmente lhe ia ser devolvida por herança. Se fosse caso disso, forçaria uma das janelas, forma mais comum de assaltar os espaços proibidos dos templos. Dispunha, além disso, de outras alternativas: saltar os muros traseiros, furar pelo meio da sebe de canas do fundo do quintal ou mesmo derrubar, à força de ombros, um dos portões da arribana. Não sabia se havia vizinhos, ou se eram os mesmos, os da casa de baixo onde antigamente vivia uma tribo de gente encardida, ruidosa e tão prolífera como os ciganos. No tempo do seminário, quando ali vinha passar as férias grandes, Nuno era sempre apresentado aos novos genros dos vizinhos de baixo. A casa suportava o tráfego crescente desses genros que estavam sempre para embarcar para a América. Por cada neto que nascia, os olhos dos velhos enchiam-se de nuvens, e era quase triste ver como eles se recolhiam a um canto para deixar passar, sentar-se à mesa, ir ao lume buscar um tição para acender cigarros e já não terem voz para mandar calar essa tribo infortunada.

Aquilo tinha de ser feito exclusivamente por si, sem o conhecimento dos vizinhos. Era uma aposta pessoal. Queria sentir o efeito desse encontro do presente com o passado da casa. Experimentar a fundo a sensação do limbo e da memória, com a segunda infância da casa. Ser agora dono dela era suficientemente excepcional para merecer essa cerimónia. Começou por imaginar a posse progressiva de cada um dos objectos. As jardineiras outrora carregadas de vasos com fetos-anões, avencas e begónias deixariam simplesmente de ser jardineiras com vasos de fetos, avencas e begónias. Os retratos da família, antigamente dependurados das paredes muito brancas, por cima da barra castanha que condizia com o chão de azulejos do corredor, já não seriam retratos de família, mas talvez um plâncton com paranhos de aranhas mortas e favos de insectos apodrecidos. O tecto baixo e opressivo, de ripas de criptoméria, que o pai envernizara aquando da remodelação de toda a casa, devia ter principiado a ruir. Em última instância, o resignado procurador de Nuno talvez tivesse deixado cair os braços, descrendo de que esse doutorzinho de Lisboa se dispusesse a reparar os estragos e a reconstruir as merecidas ruínas daquele templo sem dono. Para Rui Zinho, porém, a casa era ele mesmo, mas na primeira pessoa do singular. Soubera sempre que um dia viria não para habitá-la, e sim para a viver. Pela primeira vez na vida, dispensava a si próprio o prémio desse espaço adiado, com o mar metafísico de outrora, um céu oceânico continuamente ajardinado pelo movimento de fadas das estranhas nuvens e a certeza de que ali podia não existir para as horas uma noção de dependência. Se lhe voltassem o tempo e o desejo da criação, seria talvez um escritor feliz. Os patrimónios divididos, após o divórcio de Marta, e a honesta pontualidade do editor dos seus doze livros asseguravam-lhe para já o conforto desses primeiros ócios. Talvez pudesse mesmo viver assim até ao indefinido tempo, alimentando-se de si, das raízes submersas. Conhecia, de resto, um relativo estado de graça, sabendo-se desejado. Cada novo livro seu significava uma espécie de fôlego nessa respiração que se cumpria dele para os outros: o próximo seria o décimo terceiro. Não que tivesse compromissos a cumprir. Nem mesmo o ligava aos leitores um elementar respeito: sabia-os frívolos, mesquinhos e litúrgicos. Leitores tão estúpidos como os seus, dificilmente os teriam outros escritores.

Quando a porta rangeu sob o impulso do joelho, ficando apenas entreaberta, tiveram início as surpresas. Não tinha pela frente o templo rosado da infância. Não havia sequer, suspensos das paredes, os retratos da família. Só dobradiças perras, um último ranger das ferragens e a quase total ausência de luz. Não estavam lá as begónias nem o sorriso brando das fotos. Os azulejos do chão do corredor tinham sido submersos por uma espécie de líquen e as ervas despontavam já das frestas. Empurrada pela força do joelho, a porta rangeu e o seu vidro fosco tilintou nas calhas, por falta de betume. Apresentou-se-lhe então o opressivo, o tormentoso, o excepcional espectáculo de uma casa há muito fechada, consumida pelo abandono.

Em lugar das jardineiras e dos retratos, no sítio onde adivinhara a existência desses sorrisos e o verniz das madeiras, deparou-se-lhe o caos insuportável dessa estufa de ervas, limos, bolsas de humidade e mortalhas suspensas. Fechou-se rapidamente por dentro, para fugir aos primeiros olhares curiosos. Aí, o corpo cambaleou, vacilando nas sombras, como se o tivessem apunhalado. Ia ser-lhe difícil suportar a visão dessas ruínas: as flores funestas da humidade, a debandada dos ratos por dentro das ripas do tecto, o cheiro do mofo e dos bolores cozidos que indicavam já o apodrecimento das paredes e dos móveis. À sua frente, como por escárnio, balouçavam ainda os sudários dos paranhos, e aranhas encantadas, translúcidas e cor de estanho, sentindo a ameaça da sua presença, moveram as antenas e começaram a debandar. Das paredes outrora perfeitamente estucadas brotavam, vindos do fundo das gretas, novos tufinhos de ervas empalidecidas. Outras grinaldas de paranhos pendiam dos candeeiros sem lâmpadas e dos fios sujos da electricidade. Sobretudo aquele cheiro apodrecido, do qual não havia memória, tornara-se-lhe insuportável.

Arrastou as malas para a salinha em frente. A poeira sepultara por completo os móveis – esses, sim, eram-lhe desconhecidos –, os espelhos e o grande relógio de parede que, havia meio século, entrara na família e, depois, nas horas da sua ausência. Por um momento, desiludiu-o não ver ali as molduras que atestavam os casamentos, o baptismo dos primeiros netos dos pais e o sorriso gordo e ostensivo das últimas noivas da família. Não viu também as consolas que noutros tempos suportavam floreiras, magazines de bordados, objectos de barro e criações nunca explicadas pelo invento do pai. Não reconheceu um único daqueles despojos que, na sua memória, datavam talvez da última vinda ao Rozário, vinte e cinco anos atrás. Fora isso no tempo da sua festa com Marta, quando ambos vieram receber a bênção matrimonial, comemorada com cálices de licor de maracujá, vinho de cheiro e biscoitos cozidos no forno de lenha da mamã. Exibira Marta como o mais precioso luxo pessoal. Era a futura mãe dos seus filhos, e levara-a aos Açores – reconhecia-o agora – para ser venerada pelo monarca da família e elogiada pela mãe. Soube logo que os irmãos se deixaram fascinar pela presença e pela beleza dela. De certo modo, não lhe foi difícil admitir que Marta fosse a mulher com quem alguns deles tinham sonhado. Os olhos jaspeados, de um fundo entre o verde e o amarelo, os pulsos delgados e o volumoso cabelo da sua adoração tornavam-na numa mulher simultaneamente robusta e frágil. O bastante, em todo o caso, para que por ela se cumprissem as primeiras paixões dos irmãos mais novos. O seu magnífico sorriso seria sempre, para cada um deles, o modelo exacto e a forma perfeita de sorrir, pois lembrava-lhe noites de núpcias eternas, prazeres infinitos e uma imperecível finalidade para a nudez. Sabia agora que a Marta desse tempo fora sobretudo a imagem ou a ilusão do próprio triunfo: por ela, a família soubera que Nuno encontrara não apenas o amor certo mas sobretudo a independência e a força de um destino que dispensava os favores e a protecção daquela casa.

No lugar das coisas que desejara encontrar ali intactas, erguiam-se a solidão e a desgraça dessa memória difusa, dividida entre a realidade e a ruína da casa. Mas ao dar com os olhos nos cinzeiros de vidro, não soube logo por que motivo devia acreditar na profanação desse templo defunto, cujas paredes jaziam ainda ao alto, tão mortas quanto os degraus, as janelas e os espelhos. Pontas de cigarros e cinzas recentes, enchendo os cinzeiros, atestavam a evidência dessa profanação. Atónito, viu jornais espalhados pelo chão que datavam do mês anterior, papéis amarrotados contendo rascunhos de textos, garrafas de cerveja vazias e papelinhos de embrulhar rebuçados. Alguns dos seus livros andavam também por ali, com as lombadas partidas e os bordos amarelecido e sujos de cinza. A cartolina das capas, por ter sido dobrada, apresentava vincos e estrias com dedadas e nódoas de tinta. Abriu-os um por um. Lá estava a inconfundível caligrafia das suas dedicatórias aos pais e aos irmãos, em frases invariavelmente frouxas que se limitavam a protestar, de muito longe, a indeclinável docilidade e a ternura desse inútil ritual. Na contracapa de um deles começava a encaracolar-se uma foto em pose de estúdio. Com um arrepio, reconheceu nela o ar errático e pretensioso, a fealdade e o despudor de um rosto assustado, e a falsa modéstia, a sua e a de todos os escritores do seu país.

– São sem dúvida os piores livros do mundo – pensou. Acreditava-o sinceramente. Suspeitara-o sempre durante os últimos vinte anos. Mas só agora, vendo que os pais e os irmãos não tinham querido levá-los consigo para o Canadá, confessava a si próprio esse logro. No fim de contas, conseguira ser lido por milhares de anónimos, recebera de volta o eco dessas paixões absurdas, mas nunca as daqueles para quem especialmente os escrevera. E um escritor que não comece por ser lido por um único que seja dos membros da sua tribo será sempre o pior, o mais inútil de todos os escritores do mundo.

Apanhou do chão um dos rascunhos amarrotados e enfrentou uma letra apressada que se esforçava por exprimir em comunicado as preocupações políticas da Oposição quanto aos «desmandos» e às «prepotências» do Governo Autónomo dos Açores. Percebeu ainda que esse rascunho apelava aos eleitores adormecidos e aos crentes enganados, clamando pela demissão e pela derrota dos que não tinham moral nem talento para governar. De modo que, concluiu, a casa da infância fora convertida no ninho desses medíocres, inomináveis cucos da política! Apertou os dentes com força. Sentiu perfeitamente que uma ira surda lhe tomava aos poucos todos os músculos. Quando assim acontecia, sentia-se levitar, sem peso nem consciência de si. Parecia-lhe que a raiva lhe esvaziava os músculos, levando-lhe as forças, paralisando-o a meio de uma violência apenas interior, num gesto muito mais moral do que físico. Estupefacto, trémulo de cólera, porém de súbito destituído da lucidez enérgica, da força que sempre comandara a sua vida. Outras surpresas porém o esperavam. No quarto contíguo à sala, a larga cama de casal apresentava, pela depressão do seu rústico colchão, sinais de ter sido utilizada. Só então a raiva que lhe vinha amolecendo os músculos pareceu sacudir-lhe o corpo. Sentiu mesmo o sopro inconfundível do sangue a alastrar de dentro para fora de si, desde os nervos até aos poros. Porque fora exactamente nessa cama que ele e Marta haviam celebrado as segundas núpcias, as mesmas que, apesar de extintas, ficariam eternas no coração de ambos. Haviam-se amado ali ao som das patas dos cavalos que de madrugada partiam a caminho dos pastos; ao som das cagarras que devassavam a noite dos amantes e cujos gritos assustaram então o amor e a vida de Marta; ao som desse tumulto dos primeiros galos da manhã, do dobre dos sinos, do rumor das figueiras que ficavam em frente – e de tal modo que ela viu em tudo isso a dissolução da vida na origem e nos destinos do seu homem. Receou perdê-lo no confronto desse mundo tão próximo e tão interior, julgando que nunca havia de merecer uma única das suas memórias. Obrigou-o mesmo a prometer-lhe o espírito desse mundozinho rústico, certa de que só assim Nuno havia de pertencer-lhe para toda a vida.

«Promete-me que hás-de ser meu para sempre, amor. E que se alguma vez deixares de pertencer-me como agora, nem mesmo assim se perderá aquilo que aqui estamos vivendo. Prometes?»

Prometeu-lhe tudo. Porque tanto o corpo como a vida de Marta possuíam uma realidade física e, ao mesmo tempo, uma sublimação quase sobrenatural. O cheiro que dela vinha era em tudo semelhante ao da água das ribeiras, ao húmido odor das ervas, das raízes do inhame e das folhas das faias e das conteiras. Não fora difícil sequer captar-lhe do hálito o perfume das faias e dos louros, o sabor dos pêssegos e dos araçás. Mas sobretudo aquele misterioso cheiro a água, vindo do corpo dela e das ribeiras que outrora atravessavam as matas e os pomares – sobretudo isso o obrigou a confessar-lhe:

«Como posso eu esquecer-te, amor, se tu és afinal a minha infância?»

Então Marta não resistiu. Abraçou-o furiosamente, rindo e chorando, mordendo os lábios do seu homem e apertando contra o peito o corpo do seu menino, e disse:

«Nunca me disseram uma coisa tão bonita. Não há, nunca haverá no mundo uma mulher mais feliz do que eu.»

De modo que a profanação da cama era sobretudo, agora, a profanação da água das ribeiras e dos frutos que pudera admirar na vida e no corpo da mulher. Para dar vazão à raiva, foi até à janela e abriu as venezianas de tabuinhas.

A luz iluminou a grande cama, devolveu-lhe a visão dos rostos que o espreitavam de fora, mortos de curiosidade, rostos esses que se retraíram de vergonha e logo se puseram em debandada. Abriu então as gavetas da cómoda e das mesinhas-de-cabeceira e sentiu que o pó esguichava do fundo delas. Estava já fora de si, disposto a enxotar para longe aquele borbulhar de gente na rua. Quando abriu os guarda-fatos, as roupas do pai caíram-lhe aos pés, desossadas, sem a natureza e sem a energia daquele homenzinho de ferro que jurara voltar do Canadá e afinal sucumbira à maldição oculta do cancro. Caíram também as blusas claras e os vestidos às ramagens da mãe – e um cheiro ardido a naftalina espalhou-se logo por todo o quarto. Nuno viu essa nuvem sulfúrica sobrevoar a redoma de vidro, a imagem barroca do Senhor Santo Cristo dos Milagres, as chaminés dos candeeiros a petróleo e a caixa de música da Estátua da Liberdade. Antigamente, dava-se-lhe corda e de dentro dela saía uma melodia heróica. Antes de descobrir que se tratava do hino americano, parecera-lhe sempre tão sublime quanto a das bandas de música que antigamente vinham ao Rozário iluminar festas, quermesses e procissões. Mas isso fora no tempo em que os santos mais feios e atrozes do mundo percorriam a freguesia, lá no alto dos andores. Agora, era muito outra a sua ternura por cada um desses objectos. As cadeiras, de tão desengonçadas, pareciam desfalecer de fadiga pelos cantos do quarto. Os candeeiros das mesas-de-cabeceira apresentavam-se sem lâmpadas: tristonhos, inúteis, começavam a cumprir o naufrágio daquele sal que é sempre invisível mas corrói e oxida a face oculta das coisas.

Na cozinha, reconheceu de pronto a comprida mesa das ceias da família, a qual se apoiava à parede, por baixo dos armários da louça. Noutro tempo, corriam, empinados por dentro das prateleiras, grandes pães de milho. Agora, só pratos fundos, terrinas raspadas e talheres cobertos de ferrugem. Bancos baixos, compridos como cães anómalos, rodeavam a mesa, do lado da porta do quintal. E da parede, sustentada por ripas isósceles, saía a mesma tábua de criptoméria em que as crianças se sentavam. Ao lado, a prancha de cimento da amassaria, em cujo ventre jaziam os mesmos alguidares de barro, as caçarolas, os talhões bojudos. Quando Nuno afastou a cortina que se encrespara de poeira, as mesmas baratas assustadiças se moveram, às dezenas, sobre patas pouco destras – e eram de outrora as suas carapaças lisas, reluzentes como o alumínio. Também ali persistia aquele cheiro irrespirável da humidade que apodrecia o ar. Por isso abriu a porta que dava para o quintal. A luz mostrou-lhe então a surpresa dos pequenos progressos da casa: o antigo fogão a lenha fora substituído por uma máquina eléctrica, mas os cilindros de combustão apresentavam-se encodoados pelas crostas da ferrugem. Havia um frigorífico. O minúsculo esquentador cobrira-se de um pó ferroso, apresentando-se lascado de alto a baixo num dos vértices. Finalmente, havia um grande televisor revestido por uma chita cujos folhos se assertoavam sob a pressão dos elásticos.

Saiu para as traseiras e viu então que a casa fora prolongada de ambos os lados da cozinha. O pai, no regresso da primeira estada no Canadá, trouxera consigo o progresso das mansões com casa de banho e cozinha dupla. O forno de lenha recebera os benefícios da ciência que estuda a exaustão dos fumos. Não estavam à vista as primitivas traves da cozinha, porquanto a casa fora forrada por tectos suspensos, aos quais assistiam os caprichos do torno e do verniz, trazidos de memória das casas canadianas. O segundo deslumbramento de Nuno deslocou-se para a contemplação das engrenagens da casa de banho. No tempo de Marta, a pia da sanita era uma espécie de caçarola, incómoda e funda como uma fossa, e sobre ela funcionava um autoclismo atroador. E não havia banheira. Agora, no lugar desses primitivos arranjos, surgem-lhe os sifões, os lavatórios de louça rosada, as torneiras comandadas por um pedal e uma banheira perfeitamente equipada: torneiras duplas com misturador de águas, a bicha do chuveiro telefónico, as conchas de porcelana para o sabonete e a manápula do duche. Além disso, havia um criterioso tom discreto nos azulejos cor de alfazema e dois suspensórios para toalhas e lençóis de banho. Todavia, também aí haviam chegado os profanadores daquele templo. A sanita transformara-se num viveiro de larvas, e era recente o cheiro ácido da urina e das cinzas de cigarro. Por um momento, Nuno experimentou uma espécie de pânico, perante a sensação de estar descobrindo os fantasmas, as vozes, os ossos putrefactos de toda a casa. Correu ao quintal e procurou o depósito para onde deviam elevar-se as canalizações. Se bem que povoado de limos e por um líquido podre que já fora água, mas se assemelhava a uma calda verdosa, apaziguou-o a possibilidade de o esvaziar, dar-lhe uma esfregadela e requisitar de novo as águas camarárias.

Veio ao corredor e experimentou o comutador da luz: de imediato a electricidade iluminou a poalha, as teias de aranha e as manchas húmidas da parede em frente. A seguir, descobriu as bilhas do gás arrumadas entre achas de lenha, sob o depósito. Estava finalmente salvo dos percalços das trevas e da sujidade. Não pôde evitar uma sensação de alívio perante essas penosas, tardias conquistas da civilização da casa da infância. Então chegou-lhe ao corpo uma inesperada energia. Abriu a torneira de segurança do tanque. Ao contrário do que previra, a água marulhou nos canos obstruídos, venceu essas resistências e precipitou-se na direcção da fossa. Na casa de banho, assistiu à dissolução dos dejectos e das larvas e viu as placas de barro desfazerem-se e as pedrinhas arenosas trepidarem nas descargas. As próprias ervas, nascidas decerto dos bolores, dos pólenes e das sementes que voam, principiavam a deslizar nas fístulas e não resistiram às torrentes que a mão de Nuno comandava de cima, como se bombardeasse um inimigo menor. Se tivesse regressado cinco anos mais tarde, pensou, estas ervas seriam arbustos, trepariam às paredes e decerto irromperiam lá no alto, na direcção dos telhados.

Subia-se ao primeiro andar das traseiras por uma escada muito estreita, e esse percurso fê-lo Rui Zinho pela memória de Nuno, de quando tinha doze anos de idade: viera de férias ao Rozário e trabalhara durante todo o mês de Agosto na serventia da mescla, no içar dos barrotes e das traves, na pregagem das ripas e no telhamento desses forros. Havia dois quartos divididos por um tabique. Teve de baixar-se para evitar o bojo de uma trave de vinhático, falquejada a machado e depois alisada à plaina e à lixa. Camas de ferro forjado, as mesmas da infância, lançavam naqueles cubículos estreitos e quase caóticos espaços que davam para arcas, guarda-roupas improvisados e cómodas herdadas dos avós. Tudo tinha sido coberto pelas colchas, pelos lençóis e pelas mantas de linho que mamã produzira no tear de tia Olímpia. Ao destapar uma das cómodas, depararam-se-lhe os olhos de Marta, dentro de uma moldura irrecuperavelmente oxidada. Por um momento, teve a ilusão de encontrar-se de novo perante a mulher. A foto reproduzia o casamento de ambos, captado à porta da Conservatória, e Rui Zinho, melhor do que Nuno, vislumbrou nela a passagem do tempo, os efeitos da idade e da vida, mas não o crepúsculo dessa paixão que ainda explicava o fascínio de Nuno por Marta e dela por ele. Na foto, era ainda um rapazinho tímido, de cabelo rapado e em idade militar, e via-se-lhe a mão trémula segurando a fatalidade de uma luva branca. Ao lado, de braço enfiado no dele, o sorriso de Marta contrastava em absoluto com essa insegurança. Abria-se-lhe na boca como uma rosa comestível. Apresenta-se todavia grandiosamente branca e resoluta, coroada como a deusa da fertilidade – e é assim ainda que Rui Zinho a projecta no espírito de Nuno. Magnífica, quase superior, erguendo dois olhos de malícia para a fragilidade e para a impossível timidez do seu homem. Nuno pega na moldura e tenta descolar a foto das manchas brancas de bolor que a soldam ao vidro. Sucede porém que a cara de Marta se separa em duas. Metade do sorriso permanece colada, a outra despega-se e vem no rosto mutilado. Quanto ao corpo de Nuno, permanece intacto ao lado dessa relíquia destroçada. Aquela que fora a sua mulher perde, por uma segunda vez, a formosura da juventude e do seu amor.

«Olá, paraíso!» – pensa Rui Zinho por Nuno, antes de vê-lo rasgar a foto, primeiro ao alto e depois de atravessado. «Que é feito das nossas luas brancas, amor?» – diz Nuno de si para si. «O que vai ser de si na ausência dele?», pensa Rui Zinho, substituindo-se agora à voz de Marta.

«Dias e dias e dias» – imagina Zinho que ela de longe lhe responda. «Dias e noites, e mais noites do que dias. Descuidei-me, ando perdida, amor. Deixei fugir o meu pássaro e já não sei que céu o guia. Só isso.»

Será esse, e não outro, o seu anjo, escreve Rui Zinho: o bem dos anjos é sobreviverem aos homens que se danam para serem destruídos. Trata-se agora de um cão com mágoas, e o uivo dele confunde-se com o latir do homem que não suportará mirar-se a um espelho. É sempre perante os espelhos que a solidão põe o homem contra o homem.

Saiu dali à pressa. Começavam a sufocá-lo o tecto muito baixo dos quartos, as traves, as formas das grandes arcas esquecidas pelos cantos. Incomodava-o sobretudo a presença adivinhada da mãe em todos os objectos. De novo no quintal, viu que a tarde se mantinha, como no princípio, suspensa dos castelos de nuvens. Mas a solidão da casa não estava nesse tempo contínuo e natural. Faltavam ali as porcas prenhes que fossavam o esterco dos chiqueiros. E as galinhas pedreses, a égua que largava coices repentinos, as vacas com moscas, os tristonhos e mansos bois castrados que alguém subtraía sempre à alegria das fêmeas, os galos e os ratos, e todas as ausências que de súbito explicavam, ou não explicariam nunca, a primitiva solidão dessa casa da infância.

Passando a cancela que separava o quintal da horta, havia a tulha do milho, assente sobre seis pilares de cimento. Lá estavam ainda os pombais. Mas a surpresa maior de Nuno foi avistar, sobre o telhado muito encardido da tulha, os mesmos pombos altivos de outrora. Ao princípio, pareceram-lhe aves de pedra, imóveis, desconfiadas, como se tivessem sido esculpidas. Quando se aproximou, assustaram-se, abriram as asas e puseram-se em debandada. O que prendera aqueles pombos, durante tantos anos, a uma casa deserta? Rui Zinho escreverá o que Nuno por enquanto não consegue entender: os pombos não pertencem à memória nem à casa das pessoas. Vivem no tempo, nele voam ou pousam, e não podem ser sujeitos a nenhum lugar. Não havia ninhos nos seus abrigos arqueados e secretos, o que reforçava a ideia de que talvez fossem mais imaginários do que reais. Daí a pouco, viu-os iniciar o regresso, vir pousando nos telhados em volta e aproximando-se a medo, como se tomassem o pulso à própria segurança. Nuno experimentou então um sentimento de grande ternura por aqueles seres azuis, cor de certos peixes, tão belos e majestosos, como se de vidro ou porcelana.

«De certa forma», pensou, «eles são o espírito da casa. Vivem por ela.»

Contornou a tulha, desviou um galho da velha figueira e o que viu a seguir deixou-o branco de morte. Com efeito, todo o terreno da horta, que se estendia até à sebe de canas, se apresentava cultivado. Viu logo os bolbos da cebola, as couves, os feijoeiros e a salsa. Do lado oposto, junto ao muro, os canteiros de flores, as abóboras colhidas e os mogangos em monte. Tomara já a decisão de despedir o procurador. Durante todos aqueles anos, pagara-lhe pontualmente serviços e encargos, respondera às suas cartas arrevesadas e confusas. Não estava disposto a perdoar-lhe essas traições. Sabia aliás que não ia necessitar de grandes sermões. Bastava tirar-lhe as chaves, anular-lhe os poderes da procuração e retribuir-lhe com uma frase equívoca, dessas que tornam suspeita aos olhos dos outros qualquer reputação – pois nunca houvera no Rozário pior enxovalho do que a simples alusão a um espírito corrupto. Roubar o próximo ou profanar-lhe os bens fora sempre o mais maldito de todos os pecados e aquele que sugeria também as piores penitências. E ele assim o faria.

Entrou pelos estábulos e subiu ao sótão da arribana. Era o último reduto da casa, e Rui Zinho experimentou todo o desconforto dessa travessia da escuridão. Nuno deteve-se um instante a examinar a oficina de carpintaria do pai. Para Rui Zinho, esse homem estava sepultado exactamente ali, no pó das ferramentas, nas teias que envolviam, como sudários, a enxó, as plainas e o serrote, na ferrugem que principiava a esfarelar a mesa do torno. Nuno sentiu um arrepio, porque viu de novo o seu ar de corvo empoeirado pelo farelo das madeiras. Não era um homem enforcado nem crucificado, mas persistia no aspecto taciturno das formas, na violência dos escopros e dos ferros de punção, sobretudo na desordem de todos esses instrumentos de trabalho. Tropeçou no escuro das escadas que rangiam, e teve medo. Na verdade, acontecera-lhe muitas vezes tropeçar nas trevas: onde elas estavam havia sempre a presença do pai, a sua voz muito zangada, a ameaça permanente das ripas que lhe estavam à mão, os insultos, a sua grande falta de paciência para tudo. De modo que deu por si a correr e a apalpar o escuro, sentindo de perto essa presença e a sua perseguição. Ao cimo da escada, apareceu-lhe logo a enorme cama do avô Botelho, com o duplo colchão de folheio, o trabalhado dos ferros pintados a um branco sujo e grandes almofadas sem fronhas. Ao lado, encostada à parede, uma arca abaulada tinha os fechos rebentados e a tampa entreaberta sobre a pressão dos cobertores. No canto oposto, a antiquíssima máquina de costura da mãe apresentava as lâminas da fórmica descoladas – e era desolador passar as mãos sobre o ferro da roda e sentir tudo áspero, grumoso, sem vida. A mãe arrumara as coisas com o método e a intenção de quem não sabe separar-se delas. Assim, mantinham-se sobre as paredes engranuladas quadros de santos sofridos, um rosário suspenso do pescoço do Crucificado Jesus Nazareno Rei dos Judeus, um calendário religioso, um véu de missa – e tudo isso atestava um afastamento provisório, não uma despedida para a vida e para a morte. Nuno sabia que ela deixara a casa arrumada para o regresso do Canadá, na ilusão de estar longe e perto de tudo, como lhe dissera em Lisboa. Ao contrário do pai, que sempre quisera morrer e ser sepultado no mesmo chão das suas terras, fascinava-a viver num país imenso, onde outras eram as casas, as terras e as pessoas. Gostava do Canadá, dizia, por ser o país dos filhos, dos álamos, das *estoas* e dos *safueis*; país prodigioso das indústrias do Natal, dos jardinzinhos de relva e roseiras em torno das mansões: de modo que, se um impulso de sonho e progresso a atraía de tão longe, não era menos verdade que lhe custava assistir à pena com que o marido se separava do seu mundo. Na opinião de Zinho, a mãe de Nuno pertencia ao número daqueles vivos atormentados pela saudade do futuro. Se um dia pudesse inventar uma fábula acerca dessa mulher misteriosa, teria de imputar-lhe uma existência dividida entre o amor do seu homem e uma estranha e talvez enigmática paixão pelo destino dos filhos.

Vira tudo. Percorrera cada um dos redutos e ressuscitara a própria memória da casa. Agora tinha a sensação de ter vindo não da cidade de Lisboa mas de todas as cidades perdidas do tempo. Não entrara porém nessa casa nem estava de volta aos Açores: abrira o túmulo da família, lavara-lhe os ossos e ia sepultar-se junto dela. Na verdade, deixara de estar vivo desde o momento em que fora expulso da rua, da casa e da vida de Marta e dos filhos – os seus belos, queridos e adorados filhos. Viver assim, como se à beira de um precipício, sentindo os pés resvalarem e as raízes partirem-se, só lhe acontecera em sonhos. Era impossível que a ele, Nuno, isso sucedesse agora e fosse mesmo a sua vida. Nos livros de Rui Zinho, sim, essa fatalidade ocorrera na pessoa de outrem. O pior é que Nuno só agora admitia estar finalmente vivendo uma das histórias inventadas pelo seu duplo. Mas a sua ingenuidade consistira em pensar que Rui Zinho seria sempre e apenas um pseudónimo. Eis senão quando tudo se inverte: Zinho é a premonição de Nuno, o seu lado maldito, e Nuno é posto a viver duas vezes, pelo sofrimento da ficção e da vida. Nunca nenhum livro custou tanto a Rui Zinho escrever como este. E é um facto que escrever e viver na primeira pessoa é como morrer sobre um tempo e não saber nada do tempo seguinte.

4

E EIS QUE CHEGAM AS ÚLTIMAS MULHERES DA FAMÍLIA: EXCESSIVAMENTE VELHAS, BRANCAS E PELOS MENOS TÃO NOCIVAS COMO O LUTO DAS SUAS VESTES.

Quando se lhe perfilam na frente, as tias começam por ser apenas corpos decrépitos, ruças e demasiado solenes na sua postura distante. Nuno consegue antecipar-se à primeira expressão de censura dos olhos delas. De facto, pensa, não pode ser este o mesmo sobrinho das outras, tão distantes, vindas à Ilha. O sobrinho desse tempo anunciava sempre com meses de antecedência o dia exacto da atracagem dos barcos, a hora da camioneta, o desejo e as saudades do peixe fresco e da massa sovada com arroz-doce. De modo que, estando perante um quase desconhecido, dificilmente aceitam a surpresa, o princípio da velhice daquele cabelo cinzento e já muito ralo, o desânimo dos ombros e tudo o que nele contrasta com a elegância, com as longas mãos nervosas e com o tom rosado da pele, onde mal se disfarça agora a palidez do sorriso. Sobretudo não sabem decifrar a estranha serenidade daqueles olhos azuis, à volta dos quais começam a engelhar os pergaminhos das patas-de-galinha. Depois há ainda a boca, que parece amolecida pelas covas de sombra das rugas. O olhar das tias fita-o num silêncio estarrecido, antes de se habituar à tristeza quase altiva daquele abatimento.

Nuno põe-se de pé. Não sabe ainda se bastará curvar--se um pouco para elas, ou se terá de abrir os braços e apertar contra si aqueles corpos baixos. Antigamente, pedia-se a bênção às titias. Beijava-se-lhes a mão e elas pediam a Deus que abençoasse os sobrinhos. Não pode duvidar do valor totémico dessa instituição: à frente do grupo está de novo a mulher que sempre comandara o circo da família, nas horas de transe, nos movimentos cíclicos e nos modos rituais. Era a inconfundível tia Horácia, a mesma que agora avança de braços abertos e cabeça à banda. Vem apertá-lo contra um peito raso, entabuado e daquela magreza ossuda que se parece em tudo com a do pai. Sem resistência, recebe um abraço trémulo, quase frouxo, mas julga-o mortal tanto pelo cheiro como pelo frio das roupas pretas. Além disso, revê na mudez da tia a mesma ausência de emoção que caracterizava outrora os amplexos do pai. Os próprios beijos dela, frívolos e húmidos, que provêm de uma boca completamente desdentada, sugerem o frio azul dos defuntos. Durante o tempo infinito desse abraço, o circo mantém-se de pé, como num protocolo, esperando talvez o desencanto das máscaras ou a música que torna grandioso o brilho das lantejoulas. No momento seguinte, quando a voz dela começa a deplorá-lo, a reduzi-lo a censuras brandas e a recordar a memória do irmão, todas as outras estão também a chorar. Assustadas, as crias dessas mulheres parecem atónitas. Tentam esconder o rosto e defender-se do olhar dele, por detrás das saias das mães e das avós. Nuno não quer corresponder ao desafio desses prantos. Sabe que trazem à sua presença a função das carpideiras da família, mas não a dor que atormentara a sua vida. Além disso, o pai morrera havia quase dez anos, a mãe há mais de cinco: não podia haver sombra de convicção na dor dessas cunhadas, irmãs e sobrinhas dos pais. Se o fizessem por ele, seria ainda mais insultuoso: nada e ninguém estava morto dentro de si. Mesmo que assim não fosse, nenhuma daquelas tias, nem sequer a bondosa e sempre útil tia Olímpia, teria qualquer direito moral sobre uma que fosse das suas dores. Estivera, todos esses anos, muito longe, numa existência diferente e totalmente desconhecida. Nunca pertencera aos sentimentos, aos vícios, aos gestos ternos ou austeros daquelas tiazinhas enlutadas e bisonhas, e ele próprio nada sabia das suas vidas sem notícia.

– Ai, este meu sobrinho! – lamentou de súbito a tia Horácia, ainda perante a complacência e a timidez das outras. – Tão magro, tão estragado tu estás, meu santo! Que coices não te deu por lá essa vida de Lisboa, Senhor da minha alma!

Perante esta investida, Nuno limita-se a abrir os braços, pedindo-lhe tréguas. Porém, o queixo dela, ligeiramente barbado, põe-se trémulo, como num assomo súbito da doença de Parkinson. O corpo lenhoso parece crepitar ao som desse lamento. As repas, escorrendo como enguias moribundas sobre os ossos dos ombros, estão agora mais oleosas. Uma velhice inconcebível e quase imemorial semeara naquele rosto crestado uma multidão de rugas, assemelhando-o a um sudário. Os olhos, castanhos e diminutos, lucilam por entre lágrimas invisíveis. O nariz é alto e impetuoso. E tremem-lhe de tal modo as mãos que o corpo obedece às oscilações. Não restam a Nuno grandes dúvidas: está perante os seus antepassados. Nelas, tudo é tão remoto como isso, como o vento que trouxera até ali os seus esqueletos ressuscitados, o mesmo que em breve os levaria de volta aos ninhos errantes e aos sítios onde a morte existe ou se anuncia.

Não era, nunca fora a tia da sua preferência. Tinha o pequeno pormenor de se parecer demasiadamente com o pai. O próprio sorriso era tirânico. Tal como ele, levara a vida a sovar os filhos, a conquistar terras com o dinheiro atado ao lenço de assoar ou escondido no fundo dos gavetões. Escravizara a esses desígnios um homem com corpo de gaze, asmático e abúlico, a quem coubera a sorte maligna de a desposar. Como o pai, enchera a vida de rixas, cortara relações com quase todos os irmãos e batera-se até ao fim nas vãs e impróprias disputas das heranças. Na sua taciturna, satânica energia de velha, haviam coexistido sempre o matriarcado dos arrendamentos conflituosos, o atropelo da fragilidade daquele homem sem expediente, os castigadores ensinamentos das filhas. Além disso, Nuno recordava nela o hábito, nada feminino, de morder a língua. A memória dessas desavenças atravessava não só a sua infância como uma parte da história recente do Rozário. O pobre do tio Jaime aprendera a implorar àquela égua endemoinhada o perdão, o pudor, o respeito – e fizera-o sempre descalço, muito remendado, vestindo um casaco de cotim que passou de ano para ano até perfazer uma década de existência, com as calças encolhidas a meio da perna e o chapéu de feltro já tão gasto que perdera a cor e o associava a ele ao número e à figura dos pedintes. A miséria desse homem eram os vestidos das filhas, os sapatos de verniz dos rapazes, os xailes cinzentos da sua imperatriz – além do trabalho de sacho, das chuvas que entravam até aos ossos e dos sóis que o esmagavam sob as asas de um chapéu de palhinha. «Tal como nós, sob o mando e o génio do papá», pensa.

O contraste perfeito dessa mulher próspera e impetuosa podia ser mirado no espelho invertido da tia Sónia. Além de esquelética, era destituída de vontade própria e ganhara fama de destarelada: dizia adanar em vez de nadar, praguejava muito e trocava os nomes de toda a gente. Na opinião de Nuno, fora sempre velha e sempre doente, e sempre faminta, e sempre vadiara de rua em rua escondida no xaile, com um andar cambaleante de ébria e olhar inexpressivo. Era já nova e velha quando casou com um homem escuro e oblíquo, queimado pela ferrugem, pela fome e pela cachaça. Entre os muitos e bizarros ofícios do tio Zacarias, destacavam-se os de carvoeiro e de limpa-chaminés. Mas como o destino levara cedo esse homem para longe de toda a gente, Nuno não possuía grandes certezas quanto à sua existência. Soube-se porém que as prostitutas americanas acabaram por absorver-lhe o rasto, porquanto as cartas com dólares foram rareando e por isso tia Sónia se perdera de novo pelas ruas, velhíssima, defendendo-se dos cães e dos rapazes com um bordão. Nesse tempo, recorda, aparecia sempre à hora do almoço ou da ceia. Invocava um motivo fútil, um recado sem conteúdo e para ninguém, e o pai, não obstante detestá-la, ordenava-lhe:

– Senta-te e come para aí, a ver se calas a boca.

A tia Sónia obedecia de pronto, e impressionava vê-la chupar as talhadas de mogango assado no forno, lamber o fundo das tigelas, arrotar, tornar-se por vezes tão loquaz como uma alcoólica e depois pôr-se de pé. Então servia-se da voz dessa pobreza que já não se envergonhava de ter fome nem de o confessar, saía daquela mesa de ódio que nunca era posta para ela e dizia:

– Seja plamordeus, que estou bem amanhada. Agora vou-me: Zacarias, pode que se tenha vindo da grande América e me entre porta dentro a qualquer hora.

Tia Esperança abraça-o, logo a seguir, sem nada dizer, como de resto acontecera durante toda a infância de Nuno. Agora, impressionam-no sobremaneira os olhos medíocres, tão míopes que as lentes dos óculos se assemelham a fundos de garrafa. Não pode recordar-se do touro que existe na sua voz, nem do trovão, nem do fôlego furioso do ventre: datava do fundo do tempo o seu corte de relações com os pais. Por isso Nuno se espanta com o facto de ela estar ali. Mas como a morte deles se pusera de permeio, aceita-o como justificação dessa presença e talvez até do perdão.

Tia Urânia e tia Mercês completavam o gineceu familiar, já que as restantes haviam morrido de doenças inominadas e a mais nova de todas emigrara há muito para o Brasil. Não estava nenhum dos irmãos do pai, que se tinham posto no centro das desavenças, a menos obscura das quais datava também do tempo das partilhas. De resto, o solteiro e andrajoso tio Sebastião, quase um anão, transformara-se num ser vergonhoso, tanto pelo desleixo como pela preguiça. Nuno conhecera-lhe sempre a tosse áspera e enrolada de quando o ouvia regressar a altas horas do jogo nas tabernas e das malditas orgias com os homossexuais. Recorda-se ainda dos dentes mínimos, enegrecidos pelo chumbo, e das gengivas grossas, rosadas como miolo de melancia, além dos inolvidáveis pés descalços e espalmados como chapas.

Da parte da mãe, eram numerosas as ausências, tanto da vida como do Rozário. Os tios tinham sido levados pela grande vaga da emigração para Toronto, Vancouver e Boston, a seguir ao vulcão dos Capelinhos. Tia Flórida morrera de asfixia, vítima de uma pneumonia dupla, se bem estava recordado, ou talvez de cancro, ou mesmo de um enfisema, como acontecera com vavô Botelho: a memória dessas duas mortes era tão remota quanto a nuvem iluminada do princípio da idade. Restavam pois tia Olímpia e tia América. Nuno descobre-as no sorriso tímido que o espreita por trás do grupo. Ambas se parecem muito com mamã, agora mais do que antes, e isso comove-o. Tia América é pelo menos tão grande quanto esse estranho nome de gente, porém dócil e muito mais pacífica do que ele. Os seus grossíssimos braços de jibóia vêm envolvê-lo e apertam-no com a força ou o fanatismo dos polvos. Sente-se naufragar na massa daqueles peitos, no seu vulto de abóboras, no volume inconcebível desses seios, e recorda de novo a verruga do nariz muito redondo, os olhos azuis e maldosos que riam sempre a meio da tragédia e pareciam escarnecer dos temperamentos mórbidos. Casara tarde, quase em desespero, com o inventor Herculano, o qual ganhara todas as apostas com a vida. Tomado pela febre das máquinas, descobrira por intuição os segredos dos relógios, dos motores e de outras simples ou complexas engrenagens mecânicas. A seguir ao conhecimento das máquinas, iniciou-se nos inventos dedutivos: o carro de semear o trigo e a beterraba, uma rudimentar debulhadora de trigo movida à manivela, o arado de três ferros basculantes e o moinho manual. A imaginação popular atribuía-lhe também a teoria dos sólidos, dos líquidos e dos gases, os princípios da compressão, do vácuo e da gravidade, o estudo da origem do fogo, do ar e da água e a própria composição química da terra. Ainda segundo o povo, a ele se devia também a invenção da electricidade, porquanto dele foram as experiências eólicas, o desenho do primeiro gerador e o projecto de captar do vento essa inefável forma de energia. Mas como o governo não se dignara responder-lhe, nem lhe registara a patente, deixara-se de inventos e regressara para sempre aos seus queridos relógios. Ao mesmo tempo, iniciou-se nas caricaturas e nos retratos. Primeiro, captou o sorriso trocista da mulher, sem que ela tivesse posado sob a mira dos seus lápis. Depois caricaturou e desenhou rostos de padres, cantores, políticos e cientistas de renome – e as paredes do corredor de sua casa encheram-se como as das galerias ou dos museus. A quem o visitasse, como sucedeu com Nuno numas férias do seminário, apresentava de forma lapidar o mostruário dos seus monstros, fazendo-o pelo processo da enumeração adjectiva:

– Aqui temos o cornudo do Salazar, ali o facínora do Hitler, além o despótico Estaline. Mais lá na ponta, os grandes estadistas do nosso tempo: Kennedy, Churchill, De Gaulle, Tito e o Afonso Costa. Os outros, sei quem são, mas não me alembra agora o nome...

E eis finalmente tia Olímpia. A mais gorda, a mais atormentada pelas varizes e pelas descompensações cardíacas, mas indubitavelmente o tesouro de toda a ternura familiar. Chegara a enlouquecer de eclampsia, ao quinto parto, a única altura em que se eclipsou do seu rosto o sorriso perpétuo dessa ternura. Nos puerpérios e nas enfermidades da mamã, vinha cozinhar os caldos de galinha, ferver os chás de poejo, varrer a casa e abrir as camas. Sabia, melhor do que ninguém, adoçar os desgostos dos sobrinhos, visitando-os aos domingos, após a missa, antes de subir ao Burguete. Agora, a permanência desse sorriso mistura-se de súbito com as lágrimas, e os olhos tornam-se azuis de mar, amendoados e sofridos. Abraça-a com paixão, como se aqueles fossem não os dela mas os ossos da mãe, e sabe que esse corpo lhe reserva uma forma de inteligência comparável ao amor e à lucidez materna.

– Descansa, que eu ainda cá estou para tomar conta de ti, sobrinho – diz. E, depois de lhe envolver o rosto com as mãos, estuda-lhe o olhar, abana a cabeça e acrescenta: – O que tu tens é uma grande ferida nesses olhos, filho da minha alma.

«Uma grande ferida nesses olhos», repete Nuno. Possivelmente, nunca ouvira nada de mais sábio e mais rigoroso a seu respeito. Uma ferida ou uma simples dor no olhar, eis o que bem pode definir tudo o que resta de um homem, do seu mundo perdido e de um tempo presente que ainda falta inventar. Só por isso, já lhe tinha valido a pena vir àquela casa dos Açores.

Livro zero

A FELICIDADE SÁBIA

*Posso estar aqui, de frente para o mar dos Açores, e ao
lado de Marta e dos meus filhos; no tempo em que ainda sou
feliz em Lisboa e vou também percorrendo a ficção de tudo:
lugares, luas, a invenção de cada movimento ou um pêndulo
que oscila entre a fantasia e a vida. Posso mesmo estar sentado desde o início, tanto na primeira página de um livro
como numa falésia da ponta da Ilha. Voltado para o Norte,
que é de onde se soltam os ventos malditos e se movem as
nuvens, e também de onde me chega a ilusão de nunca ter
seguido senão a própria sombra.*

*Foi o maior de todos os meus erros: pensar que podia
viver na primeira pessoa e ao mesmo tempo ter sido outros,
Nuno e Rui Zinho, o feminino plural das cinco irmãs que
não sei se conheci e também o género e o número das vicissitudes de Luís, Jorge e Mário. Todos na verdade persistem
como o caleidoscópio de um único rosto. Amo-os indistinta-
mente – e a esta calote de mar, ao silêncio da casa da infância e àquilo que explica em mim o fascínio dos templos nesta
igreja do Rozário.*

*Amo a Lisboa dos profundos ruídos, as avenidas planas
nas manhãs de domingo e os bairros da periferia onde dei
por mim a ser personagem de um quotidiano que nunca
assumiu a dimensão real ou sequer a ficção do destino português. Em Lisboa, limitei-me à diferença discreta, à
segunda infância que já não ia ser eterna nem contemplaria
mais esta paisagem de mar, com suas sebes de cana murando
ladeiras de vinha, contornando caminhos que deram sempre
na direcção das pedras costeiras e de moinhos movidos por*

ribeiras que vêm das montanhas. Escutei silêncios impossí-
veis no tempo de Lisboa: o dos pássaros extintos, o da per-
manência de todas as coisas na paisagem açoriana de onde
nunca estive ausente nem excluído. O lado sublime da
minha felicidade consiste aliás numa espécie de magia que
me aproxima dos deuses e me confere o poder de inverter a
ordem, optar pela recusa do tempo que pode não ter decor-
rido em nenhum lugar da Terra.

Sei de resto que a realidade não pertence ao artifício nem
ao logro nem à fantasia dos livros. Estar aqui, agora, signi-
fica a anulação desse jogo. Pode acontecer que eu tenha nas-
cido da paixão e de uma noite de amor na cama dos meus
pais. Acontecer que ainda ninguém tenha morrido e não
sejam apenas tias velhas as últimas mulheres da Ilha e da
família. Papá e mamã sorriem-me de novo e preparam-se
para receber-me na alegria da sua casa. Beijam os netos, que
crescidos e bonitos eles estão, abraçam a nora, que continua
a ser uma «perfeita» e a ter a virtude de explicar a alegria do
filho. Depois, vêm-se chegando os meus irmãos: nunca esti-
vemos, e tão cedo não estaremos, em tempo de partilhas e
heranças. A casa, as terras e os pomares continuam a ser
pertença da vida, do povoamento e do equilíbrio deste
espaço de mar que é impossível repartir e ver dissolvido.
Restam navios que passam ao largo da costa, demasiado
longe para que sejam reais. Cumprem talvez destinos estra-
nhos que não é preciso seguir: sonhem-nos quantos possam
não ter amado as flores, o riso das crianças, a sabedoria dos
velhos sentados às portas e os inúmeros deuses que aqui
abençoam o trigo, o leite, o mel e os frutos. Luís regressa
agora das vacas, como sempre supus: abre os enormes braços
e envolve-nos a todos no mesmo amplexo circular. Daqui a
pouco, quando vencer a timidez, fará rir até às lágrimas os
meus dois filhos, que nunca resistiram ao humor e aos segre-
dos da família. Alguns dos tios e tias serão quase tão jovens
quanto eles; Zélia e Mário, os mais novos, gostarão mesmo
de brincar com o Diogo e o Francisco – e eu ficarei enterne-
cido ao lado de Marta, a dizer como foi bom termos casado
cedo e o nosso amor ter sido afinal um conto de fadas cujo

epílogo aludirá sempre à beleza e à existência desses dois príncipes.

Não há verdade possível neste regresso à Ilha: estive nela e em todos os barcos. Amei-a num sorriso e num sonho, e pelos seus poetas e cantores. Se de alguma forma de ausência padeci, foi apenas um tempo de encanto, sono e equívocos. Secretamente a vivi nos anos em que suspirei pelo verde das criptomérias e das figueiras e pelos búzios deste mar que continuará a parecer-me branco como a inocência e a infância.

Amei-a numa mulher que nunca ninguém conheceu: talvez uma virgem eterna, um peixe irreal ou uma sereia que me deu as mãos, espalhou os cabelos pelo meu rosto e continuamente me falou dos livros, dos anjos e dos pequenos barcos que vogam entre o Faial e o Pico. Nunca houve nada de mais belo na vida do que viajar com ela, essa mulher inefável como uma fada, e ouvir-lhe o canto e o pranto à vista das nove ilhas dos Açores. Entre dois actos de amor, a mulher pousou as mãos no meu corpo suado e disse Vem buscar-me e leva-me contigo para sempre. Eu disse que não era possível, e então a mulher entrou no sofrimento da súplica: Vive-me mesmo aqui, amor, no espaço que vai de uma ilha a outra ilha, onde teremos sempre uma casa sobre o mar, com um quintal e uma biblioteca, e onde me chamarás por quantos nomes possam ocorrer-te – Lua, Água, Garça e sobretudo Marta. E serei sempre o misterioso, o inconfundível cheiro da água e das ribeiras da tua infância, e o hálito do trevo e o sorriso húmido e superior deste sal.

Mas se me separar dela, o olhar desta mulher tornar-se-á distante e altivo como o da serpente. Há-de desesperar-se. Erguerá os olhos para a montanha em frente e terei de ouvir a confidência da minha maldição: chorarás tanto, amor, que nem eu mesma poderei salvar-te.

Não soube merecê-la. Porque uma paixão assim, quando passa ou desliza para além de um minuto, atinge a eternidade. Pode-se vivê-la como uma promessa ou uma ficção, mas nunca como a viagem primordial ou a origem perfeita.

Vim para reconstruir um navio e escorar as fendas, as feridas dos seus naufrágios: onde descrevi grandes casas canadianas à beira do Pacífico, erguerei lentamente novos muros que rodearão jardins de azáleas, hortênsias, sécias e agapantos. Será uma casa insuportavelmente real: com espelhos, quadros de paisagens azuis e jarros de malmequeres e jacintos. Os rostos seguir-me-ão com o olhar ao longo dos corredores, mesmo que permaneçam imóveis ou petrificados nos retratos. Os pais estarão rigorosamente ao centro e passarão a ser apenas os avós dos meus filhos.

Claro que não dispensarei a presença dos pombos: são eles, não outros, os meus mitos de sempre. Estão comigo desde o tempo em que papá os observava, com as mãos nos quadris e um sorriso protector, proibindo mamã de lhes torcer o pescoço e ir depois guisá-los às escondidas, de mistura com os pintos. Eram pombos azuis. Belos, aflitos, leves como os anjos.

E onde descrevi a ruína e a sombra destas paredes, erguerei janelas que se abrirão para o sol da manhã. Na rua, tal como outrora, hão-de passar cavalos cor de cobre, manadas de cornos serrados, cães de focinho baixo farejando as pedras, nuvens de moscas e mulheres gritando às suas crianças. Será talvez irresistível escrever tudo de novo, no silêncio que há-de seguir-se.

E ainda hei-de rir-me.

Ainda hei-de pensar que tudo isto não passou afinal de um riso que chora ou de um pranto que ri – e de literatura!

Lumiar, 20 de Agosto de 1988.